嚴歌苓

米拉蒂

嚴歌苓 著

Milati

目錄

序

對我來說，中國的八十年代是Magic。似乎一夜之間，街上開始流行喇叭褲，蛤蟆鏡[1]，男人們的頭髮長了，女人們的辮子散了，公園的晚風把鄧麗君竊竊私語般的歌聲吹來吹走，那是自發的露天舞場開張了。白天的街道，天黑之後便成了港澳服飾的跳蚤市場，這被稱為夜市的所在，就是當時時髦男女的時尚發源地，雖然已是落伍歐美數年的時尚。不久，公園的露天交誼舞把一些夫妻跳散了，也把一些陌生男女跳成了情侶。我父親那樣的老輩藝術家朋友，從被發配的農村和邊遠地區回到了城市，鬧起了離婚，開始了戀愛（我們當年戲稱「亂愛」），跟我們一起盡享青春，儘管他們是花期二度。那時我所在的成都，出現了一些勁爆的新詞，比如「姦宿」，我猜那指的就是一夜情吧。還有個更具刺激性的詞，叫「群姦群宿」，大概就是熄燈舞所導致的即興情愛。

1　蛤蟆鏡：墨鏡的一種。

當時初涉文學的我，更有興趣的是我們的小團體活動。活動包括私家舞會，但舞場下聊的話題都很有趣，多半是聊小團體成員寫的或讀的文學、戲劇、電影作品。我們那個小群體成員的父輩，半數以上都是文學、戲劇、電影、藝術界的老輩兒，都是不久前剛恢復了自由、名譽，甚至工資，重歸他們社會地位，也重新拾起他們荒蕪十年的創作。我們的小團體分享剛剛舶來的卡夫卡小說，班雅明的《德國悲劇的起源》和《發達資本主義時代的抒情詩人》，然後是沙特和波娃，再轉到薩繆爾·貝克特、迪倫馬特、田納西·威廉斯……平行討論的還有卡繆、弗朗索瓦、福克納、沙林傑、索爾·貝婁，以及美國整個「垮掉的一代」。終於，中南美洲的魔幻寫實主義抵達了我們，讓我們醍醐灌頂地意識到，小說能超越怎樣的疆界，能怎樣地反叛和顛覆。那時，文化、文明的大門朝我們轟然大開，新奇的文學和戲劇、電影和音樂，讓我們應接不暇，恨不能生吞活剝每一部作品。

八十年代的標記不僅是鄧麗君、沙烏地阿拉伯、卡繆、馬奎斯，還有北京民主牆上的文章，星星畫展和傷痕文學。人們在一九四九年後的歷次政治運動中所受的創傷、以小說來展示「傷痕」，反思和療癒「傷痕」。還有更早的「傷痕」：延安整風，蘇區肅反，土地改革中冤死的幾百萬土地擁有者。一切都能成為「傷痕文學」的題材，似乎沒有什麼不可以揭露和控訴的，對於我們那批年輕的文學創作者，中國人幾十年的苦難和物資貧瘠，給與了我們的一條挖掘不盡的豐富礦脈。那時我二十出頭，對於自己幸運於父輩的創作自由，感到理所當然，受之無愧。我真的認為，我們生爾逢時，恰逢民族的大覺醒；我們的大時代來了，它就是是中國的文藝復興。我們天真而狂妄，認為八十年代僅僅是開端，以後就是才人輩出，進入文明史的大作品將一部接一部地問世，再往後，就是幾十年、幾百年的輝煌。中國人命苦，但撐到二十世紀八十年代，總算輪到我們輝煌了。但沒想到，到手的自由，在八十年代結束時，又被收走了。我所認為的大覺醒，恰是一場大夢。我們曾經的同道，不少像書中人物一樣，在八十年代結束後流落國外，儘管終獲自由，但也不得不接受與自由同來的些許「副作用」，比如命運的無定、未知，甚至叵測。

一九八九年年底，我告別了祖國，赴美國留學。他人給予的自由會得而復失，那麼就自己給自己自由吧。在國外回望那如若magic的八十年代，感覺它像一道耀眼的閃電，照亮了我們這代人的整個生命。沒有那十年，就不會有我今天的寫作歷程。我感覺自己跟書中主人公米拉蒂一道，激情而瘋狂地享受了那樣的十年，繼而對那時我們的精神和生命狀態不休地緬懷，尤其當下，中國的自由空氣尤為稀薄，更有「大夢誰先覺」之感。中華民族，對於天賦的自由，何時能享之為天賦？

嚴歌苓

二〇二四年四月十九日

米拉救人

米拉今年二十歲。營救一個準犯人，這事一個禮拜前她想都不敢想。

出軍區第三招待所大門，往右，也就是往西，倒拐九十度，豁然一條大馬路，路面比人行道高出一米。沿人行道走，馬路上的自行車輪子，在她胯的高度滾動。矮於馬路的人行道，排開一溜店面鋪板房。一家老醬坊，遠遠就聞到它陳年的鹹辣氣，漆黑店堂，卻偶然冒出巧克力，形態像甜麵醬結晶，要用一把砍刀砍著賣，砍下來，怪石嶙峋的就用廢報紙包給你。這是偶然發生的好事，但米拉蒂總有內部消息，不用在搶購巧克力的暴民中擁擠。醬坊此刻代售散裝啤酒，一早就有十幾個人排隊打啤酒，手裡都拿著飯盒，因為打一升啤酒，必須混搭半斤醬坊自製的麻辣大頭菜。

米拉全名叫米拉蒂，業餘小提琴手的父親米瀟給她三個音節做名字。人們省事，叫她米拉。跟醬坊隔兩個門，開的是一家鞋鋪，修鞋，上鞋，也賣鞋。幾年前米拉蒂跳舞，把穿爛的足尖鞋送到這裡來修，開始人家不收，大中小年齡的三個師傅，不曉得如何下手。老師傅端起鞋裡外看，燒掉兩根菸，曉得了。米拉蒂給鞋鋪帶來幾年好生意，歌舞團的爛舞鞋一來一堆，最興旺的時候，滿牆的釘子上都掛著足尖鞋，紅顏色和灰顏色最多。現在小師傅長成大師傅了，見了米拉也不招呼：「走大院去是哦？」米拉這半年發胖，臉大出一平方釐米，頭髮也改了樣，盤在腦殼頂上，把發胖造成的脖子縮短彌補回來一點，因此半熟人都把她看成了生人。再隔幾個門臉，是個街道針織作坊，車間[2]昏暗深深，八台手搖針織機嗡嗡響，八個婦女穿藍工裝，戴藍布帽子，坐在機器前搖襪筒，搖袖管。作坊是為插隊落戶病退的女知青開的。女知青如今二十大幾，都陰沉臉，撅著嘴，跟社會或者其他什麼賭著氣。作坊生產自己貨品。貨品縣份氣十足，紅的綠的黃的，艷得命都沒了。作坊也來料加工，一斤晴綸細毛線給你織一件對襟開衫。米拉在作坊裡訂製過一件套頭短袖衫，黑色，她自己的設計，胸前五根線，上面三個銀色音符：米─拉─蒂，領口挖成大V，V字的底部深入乳溝起端。可是做成了一試，V字成了小寫，底部只到達兩塊鎖骨之間的小凹蕩。米拉蒂找車間主任返工。主任是個富態婦女，說解放軍露這麼大一塊胸脯子，不擋風不擋雨不擋子彈！米拉說她早就不是解放軍了，退伍都一年了。車間主任說，退伍解放軍，也要給社會風化帶好頭嘛。米拉爭辯，馬上都要八十年代了，街上跛腿子都穿喇叭褲！車間主任

2　車間：廠房。

說，管他啥子年代，退伍解放軍的胸脯子，少給老百姓看點兒為好。

沒有做店鋪的門板房大多數關著，個別開了兩三塊門板，幾個少年男女蹲在門口刷牙，「咣當咣當」地在搪瓷缸子裡涮牙刷，滿街都聽得見，都曉得他們是刷牙的文明人。米拉的朋友一開始就竊竊私語教給她，某某、某某是住街上板板房的，地道街娃兒[3]。這些面朝大街刷牙的，街娃兒也，衛生習慣都不私密。大院，街上，兩個社會，兩個階級。

過了針織作坊，米拉右邊，也就是南邊，出現一個小路口，而左邊這條馬路突然開闊，融匯了東西向的馬路，也融匯了南邊的小路，如同入海口的江面。開闊地對面，矗立著四根方形水泥大柱子，中間兩根高，兩邊兩根矮，形成一個威武的大門戶。中間的大門走車，兩個小門走人。首長的轎車，中層幹部的吉普，運送食品煤炭的大卡車，都在門前開闊地上舒舒服服轉個大彎，開進大門。其實西邊的小門常年封閉，作用就是對稱，好看。米拉來到東邊的小門，站崗戰士腿抖了一下，吃不準是不是給她立個正，行個持槍禮，米拉已經混進門了。米拉上身白底藍點的短袖衫，搭配一條軍裝制服裙，混進大院不難。裙子底邊給她剪了又剪，比正常軍裙短兩寸。

軍營大門直對著一條寬大甬道，三四百米，跟所有軍隊大院一樣，甬道盡頭必定是巨大的主席招手雕像。招手的主席背後，是大院最早的營房，兩排破爛二層樓，一些住戶沒地方儲藏東西，窗台外吊著裹了尿素袋的棉花胎[4]，廢舊兒童自行車，木頭澡盆，整個樓看去都在逃荒。要是沒有高大的主席招手，不知拿什麼遮擋逃荒的破樓。

甬道的右邊，有個操場，當籃球場也當排球場，歸警衛連專用。警衛連住在操場那一岸，一排低矮的紅磚平房，每早被哨音趕出密密麻麻五百多個穿綠軍服的年輕漢子。據說這是個加強連，超編的部分埋伏著一個籃球隊，一個排球隊，一個演唱小組。米拉正是去警衛連的看守所救人。

米拉是到臥龍的第四天接到電話的。那時候，人已經關進去三天了。米拉的新單位是電影劇本雜誌，叫《西蜀電影》。編輯部向主任要她編一個保護熊貓的劇本，電影廠有個導演想拍這個題材。軍分區在臥龍山下蓋了招待所，米拉就在那裡接到了警衛連電話。警衛連副連長問她，有沒有個小姑叫李真巧。米拉說，她確實有個叫李真巧的表姑。副連長說，現在她在我們的看守室關著呢。她怎麼了？副連長說，你回來就曉得了。米拉趕緊登上長途車，路上輾轉兩天。兩天中她把李真巧可能犯的罪行都想了一遍，最後她確定李真巧什麼罪行都可能犯。真巧小姑第一次給米拉講解她二人的血緣關係時，米拉等於聽了一道函數題解，聽進去了，但聽不明白。真巧小姑那麼厚臉皮一個女人，解釋到那地步，自己都羞得臉紅。那是兩年前，表姑從雲南農場剛回來。

3　街娃兒：成都方言，指在街坊上玩耍成長、較缺乏教養的孩子。

4　尿素袋是日本製的尼龍袋子，棉花胎即棉被。

十多天前，李真巧帶一個香港男人來成都，找米拉投宿。米拉自己沒地方住，轉業前租下一間第三招待所的客房，每月付五塊錢。轉業後，招待所月月催她搬家，她說雜誌社分了房就立刻搬。可現在她已經轉業一年多，還讓軍人招待所忍耐著她。李真巧給米拉帶了一塊瑞士坤表[5]，寶藍表面，很俊俏，還帶來五條她自裁自縫的連衣裙，式樣各異，都是香港雜誌上套來的當紅款式。應該說，真巧小姑付的借宿費不菲。她告訴米拉，等她和香港人找到像樣的賓館就搬走。招待所的房間很大，二十二平米，李真巧跟招待所的服務員要了兩條雙人床單，在房子中央拉了根繩子，把床單用晾衣夾子夾上去，一間房就這樣隔成了兩間。米拉睡裡間自己的床上，表姑和香港人睡外間。跟招待所借來一張單人床棕繃，直接擱在地板上。每天晚上米拉在外面外交完了，跟一伙人擺美國戲劇的龍門陣[6]，聊擺田納西．威廉斯、尤金．歐尼爾、亞瑟．米勒的軼事，回到家都是下半夜了，外間的一對男女已經睡熟。米拉不禁想到，在她回來前，香港人在地鋪上給她米拉做過幾回姑父？每天早上見真巧表姑洗小毛巾，十來塊小毛巾一色一樣，洗得雪白透亮，看來香港人一夜要做好幾回姑夫。香港人文弱雅靜，戴金絲眼鏡，涼粉一般的面皮，幾乎沒有汗毛孔，幾乎半透明，不像一夜能給她米拉當好幾回姑夫的男人。

這天是禮拜天，上午十點了警衛連還在補覺。執勤排長查了一番米拉作廢的軍官證，然後手一揮，叫她跟著走。米拉不胖的時候，男人們對她態度好很多。米拉見到的副連長一條腿蹬著洗衣台刷鞋。副連長姓謝，主管連隊風紀。米拉從他的身高判斷，他更重要的職務是潛伏在籃球隊當前鋒。米拉繞到洗衣台對面說，謝連長，我來接我小姑。副連長，謝副連長更正道。他的意思是，別以為所有人被你口頭提拔半級就心裡美。謝連副抬頭看看她，說，你咋有這麼個親戚？遠房的，米拉企圖撇清。那你讓她住到你家裡？米拉心想，不是我家，是招待所。言下之意是，招待所人人住得，我表姑住不得？招待所常常住過路的首長哦，謝連副警告。到現在還不曉得真巧表姑犯罪的遼闊可能性中，具體犯下的是哪宗罪。謝連副拿起球鞋，對著太陽光細看，李真巧的案底就在鞋殼裡似的。

謝連副說，你曉不曉得，她跟那個港澳同胞不是夫妻。米拉說，他們很快要結婚了。謝連副說，多快？米拉說，馬上。謝連副說，馬上有多快？涉外婚姻民政局批證件就要好幾個月。米拉說，哦。這她不知道。他打開水龍頭，衝鞋子上豐富的肥皂泡沫，泡沫飛到米拉這邊來了。米拉等著。她想到父親的那次午宴，作客的每個朋友都想跟真巧小姑動手動腳。真巧小姑比米拉年長八歲，很多事情小姑都無法跟她說，只說，等你結了婚再來問我。謝連副又開口了，說招待所的保衛幹事看出米拉未來的姑夫不是中國人，要求檢查他的證件，他說證件讓一個朋友拿去買飛

5 坤錶：女士手錶。
6 擺龍門陣：四川用語，即聊天的意思。

機票了，當晚拿回來一定上交長官查驗。等到晚上，米拉房間裡就剩了一個表姑，只好把表姑抓起來。曉得不，他們為啥子不去住賓館？米拉說，他們看不上成都的賓館。謝連副說，你聽他們誆你。因為所有賓館都要結婚證，男女才能住一間房。米拉說，哦。她覺得有點受騙了。軍事要地，咋敢窩藏外國人？米拉說，他不是外國人。謝連副說，你姑姑都承認了。是表姑。你表姑帶個外國人到軍事重地搞腐化，還了得哦。謝連副的四川話不純，很多發音是北方人的。謝連副刷完了鞋，米拉陪著他去曬鞋。鞋有一尺長，他把鞋帶繫在晾衣繩上，轉過身說，你表姑多大了？連副有點私人談話的口氣了。米拉說，不清楚。謝連副說，長得還不錯。米拉笑笑。謝連副也是男人。謝連副又說，那個跳《夜護》的是你吧。米拉說，嗯。有點發福嘍，謝連副含蓄地揭露。米拉笑笑，這位幹部越來越體己。謝連副說，肯定跑哪兒開會去了，會議伙食吃多了。米拉說，春天參加了一個全軍電影劇本寫作班，在濟南。

禁閉室在紅磚房後面，三間廢舊車庫改造的。夏天三間房不夠用，抓到在大院果園偷桃子杏子的少年就能客滿。房前一個全副武裝的警衛連士兵在慢慢巡邏，見了謝連副，知道是提審，從口袋掏出鑰匙，打頭往三間房中間那間走。還沒走到門口，就聽見屋裡傳來女人哼的歌，謝連副看看米拉，對士兵打了個「且慢」的手勢。這時女人又在數節奏：一二三，二二三，三二三，男娃娃轉，女娃娃跟到！表姑的嗓音。士兵開了鎖頭，謝連副敲了三下門，李真巧歡聲應道：「請進！」

門一打開，米拉倒吸一口氣：李真巧一頭汗，領著六個人跳快三步。表姑做了這兒的女主人，叫謝連副和米拉「進來進來！」接下去她向米拉解釋，頭天關在這兒的幾個偷桃子少年跟她學了快三步，慢四步，釋放出去他們就滿大院做她真巧的廣告，說警衛連關了一個交誼舞專家。這幾個是大院幹部家的娃娃，一早就來掛號學舞，這一班跳完，下一班十二點開課。真巧說：我關在這兒幾天，都跳瘦了。謝連副說，哪個批准你在看守室裡跳舞？李真巧說，問你們連長嘛；連長的上司叫人開鎖，把這些學生送進來的。謝連副說，今天就教到這兒吧。學舞的人散開，米拉看清，三男三女，都二十歲左右。謝連副對李真巧說，你姪女驗明了你的身份，你可以跟她走了。李真巧說，那不行，不給個說法，不走。謝連副笑笑。米拉想，一萬個女人裡都挑不出一個李真巧。就看她現在看謝連副的眼光，沒人的話，謝連副多半會撲上去。八十年代第一年，米拉發現敢撲的男人一下子多起來。很多男女之間的事，看看麻煩，一撲就簡單了。撲錯了也沒事，似乎一進入這個年代，大家的容錯率都大有提高。李真巧的樣子很艷，拔得細細的眉毛，有十多種飛法，朝謝連副飛去了熱辣的仇恨，謝連副眼睛都辣疼了，慌忙垂下眼皮。等學舞的人走了，謝連副說，曉不曉得，招待所裡頭住的有離休的後勤部副部長哦，你就在人家眼皮下跟個外籍男士非法同居。米拉見謝連副說到非法同居時嘴巴掙扎了一下，從另一個詞掙扎回來。另一個詞彙一定更狠，比如「奸宿」。李真巧說，我住我姪女家，住不得？謝連副說，你姪女外碰巧住在軍事重地，碰巧跟離休部長前後院。李真巧笑笑說，我要曉得後院住了個啥子離休部長，我就找老頭兒串門子去嘍，肯定不得抓我了訕[7]。表姑把臉轉向表姪女，你都不曉得，他們骯髒得很，抓人就抓人，還非要三更半夜破門而入，想抓一雙光咚咚。就讓我帶了根牙刷，內褲都不讓帶，抓到這關起，四五天，連內褲都沒得換。不給個說法我咋個走？

謝連副掏出菸盒。李真巧伸出巴掌，謝連副給了她一根，她叼在嘴上。謝連副點著他的菸，再把菸遞給李真巧，李真巧接過菸，兌在自己的菸上，眼睛就那麼有仇似的看著連副。米拉不知道表姑會抽菸，而且抽得這麼好看。

謝連副問，你要啥樣的說法？真巧表姑說，白紙黑字的說法。

謝連副掏出一個小本子，從上衣口袋抽出鋼筆，寫下幾個字：「釋放證明」，想想，又寫了一行潦草花哨的字。寫完遞給表姑，表姑的手勢是搶的，細眉一橫。花哨的草字說：李真巧同志拘留期間表現優良，故提前釋放。經辦人：謝宏。電話：xxxxx。

謝連副把李真巧和米拉送到球場對岸，說了一聲「慢走」，就掉頭走了。

真巧表姑對米拉說，好難過喲，內褲幾天不換，褲襠跟膏藥一，磨得好疼。米拉惡心地瞪她一眼。

當晚李真巧帶著米拉下館子，逛夜市，始終不見香港人出現。米拉好奇了，說，怎麼不見你未婚夫啊，表姑說，不要踢屑[8]我，我要這種人當未婚夫？當馬夫都不要。米拉於是說，馬夫失蹤了。表姑說，嚇得縮回香港了。表姑你跟他到底什麼關係。莫得關係的，表姑說，他在大陸做生意，想要個女人陪，我反正閒到在，莫得事幹。米拉知道表姑在單位征服了一位廠領導，批准她休病假，每個月回廠一次，拿二十幾塊錢的半薪，剩下的，就是做個自由的社會閒雜人員。她陪香港人在重慶成都收字畫，香港人在上海租下個洋樓，專為典藏字畫精品。

真巧從一個攤子上拎起一條墨綠喇叭褲，提在手上仔細看，一面問價。攤主是個長髮小青年，髮式跟米拉的幾個畫家朋友差不多，嬉皮笑臉，也不回答價錢，眼睛把李真巧上下一掃，馬上量出尺碼來，說：這條褲子嘛，只有你這個身材穿得，太瘦了不好看，像這個妹兒呢，小青年眼睛一掃米拉，穿起也不好看。暗示米拉胖，並且是一籠統地胖，大娃娃式的胖，曲線一律混過去，胖得不性感，胖得冤枉。米拉跟表姑一並排時，米拉是最佳女配角。終於問出了價錢，李真巧錯愕地大喊，二十五，我一個月工資哦，穿了褲兒嘴巴就要扎起褲腰帶，一碗涼粉兒錢都沒得剩！長髮小青年說，真正的港貨哦。表姑說，真正的香港破爛。她轉臉對米拉說，聽到沒得，

7　訕：四川方言的語助詞，通常使用於較輕鬆、開玩笑的情境。
8　踢屑：四川方言，指貶低、看不起。

舊貨賣二十五，崔老闆給你買的都是新貨哦。崔老闆是那個香港人，原來連衣裙是香港人給米拉買的。米拉問表姑，不是你自裁自縫的嗎？我宰冤大頭，叫他幫我在香港準備行頭，順便幫你宰一刀。米拉馬上對香港人滿心虧欠，表姑都不讓人家當準姑夫，自己無意間敲人家那麼大一記竹槓。真巧小姑又說，你問你爸，我這輩子拿過針沒有？我做一手好菜，你爸都服氣得很，你媽都服氣，不信你問問你媽看。米拉不敢問母親有關真巧表姑的任何事，因為米拉的媽媽一開始就說，不准跟這個不要臉的女人來往。米拉的媽媽直覺到，丈夫米瀟就是在結交這個女人之後，開始看到離婚的曙光的。李真巧被米瀟介紹給自己的名流朋友們，米瀟眼看著所有名流們對她如何慾火中燒，於是開始憧憬一種風險，感情上的大風險。在中年還能遇到令自己慾火中燒的女人，還能冒巨大風險去斬獲，真好。

吳可初遇李真巧

聽了這個女人的身世之後，他的慾火漸漸熄滅。也不知怎麼一來，他色眯眯的眼光也熄了。吳可四十歲，頭髮卻已青少白多，灰頭髮理成板寸，兩個嘴角由於常常在心裡罵惡毒話而過早出現下行紋。惡狠狠的情緒是要燃燒許多熱卡的，因此吳可雖然在勞改農場伙食不壞，還常常偷摸水田裡的泥鰍，荷塘裡的蚌殼，偷偷滋補自己，因而在他被光榮釋放時，出落出二三十歲的形體。他摸摸跨欄背心下面的身板，學大寨修梯田修水庫十來年，一分力氣都沒費掉，全在斜方肌、二頭肌、三角肌裡頭。改造簡直就是米開朗基羅，鬼斧神工雕成一個東方版、中年版的大衛。不久前到北京跟港澳文藝工作者開交流會，一個香港導演帶了兒子來，十歲男孩童言無忌，對他說，吳先生可以到香港來當脫星哦。吳可繼續看鏡子，鏡子裡這個人，十八寫詩出小名，十九歲寫劇本出大名，好運氣壞運氣都因為他出名太早，太大。

那天老米瀟為慶祝老婆同意離婚，請了表妹李真巧到吳可家做菜。吳可家的房子是文革後退還的，樓下還住著搶佔房的若干家住戶，樓上一間五十米的屋做客廳，一間十二米的臥室，還有一間小房，窗子朝後院，給他當書房。客廳外，是一個大露台。廚房就是個棚子，借客廳外一小片牆壁，搭在露台上。米瀟的表妹一直不出現，老米瀟裡外端菜。到了開席的時候，一個屁股熱騰騰坐在了吳可身邊。吳可扭頭一看，長波浪大卷花頭髮下面，一個深膚色的臉，眼睛和膚色是印尼姑娘的，酒窩深深，腮幫圓圓，又出來一種敦厚感，像北方人或鮮族人。米瀟介紹，這就是今晚的廚娘，李真巧，他老米最小的表妹。一共五個菜，四個可以忽略不計，中間一個大瓦盆，菜裝得過滿，趵突泉似的，凸出盆沿，李真巧招呼，大家吃嘛，麻婆草魚燒豆腐。誰都沒見過這樣的搭配，一吃，醇厚香辣滑嫩，大家都美得沒話說。吃掉一瓦盆，客人裡的畫院博士生梁多開始逗廚娘李真巧，問她，你自己咋不吃？真巧說，看到你們就飽了。吳可抿著啤酒，眼睛一秒鐘都不閒著，觀察這個不太年輕的女人。他忽然想明白了，站起身說，我露台上還用井水鎮了啤酒，老米你幫我搭把手，搬進來。一出門吳可就問米瀟，你是為她鬧離婚吧？米瀟說，我造的孽還不夠？吳可說，為她造孽還值。米瀟說，那米拉更不認我了。吳可把米瀟逼迫到露台欄桿，說，你老實點兒，到底是不是為了她？自古以來，表哥搞表妹不算太醜的事。米瀟說，你不用開導我，我女朋友在重慶，在電視台主持少兒節目。吳可還是逼迫，米瀟舉起兩隻手投降，真不是她，真不是……吳可說，那你發給我算了。米瀟笑笑說，可以啊，只要你招架得住她。米瀟比吳可大八歲，兩人說起女人來一樣油爆。吳可老婆在他勞動改造頭一年就帶著離婚協議書去探班，吳可立刻簽名，一勞永逸，老婆從此再不用探準勞改犯的班了。其實吳可老婆不知實情，實情是吳可巴不得離婚，他在勞教農場附近發展了好幾個女崇拜者，約會就在橘子林的看果棚裡，給看果的一斤菸絲，果棚就歸他用。女崇拜者都是下放到周邊生產隊的知青，火熱纏綿的崇拜者對詩歌，對文學的焦渴，對產生詩歌和文學的這個肉體的焦渴，吳可就是消渴丸。她們密集來訪時，果棚後門送出去一個，前門就迎進來一個。此刻吳可說，好，你答應發給我了哦。米瀟說，我答應有什麼用，真把她當玩物呢，她可不好玩。米瀟少年時野，輟學到遠洋貨輪上當水手。投奔革命前，他是一個十九歲的二副。水手生涯讓他逛了不少西洋城市，因此他音樂繪畫都玩幾手，英文也裝夠了半瓶子醋，尤其水手的粗話，他就是一本活字典。在他身邊，所有人都本色不少，因此朋友都喜歡跟他混。米瀟此時嗓子低一個調，說，小吳，她真不是玩物哦。六七十年代，米瀟叫吳可小吳，現在依然。

吳可想，自從知道了李真巧當知青的遭際，這個女人從玩物、獵物變成了尤物。她不算漂亮，吳可見過的漂亮女人海了，漂亮女人不是尤物，漂亮只構成尤物小小一部分。初遇李真巧那晚，她用筷子夾起一塊魚背肉，放在瓷勺子裡，掏出一副眼鏡戴上，用筷子尖剔魚肉的刺。吳可說，還戴上老花鏡了？真巧說，散光厲害得很。她一根刺都不放過，眼珠都要鬥雞了。吳可又逗她說話，說，會燒魚不會吃魚？還用得著這麼認真挑刺。她說你放心，我不是給你挑的。她把剔乾淨剌的魚肉放在老米瀟碟子裡。美院博士梁多說，噉，我們就不能享受頭等服務？真巧說，他是我表哥，你是我哪個？梁多說，你有沒有妹娃兒？我當你妹夫。李真巧不動聲色地用筷子尾巴在他披著披頭士長髮的腦殼頂上輕敲一下。老米瀟那天晚上在露台上簡要告訴吳可，小吳你別惹她，她被男人搞壞掉了。吳可問，是什麼種類的「壞掉」。米瀟說，嗯，你慢慢看嘛。吳可回到餐桌上，啤酒勁兒正好，他側過臉，把李真巧好好地看，怎麼看也看不出這是個被「搞壞掉」的女人，胸部彈力十足，臀部緊繃繃，小腰是從芭蕾舞者身上借來的，細瘦得似乎不能承上啟下，她這一身青春是要爆炸出來了。當晚他留下她的電話號碼，第二天給她打，對方說這是毛巾廠傳達室，李真巧每月五號上班一天。

從來不計日子，不用鬧鐘的吳可，記住了一個半禮拜之後的五號。這一個半禮拜，吳可的心熬得慌。早上八點，他騎自行車到達毛巾廠大門口。他把自行車停在小馬路對過，一腳撐地，半個屁股坐在車座上，等了近四個小時，驕陽從廠房下面轉到廠房頂上，李真巧咬著一根冰棍過來了。怎麼樣的一個李真巧哦，彈力面料襯衫，兩片前襟上，紫紅淡黃淺粉條紋從兩肩射向胸部，腹部，重複呈現V字，強調她的寬肩高胸細腰，一看是港澳的當下流行。下著乳白喇叭褲，也是彈力面料，一分寬裕面料都不肯要，身上溝溝坎坎都給你看去，搔撓你內裡的秘密渴望。吳可叫了一聲真巧，她回過頭。今天長波浪繫在腦後，額頭原本是高大的，貴氣的，配得上那副名貴的太陽眼鏡。

當然吳可不能說是專門來此地等她，但願滿臉滿脖子汗水別出賣他。一叫，她居然興高采烈，手舉在頭上揮了揮。她身上的敗筆是這雙手臂，太短了，是小女娃的手臂，舉起來不高過頭頂多少。吳可穿過馬路，來到廠門口，她還是笑眯眯的，說，你在這兒等我一會兒，我拿了工資請你吃豆花兒麵。

又是等。這回她轉眼便回來了。不問自答，從包裡抽出劣質公文信封，上面寫著「李真巧，二十五元三分。」你看嘛，病休工資，只夠請你吃豆花兒。街角就有豆花兒店，一個工業用的大電扇哄哄響，吳可就是在哄哄響裡聽完李真巧的故事的。

當然不能用她病休的工資吃豆花兒，當然也不能只吃豆花兒。店裡還是有幾樣體面菜餚的，芙蓉蛋，鹽煎肉，麻辣豆筋，吳可點了三個菜，兩碗豆花。菜沒怎麼動，兩人都明白，菜都是幌子。吳可說，到家坐一會吧。李真巧嚇一跳，看著他，意思是，你不怕？！我怕。吳可笑笑，說，想跟你多聊幾句，不過下午我兒子會來，也是領工資。我一號領工資，他媽二號就來拿，這都五號了，今天是一定要來拿了。李真巧說她吃了飯有事。吳可知道她不想馬上跟他太近，她收著尤物的網，還不著急向他撒。

午飯後他一個人回家。跟老婆住處的傳呼電話通知，不必來領他的工資了，他已經寄出了。

他滿心的李真巧，沒力氣理會兒子。兒子學會苦肉計，見面就說母親這裡痛那裡不舒服。錢總是能晚一點寄出。他躺在涼席上睡午覺，卻是一下午醒著。

二十四歲的李真巧，什麼樣？被搞壞掉之前，她有這麼妙不可言嗎？二十四歲的李真巧，開始被輪姦。等於輪姦。

五年前，李真巧跟所有農場知青一樣，頭等第一的願望是回城。那時她在場部演出隊，隊裡的女生一個個悄沒聲消失了。黎明割膠的燈火越來越稀。這天她不出工，裝病躺在大通鋪自己的鋪位上，聽見隔壁嗡嗡的嗓音，男人的嗓音。隔壁白天是廣播室，晚上住女廣播員和女赤腳醫生。屋子裡靠牆擺三張竹床，跟李真巧宿舍只隔一片牆的那張床空著，給人吊鹽水、聽心肺，或者分場來了客人，玩晚了回不去，借宿用。李真巧聽見隔壁開門，偷兒一樣，就開了自己門，伸出頭去。一個男人趿拉著一隻鞋，光著一隻腳，竄得飛快。李真巧馬上找個由頭去隔壁看赤腳醫生，明知赤腳醫生跟著割膠的人上山了。女廣播員坐在第三張竹床上，兩個大黑眼圈。她挪開屁股，露出一隻男人的解放鞋，跟李真巧說，我也不瞞你，你反正都偷聽了。他不給我辦回城文件，我就讓他光一隻腳回他老婆那兒去。第三張竹床原先是有主的，屬於樂隊的女隊長。一次發山洪，她領導演出隊打快板敲鑼鼓，鼓舞抗洪，讓大水衝走了，就此失蹤。活不見人死不見屍，方臉盤大眼睛的女隊長是北京知青，聽見成都知青說誰和誰耍朋友就笑，笑這個說法好輕佻，最神聖的青春愛情說成「耍」。一場洪水退去，她連個渣渣都沒留下。

李真巧跟吳可說，先跟你講個插曲哈。去年在北京我見了鬼。我跟我男朋友崔先生去西單僑匯商場，想給米拉買一塊瑞士錶。人多得很，有幾個混混圍上來，想跟崔先生換僑匯券。我拉著老崔突圍，眼睛一瞟，看到一個女的在櫃台上看一塊浪琴錶，我的位置在櫃台拐彎的地方，離她有四五米遠。我身上汗毛嗖一下就豎起了，見了鬼了，那女的燒成灰我都認識，她不就是抗洪光榮犧牲的烈士嗎？烈士把臉轉向我，借著燈光，把腕子轉來轉去，欣賞戴在手腕上的錶。一點兒錯都沒有，就是那個姓史的樂隊隊長。我嚇得拉緊老崔，老崔問我怎麼了，我說那個女的是個鬼。老崔順著我眼睛看過去，史隊長正在離開櫃台，試戴一下名貴手錶，過足癮了，對女營業員風涼話很大度。女營業員說：知道你買不起，還看個沒完！我丟下老崔就跑，跑到她前面去堵路。我堵住她說，哎，史彤彤，你認得到我不？她看到我，迷糊糊的，直搖頭。我說，王家棟你曉得不？她瞪著兩個大眼，就是批林批孔指著王家棟王教導員揭發他讓孩子背三字經的那同一雙冒電光的大眼，說，您誰呀？咱見過嗎？我說，裝得跟真的一樣，當真抗洪犧牲了。你認不到我是哪個？我，成都知青，李真巧，六八年下放兵團，你在一分場三連，我在二連，你在你們宿舍門口拉二胡，我在我們宿舍門口乘涼，都聽得見。後來場部成立演出隊兒，我們都抽調到到演出隊兒，住兩隔壁。你以為你穿上這身洋貨我就認不出你原形了？她抽身就走，我又上去攔住，跟她說，你當真投了胎，又回來害人了？史隊長對周圍的人笑著說，這個人有病，認錯人了。又要走，老崔不知道什麼時候趕到了，一把扯住她胳膊，對我說，她跑不脫的，你去叫警察。女隊長史彤彤說，你他媽別鬆手，就這麼抓著，大家看見了啊，這個香港老流氓動手動腳，他還喊警察呢！老崔一聽，趕緊鬆手，女隊長黃鱔一樣，滑溜走了。我說，抓住她！北京人向著北京人，抓住的是我，把我又推又搡，從僑匯商場的地下室推到樓梯口。我一身稀髒，都是他們吐的口水。

吳可說，你肯定沒看錯人？她懶得多話。吳可明白，朝夕相處好幾年，就是認錯了臉，那聲音，那神態，那姿態呢？吳可躺在涼席上遭遇午睡失眠，推測著女隊長史彤彤是怎麼回事。那場失蹤肯定是她蓄謀已久的。雲南知青很多越過國境，幫緬甸解放軍打仗，也有極少數做買賣闖了。那是花了好幾年孵化出的一個預謀，跟越境到緬甸的熟人打好了招呼，只等一個大事件爆發，山火或者山洪，反正能毀屍滅跡的大災難。路線也早就勘探好了，從那個農場到邊境線不過幾十里路，過境之後，再轉道去馬來西亞，或者印度尼西亞，那些國家有的是中國人，有的是願意娶年輕女學生的華僑男人，然後身份就混到了。現在看看祖國風平浪靜了，搖身一變，一個歸國華僑回來了，愛叫什麼名就叫什麼名，愛多大歲數就多大歲數。慢著，還有沒有另一種可能？史彤彤確實落了水，水性和運氣都不錯的她給人救起來了。給一個男人救了。那男人或許有點權，有點門路，也有點真正的悲憫情懷，露水夫妻一場，又成全她的夙願，把她送走了。走？

到哪去了？在緬甸倒騰[9]幾年鴉片，賺了些髒錢，脫胎換骨回到北京，砍斷建設兵團所有關係，大隱於市。八十年代是個好時代，到處在恢復名譽、退還財產，某某復職，某某復出，復出的人們若發現自己編年史的銜接有問題，缺頁不少，儘管杜撰虛構，虛構的都像真的，真的更像虛構。李真巧在北京僑匯商場見的那個鬼，只說明一個現象：知青的逃離心情有多急切，逃離又是多麼不擇手段。等李真巧發現所有手段都被不擇手段逃離的人用完，用成了老花招，老掉了牙，她也只能用老掉牙的老花招了。李真巧在二十四歲這年開始找一個「關緊的人」幫忙。一個供銷社主任。在缺吃少穿、正當門路買不到必需品的地方，供銷社幹部是上下通吃的人物，等於一個腳踏黑白兩道的老大。李真巧是偶然來了靈感，找到這個老大。她問他，你們供銷社有沒有紅糖賣？老大說，有，也沒有，看是哪個買。李真巧說，我買呢？老大笑笑說，沒有也要有。李真巧說，你有多少嘛？老大說，你想買多少嘛？李真巧說，買不了多少，也就買個五斤。老大一點不吃驚，不做聲地看著她笑。李真巧給他看得頓時明白不少事。她說，在哪兒？老大說，什麼在哪兒？紅糖啊。不在這兒，在這兒還得了，我供銷社的牆還不給擠塌了。那你走哪兒去把糖秤給我？把你地址門牌寫到這兒，等到貨了我派人給你送去。李真巧就真掏起褲兜來：多少錢？老大

9　倒騰：販賣。

說，急哪樣嘛？到時一手交錢，一手交貨。

吳可插嘴：這個龜孫把你地址門牌騙到了。李真巧說，他才犯不著騙，多少知青娃想給他寫地址，他還不收呢。吳可說，後來呢？他派人給你送紅糖了？李真巧說，他派他自己送貨上門。那天鎮上逢墟，演出隊的人都趕墟去了，就我一個在宿舍。他敲門，我開門一看，他在鎖自行車，車子貨架上真馱著一大包紅糖。我趕緊開抽屜找錢，他攔住我，一來二往，我就到他懷裡了。那天他跟我沒走多遠，忙的就是他那兩個爪爪，我摁到這兒，他去摸那兒，到處給他摸得稀髒。第二年，一個女知青生娃娃死了，知青們抬著屍首遊行，喊口號要回城。我又去找他，這回我沒得跑了。演出隊的人越來越少，偶爾演出，哪個有心思看啊，上台唱：「同志哥，請喝一杯茶呀，」台下就起鬨：「喝你媽啥子茶哦，茶都涼嘍！」就唱不下去了。演出隊有個小男孩，文革一開始爸爸就給打倒，媽上吊，他十三歲就投奔兵團了。他會吹笛子，吹簫，會拉手風琴，嗓子還高得很，台上哪個人唱不上去，他就在天幕後面幫腔，跟台上唱的人演雙簧，叫他自己上台唱，他打死不肯，好像上台的人都賤，他不屑。小傢伙長得清秀白靜，戴副黑邊眼鏡，小塌鼻子擔著大眼鏡，擔不動，一講話就往上推眼鏡，怪頭怪腦，討喜得很。他老穿一件家織布白襯衫，扣子一律扣到喉結，出了汗襯衫上都是黃圈圈，隔近了身上一股甜酽糟味道。人家笑他從來不換衣服，他第二天就把五件一模一樣的家織布白襯衫曬到宿舍外繩子上。有一回我到河邊洗衣服，笑他身上醪糟發過頭了，成大曲了，要他把襯衫脫了，我順手給他搓了，他一脫，我看他可憐，一身排骨。他上身打光東東，站在河水裡陪我說話。他說他到兵團就有個理想，就是參加演出隊，演出隊有宵夜吃，天天早上不必起早割膠。那天他叫我真姐，我也從此就把他當個小弟。到演出隊的人走了一半的時候，他笛子吹得淒慘，問我，真姐不會也走吧。我說我沒門路，走哪去。那天我跟他交底：父親在我還沒出生就不見了，我是私生女，遺腹女，剛解放才三年，我媽改嫁繼父，繼父老實巴交，人家武鬥了他還照常到廠裡上班，給兩幫武鬥的人馬夾在中間，莫名其妙打死了。沒有爹老漢兒在城裡給錢給好處，在兵團這頭又沒有關緊的人開後門，走投無路。他跟我說，他參加演出隊的理想是起源於另一個理想，真正的理想，就是能天天跟我在一起，住一排房子。他說這幾句話都出汗了，塌鼻梁就像滑滑梯，眼鏡滑下來，他馬上推上去，馬上又滑下來。那天他給我一本英文書，說人人都急著走，回北京上海成都幹啥呢？多少年在這裡當野人，回去了不都是一伙廢物。他說，我才不急，學了本領，有朝一日真回到社會上，機會都是本事人的。

說到這裡，真巧停了。

吳可問，男娃叫什麼？真巧說，告訴你有啥子用。吳可說，聽起來你要跟他戀愛了，名字總要曉得吧。李真巧默默然好久。吳可放棄了，權當他是個過場男孩。王漢鐸，真巧忽然輕聲說，就像男孩在她眼前。

接著一個大冷場，吳可預感李真巧在準備大戲開鑼。兩人點上菸，吳可看著她的臉，她肚子裡的故事在往她眼睛裡湧。她把菸往碟子裡一摁，時候到了。她仰起頭，看他一眼，笑笑。吳可也不自然地笑笑。奇怪，他吳可緊張什麼。李真巧說，七七年春天，廣播員也走了。她是昆明知青，爸爸復職了，幫她辦了病退。臨走她推薦我當廣播員，搬到隔壁的單間。現在廣播室三張床空了兩張，女赤腳醫生也走了，場部醫院走了不少人，急著抓壯丁，穿鞋的醫務人員不夠，赤腳的去填空。廣播員一樣要出工，只是中午回到廣播室放唱片，廣播好人好事，通知下午的學習內容。就那一小時，李真巧笑笑。

那一個小時對供銷社主任好用得很。電唱機上放一張紅燈記唱片，李鐵梅的《爹爹留下無價寶》，一板二眼，主任不急不忙，公就辦完了。她問他，病退快辦成了吧。他說，說得輕巧，吃根燈草。她又問，那目前啥眉目了。主任說，要打點的人多得很，這個幹部要自行車票，那個要上海鬆緊口鞋，都要先給點兒甜頭讓他們吃，才能再提要求。過幾天供銷社主任說，成了！她問，怎麼成了？關係搭成了！一個有關部門的人要來見她了，親聆她的苦情。她一轉頭跟男孩說，成了，有關部門要給我辦事了！有關部門那個人終於造訪廣播室，認真記下她家裡的困難：繼父死亡多年，單親母親多病，弟弟羊癲瘋，妹妹年紀小。過幾天，那個有關部門的幹部來告知她，事情大有進展，上報給上一級部門審批。於是這個有關部門幹部也跟李真巧大大進展，一步到位辦了公。再過一陣，更上一級、更具體的有關人員來審核她的「困難」。有關人員越來越多，供銷社主任告訴她，一碗水端平哦，不端平碗都給你打爛。有關部門越來越大，胃口也見長，中午吃不飽，晚上還要吃。她就是一隻鳳凰，毛多美對獵人都是浪費，就為了把它打來吃。她想得開，他們反正無所謂羽毛多美，多稀有，他們就衝肉來，那就來吧，這身肉是足夠結實經吃的，吃了又吃反正吃不少她一塊。她每次問有關人員，什麼時候辦得成。他們都摸摸她的臉蛋，要麼捏捏她的胸口，拍拍她的屁股蛋，說，正辦著呢，哪有這麼快？城裡方面你鬼都沒得一個，單一頭幫你使勁兒，就慢。

那個男孩發覺了此事。大部分人都發現了此事。不過此事不是大不了的事，大家的反應也就笑笑，翻眼去看看老天。一日在食堂打飯，王漢鐸排在真巧身後，手指尖輕輕拉一下她的辮梢，她回過頭，男孩就那麼看著她，眼淚汪汪，嘴唇抖抖，就像他哪裡在劇痛而他又難以啟口訴說。就這一眼，她明白他對她是怎麼回事。兩人打了飯，默契地一同走到一棵老鳳凰樹下，蹲在樹下吃。鳳凰花盛開的月份，給他們撐了一頂火紅的陽傘在頭頂。飯吃下去一大半，兩人一聲不吭。這麼醜的事，一絲美麗，一絲詩意都揀不出來，男孩單純，啟不了齒勸說。王漢鐸還是開口了，說，留在這裡，就這麼可怕？那些老職工，當年也是知識青年，五八年到這裡開墾，人家不也活著，還要活下去，還娶老婆生娃娃，照樣養雞養豬做餌塊。李真巧惡聲惡氣說，要像他們那樣活下去，還不如現在就死了。那也不能靠出賣……他不說了。你懂啥子？！男孩眼睛看著前方，不說話，他是不懂啥子。那天晚上，她在念一篇長稿子，男孩輕輕推開門，走進來，坐在她左邊一張床上，能把她四十五度角度的臉盡收眼底。那個角度的她迷死人，分場宣傳部的美術幹事對她講過。吳可從純審美立場出發，額頭、顴骨、眼睫毛，酒窩，一個個細節研究，哪個細節不美？還有深色皮膚又亮又細膩，不是好看到什麼程度，是不同尋常，是妙。她一邊廣播，一邊用眼睛餘光掃到他捧著的一捧書。她在念稿間歇端起茶缸喝水，疑問地看著那堆書，他眼睛和手勢表示，書是給她拿來的。一堆破爛課本，中文，英文，語文，數學，歷史。她心裡恨得想咬他，已經給人弄成破爛了，學了這些破爛課本，就算考取學校，這破爛的肉身又怎麼辦？那篇稿子實在是長，她卻巴不得它永無終結，男孩總不會一直等下去。她怕稿子念完，他又要說教，讀書啊，學知識啊。男孩的語言好是好的，有一點兒酸腐：真姐，也許你是最後一個被命運眷顧的人，但你也笑在最後。她讀完了稿子，不能給男孩的說教以可乘之機。她甜美地看他一眼，男孩和她之間永遠甜美，永遠整不髒。她埋頭喝了一大口水，他走到她身邊，她氣緊了，媽呀，他要開口了，他要開口說，不晚不晚，就是給那幫畜生整成破爛，也拾掇得起來，命運之神就在路上。不能給他說話的機會，她轉向麥克風清唱起。唱的是歌劇《紅岩》，江姐被處死之前，給獄中孤兒唱的一首搖籃曲。

真巧的歌喉，吳可享過一次耳福。那晚慶祝米瀟啟動離婚程序，客人們喝了三箱啤酒，李真巧行酒令很凶，句句都是葷的。罰她酒時老米瀟說，不如讓真巧唱首歌。唱歌不在她話下，五分醉時，不讓她唱都難。真巧唱《吐魯番的葡萄》，用嗓子很巧，三分唱，七分哼。吳可找出一個微型麥克風來。他父親留的洋樓被強佔十幾年，給軍區幹部的子孫當幼兒園，退還房產後，高級別幹部的孩子們都大了，進了學校，剩下的教職人員就被合併到地方幼兒園去了。吳可從各屋堆的垃圾裡找到不少有用的東西，斷腿的小板凳（可接腿），跌扁的澆水壺（可敲打復原），長長短短的斷電纜，還有一個微型麥克風（他用來嚇鴿子，對著烏壓壓落在露台上的鴿子，朝麥克風猛吹幾口氣）。那天晚上真巧就拿著微型麥克風唱，麥克風的便宜她佔盡了，嗓音中的戲給麥克風擴充出來，強調出來。因此吳可能想像幾年前的五月夜晚，她如何在那個男孩身邊，對著幾十排宿舍的空窗子清唱，對著空窗子裡一頂頂飄動的白蚊帳唱。那個夜晚沒人入睡，到處在密謀回城大遊行，到處在割捨孽緣，秘密善後，到處都有秘密的討論，如何謀殺不合時宜到來的胎兒。吳可想像真巧怎樣吻著麥克風，把嘴唇直接貼在聽眾耳朵上。唱的是歌劇《紅岩》，江姐臨刑前給那個獄中嬰兒唱的催眠曲，「別忘了哦別忘了，別忘了你的爹媽，是他們用鮮血染紅了紅旗……」吳可知道，真巧那種唱法那幾年走私船來，自台灣通過地下，在中國大陸流行得飛快。

《紅岩》的革命女聖徒就那麼娓娓唱來，纏綿悱惻，舔著人耳朵眼裡的毫毛。吳可完全能想像，聖徒江姐的托孤遺言給李真巧唱成《小城故事》，《甜蜜蜜》，叫王漢鐸的男孩酥了半邊。

等她唱完三首歌，遠近響起熄燈哨音。男孩站起身往門口走，兩人至此手指尖都不曾碰過。他在門口站住，她說，快去睡了。他那樣看著她，塌鼻梁從來掛不住眼鏡，這時要不是微上翹的鼻頭接著，鏡片一定會掉地打碎。他眼神變了，什麼意思呢？他在看一塊絕好的絲綢大大方方地盡人潑污，什麼壞下水都可以往上塗鴉，多粗糲的爪爪都能上手，而那絲質之細之光潤，粗糲爪一觸即拉絲，現在都拉成什麼了？破爛一攤。

男孩從那晚離開後，再也不來了。她倒是開始一本本看他留下的書，看到最後，露出一張便箋：我的愛，從愛真巧姐開始，到詛咒娼妓這古老殘忍的營生結束；他們毀了真姐，真姐毀了我的愛。男孩停止騷擾她之後，她還會在食堂、宿舍前的過道碰到他，兩人就像陰陽兩界相隔，誰也看不見誰。又過了一個月，盛夏來臨。反正夜裡有人來，她索性就開著門睡，只有紗門上門栓，但每個有關人員都知道秘徑，紗門上開了個小口子，夠手指頭伸入，順著口子，手指頭輕撥門閂，紗門便啞然敞開，鬼都不會知道。她有一點特別棒，就是瞌睡好，多大的事，她瞌睡一來，全都讓位給瞌睡。她給瞌睡弄成一團麵，任揉任揣，一時身上重了，一時身上又輕了，她哼哼兩聲，表示活著。

吳可從老米瀟那裡知道，他恢復了文化局文藝副科長的職位後，幫李真巧從兵團調回了成都。進廠頭一個月，她織了一條毛巾一百零四米又三十分，因為她離開機器六個多小時。各個廠家都開始正規生產，出這樣嚴重的事故還了得，要重辦的。不過人們在廠房角落裡找到昏迷不醒的李真巧，車間主任犯難了。人家是真昏迷，有本事你證明她裝假。昏迷這毛病神秘得很，神經官能性，心理精神性，耳神經不平衡，頸椎骨壓迫，都會造成昏迷。一位副廠長對群眾說，小李同志在兵團十年，這裡，他指指腦子，受了點兒刺激。從此她再不用看機器，獲得了全面自由。

叫王漢鐸的男孩跟李真巧從精神到感情上斷絕了來往。偶然李真巧碰到他，他都是頭一埋，或臉一調，避開她。避開就避開，還微皺眉頭，把她當一灘污物，一泡糞便。夏天去了，秋天來了，她紗門上的縫隙給一根根手指頭捅成窟窿，蚊子蒼蠅飛蛾都自由進出，巨大的蜘蛛進來，在她懶得及時洗滌的衣物上攀織出完整的網，網住飛蛾蚊蟲蒼蠅。她感到自己也是蜘蛛，好東西都不會給她網住，網住的盡是害蟲。這天夜裡一個人走了，居然又來一個。後一個在紗門上摸摸索索，尋找破綻。她瞌睡中有些奇怪，熟門熟路，咋就迷失了。最終那手指頭找到秘徑，捅入紗門，撥開常常來回遊走、磨得滑溜無比的門拴。她還是瞌睡蟲一隻，隨他自己招呼自己。這個來犯者比誰都勁大，衣服本不礙他事，非要撕爛而後快。她嗯嗯兩聲，意思是，至於不至於啊？又不是渴急了餓急了，從來也沒欠著你們這幫龜兒子嘛。來客把臉放在她胸口，長長吸一口氣，真是渴急了，一口暢飲之後活過來的意思。她瞌睡淺下去，把那幫有關人員挨個在腦子裡擺了擺，不像有這一位啊。她伸出手，摸了摸身上這位的身體，又細又滑的皮肉，涼陰陰的，我的媽，一身排骨！用力過度，他身上的甜醪糟味又出來了。她不知道為什麼流出眼淚，眼淚順著她的臉頰迅猛地流到枕席上，這個人間，竟然一點想頭都不給她留。她一動不動，在他從她身上滑下去後，手指甲變了利爪，朝那細滑柔嫩尚屬於孩子的皮肉上死命一摳。他疼得啞聲叫起來，條件反應地給了她一拳。那一拳打得好啊，真的是不給她留一絲念想了，這個人間。從那之後，她拆掉了紗門，又加釘一個門閂，每天晚上睡前栓緊門。她是一隻鳳凰，對她羽毛有多美誰都瞎著眼，打了她來就是圖那一口肉，他也只當她是肉。他們吃到那天夜裡，她給吃出疼來了。被人間最後一個男孩子吃疼了。

男孩一夜成了個惡棍，再相逢時，他獰笑，她疼痛地避開。她發呆時夢一般笑了，想想著第二天早晨她廣播時，看見自己指甲裡留著暗色的血，稠厚的，連帶一層薄薄的皮肉。男孩的皮肉原本那麼薄，那麼細，她稱心地笑著，不知他帶著四道爪痕如何過日子。爪痕從他可憐的喉頭下延向他可憐的右側胸大肌，之後是否潰爛？是否爛成個永遠紀念？她稱心地笑著，眼淚流下來。

吳可聽到這裡覺得夠了：真是醜啊！他突然想起四歲的米拉，由他拉著手去書店買小人書，同行的還有轎車司機的兒子。吳可那時的劇本，全國話劇團都在演，紅遍全國。他常到大學講課，也常去工人文化宮、群藝館指導業餘話劇團排演，話劇院給他派一輛車，他到處跑能省時間，也安全。司機六歲的兒子常常隨行。那天司機開車送他們去了市裡最大的少兒書店，他讓米拉和司機的兒子自己選連環畫。可是米拉選中的書，司機的兒子非要先看。米拉於是跟他交換一本，剛開始看，司機的兒子又要換回。吳可跟男孩開玩笑：「你不夠意思吧？吃著別人碗裡的，還霸著自己鍋裡的。」男孩居然哭起來，說自己選的都不好看，一定要吳可給他換。吳可拿著書回到收銀櫃台，書店的人說，書都翻得卷毛了，不能換。男孩一聽，立刻倒在地上，向兩側滾翻，腿蹬地板、搓地板，手也拍打地板，一張小臉上只剩一張嚎啕的大嘴，其他五官都給嘴擠沒了。米拉的腦袋依著手足無措小吳叔叔，慢慢發聲：「好醜哦！」後來吳可把這事告訴米瀟，老米笑笑：這孩子古怪，看不慣的，惡心她的，在她看對的事和錯的事，都簡單，就是一個「醜」。

此刻他想，那個叫王漢鐸的年輕男子，可是極致之「醜」；先前一彪男人在李真巧身上實施的醜行，被那塌鼻子娃娃臉，終於推至極致。

沉默一會，真巧笑笑說，在她離開雲南時，王漢鐸還在那裡讀書，求學若渴，跟真的一樣。後來聽人說，他成了分場的王指導員，上大學是帶職的。

吳可那天下午的午睡被這個故事攪了，一直不來瞌睡。起床後他跑到老米瀟家，正好碰到他女兒米拉探望她爹。米拉和米瀟剛吵完架，老的氣喘不勻，小的淚眼浮腫。

子教三娘

說到哪一句米拉開始痛哭的？對，就是那句：「你多大了？快五十了！你還有資格講愛情？！該我講愛情了！」

米瀟也奇怪，這是個什麼鬼年頭——爹跟女兒都正當年搞戀愛？米拉撞見了父親的情人，情人挺知趣，馬上走了。之後老米瀟孫子一樣乖，給女兒做了晚飯，嗆炒苦瓜辣椒丁，糖醋田雞配綠豆芽，又到街上斬了半隻纏絲兔。米拉一個人差不多吃了一斤三兩兔子肉。老米瀟跟米拉一樣，住房處於過渡期，在紡織學校單身樓裡過渡。女兒吃飯，米瀟一杯杯地喝散裝啤酒，清喝，就著菸，女兒吃得美，他看著就能下酒。他邊喝邊抽邊環顧屋子裡，看是否有不雅痕跡。沒有。大床的床幔光明正大地敞開，夏被疊得一絲不苟。這個單身宿舍原來四張上下鋪，給抬出去後，放進這張老式大床來。床的雕花極為精緻，是他下放期間從深山老村收來的。那地方好玩，不知有漢，啥子解放，啥子土改，曉不得。據說有一回一隊解放軍拉練從鎮上經過，村民都去看熱鬧，孩子們看得那麼專注，都忘了吸溜綠色濃鼻涕，相互傳說，大軍要去打日本。解放牌大卡車被他們稱為車媽媽，吉普車他們叫車娃娃。米潚常常溜出幹校，潛行百裡山路，去那一帶的村子裡收老物。一回他想調度村幹部協助，問一伙曬太陽老人，幹部哪去了，老人們告訴他，恐怕走縣黨部去了。這張老床是米潚收來的零部件，找鎮上一個老木匠兌到一塊，缺損的雕花，木匠補雕，不細看渾然一體。除了大床，屋裡還有另外幾件老物，一個臉盆架，一個梳妝台。屋子最佔地方的是一張巨大的案子，由四張古老高凳加一張大木板搭成的，米潚用他自製的橡皮膠固定。大案子可寫可畫可吃飯。窗子兩邊放了兩個不倫不類的座位，可做沙發或旋轉躺椅，那是兩口超大鐵鍋改製的。鐵鍋底下安裝了能旋轉的座子，鍋裡墊上厚墊子，也用他的自製膠固定，坐上去鍋底可旋轉可晃悠。女兒吃得悶聲不響，老米潚知道狂吃是她心情惡劣的症候。烹飪方面，老米潚是巧婦，米拉小時吃的蛋糕都是父親自製，嘴巴從小給父親的廚藝慣饞了。米潚常說，李真巧不跟我沾親都見鬼，有廚藝為證。他和李真巧的廚藝有一共性，倆人都即興發揮，憑靈感搭配食材，任意發明食譜，有著高度的偶然性和不可重複性，誰也學不去，他們自己想留個方子都難。為什麼講到愛情米拉要哭，做爹的明白，是女兒的戀愛不順，當爹的戀愛又太順。米潚幾年前就情事纏身，這不怪他，怪只怪本來安穩的社會，突然就從幹校勞改營放出一批他們這樣的中老年男人；老米潚，吳可，都給放出來，進入好端端的城市。這批中老年男人突然從壞人變了好人，被冤成壞人的男人一旦被恢復成好人，女人們加倍地愛。何況這些被冤枉成壞人的男人都是有趣的，身懷才華技藝的，譬如吳可，譬如米瀟。社會在缺乏了這些有趣有才有技藝的男人整整一個時代，很是乏味了一陣，女人們的美麗都白白流逝了一陣，這些男人們總算給放回來了。女人們於是穿衣梳頭都有了奔頭，終於有在行的目光跟隨了。米拉看見父親的情婦好苗條好單薄，正是她發胖前的線條，於是她明白父親嘴裡沒實話，天天跟她說，吃吧，胖點好，我家米拉還是胖點兒好看。米拉有理由懷疑，這種誤導出於無良用心，吃胖女兒，好凸顯他情婦的苗條。就像米瀟情婦奪了她米拉那份苗條似的，憤憤，委屈，一份仇成了多份。本來米拉答應要跟母親去談判，讓媽別把老米瀟當不甜的瓜強扭在手。撞見了情婦之後，她悶了有一個鐘頭。情婦姓甄，叫茵莉，老米稱她小甄。小甄一襲白裙，鮮紅的嘴唇，峨眉山峰般的英武眉毛，五四短髮，長腿細腰，好的她都佔了，還要佔孫霖露的丈夫。孫霖露是米拉的母親，花布設計師。

其實米瀟是把女兒始終當知己的。一開始跟女主播甄茵莉要好，他就跟米拉坦白了，爸爸也是人啊。那時米瀟還沒完全被「解放」，工資沒恢復，關係還在幹校，只是臨時抽調到重慶，幫助電影製片廠的導演做美工顧問。父親當水手的時候去過法國，電影廠廠長熟識米瀟，把米瀟從挖河泥工地直接調去了重慶。米瀟鄭重地給米拉寫了一封信，說自己在乾枯的婚姻中苦夠了，也撒謊撒夠了。從米拉十歲，米瀟就感到愛情在他跟孫霖露的婚姻裡稀薄得令他窒息。那時他念米拉小，碰到喜愛的女人都忍痛錯開眼睛，有那實在錯不過去的，就在人民公園，百花山動物園，杜甫草堂約會幾場，下小館子時在骯髒的桌下捏捏手，拍拍腿，那時他心裡悲壯，想著自己犧牲了一個個合宜的女人，只求女兒能正常長大，心靈健康，在孩子裡不受歧視。米瀟調解過孩子們的官司。一群孩子指著本來很霸王的一對弟兄大聲揭露：「你爸媽離婚了！」霸王弟兄二人似乎真被揭了短，立刻灰溜溜，不戰自敗。父母雙全的家庭，孩子們是社會陽面，是正面力量，是優越階級，米拉當時與孩子們共享這種優越。他不能因為一個心愛的女人把女兒劃分到孩子的少數階級中，讓米拉和那個離異家庭的弟兄一樣自卑，不戰自敗。米瀟給米拉寫的這封信裡，坦言他跟那些銷魂女子失之交臂之後，與孫霖露每一次性生活，每一個示愛的笑容，每一句枕邊話都是撒謊。米瀟可以很不堪，但撒謊最為他不恥。米拉當時的駐地在郊區，她正在玩命練功玩命衝廁所爭取入團，接到爹的六頁紙的掛號信，站在郵局門口就流淚了。她不知是可憐父親還是可憐母親，甚至可憐她自己。她是年輕軍人，二八年華，過著禁慾的生活，老爹心裡倒是一直偷偷豢養一頭猛獸；愛和情慾在那年代難道不是猛獸？夜裡，她躲在庫房，用一個電筒，給老爹回信。她沒有表示震驚，也沒有表示悲哀，儘管淚水融化了不少字跡。庫房靠牆放著木頭架子，一共四層，所有官兵們多餘行李都存放在這裡。有人擁有木箱，有人擁有旅行袋，也有人擁有著一堆留之無用棄之可惜的東西：兩把包花布的舊椅子，一個空空的鳥籠，一把沒有弦的吉他。所有箱子袋子都鎖著鎖頭，庫房鑰匙歸每個宿舍的舍長掌握，誰需要進庫房存放或提取物事，可以跟舍長拿鑰匙。庫房二十多平米，充滿廣柑的香味。有人要了鑰匙不為存取東西，而是到此地來吃私糧。廣柑上市，幹部戰士都分得十斤。十斤柑子不經吃，剛吃開胃口，半熟的果實剛剛放熟，就已經成了回味。幹部們吃完公家發的廣柑，可以去服務社買品質更好的，他們月月有工資可領，身邊碰到那個士兵順眼順心，賞一兩個。米拉有天得到一枚袖珍鑰匙，給她鑰匙的人悄聲說，庫房裡某號架子的某層，那個藤編箱子裡有給你的東西，打開鎖吧。米拉好奇，打開鎖，發現滿滿一箱金燦燦的廣柑。米拉的嘴饞有人是發覺了並願意去寵的。她想著那人的臉，那人的身材，似乎是熟識的，可從來沒有發現他喜歡自己。在大家偷吃私糧的靜默中，他一下給她這麼多熟透的果實。她一個也沒拿，愣愣地在廣柑面前站了一會，領取了的，是偷偷為她存放在此的獨一份關愛。第二天她奉還鑰匙，那人說，放你那兒吧，以後方便點。從此她知道有一份喜歡是她的私糧，想取，總是在那裡。她把小鑰匙上拴了根繩兒，套在脖子上，想要取，就有，那感覺好，但不必取，這更好。她再沒有打開那個藤箱。這夜她給老爹寫信，嗅著柑子微苦的清香，流的淚也為了這把鑰匙；難道十六歲的米拉應該熬住寂寞嗎？難道米瀟一個大男人熬不過那點依戀嗎？她在信裡寫她的生活，寫她擔任的新角色，寫她在悄悄練手的詩歌；她的詩，都是凌雲壯志，父親，你可以高大一些嗎？十六歲的米拉都不這麼小兒女氣。最後她只問他，我媽哪一點不好呢，讓你這麼多年來必須以謊言對待之。米瀟回信倒是快，可找到能傾訴風月秘聞的一副心扉了。米瀟說，你母親很好，沒一點不好，可愛情有它自己的生命；它的活力也許來自罪惡，而非美德，相反，與美德居多的孫霖露同床共枕，可愛情它說死就死了，對此他毫無辦法。

米瀟此刻喝完了軍用水壺裡所有的散裝啤酒，回腸蕩氣地打嗝。米拉覺得下放回來的父親，常常是沒出息的樣子。四年前她接到米瀟的掛號信。那個週末米拉帶著信回家，想跟母親吹風。信放在帆布旅行包裡。包裡還裝著她省下的舞蹈演員補助白糖，省下的草紙和軍用肥皂，還有一件穿舊的軍用絨衣。媽讓她把不穿的東西都帶回家，媽不嫌棄，媽穿。每個舞蹈演員都有一件心愛的羊毛衫，極薄的，前開襟，天冷練功的時候套上，練熱了繫在腰間，米拉是最後一個買得起羊毛衫的。而且四川沒有這種好東西，必須托那些家在北京上海的人買。米拉好不容易存夠了三十塊，卻買了一件四十塊的羊毛衫，玫瑰紅，腰部收得一把，她拿到宿舍，每個同屋都試穿了一遍，驚艷了一遍。欠的十元錢，米拉要分兩個月才還得清，她一月才十元錢士兵津貼，還是超期服役老兵的待遇。於是部隊發放的臃腫絨衣就此退伍，現在歸了母親孫霖露。媽套上褪色的軍用絨衣，跑到鏡子前，拉拉這裡，拽拽那裡，說，你的尺碼我穿正合適！米拉看著母親在缺吃少穿的年月長出的虛肉，眼淚又要流出來。苦日子會讓一部分人胖起來，米拉的母親就屬於這不幸的一部分。孫霖露在一人四兩肉的年月排隊買肉，跟賣肉的人吵架，說一樣的肉票，你給他切的都是肥的，給我切的這麼瘦！米拉看著媽媽；她自認為跟女兒同一尺碼，明明身上一道道橫線，她卻宣布正合身。多可憐的媽。米拉感到母親變成這麼樸實，這麼粗糙一個女人，跟米瀟下放有關。孫霖露自丈夫下放被迫搬出原先的房子，搬到一套兩間的小單元裡，大間住一對夫婦，帶一個五歲女孩，母親住七平米小屋，還要把碗櫃、米櫃搬到小屋裡上鎖。母親每次打開碗櫃，拿出半碗八寶飯，或者兩塊葉兒粑[11]總是擠眉弄眼，手指放在嘴唇上，動作神態都是賊的：噓！別讓外頭女娃娃聽到，聽到了不給她吃不好意思訕。媽穿上軍用絨衣，褲子也是米拉帶回來的。每年交舊領新，米拉跟別人換號碼大的，拿到家裡，媽就跟分了土豪細軟的貧農一樣歡天喜地。此刻媽看見米拉吃完了白糖糕，就跑過去打開門，叫著女鄰居的名字，小趙，看我們女兒的絨衣，我穿正合適！門廳兩家共用，孫霖露的鏡子是大門上的玻璃。媽的步態和身姿還是少女的，她最初就是這樣小蹦小跳地進入了青年米瀟的視野。女鄰居小趙在外面走廊做飯，這時伸著頭看孫霖露，說，光榮軍屬硬是安逸哦，穿的都是真軍裝，街上超妹兒超哥穿的啥子？狗屎黃，一看就是假的。孫霖露的優越感虛榮心還不滿足，說，米拉一年發兩次新軍裝，舊的都夠我穿一輩子。女鄰居又捧場說，啥子衣服都沒得軍裝精神。米拉看到母親因為軍用品拾荒興頭正高，想趁機提父親掛號信的事。但孫霖露站在大門玻璃前，就跟女鄰居說起探親計劃來。她說，我米拉

10　同屋：室友。
11　葉兒粑：四川的糯米製點心。

八一節演出過後，要放幾天假訕，我們去老米那兒，全家團聚一下。米拉心想，她幸虧沒提信的事，至少讓媽蒙在鼓裡，無辜地去做一次電影美術顧問米瀟的家屬。過去媽都是作為反動文人的家屬去米瀟勞動改造的農場探親。米拉當兵後，還跟母親去過。農場招待所只給一間小房，三人同睡一張單人床，米瀟在床外接了塊木板，三人橫躺。十四歲的女兵米拉頭朝外睡，兩條腿卻睡在父母之間。夜裡兩夫妻的枕邊話是這樣的：米拉越長越像我吧？像，不過脖子比你長。我現在胖了嘛，脖子當然短了，你認識我的時候，我脖子不短吧？嗯……反正米拉的脖子不是你的，是她奶奶的，我娘脖子長，四肢都長。女方沉默一會，默認男方是正確的，然後又熱烈地說，米拉洗澡的時候才好看，混身跟玉石一樣，就是個小玉人！女方由衷驕傲，不管自己脖子如何，從她身子裡出來的這個可是玉人！男方不語，分享這份驕傲。然後女方邀請男方從米拉的腿跨越過去，男方推脫，說累了，做不動。女方就說，你咋回事？上次來探親，你不也累嗎，照樣做得動。男方嘆口氣，說，勞動改造你以為呢？一年到頭做和尚，一點女色不見，慢慢就給改造成這樣了。眼下的孫霖露對著門玻璃，那就是她的穿衣鏡，好處是照出的人形馬虎，皺紋是看不見的，身上的橫肉也是看不清的，照著照著，她眼神就年輕起來，酒窩也深了。孫霖露說，米拉她爸現在調到重慶拍電影去了。

米瀟站起身，打開電燈，屋裡黑了有一陣了。米拉在突然白亮的光線裡直眨眼。她看到這個老爹身穿洗污的白汗衫，腋下爛成魚網，領口塌陷，露出赤紅一段胸脯。他現在可以是馬薩喬（意大利語：邋遢鬼之意）。米瀟不止一次地告訴米拉，他最崇拜的畫家，並不是達．文西，而是馬薩喬和米開朗基羅。因為馬薩喬是第一位把雕塑的三維空間感帶到平面的繪畫裡的藝術家，從他開始，科學中算學使繪畫發生了顛覆性革命。米瀟也告訴女兒，米開朗基羅在梵蒂岡西斯廷禮拜堂五百多平方米的天頂畫，需要十個他那樣的天才畫師才能在短短四年時間完成。天頂畫的氣勢、力量、動態，遠超達．文西的「最後晚餐」。米拉想，米開朗基羅的不修邊幅和馬薩喬的邋遢，深遠影響了米瀟此刻時尚。掛在蚊帳桿的深藍布襯衫是見情婦的行頭，要省著穿，女兒只配看他穿漁網，做「邋遢鬼馬薩喬」。母親連如此一個「邋遢鬼」的米瀟都不配看。

米拉想到五年前，母親帶她去重慶探親。孫霖露那時屁股已經沉甸甸的，胸脯也沉甸甸的，胸罩在背上勒出兩道肉稜，的確良[12]襯衫壓根擋不住。要是一般布料會好些，比如說府綢。可她偏偏制定五年計劃，只在泡菜罈子裡撈下飯菜，終於撈出一塊的確良面料。淡藍色，街上十個人穿的確良，八個人是那種藍，男女皆宜。裁縫做成之後，孫霖露穿上，狐疑地說，一點料子沒得剩哦。裁縫說，將將夠。孫霖露又說，我還以為能套裁一件背心給我女兒呢。裁縫說：領子下頭

12　的確良：聚酯纖維。

都是我用碎布拼的。孫霖露說，布店的人滿打滿算賣給我的哦。米拉陪在一邊，看到裁縫鋪鏡子裡孫霖露的臉，都是找茬兒的尖刻。苦難把孫霖露變成了這麼個人。到重慶那天，父親在招待所留了條子，讓母女倆用他的飯卡吃食堂，到管理員那裡領乾淨毛巾，領蚊煙，有事找姓許的副所長，他表示遺憾，必須到巫山出席個會議，五六天才得回重慶。重慶八月，人間煉獄，招待所房間裡一台搖頭電扇吹出滾燙的風，娘兒倆等了五六天，不見米瀟蹤影。米拉發現電影攝製組就住在他們樓上，便找上去，問什麼差事把美工顧問支派到巫山去了。電影廠的人說，老米去巫山是出席重慶文化局的會，跟攝製組突然請的假。米拉隱隱悟到，爸是為了躲媽臨時逃跑的。她回到房間，媽把淡藍的確良穿上了，臉上抹了點粉，跟米拉說她想好了，不如全家就在巫山團聚。巫山風景好，就算一家子旅遊一趟！好久沒有遊山玩水了，還是結婚後跟米瀟度蜜月坐了幾天江輪，到武漢住了幾天。她已經托招待所許副所長買好了船票。米拉極想阻止四十多歲的母親當孟姜女，但她看見孫霖露已經進入了蜜月，整個人都忽然好看起來，又於心不忍。也許孟姜女的壯舉能感化父親也難說。江輪的三等艙裡，媽講的都是十七年前的蜜月，因為米瀟跟港務局熟，說是帶著寫生任務上船，港務局給一對新人安排了個頭等艙房。媽說，哪像這個三等艙，簡直是收容所。媽嫌船上伙食貴，一天只捨得吃兩個從朝天門碼頭上買來的燒餅和榨菜，開水泡一碗炒米花當湯，但心情是蜜月的。晚上，三等艙很昏暗，媽突然有了訴說秘密的勇氣。她說，米拉，曉得不，你就是媽在船上懷上的，一等艙。那時你爸還動不動臉紅，跟我說句親熱話臉就紅了，每天晚上關燈之前，他問我，關燈了哦，我知道他臉又紅了。關了燈他膽子就大了。說不定就在巫山，也說不定在宜昌，懷上了你，米拉。就是說，長江是米拉生命的生產線。能見證遊覽自己被孕育的地點和過程，倒是怪誕的。

到了巫山，碰上雨天。候船室陰濕陰冷，地面讓過客踩得一層泥漿。孫霖露說什麼也不去找旅店。她說，等找到你爸自然就有住處了嘛，何必浪費一夜房錢。米拉說，萬一今天找不到爸呢？孫霖露說，那就在這裡坐坐，一夜還不好將就。米拉把媽留在候船室，自己去找開會地址。雨天雨地，米拉買了份人民日報頂在頭上，找到了那個地址。傳達室的人說，米瀟？走了有三四天咯。米拉問，五天前給他拍了電報，要我爸等的。人家說，反正人走了。米拉問，請問開的是啥子會議？人家說，沒聽說啊，這裡好久沒舉辦會議了。米拉不知道怎麼回候船室跟媽回話，孟姜女哭長城，到了地方發現根本沒築長城。媽是帶著米拉一路遊覽過來，重遊蜜月之旅，重遊米拉孕育之旅，對孫霖露來說，甜蜜濃似當年。米拉現在要告訴她實話，米瀟就是這個蜜月的謀殺者。人家看她是個娃娃女兵，又是個渾身淋濕的娃娃女兵，請她進到傳達室裡面坐，客氣地說，你要是想打聽你爸去了哪裡，我能幫你打聽到，問負責訂車票船票的人就曉得了。打聽的結果是，米瀟訂的是回重慶的船票，並且訂的是兩張。有人跟米瀟一塊來一塊走的。米拉想，媽真苦啊。她含著淚回到候船室，孫霖露看見她馬上把目光投向她身後；女兒身後沒跟著她的男人。媽說，沒找到你爸。米拉說，開會地址搞錯了。媽說，那咋辦？米拉說，回去吧。媽不吭氣。過一會兒說，三十四塊多錢呢。她指的是船票。米拉說，不回去話，住旅店還要花錢。媽說，找郵局，打長途電話，問問文化局，在巫山開的會，會址到底在哪兒。孫霖露尋夫尋慣了，經驗豐富。她心裡想說，媽，不要找了，你找到哪兒，米瀟就從哪兒逃跑。米拉怎麼也說不出這句話。孫霖露讓女兒在候船室歇著，讓身上衣服乾一乾，自己去找郵局。米拉把媽拉住。電話打到重慶市文化局，馬上就能發現真相。巫山沒有召開任何會議，米瀟到這裡是跑反，跑老婆反。米拉說她去打電話，郵局萬一排隊，解放軍受優待，免排。米拉當然不會傻到真去郵局。雨很有後勁，穩穩地下。沿街一家家小店，她進到小店裡，繞個圈又出來，這樣可以少淋點雨。她口袋裡有十一塊七毛五，八月份的津貼，一分錢還沒動。在一個小店裡，她用七毛五例假草紙錢買了一頂竹斗笠。給母親擋擋雨吧。她的解放鞋泡透了，軍褲濕到大腿，整個人都骯髒窩囊，整個人都該扔掉。最窩囊是無處可去，連到底要去哪裡的念頭都沒有。不遠處飄來一股熱乎乎的甜味，抬頭看，一個鋪子在賣熱麵包，牌子上寫，一角一個，免收糧票。麵包鋪樓上是一家電影院，廣告上有一男一女，穿灰軍裝，片名叫《我們是八路軍》。她又拿出五毛錢，買了兩張晚上七點的票，電影院裡至少乾爽。

米拉再次回到候船室，告訴母親長途電話通了，重慶文化局說，會議改地址了，改到了大足。母親臉亮了，說，我們趕明天上午的船，先回重慶，再去大足。米拉心想，大足她和媽都沒去過，至少能看看石刻，車船花費和感情消耗也不算完全白搭。當晚米拉對母親百依百順，不知陪了多少真假笑臉。《我們是八路軍》放完，媽說，真好看，麵包也好吃，再看一遍電影，吃一個麵包。米拉覺得這是個絕無僅有的難看電影，但一句話不說，到門口又買了兩張票，兩個麵包。孫霖露無非是覺得電影院的座位比候船室舒服，電影院裡打發時間也比候船室容易。第二場電影看完，天還在下雨，母女倆回到候船室等天亮。米拉頭靠牆，剛睡著，媽推醒她，說，起來走走，這麼涼，睡著肯定要生病。放在平常日子，誰吵了米拉的覺，米拉脾氣大得嚇死人，父母都怕米拉的下床氣，這天夜裡，米拉剛要鬧忽地想起，鬧的配額還是留給媽吧；不久就要真相大白，媽還不定怎麼鬧。

她們到大足之後，居然雨也跟來了。母親終於下決心，花了五塊多錢，買了一把大雨傘。母女倆擠在一把傘下面，完成任務似的在所有石刻前面站一會。碰到遭紅衛兵砍了頭，或挖了臉的佛像，兩人遺憾兩句，也是完成任務。米拉和孫霖露坐在汽車站的棚子下等車時，媽說，你爸現在就在重慶的招待所裡，假裝出差。米拉不吱聲，揭露的是她米拉似的。孫霖露可怕地笑笑，說，開你媽啥子會喲，開兩個人的會。米拉等著，等著，總爆發在倒計時。等了好幾分鐘，孫霖露居然不鬧，不哭。米拉斜著眼看媽一眼，她眼睛乾乾的，朝著前方，前方不需要她再看見什麼，於是就是一雙瞎子的眼睛。米拉一路上都在把自己準備好，為一個哭鬧的孫霖露把自己準備得強壯一些，心硬一些，但一個不哭不鬧的孫霖露，是她毫無準備的。她為母親哭泣起來。媽伸出虛胖的胳膊，把女兒抱進懷裡。孫霖露決定直接回成都。米拉設想，回到重慶那個招待所，面對整個電影攝製組，面對所有米瀟的合謀者，讓他們看巫山、大足尋夫歸來的孫霖露，該是多淒慘的鬧劇。回到成都，在火車站母親猶豫地說，我能去你們團宿舍住幾天嗎？文工團院子裡倒總留幾間空房，做來團探親家屬的客房用。米拉奇怪的神色母親看懂了，解釋道，我跟單位請了二十天假，跟鄰居都說，我們一家在重慶團聚，要二十天才能回來，現在才出門十多天，回去鄰居和同事都要笑話。米拉帶著母親回到文工團駐地，好比帶著沒人管的孩子上班一樣。媽在客房住下來，就像欠了米拉一大筆人情債，期艾地說，你忙你的，不要管我，我住到探親假滿就走。媽叫米拉借個煤油爐，她到糧店買來切麵，又到菜市買來碗豆尖，菠菜，要米拉去炊事班討點醬油醋，紅油花椒，三餐吃麵條。她囑咐米拉，人家問起來，你就說，家裡修房子，我媽沾幾天解放軍的光，房子修好就走。米拉說，人家才不問。媽說，萬一問起來。米拉擺出個很煩的臉。母親看到米拉的臉，哼哼冷笑，說，一個女人，丈夫不要了，連自己女兒都看不起。

後來米拉想，母親從到重慶的第一天，就明白米瀟是怎麼回事。最晚最晚，娘兒倆到了巫山，也就全明白了，但母親需要把一個虛擬的探親假度完，虛擬的丈夫，虛擬的美滿家庭，對母親來說，比沒有要好得多。

米拉收拾著一腦子的散碎記憶，轉過身看父親，這個孫霖露寧願以虛擬來擁有的丈夫。米拉說，你跟那個女人，打算結婚是吧。米瀟說，跟你媽先要離婚啊。米拉沉默。米瀟又加一句，還要一個人同意才行啊。米拉說，誰？米瀟說，我的寶貝千金米拉要同意，我跟孫霖露才離得成婚。米拉白他一眼。米瀟明白女兒沒說出的話，少來這一套。米拉說，她多大了？米瀟說，三十八。米拉心裡又是一痛，才三十八，我媽怎麼熬得過她。媽趴在木盆邊上搓被單的樣子，米拉想著淚就湧到鼻腔。搓衣板抵住媽厚厚的小腹，搓得那麼認真，那麼賣命。米瀟總算平反了，回家了，能給他洗洗被子被單，母親都惜福。晾曬被單在公共的院子裡，母親給丈夫做廣告，我們老米七七年就徹底解放了，今年子就要補發工資，利息都要補，上級還要給他批房子，不得比我們過去的房子小哦！等搬了新房子，老米就接我過去住嘍。母親滿懷希望，等父親邀請她搬進新分的房子裡，哪怕是這個二十多米的過渡宿舍。母親空等了。回到城裡的第二年，米瀟幾乎不在孫霖露的半套單元裡露面了。偶然見面，米瀟都安排在路邊小館子裡，還要拉著米拉做電燈泡。孫霖露若問，你現在到底住在哪？米瀟回答，過渡時期，到處住。孫霖露還不知難而退，說，哪天我給你去收拾打掃一下嘛。米瀟說，過渡完了，正式分了房子再說。他讓「過渡」聽上去就是一兩個月的事。孫霖露進一步打探，估計下個月就能過渡完了吧？米瀟轉起大眼珠子，望望上天，天曉得。孫霖露仍然上桿，說，你那些書總要看吧？現在還都在我單位庫房裡頭，啥子時候給你送去呢？還有四個書櫃，都在庫房。米瀟說，不急，那些書，都看到我腦子裡了；真正讀書人，書是不擺在外面的。孫霖露又說，那我要找你，到哪兒去找呢？米瀟說，你找我幹什麼？孫霖露吃了一口風，猛一噎。米瀟心是軟的，這時把手搭在糟糠之妻的手背上，輕輕拍拍說，要是能分到兩間一套的單元，就像我們家過去那種，我馬上就告訴你。孫霖露本來垂死的希望，又蠢蠢復活，說，我啥子時候在乎居住條件，你勞動改造的地方，蘆席棚我不是也住了嗎？我還在蘆席棚外面種了豌豆、胡豆。米瀟笑笑。米拉坐在餐桌旁邊，胳膊肘搗了父親一下，同時橫了他一眼。這又何苦，女人本來要認命了，伸頭縮頭都是一刀，那就砍吧，可男人又給一個渺茫的選擇，讓鈍刀在肉上來回鋸，痛的是兩頭。對媽來說，痛便是活著，鋸斷皮肉還有骨頭，骨頭斷了還連著筋，只要血脈纖毫相連，便是值的。

米拉拿起碗筷，到水池邊洗。當兵的習慣，洗自己一副餐具。父親把剩下的食物放進他自製的紗櫥。米瀟是個過日子好手，什麼鬼點子都有，趁隔壁是公共廁所，他在牆上打了個洞，接一截管子到公共水管上，就此有了私家水池。米拉覺得，米瀟挺享受這個過渡時期。似乎這個時期在他生命裡是額外賺的，不會從他命定享年的日子裡克扣出去的。並且這樓裡住了不少像米瀟這樣的過渡人，於是這裡成了三不管地帶，借居在別人的單位，所以無組織管，左鄰右舍不相往來，因此沒有同事的小報告。再說，常常有結束過渡搬走的人，由新的過渡人接替，換人不換地，等於原地流轉，這樓等於一個靜止的大篷車，居住於此等於不用遊走的流浪。過渡在這樓裡的人，誰都不值得別人關注，從而搭建口舌是非網絡，誰也都不浪費感情，把信賴給予很可能明天就告別的人。一個四五十歲的老男人米瀟，只要他在這樓裡不殺人放火搶東西，不摘走廊的公共電燈泡，不撈錯泡菜罈裡的菜，不搶佔人家擴充到走廊上作為廚房或儲藏間的空間，他就是一份無形無嗅無害無益的存在。對於被管制了近十年的米瀟，這種過渡非常受用，你看他多麼津津有味地佈置他的過渡空間，補發的工資一半給了孫霖露，另一半投資組合立體聲音響，從早到晚拉赫曼尼諾夫，布拉姆斯，德布西，蕭士塔高維奇，米瀟的過渡比絕大多數人的永久要奢華多了。擦大案子的時候，米拉注意到那一搭稿紙，還是每頁五百個空格。每次吃飯把稿紙推開，吃完飯擦淨台面又推回來。米拉說，爸，你是打算寫什麼嗎？米瀟笑笑說，媽的我們搞運動，人家美國一下出那麼多大作家，比蘇聯人寫得好多了。一說美國人，以為不就是傑克倫敦，馬克吐溫，德萊塞嘛，不是，人家有福克納，海明威，沙林傑，索爾貝婁，奧康納，那小說寫的！還有比美國人寫得好的呢，卡繆，卡夫卡，我們還寫什麼寫？！米瀟很難看地笑著。米拉說，所以你們更要抓緊時間，做出作品來呀。米瀟說，誰們？米拉說，你，吳可叔叔。米瀟說，做什麼作品？米拉說，你下放的時候畫的漫畫多好。米瀟笑笑說，不畫的話，就派去挖河泥，要不就挑石頭壘大寨田。米拉說，你發表在報紙上那幾幅，不是挺好的？米瀟笑笑，不語。米拉說，還可以寫劇本啊，下放的時候，你寫信說故事太多了，能寫好幾個電影，寫呀。米瀟說，你看完那些內部電影，美國的，英國的，法國的，看完了你還有勁寫嗎？腦筋老了。米拉目光刷地照過去，說，講起愛情不老。米瀟說，有沒有愛情，都會老，只不過呢，有了愛情，老沒那麼可怕。米拉說，你多大了？快五十了！你一口一個愛情？！愛情是我的事了！

米拉哭了。父親的神志似乎給打了一棒子，給打青了。米拉抽泣著嘟噥：承認老了，還離婚，不嫌醜。米瀟笑笑，又來了，「醜」。門給推開，吳可到。

吳可看看父親，看看女兒。來的不是時候，走也不是時候。米瀟笑笑說，沒走錯門，站在門口幹什麼。吳可手腳都多餘，走到米拉旁邊，手裡已經有了一塊格子手絹。吳可說，老東西教育你了？吳可是北方人，口音怪味。米拉不接手絹。吳可說，來，叔叔給你擦擦。他笨笨的把手絹在米拉臉蛋上使勁蹭兩下，米拉的臉給擦得一燙。米瀟說，我怎麼敢教育退伍軍代表，剛才是子教三娘。

米拉想等眼淚乾了，鼻頭退紅了，就走。天已經黑透，米瀟問吳可，吃晚飯了沒有。吳可說，沒有。米瀟說，碗櫃裡有剩菜。吳可開了紗櫥看看，說，缺點素菜。他對米拉說，走，閨女兒，我們搞點菜去。米拉是喜歡跟吳可混的。兩人來到樓下，風吹在米拉眼淚泡過的皮膚，冰涼。吳可領頭向學校宿舍的深處走。米拉說，大門在那邊，裡面哪有賣菜的。吳可說，別說話，跟著就是。路燈漸漸稀少，兩人漸漸走進一片黑暗。吳可可是叔叔，他想什麼呢。吳可問，你那個小姑姑，李真巧，現在住哪裡。米拉放心了，吳可還是叔叔。米拉說，她的香港男朋友給她在上海租了一棟小洋房，在成都也要給她租一套房子。現在她還在過渡。吳可說，哦。一股糞肥氣味撲面而來，兩人已經進入了菜地。紡織學校教職員每人分二分地，隨便種什麼。吳可說，拔吧。米拉說，什麼？吳可用腳指了指地面說，這家種的是萵筍[13]。米拉說，你要我偷？吳可自己蹲下來，一陣悉悉索索聲音，再站起，兩手各握著一根萵筍。他指著右邊，那邊是西紅柿[14]，總要燒個湯吧。米拉笑了，說，你偷菜。吳可說，誰說的。來，你從我兜裡掏一塊錢，放在這，你們解放軍的光榮傳統。米拉伸手到吳可褲兜裡，掏出一張兩元鈔票。吳可說，沒了？米拉說，就兩塊。吳可說，那再多拔幾棵。米拉現在放心了，把兩塊錢擱在拔出萵筍的坑裡，一口氣拔了六根萵筍，摘了十多個西紅柿。吳可說，你小姑姑在哪裡過渡？米拉說，幹啥子？吳可說，這你還不明白？我想找她呀。米拉說，她在成都的時候，就住在我那。

13　萵筍：嫩莖萵苣。
14　西紅柿：番茄。

私生女

弟弟和妹妹，混身上下沒有一個細節跟她相像。弟弟小眼睛，蒼白臉，兩根眉毛在眉心暗中勾連，其實是一根眉。娘胎裡他就想不開，想到一對眉毛打結。妹妹方臉大耳，白裡透粉，大大的下巴，痘痘摞痘痘，天長日久，成了粉紫色。再看妹妹的腳，五個腳趾差不多一樣長，擱在舊社會，裹足都裹不出形。李真巧是一雙什麼腳？香港佬崔達遜說，像一對剝乾淨的茭白筍。於是真巧更相信，自己是母親跟另一個男人生的。一個深色皮膚的男人，長一雙與真巧一模一樣的大眼睛。現在看上去老實巴交的母親，曾是他私藏的寶，是他背著家庭，背著社會私藏的。而真巧又是私藏裡的私藏。從小真巧就覺得她屬於一個大家族，暗暗地屬於，大家族不屬於本地，而流散在遙遠的地方。她怎麼可能屬於這個門板房裡的世界，地板就是黑黝黝的泥土，螞蟻做窩，百腳也做窩。小時的弟弟往泥土地面上撒尿，一會兒就被泥土吸收了。她不可能有這樣的弟弟妹妹，蹲在馬路牙子[15]上，對著下水道的入口吐漱口水牙膏沫。自從看過一張照片之後，她就深信自己來歷不明，血緣神秘，不屬於這個門板戶，不屬於弟弟妹妹那樣的純種街娃兒階層，不屬於這個閉塞的內地都市，她的神秘血緣在遙遠未知的地域操控她，讓她無緣無故地躁動，莫名地不甘心，不安分。照片上一個年輕女人，臉是標緻的，衣著華貴，但是交際花的衣著，雙手交握腹前，眼神乾乾淨淨。照片上的女人也不屬於黑泥土地面上的生活，更不屬於給工廠看門的繼父。照片上的女人有著母親豐厚的胸部和手掌，那些體徵後來成為母親勞動婦女形象的底板。十五歲時真巧拿著照片問母親，我爸是誰？母親破口大罵，狗日賤皮，生到我家屈了你了？你老子是袍哥[16]大爺，江洋大盜，日下你沒跑得成台灣，挨了人民政府一百多顆槍子，還有八十兩金條留到給你的！真巧覺得母親的咒罵中透露幾分真相。江洋大盜比工廠小門房來勁得多。母親跟米瀟沾親，這一點也說明自己混亂的身世。米瀟家除了他自己，都在世界各地。真巧情願自己的出處不明，被世俗認為烏七八糟，她喜歡一個野性的愛情故事做自己的生命之源。米瀟是在台上挨鬥的時候被真巧母親認親的。母親帶著真巧當批鬥會觀眾，等米瀟謝幕之後，跟其他挨鬥的角色一塊卸台，正在米瀟登上梯子摘橫幅的時候，真巧媽走上去，仰起頭說，三三，好久不走動了。米瀟轉頭，看著梯子下的勞動婦女，半天才說，七孃是哦。米瀟從梯子上下來，胸前的牌牌上，黑墨寫了他大名和罪名，打了紅叉叉，人家整他，木牌用的是好木頭，死硬死沉，拴一根細鐵絲套在脖子上，

15 馬路牙子：路緣。

16 袍哥：即哥老會，四川的幫會。

米瀟糟頭肉沒多厚，勒得成了一條長長的口子。真巧媽說，肉都勒爛了，我幫你扛一下嘛。米瀟哈哈笑，說，這個你扛不得。真巧媽叫女兒，真真過來，叫人訕，叫三哥哥。真巧叫了一聲，三哥哥。真巧媽又說，真真搭把手，幫三哥哥把牌牌托到一點。真巧一隻手伸到米瀟肚皮上，使勁托住牌牌的底邊，讓母親和三哥哥談話。她就近打量這個遠房表哥的臉，再落魄，貴氣是在那裡的，兩根又彎又細的眉毛，再笑都是哀愁的，有閒人的閒愁。晚輩米瀟和長輩七孃歲數不差太多。一個戴紅袖章的男人過來，手指點著真巧托住的木牌，馬上要罵人了，真巧記得，她對他那麼一笑。十六歲的真巧看到自己的笑多麼好用，那人頓時忘記了趕過來的目的是什麼，罵人的話也忘了，掉頭又走開。米瀟說，七孃，上回我們見面，真真才這麼點兒，他一隻髒手在真巧胯部比一下。真巧媽說，真真兩歲，五二年臘月二十九。年月日，都記到，真巧看看母親，鼻子周圍的毛孔粗大，一個個裝滿白粉，看來媽是重視這場重逢的，給三哥哥的批鬥會捧人場，痱子粉當香粉搽。母親說，你看嘛，眼睛一眨，真真都這麼大了。米瀟說，真對不起你哦七孃，那回我們真沒錢。真巧媽說，不提咯。米瀟說，你們難，我們沒幫上，對你不住。真巧媽說，不存在。見真巧托木牌費力，真巧媽也伸出一隻手，吃進米瀟肉裡的鐵絲浮到皮子上。真巧跟媽就這樣一邊一個把米瀟送上了卡車。真巧記得，那是一輛翻斗車[17]，米瀟的同類貨色裝滿一車皮，她當時想，司機萬一碰到那個按鈕，一車皮跟三哥哥一樣不吃香的「貨」就給手足顛倒地卸貨了。那之後的年節，真巧媽就從自己上班的代銷店買一條東海菸，或一瓶尖莊酒，裝在牛皮紙口袋裡，放在米瀟單位的傳達室。米瀟下放改造，那些煙酒都還是給他轉送過去的。有年冬天，煤球緊缺，真巧媽跟真巧推了一架雞公車，裝一車煤球，擱在傳達室門口，上面寫了米瀟的名字，給米拉母親孫霖露緩解了燃眉之急。還有一次，全市搶購過期凍肉，免肉票，真巧媽搶到五斤，在院子裡拿煙燻成臘肉，給孫霖露送了兩斤，紙條上說明給下放的米瀟吃。米瀟受不得人好，怕死了欠人情，回到成都就到真巧媽店裡走親戚，偷偷塞了四十塊錢在台秤下面，走出一個街口，打傳呼電話給真巧媽，讓她查看台秤下面，說剛才店裡顧客多，為這點小錢兩雙手推擋起來，不好看。真巧媽驚呼，三三你！……米瀟說，才補發了工資，小發一筆財，給真巧三姐弟扯點布料，做幾身衣服。後來真巧從她三哥哥口中知道實情，補發工資發生在一九七九年，為情份上清債，米瀟跟公家預支了兩年後才補發的工資。當時真巧媽就跟在傳呼電話上擺闊的三三說，穿啥子新衣服哦，人都回不來，兵團的爛軍裝還不曉得要穿到哪一年！這就接上了米瀟插手幫李真巧回城那段。一九七八年最後幾天，一個中午，晨霧才散，太陽從桉樹頂上照下來，米瀟看見一個年輕女人站在文化局招待所院子的桉樹下，東張西望。那時米瀟給人叫成了老米；老米還沒分到紡織

17　翻斗車：自卸車。

學院的過渡房，還在招待所裡跟另一人搭伙住一間屋。米瀟驚呼，認不出真真了！他眼神也告訴她，他不記得她這麼黑，這麼豐乳翹臀，一千個女人拉出來，站在這排桉樹下，她必是最打眼那個。她笑笑，叫，三哥哥。她叫得直白，有一點勉強，意思是，我也是叫不來的，有啥法子呢，就是有這層八桿子打著了的關係嘛。

真巧和米瀟突然親近，是米拉促的。米拉也不清楚她做了什麼，讓這門八桿子才打著親戚走熱了。簡直火熱。真巧看見米拉頭一眼，從沙發上站起來，長嘆一聲，哎，然後搖搖頭。接下去，她人很放棄地那麼往下一跌，把自己扔回沙發裡。真巧曉得自己相貌是輕易把米拉比下去的，但米拉身上有種東西，她是沒有的，一開始就沒有，從王漢鐸胸口收回帶著王漢鐸皮肉血污的指甲之後，就離那東西遠隔九重天了。她當時沒想出那東西是啥東西，只是盯著米拉看，看了很久，從老米招待所的房間裡出來，才想起，那東西就是「清」。李真巧落敗地從三哥哥的招待所走開，一路都是逃。招待所住得滿滿的，大部分能擺四張上下鋪的大房間都住了個大家庭，男主人們都不年輕了，平均四十五六歲，都是在等某事發生，等復職，等平反，等著在這裡過渡結束，搶回自家房子，過渡結束後假如等來的不是自己想要的結果，就給某幹部下跪或者用磚頭拍某幹部後腦勺拍他一地腦花子。這些眼下以等以過渡為生的人，暫時忘了他們等什麼，好像等的就是這道從北向南移動的肉身奇觀——他們看著李真巧挎個草編拎包，胸部衝鋒，臀部撤退，長髮鼓浪，走過院子中央兩米半寬的路，走過填滿垃圾的假山噴池，出了月亮門。男主人們的兒子都是十五六、十七八的小伙子，膽子大的居然跟她出了月亮門，跟得緊得很，想在真巧把簽了「米瀟」二字的會客單交給傳達室時攆上她，湊近看看她的正面，看看敢跟內部電影裡洋娘兒們長一樣胸和屁股的女子，搭配了什麼樣的臉蛋兒。小伙子們眼睛放出帶熱度的目光，真巧都能感到她的晴綸半袖毛衣給掃得嗖嗖響，直起靜電。她把會客單交到傳達室的窗口裡，轉過身來，面前已是一面目光火力網。她對著一群王漢鐸說，看啥子嘛看？我有的你們媽都有。小伙子們到底嫩，臉立刻燒起來。她拿出老娘的笑，倒吃小伙子們的嫩豆腐。她從小伙子的陣仗前檢閱過去，一群小雞公一個推搡一個，腳底下暗暗地踹，咕咕嘎嘎地笑，散了。

鬥敗他們她更是心酸；換了米拉，他們是不會看的，看也是清風拂過，不忍用看她真巧那樣油爆目光看清水一汪的米拉。她心酸地想著米拉推開門，逆著光直溜溜地站在米瀟門口，走進來時，白色半透明涼鞋露出她乾淨的粉粉的腳趾頭。她又想到米拉的藏藍軍裙，剪短了起碼兩寸，吊在離膝蓋一寸的位置，那一對膝蓋頭兒小得像兒童，均勻地包著一層乾淨的皮肉，雖然兩條長腿一絲不掛，那也不招惹小伙子們看她真巧那樣看。對，就是不忍；小伙子們替她護住她的「清」，護住她以免受他們自己的污損。

見了米拉第二天，李真巧在家裡翻天覆地，多年不收拾的破爛給她扔在紙板箱裡，拖到閣樓上去。泥土地倒是頭一年給水泥蓋上了，但下雨從街沿上進來的泥漿似乎從來就沒乾透過，在水泥地面上畫地圖，深一塊淺一塊。她跟自己冷笑，從這種地面上能走出什麼乾淨人。挑來井水潑上去，用把粗鬃毛大刷子刷，母親下班的時候，地面乾淨了不少，高檔不起來，是升級的低檔。就像母親去見米灊，臉上搽點痱子粉，多少是個補救。真巧媽虎起臉，用鼻子說，又作怪了。媽的意思是，頭一年把黑土地耕翻，鏟出去，鋪上水泥，是作怪，此為「又作怪」。上回鏟除泥巴地面時，媽問她作啥子怪，真巧以同樣的風涼話回答：挖金條訕。母親心情好的時候，比如代銷點內部分打爛的雞蛋，分受潮的菸絲，或者來了印錯花的棉布，以便宜到近乎白給的價錢賣給店內員工和熟人，成年黑著臉的母親會給她娃娃們一點笑意。真巧也會趁機開銷媽一句：海外來信了？要不就是：金條兌到好價錢了？有一次一個打傳呼電話的顧客給了五毛錢，著急慌忙地來去，忘了拿找零，真巧媽一巴掌摁住那四毛五分，環顧左右，趁同事不注意，把錢順進她的工作服大圍裙口袋裡。她狠狠心，往四毛五分裡添了三毛，買了三個茶蛋，三個孩子分三個蛋黃，蛋白都歸自己。細看蛋白淺褐色表面，一層深褐色碎瓷紋路，看著是貴重的。一人一月才半斤雞蛋票的一九七九年的成都，二毛五一個的茶蛋，實質上也是貴重的。媽把它們切成細牙牙，裝了個難得上桌的細瓷盤，又找出一小串銀器——一個銀環套著五件小玩意，一根剔牙棒，一把挖耳勺，一隻捏眉毛的鑷子，一個微型西餐叉（據說是吃切塊水果用的），最後一個小東西，鏟子不鏟子，鍬頭不鍬頭，是吃螃蟹用的。母親獨自坐在後門口，倒一盅紅苕酒，用那根純銀剔牙棒挑起細細一牙兒茶色蛋白，擱在兩排還算整齊還算白的門齒間，抿著嘴細嚼，端起酒盅輕咂。她此時眼神很呆，看風景看迷了那種呆，而「風景」是靠別人家牆搭的蘆席棚，當中打了隔斷，一邊是廚房，另一邊擱個大馬桶。這種時候，真巧絕對相信自己是個達官貴人的私生女，而母親絕不是生來就這麼糙皮橫肉，也嬌滴滴過，也曾是依人小鳥。那一串銀器就是物證：下江人才吃螃蟹，巴蜀的水是不養螃蟹的。重慶當年雲集多少四海才俊，五湖梟雄，真巧寧可做某個偉岸梟雄一夜風流的後果。

再見到米拉，是個禮拜日。老米到不遠的公園下棋去了，米拉在給父親洗卡其外套。老米春天穿髒的外套，現在洗洗乾淨過秋天。米拉坐個小板凳，衣服比盆還大，又厚又重，跟她兩隻細白的手直扯皮。她看著這個十八歲女孩，裹在改窄的軍褲裡的兩條腿向外撇，快要撇成一字線，像在舞台上扮演洗衣班。那額頭白白的，那眉眼淡淡的，那個清啊！真巧忍不住在她臉蛋上摸了一下，說，當兵的，是衣服洗你吧？米拉笑笑。她把她從板凳上扯起來，對她說，當兵的，看好，我們兵團戰士咋個洗衣服。她從床下拖出一個木盆，連水帶衣服，兜底倒進木盆，然後脫下上衣，捲起褲腿，再蹬掉鞋，跨進盆裡，在衣服上踩得咕吱響，一會兒把半盆水踩黑了。

米拉拿起真巧脫在床上的外衣，一件深藍絲絨舊貨，腰收得黃蜂一樣。真巧說，穿下我看嘛。米拉眼睛亮了。穿老百姓的衣服，當兵的覺得刺激。真巧看當兵的把衣服套在白襯衫上，胸部有點空，袖子有點短，但是米拉膚色乾淨得出奇，顯出深藍的高貴來。給你嘍，真巧說。米拉眼睛瞪大，臉皮跟著就通紅，簡直是一份艷福！她真巧的時尚全四川省找不出第二家，這一點小當兵的是留意到的。真巧把米拉往後推一把，嚴肅地上下看，然後嚴肅地說，啥子衣服穿在兩條草綠色灰面口袋上都看不得。說完伸手到腰間，解開紐扣，那條黑色直筒褲被蛻皮一樣蛻下，又給扔在米拉身上：二天穿小姑這件衣服，不准穿你的綠色灰面口袋。

招待所的門廳裡有個穿衣鏡，米拉跑到那裡去照。直筒褲和絲絨上衣讓米拉又抽條一截。鏡子裡，她筆直的腿給鏡子下面貼的一道骯髒膠布歪曲了。必定是給哪個服務員甩拖把摔爛的。真巧穿著綠色面口袋跑來，上身除了乳罩什麼也沒有。米拉說，你怎麼不穿衣服就跑出來了？！真巧說，這不是衣服？她蹲下來給米拉抻褲腳。米拉說，你快回去！真巧笑了，是我的，我都不怕看，你怕啥？外國人上大街還沒我穿得多。米拉扭頭跑回去，在米瀟房間門口，她探出頭來喊：大家都來看！李真巧左右看，一個房門響了，她兩手抱住頭臉就往回跑。

進到房裡，真巧把手才挪開。米拉問她，胸前那麼大兩坨，怎麼不把它們捂住，臉有什麼捂頭？真巧說，捂住頭臉，人家不曉得身子是哪個的。她壞笑。米拉瞪著她，慢慢意識到小姑有多壞。文化局招待所，穿軍褲的只有老米女兒。米拉跺腳，原地打轉：解放軍的臉都丟完了——人家以為解放軍阿姨長兩個那麼大的奶奶！

後來老米的過渡期延長，從招待所過渡到紡織學院筒子樓，真巧常常直接去文工團找米拉。幾乎每天都帶一飯盒菜，不是麻辣這個，就是怪味那個，菜市場撿的垃圾她李真巧都能燒成招牌菜。米拉十九歲發福，真巧是要負一部分責的。不久小姑就成了全團的小姑，連五十多歲的劉團長見到李真巧，老遠看見她拎著飯盒來了，也呵呵地打招呼，小姑來啦。真巧不是回回奉獻，也會索取，有次帶來兩個女孩，叫米拉給她們上舞蹈課。米拉跟她鬼臉耳語，兩個女娃都缺一樣東西。真巧問，缺啥子。米拉說，缺脖子。真巧說她們是她廠子的領導家屬，米拉有義務幫她走通並維持上層門路。這就保障了她真巧活蹦亂跳地休病假，保留免費醫療和二十五元零三分的病休工資。

米拉的領導不幸發現，米拉的腦子比手腳好用，決定派她去藝術學院走讀，學舞蹈編導。編舞劇必須寫文學大綱，領導又不幸發現，他們究竟打不過米拉的父系基因；培養她跳舞多少年，那麼吃力，一夜之間就被那基因搶奪回去了。於是領導們讓她不要惦記舞台了，老老實實做個筆桿子。沒了「四人幫」，筆桿子吃香了，到處都缺筆桿子。米拉的文章在報刊上登出來之後，領導們再次不幸發現，那些文章是不適合穿軍裝的筆桿子寫的。她的父系基因太厲害，早就在米拉生命裡布局，暗中把著米拉的手，因此米拉注定寫不出部隊需要的英雄故事，英雄人物。米拉在一個私人創辦的雜誌發表了一篇一千多字的小小說之後，米拉的領導被領導的領導找去談話。辦這種雜誌的人，剛勞改過，估計不久還要送回去勞改，領導的領導說。米拉的領導想說，孩子才二十歲，可以教育嘛。但首長一個手勢讓他閉了嘴。手勢很輕，中指和拇指往雜誌上一彈，劣質紙張的雜誌又薄又輕，給彈出去一尺，接著在玻璃板的滑溜，落在地上。這個米拉蒂，可以讓她走人了，部隊不能養這樣的筆桿子。被首長接見的米拉的領導，就是劉導演。劉導演兼劉團長，一百八十斤的體重，一百六十斤是劉導演，只有二十斤是劉團長。比重大得多的那部分劉存信作為導演是捨不得米拉的，冰雪聰明的女孩，卻很好養，事兒特少，過去傻乎乎的一天到晚練功、跳舞，後來編舞也編得不錯。這天劉團長迎頭撞上拎著飯盒走進大門的李真巧，他一揮手，小姑你來一下。真巧笑笑，心想，解放軍團長也是人，也是男人。再一想，也好，米拉給無脖子女娃上舞蹈課，搞定了她的廠領導，她沒有理由不幫她心愛的姪女搞定她的領導。劉團長前頭帶路，李真巧後面跟隨，也不問去哪裡搞定。只見米拉的領導邊走邊脫下軍帽，走走，又脫下軍裝，剩在身上的就是一件洗烏了的老爺們汗衫。李真巧心裡笑，路上就脫起來了。兩人來到團幹部宿舍，沒進門就聽見劉家孩子在練鋼琴，於是真巧給帶進了廚房，一個正做飯的胖老太太被介紹說是「我母親」。真巧趕緊「劉伯母好。」再看此刻的米拉領導，導演和團長都消失了，消失進一個痛心疾首的老漢，用河南鄉音佐料的普通話說，她小姑啊，你要勸勸米拉這個孩子，筆桿子咱就不當了，還回去跳舞吧。真巧一問，劉團長把他上司的訓話說了一遍，末了說，米拉差不多就是我看著長大的，一直以為她比人家少點心眼子，不成想她長的是不一樣的心眼子！這不一樣的心眼子，跳舞沒事兒，耍筆桿子，那就是立場問題，思想意識問題。真巧說，啥子問題嘛？劉導演此刻讓位給劉團長了，一百八十斤都是解放軍長官。他用菸薰黃的食指比劃說，筆桿子，分紅的黑的白的。米拉她爸米瀟，文革的時候，罪名不就是黑筆桿子嗎？真巧笑笑，很榮耀的樣子；黑筆桿子，你們一般人當一個試試。她小姑，我知道你笑啥；米拉不至於是黑筆桿子，不過她也不是部隊需要的紅筆桿子，只能算個白筆桿子，最多是灰筆桿子。文工團領導的色譜讓「她小姑」眼睛瞪得多大的，說，我三哥哥說，米拉出手不低哦。劉存信看了一眼真巧，意思是，看來要費點事才能跟米拉家的人講清。他點了一根菸。真巧也從自己的小包裡拿出一盒菸，抽出一支細長菸捲，夾在她尖尖的手指間，跟劉團長伸出手。劉團長恍惚一下才明白，她這是向他申請對火。劉存信頓時就是個壯年男人，猛吸一口菸，把大半個菸屁股遞給真巧。真巧對了火，把菸屁股還給壯年漢子劉存信，揚起下巴，噴一口帶薄荷味的雲霧，曉得壯年漢子正對面前的女特務目瞪口呆。菸夾在她左手食指和中指尖，手指短粗，但指甲留得長，修得尖，也讓那手妖冶。真巧笑笑：進口的。她抽出五根菸捲，往劉團長面前一放，當下嘛，抽起好耍的。團首長沒有推辭，在一旁切麵葉子的首長母親眼睛涼涼地在真巧臉上一刮。去年開始，真巧要所有熟人給她介紹對象，堅決嫁到國外去，除了老撾越南柬埔寨，哪國都行。最多的是港澳同胞，其中一個姓崔的老闆，白面書生的，還順真巧的眼。洋菸是崔老闆付的淺層肌膚接觸代價。

部隊不能讓她寫那種東西，她小姑，明白了吧。真巧見劉團長說此話時，眼睛盯著她擱在小桌上的菸盒。團長口中的「東西」，是米拉寫的，跟這盒菸，似乎是一種「東西」，異己，另類，都不能稱謂文章，而是「東西」。她小姑，你勸勸米拉，筆桿子咱不當了，咱還跳咱的舞，米拉才二十歲，腦子也好使，當編導也是有前途的。此刻劉團長退居幕後，說話的是劉導演了，話很真情，真巧愛聽。一眨眼，劉導演又讓位給了劉團長。劉團長說：我一直以為米拉是個心地單純的好孩子。最後這句話不好聽，真巧有些不高興了，好像米拉的「好孩子」是個大騙局，她從少年到青年在布這個局。

真巧轉達了劉導演的話，但沒有勸的意味。米拉馬上抓住綱領：留在部隊，只能跳舞，要想寫，走人。屆時米拉的窗口走過幾個男舞蹈隊演員，挺拔俊逸，一條條修長健碩的美腿，從全國上億條腿裡被選拔出來，他們說著最傻的笑話，用小本蒐集豪言壯語，同樣的豪言壯語出現在他們的批判稿和情書裡。但他們軀殼完美，走過去像一群移動的雕像。米拉說，再回去，跟他們一樣？真巧小姑懂姪女的意思：現在我米拉腦子開發出來了，再回去，那就要假裝沒腦子。米拉老了似的，慢慢搖頭：再說我現在這麼胖。真巧對胖了的米拉毫無歧視，反而更能在她身上辨認出老米瀟。她不知自己咋回事，是因為喜愛米瀟而鐘情米拉，還是反之。假如她對米瀟真的懷有愛，那也只是因為米瀟可能是她那個四散在世界各地的父系大家庭的一小部分，稀釋了很多很多的一小部分。而她對米拉的親，是因為她不能把這份親給米瀟。米瀟和米拉，都是真巧非血統街娃兒的人證。

剛才走過去那幾個，其中有一個，過去一直對我好，米拉忽然說。真巧問，哪一個？現在看，哪一個都無所謂。那時候，他給我一把鑰匙。房門鑰匙？米拉瞪了真巧一眼；你以為男女間就那一樁事。一把鑰匙，開了鎖，箱子裡放的東西，想吃就能拿。那你跟他好了嗎？「好」字在真巧嘴裡，是個動詞，少男少女幾年下來，他能不「好」你幾次，算白做一場男人。米拉嘆口氣，反正怎麼說真巧小姑都不會信。那個人後來把女朋友帶到團裡來了，米拉就把鑰匙還給了他。還的時候，是冬天，米拉獨自走進庫房，他那個箱子還在，打開後，發現裡面空空的，就放著幾件舊練功服。她把鑰匙扔在箱子裡，鎖上了鎖。再後來呢？他跟那個女朋友結婚了。媽喲，咋能想像那個位置原來是空給我的！米拉兩手把自己一抱，做個打寒噤的動作，幸免於難，後怕。

阿富汗人

米拉急不可待地脫了軍裝，做了個胖乎乎城市女青年。那正是崔老闆第一次到成都來省親的時候。崔老闆跟真巧小姑借宿米拉房間，遭到夜襲，嚇出病來，很多日子不敢來成都，怕見了真巧乾上火，做不了實事。半年後崔老闆在成都租了房。房是一個老幹部的。老幹部的後代全部寄生在家，幾代人，相互比拚揩老爹的油，吃老幹部不需肉票特供的肉，廚子做多少飯菜就下去多少飯菜，一個個還瞪著飢餓的眼。老幹部年輕的續弦給吃怕了，跟老幹部搬了出去，過二人小日子。後代們沒爹可揩油了，合伙當了房東，把爹的房租給香港大老闆，房租要得惡，但香港人只殺了一口價，就簽了合約。現在這一窩革命後代們月月賺僑匯，僑匯在黑市高價換人民幣，還是白吃老幹部爹的好伙食。

入冬後一個晚上，米拉跟一群人神侃，回到家十一點多了。剛進門，真巧小姑來了。米拉說，崔先生走了是哦？你咋曉得？！崔先生住了兩個多月，才走的。問我咋曉得，他要是沒走，米拉就成了沒小姑的人。真巧說，港佬是來了，不過還沒走。她走到臉盆架子前，照著上面一片綠塑料框的橢圓鏡子。我剛才跟他打了一架，看，血都沒擦。米拉看她指著下巴一側，是有血。他把你打出血來了？！他敢！是我咬他咬出的血。咬他哪裡？！咬他手。真巧家常口吻，天天咬人似的。

她用盆裡的水洗了洗，取下鏡子走到寫字檯前面，打開台燈。他現在人呢？米拉問。在家，狗日的。她「狗日的」罵得懶洋洋的。米拉看著她，譏笑，意思是小姑不像她自己說的那麼狠。香港人給米拉做姑父次數多了，肌膚之親不會不反過來加固感情。沒感情的人不打。米瀟和孫霖越接近離婚越客氣，紅臉都不紅了。真巧從包裡拿出一個小鉗子，開始仔細捏眉毛。他說我弟弟跟他借錢！說到李凱元（真巧弟弟），就像說街上一個叫花子。那崔姑夫借錢給你弟弟了嗎？頭一次借了兩百。米拉說，哦，還借了幾次啊？真巧手腕狠毒一抖，一根眉毛連根拔了，她摸了摸那個肉眼看不見的小洞說，你說我那個媽，叫我弟弟跑去找老崔，說我家窮得連洗手肥皂都莫得。也不曉得她咋曉得我給你爸給你買東西。誰讓你買的？！米拉惡聲道。真巧笑笑，繼續拔眉。買個自行車，我又不會騎，給我爸買那麼貴的鋼筆，他一個字都不寫。真巧又是笑笑，我還給吳可買了呢。我就是喜歡有才又倒霉的人。等我找到親爸爸留給我的那八十兩黃金，我要把吳可喜歡的那輛吉普買下來。你跟小吳叔叔好啦？米拉的「好」不是動詞。真巧不吱聲。別拔了，像個老鴇，米拉很解氣地說。真巧認真照鏡子，以判斷米拉說的對不對。你見過老鴇？米拉說，你家連一塊洗手肥皂都用不起？我那狗媽藏了八十兩金子，還是不買洗手的肥皂，怪哪個嘛。真巧開始處理另一邊的眉毛。接下去她宣布，她要跟米拉通腿睡，睡到老崔離開成都，滾回香港。

凌晨三點多，崔先生來了。招待所的值班員來叫門，說姓崔的找姓李的；姓崔的就在門口轎車上等，姓李的不上車，姓崔的就誓死等下去。姓李的翻一個身，繼續呼嚕。米拉不忍了，套上軍大衣，光著兩條腿跑出去。招待所大門口，風吹起枯葉，一個沒魂的崔先生來回走，籠子裡的老虎那個步法。米拉心想，她小姑是個妖，老崔手上裹著繃帶還一副負荊請罪的姿態。崔先生任憑米拉怎麼勸，就是要堅持等他的真真，說他今天傷了真真的自尊心，很不該，活該受她那麼一頓脾氣。崔先生的臉皮在燈光下像果凍，荔枝凍，粉紅的眼皮在金絲眼鏡後面怯生生地看著米拉。米拉都不忍了，告訴老崔，等她小姑睡醒，她一定轉告他的由衷歉意。崔先生問，真真還在睡？他意思是，我到來這麼大的事都沒打擾她睡覺，看來她沒怎麼賭他的氣。讓她睡，讓她睡吧。老崔如釋重負，鑽進轎車後門，車開跑了。第二天，崔先生飛香港，真巧帶著米拉一塊回去。一進門，就看見茶几上擱著一大摞鈔票和一張字條。米拉看不清字條內容，只對字跡的醜怪留下深刻印象。內容顯然是香甜的，真巧團掉字條就唱起歌來。

開個舞會，慶祝老崔滾蛋，真巧宣布。這天倒是周日，米拉無事生非的朋友們大概都在「無事」中等待「生非」。真巧叫米拉去找年輕舞伴，她自己負責勾搭中老年朋友。米拉給梁多打了個電話。梁多是個輻射點，一把能抓來七八個人。開舞會只能吃冷食就啤酒。真巧自己主廚，做金針髮菜冷麵，派遣米拉出去買油淋鴨、纏絲兔。這個小姑有趣，金針和髮菜是她突發奇想的點子，從來沒人吃過。下午三點，米拉打算步行到一家衛生有把握的大館子。只要真巧小姑拿到崔姑夫的錢，她就盡快、盡量糟蹋在吳可、米瀟這種又窮又有才的人身上。她有一次對米拉感嘆，世界上最好的東西都應該屬於吳可和她三哥哥。走出巷子不久，她覺得有人跟上了她。人民北路上人多，但她沒看到一張熟臉。第三次回頭，看見一個穿花格襯衫藍牛仔褲的外國人，跟她只一步之遙。外國人年輕，微胖，高個子，眉眼黝黑，異常俊美。外國人對米拉笑了。跟蹤者就是他。外國人見米拉不反感被跟蹤，就上來與她肩並肩。他一開口，中國話，口音不差。他來自北京，北京之前是伊朗。伊朗人？不，阿富汗人。一個阿富汗青年，渾身香水味，從敞開的襯衫領口冒出黑黑的胸毛。米拉說，你來成都做什麼？來旅遊。他在北京就讀語言學院。米拉想問，你跟蹤我幹嘛？但米拉心性敦厚，從不願意戳穿人家。她輕微激動地意識到，胖，在阿富汗人眼裡，不影響姑娘的好看。讓她納悶的一點是，難道我像那種跟一跟就能跟到手的姑娘？前年去北京參加全軍匯演，米拉學了句北京流氓語言「拍婆兒」，指的正是眼下這個局面。到了餐館門口，她問阿富汗人去哪？阿富汗人要去的地方是杜甫草堂，早就過了他該等車的公共汽車站。米拉經過汽車站時他就看見了她，那時他等車已經等了三十多分鐘，成都的公共汽車跟阿富汗一樣沒譜。等了三十多分鐘汽車的他看著米拉不緊不慢走來，從他面前走過去，全神貫注於她心裡一個思路，一世界人物事物都給她忽略了。米拉給他的形容逗笑了。就在汽車靠站的剎那，他決定跟米拉走而不跟汽車走。米拉又是激動，虛榮心在她胖起來之後一直很飢渴。米瀟一說他女兒胖好看，米拉就生他悶氣。好像苗條的資格只屬於他的情婦，更陰險的是，老米暗中在讓胖乎乎的女兒反襯挺拔纖細的女朋友，有了米拉的胖呼呼，他情婦的苗條才更有保障，美人兒的位置才更能顛撲不破。老米每次給米拉做好吃的，米拉心裡也會出現個陰險閃念：又把我往他情婦的陪襯人位置上推了一把。看來這個外國男人是真誠欣賞米拉的，看他那雙眼睛，裡面全是實話。就是說，他受米拉包括胖在內的整體形象吸引。吸引力多強啊，那麼大個塊頭給吸引了一里路，原本計劃好搭乘的車都拉不住。米拉指指飯店的大門說，我到了。阿富汗人一笑，牙齒漂亮。米拉進了光線暗淡的餐廳，發現這裡下午出租給人辦茶會，一個女聲在學唱鄧麗君。她感覺身邊還矗著一個高大身影，阿富汗人跟到這裡來了！他作為虛榮心撫慰者的角色已經完成了，該謝幕了呀。

米拉假裝沒看見他，往餐廳縱深移動。餐桌被推到牆邊，擴開的空間裡，一對對人影晃悠著慢四步。這是某個大廠子的工會舉辦的。她舉目四望，看看該找誰買鴨和兔。跳舞的人開始留意她，以為跟在她身邊的異國男人是她找的外國舞搭子。這一年大學裡出現了新形勢：外國留學生和中國女學生相好，各地都抓了一些女敗類。人們把米拉看成了此類年輕輕不學好的敗類。

但米拉又不忍心叫阿富汗人停止跟蹤。阿富汗人只是跟著，笑眯眯地看著她。一個端點心的女人擦身而過，白制服稀髒。米拉上前打問何處外銷冷菜，女服務員剜一眼黏在一邊的阿富汗人，說，跟我來嘛。這個女服務員跟絕大部分成都人一樣，認為阿富汗人跟美國人法國人沒區別，都是老外，都有錢，送給女人的禮物都是洋貨。米拉跟著女服務員走。阿富汗人跟著米拉走。到了餐廳跟廚房的接壤處，女服務員問，買幾個？三個鴨，三個兔兒，二十個兔腦殼。女服務員說，在這兒等到。她進去之後，阿富汗人和米拉就不聲不響地站著。米拉想，他此刻一定在盼望我起個頭，好搭訕。不過她不想起頭。阿富汗人開口了，說，我們在這裡等什麼？米拉看看他。這個人，跟她「我們」起來了。正好女服務員回來，一手提著三隻鴨的脖子，一手提著三隻兔兒的後腿，獵來的是熟獵物，可也殺氣騰騰。在阿富汗人面前，米拉有點為中國人感到難為情；動物肉身如此完好無缺，就這麼給扯了啃。女服務員把動物們扔在油紙上，粗略包兩個大包，又回去取兔腦殼。她剛轉身，阿富汗人便伸出一條胳膊，鬆鬆地攬住米拉的腰。米拉身體綳著，臉發高燒，不知怎樣逃出這條胳膊而不令胳膊的主人難堪。阿富汗人說，你很美。米拉不想要他這條胳膊，不過很想要他這句話。米拉不吱聲，臉上溫度還在急升。服務員去哪了？女服務員端一個鋁盆，盛著二十個兔腦殼。她把鋁盆往案子上一頓，二十個眼珠暴突的兔頭攢動，相互磕碰，濟濟一盆，多麼恐怖的佳餚，米拉護短地想，最好這個把胳膊擱在她腰上的外族人看不見。

此刻一個女子的聲音圓潤地進入了米拉的知覺：「米拉蒂。」米拉幾乎一蹦，轉過身；叫她的瘦高女郎身穿及地長裙，裙子上綴滿亮片，鞋跟賽高蹺，上身被紗綢裹得緊緊，像裹一根受傷的手指頭，透出裡面同樣綴滿亮片的背心。再往上看，小小臉盤，油彩一毫米厚，假睫毛，長髮垂腰。用了半秒鐘，米拉才認出濃妝後高跟上的真人：「黃晶蘋！」米拉復員兩年，沒跟文工團任何人聯繫過。此刻她忽然想起，進來時看到的那個仿冒鄧麗君就穿這身行頭，原來女歌手是她同吃同住六七年的舞蹈隊舊部。晶蘋你怎麼在這？黃晶蘋告訴她，自己改行有半年多了，從舞蹈改唱歌，現在市內各個歌廳餐廳巡演，忙的時候一天要演三場。為啥子改行？掙錢訕！那……劉團長不管你？管，都是偷偷的。反正現在演出少得很，演出也沒啥人看得。

米拉心想，什麼世道了，解放軍歌女？

黃晶蘋炫耀地伸出兩個手指頭：唱一場……米拉問，二十？黃晶蘋笑笑，兩百！米拉嚇死了，她一個月工資才九十多塊。米拉錯過了什麼？錯過了人們從羞於提錢到貪戀掙錢的轉折點。

米拉拿出預先放在軍用挎包裡的網兜，把三大包肉食放進去。阿富汗人伸手，意思是拎包的苦力天經地義由他充當。米拉不理會，自己拎起沉重的網兜。

黃晶蘋直盯著阿富汗人看，一邊看一邊小動作，米拉大臂上厚起來的肉給她捏得生痛。她以為阿富汗人不懂中文，喜洋洋咋呼，哎，你男朋友好帥喲！米拉大紅一張臉，使勁搖頭。阿富汗人吃進了這句恭維，沉默微笑，簡直像個王子。你們怎麼認識的？米拉更有口難辯；她是被阿富汗人拍了婆兒了。一個中年女人跑來，叫：小黃，又要開始了哦！黃晶蘋對阿富汗人笑笑，轉向米拉說，下面兩個歌是壓軸的，你們找個位子，去聽嘛。

音樂響起來，黃晶蘋是一條直立的蛇，隨節奏扭腰轉胯擰頸子，眼睛水波粼粼。阿富汗人看得入神，今天中國姑娘讓他開了眼。米拉想，是時候了。她對他說，你在這兒坐，我還有事，先走了。她剛走出餐廳大門，發現還是未能斷後，阿富汗人仍然尾隨。那麼美麗苗條的黃晶蘋都不能轉移他的注意力，看來他說米拉「很美」是由衷的，這個「美」包括了米拉的胖呼呼，包括了米拉的素顏素裝，包括了米拉永遠忽略滿世界人物事物的心不在焉。站在白菜心兒一般的黃晶蘋身邊，米拉自感是蘿蔔，蘿蔔白菜，各有所愛，阿富汗人恰恰愛蘿蔔。米拉的虛榮心又一次大滿足。阿富汗人說，你現在去哪裡？米拉說，去參加一個舞會。我可以被邀請嗎？米拉心裡一使勁，終於，殘忍地搖搖頭。阿富汗人臉上的笑凝固成蠟。他說，那我送你到舞會門口。米拉不語，兩人又接著往前走。你是要跟你男朋友跳，對嗎？米拉輕聲說，我沒有男朋友。他想知道，那為什麼不能邀請他。迎著他渴望的眼睛，米拉歉意地緩緩搖頭。急速下墜的目光掃到那個敞開領口裡的黑胸毛，跟他頭髮一樣濃黑打卷，一個身軀的毛髮只有三分之一長在他腦袋上，這個小總結讓米拉犯了罪似的，心咚咚響。

分手前兩人互換了聯絡信息。阿富汗人給了米拉一張名片，上面印了中英兩種文字：阿卜杜．薩伊德。米拉毫不擔心他按照她寫的地址找上門，她有軍區招待所持槍的警衛戰士保衛，他進不了門的。阿卜杜在成都的住所是民族學院招待所，他還有兩天就要回北京，希望走前能請米拉吃晚餐。米拉心想，晚飯容易生發說不清的事端，會產生一千種可能性，便謊稱她每天晚餐必須陪父母吃。阿卜杜立馬改成午餐邀請。米拉問午餐地址，他說由米拉定，因為他不熟習這個城市的好餐館。米拉想了想，告訴他在今天那個公共汽車站等她。就在小姑家巷子口，米拉與阿富汗人阿卜杜．薩伊德揮別。讓我記住這個俊美小伙的模樣吧，他可是她的第一個異國追求者。她往巷子裡走了幾步，突然產生了地下工作者的多心，一閃，進了一個門樓子。門樓子可以供五六個人躲雨，他會以為那就是她今天的終點站。還沒定下神，阿卜杜居然隨後到達。米拉有點惱了，他滿足了她的虛榮心，沒錯，但他也不能不要自尊心吧？阿卜杜撲進門樓，抱住她，嘴唇抵攏她的嘴，香水味如同一口深井，把她淹沒其中。她聽見某種怪聲，嗯嗯嗯……等他放開她，她才悟到那是自己發出的聲音，是人快給悶死時從喉嚨裡擠出來的非人之聲。阿卜杜急匆匆走了，好像這個絕命之舉也嚇破了他自己的膽。米拉怨恨地抹著嘴巴，那些細密堅硬的胡茬，讓她的嘴唇和臉的下半部體驗了一次滾釘板。她記得很清楚，自己的嘴唇牙齒在關鍵時刻築起街壘，保衛她的純潔。她也記得，他並沒有攻破她「街壘」的企圖，協助她保衛了她的純潔。

這之後的兩個小時，米拉半昏迷似的，感覺留在嘴唇上的壓力、溫度、刺痛。米拉同時感到被冒犯和受愛撫。

舞會

梁多跟她跳華爾滋時，突然問，米米身上撒了什麼香水？米拉嚇一跳，阿卜杜的香味滲到她襯衫的纖維裡了，滲到她肌膚裡了。就那麼一抱一吻，把她投入了那濃香的深井，渾身浸透。我小姑的……似乎有了點艷史，米拉隨口撒謊。艷史始於對外撒謊。不對吧？梁多給所有女人起名字，而且堅持以他的命名稱呼她們，不對哦，米米瞞到梁哥哥啥子事哦。二十九歲的艷情老手彎下細細的脖子對米拉說，明明是男人香水！梁多披頭士髮型，汗酸氣的港衫，深棕色喇叭褲，非常非常髒。他的腿特別長，但褲腿更長，掃在地上的那半圈磨成流蘇，流蘇掃刷街上、巷子裡、郊區林間的灰垢泥土，再趟過淤積的雨水，終於鑄成一圈土陶。米拉不能想像這麼骯髒一個人她會喜歡。細看梁多的五官是很精美的，但鋪排在不潔的蒼白臉龐上被埋沒掉了。他的皮膚帶病色、煙色，不按鐘點睡覺，吃了上頓沒下頓的枯色。總之一個活不長的模樣，更給了米拉危機感：不抓緊時間喜歡他，就來不及了。一想到這麼個怪物也會結婚，也有跟他共一張床一間臥房的妻子，有個「爸爸、爸爸」叫他的女兒，米拉就覺得不可思議。梁多此刻說，是個外國人吧？

米拉一驚，舞步錯了，都在梁多的監控下。他笑得壞起來，說，現在這種香型，在外國男人裡很流行。梁多眼睛半眯，色眯眯的。米拉笑起來，說，騙你的！我偷偷撒了崔老闆的香水，崔老闆的香水剩了個瓶底子，我噴了一下。香水還分男女？米拉早知道香水分男女。梁多不再盤問，一心一意跳舞。米拉的謊言很合邏輯。

真巧陪吳可坐著，梁多趁一曲結束的間隙去邀請她，她看一眼吳可，吳可點頭鼓勵，真巧才把自己短短的手指給了梁多。梁多把她從沙發裡拔出來，用力太猛，真巧直接投懷入抱，臉頰進入了梁多的頸窩。米拉看見，微微一笑。梁多故意的，讓自己色狼面具擋住他對真巧的真正痴迷。米拉覺得所有年齡層的男人都對真巧痴迷，不同形式不同動機的痴迷。不痴迷真巧的不是男人。她坐在了真巧的位置上。老沙發了，彈簧疲憊不堪，吱吱發怨聲，誰坐上去都是一個坑，現在米拉滑進了吳可坐出的坑裡。閨女！吳可伸出胳膊搭在米拉肩膀上。出汗了？他看看米拉，很慈祥一個叔叔。正式進攻啦？米拉跟吳可說普通話。嗯？真巧跟梁多才子佳人地舞過去，真巧的左胯緊貼梁多右大腿。聖桑的《天鵝之死》在空氣裡顫抖，揉著人們最敏感那根筋。有人暗下光線，只留兩盞蠟燭。舞伴們都退下了，都甘願做才子佳人的觀眾。梁多這才真實發揮他的舞技，剛才是逗米拉玩兒的。慢三步就是為梁多的大長腿發明的，他的舞跟他的畫一樣古典、浪漫，米拉看得心微微作疼。問你吶，米拉在慈愛的小吳叔叔腿上打一巴掌。她從小叫吳可「小吳叔叔」，沒大沒小慣了。嗯？！吳可心都在雙人舞上，糊裡糊塗看著「閨女」，你說什麼？正式進攻我小姑啦？吳可笑笑，手拍拍米拉的腦袋頂，手心好柔軟。

小吳叔叔請閨女跳個舞吧？吳可站起來，手一直摸著米拉頭頂，這是貫穿了二十年的一摸。米拉賴賴地站起。她想跟梁多跳，拿出自己十幾年舞蹈訓練的看家本領，逼出梁多的極限水平。但小吳叔叔的眼睛太慈祥了，米拉忍不下心。吳可的香港脫星身材是優越的，雖然舞步老式，也老實，但很快讓米拉進入狀態。米拉右側臉頰不時在小吳叔叔的胸口擦一下，那是一塊岩石般的胸大肌，勞動改造者的胸大肌，剝下這層襯衫，就是米開朗基羅的大衛胸脯。小吳叔叔堅硬的手臂摟住米拉欠缺曲線的腰，好在還足夠柔軟，舞功還沒廢。小吳叔叔忽然眼睛一閃。那是怎樣的一閃，米拉不完全懂。

為什麼我要進攻？小吳叔叔的提問在米拉耳朵眼裡，是一小團一小團熱雲。敢說我小姑不是這裡的女王？吳可說，你是說真巧？那我鬧錯了。有種失望從吳可舞姿裡出來。懈怠了一點。那你說我在說誰？我……你還有一截子才能長大。這話像個叔叔說的，又不完全像。小吳叔叔把米拉抱緊了。米拉喜歡這感覺，她是個需要人抱抱的孩子。父親老米很久以前就不再抱她。母親的抱抱其實是索取抱抱。吳可辨認出她的需求。這個叔叔的抱是父輩的，也是男人的，全是擔當，把危險和風浪給你遮擋完了。她被抱成一棵嫩豆芽，盡其所能地嬌嫩，周圍有座堅實牢固熱烘烘的城堡護著呢。為什麼你要說我還有一大截子才能長大。你長大了才能明白。你給我說明白了我就長大了。吳可笑笑。好熟悉的笑。對於吳可，米拉從小就崇拜。六歲認得了足夠的字，米拉就開始讀書。有次從爸爸書架上翻到一本雜誌，封面上毛筆字寫著「米瀟兄指正——吳可」，米拉明白，吳可就是常到家裡來，也常帶她去看戲的小吳叔叔。作品叫《家宴》，是個諷刺獨幕喜劇。劇中主人公是個四十多歲的犯人，因為他哥哥在歐洲，是個石化專家，到國內幫著修建石油化工廠。勞改營接到北京方面的命令，把此犯人外借一禮拜，舉辦一場家宴，接待探親的哥哥。犯人被兩個幹部押送回家，路上給他戴了個髮套，掩蓋囚犯的光頭。犯人回到家，發現所有物件都是陌生的，老婆孩子都穿著發硬的新衣，頭髮都是理髮店發硬的髮型，他想拍拍孩子們的腦袋，孩子們都捂著頭躲開。泥瓦匠在粉刷牆壁，堵老鼠洞，老婆從鄰居家借來書桌、書架，又由油漆匠刷新漆，全家忙得不亦樂乎。接下去，是借茶具和餐具。犯人說他哥哥非常在意餐具瓷品，家裡祖傳景德鎮貴和堂的瓷器，茶具一律是名匠人手繪青花，餐具絕大部分是貴和軒的骨白瓷，間或幾個朱紅釉彩小碟點綴。可是一個大雜院的鄰居，連一套顏色、式樣搭配的餐具，都湊不出來。於是幹部向全市發告示，徵借所有景德鎮貴和堂青花茶具，貴和軒的骨白瓷盤、碗，終於在哥哥到達前，所有傢具、服裝、餐具、茶具到位。家宴剛開始，一個鄰居男孩闖進來，直奔書桌，要拿他的作業本。過了一會兒，又來了個老太太，說她的老花鏡不見了，保准又是打盹兒時落進沙發墊子縫裡了。犯人怕她說漏餡兒，讓老婆把她攆出去。老太太直跳腳，說她的茶几怎麼給漆成五香豆腐乾顏色了？米拉到現在還記得，小時侯的她讀到「五香豆腐乾顏色」，笑出了聲。最後一個到訪者是個老頭，被個幹部死死堵在門外。老頭說自己的兒孫敗家，把他收藏的茶壺給偷了，他出錢雇了探子，才打探出來，全市的茶壺茶杯都讓這家給窩了贓……動亂之間，犯人的髮套掉進湯盆，哥哥這才明白，一切都是借的，連做東接待他的弟弟，都是從監獄裡臨時借出來的。童年的米拉問小吳叔叔，「那後來呢？」小吳叔叔說，後來，大幕就落下了唄。

音樂早換了另一支，鋼琴獨奏，米拉不熟，小吳叔叔說，是蕭邦的夜曲之一。那年我和你爸爸要分開了，你爸爸請我聽了幾首蕭邦的夜曲。那時候我在哪？你在我膝蓋上，坐著。

慢著，這正是夢裡或者前世發生過的，現在重複而已。我多大？吳可回想，你十歲，十一？他想起來了，你十歲。你十歲那年，我走了，勞動改造去了。米拉頭暈了，記憶昏暗，昏暗深深，是的，是有一雙眼睛，就這麼看著十歲的米拉。就是現在看著米拉的眼睛。然後這雙眼睛下的嘴慢慢降落，落在米拉十歲的臉上，吻了吻小姑娘鼻梁上方，雙眉之間，那個危險區。記憶的昏暗中，那張臉屬於年輕的小吳叔叔。米拉覺得害怕，那麼小，就被小吳叔叔用這樣的目光凝視過。那個吻，是她的臆想？不對，它存在，額頭下，鼻梁上的危險區有記憶。兩片輕落輕起的成熟嘴唇，連胡茬的刺癢都還留在那；那是沒有人碰過的地方，父母的吻從不落在那裡。

多可怕呀，小吳叔叔和米拉，怎麼了？算戀童嗎？罪過嗎？為什麼米拉此刻不推開這個男人？並且身體毫無廉恥地唆吸著這男人的體熱、力量，跟在場的其他男性比，小吳叔叔是提純了的男性，這麼多年的苦難，把男性中無關緊要和文不對題的成分都過濾出去了。但米拉一轉念，認為吳可的男性是最龐雜的，也最豐富，把雄性、父性、兄性、夫性，甚至還有母性，全都亂七八糟攪在一起，苦難使它們發酵，弄不好是毒，弄得好是酒，並度數驚人。

門口出現一個身影，楊柳依依的一個身影。米拉想起來，她順口邀請了黃晶蘋晚上來，把地址飛快給她寫在一張粉紅色點菜單上。

黃晶蘋一進來就說，米拉蒂，你那個外國男朋友咋沒來？梁多給米拉一個鬼臉。

吳可看一眼米拉。四十歲的吳可，很少識錯人。他說，閨女，不簡單啊！說完他出去了。這個老院子一共七間大房間，中間的客堂最大。院子裡種了四棵石榴樹，掛了小果子。米拉追到石榴樹下，跟抽菸的吳可解釋，那個阿富汗人我根本不認識，跟著我到蓉城餐廳，又跟我走到巷子口。傻閨女，你就讓他跟啊？小吳叔叔對米拉這個經歷是意外的。那我怎麼辦？總不能叫警察。米拉狡辯，但心裡很虛。小吳叔叔現在是舞蹈隊教導員老盛，在米拉面前一站，米拉什麼錯事沒做都會理屈。老盛是舞蹈前輩，米拉是在老盛的手中長大的，從十二歲就由老盛手把手教側身翻、前橋、後橋，再往後教單腿揮鞭轉，老盛把著米拉的手、腿、腰，米拉從一米五七長成一米六六，老盛教了三十多個米拉這樣的女孩，一旦看見其他男兵也往他的女弟子身上瞎插手，他就橫眉立目。有個男兵不服，說，你摸得我摸不得？老盛回答，才曉得？就是我摸得你摸不得。

後來呢？現在是小吳叔叔想知道後來。後來我就回到這來了，他還想自己邀請自己，我堅決把他擋在門外。吳可抽完了第二鍋菸。米拉說，你愛信不信，不理你了。她轉身往屋裡去，一隻手被捉住。吳可說，我沒下課呢。米拉只好回來，往他面前一戳。你爸跟你說過我差點死在勞改農場嗎？沒說過。一九五八年年底，我差點死掉。肚子疼，刀絞一樣，農場的二把刀醫生查不出問題。一個女孩子從附近老鄉家找到一點點鴉片，衝水讓我喝下去。我也聽說鴉片止疼，不過從來沒見過那玩意。女孩是頭一年到農場的，為了照顧她生重病的父親。她父親去世之後，她留在農場食堂打雜。女孩子彈鋼琴，念詩歌，讀英文原文詩歌。在勞改農場，她活她的。米拉你啊，就讓我想到她，那個不跟全世界一般見識的樣兒。後來呢？這次是米拉想知道後來。後來疼又回來了。疼得更凶，還發高燒，兩個難友用板車把我拉了幾十里路，送到廣安附近一個軍隊油庫，油庫又開吉普，送我到野戰醫院。到了野戰醫院，軍醫說，明顯是闌尾炎症狀，怎麼敢吃鴉片？疼是壓住了，盲腸在裡頭繼續爛，說不定穿孔了。馬上開腸破肚，還真是盲腸穿孔。清洗了一夜，人總算沒死在手術台上。不死不活一個月，才脫險。就是那個給你吃鴉片膏的人害的你，差點殺了你，軍醫說。我康復之後，回農場找到那個女孩子，謝她救命大恩。

米拉不明白，小吳叔叔此刻是不是酒精作怪，說起這麼個文不對題的事。你是不是在想，女孩差點害死我，我為啥還謝她救命之恩。十八歲的女孩，就是認為她在救我的命。她在當地住了一年多，聽說了一個鎮上過去開過幾家鴉片煙館，解放後禁煙，滿大街都是煙癮犯了到處竄的老鼠。她走村串鄉，打聽那個開過煙館的鎮子。最後還真讓她找到一點鴉片，是個老中藥店的存貨。我從解放軍醫院出院，帶著五尺花布去謝這個女孩子。米拉心裡著急，叔叔他倒是快往正題上說呀。

他倆斜對面，是一棵石榴樹，此刻簌簌發抖，青果給抖落了幾顆，砸在老花磚上。樹後藏了一對男女，跳舞跳起了興，找石榴樹做掩體。那一對人不解恨不解饞地動作著，石榴樹還年輕，不知見過這羞人事物沒有。擠壓感和滾燙的熱度又回到米拉嘴唇上，她從石榴樹方向轉身，樹後情急的一對，似乎是阿富汗人和她自己。小吳叔叔看著忸怩不安的石榴樹，無動於衷，過來人了。他終於又開口，說，你知道這個女孩子是誰嗎？米拉搖頭，希望小吳叔叔看不見阿富汗人加蓋在她嘴唇上那個印章似的吻。吳可看著遠方：同樣是這個女孩子，在十幾年之後，到我第二次勞改的農場來，帶了一個信封，裡面裝著一份離婚協議書。米拉明白了，原來那是他和她兒子母親的青春之歌。五九年初，領導念我年輕，認為當時對我處罰得過重了，讓我回到原單位，恢復原職，戴帽子立功。我帶著葛麗亞，青春作伴好還鄉。吳可臉上一個譏笑，意思是，你以為呢？

一切就像童話故事最後那句結束語：從此後兩人過上了幸福美滿的生活？

米拉對葛麗亞有點記憶，嬌小的個子，急促的步態，眼睛大而無神，可以被看成童稚的無想法，也可以被看成高度近視。

所以我說，米拉，特殊年代會把你最不該碰到的人推到你面前。你以為這就是一見鍾情，這就是天公作美，結果一場誤會。我第二次勞改碰到的個個女人，都能成為葛麗亞，只要我足夠傻，忘性足夠強。不少女人年輕時候是浪漫的冒險家，以獻身落難貴族為傲，不幸那個年齡段很快過去了，殘局怎麼收？落難公子也誤會這種獻身，以為這就是永恆，你應當應分永遠獻身下去，因此自己慣自己公子脾氣，稱王稱霸，對人家的獻身揮霍無度，很快揮霍完了，透支了，其實逼走葛麗亞的不是我的再次落難，而是透支。她的感情早就給我花光了。我不斷寫出的新作品，不斷掙來的稿費，還有越來越大的名氣，都蓄不夠那個虧空。所以我勸你，閨女啊，不要昏頭，特殊年代特殊環境最騙人，把一個人突然推倒你面前，嗬，他就是顯得特殊，上輩子就安排好了似的。

米拉想，她的媽媽孫霖露就不是葛麗亞那樣的女人。孫霖露那麼專一，得意的老米和失意的老米都是她的心頭肉。米瀟最不堪的那些年，孫霖露照樣到處驕傲，開口閉口都是「我們老米」。孫霖露年輕時也漂亮，兩條大辮子，五官標緻得像畫出來的，屁股後面一群追求者。南京藝術學院的一個學長跟人對調了分配單位，出讓了上海的接受單位，調到成都，就為了始於校園內的追求得以繼續。米拉記得，學長姓周。孫霖露遇到米瀟，行星遇到了恆星，自轉公轉不是她能做主的，姓周的學長擱淺在川西盆地。米拉問吳可，現在怎麼就是特殊年代了？小吳叔叔說，閉關鎖國三十年，女孩子們見到的外國男人都是南斯拉夫、羅馬尼亞，阿爾巴尼亞電影上的，突然一個肉身外國人來到你面前，你覺得他奇異，奇異的長相、語言、手勢，都把你們新鮮壞了，所以北京上海出現了一批沒出息的中國姑娘。那些姑娘裡一小部分是無償獻身，就圖一場短暫奇異的戀愛，一大部分對國外做夢，吃好的穿美的，天天洗泡沫浴，夜生活香艷肉感。葛麗亞這麼大歲數，還嫁了個中央廣播電台法語頻道編輯，一個法國老頭，老頭死窮，死摳，還死自私，掙那點錢，跑友誼商店買進口食品都不夠，才不跟葛麗亞和兒子分享。葛麗亞受不了了，才兩年就跑回成都來。還是我那點稿費工資靠得住。我用我的老掉牙故事開導你，就是讓你醒醒。你寫得不賴。你爸把你寫的小玩意給我看了，說不定將來成氣候，別跟那些沒出息的姑娘掉一個坑裡。

米拉心想，孫霖露才掉在坑裡了呢，一個自己給自己挖的大坑，一輩子不夠她爬上來。她可不要做孫霖露。上周母親打電話到軍區三所，讓米拉回家吃飯。孫霖露做了一大桌菜，汗從厚厚的脊背濕到備胎型的腰桿。六點鐘光景，來了個客人，男人，不，嚴格說是個小老頭。母親換了一口川味普通話，叫米拉稱他「周叔叔」，她自己叫他「砍哥」，（三十分鐘後搞清楚是「侃哥」——孫霖露介紹他名字叫周世侃）。周叔叔（侃哥）眉清目秀，刷齊的牙齒，（後來明白是假的），舉止帶民國風情，要不是成了小老頭，可以當他五四青年。侃哥吃飯整整花了倆小時，一大半時間是跟米拉聊。得知米拉也知道塞尚、梵谷、馬蒂斯，小老頭把母親扔在一邊，只轉過身跟米拉一人「侃」。米拉心裡懲壞，想這個侃哥名字真取對了。侃哥侃完，告辭時手指頭點點米拉說，這個孩子好，我喜歡。米拉想，你的「喜歡」毫無意義，因為你的「不喜歡」早被否決了。不過周世侃給她的印象總體是好的，那股民國斯文，不是裝的，是骨子裡的。母親送了客回來，臉上笑吟吟，說，哼，拍你馬屁。米拉問為什麼要拍孩子她的馬屁。孫霖露笑笑，不做聲。米拉洗完了碗筷，母親說，我只愛你爸爸一個人。你爸爸就是一堆磚渣子，也是一座宮殿拆下來的，別人就是完整一座房，也就是普通民房，滿大街都是。米拉想著孫霖露，眼睛看著小吳叔叔，什麼人都能做，就是不能做孫霖露。她本來決定明天不跟阿富汗人吃午飯了，現在她是一定要去的。米拉既不屬於那一小部分沒出息姑娘，也不屬於那一大部分沒出息姑娘。

石榴樹後面跑出一個男人，是梁多帶來的朋友。屋內燈光邪性，米拉都沒看清一個個客人長什麼樣。月光下，面目反而清楚。男人個頭小小，頭髮蓬了老大，胸口校徽一閃。好像一棵雞樅菌，米拉小聲對吳可說。小個子跟米拉和吳可陪笑一下，竄進屋裡。樹後還剩一個同案，此刻肯定巴望米拉和吳可趕緊回屋裡去，她好伺機混入人群。院子門口熱鬧了，湧進來三個人，兩男一女，經過那顆石榴樹，變成了兩男兩女。現在米拉有眼難辨誰是跟小個子樹後作案的那個。

米拉覺得吳可在乎她，是父輩的在乎，就像教導員老盛。此刻這講啥子悄悄話喲？吳可厚顏一笑，在講你的悄悄話喲。他把菸斗往嘴上一叼，嗚嗚地說，來嘛，跳舞。他猛地扯住真巧的胳膊，真巧無防備，高跟鞋掉一隻，趔趄到他懷裡，咯咯咯，笑得骨頭二兩重。黃晶蘋也出來了，一隻手掌給臉扇風。今天的舞會公主，真巧回頭說。晶蘋身子一擰，好看的一個推辭：我啥子公主嗎？你才是公主！她倒是會做人，看不見摸不著的桂冠，索性大方推掉。吳可跟真巧跳了兩圈，大半個舞會都搬到院子裡，人們都甘心當觀眾。吳可是大名人，來赴會時並不知道有他，於是他對參加今晚活動的人，是一份額外紅包。真巧跳得懶散，邊跳邊招呼新到的客人，自己吃東西，倒酒哈。不要客氣哦，梁多的朋友就是我的朋友哦。

男人們上來邀請黃晶蘋。黃晶蘋對米拉小聲說，好累人哦。米拉已經從配角降級為龍套。黃晶蘋感覺到了，說自己扭了腳，要休息一會，讓剛剛上前邀請她的男舞伴陪米拉跳。米拉一看，此人好面熟。對方倒是直白，說，不穿軍裝你就不認識？米拉一呆，謝連副啊！沒有軍裝的連副不那麼醒目，大大的個頭，顯得有點蠢。謝連副帶著米拉轉圈，地方上的老百姓都跳了兩年了，家庭都不知道跳散了多少，謝連副說。米拉知道連副跟她跳，一是不好意思推脫，而是混時間，混滿一支舞曲，或者去截獲李真巧，或者就跟黃晶蘋瘸著跳。人家瘸著都比我動人，米拉這一想，更加堅定她明天赴阿卜杜午餐的決心。不管怎樣，阿富汗人阿卜杜是由衷欣賞她的，一城紅粉，獨鍾米拉。果然謝連副耗到了跟真巧搭檔。晶蘋被梁多拉起來。米拉走進房門，去了趟洗手間，發現第二臥室裡傳出竊竊私語。房子大了，哪個旮旯都可以做計時旅店，哪一團昏暗裡都能進行一次短暫私奔。

米拉走進第一臥室，一個該放書的櫃子放滿了真巧的照片。大部分是崔老闆帶她各地旅遊時給她照的，張張絕代。門後掛著兩件起居袍，一雄一雌，料子都是最上乘的絲綢。不管真巧小姑想讓老崔給米拉做多久姑夫，還是老崔何時覓得新歡某日一去不返，這兩件袍子像是盟誓過，又那麼隨意尋常，似乎夫妻了大半輩子，如影隨形，形影相弔。米拉又想到米瀟和他的情婦，現在過得不就是真巧和崔老闆這樣的日子？孫霖露同意離婚，是為米拉一句話，媽你不離婚，爸爸那就算搞腐化，我是轉業軍人，剛到一個新單位，背老子的臭名聲你覺得公道嗎？你就忍心我做一個腐化分子的女兒？！五雷轟頂下的母親，停止眨眼，忘了抿嘴，一口氣憋住好久，足有半分鐘，身子終於軟下來，倒在女兒懷裡。孫霖露的眼淚那個多呀，撲簌簌落得如同夏日的雨。好殘忍的話，無論什麼時候，米拉想到母親那半分鐘的「休克」和後來那幾乎引起脫水的落淚，就覺得自己對媽太殘忍，媽也是太愛女兒了，哭完就答應離婚。於是，簽字畫押去街道辦事處，一個禮拜之內搞定。在父母去街道辦事處之前的晚上，米瀟把女兒叫到自己的「過渡」住房，問她，你老娘真的想開了?廢話!不想開又能怎樣?!米拉悲怒交加,就是這個五十歲還追求激情、老臉皮厚揚言沒有愛活不了的為人之父,把米拉逼成鐵石心腸,見母親那麼多淚都不動心。就是這個一把歲數還貪戀男女歡愛的老男人,讓米拉殘忍地把母親變成了棄婦!老男人有多可惡,他貪佔得多過分啊,連女兒戀愛的份額都出讓給他,而他毫無感覺!米拉面對這一對相濡以沫的絲綢袍子弔唁父母的婚姻,弔唁多年前他們給米拉的那個最好的家。父母不也可以活成這一對袍子嗎?心不在,形相隨,也是一種親,可就是殘忍得非要連形也毀滅。她還想到,不曉得多久以後,老崔倉皇逃走,把這件袍子遺留下來,房子易主,滄海桑田,也不知真巧調換了多少情侶,雄性袍子包裹了多少不同於老崔的男身,只要不失火,不遭劫,這一對袍子都還會彼此忠貞。相對於老米和孫霖露,相對於吳可和葛麗亞,物是人非,人不如物。老男人米瀟說過,寧願獨身,也不要殘破的婚姻,誰又能保證老男人跟電視台女主播哪一天不殘破?有人暈高,有人暈血,老米瀟暈愛。但願他一直暈下去。離婚前夕的晚上,父親問女兒,那爸媽就真的分開了哦?米拉看著他,老男人怎麼有警告的意味?米拉是這「分開」的犧牲者,以後只有半個娘家,倒是警醒我先別落子以形成無法悔改的棋局?米拉跟這個暈愛的老男人說不清楚,嗚嗚地哭起來。父親拉起女兒的手。米拉哭,米瀟靜默。假如米拉不同意,要跟爸爸直說。靜默了十幾分鐘之後,父親這麼輕聲說。然後他輕輕放開女兒的手,起身站到窗口,米拉見他掏出手絹,先擦自己的手背,那上面撒著女兒的淚，然後又擦自己的臉。原來米瀟給女兒哭難受了，心作痛了。米拉知道心痛也是沒用的，好像他還能三思，好像他這臨門一腳還收得回，其實他只是怕疼，這是給他自己和女兒找的鴉片，暫時止疼，潰爛該怎麼爛還怎麼爛，照樣朝著危險無救的方向爛。假如女兒直說，爸爸，我要你回家，我需要一個完整的雙親俱全的家，他馬上就會為他給女兒這個「直說」機會悔死。假如她直說，我從來沒同意過，什麼時候你們長輩的事需要我同意？我十六歲那年你開始跟女主播搞腐化，來問過我同意不同意嗎？！他更是要悔，給了一個「直說」機會，就是給了她一張審判席。那老臉真是要不得了。

紗窗外進來小風，米拉感到袍子輕動起來。還是袍子好，一隻袖子牽著另一個袖子，邊角摩挲邊角，藕欲斷，絲相連。

米拉喜歡這一刹那的靜謐、孤獨，遐想往往就在這時發生。遐想很曼妙，想到明年這個時候，米拉是否發生戀愛了，是否失身了，那個人是否今晚舞會的與會者。

她回到院子裡，整個舞會搬到戶外了。很多人從大門口回來，不知他們去大門外何幹。她脫口便問，小吳叔叔呢？梁多說，你跑哪去了？吳可一直在找你，沒找到，剛才走了。哦，原來所有人在門口送別大名人。米拉一聽，趕緊跑出大門。吳可是騎摩托來的，米拉要拿出出操的步伐追趕。她看見吳可騎車的身影，在一盞盞昏暗路燈下，明一下，暗一下。她扯開喉嚨喊，小吳叔叔！吳可聽見了，摩托耍車技地劃了個U，動作很飄，一側車身傾斜得厲害，他的左腿幾乎擦地面，像是「翔」，翔到了米拉面前。吳可一條腿支著車和他自己，掏出菸斗，點上，巷子中間會客，要跟閨女好聊一陣。米拉說，都說你在找我，找得著急。吳可說，你跑哪兒去了？米拉笑了，說，這還要問，到石榴樹後面去了。吳可也笑，我就知道嘛。希望不是跟雞樅菌。米拉哈哈的，笑傻了。阿富汗人也不行，國家太窮，又打仗。伊斯蘭男權主義，娶一堆老婆是合法的。米拉只是笑。她完全知道吳可擔憂的理由。他的確怕米拉被雞樅菌之類拐帶到什麼物什後面，剎那地私奔一下。他的在乎，是父親的，是教導員老盛的，可又不止這些，米拉不願看清那「不止」的一點是什麼。閨女要想遠嫁，小吳叔叔給你張羅一個美國人。美國男人適合做丈夫，不適合做情人。要是米拉只想要情人，小吳叔叔可以介紹法國男人，法國男人不適合做丈夫，特適合做情人。吳可雖是講笑話，卻有正經成分。他看米拉比爸爸米瀟看得緊。

米拉回到真巧的院子裡，幾個中年男女氣哼哼地正在離開。黃晶蘋跟米拉說，是隔壁的鄰居來吵架，說我們鬧麻了，音樂吵了人家的瞌睡。梁多湊到米拉身邊，說，小女娃子，你神秘得很哦！真巧站在客廳門口拿個銀叉敲水晶杯子，召集大家吃夜餐：東西擺起了哈，自己照顧自己哈。夜餐是咖啡冰淇淋配雪梨酒，冰淇淋居然也是真巧自己出品。有人打碎一個威尼斯玻璃盞，梁多用英文說，There goes another three hundred Hong Kong dollars! 打開大燈清掃玻璃碎片，闖禍的女孩哭著臉向真巧賠罪，真巧大咧咧擺手，指間的摩爾菸香味散開，她七分醉的豪邁，說，新的不去，新的不來。米拉說，醉了，舊的不去……真巧說，是新的！這次老崔才從香港帶來的，你問梁多，他識貨，說至少三百港幣一個。女孩又要哭臉，真巧說，不存在不存在，錢能買到的都不值錢。米拉看著她笑，不把崔先生的錢糟蹋完，她報不了仇似的。真巧又是一身不同的行頭，白底重緞，上面印淺粉大團花，似乎就是一塊被面上掏三個洞，放出她的脖子和雙手，腰裡一根黑色緞帶，兩頭拖流蘇。這種奇裝，她穿竟也是好看的。晚會進入了下半場，真巧臉上補了妝。音樂變了，都是慢板，音量也開到最低，男女間，悄悄語。真巧跟梁多面頰蹭面頰，她對米拉眨眨眼，小聲說，嘴巴花了，照下鏡子嘛。

在衛生間裡，米拉看到唇膏跑到唇線外了。被誰的肩膀蹭的。她看到小姑的化妝盒緊挨著一排剃鬚用品，一律象牙柄，也像是夫妻一生的男女，透著隨意和凌亂。此刻她聽見真巧的高跟鞋一溜兒走來，在老花磚上敲著急急風板鼓，回頭看，見她進了臥室，急匆匆用鑰匙開抽屜。米拉走到臥室門口，依著門框說，小姑，你就是死不認賬，其實崔姑夫跟你過得幸福得很！沒來頭的這句話把真巧嚇一大跳，然後鼻子噴一下，哼，我又能咋樣呢，好男人又不要我。她從一個抽屜裡拿出一摞鈔票。這麼晚你拿錢做啥子？米拉問。梁多借的。他們一伙人要到北京去，看啥子畫展。其實米拉也想去，但她的一個小作品被評上了一個小小獎，雜誌社長要給她大大慶祝，就跟她中了狀元一樣，先要在社裡聚餐慶祝，頒獎後又要帶她去見省委什麼首長。

米拉見小姑把錢往一個用過的信封裡塞，說，你不數一下？真巧說，數啥子數？他說借，你還指望他還啊？小姑這是嫌老崔的錢糟踐得不夠快，拉人來幫忙加速糟踐。真巧說過，老崔這種人有錢有啥子意思嘛？又沒趣，又沒品。米拉試想，要是老崔連錢都沒了，小姑眼裡，恐怕就夠挨殺了。真巧說到哪個她不屑的人，輕輕一揮她的尖尖手指，笨（或者醜）成那個樣子，活啥子活喲，死得了。

這天夜裡米拉留宿在真巧家。準確地說，是老崔家。凌晨醒來，她聽見地板上細細嗦嗦的聲音。她支起身體，越過躺在她右邊輕酣的真巧小姑，看見絲地毯上躺著一個人，胯骨高聳在絲綿被下面。她頭一個判斷是，黃晶蘋喝醉了，臨時打地鋪。不對啊，黃晶蘋沒有這樣尺寸的一條身長。絲綿被下的人聳著胯，幾乎對折，身長看去有一百八十多釐米。她有一點惡心和恐懼，輕輕躺回去，突然意識到借宿者是誰。那群人裡身長最長的，又最瘦削的有婦之夫，梁多。跟著，她想到了借宿者不得不借宿的理由。米拉腳底板不一會就出來汗了，這是她十分不適的症狀。她對身邊這個輕酣的女子生出嫌惡來。對米拉來說，借宿者就是入侵者，她此生除了父親，從未跟異性同睡在同一頂天花板下，身邊的女子居然讓米拉無意中跟一個男人同屋共寢。還是那麼個髒男人，成都的污泥濁水都在他從來不換的喇叭褲上，褲腳都滾成土陶的邊了。他居然呼吸著她的呼吸，聆聽著她的夢囈，嗅著她在深睡和閨夢裡發散的體嗅……米拉簡直怒不可遏。她一手搭在胸口，安撫她竄跳的心臟。她本來弧度不大的胸部，由於平躺更流散了些弧度。這弧度也是最私密的，多半被借宿者窺見了。借宿者跟身邊這個女子幹了什麼，想都懶得去想。況且，就是他們歡喜一場，也該把攆他到第二臥室去睡，用不著對處子米拉公然攤牌。他們究竟是否狗男女，米拉可以去猜，但他們對狗男女之事公然攤牌，對她一個涉世不深的二十歲女孩，簡直混蛋。她提著身體分量，挪到床邊，讓一條腿滑下去，腳尖碰到涼冰冰的花磚地，連地都比人乾淨。米拉大可不必用輕功，叫真巧的女人，無論別人對她幹下多不齒的事，還是她對別人幹下多不堪的事，都擋不住她的大好睡眠。聽聽，她睡得噓噓直響，蒸熟一籠肉包子那樣「噓噓噓」，她怎麼是身家千萬、擁有六個工廠的崔老闆的外室？完全像個搬了一整天麻包的重勞力。

她看著鏡子，裡面一個浮腫的年輕面孔，眼睫毛下面一圈烏黑。也是那個女人的過錯，給米拉塗了那麼多睫毛膏。這麼年輕，樣貌已經齷裡齷齪。

從第二臥室也傳出聲響。米拉伸頭看，對過房門洞開，微弱的晨光中，可以朦朧辨別出大床上衝著門的方向仰面朝天的四個腦殼。四個雄性腦殼。看來米拉昨夜睡著後，這幫人還久久不散，喝倒了。就是說，在她床下的地毯上留宿的梁多，也是喝倒的，也許他清白無辜，夜裡並沒有給米拉當臨時小姑父。

過渡人

他瞪著稿子上的紅字，瞪得一支菸燒掉大半。紅字是出版社主編的，紅牌示警，到此為止，不可恣意，不然就撞上槍口了。米瀟從農場回到城裡，好幾篇作品中的大段華彩文字讓這樣的槍口斃掉。或者斃掉他最偏愛的那些字，增補上一些隔靴搔癢的字。任何往透徹的方向、縱深方向寫去的文字，都是這槍口的射殺目標。似乎他和主編們的審美趣味完全兩極，凡是他認為的精彩段落，定然死在他們的槍口下。看著這些難看的紅字，他火透，王國宏（王主編）你也太老三老四了，直接就在我手稿上用紅墨水發表意見！你怎麼知道我就只有你一棵樹上吊？我不會抽出手稿，原樣裝進一個嶄新牛皮紙信封，填上另一個出版社地址，五毛錢郵票貼兩張，蓋上印刷品章子，直接扔郵筒裡？米瀟常這麼幹，這個出版社提的意見惹他討厭，他就把稿件換一個信封，投寄另一個出版社。你的毒藥不一定是另一個人的毒藥，你的補品，倒可能是另一個人的毒藥。可是你（老王）紅字到處給我寫，我就沒法換個門戶去投靠了。他看著這一行紅字更是有氣，「老兄想像力過於發達，此段形容未免誇張過頭」……他最得意的描寫，總是王主編的眼中釘，肉中刺，非剔出不可。上一次讓他改，是兩人面對面談的，後來修改時他假裝遺漏，想讓被質疑處混過王主編的法眼。可是第二次，王主編竟然落下紅墨，再假裝就愚蠢了。紅字寫在五百格稿紙右邊的空白處，豎版，於是字就越加難看；字難看的人寫豎版更不遮醜。這行紅字針對的是這段描寫：「他轟隆隆地嘔吐，胃成了翻斗車，傾倒出的嘔吐物在他腳前先是一小堆，又迅速攤散開，液體漫過他磨穿了底的布鞋，他不得不迅速移步，再去一塊新地面上傾倒、堆積酸臭的半固體，吐著，他驚異著，怎有這許多可吐？！只不過偷吃了幾塊霉玉米蒸的饃，這胃咋能在一小時後多倍地供出贓物？並且已經吐得人都快翻個了，肛門要從食道口翻出來了，因為他明明聞到快氣化的宿糞臭。他覺得自己的腸胃活像被清洗的雞嗉子，裡子翻成面子，卻還遺留角角落落，不盡地湧入嗓子眼，噴出口腔……漸漸的，他感到腔膛吐出虧空來了，自身已是負數，污物仍在地上堆積，攤散，似乎吐出的不止是上一頓的霉爛玉米餅，而是他四十五年的飲食史。」王主編要他刪去整整這一段。他抵抗，說就剩這一段是米瀟的真性情。

兩天後，他請王主編到自己家吃飯，米拉作陪。他做了一桌菜，拿出崔先生送的名貴酒品。米拉進屋時，兩人已經酒過三巡。她在桌邊坐下，靜靜吃了一陣，不時看著兩個長輩，忽然跟自己笑了。米瀟問她笑什麼。米拉笑著，眉頭微蹙。做父親的懂了，她又是看出「醜」來。做東的動機這麼不純，吃請的也動機也不純，兩人談話吃力，不時出現互吹互捧，這一個在講，那個根本不聽，不等對方說完，另一個已經搶過話頭，但講出的，又被吞半句，整個氣場亂得一塌糊塗。王主編說，老兄你就改改吧，又不傷筋動骨！他臉轉向米拉：勸勸你爸，現在誰發表作品，是由著你性子勇敢誠實？他再轉向老米：你先要把各個雜誌的頭條位置佔住，慢慢的，讀者那裡，你的位置就牢了。位置牢了，再把你想說的話，一點點，潤物無聲地塞給他們，這是攻略。你的位置牢牢的，那對我們雜誌，就是功臣，功臣都是可以享受優惠的。他笑眯眯看一眼小米：老米成了我們雜誌的功臣，以後小米的作品，我們也會優先考慮。

米拉笑笑說：爸，你是散裝啤酒，我是涼拌菜。王主編問什麼意思。老米說，現在啤酒難買，店家給你打啤酒，就強迫給你搭涼菜，腐竹拌黃瓜，木耳拌折耳根，都還不錯，比早些年買大米[18]搭紅苕粉[19]、包穀粉，強多了。米拉笑笑，起身告辭了。

老米追到走廊。米拉說，好醜哦，一天這麼醜的飯，不要拉到我來吃哈。她轉身飛快地走了。

米瀟在走廊裡點了一根菸，一邊燒開水，打算給王主編和他自己沏茶。他在想這個「醜」。女兒七歲那年，從學校頂著一頭漿糊和垃圾回到家，哭已經在路上哭完了，米瀟見到她的時候，

18　大米：稻米。
19　紅苕粉：紅薯粉。

她表情全無，坐在家門口發呆。米瀟是從牛棚趕回去的，看棚的工宣隊員喊，老米，有人看到你女兒渾身稀髒的，在學校門口哭，一路哭回來嘍！那個工宣隊看守仁義，准許他回家看看女兒出了什麼禍事。他見到的米拉，頭髮已經在公共水台用冷水衝過，但漿糊和垃圾沒完全衝掉。女孩兩眼空空，像剛剛從深睡裡浮出。他抱住她七歲的小身體，連垃圾漿糊一塊抱得緊緊。從那以後，米瀟把一把前門鑰匙繫在鍊子上，給女兒當項鍊，一旦遇到這類欺辱，她可以最快速度躲回家。那時孫霖露的單位接受許多設計活兒，全是各種革命圖案，要印在枕巾、毛巾、床單、布匹上。幼兒園小朋友的圍兜，都要設計祖國花朵、革命兒童圖案，新人的枕巾，要象徵「為了一個共同的革命目的走到一起來了」，所以她總是忙到晚飯後才能回家。那晚她回到家，聽說了米拉在學校的遭遇，立刻表示不要活了，這樣欺負人哪天是個頭？！她要全家跟著她服用敵敵畏[20]，要不跟著她跳百花潭。米拉坐在對面的小板凳上，看著母親哭天喊地，有點難為情，卻又頗局外，然後她站起走了。等米拉回來時，手裡一塊毛巾，一把梳子，毛巾塞給母親，梳子留在自己手裡，一下下替母親梳理哭亂的頭髮，梳著，她沒頭沒腦來一句：媽，你好醜哦。從此米瀟發現，米拉做事做人，看事看人，從不做是非道德裁判，而以美、醜區分，美和醜是她的裁決標準，無度的，過分的，令她難為情的，為她不齒的，都被她以「醜」概括。她九歲時和鄰居女孩們愛上刻剪紙。有次女孩們在學校的牆報上貼剪紙，幾個高年級男生指控她們，剪紙剽竊了他們的原創，是從他們原版剪紙上托下來的。所有女孩扔下剪紙逃走，但一個大個子抓住米拉的書包，要搜查包裡的所有物事，米拉死拉住書包帶不放，男孩抽下自己的腰帶威脅，不放就抽她的手。米拉安靜地看著他，毫無放鬆的意思。男孩說到做到，皮帶落在豆芽菜一般的米拉身上。最後是男孩們放棄了，因為其他男孩看不下去，同時被那麼沉默的執拗嚇壞了，怕她就那樣一聲不響地被抽死，因而先跑散。最終大個男孩看到他被男孩集體孤立，便留下米拉和她被抽花了的肩膀、手臂，潰敗撤退。晚上米瀟和孫霖露看到米拉身上一稜稜的紅腫，也聽了米拉小女伴兒們的敘述，心痛地告誡她，以後碰上這種情況，寧可不要書包，也不能讓皮肉經受如此慘烈的暴行。米瀟強調，爸爸雖然被停發工資，新書包總是買得起。米拉說，我就把他看到，看他曉不曉得醜。暴行欺弱，在她看，還是一個「醜」。

他端著兩杯熱茶進屋，發現王主編在端詳他的巨型組合立體聲音響。聽見老米進來，他說：「小提琴的聲音，真是好聽！那個《紅太陽把爐台照亮》，你聽過沒有？」

米瀟說沒有。其實農場大喇叭一天到晚播放。王主編說，聽說你偶爾拉小提琴，又精通音樂，那只曲子你可不應該漏掉。對它，我總結了七個字：如歌容易如泣難。你聽了，就知道我

20 敵敵畏：殺蟲劑。

的總結是否準確。米瀟心裡反駁王主編：音樂就是音樂，不需「如歌」，更不必「如泣」。但他沒說話，也沒有表情，急於扭轉話題。他點了一根菸，說起農場一個難友，女兒在部隊文工團。七六年除夕之前，恰好女兒的文工團到附近部隊演出，女兒的母親提前寫信告訴了他。還告訴他，女兒的演出小分隊正好要在那個部隊駐地過一個禮拜天，有半天休假，會到他農場蘆席棚裡，陪父親兩小時。他想兩小時能幹嘛？什麼話題剛打開就要離別。他決定要讓女兒吃上她久違的父親廚藝。這個難友做得一手好菜，苦在十冬臘月的農場沒有食材，只能去河裡炸魚。他跟爆破組長關係不錯，求來一點炸藥，折騰一黃昏，炸翻十幾條小魚。陰曆年前，河水多冷啊，難友他半瓶紅苕白酒灌下去，跳到水裡。魚是捉起來了，但兩三個小時之後，他凍紫的臉色變得極白。同屋的人都說，這臉咋就白了呢？他的上下牙一直相互磕，磕得大通鋪上的鄰居們都嫌吵。一直到第二天早晨出工，他的白臉恢復了，找回了他正常的黃黑臉。捉來小魚十五條，都跟他的手指一般長短（不過這難友有十根罕見的長手指，因為他是業餘小提琴家）。禮拜天上午，太陽好，他給一條條小魚刮鱗，開膛破肚，所有閒著的同類分子都圍著看，看他喜洋洋地忙，都知道他是為女兒來探親忙，也都知道他雖然在此地監督勞動，卻是個光榮軍屬。有人把他掏出來的魚雜碎拿走了，說吃不上魚就低一個檔次，煮魚雜碎湯喝。喜洋洋的父親向伙房要到幾滴菜籽油，一塊薑，一大塊榨菜。沒有好佐料，榨菜很提鮮。他在田埂上挖了個土灶，玉米芯子當柴，臉盆當鍋，這位軍屬父親在太陽轉到正南時把魚燉好了，又用餘火烤了幾個土豆[21]。他把燉小魚和土豆都塞在被子裡，就到長途車站接女兒去了。等到天黑透了，也沒接來女兒。回到蘆席棚宿舍，他打開被窩，那鍋燉小魚還熱著。他記錯日子了？還是女兒記錯日子了？也許女兒的到達時間是下一天？一個屋的難友都慫恿他請客，把燉小魚給大家分了，但他生怕女兒明天到了只能陪他吃食堂的紅苕粥，下飯菜只一樣：泡菜罈撈出的帶有皮革質感的老菜幫。第二天女兒沒來。第三天也沒來。第四天，就更沒來了。燉小魚在冰冷的房間角落結成堅冰。又過了一陣，天暖起來，魚湯化了，小魚破爛的身體擠在泡發的榨菜片旁邊，從來沒見過死得那麼難看的魚。

聊到這裡，米瀟笑笑，靜了。王主編大概覺得老米笑得怪相，開口道，老米，那個難友也是文化系統的？老米說，是吧。他叫什麼名字？老米說，誰記得。後來知道他女兒爽約的原因了嗎？米瀟說，誰顧得上去問；原因嘛，左不過是當兵的女兒，不願意到準勞改犯的人群裡來。她來過幾次的，我們都認識那個解放軍小女兵，我們挨訓話挨臭罵，她也見過的，事後她說，你們挨罵的時候，樣子好醜哦。恐怕就是怕看父親和難友們被罵的醜樣，她臨時爽約了。王主編說，我們五七幹校也有類似的事。三大隊有個老右派，老婆叫金艷，你曉得的訕。老米不曉得。

21 土豆：馬鈴薯。

是雜技團蹬傘的，兩條名腿，走路打雷一樣，蹬起傘就像雲裡飄。雜技團到幹校附近的縣城巡回演出，他趕二十多裡地，到後台找老婆。你猜咋樣？老米說，老婆叫民兵把他攆出去了。王主編說，咦，我就曉得你曉得！老米笑笑，心想，這種情節那時代都撞臉。王主編接著說，民兵跟老右派說，你婆娘說了，她的腿要留到蹬傘，蹬扇子，莫要浪費在蹬你上，叫我們來請你出去。老右派老臉掛不住，跟民兵掰扯起來，被民兵打掉兩顆牙，老婆面都沒露。他腫著臉，豁著牙回到幹校，還說自己摔的。王國宏張著嘴笑，米瀟看見他一嘴黢黑老菸牙，有兩顆比較白，突然想起他也是老右派。王主編就是悲慘笑話中的主角，但他的槍口就是不肯抬高一寸，見到米瀟這樣的文字就往死裡打。幾個回合，米瀟明白，有些事是只能發生，不可以寫下來。比如導致孩子出生那件人類大好事，斷然不讓你寫，但絕對讓你天天夜夜發生，到處發生，一場文革芸芸眾生沒球[22]好事幹，就這一件好事，十年把人口幹上去一倍。

送走了王主編，甄茵莉播完晚間氣象報告，回來了。他聽見她在走廊裡跟女鄰居說話。那一家住老米對門子，一間房只有十二平米，三個十幾歲的大男孩，一個十歲女孩，還有個外婆，怎麼能裝進一間房，老米腦子裡勾不出平面圖。因此這家裝不下的家當，都浦出來，浦了半走廊。女當家很會做人，包了抄手各家送幾個，大哥大嫂，伯伯大爺，嘗下子嘛！過渡戶們於是不計較她把公共走廊當儲物間、廚房、兌換票證的市場。她經常攔住過路的鄰居，悄悄問，一斤蛋票能否換四斤豆腐票，或者，一條肥皂票換五斤糧票。她的爐子上常燉皂角，一個橢圓形木盆也永久擱在走廊上，燉好的皂角呼啦啦倒進木盆，所有人都見她兩腿大大叉開，騎著搓衣板，呼哧呼哧地搓衣服，肥皂就那樣換成了糧食。女人舌頭有點大，但長相甜美，尤其嘴甜得要死，管老米叫伯伯。老米於是成了那一屋子大男孩的爺爺，跟外婆一輩人。終於一天甄茵莉從重慶省親來了，在走廊裡做飯，跟大舌頭屁股抵屁股，總算把老米提拔的一輩兒，在小甄這裡勾銷了。那時小甄也處在過渡期，省電視台準備讓她試播氣象。米瀟算著她徹底調來的日子，焦慮地計劃，手頭幾部開了頭的作品一定要在那日子之前完成。不然激情被打斷，存在內心的故事藍圖會亂掉，作品會小產。至少要把王主編紅筆標出的修改之處，改停當。忽然他一個激靈，怎麼跟末日來臨一樣迎接小甄的正式進駐？以後就在一個空間過日子，難道就不寫了？跟孫霖露一個家的時候，每次他作畫或寫作，他都不知孫霖露隱身何處，總是在他收工時，她才靜靜顯形。會隱身並懂得何時隱身的女人很難得，尤其對米瀟，此為重大美德。孫霖露討厭的地方不少，但這項重大美德，米瀟深深懷念。門被推開，甄茵莉進來，他趕緊提起蘸水鋼筆，在稿紙上劃拉，堵住她滿嘴的從大舌頭那裡聽來的胡扯。筆尖在紙上刷拉拉響，只要把這響聲進行下去，無形書房就形成了。不能

22 球：四川方言，語助詞，沒有具體意義。

慣小甄毛病，她一來他就停止所有進行時的工作。米拉「子教三娘」，教育了父親他幾次，他要做乖爸爸，認真考慮餘生的正經事。總要給米拉留點東西下來，在她沒爸爸的餘生中，讓她引以為傲。米拉從來不知道父親愛她的程度，從來不知道那次她的爽約，留下那一盆灰暗殘破的小魚屍體，給父親造成的創痛。米拉那次爽約，孫霖露後來補充說明：病了個女主角，B角米拉要頂上去。不知真假，米瀟從來沒有向女兒求證。

小甄以為他寫得大順，吃零食的聲音比老鼠還輕。大概三顆話梅吃完了，他畫完了一整張紙的圈圈。萬一這一兩年都解決不了住房，都要在此地過渡，給小甄做出規矩是必要的：只要他坐在書桌前，他脊梁就是書房關閉的門，非請莫入。希望她對這致命重要的一點會懂事，懂得這二十多米的居住空間與他腦子裡的空間實際是沒有邊際線的，進入這裡就等於進入了他的腦殼內，腦殼裡進行什麼，她只能服從。進入了四堵牆的思維空間，她的思維必須被自我漠視，自我忽略，沒有條件像孫霖露那樣隱身，只能創造條件模擬隱身。小甄搞出一些響動，想招引他回頭，他裝聾，筆尖在稿紙上劃拉得更響。一張稿紙被很響地翻過去。他眼睛餘光裡，一隻手入畫，白嫩如藕尖，真配最溫柔的親吻，但他心裡起毛，屏住氣看著那手到底要幹嘛。手拾走一個紙團，扔進字紙簍，又拿起他半滿的茶杯，終於出畫。他聽見暖壺塞子被拔起，倒水的聲音……那只嫩藕似的白手再次入畫，把蓄滿的茶放到他眼前。他猶豫剎那，是否要道謝？決定是：否。

原則上不鼓勵她此類殷勤。只要她的殷勤被鼓勵了，接下去她或許會盛來一碗湯，靜悄悄送過來，你若接著鼓勵，她便再進一步，用勺子舀起一勺湯，餵到你嘴裡。她一邊做這些，一邊會輕聲說，你寫你的，我不打攪你。結果會是什麼？幾小時積累的思索成果，歸為零。他發現蘸水鋼筆一個字也寫不出，心裡線索早斷了頭，簡直就是一場打賭，賭她能憋多久出聲，賭他自己能晾她多久，賭誰先沉不住氣。

她無趣一會，開門出去了。米瀟也累死了。他氣她不讀書，沒什麼更好的球事幹，寧願聽大舌頭嚼鄰居的舌根，也不讀書。不讀書，為什麼當年那麼奮勇地扎進一個寫書人懷裡？本來他住在這裡最愜意一點，就是人人過渡，他可以誰也不認識，可以誰的事都不過問，屋裡接來水管，也是為了不到公共水房回答鄰居們招呼的「吃了？」他是這個過渡住所裡第一個買電視的，十四寸彩色電視被送來那天，整個樓上的孩子們都跟著電視跑，看電視最終落戶誰家。他們眼巴巴看著電視到了二樓水房隔壁那家，當天晚上都湧在那家門口，等著那扇門打開，讓他們哪怕看一眼中央電視台新聞，但門從來不開。由於米瀟對一切人的漠視和忽略，他讓二十多米的空間似乎闊展，整個樓都是他的，他想聽音樂，半夜兩點打開立體聲，調小音量便可。

他賭輸了，不忍再把小甄晾下去。其實他不僅心浮了，氣都喘亂了。他平時寫作那種入定感覺，蕩然無存，再坐下去是折磨。但這種打斷無比難受，他的整個精神正在勃起，充血，脹得挺挺的，生生地叫停，一次精神發情戛然而止。他站起來，聽著小甄跟大舌頭搭完了訕在告別，又聽她的腳步在門口放慢，放輕，他轉過身，替她把門打開。她馬上像幼兒園終於放學的孩子，樂得眉毛揚起。這樣的日子怎麼長久往下過，他關著自己，憋壞的是她。她的一個擁抱，米瀟又覺得什麼都值了。忘了你答應的事了？小甄把嘴唇從他嘴唇上撤出，撅起。什麼事？你女兒呀。米瀟說，哦。他想起來了。米拉始終不肯與甄茵莉正面建立交往關係。甄茵莉眼下被借調省電視台，一個禮拜三晚，播報晚間天氣預報，米拉來看父親，就插那個空。米瀟跟女兒提了幾次，說小甄阿姨很想吃一餐三人的晚餐，家裡外面由你挑。米拉不給爸爸硬釘子碰，推說最近趕稿子，過一陣再說。前兩天跟吳可喝小酒，說起真巧辦的舞會，他在舞會上碰到了米拉。米拉告訴小吳叔叔，她正在兩個寫作時段之間賦閒，剛得了個小破獎，她要玩一陣犒勞自己。吳可還告訴米瀟一件要緊事：米拉跟一個阿富汗小伙子在軋馬路[23]。米瀟呵呵一笑，回答吳可，我女兒可以跟五大洲四大洋任何一國的小伙子軋馬路，該軋馬路的歲數不軋馬路，當爸爸的才該操心。這些外國男孩子盡佔中國女孩子的便宜，再給你抱個二毛子外孫回來……米拉？不會！她是多有數的孩子？文工團是什麼地方？整天跟一群英俊少年在一個練功房裡，穿著小褲頭摩肩接踵，都沒讓她走過神。是，閨女一般不走神，一走神就走心了。這話讓米瀟沉默了。之後他給米拉的招待所打電話，留言讓她務必來一趟，他有重要事情跟她談。吳可答應，米瀟出席的晚餐他將到場，萬一米拉跟小甄彆扭，他將會盡責打圓場。

你讓你女兒幾點來？小甄問。六點，米瀟回答。接著他邊想邊說，四點鐘我出去買菜，買幾條鯰魚，五點到家殺魚，米拉到了魚就下鍋。大蒜爆鯰魚塊，十分鐘搞定。別人感覺米瀟的日子過得顛三倒四，夜裡也會抽風跳下床，聽音樂，畫油畫，但他的時間安排起來就像軍營，一個個軍事項目必須按點發生。曉得了，小甄說。小甄會做飯，但做不出席，米瀟安排她切洗，拌涼菜。順便把你表妹也喊來嘛，小甄說，你不是說吳可在追她，我們也該給兩個人提供機會。米瀟認可這個主意。小甄馬上又說，我去打電話。甄茵莉跟李真巧見過兩面，崔先生掏錢，真巧做東，在錦江賓館宴請米瀟和甄茵莉。那時米瀟婚還沒離脫，兩對情婦情夫，相互認同不三不四的身份。

小甄打電話回來，說也給米拉的招待所留了言，讓她沒事早點過來。米瀟問，你要她幾點來？四點半。四點半？！當爸的心想，他在外購物，這個家裡只有小甄，米拉連個打圓場的人都沒有，頂撞起來如何了得？四點半她來了，就你一個人在家，那不尷尬？我就是想跟她單獨談談，小甄笑笑。你想跟她談什麼？小甄還笑笑，這是我和米拉之間的事。你不知道我女兒……小

23　軋馬路：即談戀愛，此用法通行於七〇、八〇年代。

甄打斷他，我曉得怎麼談——你才是呢，鹹吃蘿蔔淡操心！她嗲起來，朝老米懷裡一靠。我女兒敏感得很，你想策反，她馬上就會抵抗，以後反而再也沒有機會建立正常外交了。去買你的東西吧！甄茵莉嗲得可以做老米第二個女兒。老米拿起網兜，拔上鞋跟，用手指頭點點她，不要到時候說我沒提醒你，米拉心裡明鏡一樣，為了你，差點連我這個爸爸一塊兒不要了。她不可能同情你小甄，為了她親媽，不可能的，你說什麼她也不會信。

等到米瀟買了東西回來，大女人小女人對坐垂淚，甄茵莉的淡綠鏤花手絹在米拉手裡。米瀟感到自己反而是個外人，冒闖了倆閨蜜的閨中談話。米拉見到父親，有些不好意思地一笑，站起身，走到臉盆架前面，埋下頭，撩水洗臉。米瀟盯著甄茵莉的眼睛，她眼圈粉紅，也害羞一笑。老米瞪了女朋友一分鐘，五官用著一股力，他的潛台詞是，你簡直是個巫婆，跟我女兒施了什麼巫術，把我幾年沒談通的話，一個小時就談通了？在此之前，米拉見過甄茵莉幾次。有次是劇場巧遇，米拉跟米瀟看同一場話劇。米瀟指著身邊的美人介紹，這是小甄阿姨，米拉眼睛不朝她看，冷淡地對父親說，專門到電視看過一次。另一次在筒子樓的樓梯上，大女人和小女人撞見，據甄茵莉控訴，米拉居然連招呼都沒打。當時米拉上樓，小甄下樓，樓梯不寬，米拉扭過臉，側過身，蹭著扶手過去，各走半邊的態度明確。米瀟離婚後，甄茵莉在米瀟的社交圈子裡公開露面，米瀟開畫展，記者採訪，也跟「米夫人」訪談兩句，就只有米拉掛著一張不戰不降不談的臉，米瀟一提小甄阿姨雲雲，米拉就把這張臉掛起，苦死米瀟了。兩個女子都是他的至愛，少了誰他米瀟都會死一半。

晚上氣氛很好，米拉坐在米瀟和甄茵莉之間，享受兩邊給她夾的菜。吳可悄悄問米瀟，好像一夜間米拉就認了這個小媽哎。老米你怎麼敲開米拉這塊頑石的？米瀟正在筒子樓走廊廚房燒湯，對他說，你問小甄去，今天她倆談了一小時，中美建交。吳可說，那你跟「真陰險」通往幸福婚姻的路，就暢通無阻了？吳可背地把甄茵莉叫成「真陰險」。有一次米瀟問他，小甄怎麼陰險。吳可說，他是聽說的，此女離婚多年，一直都是讓介紹人向軍隊幹部撒網，企圖打撈級別高的軍事光棍漢，軍隊工資高，什麼都免費，保姆都免費，叫做勤務兵。據說還真的給她介紹了一位矮胖子團長，工資一月一百五，甄茵莉下來對介紹人說，可惜就是太像胡傳魁[24]了。那之後，小甄跟介紹人說，也不非要軍隊幹部，地方幹部工資在一百五之上的，都可以考慮。米瀟那次有點生吳可的氣，問他從哪裡聽到的是非。吳可說，光棍女的情況誰最清楚，你知道嗎老米？光棍漢最清楚。介紹人忙來忙去，就這幾條光棍候選人，我不也是光棍漢嗎？

飯後李真巧幫著收拾廚具，甄茵莉跟在她身邊讚揚：你這身裙子真好看！越看越高級！真

24　胡傳魁：京劇《沙家浜》的花臉角色。

巧跟她貧嘴：嫂子意思是，裙子裡頭這個人不好看？主要是人好看！小甄笑著摟住她。其實背後小甄死看不起真巧，說笑話：這女人，兩腿夾著個銀行！這晚上當小甄第三次誇裙子，真巧說，主要是原材料好訕，裙子裡頭的人呢，原材料就不咋樣。李真巧開銷自己時，一點不笑。米瀟也承認料子上乘，寶藍底色喬其紗，上面一絲絲的雲紋，淡藍粉紅白色綠色黃色，像是讓一陣風吹上去的。連衣裙高腰，後擺比前襟長，從後脖梗直接撒開，成一個披風樣，走路揚帆。在這個筒子樓裡絕對是穿錯了的晚裝，風帆揚到別家鍋台上去了。真巧麻溜快地拖地板，把大舌頭家的地段也拖得淨光，一面與在擦案子的甄茵莉說，料子是限量的，你挑好設計，人家印色，出幾身衣服的料，就把版毀了，所以市面上就那幾身衣服，保證不得撞臉。幾身呢？我一身，老崔姐姐一身，老崔太太做了一件上衣，一條寬腿褲。然後她扔下拖把，用手比劃，上衣和褲子的彩條要拼對的，用的料子多，再說她是個胖子，光料子就花了好幾萬港幣。說到老崔太太，真巧大方得很。甄茵莉意味深長地看了一眼米瀟。米瀟心裡想，這個李真巧，不曉得她是真坦蕩，還是真皮厚。

等大家進了房間，真巧問米瀟，三哥哥，出啥子事了？米瀟問，出啥子事了？此刻米拉正好出來，真巧拖她到身邊，兩個大眼又大一圈，在米拉臉上探照，小女娃子，你出啥子事了？米拉也問，我出啥子事了？認她小媽啦？米拉將她一推。米瀟也說，什麼說法？難聽死了！這個小女子，真巧指著米拉，比撥亂反正還快！到底出啥事了？說！今天跟我談了一個多小時就談攏了？米拉笑笑，很認輸的樣子。你小甄阿姨都跟你談了些什麼呀？米瀟問。米拉還是笑。還把你談哭了。米拉低下頭，錯了似的。真巧轉向米瀟，那我能叫三嫂子嘍？米瀟嫌煩地噓了一聲，進屋了。真巧揚起嗓子，一聲「三嫂子哎！」跟他進去。小甄臉紅透了。真巧粗人那樣笑起來。過一會，她不知到哪裡把那身裙裝換了下來，自己穿的是米拉的舊軍服裙和洗白的戰士黃襯衫，米拉留在父親家幫忙幹活時穿的。她將紗質裙裝捧到甄茵莉面前：三嫂子笑納。小甄跟躲火苗似的竄開，怎麼說風就是雨的？！真巧說，你跟三哥哥好了這些年，我沒得啥子貢獻的，今天你們八年抗戰，終於打贏了，我借花獻佛訕！小甄嚇得躲到吳可身後。吳可說，收了收了，真巧是誠心的。真巧說，難得我有件東西，三嫂子眼皮夾得進，我十二分誠心的哦。那我怎麼過意得去？甄茵莉伸手接下，手微微抖，怕如雲似夢的一捧輕紗化在手裡。真巧說，我這種遊手好閒的人，穿好衣服是活浪費，一天三嫂子穿到電視上去，我也光榮訕。老崔會不會不高興？他敢！狗日那麼多錢，買這麼好的東西，給他那個胖婆娘，不是暴殄天物是啥子？三嫂子穿起，就是老崔對中國電視事業做貢獻，他也配做貢獻？那是給他臉！吳可說，巧巧，你過來。真巧似乎沒聽見。小甄推她，小吳叫你。真巧左右前後看一圈，他叫巧巧，巧巧是哪個？大家都笑。吳可把私下裡叫她的名字，公開來叫。米拉看看吳可，發現吳可閃電地和自己對視一下。真巧斜著眼睛覷吳可，酒窩很深：你叫哪個哦？吳可說，我看巧巧穿這一身最好看。大家都去看真巧的「這一身」。米拉比巧巧高，被剪短的深藍軍服裙在米拉身上是軍用超短裙，在真巧腿上，裙擺恰好垂抵膝蓋，戰士襯衫給真巧圓鼓鼓的胸撐得滿滿，顯得腰細欲斷。米拉抱著兩條胳膊說，解放軍裡要有這麼個妖人，自毀長城哦。米瀟摟一下女兒肩膀，這個小丫頭，難得開口，開口就是好玩的話。吳可娘娘腔地來一句，以為巧巧靠衣裝，錯了吧？樸素的巧巧更漂亮！米拉看一眼吳可，被惡心著了的「看」。

人散了後，老米騎車子送米拉回招待所。米拉，小甄阿姨跟你談什麼了？米拉不說話。米拉的不說話最厲害，小說、散文，都從她的不說話裡出來。她還會做布娃娃，不說話幾個時辰，一個逗死人的布娃娃就產生了。米瀟又說，去年那次慶祝酒會，讓你媽哭了好幾天。米拉又是不說話。你媽是個好女人，我不該那樣的，離婚就離婚，其實是兩敗俱傷的事，搞哪門子慶祝酒會。送到招待所大門口，父親從口袋掏出一個信封，信封鼓一個包：我用稿費買了兩條金項鍊，一條給小甄，一條給你媽。米拉說，你以後對小甄阿姨好一點吧，不要事後才想起，幹了不該幹的事。老米又問，你倆到底都談了什麼？米拉說，爸爸再見，向招待所大門內跑去。

吳可無不可

吳可感到自己放不下李真巧了。不是他這個人放不下她，而是他的肌膚；原來人的肌膚也會餓，也害饞癆，真巧的肌膚近了，他自己的肌膚伸出無數條無形的舌頭一般，已經舔了上去。那味道，也像唇齒留香，留在他皮上，皮下，肌肉裡，筋絡裡，骨髓裡。一個驚人光滑的她，微涼的表層，就像初秋夜晚本身。從米瀟家離開後，她坐在他摩托車後座上，兩個手掌擱在他腰部靠下的部位，直截了當地問，去你那，還是去我那？在她的手掌摸上來之前，他還清醒，認為他不能跟她混賬下去。偷一個香港老頭的外包，太不堪了。他吳可又不是沒人愛。去年北京的話劇院排他的新戲，女主角A、B兩人都到他房間裡探訪，說是探討人物內心設計，其實要探討什麼，雙方都明白。他的作品名聲在外，風流名聲也在外，目前打光棍，門一關，偷嘗一口甜頭，大家什麼都少不了。文革十年，終於解放，真是大解放，女人們瘋狂地獻身於他們這樣有名的半老男人。吳可要是撒開來，漂亮女人是供大於求的。不過他在一剎那間失去了胃口，也不知怎麼了，探討完了就把她們送出門。他不知道自己是偽善還是怕麻煩。突破一個女人，就是打開了一千個麻煩。唯有這個李真巧一點麻煩也沒有，從來不談長遠的事，從來都是今天做今天了。因此直到遇見這個李真巧，他跟女人都是胡調情，不啟動最後一個實質項目。認識真巧後，他還跟自己說，她已經給人那麼殘酷地傷過，不能添上我的傷了。但他的皮囊不管啊，還有半尺間距就不行了，觸角就伸出去。她是尤物，沒錯，她那麼真誠地享受他的肉體，有時讓吳可心裡冒出一個極俗的閃念：怎麼是她在佔有我？這不虧了？！時間久了，真巧讓男人戒不掉她的肉體了。肉體無罪，相反，肉體最最天真。可他有罪。吳可覺得，在他為兩個人的肉體設想出歸宿時，就把一切交給肉體自己去辦，是罪過的。他知道這很傻，不過對此他沒辦法。他不會愛上她，這是他不可能為兩具肉體想出歸宿的根本原因。當年愛上葛麗亞，是為她那種精靈般的存在。精靈的屬性，似乎僅存在於十幾歲的少女，少女長大，就成了葛麗亞。倘若他再娶，他的妻子必須是最靈性的，即使去貪戀她的肉體，也會是因為那是她「靈」的寄放處，因此那肉體的唯一性和不可複製性，就像世界上只有一幅真跡蒙娜麗莎。吳可把摩托往她家方向騎，後座上的女人兩手把著他的腰，實際是在騎他，因為那兩隻手其實在把著舵盤。馬路上沒有人了，他像匹老馬，被她騎著，用慾望的鞭子抽著。她在說什麼？在說米拉。米拉給灌了迷魂湯了，簡直變了個人，那個女人，太厲害了，讓小米拉一個小時倒戈。米拉的模樣在吳可腦子裡一閃。那個胖乎乎的米拉，不管誰喚她，她都一怔，似乎剛才在夢裡。吳可討厭胖女人，但他喜歡米拉。米拉是所有概念之外的一個姑娘。胖瘦的概念，好看不好看的概念，用來形容或評價米拉，都文不對題；米拉是獨立於那些概念之外的存在。現在開化、解放、自由，社會復仇一樣在瘋狂地講著這些概念，以身試法地實施這些概念，米拉跟這些都不搭界。米拉是個小小的孤島，誰也別想泅渡過去。在他無救地被真巧駕馭，被他肉體的愛欲駕馭，唯一可逆轉的這一切就是路前方突然出現個米拉。假如米拉一股清流一般攔截在前方，吳可會驀然酒醒，一陣清涼。

秋風比一周前硬了些，街上最後的乘涼人都消失了。夏天的夜晚是個巨大的晚會，人們的竹床、躺椅相互摩肩接踵。菸酒老蔭茶不分家，暗地裡，別家女人也成了自家，不成體統的汗衫短褲，非君子們嗅到了私密的肉體氣味，乾柴挨著烈火，不安分一秒間就會爆炸，不知暗地裡無聲爆炸了多少枚「不安分」，不盡興也莫法，現在都要收心歸家，窩囊日子還要過下去。摩托在小街上開過，不必減速，因此響得驚心動魄。陋巷盡頭，別有洞天地縮著兩扇黑漆鐵門，這就到了李真巧家。不，老崔給真巧這隻金絲雀編織的籠子。

停下車，吳可腰上的兩隻手掌離去，他叫了聲，巧巧。崔老闆叫她真真，吳可叫她巧巧，都是私藏的一份寶。正在找鑰匙的真巧「嗯」了一聲。我還是回家睡吧，明天早上我兒子要來。真巧說，一會兒再回去嘛。吳可心想，那個「一會兒」就是他要躲的。那個「一會兒」發生了，睡哪兒都是睡。真巧走到哪裡都挎著個大包，常常是精美絕倫的草編，是老崔從廣交會[25]給她買的。老崔第一次送真巧法國貨皮包，叫「香奈兒」，真巧要他退貨去，她包裡什麼都裝，那種姨太太小包她受用不了。假如把她包裡的貨物裝進去，那要買一個小皮箱大的「香奈兒」，那又如何背得動？這是她愛蒲草編織包的原因。她的大包是個雜貨店，從衛生巾到風油精，從米拉可能會需要的頭髮卡子到米瀟可能會需要的日本胃藥。因此要在這個包裡找到鑰匙，手必須穿過整個雜亂無章的微型雜貨店。她翻雜貨的手勢越來越急，想讓那個「一會兒」快點發生？吳可鎖了車，來到她身邊，理屈地說，我不能佇在這兒，安眠藥沒帶。真巧說，你上次丟了半包在這裡，沒得人動過。她眼睛在半明暗中是兩個深潭，只微浪一下，吳可便靜了。然後就只剩她的戒指和玉鐲跟草包裡各種雜貨相碰撞相摩擦的聲音。他輕摟她肩膀，米拉的戰士襯衣夠舊，棉布質地給洗毛了，觸在手心溫暖實誠。他的下一個動作，吳可自己都嚇一跳：他俯下臉，在真巧毛茸茸的鬢角輕吻了一下。在他俯下臉的時候，絲毫沒有準備：這個屬於他年輕時代的吻，會被嘴唇叩印出來。二十多年前，他把同樣重拿輕放的吻，印在葛麗亞的腮上。他這樣吻葛麗亞，吻了幾年，直到她變得重、濁，變成一個實實在在的老婆。這麼說，自己是愛這個女人的？或者，自己是能夠愛上這個女人的。真巧打開了大門，側身讓他先進，她走在他後面。他像個戰俘一樣垂著頭，穿過院子，來到房子門前。他被自己戰敗。你是個什麼操蛋東西，以為她不給你麻煩，事情就不會麻煩，結果麻煩是你自己生出來的！原來他給出去的不僅僅是肉體；給了真巧的，遠比肉體多，可他就偏偏對那多給出去的部分瞎著，聾著！人家掩耳盜鈴，而在他和真巧關係裡，他是掩耳鈴被盜。鈴早已被這女人盜去，他一直恪守的，虛無一物。

真巧進了廚房，他站在客廳，六神無主。現在逃是不逃？逃來得及不？逃了女人會被得罪，不逃麻煩會越來越大。原來他自己是個麻煩精。真巧不知在廚房裡鼓搗什麼，還不快出來斬斷他逃生之路？四十歲，吳可跟自己發生了怎樣的誤會？以為麻煩都是女人給他的，他常常在看到麻煩冒出胚芽時逃走。

真巧在廚房叫，來嘛，幫我端一下嘛。吳可趕緊往廚房去，自己都看得見自己屁顛顛的背影。真巧端著個托盤，上面擱了兩個湯盅，兩把瓷勺子。他趕緊接過托盤，自己都看得見自己的巴結樣兒。托盤被放在客廳茶几上，真巧跟過來，一邊說：燉的花膠，五點就燉起了。丁點兒大的火燉的，這會兒正到火候。嘗下嘛。她遞了一盅給吳可，自己端起一盅，彷彿用完了最後的氣力，歪在沙發裡，跟燉到了火候一樣軟糯。沙發是蒐集古董的老崔不知從那個抄家倉庫裡蒐集來的，金絲絨面，老舊但貴氣，幽暗的綠，陸地上的一蓬藻類。她身陷其中，像是她為它而生，它為她而成形。這個遭苦難之火炙烤烹燉的女人，火候一分不多，一分不少，最可貴的是她明白昭

25　中國進出口商品交易會，又稱廣州交易會，簡稱廣交會。在改革開放前，廣交會是中國對外貿易的唯一窗口。

示自己的火候：再不享用，就過了。苦難讓她不裝純，她的不潔，正是她的什錦美味之一。

湯羹真是太美味了，吳可一小口一小口地抿進。老崔六十歲，長著二三十歲的皮膚，而又失去了一些年輕皮膚的實質感，於是形成那種近乎透明、近乎流質的面皮，跟盅內半融的膠質類似。真巧跟吳可和其他客人說，老崔從小到老，一天都沒有離開過這樣的湯羹。他創業者的父親賺足了崔家姐弟倆的一生榮華，賺足了崔家姐弟下一代，下下一代，代代榮華，只要老崔不胡鬧投資，不包養太多個李真巧，這樣鮮美的膏怡崔家祖祖輩輩是可以吃它個萬代不變的。她不止一次憤憤地說，那麼個無用之人，要用這麼好的東西去補，憑啥子？！老崔一件棉布襯衫花幾千港幣，攥起來只一小把，能擱到火柴盒裡，說是要把棉花紡成絲一樣細的紗，織成的布也就薄如綃絹。真巧認為，好東西要給有志之士，有用之才去吃，去穿，老天爺勾子（屁股）才坐正了訕。吳可說，沒用的，老天爺勾子一貫都是坐偏的，歪起坐的。真巧說，那我來幫他搬勾子，搬正它。吳可說，沒用的，就算你搬正了他勾子，他心是偏的，要不，屈原就不會投江了，李廣就不會自刎了，幫李廣嫡孫李陵向漢武帝求情的司馬遷，就不會受腐刑，岳飛就不會給趙構秦檜害死。真巧笑道，老天爺的勾子，我搬一次是一次，搬得動的，一定要搬，你等到嘛。送吳可好東西，好錶，好鋼筆，好皮帶，都是她實現「搬勾子」使命，從老崔那裡榨取的錢，轉化為吳可、米瀟、米拉的擁有。真巧蹬掉拖鞋，在海綿和彈簧的沼澤裡蠕動一番，往不可自拔的深度又陷進一點。吳可心裡可憐自己，四十歲的人，給二十九歲的真巧做了小白臉。一個堂堂正正的著名劇作家，做了老崔外妾的小白臉。吳可的矛盾和自相矛盾是出於看透，沒活透，因此做不絕，真巧坦蕩、舒暢，在於她都透了。

兩人一直在談。談得散漫，酒意還在。吳可半心半意陪她聊，一半心思還在琢磨她和他這兩個人類成員，以後究竟怎樣處。假如真巧從老崔這裡鬧獨立，飛出金絲籠，他能娶她嗎？心裡一點答案都沒有。多半是不會娶她的。那麼就從目前的臨時即興狗男女變成長期固定狗男女，而已。而已？是，而已。忽然聽她在講梁多。梁多跟美院那幫小伙子，買了最便宜的車票，轉車好幾趟，才到達北京。因為只有梁多趁錢，身上裝了幾百塊，還是真巧捐助的。那其他五個人，小韓裝了十斤鍋盔，兩斤榨菜，幾包燈影牛肉，曹志傑裝著八塊多錢硬幣，還是仰面躺在床上兩小時，用根頭髮卡子，從他十二歲的妹娃兒存錢瓦罐裡摳出來的。吳可問，小韓是哪個？梁多的學生訕，個子跟我差不多，頭上頂個大鳥窩，就是那個男娃子。哦，知道了，吳可笑起來。不過他坐在大台燈底下，燈下黑，真巧沒看見他笑得多壞。雞樅菌，雅號是他跟米拉為小韓私人訂製的，他不想告訴別人，包括李真巧。吳可說，巧巧，梁多喜歡你吧？真巧笑笑。笑是什麼意思？笑還有點悲慘呢。意思是，不都跟你吳可一樣嗎？看我肥肥的一隻錦雞，在身邊繞，不打來吃了白做男人。多絢爛的羽毛，打來吃肉是不足惜的。所有男人，包括老米灡，包括你吳可，到末了不都是圖那一口肉？哪天老崔肉吃膩了，或者又好上另一口肉了，也就再不來此地了。巧巧讓梁多得手沒有？吳可問得嬉皮笑臉，心是提緊的。該死的，她又那麼一笑。你給他得手了，這句話不帶問號，是吳可的結論。放你的狗屁，真巧說。吳可成名早，給人當偶像二十年，幾乎沒人對他這麼說話。剛到勞教農場那兩年，看守的年輕民兵對他跟其他勞教犯態度差不多，到了第二年，就常常有人把他單獨帶到某處「工作」，帶到一個眾人看不見的樹林或者麥秸垛後，對他說，老吳你就在這歇著，幫我寫一篇批判稿（或者，寫一篇學習心得，或者，一篇國慶賀詩，或者，一首情詩，一封情書，或者……）。這樣的年輕監督員越來越多，吳可幫他們寫的文章只要調換一下段落，更替幾個名詞，舊物回收，毫不費力地掙得一下午的打盹。再後來，寫稿子這種「工作」也不分派給他了，就是讓他多歇，到了最後兩年，乾脆把對吳可的特殊待遇公開化，固定化，讓他去住果園裡那間草棚，幫著看果園的人照看果子，（半年是沒有果子可照看的）他愛什麼時候歇，就什麼時候歇，除了在農場外沒有自由，農場內什麼自由都有，包括接待女崇拜者的自由。那些年輕民兵從沒對吳可用過真巧剛才的語言。對那些民兵，吳可是敵人，但是個高等級敵人，要對這個等級的敵人說凶話狠話，也是自己陣營中同樣高等級的人來說。於是，真巧那句「放你的狗屁」，就新鮮感十足，美味裡加了點辣。吳可啊，你怎麼這麼賤？居然聽得周身麻酥酥，似乎跟她下賤到了同一個層次，形骸更放浪了一點，情話多了一種更達意的語言。還有她說此話時顯得那麼自然，不打情罵俏，也不鬥狠逞兇，一開口，就出來了，跟平常語言一樣，沒有被加以歧視，甚至沒被加以區別。他嬉著臉，讓她「再說一遍」，說啥子？！她從沙發深處，米拉的藍軍裙下出腿，在他腿上輕輕一踢。五個腳趾上的鮮紅蔻丹，幽暗中的五滴血，在他腿肚子上劃過五道濕熱。

不行了，他整個被燎著了，站起身，也撲進那個沙發。可憐老沙發受不住他這份額外體重，咕吱吱叫，筋骨疼了。吳可耳語，老實交代，讓梁多喜歡了幾次？她臉轉向一邊去，再放屁我要攆人了啊。她仍然平素口氣，嘴唇熟果子一樣。吳可從來不知道自己會喜歡這種偏厚的嘴唇，看來他對女人的見識還短。你坐好，她說，我有話跟你說。吳可問，這會兒說話？你坐回去。他見她扣上米拉的士兵襯衫胸前剛被他扯開的紐扣。他笑著問，幹嘛呀？她的表情把他接著親熱的前途斷了。他坐回原先的位置，有一點窘。等了幾秒鐘，等她開始「有話跟你說」，卻把一根根髮卡卡好，表情是，你急你的。然後他卻等來了一句：「鍋頭還有花膠哦，再吃一盅嘛。」他說他吃不下。那麼黏膩的膏脂，他確實吃不下了。那你就回去吧。什麼？！早點回，早點睡，你兒子明天上午不是要來嗎？他懵懂地看著她。她站起來，拿起她的蛋殼一樣薄的空盅子，毫不憐惜地往他的空盅子裡一墩，再拖來漆器托盤，似乎累了一天，這會剛覺出來。

他拉住她一條胳膊。怎麼回事？！他心裡羞憤，燎著了她不管了？！她回頭一笑，酒窩深了：那幫我洗了碗再走。

他不放她，她一扭，鰻魚似地滑出去。他跟她到了廚房，看她把兩個湯盅放在水池裡，打開龍頭，手用勁大了，龍頭噴出的水，濺的水花讓她往後猛退一步，他順勢從後面摟住她。她又滑出去，今晚屬鰻魚了。她轉過臉說，咋捨得讓你洗碗，還是快走吧。巧巧你幹嘛？她學他的北方話，沒幹嘛呀！她轉過身，雙手背在身後，扶著白瓷水池邊沿，微微歪頭，似乎說，你幹的「嘛」你自己不記得？快走啊。吳可知道她在給他用刑，折磨他，羞辱他。她知道他明白那沒吐出口的話：怎麼樣？我曉得你被我燎著了，火勢壓不住，不過我只能對不起。電話鈴在客廳裡響了。真巧推了他一下，小跑著去接聽。吳可站在廚房藍底白花的瓷磚地上，豎著耳朵。客廳傳來低低的笑聲。他向廚房門外移步，步子是腳跟、腳尖、再腳跟，竊聽者的步子。一定是梁多。客廳的玻璃門居然被掩上了！他發現自己的額角觸在玻璃上，經典的聽壁腳身姿。現在真巧在一層玻璃、一層白色紗綢的那邊，實踐著不幸被他「放狗屁」言中的事物。他推開玻璃門，真巧背對著他，一隻腳從拖鞋裡拿出，擱在另一隻腳的腳背上。她所有動作都是真巧式樣，都寫著色慾。那邊的人在講什麼好玩的事，引出她一串母雞般的咕咕咕笑聲。這倒是他退場的好時機。徹底退場。他走到剛才坐的長沙發前，拿起茶几上的摩托車鑰匙，動作粗重，真巧回過頭，眉頭輕蹙，豎著的食指跟撅起的嘴唇打了個十字叉。那嘴唇，更是彈指欲破的熟漿果。她意思是要他靜默，別讓他的響動順著電話線爬進遙遠的耳朵眼，因為他吳可是被偷養的漢。那只遙遠的耳朵不可能屬於梁多，只可能屬於崔老闆。她並非像自己顯擺的那樣，對老崔無所畏懼，還是在爭取做一隻好金絲鳥。轉而他又想，你鄙夷什麼？就算她飛出金絲籠，你的木頭籠也未必合適裝她。不過他心情好起來。不是梁多，他感到事情擺平了；人家崔先生在先嘛，凡事先來後到，這點江湖法則還是要講的。真巧開口了，慢悠悠的，講了幾句廣東話。聰明女人，跟老崔過了一年多，廣東話講得七七八八。

吳可來到街上，小街上只有一個門戶還有動靜：那個公共廁所。公共廁所裡有人在練歌，男高音，夜半歌聲。他騎摩托車開過去，微帶臭味的歌聲很快遠了。他想李真巧此刻大概結束電話了，獨上牙床。他在頭盔下的臉異動一下，也許臉發出了一個獰笑。這個女人，嘴上不拿老崔當根蔥，一通長途電話打來，不就把她屁顛屁顛地召喚了去？居然對他吳可橫了一下眉毛，豎了一下食指，要他禁聲。怕什麼？！還不是怕從金絲籠裡被攆出去？以為她看透活透，遠不如他一個多小時前認為的透徹。這麼一想，吳可心裡真擺平了。這一年來，最開始是他招惹的她，後來她勁頭上來了，每天約晚飯，一身解數都使出來，做極品菜式，做床上柔術，她是慢慢長進了他的肉體，漸漸的，五臟六腑都是她。他想，這一夜，好極了，她自己開始摘除，把她伸進他臟腑的根根須須往外摘，疼是疼的，不過也是好事情。絕好的事！勞教農場把他放出來，不是為了讓她生擒的，是釋放他給他的大業。回味在他口中和體內的，是她的美食，美麗胴體，美是絕美，不過天降大任於斯，真巧只能給吳可的大任絆腳，正愁怎麼逾越繞道，她自己挪開了。絕好的事。

吳可騎著摩托過了母親現在居住的巷子。他的大弟弟在貴州插隊時，娶了貴州姑娘，從此做了貴州人。小弟弟和妹妹現在還住在母親家，圖免費房住，免費三餐，免費保姆使喚。他想到父親在世時，那座小樓裡的氣氛多麼冷峻可怕。吳可這名字是父親取的。父親和母親從北方征戰到西南，隨大軍征服了這座享樂無罪志在無為的城市，把吳可從寄養的北方農村接來。那是一九五〇年，吳可十歲。擔任省政府大幹部的父親，給予已經長成陌生人的兒子一個學名，吳可，有也可，無也可，可有可無的兒子，無可無不可的戰火中偷歡偶得。正如絕大部分高層幹部一樣，父親參加革命其實是為了逃婚，把一個將守一輩子活寡的新娘留在身後。父親在戰爭中娶了當年十七歲的母親，母親在十七歲時一定不是後來的八分男相的女人。父親在六四年去世後，母親就徹底雌雄同體，一半是嚴父，一半是女校長，他的三個比他年少許多的弟弟、妹妹，由於成長期間嚴重缺愛而長成了準木頭人。與他們相比，吳可認為他的感情營養比較全面：收養他的農家那股餘溫一直留在他身上。他一閉眼，就能感受那個長他三歲的女孩把他攏在被窩裡的感覺，棉被的邊在他胸口交叉，像件棉袈裟。冬天的每個早晨，女孩就這樣給他保暖，一面叫他，我的小羅漢哎。他們把那一口河北口音永遠留在他的舌尖上，筆尖上。他想到母親最像母親的時候，是她醉酒的時候。她會說幾句跟父親初識時的細節，比方，你爸的軍褲比裡面的棉褲短，露一大截黑棉褲。她最體現母愛的話，是講到她去接吳可那一天的情景：她和四個警衛員翻過一座開滿槐花的山……前一年收成好，所以槐花沒人打。去接你的時候，兩個警衛員騎馬先進村，把消息告訴那家老鄉，一大家老鄉帶你到村口，你屁股一個勁往後坐，哭的跟吹嗩吶似的，我眼淚一下子就下來了。我哭得呀，馬鞍都坐不住啊。這時的母親，眼睛又會潮一潮。九歲之前，他不叫吳可，叫疙瘩，意思是八路長官留下的寶貝疙瘩。母親是否醉酒，他的判斷標準，就是她何時開始絮叨這段舊事。一旦她說起，哎呀，那一路都是槐花，白白的，可香！他便把酒瓶悄悄拿走，母親醉了。不醉，她羞於承認她也有賞花的弱點，也有見到久別的兒子痛哭的沒出息時刻。

米拉扯皮條

冬至那天，米拉在雜誌社走廊上，碰到吳可。走廊陰暗潮濕，吳可瑟縮地站在那兒，像跟家長走丟了。米拉迎上去，發現小吳叔叔瘦了不少，原先一個頭上白了三分一的頭髮，把那俊朗的板寸頭定色成鐵灰，而現在是一種邋遢的灰，某種鼠類皮毛似的。小吳叔叔，你屁就來投稿呀？米拉上來就拉起他戴了羊皮手套的手。見到他，她感覺自己的喜悅照亮了一條陰暗走廊。我來看看咱閨女，吳可說。那，到我屋裡坐吧。米拉直接牽著羊皮手套裡的大手往走廊一頭拽。進了米拉的屋，吳可一見擁擠不堪的六張書桌，六把椅子上都坐著埋頭讀寫的人，掉頭就出去，手還在米拉手裡。米拉轉身，也覺得這個屋實在拿不出手請小吳叔叔坐，便隨吳可到了走廊裡。現在，我知道小米拉怎麼上班了。米拉傻笑。小吳叔叔來看她上班，太讓她喜出望外。丫頭瘦了。米拉又笑。請你出去吃飯吧？吳可說。米拉說，還在上班呢。什麼時候下班？五點。那好，下班別走，我來接你。米拉猶豫地說，不吃飯好嗎？我減肥三個月了，小姑家，我爸家，我都不敢去，怕他們給我弄好吃的，我管不住嘴。吳可說，不吃飯你吃什麼？米拉說，黃瓜、西紅柿、鹽水煮四季豆、瓢兒白[26]。吳可說，胡鬧，這麼減肥要死人的！米拉笑，說，死半天還這麼一大塊！

傍晚六點半，成都開始見夜色。同事都走光了，吳可在樓下喊米拉。米拉大聲應著：來啦！一面背起包就跑出去。（第二天被編輯組長罵了，門都沒鎖！）米拉看到兩腿跨在摩托車上的吳可，上身一件黑色皮夾克，膝蓋兩個黑皮護膝，頭臉給頭盔圍巾遮蓋大半，剛搶了銀行一樣，匪氣十足，但比白天年輕多了。吳可指著後座上的一件棉襖，讓米拉穿上，車開快了會冷。米拉穿上棉襖，立刻給小吳叔叔的體嗅環抱。然後她一騙腿坐上了後座，摩托原地一蹦，衝出去。冷不冷？吳可大聲問。米拉穿著布鞋，大聲回答，腳有點冷！那就忍著吧，吳可說，本來想給你帶雙靴子來，不過小吳叔叔鞋太大，靴子給你穿，米拉成米老鼠了。

到了餐館門口，米拉跳下車，看吳可把車推進自行車群落裡，不耐煩地等著看車老頭給他開票。

進了餐館，煙氣辣眼睛，吳可伸手指了一下窗子邊上的餐桌，兩人走過去。桌上桌下扔滿骨頭，米拉想，下一桌食客應該是狗。一個年輕服務員小跑過來，叫他們到另一張剛打整乾淨的小桌去，吳可用捲舌的四川話說，就坐這兒，你趕緊打整！服務員一看這位客人是土匪下山，從

26　瓢兒白：小白菜。

腰後抽出一個竹刷子，把骨頭全部掃到地上。吳可對米拉解釋，這兒當然不如錦江賓館衛生，不過菜地道。一眨眼功夫，地面上的骨頭也給掃走。吳可摘下頭盔，圍巾，撕開皮夾克的拉鍊，褪下皮護膝，喘一口粗氣。喘出的那口氣聞著也是父輩的，掛著幾十年菸油的老肺裡出來的味道。他重重地往板凳上一坐，問：最近怎麼樣，丫頭？米拉笑笑，坐在他對面。問這句話是意思意思的關懷，不用回答的。吳可看看她，也笑笑，手掌上來，拍拍她臉蛋，丫頭減肥，大見成效。這是明擺著的，米拉也不用接茬。這樣就像我頭一次看你跳舞的樣子了。米瀟住在招待所的時候，米拉暗地建立了一種父母間的政治，平衡對等，不偏不倚，一個週末陪父親住，另一個週末必定住母親家。吳可週末去招待所老米家串門，有時會見到米拉。米拉那時還暗存跳主角的野心，不分場合地練軟度，把自己的腳翹在門框上，兩腿撕成一字，手裡拿個筆記本畫畫寫寫。有那麼兩次，米瀟房裡聚一堆朋友，聊爽了，喝爽了，吳可吼喊，我們歡迎米拉跳個舞。米拉不推辭，不扭捏，但也不熱情，走到屋子中間就開始自哼自跳。跳完，觀眾鼓掌喝彩，她也不得意，不羞澀，沒什麼表情地退下去。吳可有次悄悄對米拉說，我閨女就是與眾不同。米拉從來不懂她不同的是什麼。點完菜，米拉一杯熱茶喝完了，身上暖起來。你最近在忙什麼？上班，下班，晚上寫點東西，克制飢餓感。減了多少斤？十五斤。吳可做了個吃驚的怪樣，說，看上去不像掉了十五斤肉啊！米拉說，你什麼意思？指控我瞞體重？吳可笑了：不是指控，我看你臉蛋還圓呼呼的。

叔叔輩兒的手又要上來，米拉頭一讓。小跑堂回來了，吳可一口氣默誦出五個菜：拌萵筍、鹽煎肉、幺娘雞、熗腰花，連鍋湯。然後他點上菸鍋，嘆出頭一口噴香的煙，說：我劇本開了個不錯的頭，就是寫不下去。為什麼？吳可眼皮子一直眨，漫不經心，又心煩意亂。他說：我也不知，從來沒發生過的情況。吐納了幾口菸，菸味開始變臭，但菸把身體捋舒坦了，表情和關節較著的勁，也消失了。他看著米拉笑笑，難以啟齒的笑。米拉不說話，看著他。很多人在被米拉這樣不說話的平視下，話越來越多。父親米瀟就這樣，不經米拉看。米拉坐在父親對面，平視父親正因為蒼老而生動和深刻的臉，父親必定會對她打開話匣：他談自己的絕望，對寫作的絕望——無論想法如何圖新，出手總是陳舊；稍微有一點突破，又被思維更陳舊的編輯、主編們強迫改掉。對王國宏這樣的主編，他真是絕望啊，一面可以拿約瑟夫．康拉德、詹姆斯．喬伊斯、卡夫卡給你做榜樣，一面對你作品裡的任何探索都砍殺。老米也會跟米拉談他的女人，談他對甄茵莉的迷戀、欣賞，也談他對她的厭煩、幻滅。父親對他的女人極容易發生幻滅，但幻滅感一閃即逝，女人一出場，他又暈愛了。這點米拉特清楚，因此從不當真。隨著離婚時間的推移，父親反而對孫霖露越來越欣賞。這種欣賞也是不能當真的，一旦甄茵莉把他退貨給孫霖露，他肯定又要「跑反」。十六歲那年陪母親到重慶跟父親團圓，米瀟的「跑反」給米拉落下創傷性記憶，心想將來哪個男人也跑她米拉的反，她必定自殺或他殺。對米瀟的幻滅，米拉只是當歌聽。就像母親說沒了米瀟，活著一點也沒意思，不是想等到女兒嫁個好人，把女兒放心交托出去，她早就投錦江了。米拉聽著就皺眉撇嘴，表情是「又來了，又來了」。米拉有時為自己的發現錯愕：怎麼她老是見證上輩人的哭鬧，笑鬧，自我折磨？她好像老是被他們拉來評理，拉來仲裁。這些長輩的一生都被打亂過，天地顛倒的亂，亂了一二十年，終於找回秩序，他們似乎都發現，他們的一部分人格或天性，已丟失在亂中，再也找不回來了。他們離開城市和生活原來的軌跡，多年後回來，再也接不到斷面上，對茬的地方磨損了，移位了，一些整塊的段落碎裂成粉末，隨風逝去。

她不問吳可，今天找她來為了什麼事。一定出了什麼事。他那麼淒惶地出現在雜誌社走廊裡，她就知道有事。她悶頭吃菜。減肥是苦行，吃了三個月西紅柿、黃瓜、清水煮豆角，現在對著一桌好菜，咀嚼都有點笨拙，似乎胃裡長出閘來，每一口下嚥的食物通過，都要用力頂開那兩面閘，剛通過，它們就立刻合攏。吳可抽到第四鍋菸，開口了。他問米拉是否常見李真巧。米拉說她有一個多月沒見了。吳可說，他自己有三個月沒見她。米拉說不會吧。她輕蔑地笑笑，你倆熬得住？是那笑的潛台詞。吳可是米拉的姑父候選人之一，對此他和她都用不著裝。十月份老崔到上海，李真巧去上海住了一個月，回來給米拉帶了一條羊毛裙，給米瀟帶了兩桶進口咖啡。那次小姑問米拉，你看出我哪兒變了？米拉沒看出來。她咧開嘴，臉從左慢慢向右轉，在米拉臉前面放映她的一口白牙：老崔讓我把牙齒給整了下容。米拉說，有點嚇人。她說，過一陣就自然了，抽菸喝茶的人。她自己摸出粉盒，邊照邊說：狗日老崔說我周身都好，就是牙長得賤。

米拉咽下一大口鹽煎肉，問吳可，有沒有見到小姑的新牙？吳可問什麼新牙？米拉笑笑，不吱聲，證實了他和真巧小姑確實闊別三月。吳可無心打聽，又說，那次在你爸家吃晚飯，就是吃大蒜爆鯰魚那次，我送她回家，崔老闆來了電話，我就沒打招呼走了。第二天她打來電話，我沒接。後來幾天，她打電話我都沒接。米拉問他為什麼不接。他用手指抓抓板刷頭毛刺，說他當時想，就那麼斷掉算了，挺好。米拉想知道為什麼斷了挺好。吳可說，跟她，又不能結婚，偷老崔幾口嘴，人不人鬼不鬼的，小吳叔叔是大丈夫對不對，米拉？做不得那樣的事。米拉認為好辦，炒掉老崔，真巧小姑一傢伙搬進吳宅，把小吳叔叔一傢伙提拔成米拉的姑父。吳可愣怔，好像沒在聽。他問，現在你小姑怎樣？好得很，米拉說。吳可出來一張失望長臉。米拉趕緊在心裡覈實，真巧小姑是好得很嗎？答案是，的確好得很。吳可哼了一聲，嫉恨真巧的「好得很」，他明顯不好，她敢「好得很」。

米拉想，看這十年亂的，這幫中年人戀愛期錯亂，海棠二度花。她說，我的小姑父，也不該是個資本家小老頭嘛！她拍拍吳可的皮夾克肩膀，起碼應該跟我家老米有共同話題才對。她拍吳可的肩其實心裡沉了沉，吳可瘦了不止十多斤。還是小吳叔叔比較像米拉的姑夫。吳可讓米拉的玩笑掠過去，又說，後來我受不了了，背棄了自己跟自己做的承諾，又去她那裡找她，她們都不開。也可能不在家吧。米拉揭露，在家。吳可說，那就是老崔來了。米拉接著戳穿，沒有，他現在從香港過來，就把真巧叫到上海去，他在上海買了個快塌了的老洋房。現在吳可只能面對一個殘忍事實，真巧安了心給他吃閉門羹。沉默一陣，吳可說，我寫不下去了。可是話劇院在催稿子，《戲劇》雜誌也等著。米拉說，你要我找她？吳可飛快看米拉一眼，目光又落在桌子上，不好意思了。小吳叔叔只能求你，求別人人家笑話。米拉沒說話。這麼大的人了，自己跟自己過不去，一段愛情或情愛，要就好好要，斷就乾脆斷，偏不，就這樣漚，把正常日子都給漚壞了。丫頭答應了？米拉當然答應，心裡覺得瀟灑偉岸的吳可，實在不真實，寫不下去就寫不下去，非要歸咎到女人身上。事情似乎落實了一半，吳可眉頭鬆開。他在抽飯後一鍋菸的時候，問起阿富汗人後來怎樣。回北京啦。米拉說。軋馬路軋了幾次？三次。還帶他去了一趟青城山。光爬山？……嗯。還幹什麼了？練英文。吳可慢慢點頭。米拉能看到他腦子裡升起一行字幕：你指望我相信？然後話頭拐到大蒜爆魚塊那晚，吳可想知道，甄茵莉到底跟米拉談了什麼。談她自己的前半生。她前半生咋了？比較慘。咋個慘？你問她自己。老米曉得不？我不曉得老米曉得不。一個小時，前半生就談完了？關鍵段落也就十分鐘。老米都不曉得的前半生？不曉得老米曉不曉得。你打算跟你爸說嗎？米拉搖搖頭。她的前半生事關你爸下半生的幸福哎！我爸要的就是現在這個小甄阿姨，現在的小甄阿姨是她前半生的苦難不幸沉澱下來的總效果。我爸得到的，就是這個沉澱和淤積塑造的小甄阿姨，討他喜歡的部分，從沉澱裡來的，不討他喜歡的，也從沉澱裡來的，他不能要這一部分，不要那部分。吳可看她半天，說：厲害啊，丫頭。怪不得你爸你媽都愛跟你談心。

餐後米拉借用了餐館的電話，打到李真巧家。真巧妹妹李芳元接的。（李芳元現在給真巧做清潔工，廚房雜役，當門房，一月得兩百元薪水，金項鍊金戒指都買上了）一聽是米拉，馬上說自己是小小姑，她小姑在家打麻將，要打到明天早上了。

吳可挎上摩托又回過頭，你小姑真沒跟你提我倆生分的事？米拉搖頭。

米拉瞭解真巧，經事兒太多，心裡很能裝事兒，反而一天到晚是個沒事兒人。有關她和吳可的裂隙，她一字沒跟米拉吐露，每次做了好吃的，歡歡喜喜打電話叫米拉。米拉都推說手頭在寫東西，不想打斷。其實她不願小姑的美食勾銷她的減肥成果。每次電話裡都能聽出她過得心滿意足。三個月前，梁多從北京看畫展剛回來，米拉被她緊急叫過去。你務必來一下。到了真巧家，見到梁多、小韓、志傑，形同三個叫花子，坐在客廳冰冷的花磚地板上，因為真巧連地毯都不讓他們上。梁多的披頭士長髮打縹，從頭髮綹的間隙裡看米拉，很反文明的樣子。真巧給的五百元他頭一個星期就花光了，買了幾本畫冊，買美術館門票。一行三人開始在美院教室裡打通鋪，直到把美院熟人的好客熱情完全耗盡，又去睡西直門車站。真巧叫他們每個人脫下外衣，只穿襯褲汗衫。三個人哼唧抱怨，但最後還是從命。真巧用火鉗子夾起他們的外衣，扔到洗衣機裡。米拉進門就被小姑支派去燒洗澡水。等米拉回到客廳，見三個半赤裸的瘦人各自捧一大碗紅油拌麵，麵上堆一堆下市的老莧菜。三個人吃得山響，活像坐在門板房前面大口抽送麵條的街娃兒。米拉小聲問真巧，你咋忍心光給他們吃街娃兒麵？（這不是真巧的風格，真巧是賣血也要款待客人四盤八碟的）真巧說，麵是我妹娃兒下的，她是正宗街娃兒訕，吃街娃兒麵長大的。米拉走近梁多，見他小腿上套著蟒皮狀蕾絲，灰黑白相間，蛇鱗的紋斑十分完整，她好生奇怪，用食指尖去觸碰，碰到的竟然是梁多的真皮。梁多縮一下腿，幹啥子，小女娃子？！米拉說，沒有穿蕾絲襪是哦？真巧哈哈笑道，看嘛，幾個禮拜不換襪子，灰都長到肉上了。米拉想起來，梁多常穿一雙黑色半筒尼龍襪，襪筒帶鏤空花樣。米拉這才發現，鏤空尼龍襪的洞眼和著塵土在梁多小腿上印刷出的蟒皮鱗斑，真是精緻絕倫。就在那次，她問過真巧，小吳叔叔最近可好。真巧回答，好得很！去年寫的那個劇，又有人搞大批判哦。不過呢，也有人幫他批回去。我就找過兩個川大學生，幫他放了幾槍。米拉絲毫沒看出，她和吳可斷了來往了。

那天米拉還看出來，梁多確實對真巧長著賊心。真巧在洗衣房躬身拾掇濕衣服時，脖子和腰以及屁股，線條像工藝品，梁多用雙手把線條勾出的凸凹，從上至下地捋，給我畫幾張嗎，梁多求她。真巧回身在他手背上抽一巴掌，我貴得很，付得起錢不？米拉看得出來，真巧對剛才的指油也不無歡迎。

吳可把摩托騎到離真巧家十多個門戶就停車了。他怕真巧聽見摩托聲音躲避開。是李芳元開的門。一進院子就聽見客廳裡骨牌稀裡嘩啦響。進了客廳門，真巧一見吳可，臉色一慘。客廳裡六七個客人，大多數穿藍工作服，胸口都印著「安全生產」。真巧廠裡的工會主任、車間主任，還有些給她通風報信、領取免費福利物資的工友，真巧隔段時間都會請到家裡來打牌吃飯。廠裡換了書記，一旦中央下來新文件，他就要下車間巡視，看看各個車間學文件的情況。工友姐妹就會給真巧打電話，通報她下一天學幾號文件，要她好歹到車間來打一頭，晃一兩圈，萬一書記要搞文件表態，落實到人頭，翻查花名冊，真巧的二十五塊零三分的病休月薪和避暑費、烤火費都「莫搞了」。二十五塊零三分現在已經漲到三十一塊五毛了，在廠子食堂買菜票，天天吃得起粉蒸肉。對新到來的一老一少兩個客人，真巧也不介紹，因此沒人跟米拉和吳可招呼。吳可在這裡很安全，行為放肆了也沒關係，因為真巧的麻將搭子都不看話劇，你要跟他們說，這位是大名鼎鼎的劇作家吳可，他們肯定大咧咧說：吳可是哪個喲，認不到。儘管吳可的照片不時出現在文學、戲劇、電影雜誌上，但這是一群連雜誌都不看的人。真巧大聲叫，元元，來一下！妹妹芳元出現在廚房和客廳之間的門口。真巧叫妹娃兒代她打幾圈。說著她站起身，領頭向第一臥室走。吳可回過頭：米拉，你也來。他像馬上要挨揍的孩子，拉一個人，到時能替他求情。他們都在臥室裡站定，真巧說，坐嘛。一共一張椅子，在梳妝台前。真巧坐床沿，吳可雙手插在皮夾克兜裡，立定門口，真像預備挨揍，站那裡跑得贏。米拉把梳妝椅調個面，坐下來，像個判官老爺。此刻聽吳可說，李真巧，你到底想幹嘛？真巧說，問你自己。我哪點得罪你了？真巧看著他，又來看米拉，似乎他怎樣得罪她，米拉頂有數。談話有點卡，真巧消極對抗。三人悶了一會兒，真巧說，你把我當啥子人了喲。吳可說，米拉，你說我把她當什麼人？米拉不吱聲。當什麼人？米拉？！你自己曉得，莫去為難小女娃子。你自己說，你把我當什麼人？吳可張開雙手，嘴巴也張著，但一句話沒說出來。他在大學裡寫的劇本，遭大家攻擊，說他是伙同右傾反黨團伙向黨猖狂進攻，他一定這副樣子，冤死了。宣布所有右傾反黨分子處理決定，決定十九歲的他加入改造大隊到山區農場，他一定也是這副模樣，冤死人啦。幾十年，吳可這副悲劇臉成百上千次使用，有一部分永久性留在他的平常表情裡。那天你接老崔電話，我覺得自己在場不方便，就走了。不是給你行方便嗎？有這麼大罪過嗎？至於你這樣對我……？咋樣對你了？吳可看看米拉，天下著大雨，就是不給我開門！過份吧？真巧也看看米拉，笑笑，好像說，小孩子氣吧？冒雨站在門口，演苦肉計，也歸我負責？吳可又說，米拉知道，寫作最要勁兒的時候，就怕心亂，我以為你真巧懂事，要鬧，等我寫完，有力氣了，陪你慢慢鬧。真巧一直含笑帶嗔地看著他。現在她兩個胳膊肘撐著向後仰的上半身，二郎腿晃蕩晃蕩，鼓勵他喊冤。喊吧，苦水一肚皮喲，苦死嘍。吳可冤屈地說，一個多月了，我寫出來就撕，當年葛麗亞鬧離婚，我心都沒這麼亂！米拉站起來，伸了個大懶腰，說，那小姑就原諒小吳叔叔一次嘛。他都不曉得他錯在哪，我原諒啥子？那你告訴我，錯在哪。這種事，要口把口告訴，還有啥意思呢？

米拉往門外走，我要回去了，晚上還有事。

米拉你評評理，小吳叔叔哪點不對。米拉說，你們這麼大的人了，問我怎麼談戀愛，好笑人哦。真巧說，啥子戀愛嘛，就是想做那一件事。說完她站起來，蹭蹭蹭就走了。吳可個高，伸手一拉，真巧向後一趔趄，一隻軟底鞋掉了。你就是想要我娶你，是吧？真巧腳尖勾回鞋，轉臉看著他，突然一巴掌抽過去。米拉傻了，吳可也傻了。真巧打完之後，非但不走，還那麼稱心地看著他，說：你們這種人，活該勞教。你以為你們吃了冤枉苦頭就是英雄了？吳可摸著臉。真巧說，我要出去打牌了，米拉你帶他走。吳可再次拉住她。米拉擔心他要打回去，但他一手揪住真巧的胳膊，另一隻手艱難地垂著。米拉不希望自己對大才子吳可喪失尊重，不希望她的小吳叔叔就此搞壞他在她心目中的印象，退到走廊上，並稍微替他們掩上點門。她發現小小姑李芳元從客廳探頭，朝此地張望。她打了個手勢，向小小姑表示她大姐的安危沒有問題。吳可的安危倒是堪憂。她站在門口，假如真要鬧出人命，她衝進去還來得及。

真巧掙扎著，至少聽上去是掙扎。吳可咬牙切齒：你到底想要我幹嘛？……回覆是繼續掙扎。說呀！……掙扎掙扎掙扎……我給你跪下？掙扎輕了……停了。過了一會兒，真巧急匆匆出來，一面抻平衣服。又過一會，吳可也出來了，對米拉一揮手：走。不知道「跪下」實施沒有。小姑已經鑽進衛生間，撲粉去了。等他兩人走到大門旁，真巧趕上來，往米拉帆布挎包裡塞了一個油紙包，香噴噴，熱乎乎。她一面塞一面裝凶地對吳可說，我外甥女坐你的車啊，慢點兒開，跌死你就算了，把她跌出好歹，你也活不成。吳可飛了一個吻給她。

從真巧家出來，天黑透。倆人往摩托停靠地方走。米拉說，好嚇人，我小姑還會打人哎。這意思是代小姑向小吳叔叔致歉。吳可聽出歉意了，手掌在米拉頭頂輕輕摁一下。要是小姑真跟崔老闆脫了手，你娶她嗎？吳可看她一眼，馬上挪開視線。米拉知道答案了。小姑那麼能幹，那麼漂亮性感，你看他照顧老崔，賢慧死了，要是我，這會兒就扎起花轎娶她去。米拉給小姑扯皮條呢，吳可笑道。扯皮條又不都是居委會的事，米拉說。吳可笑笑，他無心俏皮。典故是成都混混根據朝鮮電影《看不見的戰線》主題歌重新填詞而成，在那個超級高亢抒情的「啊……我們有黨領導」之前的一句，填的詞是「居委會為我來扯皮條」。結婚每個人一生只有一次，最多兩次，要特別吝嗇這一次兩次的機會，吳可兩眼看著遠方說。米拉問：三次呢？吳可一愣，什麼？米拉說：葛麗亞不就三次。葛麗亞最近又嫁了，男方是個比利時來的客座教授。顯然三十九歲的葛麗亞還是有資本，拿當給男人上。吳可說，世上事就怕你去鑽，愛迪生鑽，電燈就發明出來了；諾貝爾鑽，炸彈就造出來了——他鑽那麼深，差點把自己炸死；居禮夫人鑽，全世界就有了X光透視機和原子彈，把人類救治出來，再毀滅。葛麗亞這點好，也是個鑽得厲害的人，死心眼，一根筋，鑽進什麼事，什麼事就是牛角尖，一定鑽到那犄角的犄角裡，不把犄角鑽出洞來，絕不半途退出。她好多年前就要嫁出國，幾十年如一日，就朝這個方向鑽，你看，鑽出結果來了吧？你小姑也是要鑽的，鑽的風格不同，看起來漫不經意，但心眼子裡很認真。米拉不以為然，問道：小姑她要鑽什麼？也是要嫁出國。那是她說著玩玩的。以後看嘛。你的意思，是她看不上你，因為你在國內，所以她不跟你結婚？米拉覺得他把問題搞拐了，或者打算墮落成豬八戒，倒打一釘耙。吳可說，那倒不是。米拉想，當然不是，她給你那個大嘴巴的時候，我可看到了真悲情。對王漢鐸的悲憤絕望，攢那麼多年，都使在那側身、回手、掄胳膊、掌心從顴骨到嘴角的一掃中。小吳叔叔大概牙都給打鬆了，幸虧有夜色當面紗，不然那塊高燒的皮肉是藏不住的。你們和解了，對吧？算和解了吧。我在外面才站了幾分鐘，你們就和解了？怎麼和解的？吳可有點羞，笑笑說，你聽到了的嘛。我說，未必我跪倒你才開恩？她說，跪倒試下嘛。吳可說到這不說了。米拉見了鬼一樣，放輕聲音，那你，就……？嗯，我就，跪下了。

米拉驚得吃進一口冷氣。但她還是感嘆小吳叔叔對她的坦率，那麼醜的真相，還是給她看了。為一個美麗的女人下跪，還是一個剛賞了他耳摑子的女人，米拉為吳可的自尊痛心。兩人此刻發現，他們已經步行到小街口頭上了，把摩托車忘了。忘了摩托車是因為摩托車根本就不在那！這個閃念一出來，米拉就往回飛奔。米拉飛奔到停摩托車的位置，摩托真沒了，徹底化在了夜色裡。米拉傻了，對著沒了摩托車的空地賣呆。這個小街上的某人埋伏這台摩托車許久了，就在等這個月黑風高的今夜。吳可此時已經快步跟來，自問，哎，車咋沒了呢？米拉說，真對不起，小吳叔叔！你對不起什麼呀？！但米拉還是覺得，對這個糟糕事件，她小姑應該負一部分責；她要不跟吳可那麼血淋淋地了斷，吳可的劇本不會擱淺；吳可劇本寫得順利，交了稿，在話劇院的演員們對台詞的時候，或許會移情到一個美麗的女主角身上。這樣的了斷是瓜熟蒂落，滴血不見。果真是那樣，吳可不會急吼吼地來向真巧討說法反討來一巴掌，也不會豁出去男兒含金的雙膝為愛和欲下跪，最重要的「不會」——摩托車不會在今夜失竊。受到如此慘重的損失，就因為那麼多個「不會」沒有發生。吳可和真巧是人，充滿油爆爆的欲和愛的一對男人女人，天注定地受人性局限所限。欲和愛及恨，人性局限就這麼幾條硬性邊界。小街上的偷兒，鑽的是人性局限的空子。他們去派出所，做了筆錄，半小時後出來，大馬路上人稀少了，身邊過自行車，都是嗖嗖的。遠處有人長嘯。馬上，附近幾個人也加入了嘯聲，很快嘯到吳可和米拉身邊，一路嘯過去。一群騎自行車的嘯者，欲和愛及恨此時沒有靶子去發射，就把它嘯出來。他們嘯到遠處，瘋狂地大笑起來。夜深人靜，自我壯膽或是自我恫嚇，將無可施予的欲和愛及恨消耗掉，不妨為一種療法。憋了多年的狂喜或者大悲，也猶如糞便，必得排泄出來，寬闊的一條夜間大馬路，盛得下他們這絞腸躪肚的憋淤，嘯出來，體內可以空一些，能康復、新生或更多地吞咽。那梗阻在內裡十年或更長時間的淤積，無論愛還是欲或是怨憤，漚久了都是污物，他們感到是時候了，是時候排泄了。

沒了摩托，吳可送米拉到公共汽車站。汽車一分鐘就來了。社會好轉的風向標，是以公共汽車的行車頻率和準時性為衡量的。吳可卻把米拉送到了汽車裡。他不放心他的丫頭夜間獨行。他要把米拉交到招待所門口的警衛戰士手中。公車幾乎是他倆的私家車，所有座位都空著，卻有兩對男女，擠坐在單人座位上，彼此的手在對方的衣服下面。吳可和米拉也不知怎麼默契的，都選擇站立。路燈很亮，照進車裡。小吳叔叔一身黑，挺拔如松，鬢角銀白，目光（從單眼皮下發射的）電流一樣，米拉給他看一眼心裡都麻。要不是米拉從小與他定了輩分，此刻都免不了動凡心。難怪真巧小姑。真巧自從雲南回來，是安了心要好好耍的，可是跟吳可耍著耍著，把自己耍了進去，現在不好耍了。吳可亦然，初衷是無後果的親親愛愛，給肉體開開鎖，肉體也有權利進入人們不斷被解放被復職被昭雪被落實政策的新時代。

沒了摩托，你怎麼去單位政治學習？米拉調侃吳可，從抓著吊桿的右臂下鑽出臉，笑。吳可單位在省話劇院，除了領工資、票證，拿觀眾來信，參加一次（或兩次、三次，取決於單位是否接到最新中央文件）每週一次的政治學習，他從不上班。他笑笑說，那就不學習了嘛。我正在托人搞病假條。小姑可以幫你，她的下三路熟人多，上三路熟人也多。港貨送幾樣，病假條一開三個月。吳可看著她笑。米拉又說，不過摩托車還挺新的。再說……米拉不說了。再說什麼？吳可必須知道那不說的。我小姑愛坐你的摩托。其實是她自己愛坐。吳可說，那簡單，再寫個破劇本，再買一輛。被竊的那輛就是一個「破劇本」的稿費。吳可剛從勞教農場被釋放回來，受聘於電影廠，按廠方意思寫了個電影劇本，他自稱「破玩意兒」，稿費一千四，托關係買了一輛八成新摩托，現在至少還剩五成新。

小吳叔叔打定主意不跟我小姑結婚？主意，倒是沒打定。不過我瞭解自己，多半我是不會跟她結婚的。那是你認為你瞭解自己，米拉淡淡地說。我找妻子的標準，是年輕時候定的，現在也不想改。什麼標準？就是當年假象的葛麗亞。假象的葛麗亞什麼樣？一股清風，一汪清水，清氣襲人。米拉想，文革十年，紅衛兵就是審美模特，這種「清」就是有，那也是熊貓，生存在很難生存的地方。那不怪葛麗亞，怪你自己愛虛構，葛麗亞本來也不是假象，純屬你虛構的。你的標準，活人裡沒有。誰說的？吳可說，米拉就是一個。我？你怎麼知道我清？你不是也不相信，我跟阿富汗人去青城山光爬山了？米拉臉紅了。吳可知道她臉紅了，從她笑的樣子就知道了。米拉有一個笑法，是專為掩蓋臉紅的。不在於一個人幹了什麼，沒幹什麼，清的人也偶然幹渾事兒，但那個清是不會變的。吳可目光穿過車窗，穿過車窗外沿街的房屋，穿過房屋的兩堵牆，穿過牆後的院落或巷道，望著遙遠的內心深處。

然後，他轉過臉，看著米拉。瘦了的米拉，果然在命運裡發現了許多未可知，無數曖昧不清的可能性。米拉給看傻了。小吳叔叔再開口，卻說，我先下去了，人民公園的菊花展還沒閉幕，街上人多，你沒事的。

吳可下了車，發現米拉糊裡糊塗也下來了。你說好送我到家的，什麼叔叔？！吳可笑笑說，你看這滿街的人，公園關門，看菊展的人剛出來。還有一站路，丫頭不會有事的。米拉能說什麼，說，那我走了哦。走吧。小吳叔叔擠起半邊臉和一隻眼。一站路黑得很，你放心？……我是不放心別人。啊？！怕滿大街小伙子受你誘惑啊。米拉跺跺腳。快走吧。那……小吳叔叔再見！走了幾步，又聽身後喊：路上好好的啊，別殺人越貨，也別愛上個人。

梁多被捕

事情其實很早就開始敗壞。一九八一年那個無辜的上午，陽光嫩透，灑在她青銅般細膩的肌膚上。他沒有邀其他人，就小韓和曹志傑跟著。曹志傑毛孩子一個，十九歲都沒見過裸體女人，去年考上師大美術系，畫過兩堂課人體，削了兩堂課鉛筆。曹志傑畫的《川江號子》，裸體縴夫很是蒼勁，肌肉在皮膚下綳緊，肉絲絲都能看見，梁多卻說，「樹棍棍嘛！」米拉不懂畫，拿著梁多和曹志傑發表在雜誌上的畫作給父親老米看，老米說，這個人（指曹志傑）才氣是有一點的，訓練不正規，肯定沒畫過人體。他一看梁多的畫，穿著衣服的一個女孩，又說，衣服都擋不住身體的溫度，光是用風，用光線，就能展現女孩身體的活潑，發育程度，含羞帶嗔，梁多才三十歲，將來是要朝維梅爾的方向去的，但絕不是維梅爾，是梁多。梁多聽米拉轉達這番話後，心想，不虧交了老米瀟這個忘年交。所以，梁多終於說服了李真巧當裸模，就把曹志傑和小韓也叫了來。真巧很巧妙地掩飾了最私密的地方，用的是一塊絲手帕。乳房是極品，她給了個百分之七十五的側面，一個半乳房可以入畫。那半個是全側，二分之一的半圓，一粒橢圓乳頭翹首以待，頂在半圓的頂峰上，便是一點點也不會漏出畫外的。小韓嚴峻地看，畫，看，筆走得流暢，那雙通常荒淫的眼睛，此刻半點淫蕩也沒有。難得一個最美的女人把她最美的胴體奉獻出來，氣氛幾乎是莊嚴的。真巧出場前，梁多就命令曹志傑，狗日你今天再削鉛筆，老子一腳把你踹到樓下去。這是梁多的畫室，是在畫院樓頂平台上搭建的棚子，一面牆是落地玻璃窗。棚子裡生兩個火盆，但梁多還是看清了真巧大腿上的雞皮疙瘩。何止奉獻，簡直是放在祭壇上的犧牲，梁多心裡更是一絲輕浮都沒有。

李真巧在休息的時候，披上她的緞面蜀繡絲棉袍子，和尚領對掖，比平日穿得還嚴謹。那天畫了五個小時，中間休息了兩次，三個男人沒一句放蕩話，玩笑都沒有人開，似乎男人和女人少了一層衣服，事態重大，不當心就會變味，越過正經刻度。也似乎人家把自己赤裸裸交給你們，全盤不設防，隨你看，隨你描摹，描摹的留在你的紙上，也隨你處置，那是怎樣的一份珍貴信賴，對這樣的信賴，除了莊重接受，還容得半點輕浮心思嗎？梁多陰森森囑咐參與此場活動的三個人，弟兄們，這個是秘密哦，狗日哪一個洩露，其他兩人就是刀斧手，剁了他。

畫完，李真巧穿上毛衣牛仔褲，用發刷刷著長波浪，跑到梁多畫架後面站了很長一段時間，最後說，等我老了，胸前兩個老葫瓜，夏天下面長痱子，要一個一個撩起來吹風扇，我就把這張畫拿出來看，給人家看，不然人家不相信，老娘也有這種風華呢；老娘不是生來就老，生來就胸口一對老葫瓜的。梁多一面用鉛筆刷刷刷地刻劃細部，一面說，我證明。真巧說，到時候都不曉得你狗日在哪兒，還證明呢。小韓畫架收起了，說，真真姐，你到哪我到哪。真巧笑說，哼，今天吃了我乞頭了，嘴巴甜！只有曹志傑木呆呆的，動作，眼神都還在美色的震懾中。此刻梁多的莊嚴消散了，笑著看一眼男娃娃，說，小曹，去藥房買牛黃解毒丸嘛。小曹說，嗯？！梁多說，青勾子娃娃[27]，一下補狠了，謹防流鼻血。大家笑。

梁多坐在拘留所的洋灰地上想，事情就是從那天開始敗壞。那天之後，梁多等三人又秘密集結，再次畫了裸體李真巧。氣氛同樣莊重，李真巧在快結束的時候說，累死了。

梁多說，頸項累，跟落枕一樣，是吧？真巧說，你咋曉得？梁多說，我們美院有個女模特老說，頸項硬起，好幾個鐘頭，都要落枕了。真巧說，頸項倒不累，肉皮子累，給你們六隻眼睛盯累了，盯瘦了。那天結束後，真巧建議，四個人一塊去吃火鍋。點菜真巧當家，最貴的半肥瘦牛肉點了兩大盤，剩下的蹄筋魚肚雞樅菌，都不便宜。吃了兩個小時，真巧的口紅吃到下巴上，一條手帕給汗濕透。吃完了，三個男子漢肚子大了一圈，只能仰坐在竹椅上。那姿態很是習慣，等著真巧結賬。真巧一心一意塗口紅，抿了抿嘴唇，笑嘻嘻看他們，問，你們等啥子嘛等？三個男人相互看，預感到真巧的作弄人意思。真巧說，未必還等我來掏錢啊？六隻眼睛嫖了我十幾個鐘頭，嫖資不跟你們要，請一頓火鍋總是應該的詘！三人臊死，掏出各自口袋裡的錢，零的整的湊起，不過才十六塊多錢，還差二十五塊多。真巧看著梁多，把你鋼筆拿出來。梁多以為她要給飯莊寫借條，愣怔著想，飯莊會那麼傻不？真巧已經自己動手，摘下梁多上衣口袋上別著的派克鋼筆，放在桌上喊「結賬！」服務員跑過來，真巧對他說，這是抵押品哦，值錢得很。梁多說，啊？！你拿我鋼筆抵押？！都知道那支著名的鋼筆，是梁多父親的禮物，純金筆尖被改造過，是梁多找的金匠改的，改過後的筆尖可兩用，正著下筆，出來的是粗線條，側起筆，線條又極細，畫鋼筆素描好用得很。服務員是個四十來歲的漢子，看著這個漂亮女子，傻笑。真巧說，這支筆一千多塊，這兒、這兒、這兒，她尖尖的紅指甲在筆上指點，都是真金子，不信你拿給牙醫看，足夠給你鑲一排大金牙。這支筆今晚抵押給你們，等他，她指指梁多，明天把二十五塊六毛五送過來，贖回鋼筆。公正得很嘛，對不對？梁多沒法，眼睜睜看著鋼筆被服務員拿走。一會服務員回來了，說總經理怕鋼筆有詐，還要搭上身份證件，學生證、工作證都行，戶口本本兒更好。真巧對服務員說，莫把我看到起，我是無業遊民，莫得證件的。梁多已經從美院拿到了博士學位，分配到畫院，學生證早不知丟哪去了。曹志傑把胸前的校徽摘下，小韓渾身摸，摸出一個購物本。早上出來，他媽叫他買洗衣肥皂回去。

27　青勾子：四川方言，勾子指屁股；青勾子即新生兒屁股上帶一塊青。

過了一禮拜，真巧找到梁多，眼睛裡全是嫌棄憐憫加鄙夷，一個禮拜都沒湊出二十五塊六毛五？！她大聲道，混啥子人喲你？！她從大草包裡掏出那支派克金筆，往他旁邊的油畫箱上一拍。梁多才曉得，小韓媽發難了，購物本質押在火鍋店，買不成肥皂，髒被單在盆裡泡臭了。小韓一早找到崔府，真巧跟老崔春眠不覺曉，聽了小韓訴狀，才知道梁多的寶貝鋼筆還在餐廳。真巧似乎真怕金筆給服務員鑲成一排大金牙，急得竄出被窩就奔火鍋店。梁多嘿嘿笑，說他知道他不去贖，自然有人會去贖。自然是我這個前世欠債的，是吧？真巧又氣又笑。梁多獨自在畫室裡畫，從下午畫到傍晚，真巧一直靜靜地坐在他身後看。兩人彼此忘了另一個人的存在。梁多收工的時候，真巧嘆口氣說，才華這麼不值錢！畫這麼好，有什麼用？好吃的好穿的好用的，都歸老崔那種人。你都混成這樣，你老婆女兒還不喝西北風嗎？梁多說他老婆和女兒歸他岳父養，反正從插隊第一天就開始養起了。有時他也歸岳父養，實在贖不回鋼筆，他就打算找岳父去借錢。

梁多得獎在八二年年底。《放鴨人》得了二等獎。米拉寫了一篇短文，詮釋她的理解。文章在晚報上登出，梁多成了成都名人。米拉文章大致意思如是：畫中的十二三歲小姑娘，襤褸的衣服過長過寬，（從姐姐或媽媽那裡撿來），褲腿下漏出纖細的腿和健壯的赤足，腳趾頭顯然在挨凍，一個個半透明地通紅。她同樣紅通通的手上，拿一根嫩毛竹枝條，一側是剛返青的蘆葦。可想而知，不遠處即是水灘。她的腳邊，走著兩隻剛出蛋殼沒幾天的小鴨，淡黃的絨毛就要虛化在春天的晨光裡。那是從蘆葦叢裡透過來的七八點鐘的陽光，跟小鴨一樣柔嫩。小姑娘一共就這點擁有，卻那麼煞有介事地充當起放鴨人來。小鴨假如活過春天，就會在夏天真正成為小姑娘一筆財產。假如小鴨活過夏天，小姑娘就能在秋天收撿鴨蛋。假如小鴨活到明年此時，就會帶出一群小小鴨。那麼小姑娘就成了真正的放鴨人。那麼小姑娘就可以買塊布，做身新衣裳，穿起棉襪和塑料雨鞋，把眼下這十個凍紅的腳趾暖起來。這兩隻小鴨就是小姑娘翻身的希望，但一切都取決於小鴨是否能活下來，活幾季。米拉慢吞吞把這段小文讀出來。梁多笑笑，不置可否。米拉讀著讀著，眼淚汪汪。她不斷在朗讀中抬頭去看梁多，梁多只是微笑，寬容、鼓勵的微笑，似乎在聽一個孩子唱歌。其實梁多在想，世界上的好畫，好在無以言說，一代代的評論者把它們都評論傻了。正因為那不能訴諸文字的部分，才會有畫，畫才是奧妙的，含義無限的。看看那麼多評論梵谷的文字，多笨，多強詞奪理。畫是畫家的夢，解說是說夢，夢是真的，說夢就假了。夢的道理自成邏輯，夢的話語自成語言，局外者沒法進入那個邏輯，沒法聽懂那種話語，用他們自己的邏輯和話語來解說，生硬而武斷，畫家會疑惑，我畫的原來就是這麼個簡單東西？這麼幾句語言，就講完了畫的故事？可畫不是故事，是故事的話，也是更迭糾紛、首尾疊摞、千頭萬緒、星星點點的故事碎片。米拉這種線性解說，怎麼可能兜攬全部？

無論如何，他的好運使得事情向更加敗壞的方向大進一步。這也是梁多在拘留所的悶罐子監室裡想到的。想到他得獎後那個晚上，在老米家，米拉解說他的《放鴨人》，老米瀟掃過來的那一瞥目光。目光從老米微微凹陷的眼窩裡探出，帶點歉意的笑，好像覺得女兒造次梁多了。那時候，好多個雜誌用《放鴨人》做封底，一家美國的畫廊給梁多來信，邀請他參加一個亞裔畫家組織的畫展。梁多的稿費和獎金加起來，總算摘掉貧困帽子，他想到這幾年吃請吃太多，該回請一次。他求助李真巧，說預算只有幾十塊，客人卻有八九個。真巧說，到「芙蓉」包個雅座，就不煩神了。梁多說，那我這點獎金不就要給你們吃完了？真巧說，哪個要你掏錢？吃我的就是了。梁多說，不能老吃你的。真巧說，龜兒你吃我的還少了？！再說，也不是吃我的，大家打伙吃老崔，吃乞頭（佔便宜）。梁多說，你從老崔那掙錢，也不易。他鬼笑一下，話裡有話。真巧臉一板，狗日的，她一腳踩在梁多的皮鞋上，你穿的就是老子從老崔那兒掙的！這雙鞋，我給老崔嫖好幾夜才買得來！你給老子把孩子（鞋子）脫了！梁多只能賴皮賴臉地笑，告饒。這麼一來，她收起慷慨，伸出一個空空的巴掌。李真巧好笑地看著梁多一張張往自己手上數票子，「大團結」數到第四張，開始出現二元的、一元的。梁多說，五十塊，夠不夠？真巧說，夠個屁。手掌還等在那裡。梁多說，就五十塊吧，整成啥樣是啥樣。

結果真巧辦出一大桌菜。她是個被錯過了的好主婦，一分錢都不花錯地方。她主廚，燉的蒸的都是異想天開的怪菜：臭豆腐蒸扁豆、清蒸魚肉裹千張、甲魚燉嫩薑、豬蹄煨虎皮鵪鶉蛋。老米畫龍點睛地做了個火熗蛙腿，最後一個登台。他的鍋下火焰高到天花板，把斜對過的大舌頭嚇得越發口舌不清：「要不得，要不得！」舌尖夾在門齒中，聽上去是「要不賊，要不賊！」小韓在一邊打下手，看了大舌頭一眼，跑回來跟梁多說，那個鄰居婆娘風韻猶存哦。梁多趕緊探頭，大舌頭正幫老米忙呢，老米雙手端著五六斤重的大鐵鍋，她拿鍋鏟幫著從鍋裡往放在地面上的鋁盆扒拉菜餚。梁多一看，這女人背朝他，弓著腰，毛衣抽縮上去，褲腰又往下塌一截，之間一圈白肉。大舌頭轉過臉，朝梁多和小韓一笑，一縷鬢發黏在嘴角。小韓跟梁多說，巴洛克風格的女人人體。梁多笑道，林布蘭和魯本斯見到她，肯定要高興死了。小韓說，我們見到她，就不能高興死了？我們也試一把魯本斯，讓伙食好起來的中國人民看看，中國也有「口腹之欲之女神」！梁多哈哈大笑。

喝了兩杯酒，梁多出去上公廁。大舌頭坐在門口摘菜，一個小圓凳，根本擱不下豐腴的她，兩條肉滾滾的腿叉得很開，對梁多又是笑。不說話，她有這麼好看的笑臉。從廁所回來，他跟曹志傑說，那個夾舌子是又一種理想人體，去看看嘛。小曹剛拉開門，下一大跳，大舌頭偏著的腦袋差不多貼在米瀟家門上。過一會小伙子回來，跟梁多彙報說，他差點撞進大舌頭懷裡。大舌頭聽壁腳給小曹這個毛頭男娃撞見，臉血紅，也知道聽壁腳是該臉紅的。大舌頭給自己打圓場，說，看看你們菜夠吃不，不夠我們屋頭從食堂打了肉包子來。小曹說，我們說的恐怕她都聽見了。我們說什麼了？吳可想知道。啥都說了，小韓把毛主席叫毛大爺，紀念堂毛大爺腦殼裡塞藥棉啥子的，她肯定都聽見了。那就幹掉她，米瀟笑著嚷。一屋子人喝了酒，嗓門大，話也都是渾說，活著的死了的領導人，都給渾說進去。米瀟在沒有小甄的日子裡活躍多了；小甄到重慶搬家，他缺乏管教。

曹志傑當晚被梁多支出去，跟大舌頭談判。談判內容是，假如大舌頭願意做模特，可以得到一小時四元錢的報酬。梁多警告小曹，不論談得多艱苦，一定要談下來，價錢可以一毛錢一毛錢地漲，五元封頂。曹志傑五分鐘就回來了。梁多小聲說，沒用的東西，給攆回來了？小曹說，談好啦，剛說到三塊，她就滿口答應！你跟她說的是三塊錢一小時？嗯，我想多留點漲價空間。三塊錢不錯了，能買三斤豬肉！那你跟她說，是什麼模特嗎？說了，裸體。跟她說什麼時候開始了嗎？說了，下週一。梁多瞪著兩隻眼，暈在這麼好的運氣裡。他跟小韓、曹志傑商量，三塊錢他出兩塊，他們倆一人出五毛。

到了週一，梁多、曹志傑、小韓來到畫室門口，大舌頭已經提前上班了，在樓頂平台上散步。進了畫室，梁多指著布簾說，你去準備一下嘛。意思是，簾子是供她變戲法的，她要在那後面從良家婦女搖身一變而成為裸體模特。等三個人準備好紙筆，叫她，她撩開簾子出來，穿著打補丁的無袖布衫，大花褲頭的褲腿卷皺到腿根上面，完全一副從貧下中農被窩裡剛爬出來的中年喜兒。梁多胃口頓時倒盡，差點嘔吐。小韓說，不是說好要脫衣服的嗎？大舌頭理直氣壯，說，這不脫啦？小韓愣了一下，看看梁多忍著反胃的臉，咯咯咯地笑翻，曹志傑一臉納悶，事兒怎麼給他辦成這樣了？！

梁多說，小曹，你沒跟大嫂說清楚，是裸體。曹志傑說，我說了裸體了！大嫂，我是跟你怎麼說的？大舌頭說，裸體是啥子意思？梁多把畫筆一扔，瞪著眼：大嫂你也太急到掙票子了嘛，沒搞清楚裸體是啥子，咋就答應了呢？他知道自己態度惡劣；自從得了獎，他漲了不少脾氣。大舌頭可憐巴巴地看看梁多，又看看曹志傑。小韓站起來說，裸體的意思，就是打光咚咚。大舌頭愣著，能看出那經過翻譯的裸體定義正在慢慢滲入她的知覺、理解、道德判斷。最後她說，就是洗澡是哦？小韓說：就是沒得水的洗澡。大舌頭對於「洗旱澡」的概念又是一番理解，然後說，三塊錢不得行哦。梁多瞪了曹志傑一眼。小曹反而瞪回來，窄臉大嘴笑得得意，意思是，我英明吧？多虧預留了兩塊錢的漲價空間。那，四塊五，咋樣？小曹說，繼續他談判代表的身份，還是留了餘地。四塊五？大舌頭眼睛一亮，但沒有接話。兩個漆黑如算盤珠的眼球定在那裡，腦子裡刷刷走數字：小蔥一分錢一把，四季豆八分錢一斤，食堂的清蒸獅子頭兩毛錢一份，街上賣的龍眼小包子，一毛二一籠，一籠六個，那是滾滾而來的好大一堆龍眼包子啊！但她一開口，還是「不得行」。你要好多嘛？曹志傑問。大舌頭說，我要跟小鋼（她小兒子）她爸商量一下。小韓說，五塊，行不行？不行就算嘍。他開始把畫筆往箱子裡裝，摔摔打打，收攤子收得挺堅決。大舌頭說，五塊五，不行就算嘍。因為舌頭的原因，聽上去是，不行就「散了」。比封頂價格高了五毛錢，小韓和小曹看看梁多。梁多咬一咬牙，好嘛，五塊五。大舌頭兩手拎著補丁摞補丁的布衫邊角，就要從身上往下剝，滾圓的兩個乳房底座露出來。梁多叫停：等一下！大舌頭趕緊把布衫拉下來，一秒鐘都不要給他們免費看肉。梁多指指布簾子，到那後頭去脫。等大舌頭消失在布簾子後面，梁多已經氣息奄奄，美感蕩然無存。他狠狠地用氣聲說，曹志傑，你搞啥子名堂？！裸體、模特、脫衣服規矩，你都沒有跟她說清楚，什麼細節都沒談；她差點當眾脫衣服！這兒當真是澡堂子哦？！曹志傑乾笑，說，所以才三塊錢訕。

一個月後，大舌頭在鍋爐房碰到米瀟，問他，那個野人頭還畫不畫了。哪個野人頭？大舌頭比劃梁多的髮式：頭髮到這兒，個子自到這兒（在鍋爐上比一個高度），一身雞骨頭那個。米瀟明白了，她指的是梁多。大舌頭又說，五塊錢也可以，多畫幾個鐘頭訕。梁多聽了米瀟的轉達，跟小韓和曹志傑說，要畫你們畫，我胃口敗光了。小韓約了他的幾個老年繪畫班學生，一人出八毛錢，把大舌頭請回來。小韓讓梁多出讓畫室，梁多哼哼唧唧答應了。到開畫那天，梁多發現小韓的老年學生又帶了一些人，說是要進一步降低成本。結果梁多二十平米的畫室擠滿了腿；人兩條腿，畫架子三條腿，椅子四條腿。梁多一把揪住小韓的夾克領口，這麼多人，萬一單位有人到平台上，說我提供色情場合！小韓笑道，那你在外頭給我們放哨，來人吹口哨，我們就趕緊把大舌頭藏起。梁多從沒有拉嚴實的窗簾往裡看，大舌頭像個女皇，披一條絲綢被面，從簾子後面出來，跟所有人揮手致意。目光一點數人頭，買賣腔馬上出來了，宣布她今天不按原先的鐘點計費，優惠價是一人一小時一塊。協議馬上達成，大舌頭的收入從一小時五塊漲到一小時十五。老年繪畫學生帶來的人都是畫家扮演者，繪畫工具是借來的，圖的是看光咚咚女人。此前小韓給他的朋友謝宏謝連副打電話，約他來見識一下裸體模特素描課。謝連副平時也能畫兩筆，帶著畫具來的時候，大家已經開始十分鐘了，只有最靠近「舞台」右邊的角落，有塊插足之地，於是就插了個帆布折疊小凳進去。謝連副那麼大個頭，費力地折疊起胳膊腿，坐在了折疊小凳上。一個小時之後，他又背著畫具跑出來。哨崗上的梁多在抽菸看畫冊，見謝連副皺眉掩鼻，問他出啥事了。謝宏說，那個女的，還跑我身邊看我畫，身上味道好大——平常恐怕啥子都不洗！梁多大笑，說，你是愛衛會的？

從此這群男人裡多了個綽號叫「愛衛會的」。那是十一月初。梁多假如不出讓他的畫室給那幫老年學生跟小韓學畫人體，事情不會壞到驚動警察。其實梁多在米瀟家請客那晚，米拉就說到她們雜誌社學習學得緊，誰都不讓請假，原來要發的稿，都退了。雜誌社原先每周團組織活動，就跟晚報社的人合租場子，跳交際舞，上周正跳著，進來一伙居委會太婆，紅袖章戴起，吼他們搞流氓活動。米瀟說，風聲是不對勁哦，人道主義又成壞話了。吳可接茬，中央開會，領導人在操心大家精神文明哦。梁多接著吳可的話：你們這麼大人了，還老讓領導不省心！那時大家都當作是貧一貧嘴。

但到了十一月中旬，夜裡到處跑警車。報上出現了批判吳可新劇的大篇文章。賣座火爆的戲停演了，吳可在米瀟家碰到梁多，說，吳某又成了狗不理，現在理我的人，都在這間屋裡。米瀟本來要分到處級幹部的房子，也停下了。他笑嘻嘻告訴大家，文化局書記跟他談，聽說你常常跟吳可一塊混？吳可恐怕又要出事哦。吳可也笑，說，我反正是運動的老棗樹，運動一來，有棗沒棗打我兩桿子。米瀟說，聽說勞教農場這兩年虧空，幹活的都釋放了，司法廳準備關掉幾個場，幸虧沒關，關了，你吳可這樣的，還真沒地方去。吳可說，去農場我要申請帶上老米，一幫子對勁的人在哪都一樣，我們農場田溝裡泥鰍肥得很，老米有食材了。梁多跟著他們笑，但他明白，他們心裡都是怕的：連正經房子還沒住上，還在過渡期，過渡回農場也是可能的。

到了十二月，拘留所的空間一下縮小，每天都有幾個人給推搡進來。人們相互交頭接耳，打聽彼此犯的事。梁多左邊那個難友是轉錄毛片，又去散髮。右邊那個是穿喇叭褲，被工廠糾察隊剪了褲腿，操刀砍傷兩人。對面的傢伙有五十來歲，自稱舞蹈教練，看守對梁多說，你信他鬼話；他私自開交際訓練班，把女學員都教到床上去了，禍害了我們的女同志不計其數，不管怎樣，你是眼睛流氓，光咚咚畫在紙上，沒有上手，將來判起來，肯定比教練輕得多。八四年春節前，看守要大家掙表現，積極檢舉的，獎賞是放回家過年。春節過後，梁多左邊右邊的都出去過年，不再回來。又過幾天，「舞蹈教練」也出去繼續禍害女同志了。說是運動搞完了，槍斃，打殘的打殘，逃出去當盲流躲案子的，現在躲過了，也陸續現身。梁多卻一直是懸案。一月底，拘留所空了，梁多被判了一年勞教。他給押往勞教地點，路上看到收割過的禿田，土裡留著枯黑的稻樁，一灘灘灰白的水上倒映出灰白的天空，他滿心灰白，想著無論妻子、女兒，還是真巧、米拉，都是幻夢的一章，翻過去了。

第一個探親日，他接到通知，有個女人來看他。他想，妻子還是放不下他的。一看那個低著頭的女人一頭長波浪，他停了腳步。李真巧抬起頭，綻開一個俏皮的笑：我又不咬人，不敢過來？他趕緊走攏，她的笑像懷抱一樣迎著他張開。他突然感到，自己和這個女人之間，原來是這麼無邪。女人伸出她噴香的手，撩開耷拉到他眼睛上的頭髮。看守吼，不准動！真巧對看守笑一下。她跟他說過，她的笑收在幾十個小口袋裡，見什麼人，遇什麼事，拿出什麼笑。看守往後退了退。她小聲跟他說，是不是小韓那些老年學生裡頭出了叛徒，把梁多舉報上去的？梁多眼睛閉一下，代替點頭，不肯定的點頭。真巧小聲說，有沒有可能，那個大舌頭丈夫舉報的？聽我三哥哥說，她是瞞著她丈夫去給你們畫，掙私房錢，給她丈夫打了一頓。梁多又閉一下下眼睛，這回顯得疲憊極了，頭點不動，用眼皮代替。狗日小韓先遭舉報的，判十年八年都可能，幸虧跑得快。狗日他跑咋不通知你一塊兒跑呢？梁多嘴角推出一個笑，頭耷拉下來，累死了似的。真巧湊近他說，吳可也遭了……看守湊過來。真巧回頭，嬌聲道，小伙子結婚了沒得？看守確實是個年輕小伙子，搖搖頭。真巧說，你要是結了婚了呢，我們說話不妨備你，沒有結婚，這些話你聽不得的哦。小伙子退後了，臉紅紅的，為沒聽到的話羞紅了臉。真巧又把聲音壓低一個調，小聲通報梁多，吳可又要被發配了，這回恐怕要去馬爾康勞改牧場。梁多看著真巧，眉心結起來。老崔這陣在成都，他答應我，多給點兒這個（她食指和拇指在兩座高聳的乳峰間的谷底快速捻動，動作之微妙、細小，又是在深深的谷底，哪怕坐在她旁邊的人都看不見）給辦案的。她眼睛說得更多，眼睛讓他不要自暴自棄，要他能吃則吃，要他暫時蟄伏，出了大牆又是一條好漢。當天她留下兩筒麥乳精，兩條登喜路過濾嘴，兩斤台灣肉脯，是老崔從香港買了給她吃的。

三月頭一天，梁多就「因為突出的優秀表現」，功過兩抵，告別了剛睡暖的地鋪和一個月的監獄生活。顯然真巧手指尖捻動的玩意兒是不菲的。

梁多出獄那天，妻子來接他。晚上女兒從幼兒園回來，悶聲不響看著父親，眼淚靜靜地流下來。他把女兒摟進懷抱，女兒馬上從他胳肢窩下鑽出去。他打圓場地笑笑：瑤瑤跟爸爸認生了。跟妻子女兒一別四個多月，他用生人的眼睛打量自己的小家。他老丈人疼女兒，用自己一套三臥室大房跟別人換成兩套一臥室小房，妻子把拼湊的傢具蓋上同樣的抽紗細麻布，一眼看是統一的，小資格調的。岳父一九四九年前就是教授，文革初期預感亂世到來，開始設法辦長期病休，耍了巨大一個滑頭而免遭批判抄家。岳母是過日子好手，幾十年的物品匱乏，她一點點消蝕家底，堅持小資日子，連在重慶大學學冶煉的兒子死在武鬥混戰中，都沒影響她經營日子的志趣。妻子繼承了母親對生活經營的樂此不疲精神頭兒，給家裡添一盆植物，購置幾個瓷盤，都是她短時期的奮鬥目標。她和梁多是插隊時的伴侶，是梁多最苦的日子裡的小媽，她喜歡梁多病怏怏的樣子，跟公社領導說，這個梁多是小時腦膜炎小兒麻痺症猩紅熱殘害剩下的渣渣，做不得重活路，不然累死球你們要遭；中央文件，哪兒死了知青領導都要遭。梁多在小媽的呵護下完成了最後的發育成長，也完成了他報考美院的那批油畫。梁多對李真巧的迷戀，永遠及不上他對妻子豐富深厚的感情。這天晚上吃過五菜一湯一瓶酒的晚餐，妻子收拾了桌子，不聲不響地給女兒穿上出門的衣服，把一個大皮箱拎到門廳。梁多驚異，這母女倆要趕火車？！妻子說，我實在受夠你了，我爸媽也受夠了你。房子你先住，我和瑤瑤先跟我爸媽擠一陣，等你找到住處，我們再搬回來。梁多才意識到，女兒見到剛釋放的他，淚水不是因久別重逢的激動而流，是早知全家開除他的決定而痛惜他。

當夜十二點後，梁多去郵局給身在北京的父親打減價長途。剛接通，父親張口便罵：你這個狗東西！妻子把他的案子及時告訴了梁老爺子，一點沒省略。梁老爺子是五九年給趕回老家綿陽的著名右派，七九年才平反調回北京，現在還沒落實戶籍和住房，和梁老太太在單位招待所裡過渡。梁多肅靜地聽老爺子罵完，然後說了自己遭丈人丈母老婆女兒開除的經過，現在承蒙丈人恩典沒有去睡大街，但他想盡快把恩典扔回去。梁老爺子大喊，報應！報應！喊完，梁老爺子令他掛上電話，自己馬上給他打回。還是憐惜這個才子敗類兒子花長途電話錢。過一會，梁多聽電報櫃台叫他到五號亭接聽北京長途。梁老爺子換成了梁老太太，告訴他當時在成都等北京落實政策的時候，租了一間地震棚暫住，現在梁家的破爛還堆在裡面，假如梁多把破爛歸置一下，棲身毫無問題；北京的地震棚都在改造成住房了，住了多少等著落實政策的人家呢！梁老太太交代兒子到誰家拿鑰匙，水表電表的費用怎麼付，蜂窩煤到哪個煤球站買，然後很鼓勵地說，兒子啊，哪裡摔倒，哪裡爬起來，沒什麼大不了的！

梁多退還了老丈人的房子，一個禮拜後搬家，入住進門需低頭的地震棚。畫院把他畫室關了，他在地震棚的棚頂上開了個大天窗，採光絕佳。五月份棚子裡熱得鍋爐一樣，梁多基本裸體作畫。這天門給敲響，他披掛一件從梁家破爛裡打撈出的破浴袍，打開門。逆光就見一大堆頭髮。小韓結束了逃亡，回來了。不少人逃亡躲藏，半年前死刑、無期的案子，幾個月一過，逃也就逃了，躲也就躲了，不逃的，斃了也就斃了。小韓在逃亡途中聽說梁多光榮被抓，想到梁多要替自己挨槍子，哭了一鼻子，並下決心，假如這麼個繪畫天才梁多光榮被斃，他就直接逃過國境線，永不還鄉。梁多笑罵一句，狗日的！但他心裡發酸，趕緊轉身從塑料桶裡拿出井水鎮的啤酒。兩人悶頭喝一陣，梁多說，說老實話，你日了大舌頭沒得？小韓誠懇點頭。哪曉得她男人盯梢呢？她男人過去幹啥的你曉得不？梁多不曉得。警察叔叔。真的？！犯了錯誤的警察叔叔，給攆到農村，跟他犯錯誤的女人攆著他到農村，嫁給他了。狗日的！小韓深深感嘆。

吳可的新劇《排隊》

（為了方便領導瞭解從而指導批判該劇，王XX縮寫的簡本）

觀眾入場時發現，舞台上沒有大幕。

燈光幽暗，依稀可辨在靠近天幕的地方，有一支隊伍的剪影。隊伍的首與尾都消失在側幕內。再細看，隊伍在異常緩慢地向前移動。等觀眾大致坐定，咳嗽聲，打招呼聲漸漸落定，隊伍的剪影裡出現了駝了背的老人，也出現了踢毽子、跳繩的孩子，還出現了板凳、磚頭，等等替人佔位的物事。隊伍向前蠕動，有個別急性子從隊伍裡出來，朝前方張望，更甚者乾脆跑到前面去鬧明白，究竟什麼讓隊伍移動得這麼慢，但很快被人揪住，扭送回到隊伍最後。隊伍的尾部是不存在的，因為幾十年中，一個人把一個隊伍排到頭，就發現自己又排到另一個隊伍的末尾了，如此往復，從而得到所有的生存必需。

此刻觀眾已經對天幕下蠢蠢欲動的剪影隊伍好奇起來，這些人排隊買什麼呀？

燈光在人的不知覺中亮起來。排隊的人應該是從夜裡排隊排到了早晨。隊伍不知不覺中已經從天幕下移動到了台前，蜿蜒到了台側的樓梯上，隊伍尾部應該在第一道太平門外面，人源源不斷地從那裡沿著台側樓梯向舞台上伸延。隊伍裡的石塊、磚頭、破臉盆，散架的木頭馬桶，都成為人頭的替代物，向前移動，慢得像一輩子。

突然一個年輕女子「被」拽出隊伍，是被一條無形的胳膊拽出來的，女子在那個不可視的大手裡掙扎，叫喊（此處台詞略去），叫喊的大意是，她沒有插隊，昨天晚上就把這張手帕放在地上了，她同時搖動一塊手帕。無形的大手把她推倒在地，她一面哭喊，一面往起爬，台詞大意是：憑什麼不讓她排隊報名？！她家庭跟她何相關，她爸逃台灣她就不能報名為志願軍獻血，血不是一樣的血？隊伍七嘴八舌回答，（台詞略去）大意為：血當然是不一樣的血，資本家小姐的血，是吸血鬼吸來的血。資本家製造的藥品繃帶帶毒，把志願軍傷員治死了，資本家小姐的血，誰能證明不帶毒？……此刻一個排在她後面的人問，大家這是排隊捐獻什麼。人們哄笑，不知道捐獻什麼你瞎排什麼隊呀？那人說，不管捐獻什麼他都捐獻，不是聽說豫劇女皇常香玉捐獻了行頭給志願軍買飛機，唱戲的戲裝都捐獻，咱還有啥不能捐獻的。年輕女子告訴他，街道動員為志願軍捐獻人血，她天不亮就來排隊了。她忘掉自己剛剛受的辱，開始歌頌志願軍，打的一場場勝仗，英雄們流血犧牲，都快流到最後一滴血了，還不讓她報名參加獻血她就拼了……姑娘走到隊伍最前面，一頭扎下去——拚了。

排在最前頭的人對身後的隊伍說，志願軍早就回鄉搞合作社了，這姑娘顯然拚錯了。

前面側幕條[28]裡有人吆喝，綠豆湯多的是，大家排好隊，不要擠，不要擠翻了綠豆湯……原來大家在排隊領紡織廠工會的綠豆湯。隊伍裡出現騷亂，因為三伏酷暑排了一下午隊，領到的綠豆湯只是湯，不見綠豆，而且味道也不對，是放糖精的，那白砂糖呢？！最不濟也該是紅糖、黃糖、麥芽糖，難道工人階級領導階級就配吃糖精，要工人階級生癌嗎？！一個老者出來勸大家，台詞大意是：紡織廠公私合營了，老工會會長是個工賊，隨著廠裡股東回家吃定息去了，所以消暑綠豆湯的配方有所改良，現在請大家惜福，排隊領到糖精片的綠豆湯已經很好了。一個年輕女工問，是真正的綠豆熬的綠豆湯？她興高采烈排進隊伍，她前面的人悄悄問，你啥意思？還有綠豆湯不是真正的綠豆湯？她意味深長地向後張望一眼，說你很快會知道的。那人追問，你看到什麼了？

此刻隊伍裡的人都轉身，隊伍的尾巴變成了頭。女子說她看見了隊伍最前面。那人問，最前面綠豆湯還剩多少，女子說，隊伍最前面已經進入了偉大的三面紅旗新時代。隊伍中間，一對男女開始眉目傳情，手腳不老實了，你勾我搭，你扭我掐，最終男人張開衣襟把女人裹進去，舞台出現了一個放大的棉袍的裡子，像一頂小帳篷，上面補丁摞補丁，處處破洞漏出棉花絮。（以下對話和動作都在棉袍的帳篷裡進行）。女人訴說自己的苦（台詞是用川劇高腔唱出，此地略去，排隊人都合唱幫腔）唱詞大意為：她的家，苦如黃蓮裡面熬黃蓮，孩子多，丈夫殘，老人老而不死多刁難……終於，棉袍帳篷裡的男人的動作越來越過火，隊伍裡的人看著這座小小的帳篷一聳一聳，都看傻了。有的孩子藏到自己的手帕、毛巾後面。棉袍帳篷裡，男人跟女人許願，隊伍一旦排到大食堂窗口前，一定把自己的高粱飯勻半碗給女人。隊伍最前面開始大亂，有人打架從側幕打出來，粗口罵得隊伍裡的人都喝彩。打架漸漸延續到整個隊伍，原因是誰都發現別人的饃饃比自己的大，比自己的白，同時發現自己的饃饃裡摻的觀音土比別人的要多，簡直就是假饃饃。跟棉袍帳篷裡的男人情愛之後女人招呼「小栓！」她十五歲的兒子從隊伍末尾跑上來，女人讓他排在自己位置上，囑咐他說自己姓她娘家的姓，這樣她家可以領兩份饃饃……女人自己跑到側幕條邊，跟側幕裡的人悄悄話，並把自己的上衣解開，胸部探進幕條裡，讓裡頭的人（裡頭是誰，可以任觀眾竭盡想像）她的要求是給幾個真饃饃。（縮寫作者王XX此處加了紅槓，並以紅墨水批注：何其惡毒！！！何其污穢！！！）

隊伍漸漸沒了人，只剩板凳、石塊、磚頭、草帽、手絹……（真人可以趁此刻休息一下，並且舞美組要設法製作一個舞台機關，可以讓這一隊物件朝前慢慢移動）。背景噪音是火車呼嘯，哭喪，風雨，暗示原先排隊的人，有的離鄉逃荒，有的死於飢饉。

28　側幕條：或稱翼幕，裝置於舞台左右兩側的布幕。

一個人出現在舞台上，是那個承諾給女人勻半碗高粱米飯的男人。他走到一頂草帽邊，拿起草帽，剛要戴，三兩個人吼叫，打出去，加塞兒[29]的！呼啦啦上來一大幫人，所有替身排隊的物件都有了主。（此地寫上幾段台詞，作為樣品。）

男人：這隊伍排著買啥呢？

排隊人（異口同聲）：都不知道買啥你瞎排啥？！

男人：告你們一個討老婆喜的訣竅；上了街見到排隊就馬上排到末尾去，排上了再到前面打聽，賣的是啥，排隊賣的不管啥都是好東西，就是老婆不需要，一倒手賣出去，還能掙兩個。

排隊人：（七嘴八舌）：這孫子！怎麼把我家秘訣學去了？排隊人甲：哎，孫子哎，你老婆是叫你出來買肥皂嗎？

男人：不是啊，她讓我出來買豆腐。豆腐賣完了，買條不要票的肥皂也行啊。

排隊人乙：（他站在接近隊伍尾部）哎呀我沒帶錢！排隊人：（異口同聲）：操，你沒帶錢排個屁啊？

排隊人乙（把一張人民日報放在地上）（縮寫作者在此以紅筆批注：蔑視國家最權威的報紙！）：回家取（此地念逑）去，回來還趕趟！（劇作者注明：一定要用五湖四海的口音來出演排隊人，象徵幾十年的排隊歷史，是全國各地人民的共同生存方式）。

排隊人乙：（靈機一動，向他身後喊——他身後是幕條裡面）要不我把這位置賣給你們誰？

幕後排隊人喊：（七嘴八舌）你賣多少錢？

排隊人乙：（一個手指一個手指數起，最後豎起五根手指）五毛錢！

幕後排隊人：去你大爺的，一塊豆腐才八分錢！一塊肥皂才兩毛五！你這一個破位置敢要五毛錢！

一塊碎磚頭從幕條內部砸上來——當然是看不見的磚頭，這意味著對演員的小品基本功的高要求。接著碎磚連續從四面八方向他砸來，包括從觀眾席，他抱頭亂竄下場，但很快被打得頭破血流，此處用川劇變臉特技，排隊大眾開始用高腔助威。

排隊人甲：（扯嗓子向隊伍前面喊）等我排到了東西還有沒有？

排隊人：（七嘴八舌）：那要看是什麼東西——避孕套就會有啊！肉包子就沒了！

排隊人甲：能剩到最後的都不是好東西。

排隊人（異口同聲）放屁！（七嘴八舌）毛主席贈送給工宣隊的芒果，全國人民大排長龍參觀，敢說不是好東西？！

29　加塞兒：不守規矩的行為，如插隊。

排隊人甲被眾排隊人拳打腳踢。最後人們發現他不動了，隊伍大亂，都湧上來觀看屍體。兩個戴紅袖子的人從隊伍前面的幕條裡出來，對人們喊：要看的排好隊！

人們自己也跟著喊：排隊！排隊！排隊！

人們在「屍體」前面排起隊伍，遮住了「屍體」，都向裡側身觀望。隊伍尾部延伸進側幕，排在幕布內的人不斷伸頭，探身，伸手，踢腳，幕布狂動……

幕後排隊人甲：哎，請問，咱這是排隊買什麼呀？幕後排隊人乙：管他呢，排上再說！

幕後排隊人丙：讓我看一眼！……

幕後排隊人丁：你姥姥的，踩我腳啦！

隊伍移動緩慢，沉重，像是送葬，從「屍體」側畔經過他，每個路過他的人，都側頭看他。

幕後排隊人此刻已經移動到了台中央，跟被抬著的「屍體」錯過。隔著隊伍，能看見四個人抬起「屍體」，高高舉起，逆著隊伍行進的方向下場。

幕後排隊人甲：操，看死人還得排隊！

幕後排隊人乙：因為他活著的時候沒人看。排隊人丙此刻已經到了舞台下場口。

排隊人丙：就怕沒排上東西就賣完了。排隊人乙：但願等我排到還有東西。

排隊人丁：肯定有！毛主席贈送的芒果，咱報喜給請回來一個多月了，一個月前就開始排隊參觀，現在芒果還在呢，原封不動。那麼多眼睛瞪著它，跟啃它似的，啃一個多月，還那麼大，那麼新鮮，一點兒不帶壞的！

隊伍此刻又掉頭，頭變成了尾。現在排隊上場的是年輕小伙子和姑娘，他們背著背包，挑著扁擔，扁擔兩頭拴著籮筐或紙箱。他們擱下行李，坐的坐，躺的躺。一個人問，火車到底還有譜沒有，誤點這麼久。回答說火車在昆明站被臥軌的截下了。臥軌的是哪個兵團哪個師的？反正都是鬧回城的。一人說，重慶知青和成都知青最能鬧。另一人說，誰說的，北京知青最能鬧。又有人反駁，人家上海知青根本不用鬧，早走了。你們睜眼看看身邊還有幾個上海的，幾年前就開始在兵團上層走門路，現在全跑光了。兵團幹部最喜歡上海女知青，跟她們握手時間最長，一邊握手一邊偷偷撓她們手心兒，這個男知青一面揭露一面喜劇性模仿摳手心小動作。（紅筆批注：污蔑建設兵團幹部！）一人喊，火車來了，大家把隊排好，不要把行李忘在站台上，更不要把吃奶的孩子忘在站台上。小伙子大姑娘們排隊往前走。一個籮筐、兩個紙箱被落下了，其中一個紙箱有一米高。一個拿苕帚掃地人逆著隊伍掃地，伸頭往籮筐裡看，大吃一驚，從籮筐裡抱出一個裹在襁褓裡哇哇大哭的新生兒，掃地人又哄又拍，新生兒安靜了，掃地人把她（或他）輕輕放回到籮筐裡。（劇作者建議：此處表演最好用啞劇）忽然掃地人發現那個大紙箱挪動起來，他嚇得拔腿便跑，紙箱卻跟著他，他見鬼似的滿場亂轉，但紙箱跟著他加速。(劇作者建議：用十歲以下的小演員扮演，假如能借到雜技團著名小丑演員孫爭光同志，那就最好）。

（紅筆注釋：孫爭光同志是個侏儒）。最後掃地人打開紙箱，發現裡面躺著一個大嬰兒——一個嬰兒知青。（劇作者建議：舞台處理方式是把紙箱立起來，從打開廂蓋間，觀眾看到的是「躺」著，但其實是立著的嬰兒知青。「躺」在箱底的嬰兒知青穿放大的襁褓、戴虎頭帽。）

（以下是掃地人和大嬰兒之間大致的對話）。掃地人：你是誰？

嬰兒知青：我是嬰兒知青，是兩個知青的孩子。他們把我扔到火車站，自己走了。

掃地人：你胡說，誰忍心把自己的親骨肉扔在火車站？

嬰兒知青：他們也不忍心，扔我的那個女的哭得死去活來。我聽那男的說，你不扔了他，回到城裡你怎麼找對象？

掃地人：那男的不就是那女人的對象？

嬰兒知青：這你都不懂？他們沒法搞對象，因為那男的是昆明知情，那女的是北京知青，昆明知青進不了北京，北京知青不願意留昆明，他們只能分手。

掃地人：你多大了？嬰兒知青：我剛滿月。

掃地人：那你以後咋辦呢？

嬰兒知青：（指著襁褓的胸前）這裡頭有一封信。看完你就知道咋辦了。

掃地人從襁褓裡掏出一個信封，抽出信紙。

掃地人：（念信）敬愛的恩人，不管您是誰，我求求你，把我的孩子撫養成人吧。孩子生於一九七七年十月一日，他的父母都是可憐的身不由己的知青，但他們聰明健康好學，孩子應該繼承了他們的良好基因，將來長大一定能孝敬您照顧您。萬一他考上大學，學而有成，那就是對您善心的善報。我永遠在遙遠的地方為您和孩子祝福。留下的錢和糧票微不足道，但是我和孩子爸爸的全部所有，跪請您收下。記住，世上永遠有兩顆感恩之心在默默為您和孩子祈福。孩子的生母。

掃地人黯然神傷。嬰兒知青充滿希望地看著掃地人；他寧願做掃大街的後代。但掃地人看了看信封內，折疊起信紙，塞回信封，然後把信封重新放進襁褓內。嬰兒知青沮喪。

掃地人：（撫摸嬰兒知青的腦門）孩子，我自己的孩子都養不活，要是把你抱回家，我老婆準得連我帶你一塊扔出門。

與他倆對話同時，他們身後的隊伍漸漸加速往前移動，漸漸成了小跑。

掃地人：（對嬰兒知青）火車誤點了，你的母親還在站台上排隊呢，我帶你去找她，她扔下你，現在說不定悔青了腸子呢！

他找來一個背簍，把嬰兒知青放進去，背到自己背上。他沿著排隊的人們邊走邊喊。

掃地人：誰把孩子忘在車站了？！（抓住一個女知青）：這是你忘掉的娃兒嗎？

女知青掙開他。他又抓住另一個女知青。掃地人：這是你落在車站的娃兒嗎？

女知青搖頭。

火車開進站的聲音。蒸汽機頭冒出大量白色蒸汽。知青們混亂嘈雜的背景聲音彼此重疊，此起彼伏——「這兒！……行李先扔上車！……推一把！推一把就上去了！……你踩著我了！……來，拉著我的手，從窗口進來！……我的手提包沒了！……」

掃地人背著裝嬰兒的背篼原地奔跑，一邊叫喊——掃地人：誰落了一件大行李在候車室？

男知青甲：我！

掃地人：你是昆明人？男知青甲：是！

掃地人：（把背篼摘下來，向他舉起）這是你落下的！男知青扭頭就跟著小跑的隊伍離去。

掃地人：（絕望了）：你們的心怎麼這麼狠啊！坐在背篼裡的大嬰兒面朝觀眾，傷心欲絕。

掃地人：（拉住一個女知青）你認識這孩子嗎？女知青：（狠狠甩開他）神經病！

掃地人被甩得摔倒在地。

掃地人：（開始嚎哭）：狠心的人，你們想到沒有，萬一沒有人撿起這條生命，怎麼辦？讓孩子孤苦伶仃地餓死，凍死？！

掃地人的大嗓門吵醒了另一個紙箱裡的生命，從箱子裡傳出新生兒嘹亮的哭聲。

男知青乙：操，他不是有伴兒嗎？怎麼會孤苦伶仃？！

掃地人拿起扁擔，一頭挑起紙箱，一頭挑起籮筐，背上背著大嬰兒，蹣跚沿著隊伍向前走去，一邊走一邊喊——

掃地人：誰把親骨肉弄丟了？你們誰忘性這麼大，把孩子忘了？……

白色蒸汽越來越濃，火車呼嘯的聲音淹沒了一切……

白色蒸汽漸漸消散，後台隱約傳來鑼齊鼓不齊的鑼鼓聲，口號稀稀拉拉。天幕上顯露出一條橫幅「熱烈歡迎計劃生育指導小組進駐我村指導工作！」

蒸汽散盡同時，橫幅下出現一個隊伍。從舞台右邊的側幕條裡，伸出一塊白色牌子，上面紅字為「優生優育，自覺結紮」。觀眾此刻看清，排隊人的步伐不同尋常，個個腳後跟領路，倒退著行進，像是一隊被無形線繩牽動的木偶。隊伍裡有男有女，但沒有孩子和老人。一個男人步子退大了，踩到他身後排隊的女人腳面上，女人給踩疼了，叫罵起來哪個騾子踩這麼狠，男人急忙「對不起」，女人接著發洩，意思是他那麼著急幹嘛？早是挨一刀，晚也是挨一刀，挨了刀就成了絕後的騾子，著哪門子急？！她越說越氣，使勁推一把那個老實巴交的男人。男人向前栽倒，一支隊伍成了多米諾骨牌，一個接一個栽倒。（劇作者建議，此地要使用戲劇技巧，使每個人的栽倒動作確實像是骨牌。）隊伍裡一個女子哭泣，說自己生了三個孩子，都是丫頭，公公婆婆背著她把二丫頭，三丫頭都扔掉了，等著她生第四個，結紮了以後，公公婆婆更不拿她當人，丈夫更要張口罵，抬手打了。她前面一個年輕姑娘說，結紮了好，如今女孩也能上大學，上了大學的女兒將來會接當媽的到城裡過好日子。再說生娃多痛苦，舊社會百分之三十的女人死亡率是死於生娃，新社會至少也有百分之二十五的女性死亡率由生育構成。結紮之後，女性就徹底從生育之痛、生育之死的陰影中走出來了。女子停止哭泣，似乎在消化年輕姑娘話中的意義。她突然問，你生了幾個？年輕姑娘說，還沒有結婚。女子說哪你咋知道生娃痛苦。年輕姑娘說，書裡說的。女子說她生娃一點不痛苦，就像屙泡硬屎。女子又問姑娘，沒結婚的大姑娘，跑到這個隊伍裡湊啥熱鬧。年輕姑娘說她提前響應號召，戴環上大學。她得意地悄悄告訴女子，趁計劃生育工作組集中做手術，上環免費，提前上了划得來。

側幕條裡傳出喇叭擴音的喊話：結紮了的社員同志，可以到隔壁窗口領取半斤紅糖，四個雞蛋！人們轉過身，結束了倒退行進，而成了爭先恐後、異常歡快的隊伍。接近側幕條的一個男人招呼不遠處的熟人：李二狗，快點來結紮！國家發紅糖、雞蛋哦！一個四五十歲的插隊進來，年輕姑娘問她多大歲數了，女人說她四十九歲，姑娘說那你排隊幹什麼？女人說她娃娃生了六個，留著零件沒得球用的，把它結紮了，還能得半斤紅糖，四個雞蛋。姑娘前面的女子說，那你幫我結紮嘛，我把我那份紅糖雞蛋給你。四十九歲的女人問，咋個幫你結紮呢？女子說，頂替我的名字嘛。你叫啥名字？女子說，我叫王歡歡。女人答應了。王歡歡退下，稍頃，台上的燈光轉暗。王歡歡拎著包袱，拉著十來歲的女兒趁夜色逃去。

夜色漸退，稀薄曙光，觀眾們又能看見一個排隊的剪影，慢慢向前移動，堅定，永恆……

（以下是經過縮寫的台詞）

幕布裡面的隊伍首部有個嗓音喊著：劉耀明！排在隊伍最後的一個男青年應聲——

男青年甲：在這兒！

幕布裡面的人：快快快，到前頭來！

隊伍裡的人都羨慕地看著他歡快地跑進幕布。男青年乙：哎，我看見他們把幾本書給他了！

女青年甲：肯定是復習材料[30]！

女青年乙：排隊排最後，憑什麼先讓他領到復習材料啊？！男青年乙：我都排了六個多小時了，見好多個排在後面的給叫到前頭去了。

女青年乙：（衝前面喊起來）走後門！特殊化！

30　材料：教材。

男青年丙：人家的爹是縣委劉副書記，打電話過來交代了唄。女青年丁：我聽說是他名字給認出來了，下邊的人主動討好副書記！

女青年乙：（舉起拳頭高喊）堅決反對開後門！

男青年乙：（哀聲叫喊）講點良心吧，我二十七歲才從插隊的地方回來，考大學整整晚了十年！等了十年，總算等到現在，能跟所有人站在同一條起跑線上⋯⋯

女青年甲：就是嘛！我等了這麼多年，今年都二十八了，才等到大學公開招考，國家總算給所有人一次公平競爭的機會。現在才曉得，復習材料那麼難搞，暗地裡各種見不得人的交易又在進行了！

男青年丙：（小聲地）哎，你們要喊到遠點兒喊去，要不發材料的分不清誰喊的，連我一塊給小鞋穿。

此刻這幾個人已經行進到幕條邊，也就是接近了隊伍之首，幕條內一個聲音喊話：請後面的同學不要排了，今天的復習材料已經發完了。

男青年乙：明天還會再來復習材料嗎？幕後聲音：那你明天再來問吧。

女青年丁：那我們今天就不走了，接著排明天的隊。

女青年乙：你們要是不從後門把材料遞出去，所有排隊的人都應該有份的！（她舉起拳頭）

打倒開後門！所有人跟著喊口號。

男青年丙突然竄進幕條內，立刻傳出廝打的聲音。所有人抻長脖子張望，有人點評打鬥局勢，有人指點打鬥技巧。

男青年丙：這小子練過幾天的，倒掛金鈎見功夫！……好哦！大背跨漂亮！

男青年丁……抱住狗日的腿！再蹲低點兒！……嘔！

男青年戊：（拍拍男青年丁）哎我說，你給誰喝彩呢？！喝錯了，我們的人給揍趴下了！

女青年丁見男青年戊：哎，你排在後面的，怎麼跑前頭來了？！回去！別趁機插隊！大家排好隊！今天不排好，明天更亂套了！永遠也別想領到復習材料了！

男青年乙被幕條裡的人推得踉踉蹌蹌，退回舞台上，滿臉是血，倒在地上。

女青年乙上前拉他，他血跡斑斑的臉綻開一個扭曲的笑顏，一面從懷裡掏出一本染血的書本。

男青年乙：什麼發完了？！狗日的把復習材料都藏起來了，打算開後門給親戚朋友領導的孩子送去！看我，偷到一本！

女青年乙：你用完能借我用嗎？

男青年乙：這是用我的鮮血和生命換來的！女青年乙：我就借用一晚上……

男青年乙：一晚上，你就能復習完了？

女青年乙：不，只要有一晚上，我就能用照相機把每一頁都拍下來，洗印幾十份兒，分發給大家。假如十個人在一起復習，能有一份兒材料，這十個人就有希望了，雖然離考上大學的希望還遙不可及，但畢竟是一點幽暗的希望……

男青年被感動，看著她；由於有了那點幽暗的希望，她顯得那麼美。她走出了隊伍，向他伸出手，他把書本遞出去，但最後一剎那，又縮回來。

男青年乙：（對觀眾獨白）每個人都有了一點兒希望，是啊，很美，可是我的希望就被拆分了，想想看，他們每人都用這本材料復習，復習完了都去參加考試，我就多了這麼多的競爭對手！我瘋啦？剛才命都差點搭上，就為了給自己找一大群競爭者？我的希望是乾渴者的一口水，把這一口活命的水分給一大群乾渴者，我活不了，也救不了他們。與其大家都死在共同起跑線上，不如活下我一個……

那個向他伸出手的女青年仍然向他伸著手。整個一支隊伍的人，都向他伸出手，都是乾渴瀕死的模樣。

男青年乙（對女青年乙）：對不起，我不能借給你。

人們眼巴巴地看著他逆著排隊人的朝向急匆匆走去，但他走到隊伍末尾處，剛要跨進側幕條，就被幕條裡邊的排隊人突然伸出的腳絆倒子，他栽了個大馬趴，手裡的書甩出去，被幕後的人搶到手。另一個排在幕條內的人把使絆子的人扭住，兩人扭打著來到台上。

男青年乙：狗日的，把我的復習材料搶跑了！

兩個排在隊裡的男青年本來上去拉架，但一聽材料被搶跑，也開始對男青年乙拳打腳踢。更多的人加入打架搶奪，打架的動作變慢，成為電影的高速攝影。隊伍自本劇開始，頭一次大亂。

只有女青年丁在枉然高喊：排好隊！排好隊！……

——全劇終——

（紅筆批注：雖然在全劇結束前，劇作者表現了一點積極因素：我們的國家開始撥亂反正，生活正在走向正軌。知識青年返城後，年輕人看到了希望，但最終還是以揭露人性的自私陰暗從而熄滅這顆希望之火。由於縮寫，很多石破天驚的台詞無法原文摘錄，可以想像演出的第一周，劇終後觀眾為何遲遲不退場，鼓掌吶喊十多分鐘，直到劇作者上台謝幕。由此可見劇作者嘩眾取寵，欲以此劇煽動在歷次運動中人民群眾積壓的牢騷和不滿情緒。請各位領導同志審閱，並指示。縮寫作者：王ＸＸ）

馬斯洛娃

米拉在崔宅住了一夜，夜裡聽見小姑和代理小姑父崔鑫馨吵架。兩張嘴裡出來的兩個腔調的廣東話，斯文的廣東話是崔老闆的。米拉不太懂廣東話，但小姑說的「丟你老母」她是懂的。人們學一種語言，往往從髒話開始。第二天早晨，老崔還在睡，小姑披著絲綢起居袍在廚房煮咖啡，皮泡眼腫。夜裡哭鬧掛相，小姑也有難看的時候。米拉沒提昨夜聽到的爭吵。小姑沒事人一樣，一邊等咖啡過濾，一邊招呼米拉自己烤麵包。然後她把糖缸、奶缸、小勺、餐巾（都是小小姑李芳元洗滌熨燙的）放到托盤上，把咖啡倒入兩個杯子一一在托盤上擺造型，擺得可以給梁多去畫靜物。她踩著一雙狸貓皮面的拖鞋，顛著日本女人的無聲小步向臥室快步走去，還是個賢慧盡職的小老婆。米拉聽見崔先生咳嗽的聲音，好難聽。人上了歲數，早晨總有很多不雅響動，發自呼吸系統，發自消化系統，這些都是真巧必須接納忍受的，是她錦衣玉食的代價。

米拉自己照顧自己吃了早餐。真巧回到廚房，開始煎蛋，煎火腿，火腿是香港貨，老崔寧願拎重大行李，也要把原裝香港早餐搬到此地。真巧離不開成都，去了上海、北京都待不長，回到成都滿嘴上海北京的壞話。真巧看看米拉，很刁地一笑：夜裡都聽到了？米拉說，隔壁子都聽見了，怕他們又要來打門呢。真巧說，你也不問為什麼。別人打翻天，只要不主動跟米拉說，米拉從不多事過問。米拉覺得人世間無聊人和事太多，問不過來。假如人家把無聊事告訴她，她也聽得很被動，好像分擔一下你們的無聊事是給你們莫大面子。米拉自學英文三年多，現在在讀維吉尼亞．吳爾芙的原文，這個瘋女人也是從不操心別人的無聊事的，久而久之，別人的事在她眼裡越來越無聊，最後只能自絕於他們。不知道她是先不參與他們的無聊，還是先瘋，或者她瘋就是因為參與別人的無聊太少，亦或許她對別人家長裡短無興趣就是瘋的症狀之一。她過分純淨無菌，連自家傭人都害怕，一個人可以自愛到那個絕對程度，一座燈塔只裝著一個孩子的一個願景，在自己書寫的故事裡她為自己的生命安排了結局。米拉對真巧笑笑，說，為啥子嘛？真巧說，勞你大駕總算問了。老崔是個王八蛋。米拉看著她，這又不是她剛剛發現的，老崔做的許多事都很王八蛋。比如他在成都重慶收購的古董字畫，都掛在這座房子裡，各屋都給打扮得很有文化。有一次真巧摘下一幅去複製，想把真品貪污，但贗品專家告訴她：這個就是複製品，高級複製品罷了。她想，那麼真品一定在上海的老洋房裡，趁老崔在香港當好老公的幾個月，她飛了一趟上海。上海老洋房裡的每一幅畫，居然也都是贗品，真品給他拿回胖老婆那去了。真巧說，覺只跟我睡，寶貝只讓胖老婆守著，你說他有多王八蛋？！米拉問，你昨天才跟崔姑父挑明？真巧說，早挑明了。米拉問，什麼時候挑明的？真巧說，前年。米拉奇怪了：吵架滯後了兩年？吵架是老崔的新罪惡引起的。真巧說，他那個胖婆娘跟女兒、外孫子到成都來，他狗日瞞到我！我妹娃兒昨天回家住，我給他洗襯衫，看到一張錦江賓館的信用卡單據。包了個大套房，中央首長住的，我想他日我一個人都搞不贏，外頭還包起房來了啊？我跑到錦江賓館，手裡拎一件我的新旗袍。我說一二九房間的客人訂做的旗袍，叫我送到房間去。服務員說客人出去了。我說我曉得，客人讓我把衣服掛在櫃子裡。服務員小伙子把我帶上樓，開了門，我進到睡房裡，開了衣櫃，頭一眼就看到那件套裝；就是寶藍帶條條的、老崔特製的那塊喬其紗，給我、給他姐姐、他老婆一塊兒定做的那套！哦，他包了大套房把老婆當外室養，我能饒得了他？！昨天晚上我一腳把王八蛋踢床下頭去了。米拉笑起來：你都跟人家老婆穿妻妾裝了，還在乎這個？我在乎他瞞到我！你跟小吳叔叔，不也瞞著他？她「噓」了一下，跑到走廊，朝第一臥室方向看看。回來憤憤不平，說她跟吳可又怎樣？人家吳可是曠世的大才子，王八蛋也配跟人家為伍？人家用剩的，給他用用就不錯了！除了有幾個臭錢，他還有什麼呀？！米拉突然為崔先生難過。是啊，老崔有什麼呀？其貌不揚，無才無德，錢是他的唯一擁有，但顯然他捨得與真巧共享的這唯一的擁有。米拉還想到，世道變了，老崔唯一的價值，當今社會上絕大多數人都夢寐以求地想擁有。真巧越說越火，充滿劫富濟貧的正義力量。剛才那個為老崔煮咖啡的賢慧日本女人，影子都沒了。米拉白了她一眼，那你屁顛屁顛給他送咖啡，做早飯。他也沒犯死罪，咖啡總要給他喝。她安靜下來。崔先生從臥室出來，一股幽香。澡洗過，臉刮過，誰都沒福氣見到狼狽的崔先生。他對真巧說，去把報紙拿回來吧。說話輕聲輕氣，但就是真巧的老爺。昨夜被踢下床？米拉深表懷疑。真巧拿回報紙，點一根菸，說，鑫馨（崔先生大名）啊，你們幾個大人帶著孩子玩不好的，米拉可以幫著帶你那兩個外孫，你們大人就自由多了。她跟崔先生說話一般以普通話為主。講普通話的真巧多了點規矩，少了點鮮活。米拉說，什麼外孫？真巧對老崔笑一下，崔姑父付工資的，對不對？崔姑父馬上認賬：付！付！付！我那兩個外孫調皮，他們的媽媽累，一個八歲，一個十一歲。崔先生一口古怪普通話。他的皮夾已經在手裡，對折的柔軟皮囊裡，露出紅紅的一搭。米拉可不想當幼教老師，腦子裡緊急找藉口，崔姑父在這當口，已抽出了一摞紅色鈔票，一百元一張的港幣，說，這是兩千塊港幣，小朋友的吃喝，晚上你跟我另算。假如他們要買玩具買書本，米拉先墊，之後找我報銷。崔姑父把錢往金絲楠木茶几上輕輕一放。米拉被這麼大一筆錢嚇死了，這個數額她一天就掙下來，簡直是犯罪！她囁嚅：我單位裡政治學習，不能缺席的。她發現自己的口音被崔姑父傳染了，出現一些古怪滑音。小姑拿起茶几上一聽萬寶路，那，給領導拿起去，還沒拆封，看他准不准你缺席。學習個屁啊，我們車間的女工說她們喜歡學習，不然到哪兒去打毛線、算柴米油鹽賬、寫情書？米拉沒接話，臉是作難的，其實她今天打算去一個作者家組稿，時間倒是靈活。主編給米拉做主，隨她安排上班時間，說只要小米同志組稿，沒有組不來的。現在很多編輯部豢養花瓶式年輕女編輯，約稿事半功倍，米拉自知領導也在她身上傾榨花瓶的功效。米拉對此無所謂，竊喜能越來越多地掌控時間，肥了自留地的寫作。米拉應承下臨時幼教工作，但對崔姑父說，工資太高了，等於她一月薪金的二十倍，她拿不下手。米拉話沒說完，感到小姑的腳上來，軟底鞋踩一下她的小腳趾。崔先生說米拉到了晚上就會明白，工資是不高的啦，管這兩個孩子非常吃力的啦，在香港必須是兩個傭人帶這兩個搗蛋蟲啦。崔姑父讓司機把兩個孩子送到小街口，米拉在那裡接他們。兩個孩子很靦腆，不但不頑皮，反而是略微膽小的。大男孩叫李昂，英文Leo，小男孩叫李鉑，英文Brian。弟弟想牽哥哥的手，哥哥猛一躲，米拉趕緊伸手過去，男孩抓救命稻草一樣抓住她。不久兩人就開始姐姐、姐姐地叫米拉。沒有弟妹的米拉，心裡一煲熱粥似的。她按崔先生的要求，上午帶他們在春熙路逛街，中午回到賓館吃午飯，飯後午睡，起床讀書一小時，游泳一小時。但兩人下了池子就不上來，泳池上方的大鐘指到五點半了，二人興頭還在高漲。米拉游得不好，蛙泳像狗刨，哥哥學一下樣，弟弟笑了一陣，這是一整天裡他們唯一的不敬行為。哥哥Leo個子大，身體也壯，在香港每天下課都有體育訓練，身材已然是個小伙子。他給米拉糾仰泳動作，托著米拉的腰，要她盡量把身體放平，才能有速度。米拉找不著範兒，咯咯笑，一根桿子橫空就伸出，把男孩手撥開：你們上來。米拉抬頭一看，池邊一個花鬍子下巴，一雙穿夾腳拖鞋的大腳，竹竿的主人是個跟居委會監督風化的太婆平行存在的大爺，也在此防範風化污染。米拉一緊張，喝了一大口水，手腳亂了。Leo趕緊拉住她一條胳膊，竹竿此刻朝男孩一劈：公開耍流氓是哦？！男孩疼得慘叫。米拉叫道，敢打娃娃哦？！竹竿又啪地一下，打向米拉，米拉往後仰去，順勢游仰泳急撤，剛剛被大男孩教練的姿勢立刻得了要領。

大爺怒吼，都給老子上來！吼叫聲把在池子另一邊的幾個來回泅渡的美國人和在池邊的一對金髮男女嚇到了，都停下動作向這邊看。他們到中國來或是留學，或是指導某種機器安裝，或是旅行，帶著一肚子對中國的疑慮：中國人在以前幾十年發生的事，他們是當非洲某食人族的傳奇來聽的，因此他們對中國也好中國人也好，總是保持一定程度的警醒和驚悸，準備隨時應對不測。米拉跟李昂說，上去吧。弟弟李鉑已經嚇傻，眼淚在眼睛裡鼓大泡，就是不敢落。香港人也蒐集了許多有關野蠻大陸人的軼事，七十年代後期，香港街上出現一種粗陋布娃娃叫「表叔」，出處是《紅燈記》唱腔，「我家的表叔數不清」。男孩們看著這個花白胡的「表叔」，想到傳說中，三年飢荒餓死人，文革十年打死人，眼前「表叔」這張臉，立刻落實了他們妖魔化的認識。Brian縮起瘦小的身子，看著拿竹竿的「表叔」用繩子把哥哥的雙手綁住。米拉抓緊時間拿了一條乾燥鬆軟的大毛巾，裹在李昂肩上，一邊插身大爺和他的俘虜之間：憑啥子抓人？！憑上級規定。上級啥子規定？男女不准在游泳池裡摟抱。米拉看一眼李昂，肉眼都能看出，他的內心在打顫，從靈魂深處抖到表皮。她說，李昂不怕，姐姐在這！她回頭看一眼靈魂出竅、兩眼空空的小男孩Brian，鼻子酸了：小弟不怕，有姐姐呢！乖，把浴衣穿上。米拉頭一次當姐姐，就碰上了這麼大事，需要她頂天立地做主撐腰，從未有過的英勇感讓她喝了三兩白酒似的，膽子乍起，暈暈然地豪壯。米拉說：學游泳跟摟抱都分不清，你這麼大歲數白活了！大爺說，我看就是摟抱！米拉指著池子裡的金髮男女，他們才是摟抱，你咋不抓？！大爺說：人家是外國人！米拉面對大爺，用自己的血肉築起一道新的長城：他們是港澳同胞！大爺愣了一下，說：冒充的。米拉說，你去查，讓賓館證明，他們是不是冒充的。大爺又愣了愣，說：查也是我們領導的事，我只管抓人。大爺隔著米拉，一扽繩子，Leo栽到米拉身上。米拉撒野了，抱住男孩：我就摟抱他了，你敢咋樣？！大爺掂掂手裡的竹竿說，我這根桿子專打流氓，打得男流氓，也打得女流氓。米拉說，那你就把我打死！我死都不會讓你帶走他！大爺說話算話，掄桿子就抽，米拉感到胳膊上著了一道火，Brian大聲哭起來。米拉側臉看，竹竿把自己的痕跡留在了皮膚上，一條紅色正在凸出皮肉表層，形成一條肉稜。金髮男子衝上來，一把抓住大爺的胳膊，一個美國漢子幾乎同時趕到，奪過竹竿，往腦後一扔，桿子落進泳池。金髮男子的眼冒藍火，用口音很重的英文對大爺說，How can you beat a little girl like that? 非英文母語的人說英文比較好懂，米拉自學了兩年的英文聽力馬上在腦子裡把那句話翻譯成漢語。幾個美國人都過來了，其中一個瘦小個會說中文，問到底發生了什麼事。金髮女子披著毛巾站在池子邊，不敢過來，大概是她的男朋友警告了她，中國大爺什麼都幹得出。大爺的胳膊還在金髮男子手裡握著，喊道，你放手！小個子美國人說，Let go of him. 金髮男子說，No, he'll hit the little girl again! 小個子美國人對大爺說：你保證，不會再打這個小姑娘，就放你。大爺說：不打了。金髮女子在遠處說：Don't let him go; take him to the police! 一個高胖美國人說，It's the police who backs up people like this old fart. 米拉的聽力突飛猛漲，大致懂了洋人們的立場觀點。大爺被放開了，後會有期地掃了米拉和大男孩一眼，急匆匆走了。洋人們把米拉當little girl，隔著種族的年齡欺騙性看來今天救了場。米拉正在給小男孩李鉑安慰擁抱，大爺又回來了，身後還跟著一個穿賓館制服的男人。大爺得勝地對洋人們說，你們有啥子跟保衛科同志說！洋人們立刻想起他們來中國前聽到的種種警告，灰溜溜散了。大爺指認米拉，就是這個超妹兒！穿制服的看看米拉，又看看兩個男孩，說，情況我都瞭解了。頂風作案，嗯？他上下打量著米拉，目光存心走得極慢，米拉感到自己從泳裝裡露出的身體面積太過大，簡直等於裸體，而裸露的部分給這目光塗一層污。走嘛，到辦公室談一下。米拉的血呼的一下湧到腦子裡，對Leo說出一串英文電話號碼，又說，快去打電話！Leo轉身要走，被大爺一把捉住，你一塊兒來喲。逆境讓小男孩李鉑迅速成長成熟，已經十分鎮靜，扭頭就往電梯口走，一邊走一邊大聲背誦剛才聽到的英文電話號碼，背的一字不差。米拉拖拖拉拉地找來拖鞋，浴巾，披好穿好，用英文對李昂說，They'll pay for it. 她的發音不準，李昂說：「Beg your pardon?」大爺大聲警告，狗日放洋屁哦？給老子閉嘴！

剛剛在保衛科辦公室的人造革沙發上坐下，一個女人和她的一身香味轟然闖入。米拉一看，女人是李真巧。李真巧穿的還是早上在廚房裡煎火腿荷包蛋的綢袍子，腳上一雙球鞋，都沒來得及拔起後跟。她直奔在窗口背身吸菸的大爺而去，把大爺一把扯轉過來，面對她，呸的一聲，口水已經掛在大爺的花鬍子上。大爺條件反射地給了真巧一拳頭，真巧馬上跟大爺扭作一團。李昂嚇得直後退，退路給牆擋住，背脊緊貼牆壁。保衛科同志拉開真巧，五根帶鮮紅蔻丹的指甲在大爺臉上開出五道血槽，老臉成了花瓜。她在保衛科同志的抓握中跳腳，米拉看見保衛科同志褲腿上出現了她球鞋底上的花紋。被拉開的李真巧叫喊：你個老怪物，敢打人？！我叫你打——她給保衛科同志限制了動作，但腳底下還有自由度，一腳就把趿拉著的球鞋給踢起，直擊大爺胸口。臉上火辣辣疼痛的大爺見過渾女人，沒見過這麼渾的女人，還是這麼個漂亮噴香的渾女人，簡直傻了。真巧說，狗日的！在我們雲南兵團，你這種怪物，老娘見多了，狗日看上哪個女娃兒，就找她茬子……保衛科同志說，行了行了，慢慢說，慢慢說……好不容易把真巧摁到另一張仿皮沙發上，她兩眼一刻不離地瞪著大爺，手從包裡摸出菸盒，掏出兩根菸，一根隔空拋給保衛科同志，另一根在鮮紅的拇指指甲上噠噠噠地敲，與其說是為了把菸絲敲緊致，不如說是向大爺發出霍霍磨刀的威脅。保衛科同志點上自己的菸，將就同一根火柴來給真巧點，人湊得過分近，目光順著她抽耳光抽鬆了的袍子領口溜下去。真巧眼睛寬諒地一笑，意思是：不是你一個人眼睛欠，男人都這麼欠。等保衛科同志從俯身點菸的姿勢還原，自感從這個性感的潑辣女人身上得到遠超過一根菸的禮物，扭頭對大爺說，打人是不對，啊，尤其跟女娃娃，盡量講道理。大爺也知道剛進來的這個潑辣騷貨已經腐蝕了保衛科同志，花瓜一般的臉陰沉著，不開腔。保衛科同志又說，你們也忙，我也還有事要處理，有則改之，無則加勉，啊？這就要送客，兩隻胳膊鬆鬆地張開，趕幾隻小豬玀似的。米拉看一眼小姑，她可真行，馬到成功。米拉說，Leo，我們走。她怕Leo問起真巧何人，那可經不起解釋。真巧說，走？！有那麼便宜？！小姑把菸頭往菸灰缸沿上一摁。她拉起米拉和李昂的胳膊，兩條胳膊上都凸著紅艷艷的肉稜，稜子上一串細微的破皮，就像女人透明絲襪的脫線，滲出一串血珠。真巧說，這個咋算？我們娃娃才十一歲，是港澳兒童，未成年的港澳同胞哦！這個女娃娃，我姪女，退伍軍人，三等功臣獎章別起一大排！她在自己驕傲高聳的胸上一比劃（米拉獲得過一次三等軍功，因為編排舞劇裡的歌詞在軍報上發表），我姪女從小到大，她父母一句重話都沒有捨得說她的，慢說跟她動粗，（這是實情），部隊領導都捧到她、哄到她的（這是謊話）！你們今天算打對人了，回頭到公檢法說嘛。保衛科同志馬上說，誤會，誤會了，老劉有點兒老眼昏花，沒看清這個娃娃還是個娃娃，把他當流氓打了……真巧打斷他，沒看清就敢打，看清了還不給他打死哦！你說嘛，兩個娃娃受這麼重的傷，咋算？算誤會嘛，保衛科同志替對方慷慨就像一筆勾銷全國幾百萬右派二十年受辱受罪那樣，慷慨地給受害人平了反。算誤會？！真巧不像幾百萬右派們那麼好講話。我跟這個男娃娃他外公莫法交代。保衛科同志說：他外公是成都人是哦？真巧說，他外公是香港有名的愛國人士，現在正在計劃投資四川，建工廠！他個狗日這兩桿子，就把投資打跑了哦。哎呀，保衛科同志難壞了，苦臉笑笑，這個、這個情況我們不瞭解……這樣子好不好，我跟領導彙報一下……也不能完全怪我們，上級抓精神污染抓得緊，有明文規定的，男女不得在游泳池裡頭發生……真巧大眼一瞪，發生啥子？！這個，不好說的，就是身體不准許接觸。反正尺度呢，各個單位掌握。這個老同志，尺度卡地嚴了點兒，就算他好心辦壞事。大家都要配合一下，支持上級把清除精神污染運動順利收尾。真巧說，你說的那些，我們都服從，不過就是這兩個娃娃受了這麼重的傷，跟港澳愛國人士咋交代？米拉看著好笑，保衛科同志實在頭疼這個女人，不吱聲，心裡在混亂謀劃。真巧小姑追一句：你說嘛，咋個理抹。保衛科同志說，那你說嘛，你說咋理抹，就咋理抹。我說啊，賠錢賠禮。賠禮，我這兒就跟你陪。保衛科同志把大爺推到真巧跟前，花瓜臉大爺苦痛而屈辱，深深低下了花白的頭，一鞠躬。然後大爺轉身，對著米拉和她身邊的李昂，再次低下花白的頭，二鞠躬。沒了後台的大爺矮了，駝了，聲音蚊子嗡嗡：對不起哈，誤會了。米拉掉過臉，不忍看大爺，對真巧說，我們走吧。真巧說，等保衛科同志給我們寫了字據，再走不遲。保衛科同志說，寫啥子字據哦？真巧說，我寫你簽名也行。她走到寫字檯邊上，拿過桌角上的公文便箋，寫下兩行字：本人答應陪償米拉蒂、李昂二人的傷痛損失費和心理損傷費及名譽損傷費，共計兩千元。保衛科同志一看，快要哭了，我砸鍋賣鐵也掏不出兩千塊！真巧開始拔一直趿拉著的球鞋，一面說，夠划得來嘍，不然港澳愛國人士出來登報紙，告你到公檢法，飯碗都給你打稀爛。簽字。真巧為保衛科同志蘸飽鋼筆水，後者往後躲：這是上級指示，我們就是個執行部門……那行，我找你上級。她把便箋仔細放入她的草包，對米拉和男孩揮手，走。

李真巧在第二天上午找到了賓館總經理，馬上搞定：全免崔先生的房費，一個大套房和一個小套房，白送七天的住宿，七個上午的自助餐，七天的洗衣熨衣費。崔太太聽兩個外孫熱捧從中斡旋的女人，說她像好萊塢性感女星，跟崔先生說非要面謝她不可。崔先生找來米拉，他金屋藏嬌是公開的秘密，但仍是秘密，徹底公開，崔太太在女兒外孫面前顏面掃地，他就得把成都的「金屋」放棄掉。能不能把你的吳叔叔一塊請來嗎？米拉明白，這樣就把真巧賴到小吳叔叔名分下，讓小吳叔叔當米拉的B角姑父。米拉說，小吳叔叔大作家，忙得不得了。她言下之意，你們這種男盜女娼的事，也配請吳可。崔姑父說，請請看啦。米拉見不得老頭兒作難，不情不願地用賓館電話掛到吳宅。她聽著電話鈴在那間大屋裡空響，猛然一悟到：可是有好多天沒見小吳叔叔了，平常他隔兩天就要到米瀟家打秋風，吃「乞頭」。這一想米拉不安起來，四十出頭的光棍，病死在家都沒人知道。

米拉找到吳宅樓下，一個在院子裡曬豆豉的純銀髮太婆說，走學習班去了。米拉問，啥時候去的？去了一個禮拜嘍。米拉問什麼學習班。太婆答非所問，說，有問題才到學習班哦。米拉想，這麼老個老太太還挺有觀察力。太婆又說，頭兩年學習班都下課了，今年子又開張了。米拉問，他背起鋪蓋走的呀？太婆說，拎起包包走的。現在學習班高級了訕，在招待所裡頭，有乾淨鋪蓋。

離開吳宅，米拉分析，關押吳可的學習班，可能會在哪個招待所。她決定先去父親剛回城住的那個文化部門的招待所。果然在那裡找到了她的小吳叔叔。但管理人員說，學習班學員不得會客。米拉隔窗看到吳可菸薰火燎的背影，坐在一張書桌前，對一本書在摳腳趾。她在街上找了個僻靜的傳呼電話，通知真巧小姑，吳可被軟性拘捕的實情。真巧一聲不響地聽著，然後讓米拉到人民商場門口等她，陪她買東西。米拉心想，這麼個事變都不耽誤她的購物狂熱，這女人很可能又是一個葛麗亞。不對，還不如葛麗亞，葛麗亞是被勞教農場嚇破膽的，吳可這才剛進學習班，李真巧已經聞風喪膽。米拉到達人民商場的時候，李真巧已經等在大門口。看到米拉，她扭頭就往人群裡拱，米拉幾乎跟不上她。她先到民族櫃台，那裡賣的純羊毛毯子和純羊毛絨線，在普通櫃台上不見影子，但要憑少數民族證件購買。也不知道她的證件哪裡來的。反正她現在沒什麼正經事做，有的是時間精力開展外交，崔先生帶來的港貨，以及從崔先生那裡搜刮的港幣，都為她的外交路線鋪路，一聽萬寶路換一次證件借用，在成都這種內地省份，簡直拋玉引磚。她抱著一大包東西，從櫃台邊擠出來，說，不曉得夠不夠給他織一身毛衣毛褲。米拉心想，崔姑父才看不起這種大陸貨呢，這裡叫純毛絨線，放在老崔的身上就是麻袋片，非把他六十歲的細嫩皮子打磨出毛刺來。真巧從不讓米拉幹重活，拎重物，總說有我們兵團戰士，輪不到你的。每次米拉都要抗議，但這天她由著小姑逞能。她原以為真巧心裡對吳可是存著愛的。真巧問米拉，顏色合不合適他？米拉不語。真巧說，學習班辦完，肯定就要送到馬爾康去了。別看他外頭光整，裡頭衣服都是爛的。寫一個劇本，不夠葛麗亞搜刮。我給他做了一件英國呢大衣，是老崔給他自己買的好料子。他聽說成都有幾個好裁縫，又便宜。這麼多錢，哪個牌子他穿不起？還貪便宜！我糊弄他，說裁縫搬家了。估計他早就忘了料子的事。米拉糊塗了，問真巧她做大衣織毛衣，是給哪個發配馬爾康的人？！真巧答道，學習班結業，吳可他不就要去勞教牧場了嗎？

米拉明白了，這都是在為小吳叔叔置辦流放馬爾康的行頭。真巧說，他前腳先走，我把老崔屋頭的東西處理一下，跟老崔做個了斷，後腳就到馬爾康去找他。真巧頭髮散了，腆肚子歪胯抱著兩個大包。米拉伸手拽毛毯那個包。真巧說哎呀，你拿不動的！米拉說，你拿那麼多東西過馬路，難看死了！真巧說，難看不是給你看的，馬路上這些人，也就配看看難看的李真巧。兩人過了馬路，一家抄手店門口蹲著許多人，都是埋頭吃抄手的。這家抄手不錯，真巧有蹲進吃抄手隊伍的意思，米拉嚇得就跑。

她們在路口找了一輛三輪車，真巧先跨上去，又伸手拉米拉。她在米拉面前，永遠做吃盡苦頭的粗人，永遠護著米拉，省著米拉。崔先生不在的日子裡，她做一桌好菜總叫上米拉。但米拉過幾天再去，發現小姑什麼都不捨得扔，米拉幾天前吃剩的，小姑放在冰箱裡一點一滴慢慢吃光。小姑吃過苦中苦，萬一二茬苦再回來，她照樣能吃得很好，這就是她陪伴吳可流放的本錢。三輪車夫的瘦屁股在她們兩張面孔前左右扭，吃力吃苦的人，滿眼都是。真巧掏出手絹擦汗，妝容沒了，她顯出苦力的模樣。她說，毛衣毛褲要趕緊打，在他走前把活路趕完。米拉問，你真會離開老崔，跟小吳叔叔走？真巧表示只要吳可被發配，她就跟他結婚。到了那種地步，哪個女人還跟他，他就沒得啥挑揀了。她笑笑，鼓鼓的額上一抹蒼涼。米拉問她的崔姑父怎麼辦？真巧說他好辦，有那麼多錢，三條腿的蛤蟆不好找，兩條腿的女人多得很。不是個個女人都像你哦，小姑，就你的性感，成都頭一份吧？我何止性感，我還結實，弄不壞的。老崔補品幾十種，四季換到吃，跟他睡一夜，不結實的早就廢了。米拉惡心地笑。不過老崔也可憐，他在不在家，家裡沒人在意，錢在家就行了。家裡這麼多口子，沒一個是真疼他的，真巧一聲嘆息。米拉說，你看，還是捨不得的。捨得，跟吳可走，我什麼都捨得。你那麼愛小吳叔叔？不是愛……米拉想知道，那究竟是什麼。是……比愛更大、大得多的東西。聶赫留朵夫跟著馬絲洛娃去西伯利亞，不單單為愛，對吧？米拉說，因為悔過，贖他在馬絲洛娃身上犯的罪過，那罪過間接把馬斯洛娃變成了殺人嫌疑犯。真巧說，也不單單是為了悔過……米拉等著。她小時讀這本書就感到不止愛和悔過。真巧說，假如我陪吳可去西伯利亞，有種接近偉大的東西在裡面，跟它比，愛什麼的，都是小孩子的事。她微微昂著頭，西伯利亞在召喚。米拉提醒，吳可要去的是馬爾康哦。真巧說，馬爾康就是我的西伯利亞。

孫霖露的新房

兩臥室的單元朝南，冬天亮得很，也不咋潮濕。媽跟女兒誇耀。兩個臥室很小，放了席夢思大床進去，屁股大點轉彎都難，媽說。到底是兩臥室的單元哦，媽強調。孫霖露一直瞞著女兒單位分新房的事，直到她完成了所有佈置。她想給米拉一腳跨到國外的感覺。小客廳裡擺著淺粉淺灰花格平絨沙發，是她請工藝美術公司的合同傢具廠卡著平面圖尺寸訂做的，布料是她的親手設計，在量產前試染了幾米樣品。去年夏天工藝美術公司的同事弄到新房子平面圖，讓她用複寫紙複寫了一份。樓是一九八二年年初開始蓋的，八三年春天竣工。一年裡孫霖露天天騎車去工地看，守望著一點點長高的樓，完全是個莊稼人守望出苗抽莖長葉結穗的麥子地，終於守望到了收割的日子。但傳聞說分房代表處將推遲考慮已有住所的單身漢（女），新房先盡夫妻雙全，兒女半大，或者三世同堂的人家入住。孫霖露發現她原來是替別人苦苦守望了一季莊稼，大豐收全沒自己的份兒。輾轉失眠了一夜，她第二天坐進了分房管理處的大辦公室。她帶個飯盒，你們吃飯她也吃，你們幹你們的工作，她畫她的設計圖，就當她是一件沒噪音、不礙事、隨時可移動的物事。但她那個臉子可是擺給你們看的，一旦分房沒她份兒，她會很礙事，噪音很大，絕對別想把她從此地移動出去。我就差把鋪蓋搬到那裡了，她跟女兒笑道。你爸把我變成了個女單身漢，害得我差點受歧視，失去了幾十年輪到一回的分房機會；早曉得單位蓋新房的計劃，我死都不在離婚協議書上簽字，怎麼也要拖到新房子到手！孫霖露的臉狠狠的，但馬上又是一笑。任何人的臉，哪兒都老了，嘴巴形狀老在最後，孫霖露自知自己年輕的笑容唯在嘴上彌留，照鏡子時，還看到曾經令米瀟迷失的下唇兩邊的嘴窩窩。米拉無力地說，真拖到住進這新房子，老米同志的戀愛激情就給拖過去了，也不必搞啥子離婚協議咯。媽苦笑一下，說，還是離了好。

孫霖露的新房最終分到手了，小是小點，但五臟俱全。四十六平米，裝著兩間臥室一間客廳，還饒了個門廳。母親帶著女兒參觀，廁所三平米，勉強在廁池上架一個橢圓塑料盆，米拉可以洗盆浴。廚房也是三平米，媽在裡面炒菜，米拉只能在門外學廚藝。門廳五平米，孫霖露變戲法地眨眼間把它變成了餐廳，打開折疊桌椅，鋪上內部處理的次品繡花台布和椅墊，西餐廳雅座檔次。能坐六個人呢！媽說。不過門開不開了，米拉提醒母親。母親遺憾地說，是哦，靠門坐的那位就要請他站起來一下，才能開門。女單身漢孫霖露在落單後煥發出了強大的生活能力。她知道米拉會悄悄告訴父親米瀟，媽活得如何。她希望米瀟知道，慘遭拋棄並不是她孫霖露的生命終點，或許是新起點。也讓米瀟知道，那些年他在生活情趣方面對孫霖露的教化，丁點兒都沒有浪費，眼前這個奶油小資的新家，就是她讓女兒轉交給前夫的成績單。這兒比不上美國、法國，比香港、上海是富富有餘的嘛，對不對？她熱烈地邀請女兒認同。米拉微笑，認同了。媽很知足，知道不久女兒就會把這裡所有細節傳話給老米，最好也讓那個姓甄的女主播聽到。米拉眼看母親再次變戲法，飛快折起椅子桌子靠牆一放，罩上一個塑料仿木架子，上面擺一盆繁茂的盆景松樹，素雅、簡潔，滿是迎客意味。大臥室有十平米，外帶一個小陽台，擺了一對扶手藤椅和竹子高几，裝了可收可放的遮陽棚，小雨天放出帶荷葉邊的棚子，也能閒坐，喝茶，聽雨。一共四十六平米的房子，傢具沒一件湊合的，都是羅馬尼亞進口。工藝美術公司就這點好，總有樣品內部處理，誰兜裡有現成的錢，處理品就歸誰。媽本來被自己母親教養得十分節儉，文革十年的苦日子更是讓她節儉成精，每月定存一半工資，雷打不動，剩的錢是電費水費房費，再剩的錢也還要排主次花銷，單位裡買飯票是主次中的主要花費：菜票不能省，午餐跟同事一塊吃，頓頓要吃兩毛錢以上的肉菜，不能讓人可憐米瀟的棄婦：造孽哦，就吃個八分錢的熗炒蓮花白（或者，就吃個六分錢的蒜瓣炒莧菜，或者：就吃得起五分一碗的西紅柿蛋花湯），一個女人過日子，真難哦。穿著也是主要開銷，不能讓同事朋友背地戳脊梁，到底是給丈夫拋棄的女人，破罐子破摔，混吃等死了。

七九年開始的夜市，在八二年拓展成三條街。尤其夏天夜裡，孫霖露總是逛不夠，港澳同胞扔到大陸來的服裝垃圾，五顏六色，千奇百怪，處處啟發她的設計靈感。她不在乎服裝垃圾特有的垃圾氣味，樂於在五彩垃圾裡開礦，兩手刨得比年輕人還得勁，有一次跟一個女孩為一件風衣拉扯起來，兩人各扯著一隻袖子。女孩說，阿姨，你這麼粗的腰，進不去的！女孩的同伴也說，阿姨，要裹粽子的！她用行動反駁，馬上把風衣往身上套，吸緊肚子，對襟和對襟恰巧合上。地攤主一看拍賣局面形成，趁機開高價：三十元！女孩還價：二十！阿姨說，三十就三十。於是酒紅色的大下擺風衣成交，歸了這位阿姨。但在回家的路上她就後悔了，三十元給米拉買陳皮梅，能買好幾十袋，小籠蒸牛肉，能買幾百籠，洞子口涼粉八分一碗，能讓米拉吃多少碗？米拉明年的涼粉都給當媽的穿到身上了。但孫霖露是有原則的，定存的錢她絕對不碰，到分到新房之時，才見出她手面之闊：一對沙發內部價格八十元，一套內部處理的羅馬尼亞傢具樣品，五百多，一個十二寸彩電，一千掛個零頭，四年定存一朝揮霍，花得豪邁極了。凡是公司裡內銷的東西，只要她看得上，新房子用得著，她統統吃進，多少錢都是現成。剛離婚那時她一身虛肉，現在消退了大半，米拉都說，媽又漂亮起來了。這是過日子提勁頭提起來的範兒。孫霖露明白自己的德行，你要我不得過，我就過給你看。這勁頭的提起，必需有假想敵，甄茵莉做頭號假想敵，這是沒錯的；單位裡所有年齡相仿的女同事，都是她的二號假想敵，她們拿孫霖露當底線——我再差比孫霖露總好些，不至於四十多歲獨守空帳。連米瀟都是她的假想敵；米瀟沒分到新房子，沒有貼銀灰底色帶銀色腰果花壁紙的臥室睡，沒有銀灰淺粉格子的沙發坐，這就敗給她孫霖露了。

這個銀灰透粉的小窩，米拉是喜歡的。女兒漫不經意地四下裡看，眼睛裡都是滿意。過去一個女兒，孫霖露和米瀟各分一半，從今以後，孫霖露為自己多掙得了一部分女兒。一對沙發也不是俗套式樣，比單人沙發略寬，可以舒適坐下一個半人，叫情侶沙發，成了情侶的男女，半邊是融入彼此的。母女在情侶沙發上對坐，隔著一個玻璃茶几和兩杯茶。母親問，你爸還好吧？這次運動沒遭吧？米拉懶懶地說，咋叫遭？母親說，吳可就遭了嘛，我們單位都曉得了，蹲學習班蹲了六個月，還沒出來。米拉說，老米的書稿都給退回來了，但沒有公開遭批判。那個人呢？米拉知道母親口中的「那個人」是誰。總是這樣的，米瀟和孫霖露通過米拉，搞對方情報。小甄回重慶搬家，去了五個多月了吧？嗯。五個多月，哼！米拉看一眼母親，想知道她「哼！」什麼。媽說，在看風向嘛，運動風向又到你爸頭上，她就留在重慶，不來了。米拉不做聲。甄茵莉就是在風向對父親不利的時候豔遇米瀟的；她在米瀟將功折過幫電影廠做美工顧問的時候，跟米瀟搞起了腐化。女兒的沉默對母親是個否定。拐帶有婦之夫的女人，無疑都是狐狸精，但狐狸精不完全都奸壞。母親說，她對你還好吧？米拉說，還不錯，這條絲巾是她在北京出差的時候給我買的。橘紅、薑黃配藍紫色的抽象圖案，米拉扎在黑色針織外套和潔白的脖子之間。媽認真看一眼說，顏色還不錯，這叫對比色，以為會犯忌，倒是另一種和諧。媽不失時機給人亮亮自己的專業知識。不過呢，你更適合冷色，弱色。米拉不置可否，人往沙發裡一橫，嘴裡含的陳皮梅從一邊腮幫換到另一邊腮幫。孫霖露驕傲地想，女兒只有回到自己身邊才是最恣意的，重溫兒童時代，一會吃出一堆陳皮梅核。媽說，她對你好，媽就放心了。媽就怕你不接受她，讓你爸從中作難。你是你爸的命，你曉得的。你過去彈著不肯跟她見面，後來是怎麼想通的？米拉的頭和腳都支稜在沙發扶手外，說，她跟我談了一次。媽說，哦。小甄阿姨很可憐，十二歲就當孤兒，父母和哥哥都死在火災裡。她沒給燒死，是因為她在姨媽家幫著帶剛出生的雙胞胎小表弟。媽看著女兒，對女兒未來的繼母產生了真實興趣。米拉繼續告訴母親，甄茵莉那時叫小穎，姨夫是個科級幹部，她父母在世時，姨媽姨夫都對她不錯，名字是四個字「小穎乖乖」，那時家裡人叫她小穎。全家葬身大火，她無家可歸，只能寄住在姨夫家。他們就開始當她免費小保姆了，名字成了五個字「小穎死丫頭」，衣服一洗一大盆，尿布來不及洗，她蹲在茅坑上，面前都放個盆，一邊解手一邊搓尿布。甄茵莉現在做的噩夢，都是一邊在火盆上烘尿布，一邊在水盆裡洗尿布，到處在喊「小穎死丫頭，快點！快點！」永遠都來不及供應尿布，手上的凍瘡永遠不好，到現在關節上的疤都紅紅的。媽說，是真的嗎？媽的意思是，這麼慘的身世，是不是編了來軟化你心的？米拉說，她邊說邊哭，我也跟著哭。媽說，你心眼好，在外婆家住的時候，你拿大碗舀米給逃荒的。米拉說，心眼好又不是真假不分。再說，女人自己揭自己最醜的瘡疤，不可能就為了騙取一點同情心。最醜的瘡疤，什麼意思？媽預感故事高潮還未到達。米拉停頓著，似乎話太醜，她吐不出口。米拉開講甄茵莉的童年噩夢時，一眼都不往媽臉上看。她們母女間，沾到性的話都羞答答的。甄茵莉原名叫尹穎，甄是她祖母的姓，十四歲從姨媽家搬到祖母家，轉戶口的時候，她把姓名改了，取父親宗姓的音，茵從尹而來，取母親的名中一字「莉」。更名改姓，為了她將來萬一出人頭地，姨夫姨媽不知道那就是家裡曾經的小穎死丫頭。在十四歲之前，小穎是姨夫的秘密開心果，只要周圍沒人，姨夫的手就順著她的衣領進來了：小穎讓姨夫開開心，姨夫心裡好苦，沒有小穎，姨夫苦死了。這些話是那個下流男人常說的。一次姨媽兩口子晚上出去跳舞，姨夫先回家，小毛頭表弟已經睡熟，小穎也睡了，姨夫自己邀請自己：小穎想讓姨夫給暖被窩是吧？他把小穎按住，還說等死我啦，等得我想殺人了，先殺了那個肥婆。姨媽月子裡補大發了，一身白膘始終不掉。姨夫興頭上還咬小穎，說國民黨的丫頭味道就是不一樣。甄茵莉的生父是投誠軍官，重慶解放後坐過五年牢。那時小穎每天記日記，姨媽總偷看，把她秘密記下的這段也偷看到了。姨媽說小穎死丫頭故意讓她偷看日記，為了把他們恩愛夫婦挑散。她十四歲給祖母帶到老家，十八歲考上大學，從此川大校園裡有了個叫甄茵莉的著名廣播員。甄茵莉結過一次婚，洞房夜把秘密告訴了丈夫，當時丈夫為她心碎，發誓要找到那個兩足獸騸掉他。但後來夫妻一拌嘴，丈夫就罵「十二歲就勾引姨夫，能是什麼好東西」，罵著拳頭就上來。他發現妻子懷孕，丈夫的罵改詞了：「十二歲就勾引姨夫，我能相信孩子是我的？」拳頭不夠力，鍋鏟、湯勺、煎鍋，什麼順手抄什麼，胎兒就這麼被打掉了。米拉親睹了小甄阿姨前夫的暴虐證據：撥開那奇厚的五四短髮，一道三寸長的疤。在碰到米瀟之前，甄茵莉不相信紳士這個稱呼；米瀟是她心目中頭一個、唯一的紳士。孫霖露此刻插嘴：他裝的！但那笑近乎甜蜜：首先識貨的是她孫霖露，首先把他當個寶的也是她孫霖露，現在來了個鑒寶的，證明當年才二十出頭的孫霖露通靈的眼光！米拉說，甄茵莉最愛爸爸的一點，是爸爸對他自己感情的坦白。她照搬甄茵莉的話「你爸爸從來不掩飾自己，他愛上哪個，多少人在場跟沒人在場一樣，眼睛一刻不離開人家的臉，愛得眉毛絲開出花來，在場的人再遲鈍，都能一眼看出，他愛暈了，人家提醒他，愛不得的，要犯錯誤的。他聳聳肩，我知道，不過我沒法子，一愛上我就這球樣，日子不過了。」孫霖露又是那樣笑笑，近乎甜蜜，當年他不也對自己愛暈過？他的愛真好受啊，她好受了那麼多年。這麼個男人，這麼會愛，是太豐富了，一個女人愛不完他，另一個女人分走一點，她孫霖露不在乎，還竊喜。

米拉當晚睡在嶄新的席夢思大床上，母親換上睡衣推門進來。媽的睡衣是爸曾經的秋褲秋衣，一條袖子淺藍，一條袖子駝色。爸爸的秋衣秋褲都是破爛，媽讓它們自相殘殺，殺出一堆殘肢，她在殘肢裡挑出完整袖子，完整褲腿，不論顏色，再把它們重新組裝。米拉說，媽，你穿這樣的睡衣睡這個床，不知誰諷刺誰。媽說，我一個人，誰看？米拉說，我不是人？人家甄茵莉的睡衣，就是一件藝術品。怎麼個藝術品？媽想知道。米拉說，蕾絲就跟要融化一樣，絲質地好柔嫩哦，掛在衣架上，沒風都飄。媽嘆口氣，男人都喜歡穿那種睡衣的女人。她熄了羅馬尼亞床頭櫃上的羅馬尼亞台燈，又嘆一口氣，在黑暗裡說：不過，肯穿男人爛衣服睡覺的女人，才是真愛那男人。

關了燈後，母女倆似乎都沒什麼睡意。下午那場談話的凝重感還在，她們情緒都沉沉的。摸著黑，媽撫弄著女兒的髮梢。沒有燈光照亮，她們的輩分和身份似乎不那麼明確了，說話也大膽了。女兒說，媽，那個周伯伯，又來了沒有？媽說，來了啊，上禮拜還來的，我給他剪了個頭。米拉好像嚇一跳，媽給一個叔叔剪頭，最初步的肌膚之親發生了。媽對著天花板說，你放心，在我心裡，沒人能代替你爸爸。母親讀了女兒腦子裡的詞句，轉過身，一隻胳膊鬆鬆攬著女兒的腰部。你爸愛多少個女人，我都不恨他，因為他每次都是真的。戀愛這個迷局，他一輩子沒搞清過。米拉你幸虧不像他，愛一次，自己死一次。米拉說，媽，我也愛一次，死一次。媽跟飲了一大壺咖啡似的，清醒興奮：胡說八道，你都愛上過誰？多了！米拉說著笑起來。又嚇唬媽！媽給了女兒的胳膊輕輕的一擰。真的，我就不是人啦？二十三歲，還沒愛過，一定心智有問題。那你說給媽聽聽。我愛上誰，從來不會說的，就像不吭聲忍受一場病。那你講給媽聽，你是怎麼不吭聲忍受的。我愛過我們團裡的一個男孩子，那才是個真正的男孩子。什麼意思呀——真正的男孩子？媽，你覺得從男孩子到男人，是變好了還是變壞了？媽認真考慮，然後說，是變壞了。那你明白我的意思了吧？他就是個真正的男孩子，永遠都是。不過，媽說，女人不會嫁給男孩子，只會嫁給男人。所以我不會嫁給他呀，他就是讓我愛一愛，碰一碰手，盼望下一次見他。碰一碰手，就覺得沒白來世上一趟。有這麼嚴重？媽質疑。不嚴重啊，女兒說，愛就是心裡的事，心裡沒有，其他都白搭，到頭是白來世上一趟。我那時候每天心裡裝了好多好多，見了他，不見他，心裡都滿滿的，一舉一動，都醜不得，都是在跳舞給他看，他的眼睛就像在天上，在空氣裡頭。那男孩子是做什麼的？媽想套我話，我不會告訴你的，因為媽差不多記得我們團裡每一個人。他曉得嗎？他肯定曉得。我跟爸一樣，眼睛看著他的時候，話就在眼睛裡，他會看不懂？你以為男孩子個個是賈寶玉啊？他們比女孩子開竅晚多了。那後來呢米拉？沒後來呀，我愛他，他看懂了，又不來應和，我還能怎樣？那媽去跟他說！媽自告奮勇，當大齡紅娘。人家調走了，調到北海艦隊去了，給北海艦隊副司令倒插門了。母親深深嘆口氣，你就這樣死了一次？米拉也嘆口氣，首長家女兒總是霸佔我們平民百姓女兒的心頭肉。其實也沒死一次，哪兒那麼矯情，偶然會夢到他，夢得不想醒過來，而已。女兒打了個哈欠。

母女倆靜了一會，都以為對方睏了，都不再說話。米拉輕輕起身，母親問，怎麼了？米拉說她要到隔壁房間去。隔壁房間被美稱為書房，堆著米瀟和孫霖露曾經那個家的所有書籍，因為沒有合適書櫃，只能讓書們擠在紙板箱裡。所有紙板箱碼齊，碼得像北方人的炕，上面鋪了一層海綿和棉絮，睡是睡得，不安逸。母親說，你到隔壁幹啥子？米拉說她睡不著，怕影響媽休息。媽怕的是同樣的事。既然都睡不著，媽起身到廚房鼓搗一陣，端來兩盞醪糟。你爸做啥都比我好，就是醪糟做不過我。人說釀酒、做醪糟、做醃菜跟那個人的手氣和身體氣場有關，跟她（他）的心也有關，心單純，良心好，做出來味道不一樣。我就比你爸良心好。米拉說，那是自然的。媽和女兒今夜都很不講衛生，坐在羅馬尼亞席夢思床上吃又黏糊又甜膩的醪糟。醪糟是真好，撒的桂花跟甜膩酒香相互強調。米拉忽然說，暈了，什麼愛來換這碗醪糟都不換。媽哈哈大笑，什麼愛來換這個女兒都不換。

媽，我跟你說個事嘛。原來是有事的，媽想。前年夏天我在街上碰到一個阿富汗留學生。媽一下靜了，手中的碗和勺子都在聽。他跟著我走了兩站多路，跟著我到餐廳，真巧小姑叫我買熟菜，他一直陪到的。出了餐廳，他又跟了兩站路多路，一直跟我進到巷巷裡。媽說，這種人中國多得很哦，北京叫拍婆子。外國男娃兒來中國也學壞！米拉笑笑，他不壞，至少對我沒犯壞。他請我在春熙路那家西餐廳吃午飯，還喝了葡萄酒，下午我們到杜甫草堂一塊散步。後來呢？媽怕鬼似的口吻。米拉說，後來他就回北京了。他在北京語言學院上學。他喜歡你。這還用問，米拉說，他說阿拉悄悄安排了一個最美的目的在他的中國旅程裡，就是我。他說一見到我就覺得，他在北京的兩年裡，對成都之行的渴望都有了解釋。這種話你也信？我不信，我愛聽。我那時候特怕沒人愛我，忘了，那時候我一百一十四斤哦！媽說，米拉，男人愛你，肯定不是因為你的樣子。當然也因為樣子，你有什麼內心，都會作用你的樣子。像李真巧那種女人，樣子再好，男人是不會娶來給自己媽當媳婦，給自己妹妹當嫂子的。男人犯了糊塗，才跟她在一起，要不就是，跟她在一起就犯糊塗。我說的在一起你懂吧？就是床上。媽很不情願地注釋。似乎這件事挑明，都損失了女兒一份純潔。米拉說，那爸爸是不是老犯糊塗？媽不確定地說，也不是吧，你爸愛上甄茵莉，不完全是以貌取人，甄茵莉是有質量的。媽說出這句話，心痛如扎，承認頭號敵人的優越，強大，也就是承認自己老、胖、默默無聞，不勝任米瀟妻子，不配米瀟的愛，這承認讓她痛。前夫是人往高處走，她這裡便是低處，她是低敵人一頭的，這些她剛才的承認都包括了。做一個大氣明理的女人，首先要把過去那個好強、虛榮、喜歡假象勝過真實的孫霖露殺死，往這顆摯愛米瀟的心上捅刀子。米拉說，媽，你成熟了。媽的眼睛一熱，鼓起一包淚，醪糟顯出酸和辣來。米拉說，媽，我什麼都跟你說，你知道吧？媽是我的小棉襖。媽說，沒大沒小！其實她明白，女兒什麼也都跟爸說，說的更深，更沒大沒小。阿富汗人說他暑假還要到四川來，上次沒去樂山看大佛，一直惦記。他是衝你來的，米拉。當然衝我來的，我比大佛好看啊！

吳可結業

都是四月初那篇豆腐乾文章帶的頭。文章叫《排隊的藝術》，在省報刊登出來，一共不到五百字。粗看是回憶去年的一次觀劇印象，細看是為吳可的新劇《排隊》說好話。文章小如豆腐乾，不無鬼祟地擠在第三版角落裡，排字用的是瘦金體。讓人想到膽子小卻不甘心的不滿分子，你要是跟他單挑，他孫子一樣服帖，但躲在人堆裡，他會偷偷喊一聲「錘子——日你先人板板[31]！」小文章出來，人們私下裡互問，「看到沒有？」立刻發現沒人漏過它，都讀了，都為它蠢蠢地躁動，是那種等著某件事（但又甚不明確什麼事）的發生的躁動。因為吳可的案子有名，他關在學習班裡學習了六個月的消息，以及結業後會被流放馬爾康的巨大可能性，都使得這篇文章意義非凡。批判吳可的時候，其實也有人寫過挺吳文章，米瀟就寫過兩篇，但報刊不登，也不解釋不登的理由。所以這篇小文多小多角落都不耽誤它深水炸彈的效應。四月一個月，炸彈引爆一批文章，那些小文章有的拿《排隊》比較《等待果陀》，緊跟的一篇，就跟前一個作者抬槓，說吳可怎麼可能跟荒誕喜劇大師薩繆爾·貝克特相提並論，果陀是不存在的，是無限的象徵，是希望或者失望，是虛無和無盡，吳可劇中排隊的人，是等著獲得具體實惠。還有一篇小文章，把吳可跟田納西．威廉斯對比，說《排隊》裡的排隊等待的，是《玻璃動物園》的羅拉．溫菲爾德等待的叩門聲。

小文隔壁就刊出另一篇小文，說《排隊》裡沒一個好人，而《玻璃動物園》裡都是好人。吳可於是想到，田納西．威廉斯的住宅前，永遠聚集著兩撥人，一撥是由導遊領去膜拜戲劇大師的，另一撥是拿石頭砸雞姦犯玻璃窗的，神仰和誅滅，可以共存在在田納西房前那片如茵草坪上。有時，一撥人砸爛了玻璃，由另一撥人去補，兩撥人互為彼此存在的必要性。省報上也出現了補和砸的兩撥人，但無論砸還是補，小文章都像是編輯湊不足篇幅，臨時找來填窟窿堵天窗的，只想引起你的忽略。隨著四月天氣漸熱，文章篇幅跟著樹上的葉子長大，從五六百字長到八九百字，砸的人少了，補的人顯得自說自話。終於在五月底，另一篇文章出現了，又大又顯著，還登出了一九八三年九月十日《排隊》首場演出的照片。一張照片是宣傳部副部長和女主角之一握手，另一張照片很大，能看清站在演員前面的吳可經化妝師吹風的頭髮和露齒的笑容；正接受滿坑滿谷觀眾歡呼。文章的題目叫「諷刺的悲哀」，說《排隊》的深刻諷刺被當成正劇，因

31　日你先人板板：四川髒話，「先人板板」指祖先牌位。

此是一次重大誤讀，誤讀之人誤導民眾，把本來不具備諷刺精神的大眾引入理解的歧途，造成了一批開不起玩笑的大眾的反感。作者總結，缺乏對荒誕的認識、缺乏諷刺意識的民族是思辨能力孱弱、自信力脆弱的民族。魯迅的小說之好，正因為它們都是形象化的satires（諷刺）。這篇文章的作者叫「含朵」，一看就是化名，或者筆名。不知是個男人還是個女人躲在這樣美妙的名字後面。吳可心想，自己真是要不得，還關在學習班，那部分心思已經活了。要是個女人，他倒想見見。要不得要不得，他對自己的德行毫無辦法。六月一號，兒童放假，吳可也被學習班放出來。那時他已經在學習班住舒服了，飯菜也吃順口了。剛進入四月那時，學習班的伙食就直追會議伙食，四菜一湯，晚上還有啤酒。他收拾了一堆髒衣服，發現來時裝衣服的人造革旅行包沒了，也許當真皮革包被清潔員貪污了。他拽下枕套，把髒衣服塞進去。學習班學了六個半月，他一件衣服沒洗過，每次從髒衣服裡挑出輕度骯髒的繼續穿，這種回收式換衣使內衣有了種人皮的肉質感。他背著枕套走出房間，發現左右房間都空著。一路沿著廊檐，他看見的是一個個空房間。人是什麼時候都走完的？原來廚房就為他一人開著，難怪廚師們有功夫搞廚藝大賽。他走到招待所門口，見兩列戴大圍兜和穿白制服的人站在大門兩邊，見了他就拍巴掌。這是伺候他們（最後伺候他一人）學習的全體員工，清潔員、服務員、廚師、門崗。招待所所長上來說祝賀吳老師光榮結業。廚師長代表全體廚師，也上來握手。廚師長的手乾爽微涼，健康者的手，沒有所長那麼重的心火。他向敞開的大門走去，站成甬道的人個個伸出手，見他扛著枕套不方便，所長把枕套接過去，這下印在枕套上呈弧形的一排紅字就大白天下。跟那個偷他手提包的人比，他活搶了招待所的枕套。所長跟著他走出大門，對他說，學習班結業後，這個招待所就要給推平，造新樓了。門外停了一輛吉普，招待所的車，所長說，上級通知他，要他把吳可同志保送回家。

吳可扛著一枕套衣服雜物來到自家樓下，院子裡一個人也沒有，那個常常在院子裡曬豆豉、糊紙盒、磨水磨粉、總結以往、預言未來的哲學家太婆呢？他怎麼從來沒有注意到，圍牆角落有一口井？青苔蔥綠，牆上黑色枯藤如同爛漁網，幾點夕陽濺落，藤子上的枯葉小小地撲騰，他眼睛怎麼會錯過這段猶如前世的小景？他東張西望，樓和院子像是陌生地方。也許院子和樓看著他也陌生，他是卡繆小說中的陌生人，永遠在異鄉的他鄉人，整個世界總在對他不斷辨認。他終於找到曾經生活拋下的錨，露台上那盆勿忘我。花是他剛從勞教農場回來栽的，現在爆發出不近情理的生命力，張牙舞爪地茂盛，無數新枝揮舞，露台上獨霸一方，雖然花期過了，卻還殘存星點蔚藍，向他張著千手觀音的臂膀，多情卻被無情惱。

進了家門，他從鎖孔慢慢拔下鑰匙，不能相信自己曾在這裡住過。實際上他曾在這裡度過整個少年時代。深色木地板枯了，傢具陰森森，他再次體驗被母親從河北農村接來此地的感受，每件傢具都睨視他這個生人。接下去呢？該是弟弟妹妹出場；多年前就在這裡，被弟弟和穿著白色蓬蓬袖衣裙的妹妹瞪視，陌生的目光裡，他確認自己是個陌生人，沒有任何證明，弟妹和他來自同一個子宮。他一步步向前走，向裡走，接受每件傢具對他的審查、驗收。一九七九年秋天，他回到這樓裡三個月後，父親存放在一個庫房裡的傢具被卡車運來，他一件件審查，簽字，驗收。不知為什麼母親謝絕這些傢具。父親和母親之間有個故事是他不知道的。也許他自己對女人超常的興趣，是父親遺傳密碼安放在他身心裡的。也許母親和父親作為領導同志只能由死亡來批准分手。父親死後，母親終於自由，住進她自己職位允許的住所，一件傢具都別跟著來，她夠了。

有那麼一次，僅有的一次，母親差點把她和父親間的秘密故事告訴他。那次是他的一個應景劇目上演。他剛滿二十，從勞改農場出來學乖，寫了個重慶鋼鐵工人的浪漫喜劇。劇終後，他跟著散場觀眾往劇場大門外走，見母親一人站在大門一邊。他擠過去，問媽怎麼在這兒。母親的車拋錨了，司機在修，讓她在這裡等。他說要下雨了，他可以騎摩托車送媽回家。（對的，摩托車，他從年輕時就鍾愛摩托車，他什麼都可以沒有，但不能沒有摩托車。摩托車是馱著他在都市裡流浪的駿馬）。母親開恩，答應駕臨他的摩托車後座，但命令他必須慢行。他到存車處取車時，暗暗希望母親已經給她的司機接走了，接下去母子親情的摩托車造型不會發生。但他腳步又那麼急，明明是在跟那位司機搶時間，要趕在他修好車之前接走母親。等他推車來到大門邊，母親還站在原地，他即釋然又遺憾，母子親情的一幕注定要拉開了。摩托上了馬路，她感到母親的雙手緊緊摟住他。從小到大從來沒摟過他的母親，此刻摟他摟得那麼緊，臉不時貼在他背上。摩托掛的是最抵擋，走在馬路最邊上，但一有車輛近距離擦過，母親就摟得更緊。他還算寬闊的肩背是母親擋風的牆，也擋住了母親柔弱而羞怯的臉，她為自己也會有如此柔弱的時刻而羞怯。柔弱的母親讓他動心，鐵女人也會如此小鳥依人。母親在他印象裡，永遠一身鐵灰，早先鐵灰西服套裙，後來鐵灰卡其布套裝，髮式無論烏黑還是花白都是婦救會員的，可她在十八歲生下了一個兒子，供自己老去時摟抱，依靠，供她藏匿自己柔弱時的羞愧。半路上下起毛毛雨，他停了車，從口袋裡掏出不太乾淨的手帕，給母親擦掉臉上頭上的水，又從車座下拿出塑料雨披，披在母親身上。母親任他百般照應，那晚真是個乖媽媽。到了母親家的樓下，一棵大槐樹承接了所有的雨珠，樹下一片乾爽。母親的手握在他扶著車把的手背上，他熄了摩托車的火。母親有話，他等著。母親說，你十六歲就住校，（吳可十六歲就考上了大學）媽很少跟你談話。媽也忙，你是知道的。他點頭，她當首長一樣當母親，他理解她的無奈。母親低一個調：其實你挨整的時候，媽哭過……不是媽不想幫你，是你父親不讓我插手。你父親走了，我不想住那房子，是怕老想到一些不愉快的事。媽知道你要強，大學裡從不提你父母是誰，連你的教授和黨委書記都不知道你是我們的孩子。你寫的戲出名，是你自己的，打成右派學生，也是你自己的，媽喜歡你的硬氣。你們大學反右，指標高，學生老師，整出五十幾個，當時你父親要是插手，你是不可能給湊到指標裡去的。後來他給我逼得沒法了，給你們學校的書記寫了一封信，書記才知道你父母是誰，把你從農場弄回來。不過我還是不能原諒你爸。你爸他也沒辦法，他上頭有人抓著他的小辮子，生活作風方面的小辮子……有空媽跟你細談。握在他手背上的母親的手心，竟然那麼柔嫩，那手心抽搐一下，鬆開了。他眼看著母親走進門洞，已經出現了老態，假如母親不是個大幹部，她不會那麼老，不會難看的。

媽和他之間的「細談」至今沒有發生，也許永遠不會發生了。母親退休後非常世俗，偶然跟他談的，都是弟弟妹妹和他們的子女，在母親家白吃白住所生發的瑣屑不愉快：天天跟劉姨（保姆兼廚子）點菜，要吃宮爆肉丁（弟弟可以一年吃三百六十頓宮爆肉丁），九個人吃飯，天天吃宮爆肉丁我養得起？！洗衣粉、衛生紙總該自己買吧？連月經紙都讓劉姨買菜的時候捎！真是小市民！（上海小市民弟媳的惡行）退休後，母親的敵人不再是資產階級，帝國主義，而是小市民。

此刻他看見那個造型奇特的角櫃上，豎著的一面穿衣鏡。鏡子不知是哪個殷實人家的老物事，解放不久後給搬到這所房子裡。玫瑰木的木質，細膩的肌理，平實而低調的豪華。從它殘存的雍容，還能追回到它法國十九世紀爵爺家族的出身。上一任主人中意歐洲古典時尚。那一家人究竟怎樣了呢？是逃亡了，還是給鎮壓了？那鏡子一定攝入了那位主人逃離或被捕前的最後容貌；即將做刀下鬼或喪家犬，魂魄正飛出軀殼，眼睛首先空洞了，那雙空空的眼，掃了自己最後一瞥，自己與自己生死訣別。沒有魂的活人，那樣貌，給鏡子深深收藏下來，沉入最底部，而底部無底，如同黑洞。鏡子是忠貞的嗎？他想是的，不是常言：物是人非嗎？這藏有前任主子羅難前一瞥的鏡子，會怎樣凝視當年的母親和父親？這一對新主，由一條殺路而來，變更了一切主僕關係，不知惜愛任何一件物事，讓鏡子和櫃子過早老去，經過百餘年而風韻不減的物事，在新主手中十多年便斑駁龜裂，鏡面也長出魚尾紋和老人斑，也患有老花眼，映出的人形老舊如陳年像片。但鏡子深處一定也留有母親當年的風華，它能見證二十七八的母親，一定潤澤，好看，是父親心儀女人的模樣。父親母親當年的俊逸神姿，來自替天行道的聖念，他們的神聖消滅了前主人私產權的神聖。鏡子捕捉了父親母親那時音容笑貌，天經地義的年輕，天經地義的霸氣，那滿懷聖念的神采什麼時候起變、異化的，鏡子一路見證，人和聖念如何出現嫌隙，男主人女主人如何同床異夢從而分床而寢，男女二人又如何自己與自己同床異夢。鏡子秘而不宣，於是鏡面不再清澈。萬物皆有靈。鏡子有靈，便自毀其容，早早垂老而不死。

他想到那個小雨之夜，母親居然瞞著他去做一個普通觀眾，觀看兒子的新作，（現在讓他不敢相認的作品之一），還有多少事母親瞞著他？他十九歲被劃為右派時，母親恨過他沒有？後悔不該把他從鄉下養母家接回來嗎？那個使他出名又使他栽倒的獨幕劇《請客》讓母親失眠了嗎？（他偶然看到母親床頭的安眠藥瓶），母親還是個好母親，職務使她不像母親，不像妻子，不像女人，這能不怪她。母親看到他十九歲的劇作《請客》，有沒有冒出過一股難耐的好奇：誰給了這個孩子如此的腦筋，裡面裝著如此不同的內容，從而產出如此的奇思妙想？說她好母親，是對比田納西．威廉斯的母親，那個生長在保守的美國南方的母親，在發現女兒涉獵淫穢讀物，和女同學相互猥褻，便帶她去一個腦外科醫生診所，請求大夫拯救她淪喪的女兒，給她打開顱腔，去除那部分儲存污穢記憶和淫邪想像的大腦。大夫跟母親一樣，擔負起堅守女孩純潔的使命，把女孩那部分髒腦筋切除了。手術恢復後，母親給童年的田納西帶回一個白繃帶替代了金頭髮的姐姐，一個永遠孩童永遠十二歲的少女。大夫成全了母親，女兒的心智成功地被保留在十二歲之前，固化了那種完美的呆萌，呆萌到不知男女如何行為會結出生命這顆後果。這個母親也成全了一個戲劇天才；如果沒有逆成長的姐姐，田納西或許不會成為劇作家，至少不會成為那麼偉大的劇作家。姐姐是他的《玻璃動物園》中的女主角，他先有了女主角才有全劇，先有了戲劇，才有了劇作家田納西。或許他隱秘感覺虧欠了姐姐；姐姐那個永遠沒有叩響門扉的愛人和愛情，以及由那派生出的家庭和兒女，姐姐向著一個幸福主婦成長的路徑被斬斷，從而使弟弟田納西在什麼也沒有的空白裡，先有了一個女主角，為此他一生供養姐姐，寵著姐姐，為姐姐在布魯明戴爾（百貨公司）買來昂貴的皮草，煞費苦心為姐姐的聖誕節和生日準備不可思議的禮品。他吳可也該感到虧欠，虧欠父母把他遺棄在陌生農家，再帶回陌生的自家，在自家被弟妹當成陌生的臨時短工，一生都是家裡的陌生人。他回過頭，看見自己的足跡在破開一層塵封。先要把這個家從灰塵裡挖掘出來。他給清潔工徐嬸打電話，那頭像是聽見了陰間的召喚，問：……吳同志？！是我，他說。你在哪兒哦？（不是馬爾康長途吧？）他答，在家。你真的回來了是哦？！簡直就像他吳可穿越了骨灰盒。他不耐煩地「嗯」了一聲。徐嬸為這院子，這樓，這一件件傢具代言，表白了她（它）們對他透徹的陌生感。她顯然對他六個半月前匆忙離開的「此去不返」抱定了信念。十年運動結束，運動中「遭」的人數眾多，是大多數正派群眾對不小的一部分反派群眾的運動，（一個幹校能關幾千人，一個勞教農場能裝上萬人，那麼大的人數，也自成一眾，反派群眾而已）。徐嬸們當然相信，反派群眾因為人多勢眾，最終會法不治眾，總會得到社會的忍受，得到正派群眾們稀裡糊塗的認同，於是他們也就角色轉換，變成不三不四的正派。吳可一九七七年從勞教農場回來，徐嬸們認為他從反派轉為正派，社會和他之間稀裡糊塗的妥協已經完成。但去年的運動，是十年運動平息後，人民群眾終於安定並深信不會再有運動後的運動，這就不再是大多數正派對不小的一部分反派的運動，而是絕大多數正派對一小撮反派的運動，吳可成了一小撮之一，轉換角色的希望就渺茫了。於是聽說吳同志從學習班直接被押送馬爾康，不會再回到這房子裡，徐嬸們認為這回她失業失定了，吳同志這回是真的一去不復返了。

吳可第二個電話，撥給了米瀟。米瀟就像昨天還跟他一塊喝酒扯淡一樣，說，今晚搞一頓不？總算有個之於他吳可不陌生的人。他問，李真巧怎樣？媽的，見色忘友，老米笑罵，放心，今晚我給你請過來。吳可說，小甄還好？老米說，小甄是哪個？勞你還記得？吳可說，操，老米早晚你跟小甄脫手。米瀟笑了，大聲說，小吳，小甄想跟你說兩句。吳可毫無防備，也聽得見小甄在不遠處嗔怨，她也是毫無防備。甄茵莉的聲音報告氣象一樣，工作化的：小吳你回來了，老米念叨你好幾天了，說也不知哪天出來。兩人從來無話可說，哼哈兩個回合就掛了。

他從櫃子裡拿了一套汗衫短褲，抓在手裡感覺是半乾的，發黏。這屋子的桌面椅子面都有薄汗出來，褥子總像有人夜裡遺尿。他從床下找出一雙皮鞋，按說是黑的，現在一層綠毛下難辨原色。

空關了六個多月的房子，霉菌在陰暗角落開出霉花，床下一個霉花園。他打算好好洗個澡，萬一今晚跟真巧有機會呢。要不得，要不得，剛翻身女人癮就上來了。可又想，不過女色的癮，翻身又有什麼圖頭？打開大門，才覺得六月確實來了，外面的熱潮氣跟屋裡的涼潮氣相碰，渾身的不潔才覺出來，自己都想把自己團一個團，扔了。他留個埋在厚塵裡的空房子給徐嬸去開掘，但願他洗澡回來整個屋和傢具都出土了。走到大門口，一隻黑貓竄出來。他停了腳步。西方人的迷信：假如一隻黑貓橫穿過你前面的路，你必有大災。他想看清黑貓的走向，再移步。黑貓卻突然一躺，兩眼金黃地看著他，四肢向相反的兩個方向拉抻，身體拉得細長，橫擋在門檻下，他要出去必須從它身上跨過。他馬上笑自己，你自己就是災星，你的存在就是你自己最大的災，誰還能帶給你比你自身存在更大的災呢？他抬起發霉的皮鞋，黑貓如一支黑箭，射向他左側的竹林。誰怕誰呀？黑貓怕他給它帶來災禍。

他步行。一個透徹的湯浴洗掉了他一些體重，步行得飄忽。他想到米拉。米拉是唯一一個去學習班探監的人。她不知怎麼就讓看管的人壞了規矩，放吳可到學習班後面的小花園受訪。那天正月十五，也許看管的人看得疲倦了，也許他們的上級運動得疲倦了，也許他們上級的上級對這個運動疲倦，分心到別的運動裡去了，比如第三產業、鄉鎮企業、下海[32]——下海是個絕新的概念，聽著就凶險刺激。運動也像人類的文明進化；古埃及文明和古羅馬文明的消失，不為什麼，最主要原因，是它們自己消耗自己。哪一種運動，所興起的文化，都像是病毒，經歷產生、進化、消耗、滅亡——都逃脫不了由生至亡，其中絕少的一部分，沉澱下去，成為永恆。也就是，文化中進化到永恆的那一丁點，與天地長存的，才是文明。一到花園吳可就看見一個傻乎乎衝他笑的米拉，渾身挎著背著大包小包，像匹小騾子。他第一句話是：傻樣，還不快把包袱卸下

32 下海：指放棄原來的工作去經商和創業。

來！她剛想起似的，一下子讓所有包裹落在幾乎被荒草淹沒的石頭桌子上。荒草是去年秋天枯死的，現在一片枯白。搞運動是精神時間，因此一搞運動人就疏忽物質世界的事物，忽略田裡該收的莊稼，果林該摘的果實，庭院裡該剪的野草。荒草早就超過石頭凳子的高度，一坐上去飛起一朵蚊蟲的雲。兩人趕緊撤退，來到籃球場上。米拉蹲在地上，把一個個包打開，先拎出一件深灰色長款呢大衣，再拎出細絨線毛衣毛褲，接下去是長圍脖，牛肉乾，麥乳精，進口菸。吳可說，你一個人駝這麼多東西？！米拉說，我小姑跟我一塊來的，到了這裡，等那個人去找你的時候，她忽然就不想等了。原來是真巧搞女色統戰，吳可才得以受訪。他四處望：她走了？走了。為什麼？！她說她不想看到你的樣子。我什麼樣子？在又昏暗又潮濕的禁閉室漚得白白的，渾身淡淡發臭的樣子。吳可哈哈大笑，他可不就是李真巧不想見的樣子嗎？他拎起那件大衣，往身上一批，自我感覺像個尼克森。米拉註解，這叫英國呢。吳可說，我在這裡面穿這個？他笑笑，罪加一等。小姑是給你去西伯利亞準備的。嗯？！她說馬爾康是這裡的西伯利亞；你要是給發配「西伯利亞」，她一定當十二月黨人的妻子，跟你去。吳可看著向來沒什麼表情的米拉，想等她自己承認，故事是她自編的，不幸他發現米拉非常認真。梁多還關著呢？嗯。小韓還在逃亡？嗯。沒有消息？嗯。（梁多和小韓的下落，在米拉探望吳可的一刻還懸而未決）。你爸怎麼樣？我爸活著；或者說，他正忍受著活著這件事。我爸昨天說，中國的事，忍一忍總會過去的。吳可說，應該說，是中國人，對什麼事都能忍一忍。所以現在時髦，是把一個「忍」字寫得很大，掛在牆上。死也能忍過去，那十年裡忍過死的人不少。傅雷夫婦、老舍忍不了，死了，曹禺、白樺、我，不知多少次讓死給誘惑得呀，想著死的種種美處，打了嗎啡似的，但我們都忍著，最後把死給忍過去了。用咱們丫頭的說法，把「醜」給忍過去了。傅雷夫婦太怕「醜」，自己被鬥，那樣讓人給揪住頭髮，撅起屁股，胳膊比屁股高，實在太醜。而且，批鬥他們的人，也醜得要死，個個臉紅脖子粗，一雙雙甲亢眼睛，嘴張得比茶杯口大，黃牙齲齒，都沒刷過的就奔會場的，口號帶著口臭，實在不堪入目的一個人群，太醜。於是老兩口「醜」得吃不消了，結束吧。我們這些忍過了死，忍過了「醜」，現在都腆著臉活得好著呢。小韓逃走了，槍斃這件事就擱了淺，現在不知道他正在哪個黑暗角落忍著。只要不死，忍一忍，都能過去。所以，小吳叔叔，你千萬別想不開。我？全世界我是最後一個想不開的。所有人都想不開，走了，騰出光光的一個世界給我，多好。連我也走了？騰出的世界上，還剩一個女孩，叫米拉蒂。米拉說，我小姑對你這麼好，放下崔老闆給的好日子不過，要跟你去西伯利亞，你那光光的世界，都沒有她呀？吳可說，對了，她也是對「想不開」這病免疫了的人。不算上我爸？你不瞭解你爸，你爸心裡可想不開了，他能忍過那十年，我真沒想到。你不是真瞭解他，（這是他第二次武斷地宣稱米拉不瞭解她親老子），你別生氣。你爸像孩子一樣，對什麼都太認真，男女，是非，自由不自由，真民主假民主，較真得很。吳可覺得跟米拉那場對話很好玩，尤其在他忍了三個月不說真話之後。

到了紡織學院大門口，吳可看見甄茵莉背著皮包急匆匆走進去。一個撅著屁股衝鋒的側影。甄茵莉所有姿態都有兩套，一套在人們注視下，一套她自認為沒人注視之時。撅屁股疾走的甄茵莉，簡直像在拉一輛無形的架子車。她以為沒人看到她此刻的急吼吼德行，沒想到吳可這隻黃雀在後。她急吼吼是想捉雙，老米一直不跟她結婚，她把大舌頭都策反成哨兵，一月給她買一雙尼龍襪，或送她一管雲南走私的變色口紅。小甄問過李真巧，米瀟是不是有別的女人。李真巧說，他們這批小老頭子，現在俏得很哦，我們那個崔老漢兒，上海就藏著一個小小老婆。真巧教她一手，在大床左邊（小甄睡的那一邊），放點煙灰，下班回來看，煙灰沒了就要當心點。過了幾天，甄茵莉給李真巧打電話：煙灰真沒了！真巧回答說，我三哥哥愛整潔，掃床掃了也可能嘛。也許今晚她把天氣預告推給男主播，趕回來堵老米的被窩。

走進大門，兩排桉樹下，築有水泥方台，吳可老遠看見米瀟在水泥台子邊跟人下棋，屁股下一個帆布折疊凳。帆布凳子是米拉從部隊轉業帶走的唯一傢具，坐在那凳子上的米拉，從十二歲長到二十歲，看了幾百場操場電影，把《地道戰》看了五十多遍，《英雄兒女》看了三十多遍，《列寧在十月》看了二十多遍，團裡一百多號人，坐在完全相同的小凳上，第一次看《齊普里安·波隆貝斯庫》[33]的接吻場面，每個人都被波隆貝斯庫吻閉了氣，差點憋死。散了操場電影，男男女女都不回宿舍，都找黑暗角落操練：鼻子的角度，下巴的擺置，嘴開合的尺度，人家那是標準，都比著那標準練。米拉這樣告訴她的小吳叔叔。吳可當時聽完笑道，看了幾百場電影才看到一次接吻，咱們中國那麼多人，吻沒接對，也稀裡糊塗生了那麼多孩子，光是四川，一個月就能生出一個羅馬尼亞。此刻吳可來到帆布小凳旁邊，站著觀局，紅子黑子正難解難分。吳可一聲不吭，剛才甄茵莉經過這裡，看到了下棋的米瀟，腳步從此處放慢，優雅的主播儀態也是從此處復原。老米感覺到什麼，側頭，抬臉，看到了吳可，卻像不認識，馬上回到白刃戰中。對方走棋慢，老米的兩個手指頭把兩隻吃進的棋子——一馬一炮來回搗騰，咔噠咔噠，咔噠咔噠，不耐煩、急躁都在垮塌的汗衫領口露出的一大片通紅胸脯上。

不看那片紅胸脯，米瀟夠格紳士。米瀟暴露他性格的認真，是在他認為不值得掩飾他認真性格的事物上，比如下棋，比如做菜，比如閒談。閒談的米瀟最容易暴露他長期認真思考的問題，比如愛情、婚姻，比如自由，再比如古羅馬之後，五百多年的黑暗時期（Dark Ages）。跟老米閒聊很有趣。當聊到人類從古希臘古羅馬的文明高度，退化到五百三十多年之久的黑暗時期，米瀟會不可思議地瞪著他鐵灰色的大眼。老米想不通，古羅馬已經初步實行民主議會制，並

33 《齊普里安・波隆貝斯庫》（Ciprian Porumbescu）是羅馬尼亞的電影，上映於一九七二年。

創作出那樣審美高度的阿波羅、雅典娜、維納斯、宙斯雕像，以及築起羅馬萬神廟、弗拉維圓形劇場[34]、君士坦丁凱旋門的人類，居然會在黑暗時期發生了那樣的大退化，退回住草庵棚、泥屋的人類初期。大退化還包括，從阿波羅那種對人自身的解剖式理解，退化到絕對平面、粗淺、幼稚，幾乎原始拜物時期的偶像繪製。老米認為，把古羅馬最盛期作為折疊點，將幾千年對折起來，能讓黑暗時期的圖繪，重疊在人類初始的岩畫上。假如人類進化史、文明史是一條不可倒流的河，但橫空出世的野蠻，以及它對於以當時古羅馬為代表的輝煌文明的干涉，卻使這種倒流發生了。米瀟的唯一解釋是，野蠻的生命力和衝撞力太巨大了。重歸野蠻，米瀟歸咎於匈族人。英文的Huns，拉丁文的Hunnvs，混奴斯。混奴斯，匈奴斯，老米認為就是匈奴氏族。混奴斯（匈奴氏）從亞洲殺到歐洲，殺遍巴爾幹半島，殺遍歐陸，直殺到波羅的海和大西洋岸。若沒有大西洋和波羅的海阻擋，他們還會殺下去。公曆起始時殺到中國西域的匈族人，被西漢的李廣們、霍去病們、班超們殺得敗逃，折轉方向，一路向西殺去，殺亡了強盛的阿蘭國，應該駐足養息，婚配阿蘭人，軟化一點由於策馬騎射，揮刀劈砍而長成的茁實得不成比例肩頸肌肉。（外族人在恐懼中談論「那沒有脖子的人」、「間於人與猿之間的動物」）。他們也該在此退掉一些野蠻力道，養出些許溫柔，來注視鮮血滲透之後，可以開花結果的土地，從而生出些許對熱土的留連之情，將血脈在這塊土地上續下去。但此氏族注定是不能穩定一地，建築些什麼的。匈人僅在頓河流域逗留幾年，就又拔旗起帳，重上馬背，繼續向西殺路。殺敗東哥德之後，匈人在歐洲和中亞從此無敵手。匈人所向披靡的野蠻力量，使進入初期文明的歐洲部族聞風喪膽，從此，再無人思量花費幾十年、上百年、幾百年，來建造神廟與劇場，更無人敢於和願意投資可能瞬間被鐵蹄踏碎的精美宮殿和民間樓宇。古希臘人和古羅馬人對生活，對藝術，對詩歌，對哲學的考究，更與匈族人殺來飆去的生態文不對題。此後，人們退化成了牲畜和禽獸，只求能避風雨霜雪的棲穴，宮殿、神廟、劇場，瓊樓玉宇，再無人惦記。不讀書也沒有書寫文字的匈族人，毫無文化文明的負擔，也毫無建樹民族遺產的抱負，因此是人類史上頭一個「赤腳的不怕穿鞋的」族類，無可建樹，無可保留，所有的能量力道，便可集中於毀壞。他記得，老米不止一次驚嘆：野蠻，太有力量了！哪一種文明能跟野蠻的生命力抗衡？任何一種文明，跟這樣的野蠻之力相比，不顯得太矯情柔弱？匈族人最引以為傲的統帥阿提拉，以毀滅為己任，以殺戮為榮耀，到處狂言：「被匈人鐵蹄踐踏過的土地，將寸草不生！」阿提拉對自己氏族榮耀的度量，就是血的流域多麼廣闊，寸草不生、生命全無的土地，有多遼遠。有一次，在這類閒聊中，吳可對野蠻產生了定義：何為野蠻？就是毀壞力遠超過建設力。老米聽了後，認真點頭，然後他補充道：野蠻是只毀壞，不建

34　弗拉維圓形劇場：即羅馬競技場。

設；野蠻的功能，就是摧毀別人的建設。老米說，假如埃提烏斯指揮的羅馬軍團沒有在沙隆大決戰中險勝阿提拉，基督教文明必將不復存在，以基督教文化建立的文明也將隨之滅亡。五百多年的黑暗時期，人類幾乎從頭來過，米瀟說到此，總是後怕地笑笑。吳可看著此刻在棋盤上殺戮的米瀟，想到既然他倆那樣定義了「野蠻」，那麼中國人經歷的十年，便也是一種「倒折」，歷史、文明從那個折點，打了一個大大的倒行的褶皺。

吳可掏出菸，點著一根，給老米擱在嘴唇上。他又給自己點上菸，溜達到一邊。他很享受跟米瀟的這類閒聊，有一次老米說到但丁的《神曲》，對於地獄第七層中，沸騰血漿中漂浮的阿提拉，那份描述，米瀟嘆絕。他說，那樣的詩意，是必須由信仰催生，信仰包括對地獄存在的深信。米瀟真是一個矛盾體，幼年的基督教學校的教養，那麼堅實純粹，後來卻徹底背叛。也許他感到基督自身獻祭對人類的啟示太間接，奏效太緩慢，於是投奔共產主義。

不知剛才甄茵莉看到老米在下棋，捉雙計劃落空，是否失望，或者釋然？小甄懷疑米瀟身邊的任何一個女人。吳可現在可不能上三樓，米瀟家現在只有一個怨婦，對他來說，那是最恐怖的場面。甄茵莉跟他抱怨過，她跟米瀟住了三年筒子樓，說是分到房子就結婚，可文化局重新安排住房都安排好幾撥了，怎麼就虐待她家老米，把老米遺忘在昏暗漫長的筒子樓裡！老米的房子一到手就結婚；不結婚她甄茵莉算個什麼名堂？免費陪宿，還是帶工資保姆？每天播報天氣預報，讓全省人民看她沒名沒份的臊臉。小甄言下之意，她甄大主播跟李真巧這種香港佬的小老婆平頭並肩了。他跟真巧笑談過怨婦小甄，真巧聽的時候，幾乎入睡，咕噥一句，連高潮都沒有的女人，可不就是活一張臉。吳可能想像，此刻他單人誤闖了米灕家，被甄茵莉滿腹苦水兜頭灌來，弄不好還要違心符合，講兩句他米哥兒們的不是，那他寧願學習班晚幾天釋放他。那邊和棋了，米灕一副窩囊姿勢，慢慢從小凳上站起，似乎肚裡有根腸子打結，想抻直它但是妄想。他朝吳可轉過臉，拎起凳子，打手勢「開路」。

路一共只有兩百多米，話卻是長話。米灕想知道吳可在學習班都學了什麼好，學了什麼壞。吳可說，同學習班的一個學友，教他怎麼把血壓弄上去：嘴裡嚼塊薑，坐在血壓器旁邊兩腳尖點地，腿上肌肉使勁繃，繃到抽筋邊緣最為理想，堅持此姿勢直到血壓測量完畢。結果靈不靈？血壓器一點變化也沒有。我看也是，要是真靈驗，他自己幹嘛還待在裡頭？血壓想多高多高，不就能保外就醫了嘛？吳可笑。此刻米灕站下來，仔細看了吳可一眼：這種運動越多，人就越來越玩世不恭。我剛認識你的時候，你十八歲吧？靜若處子啊。兩人來到筒子樓前面，三樓某家的窗口耷拉著拖把，水珠滴滴答答，二樓垂直的那個人家支出幾根竹竿，掛了幾件曬黃霉的秋冬衣服。米灕說，你看，這個人家一曬衣服，樓上那家就晾拖把，就那操行！吳可問，為什麼？因為二樓那家的男主人被抓了，三樓的欺負他們也白欺負。以後我再有什麼事，小甄也得這麼受人欺。這個民間，污糟得很。吳可問，就為這你不跟她結婚？米瀟不願馬上回答。兩人走了十多步，米瀟說單位重新調整的房子他已經看了，小，暗，畫畫條件差。吳可問，多大？六十八平米，媽的，分成四間房，當雞籠關我們呀？擺上畫架，人往哪兒退？鼻尖對著畫布，能畫？那就寫文章吧，吳可建議。寫什麼？不寫那十年的事兒，我沒得可寫，寫了又要被閹割，不讓閹割，不給你發。畫畫好點兒，懂的人一看就懂，不懂的人，看不出毛病。小吳說，你把牆拆了，房間就大了。我父親的房子原來也隔成好多小間，後來幼兒園搬進來，把牆拆了，空間才成現在的樣兒。六十六平米，不錯啦。米瀟搖搖頭。過一會他說，搬進去了，就算是定局了，佔房額度算給你完成了，以後再調整房，就沒份兒了。活這麼大，明白了，什麼都有額度，不能早早用超。我住筒子樓，好像前面總有希望，過渡期長一點，念想也就長，搬到那房子裡，跟小甄結婚過日子，那就是定局。萬一我讓人家失望，要不她讓我失望，婚姻的份額又用一次。再從婚姻裡撤出來嗎？撤不動了。剛從農場回來的時候，感覺多好，解放了，自由了，住在筒子樓裡過渡，好像自由就是無數可能性，有可能往任何一個地方搬，有可能搬出國，有可能搬上一條船，飄流到哪是哪。結果分到一套又小又暗的房子，告訴我那就是我的定局，我怎麼可能甘心？現在那房子呢？吳可問。房子讓我推給下一個亟待定局的人。你是不想跟甄茵莉結婚，是吧？也不是。也是。自由得來不易，馬上把繮繩又交給一個女人，不甘心。不過假如這次你不進學習班，我可能就會搬進那個六十六平米了。跟我進學習班有什麼關係？有關係。兩人此刻站在樓梯口，身邊一大群灰垢老厚的自行車，像是剛出土，可以給著名的兵馬俑騎。米瀟說，你別跟小甄說，我把分到的房讓出去了，啊？吳可說，我連「嫂子好，吃了嗎」都懶得跟她說。你他媽的小吳，人家小甄惹過你嗎？她那類的女人惹過我。你怎麼知道她是惹過你的那類女人？走著瞧。說完吳可馬上苦求，咱不談嫂子，成嗎？省得株連到你。米瀟瞪著他。吳可說，接著談你剛才說的搬出國，搬上船，漂流到哪是哪。米瀟又把吳可帶到樓門外，被三樓拖把禍害的秋冬衣服已經縮回窗口裡了，惹不起躲得起。米瀟說，我兩個妹妹在美國，兩個姐姐在澳洲，她們現在每封信都是催我去團聚的。我母親去世前，要求過她們，只要可能，一定把阿魯（米瀟原名米渝魯，紀念山東人母親，祖籍重慶的父親）接出去。你知道我怎麼想的？我想，如果你真給押送馬爾康了，我就走了，不回來了。米瀟抬起頭，目光從微凹的眼眶裡射出，巨大額頭裡的腦容量，讓那目光充滿張力。我們倆是那種為了加爾橋[35]坍塌一塊捶胸頓足……吳可插嘴，加爾橋沒有坍塌。米瀟說，我的意思是，如果它坍塌的話，我們倆會為之捶胸頓足，我們也會為Chartres[36]失火仰天泣血……吳可又插嘴，十一世紀它就燒過了。米瀟在吳可二十歲時，就跟他講過巴黎郊外了不起的Chartres。別打岔，老米

35　加爾橋（Pont du Gard）：位於法國加爾省，是古羅馬所建造的輸水系統。
36　夏特聖母主教座堂（Cathédrale Notre-Dame de Chartres）：位於法國巴黎近郊的夏特市，建於一二六四年。

說，我是說我們會，would have，這在英語裡是假設句式，假設我們前世也是好朋友，一塊欣賞那些人像柱子，膜拜Chartres的聖母，一塊為Chartres的建築和它內外陳放的藝術品感嘆不可思議，因為隔過那麼漫長的黑暗時期，它居然跟早已消亡的古希臘古羅馬藝術暗暗銜接上，如果我們生在那時，If we had heard，假設我們聽說了Chartres最輝煌的西廳被燒成灰燼，we would have wept in each other's arms. 吳可看著老米，整個是瘋了，一雙狂人的眼睛，老頭衫領口垮得更低，露出的胸脯血紅。夏天看老米，就是個老頭了，尤其穿這種洗糟了的老頭衫，賴唧唧黏著皮肉的糟布料，使肩頭聳出的兩塊翅骨格外鋒利，大臂小臂肌肉退化，皮下脂肪也囊了，又慘不忍睹地鼓凸起那不該長的乳頭和肚腩。吳可想，哪個女人愛當下的他，都是真心愛的，甄茵莉有這份真心，愛的是他巨大額頭後面、那層顱骨後面的玩意兒。

當晚李真巧沒有來，放了她三哥哥鴿子。也沒來電話說明原因。晚餐後米拉給她的小吳叔叔治療蚊子叮咬後潰爛的小腿。學習班人走空了後，蚊子卻不走，吸五六十個學員的血吸大了的胃口，全部由吳可一枚肉身一腔熱血招呼。米拉一面給小吳叔叔擦掉那潰處流出的發黃積液，一面好生奇怪：鬧蚊子的季節還沒到呢，學習班怎麼就被咬倒一片？米瀟說，這你都不知道？三樓那家為什麼專門在二樓那家晾出好衣服的時候洗拖把，一個道理，蚊子發現一幫倒霉蛋兒，咬他們咬死不償命，不咬白不咬。吳可說，那個招待所反正要拆了，荒草盡它長，一個學員吃五十多顆安眠藥，死在草裡面，第三天才發現。甄茵莉在水池上洗碗，回頭問，為什麼自殺？吳可說，不知道，什麼話都沒留下。米瀟說，他以為又要文革了，嚇死的。吳可說，其實他也知道，學習班他蹲不久了，很快會出去。甄茵莉笑笑說，忍一忍就好了，曙光就在前面一點點了，看看小吳，三次不都忍過來了，不然今晚的白蘭地，也喝不上了。米瀟說，褚威格和老婆，已經成功逃到南美了，安全了，還是自殺了。

他們看得太多，生命這麼賤，這麼弱，這麼不由你做主，只有死由你做主，就最後做一次主吧。

大家同時沒了話。老米的寶貝立體聲機器上，卡帶轉著，轉出蕭士塔高維奇的圓舞曲，優美裡藏著深深的哀傷。所有人沉默，空間都是蕭士塔高維奇的。吳可喝著米瀟的軒尼詩白蘭地（應該說是李真巧的軒尼詩），漫漫地想，那人走了十五天了，跟吳可喝白蘭地的此刻，只窄窄地差錯了十五天。十五天，天上、人間。小甄問說，多大歲數？吳可說，三十三。用不著問「誰多大歲數」，大家都明白他倆指的是誰。沉默的那一會兒，讓蕭士塔高維奇佔據空間的那一會兒，所有人在想這同一件事。小甄說，是做什麼工作的？吳可說，川劇學校的老師。小甄說，就死了他一個？吳可獰笑，你還嫌不夠？小甄答非所問地說，斜對門的大舌頭也差點死。吳可吃了一驚，自殺？小甄說，梁多被抓起來之後，她丈夫經常揍她，她婆婆堵著門不讓她跑，孩子們把收音機開到最大聲，鄰居們聽不見她喊救命。就在她家搬出筒子樓之前，一天夜裡，她跑到水房，往窗稜上掛一根繩子，但一直站在小凳子上等，等有人去打開水才往套裡伸脖子。米拉說，怎麼沒聽小甄阿姨說過？小甄接著自己剛才的話，正好就碰到我去打開水，趕緊抱住她兩條腿。你想嘛，我這麼瘦，她那麼大塊頭，真想做絕，能連我帶凳子一塊踢了。我把她從凳子上勸下來，她脫下褲子，讓我看她丈夫留在她屁股上的鞋底印，那麼個大肥屁股，沒剩啥好肉！狗X養的，小甄學大舌頭說話，倒騎著我，拿他皮鞋底子抽，疼得我尿那一大泡！小甄模仿誰就是誰，大舌頭頓時在人們聽覺裡回歸。小甄等大家笑完說，你們以為她是給打得活不了？吳可說，總不會因為檢舉了梁多團伙[37]，良心發現活不了了吧？小甄說，還真跟梁多有關係。她黑算盤珠眼睛在每人臉上轆一遍，說，大舌頭怕她丈夫使壞，攛掇公安局把梁多給斃了。那陣正在斃人風頭上，斃了也就斃了。我覺得她喜歡上梁多了。大家都驚得一聲不響，過了至少三十秒，米拉帶頭大笑：梁多整個找了個媽！

37　團伙：犯罪集團。

芙苑之死

阿富汗人阿布杜在信中說，他的家在喀布爾，每次到坎大哈去看望祖父母，同學們都說他離開了喀布爾去了阿富汗。喀布爾和其餘阿富汗國土的差異巨大，其他地方在戰爭，喀布爾和平。所以他更應該被稱為喀布爾人。

阿布杜這次眼睛有點不夠用，春熙路上，滿街牛仔褲裹著的腿。還要勻出目光來給米拉。這長著普什圖母語舌頭的小伙子，現在的北京話在舌頭上滾車　轆。米拉說他可以到衚衕裡去叫賣糖葫蘆。是嗎？他說。光是一個「是嗎」，就是天福號師傅的味兒，曾經說中文詞句的所有稜角都磨圓了。過分圓了，是米拉的看法。米拉決定當他的旅遊嚮導，先帶他去文殊院，然後去鶴鳴茶館喝茶聽金錢板，再就近到黃晶蘋唱歌的餐廳晚餐。晶蘋有一次來找米拉，要借她小姑的裙子當樣板，找裁縫照著做。她說自己的裙子上台不夠妖。晶蘋已經轉業，跟一個歌舞廳簽了一年的合同，跟鶴鳴茶館也簽了一年的合同，一周唱七夜，在兩個場子之間串場。舊社會名角成名前都這麼幹，米拉笑著說。黃晶蘋一愣，她已經錄了三盤磁帶，難道在米拉眼裡還是「成名前」？封套上的黃晶蘋漂亮得要死，晶蘋自己說，風塵得很哦。米拉也發現她風塵多了，但一多半是扮演出來的風塵。扮演歌女的黃晶蘋張口閉口「上床」：形容哪個小伙子形象好，身材性感，「上得床的」，形容那個男人有腦筋，學問好，掙票子多，便是「嫁得了」。歌舞廳老闆對她存邪念，但她還是簽了合同，說自己「上了賊船」，但又說「上賊船不要緊，就怕上賊床。」

米拉陪喀布爾人在文殊院到此一遊，遊到只剩他們兩個遊客。阿富汗人摟住她的肩膀，她聞到一絲狐臭。早晨淋浴後塗在腋下的除嗅霜揮發了一天，已揮發完了，此刻冒上來的是他的原味，從他那個人種的原汁裡冒上來。假如愛上一個人，是不會嫌棄他的原味的。因而米拉深知自己離愛上他還遠。喀布爾人瘦了一圈，皮面上原先那層油光沒了。消瘦就像冰川溶解後重塑，他五官中的歐羅巴基因聳立出來，帕米爾基因塌陷下去，每個角度都具雕塑感。跟父親米瀟一樣，米拉喜歡好看的外形，因此她秘密地發現自己「女色鬼」的潛質，對此她毫無辦法。因為她的「好色」，瘦了的阿富汗人在追求她的路途上縮短了距離。她想到自己的一個童年夥伴考上北京航空大學，說學生們暴動的口號是「要吃純肉」。想必是語言學院的伙食也差，牛肉羊肉供不應求，即便食肉日，也是片兒、絲兒，甚至末兒。阿卜杜對瘦了八分之一的米拉不滿，為什麼要瘦？減肥是無聊的西方人幹的。他問米拉最近做的蜀錦怎樣，米拉一呆，但及時想起他們第一次交往她謊稱自己是蜀錦廠的繡工。那時她剛開始發表小說，以後能不能以寫小說換飯吃，她還沒數，而且她認為對小說家最萬惡的提問就是，「你的小說是關於什麼的」，但百分之九十的人都那麼提問。那次他們去草堂，公共汽車上正好瞥見一家蜀錦社，她就胡扯自己是繡工。那時她想，她說自己掏大糞也沒關係，反正這是一次性的關係，他想求證也沒機會。沒想到他把一次性關係發展成了書信關係，又順著這關係兌現友情來了。總不能一直騙下去。米拉說，阿卜杜，我有件事要跟你解釋。阿卜杜一下子立定，看著她。你緊張什麼？我就想跟你說明，上次我說我是繡工，是開玩笑的，其實我長這麼大，針都沒拿過幾次。我寫的幾篇小說發表之後，我就辭工了，辭了雜誌社的編輯工作。其實是雜誌社書記找她談話，說她發表在北京一個文學刊物上的小說，存在的意識形態問題比較嚴重。阿卜杜一點沒鬆懈，還那麼看著她，大黑眼睛真大呀。你怎麼了？米拉推他一把。他說，你是個寫小說的？他一隻大手揉揉胸口，表示那下面的臟器剛才工作不甚正常。米拉想，要不隔著一層襯衫，那胸口上濃密的黑色卷毛一定被揉得沙沙響。八月三伏，他襯衫下還穿著一層「皮草」，難怪他冒出原味兒。他襯衫的紐扣一直扣到嗓子眼，三年前米拉玩笑說他「自帶羽絨服」，他在意了。就是說，你是一個作家？他還沒從驚嚇裡出來。見習的，米拉笑笑。他研究了米拉一會，好像不懂，笑笑，你怎麼會是作家？米拉知道，他們種族的作家都是男的，女人讀字的都少見，慢說寫字。她們專管生孩子，做飯，為孩子和丈夫營造一個家。可你說你是繡工。他笑得頗為委屈。他愛的是繡工米拉。米拉說，I am sorry. 她的道歉是懇切的。她沒想到這對他是個打擊。她忽然好想保住他對她的迷戀；假如他是在迷戀她的話。他往前走了兩步，轉過身，重新度量她那樣打量。或許作家米拉在他的大黑眼睛裡，每秒都在流失女性，眨眼間已不再是百分之百的女人，三年書信，千裡迢迢重訪，揭曉出一個女性含量不夠的女子，他似乎上了個當。兩人沿著落日中的林蔭道往前走，他默默，她也默默。

成都夏天落日很遲，七點多天還大亮，他們在紅照壁碰到了黃晶蘋，她是來接米拉的。晶蘋的眼睛往喀布爾人臉上一浪，輕輕推一把米拉：沒想到還接來一個外國友人。晶蘋為了陪米拉吃飯，跟另外一個歌手調了班，今晚不唱，專門做東。她來借裙子那天告訴米拉和真巧，她一月能唱出七八千塊，全憑嘴一張。她的眼睛在暗下去的天光中那麼多汁水，米拉發現喀布爾人看她的目光多了幾點火星。晶蘋穿著真巧連衣裙的複製品，料子是上乘湖縐，黑底子上豌豆大的紅玫瑰，領口似乎為所有饞癆眼睛挖下一大塊，潔白的胸脯上，一根細極的白金項鍊，墜一顆小小的紅珊瑚。米拉不記得小姑那件原版如此垂死地暴露。不知為什麼，刻意仿冒的港味卻顯出省份氣來。晶蘋的漂亮是沒出川的，鎖在三峽、秦嶺之內，鎖在成都少城裡的，別有一番滋味。穿著大高跟的晶蘋，輓著米拉的胳膊往餐廳走，耳語說，你要不得哦。米拉說，咋個咯？這麼帥一個外國男朋友，弄來饞我們！米拉馬上申明，喀布爾人只是男的朋友，好比五六十歲的劉團長，也可以是她黃晶蘋的男的朋友。喀布爾人跟在她倆後面，米拉回過頭，見他臉上浮著微笑，那種盡她們做小女人的寬容微笑。米拉上身黑T恤，扎在磨得極狠的石磨藍牛仔褲裡，束一根寬寬的編織羊皮帶。她從崔姑父帶來的香港雜誌上看到的「落拓帥」，覺得合意得很，還特為拆毛了褲腳底邊，給她穿平底涼鞋的腳面來一圈流蘇。喇叭褲漸漸謝幕，牛仔褲從十九世紀開發美國西部開始流行，現在迎來了牛仔褲的大時代。

餐廳裡，五彩旋轉燈已經忙上了，外面的五彩黃昏被厚簾子遮住。空氣帶著陳味的鹹、辣、酸，很多天的酒菜氣味一層層積澱，被關在這裡久了，都哈喇[38]了。黃晶蘋領著他們倆往裡走，個個女服務員都是她的「妹兒」。八點鐘，桌椅都還空著，懂門道的客人都十點以後來。十點鐘歌手換成重磅的，活人樂隊，到十二點，歌都不一樣了，瘋的狂的都留給那時候。晶蘋告訴米拉，去年「嚴打」，這個餐廳給關了門，因為十二點後的歌聲太瘋，台上四五個歌手一塊吼，被抓了兩個，老闆也進去了幾天，不過老闆一大幫地頭蛇朋友，把他和歌手都撈出來了。以後你要想到拘留所撈誰，說一聲，我讓老闆幫忙。米拉說，那你不光上錯船，還要上錯床。黃晶蘋說，有了外國友人，米拉不一樣了，開葷了！說著兩人就衝著阿卜杜的側面大笑。阿卜杜興奮地到處看，在北京上海也沒見過這陣勢。北京上海人玩的東西，船來成都就加重口味，最後上海北京人

38 哈喇：發臭。

都不敢相認。此刻一個女服務員揭下一塊絨布，露出一個巨大的電視機，十點前的歌手只有電視機伴奏。喀布爾人轉向電視機，眼睛是孩子的，驚得上下兩排濃密超長的睫毛怒放。他那個打得稀爛的國家，從沒見過這麼大的電視機！旋轉彩燈把色彩潑在他身上，他一霎是紅的，一霎是綠的，乍暖還寒。晶蘋訂的桌離舞台比較遠，桌子右側有一口窗，萬一失火逃路方便。坐下之後，晶蘋從自己紅色小皮包裡（也是夜市來的港澳垃圾）掏出一搭大團結[39]，叫過一個妹兒來。餐廳裡吵，米拉聽不清她跟妹兒說了什麼，妹兒拿了錢便小跑著走了。你讓他買什麼？酒。隔壁的賓館有好酒賣。米拉奇怪了，這裡沒酒？晶蘋說，有，都是假酒。米拉趕緊說，外國友人不喝酒，他是伊斯蘭。晶蘋說，還有不喝酒的外國友人？米拉說，伊斯蘭教規很嚴。電視打開了，出現了董文華。一個龍套歌手在舞台邊上換鞋；她的皮鞋捨不得穿，包了報紙放在網兜裡拎著，上台前才換。晶蘋問，伊斯蘭是啥子？米拉答，就是穆斯林。黃晶蘋還懵著。米拉說，哎呀，就是回教。成都的多數女娃對所有高鼻子深眼窩的外國人一視同仁，都是外國友人。晶蘋突然明白了：就是個回回嘛！他不喝，我們喝！晶蘋說，喝多了調戲他！她笑著乜斜眼，看正在研究菜單的阿卜杜。他的忌口多，研究的態度嚴肅冷峻。米拉的肩膀給人拍了一下，一回頭，見是真巧和一個瘦高男人，白襯衫、藍褲子，板寸頭。瘦高男人開口叫她，她才認出此人是梁多。米拉的心一抖，小吳叔叔那晚白等一晚，現在有解釋了。剃掉長頭髮穿著簡單服裝的梁多，看上去就是「自新」這詞的看圖說話。米拉說，梁多，你現在應該叫梁夕——剃了頭，剪掉了喇叭褲，少了一半，梁不多，夕恰巧。大家想了一刻，真巧先笑了；剪掉梁多多出部分的那隻手，是她真巧的，真巧把吳可的髮型複製到梁多頭上，巧製出自新的畫家。大家逐步悟過來，也都會意一笑。喀布爾人糊塗地跟著笑笑。晶蘋對米拉說，我留了一手，沒告訴你，我也請了小姑。她笑著拉真巧坐，米拉的小姑反正早就是全文工團的小姑了。真巧雙手抹平裙子的臀部，慢慢坐下，目光在喀布爾人身上來回刮。那是老娘式的目光，刺探他把她深閨中的女兒怎樣了。她轉過來看米拉，眼睛也帶質疑和輕度苛責，這麼大個外國小伙子，米拉居然藏著，居然背著她跟他來混夜生活。酒買來了，預先啟開了瓶塞，妹兒往每個人面前的小茶盅裡倒酒。餐廳裡人多了一倍，龍套歌手已經唱了一輪，大家一直在吼著談笑。此刻台上換了個歌手，一個瘦小的男孩子，大熱天穿了件豹皮背心。晶蘋介紹，這孩子才十七歲，都叫他小崔健。小崔健一條莽嗓子，破口一唱，就把台下的談笑蓋住。他的《一無所有》一股生坯子衝勁，吉他背在身上如同一把衝鋒槍，後面樂隊總算醒了，跟著他發作。

一個年輕男人走過來，對黃晶蘋說，你咋不唱？黃晶蘋笑笑，不想唱。男人說，唱嘛！晶

39 大團結：人民幣十元紙鈔。

蘋說，今晚不該我唱。男人說，我們都是衝你來的哦！晶蘋還是同一副笑臉，我又沒叫你們來。他拉起晶蘋的小臂：不唱到我們那桌去喝！梁多說，幹啥子？！喀布爾人也把手裡的筷子重重一放。晶蘋對大家說，沒關係，我去打個招呼。她站起來，小臂還給年輕男人抓著，基本是被拖走的。阿卜杜的腿把椅子往後一推，跟在黃晶蘋身邊。米拉想，阿富汗男子特有的驍勇出來了。這個桌的所有人都擰著腦袋看十米之遙的那張桌，四個年輕男人圍坐，只有四隻腳擱在地上，另外四隻穿過桌肚，翹在對面的空椅子上。來叫晶蘋的人臉上發橫，跟那四個比，他就算慈眉善目了。黃晶蘋和阿卜杜到達了那桌，一個人從椅子上拿下腳，站直，遞給晶蘋一盅酒，晶蘋把酒盅在每個男人面前掠一下，乾了，亮出乾掉的杯底，然後往桌上一放。阿卜杜拉起她就走。回到這桌，大家鬆口氣。真巧湊到米拉耳邊說，到底是你的，還是她的？米拉不懂。外國人是你的男朋友，還是晶蘋的？米拉虎起臉，就跟你似的，誰都能來！說完她站起來，走了。阿卜杜屁股剛落座，見米拉往大門口走，拿起自己的包就追。

在大門口，米拉說，跟著我幹嘛？跟黃晶蘋去！她馬上聽出自己的醋味，大吃一驚。自己是個什麼玩意兒？對這個國家給打得稀爛的小伙子懷著佔有欲？米拉愛他嗎？米拉是有點兒愛他了？……此刻他倆已在大門外，阿卜杜說，You should be more considerate of your friend! She was kind enough to invite us, and yet you are hurting her feelings. 原來他急了也會忘詞兒；忘了中文的詞兒。真巧也追出來，笑著說，喝不得酒，喝了闖禍喲。一邊拉了米拉就往裡走。米拉覺得阿卜杜說得很在理，黃晶蘋的好心好意，怎麼也不該去傷的。進了大門，真巧在米拉耳邊說，今晚你給我住到我那去。為啥子？你說為啥子；你曉得那個啥子是啥子。她的大眼睛寒光閃閃。你是你爸的命，你曉得的。米拉見喀布爾人跟得近，忍了。給他聽見了算什麼？

路過那歹人一桌，四個人都半躺在羅圈椅裡，用白眼球看著他們走過去。小崔健在唱《花房姑娘》，所有人都像被音樂喚醒的蛇，在椅子上扭著舞著。小崔健是重口味的崔健，加麻加辣，原版崔健肯定吃不消。唱完，人們吹哨鼓掌。那四個人站起來暴吼，黃晶蘋！黃晶蘋！……

黃晶蘋看他們一眼，坐著不動。五個人繼續喊，樂隊的鼓手跑到台前，拿起麥克風說，黃小姐今晚休息，趙麗麗趙小姐接下去給諸位獻幾支歌……他的話被那四個人打斷，他們邊喊邊敲桌子。真巧對黃晶蘋說，那你就唱一個吧？晶蘋說，我就不唱。他們要我唱我就唱？！他們要我喝我就喝？！以後還不曉得要我幹啥子呢！四個人吼喊著就包抄過來，在黃晶蘋身後圍成半圓。喀布爾人蹭一下站起，真巧一把拉住他，並拿起自己的酒盅，對四個男人笑得酒窩深深：敬你們一杯嘛。一看這女人，知道老江湖在此，四個人身段軟了，說大姐貴姓。大姐姓李，真巧說，叫一聲大姐，大姐不能白白應承，教你們兩下子，哈，哪一個人，他的熟人後頭是哪個，最多是熟人的熟人，他們後頭有啥子人，不要多了，熟人後頭那個熟人，肯定就有認得到你，曉得你底細的。做事做人呢，都要留到點後手。四個人中的兩個說，是是是。真巧比起一個大拇指，向自己秀麗的肩膀後面戳兩下，你們曉得我後頭是哪個，不曉得；我們這個美國朋友，是哪個請來的，你們也弄不清，對不對？他後頭有哪個，後頭的後頭又有哪個，你們都不曉得，對不對？梁多略帶惡心地白了真巧一眼。米拉認同梁多這一眼；這個時候的真巧，暴露了她跟四個地轉轉出處接近。餐廳老闆此刻帶著幾個漢子來了。老闆瘦瘦矮矮，一個菸鬼，幾個漢子高壯，橫著行走，目光也是橫的。四個年輕男人退回自己那一桌，漢子們仍不答應，直接把他們往門外請。其中一個人哭腔，我們酒還沒喝完！漢子們聽不見似的，微張著大手，懶洋洋把他們繼續往大門口攆。細看老闆不過三十多歲，跟坐在椅子上的黃晶蘋微哈著腰，說，我在鄰居家打麻將，我兒子跑來叫我接電話，接了電話我就飛叉叉趕過來了。黃晶蘋點下頭，表示情領了。老闆說，那我回去了，三個人還在牌桌上等到起。晶蘋拿足被追求女人的微微怠慢，對老闆說，走嘛。米拉認為這個男人的床，黃晶蘋遲早是要錯上的。

米拉一伙人是一點半走出餐廳的。餐廳裡的歌聲開始瞌睡朦朧，樂手們不斷翹課到台下喝酒，跑廁所，李真巧說，走了。她和梁多並肩走到大門外，一招手，一輛車開過來。客人中有車的漸漸多了，餐廳啟動代客停車服務。米拉知道，崔先生五月份離開成都前，買進一輛舊三菱，找了個退休司機給真巧當駕駛教練，真巧練了兩天就開上了大馬路。她每次開車前，都跟有車有摩托的熟人打電話，說她要開車出門，他們千萬在家呆著，別到街上來跟她撞。住在少城三年，她認識半城的人，騎摩托的熟人、半熟人有幾十個。梁多打開副駕駛座的門，鑽進車內。真巧拉開後面的門，跟米拉說，上去。米拉說，我們坐黃晶蘋的車。真巧瞥一眼喀布爾人說，你和哪個「我們」哦？米拉說，你管呢。她拖了米拉一把，米拉憤然甩開。真巧扭頭就走，繞到車左面，拉開駕駛座的門大聲說，我告訴你爸去。米拉大聲說，要不要我媽的電話號碼？門砰地摔上，三菱醉醺醺地衝上路。

黃晶蘋看了米拉一眼。米拉獰笑一下。阿卜杜丈二和尚的一張臉。晶蘋說，我的車停在餐廳停車場，你們在這等我，我去開。阿卜杜說，我們一起去。他拉起米拉的手。米拉裝著理頭髮把手抽開。晶蘋是想留點空間給米拉和阿卜杜，私房話私房動作，就在上車前完成。晶蘋說，你們等著嘛，停車場髒得很。阿卜杜說，美國電影裡多少驚險情節都發生在停車場。晶蘋說，沒事，說著踩著大高跟跑步，眨眼拐進停車場，不見了。阿卜杜帶幾分感嘆，很好的一個女孩子，到這種亂七八糟的地方來。話沒落音，他踩在什麼滑膩東西上，身體向後栽倒，腳搓著小碎步，欲扳回平衡，但以他的頭部劃出的下栽弧線已不可逆轉地接近完成，就在一個仰八叉接近完整的剎那，米拉伸手撈起他來。一個不太妙蔓的雙人舞，米拉反串托舉者。阿卜杜看著米拉，喘粗氣，笑出一口奇白的牙：看不出你臂力這麼大，反應這麼快！米拉說，前舞蹈演員的反應嘛，臂力是七八歲拿大頂的童子功打底。阿卜杜說，真的？讓我看看！米拉攥起拳頭，把胳膊折成九十度，大臂內側擠出一個小小的突起，阿卜杜伸手一捏，說，挺棒。兩人細看地上，幾片被踩成泥的香蕉皮。阿卜杜拎起香蕉皮，扭轉著臉找垃圾箱，卻從停車場裡爆出一聲女人的尖叫。那叫聲之淒厲，米拉一把抓住阿卜杜的手。阿卜杜抱住米拉，再聽，叫聲被呻吟替代了。米拉說，黃晶蘋！阿卜杜拉著米拉就跑，跌跌撞撞順著呻吟聲尋去。一輛吉普車前面的地上——躺著一具蠕動的身形。車場沒什麼車了，不遠處是一堵牆，牆下一座臭烘烘的小山坡，垃圾堆成的。米拉叫起來，晶蘋，晶蘋！此刻聽到至少是兩個人的腳步聲從停車場出入口飛奔出去，阿卜杜在追殺他們和急救傷者之間撕裂一剎那，立刻決定救命。他抱起地上纖細的身體，糖稀一樣的軟，似乎一部分固體的黃晶蘋已經被稀釋。米拉又叫了一聲「晶蘋」，晶蘋哼了一聲。阿卜杜抽出一隻手，發現滿手掌的血。刀子是從她背後捅進她胸膛的。米拉，快把車鑰匙找出來！阿卜杜聲音嚴重打顫。米拉摸到了摔出去兩米遠的小皮包，手也抖得動作不準確，哆哆嗦嗦穿過一堆零食和化妝品，摸到包底的鑰匙。阿卜杜打開吉普的車門，把黃晶蘋抱進去，平放在後座上。米拉看見他的淡藍襯衫前襟已經完全成了深色。此刻她的視力已經調整過來，能看見黑暗中物體是由不同深度的黑色組成，柏油地面是淺黑，血泊深黑；那麼一大片深黑啊！米拉選擇坐在後排，把側臥的黃晶蘋的臉放在自己膝蓋上。她不知道自己什麼時候開始哭的。人造革座位上，全是溫熱的血。吉普車開出去，晶蘋又發出一聲呻吟，比先前弱多了。不怕，晶蘋，米拉在這兒……我們馬上到醫院。米拉給阿卜杜導航，到達三醫院的時候，晶蘋似乎睡著了。

阿卜杜停了車，打開門，把晶蘋抱起就跑。米拉跟在後面，也是飛奔。急診室的走廊好長，米拉覺得是原地踏步，噩夢中的步伐。兩個男護士迎頭跑來，接過阿卜杜懷裡的垂死姑娘，接力賽一樣跑進急救室。一分鐘之後，一個女護士出來，讓他倆進去一個，簽字。她說沒什麼希望了，刀尖擦過心臟邊緣，不過醫生還是決定手術。米拉簽了字出來，跟米拉和阿卜杜各坐一條長椅，隔著走廊相望，從對方眼裡找旁證：剛發生的確實發生了，流血凶殺不僅發生在那個打得稀爛的國土上，逃亡到哪裡都沒用，太平世界，同樣的，眼一眨一個花樣年華就凋零了。就像所有電影此類場面一樣，兩人窒息地等待，等來一個中年女護士，輕聲通報他們預知的結局。阿卜杜沒想到，逃到戰爭之外來的他，為一個中國姑娘送行她生命的最後一程。米拉緊緊拉著阿卜杜的手，渾身發涼。兩人被帶進急救室，護士說，這麼漂亮個女娃兒，幸好，還沒來得及開刀就走了，留了個完整身子。

黃晶蘋的臉從白單子下露出，那為當東道主而塗抹的脂粉似乎漂離了表皮，青黃的屍體膚色從下面滲出來。米拉迅猛流淚，一邊想，死去的是自己的同齡人，同年出生，一塊長大，從少年進入青年。四年前，她們倆在食堂的大鋁盆邊上撈夜餐麵條，那是演出後接待單位的款待，精細的掛麵，綢子一樣滑溜，麵滷有四樣，榨菜肉絲，辣椒豆乾丁，西紅柿雞蛋，木耳牛肉片，黃晶蘋最後一批卸妝，米拉提前替她拿好碗。黃晶蘋說，我的碗你用開水幫我燙過沒得？米拉回答，沒有啊。她說，哎，我叫你燙一下的。米拉說她忘了。晶蘋拉拉她耳朵，跟你說啥子都忘！米拉端了面坐一邊吃去了。吃完碰到晶蘋，她居然在哭，問咋了，晶蘋說，我把你氣到了。米拉解釋說她一點氣沒有，因為她心不在焉，晶蘋囑咐她燙碗的事她掉頭就忘了，活該受責怪。晶蘋卻流淚不止，問怎麼還哭，她嗚嗚咽咽，說你嚇死我了，我當你生我氣了；我最怕惹人生氣。她那麼美，又那麼軟弱，多麼罕見的組合。

醫院給派出所打了電話，警察來的時候，米拉躺在急診室走廊的長椅上睡著了。是阿卜杜跟警察的輕聲談話驚醒了她。看看錶，四點多了。警察檢查了屍體，拍了照片，要求米拉和阿卜杜帶他們去現場。到了現場，兩人把當時情形說了三遍，警察再拍照，然後一個警察在灰色晨光裡到處看，似乎在找那把兇器。另一個警察從警車後面拎出一桶石灰，灑在血跡上，又用塑料繩子，把出入口圍上，然後要求米拉阿卜杜兩人留下電話和地址。米拉掏出吉普車鑰匙，跟那個小皮包一塊交給了警察。一個警察開始翻小皮包裡的東西，翻出一本袖珍通訊錄，一面問米拉，你通知了她家沒有？米拉搖頭。你有她家聯繫方式嗎？米拉沒有。黃晶蘋家在內江。另一個警察說，這個老外中文真好，是你什麼人？米拉說，他是我和黃晶蘋的朋友。黃晶蘋是誰？就是……

米拉的手指指地上的石灰，就是她，我戰友，我們十二歲就在一塊……米拉的淚水又掉下來。警察同志，阿卜杜說，一定要抓住兇手，她還不到二十四歲。警察不說話，沒有表情，是那種見得多了的無情。兩人答應下午三點到警察局做筆錄。個高的警察說，走嘛，我開車送你們回去休息。兩個警察先把米拉送到招待所，跟警衛戰士說，我們負責把人送到屋頭。警衛戰士為警車拉開路障，警車一路暢行，開到米拉住的樓門口。個矮的年輕警察又親自送米拉上樓，米拉推辭不用了，警察說，走嘛走嘛，經歷這一場，我們一般都送到家。走到樓梯口，警察又說，你一身的血，我不送你，萬一碰到個人，人家給你嚇到。

米拉進了房間，脫下被血漿得堅硬的牛仔褲。外面下雨了，窗台上落了兩隻鴿子，嘰嘰咕咕地聊著。一個跟往常毫無區別的早晨。這個早晨知道嗎，它少了一個美麗的姑娘，她活著的最後印記，留在米拉的牛仔褲上。米拉又是一陣痛心的後悔，為什麼要接受黃晶蘋的晚飯邀請，為什麼喀布爾人沒有提出一個新節目，從而米拉可以謝絕晶蘋的邀請。為什麼阿卜杜這個時候要來？阿卜杜為晶蘋挺身而出，使四個痞子受了刺激，激出為本民族男性集體競爭一個美麗姑娘的血性？如果李真巧沒有在阿卜杜的國籍上撒謊，那刺激的力度也會大大減低。痞子再愚昧，也知道阿富汗給打得稀爛，那麼阿富汗小伙子阿卜杜也就是個難民，痞子雖低賤，到底有一片太平故土可立足，何至於跟一個難民爭奪姑娘。李真巧哪怕把阿卜杜的國籍改成比利時或者荷蘭那樣的小國也好，偏偏把阿卜杜提拔成美國公民，自從中國開放，有國外親戚的人家，出國的幸運兒，大多數是去了美國。所有人印象裡，美國不是富得流油，也是富得流奶；二九年美國著名的經濟大蕭條，還把奶往海裡倒。李真巧可恨啊！米拉躺在床上，看著天花板的石膏上，有條裂縫。自己也不是完全無辜，為一個並沒有發生的爭風吃醋事件，跟晶蘋暗中生了嫌隙。假如她不跟真巧小姑語言衝撞起來，她也許會上三菱，而把阿卜杜單獨留給晶蘋。阿卜杜絕不會讓晶蘋一個人走進漆黑的停車場，會輓著她、摟著她，讓埋伏的兇手放棄謀殺。畢竟阿卜杜高大健壯，殺起來要費點事，殺完了費的事肯定更大，一個「美國人」被殺了，全省警察還不大掃蕩？！現在的嚴打還剩點餘溫，順帶著就把他們都斃了。那麼多轉機可以讓事件轉向，而使這個鴿子嘀咕的早晨，仍然擁有那個美麗的姑娘。

米拉翻了個身，一個手掌隔著蚊帳，貼在陰涼的牆壁上。最後一次上高原巡演，那天輪上女舞蹈隊和樂隊七八個男兵押服裝道具車。卡車是解放戰爭的戰利品，美國四〇年代出產的大道奇，上了山頂就拋錨了。山頂上的雪一尺多厚，他們在熄火的卡車上等過路車去山下報信，等了十幾小時，又凍又餓，大家開始精神聚餐，上海兵說排骨年糕、雞鴨血湯、凱瑟琳慣奶油[40]和熱巧克力，北京人講全聚德烤鴨酥脆肥嫩，頭一口咬下去是鑼鍋子臥軌，死也值（直）；天津人說狗不理，咬一口滿嘴跑汁兒。成都人重慶人都說什麼也沒有火鍋好，要能打一隻獐子，砍一棵松樹，澆上汽油燒點上火，再用司機的水桶舀一桶雪吊起燒，燒開雪水涮獐子肉，辣子花椒鹽巴丟一把，保證馬上吃出一身汗！只有黃晶蘋一人不吱聲，不動彈，坐在她身邊的人推推她，發現她躲在雙層凍硬的口罩後面哭，問她哭什麼，她抽泣得說不成句：好想……好想……好想……大家認為她好想的一定是烤鴨，或者排骨年糕，等她終於倒出起來，人們聽見她「好想……喝一口白糖開水！」

從亂夢中醒來，米拉一下子從床上跳起。她的胳膊上爬行著一條巨大的百腳[41]，還有一寸就到她赤裸的胸口了。米拉聽見一聲慘叫，簡直就是黃晶蘋慘叫的錄製，然後她發現自己站在樓廊裡，兩排客房門口都站著人，絕大多數是男人。一個年輕男人從對面房間衝過來，腳下一使勁，再抬起腳，百腳成了三寸長一灘屍水。她瞪著地面，死了的，都是一灘，她聯想到今晨，警察撒石灰的那一灘，哆嗦著向對門的男人道謝。男人皺眉笑道，還不快回去，都看你呢！她回到自己房間，才發現，走廊上的人「都看你呢」是如何引起的：她全身只有三點藏在內衣下，還是真巧小姑為她從崔先生那兒訛來的港式三點式內衣，鏤花加蕾絲，用料摳得不能再摳，真正只蓋住三個致命點。米拉把海外某個沙灘浴場搬到這條走廊上來了，讓軍人房客們剎那間領略一道香艷風

40 慣奶油：生奶油（whipped cream）。
41 百腳：蜈蚣。

景。

她坐在床上，看著血染的牛仔褲，也像是一個被殺死的生命。她的心狂跳，腦子裡回放剛才一系列畫面：自己怎樣裸著百分之九十五的身體衝出門去，怎樣把一整條走廊的人招引出來……她一定用胳膊載著那條百腳，衝到門外，要麼是巨大爬蟲由於自身重量和地心引力法則掉落到地上，要麼是她到了門外使勁甩臂甩下去的，要麼是對門的年輕軍人幫她掃了一掌。那個年輕軍人對她皺眉微笑的樣子，令她無地自容。他也是出差此地的外地軍人？或者是調來此地，但還沒有分配到住房的軍隊過渡人？一整條走廊的軍人，都看見了她百分之九十五的裸體，被遮住的三點，反而讓蕾絲強調出了它們的隱秘功效，不可饒恕地激發雄性想像，難怪他皺起眉頭笑她，「都在看你！」言下之意，一顆顆心都被你拖下了水，腐蝕了。這是一個災難疊加的日子。她撿起地上的牛仔褲，又險些爆出慘叫，血跡最濃處，兩隻小百腳蠕動。原來是她身上血的氣味引蟲出洞，把一個肅穆靜謐的祭奠黃晶蘋的日子攪得亂七八糟。

她將牛仔褲疊起，把兩隻小蟲嚴實地包在裡面，然後上去踩。踩了五六分鐘，褲子包著的肯定已是兩灘蟲泥，被褲子包成了餡兒。她拿出一條藍軍裙和軍用白襯衫，穿戴整齊，才尖起手指把褲子連皮帶餡兒揀起，快步下樓，扔進大堂裡的垃圾箱。回到房間，她拿起臉盆毛巾，跑到女浴室。米拉在淋浴下站了足有半小時，才徹底洗掉了為黃晶蘋流的淚和黃晶蘋最後的生命氣味。

她走出浴室，感到黃晶蘋的死，是一件事實，是一件她開始接受的事實。在警察局門口見到的阿卜杜，有點走樣了。鬍子像是黑色爬牆虎，爬了半張臉，俊美的五官陰影密布。他一身濃香，也是為驅逐黃晶蘋的血味而狂噴亂撒的。他低低地「嗨」了一聲，再就沒抬眼睛。按照警察的要求，他倆並排坐下，面對辦公桌後面的中年漢子警察，以及站在一邊的小個子年輕警察，米拉把事情發生的經過講了一遍。中年警察用蘸水筆在紙上刷啦啦地劃拉，只有在蘸墨水的時候，才抬頭掃一眼米拉。她講完了，他記下一頁半紙，菸頭上結出小指長的菸灰，像頂著一節脆弱的微型雕塑，總算落在紙上粉碎。一場死亡就值得那麼些句子來記錄。米拉發現自己在講述時已不再鼻酸，情感自愈能力如此之強，居然已經長上了傷口。中年警察看了一下記錄，讓阿卜杜再講一遍。在究竟是聽到呼救才踩上香蕉皮，還是踩了香蕉皮後聽到尖叫，兩個證人的說法打架了。阿卜杜說他聽到了慘叫，因而慌不擇路，因而踩在了香蕉皮上，差點兒摔個倒栽蔥。米拉說怎麼可能呢？假如先聽到呼救，誰還有心思去計較，地上究竟是什麼使的壞？！你不記得了嗎？我在你快要倒地的時候拉住了你。警察做了個「慢著」的手勢，問你拉住了他？意思是，他一米八六的大個，憑你這細瘦無力的小樣兒？我就這樣……米拉重複了一遍當時的動作，女排後衛搶險，救起阿卜杜這個一米八六的「球」。兩個警察對視一眼，四隻昏暗的眼睛來了電：兩人分別講述，破綻就出來了。米拉覺得這倆的對視於他們不利，嚴打尾聲徐徐，把他倆嚴打進去，可以算在運動難以避免的冤假錯案裡。她對阿卜杜來脾氣了，說，Bullshit!（阿卜杜教她的美國粗話）。你當時還誇我反應快，臂力大！「Bullshit」擊打了阿卜杜一下，他一個哆嗦，（他當時教米拉粗話時，絕沒料到自己會成為粗話的第一個受害者），接下去就那麼平靜疏離地看著她；一雙帕坦族的大黑眼，兩個漆黑的空白。這喀布爾人怎麼了？昨夜的慘案所造成心靈震蕩還在擴散，剛擴散到他的外形。丟在他身後的那片被打得稀爛的故土上，每天發生無數慘案，無數人死在自己的血泊裡，但都不像昨夜他懷裡那具汩汩流逝的年輕生命真實，切膚的真實。我不記得了，他喃喃道。你怎麼可能不記得了？！米拉快要哭出來了，是為自己哭，為那兩個前跨國友人哭，三年熱絡的書信往來，若干次牽手和竊吻，最終處成生人。她冒出英文：You traitor! 喀布爾人把自己挪出米拉的視野，挪出traitor的位置，站起來大聲說，我不記得了！中年警察的手往下按了按，這倒是肢體語言的國際語，坐下，冷靜。警察們這下成了看門道的，靜等他倆對掐，掐出真相來。米拉改用柔軟的語氣，啟發阿卜杜，你不記得我跟你說，我七歲開始拿大頂，練出了好臂力？你還伸手在我胳膊上捏了一下。她把胳膊折成九十度，側過身……阿卜杜突然抬起頭，半張開嘴，大黑眼透進了亮光。然後我們仔細在地上看，看見了香蕉皮，被你踩爛了……她的語氣可以去催眠。阿卜杜說，哦，我想起來了。他的大黑眼珠漸漸被淚水淹沒，透過自己的淚水，他看著記憶裡的黃晶蘋的臉，脂粉下滲出的死亡膚色。「我想起來了」，這句話分界了他的個人史，史前：

生死遙遠而抽象，之後，生與死就是肌膚貼著肌膚，儘管他的祖國每天發生那麼多死亡，卻唯有這次，那熱的、動彈的生命，是他緊抱著、緊抱著、抱沒了的。米拉看著他，湧進那大黑眼的痛苦越來越濃重，終於，他朝警察看去。是的，她拉住了我，要不我可能摔成輕度腦震盪了，他微微一笑，悲苦到極致，才笑得出來，我們還說笑了兩句，然後聽到了尖叫。米拉感到有點癱軟，原先的坐姿下沉了一些。

死者是你的戰友？中年漢子警察問道。黃晶蘋已經不是黃晶蘋，是死者。米拉已經開始接受黃晶蘋的新稱呼，死者，好吧。她回答道，是的，我們都是舞蹈二分隊的，每個集體舞她都在我旁邊，每個領舞和獨舞，我們都是Ａ、Ｂ角。我們朝夕相處，就是有個姐姐，也不會一塊相處這麼多時間。年輕的小個子警察先前的疲沓回來了。這個美國人跟死者認識了多久？中年警察用蘸水筆尾巴朝阿卜杜的方向戳了戳。米拉回答，三年前認識的，她覺得這話有點虛，但不算謊，她的確在阿卜杜初次搭訕她的同一時間，把黃晶蘋介紹給他的，當時心存轉嫁危機的不良動機。我不是美國人，阿卜杜說。中年警察說，餐廳老闆說你是美國人。阿卜杜說，那是餐廳老闆的誤會。中年警察說，老闆親耳聽人說的！警察被頂撞是不經常發生的事，這事令他不快，他想讓阿卜杜知道。阿卜杜說，那就是說的那個人誤會了！你應該怪那個人無知，以為中國之外就是美國，別的國都不存在，都被他浩瀚深沉的無知愚昧淹沒了！阿卜杜似乎用起書本語言來，像是事先背下了演講稿。強行讓他當美國人，令他不快，不快來自他對自己窮困多災的祖國的疼愛和護短，這不快他也想讓警察知道。小個子以川味普通話插嘴：事實上，說你是美國人的，不是別人，是這位女士的小姑。米拉想，原來他們得到了所有人的供詞，最後來審他倆。阿卜杜說，那就是她小姑無知愚昧！中年警察說，也可能是故意撒謊。阿卜杜說，你指控我故意撒謊？！中年警察不答話，意味深長地盯著他，意思是，你，或者那位小姑。阿卜杜的民族自尊心進一步被刺痛，大聲說，好像只有美國人才配全世界到處跑，只有美國人才配來中國，來成都，跟中國姑娘交朋友？！米拉輕喝，行了。惹了警察，他拍拍屁股回北京或伊朗，她米拉沒有可跑的地方。兩個警察反而安靜下來，又是一個對視；這倆受審者不吃訛，收工吧。

中年警察低頭讀了一會筆錄，抬起頭，看著米拉：死者生前跟你關係怎樣？很好，從部隊轉業下來，我沒有跟其他戰友經常聯繫，黃晶蘋和我，我們經常聯繫。你們十二歲就在一起？嗯。死者有什麼癖好？沒什麼癖好，就是愛吃零食。我們女兵生活枯燥，很多不允許，吃零食是允許的，我們都有這個癖好。還有呢？我們倆是舞蹈隊唯一早起練私功的人，有時候說點悄悄話。悄悄話都說些什麼？什麼都說，那時候追她的人多，她要我參謀，哪一個好些。死者有男朋友嗎？一個司令員的兒子追了黃晶蘋好幾年，不過她還是選擇獨立。出來唱歌就是她獨立的方式，她一個月能掙八千到一萬，掙的錢一半寄回家。米拉發現自己一面在說死者黃晶蘋的好話，一面在暗示阿卜杜，黃晶蘋在他所認定的「亂七八糟的地方」當歌女，獨立致富，尊重獨立精神的米拉尊重她。

從警察局出來，米拉和阿卜杜淡淡道別，都不想給予和索取安慰，各自朝不同路線的公共汽車站走去。當天晚上，米拉收到招待所傳達室帶的話；阿卜杜的話，他乘當夜的車回北京，一周後回伊朗。

新郎老米

米瀟夜裡一點從畫室出來，散步回家，走到人民南路的巨型主席塑像前，聽見有人歡叫，毛主席洗澡嘍！回頭一看，果然，兩個消防龍頭對著塑像在噴水。那個人歡天喜地，在地面上逐漸蓄起的小水窪裡跳，邊跳邊喊，洗澡嘍！毛主席洗澡嘍！噴水的人喊，狗日喊你媽啥子？！男人照喊不誤：毛主席他老人家也要洗澡哦！日你先人，喊啥子嘛喊？！男人回嘴道：日你先人，毛主席是在洗澡訕！另一個舉著消防龍頭的人站在一個折疊消防梯子上，舉著管子在給雕像洗頭，大聲呵斥，你狗日洗得，毛主席他老人家未必就洗不得是哦？米瀟覺得景象和對話在半夜一點進行，很有意思，便停下來，隔著寬闊的馬路觀看。那個男人轉臉對他喊，看啥子看？毛主席洗澡不准看！米瀟回喊：為啥子不准看？男人喊：不准看就是不准看！架子上那個人回答米瀟：不要理他，他有病！米瀟此刻看清這男人的模樣，四十歲出頭，中等個，前額和半個頭頂亮光光，他忽然想起他是誰了。此人在文革中被捕，罪狀是模仿毛澤東髮式。一九六九年秋天，成都鬧市出現一個髮式奇特的男青年，前額和前半個頭頂的頭髮被剃得精光，見了戴紅袖章的中學生便伸出手緩緩揮動，用低沉渾厚的聲音喊道「人民萬歲！」缺乏喜劇的年代，街上人終於找到一個笑星，他周圍總是一大群捧場的孩子。有人說，還是有點像毛主席哦！也有人說，小號毛主席。不過更多的人不同意：毛主席哪兒是他那個死樣子？像彭真還差不多！彭真那時已被打倒，糟蹋彭真比較安全，於是大家看見他就「彭真頭、彭真頭」地叫。不久，一群紅衛兵把他打翻在地，五花大綁地交給了公檢法。在到處張貼的判刑告示上，人們看到彭真頭的大照片，罪行「醜化領袖，在廣大群眾中造成極其惡劣的影響」。那時的告示就像廣告，使他的知名度進一步攀升，簡直就是一個反派明星。後來民間傳說，彭真頭在公檢法那裡拒不認罪，光榮被斃。看來當年他被斃的消息是誤傳，公檢法裡也不盡是閻王小鬼，牛頭馬面，也不乏仁慈之士，或者他們覺得，為一個荒唐髮式，浪費一顆子彈，去斃掉一條無用也無害的性命，不值得。居然彭真頭在此地重現，可見社會真是解放了，開明了。米瀟掏出菸盒，朝他喊一聲：過來嘛。彭真頭疑疑惑惑地朝他走來。人民南路在夜裡真是寬闊，兩排白亮的路燈，一個個小月亮似的。彭真頭走到了跟前，米瀟發現他竟不見老，腦門上倒映一個小月亮路燈，沒一絲皺紋。米瀟把自己的菸遞給他。他欣然接過，馬上是哥們兒的表情，詭秘地指著對面噴水的兩個消防員對老米說：龜兒只敢在半夜給毛主席洗澡哦。米瀟問，為啥子？他不直接回答，轉過身仰起頭，打量濕淋淋的主席那不知疲倦地向前揮手的巨型身影，說，毛主席洗安逸嘍。米瀟也點一根菸，打量著他，他穿一件呢子中山裝，舊了，後脖領上仔細補了半圈補丁。不知是他自己的針線活，還是他家裡人的。不管誰的手藝，活兒做得認真，看來他家裡人尊重他的選擇：遵照領袖的精神，可以；遵照領袖的外表，也未嘗不可。米瀟問，他們把你關到哪裡這麼多年？彭真頭一愣，嗆了一口菸，咳嗽幾聲。米瀟重複了一遍他的提問。彭真頭以悲苦的神色看了老米一眼，反問，你認得到我是哦？米瀟笑笑：你有名訕。彭真頭說，他們把我關起了。關在哪兒嘛？醫院。醫院在哪兒？重慶歌樂山醫院，曉得不？米瀟點點頭，笑笑。裡頭咋樣？還可以。家裡頭人去看你沒得？看了的，一年去看一次。裡頭伙食咋樣？一般病人伙食訕；一個禮拜吃一餐麻婆豆腐，一個月吃一餐回鍋肉。他湊近米瀟：跟你說嘛，裡頭盡是些神經病。我跟他們莫得共同語言的。米瀟看著他，他的眼睛小而亮，非常單純。米瀟問，裡頭有打人的沒得？有哦！打你沒有？我不跟他們一般見識，都是神經病，可憐嘛。米瀟看看他的衣服和鞋子，穿這麼周正，你媽打整的啊？我媽早就走了，我老婆打整的。米瀟差點樂出聲，他還有老婆。你老婆做啥子的？電影院查票的。我年輕的時候，最喜歡看電影，就跟她耍朋友了訕。米瀟心算了一番他的年齡，他和影院查票員熱戀那陣，電影院沒別的電影放，只有主席接見紅衛兵的紀錄片，連軸轉放映，他大概就是那個時候迷上了主席的形象和髮式。家裡還有哪個？兩個哥哥，嫂子，五個侄子姪女。哥哥嫂子對你還可以？還可以，大哥刻圖章，這幾年不曉得咋嘍，刻公章的那麼多，活路做不完，我幫到他刻，天天都要開夜車。原來彭真頭也是有事業有吃飯傢伙可以養家的丈夫。大哥你說，為啥有那麼多人要刻公章？米瀟想，這倒是對社會的一個刁鑽切入點，很多單位搞第三產業，各種小餐館小商店在開張。他把這些分析跟彭真頭說了，彭真頭被他的觀察力和分析力折服，又問，大哥你是做啥子的嘛？米瀟笑笑，你看呢？彭真頭認真盯著他看，眼睛那麼使勁，像是在腦子裡把他刻成圖章，然後認真地說，肯定不是警察，也不是當官的。米瀟說，你肯定？彭真頭追問，大哥你到底是做啥子的？米瀟說，我啥都做不好。

這倒是他心裡話，在他和另外兩個人共同創作的那幅巨幅油畫獲獎之後，他深知自己此生什麼也做不好了。巨幅油畫是巴山起義組畫之一，「巴州章懷寺起義」。作品完成後，米瀟發現，起義的女領袖，石尼姑的臉似曾相識。這張臉的原型是從「四川畫報」上找到的，那是一個山區的「背兜商店」售貨員，儘管十分秀麗，卻帶有女山民的剛毅。米瀟通過畫報社找到了這個樂山地區的姑娘，給她拍了所有角度的照片，又在樂山找了一間中學教室，給她畫了七八幅素描，直到他感覺對這個山裡姑娘的神情姿態大體掌握。以這個背篼女售貨員為模特，米瀟創作了一百多年前的起義女領袖形象。許多天他陶醉在這個面孔前面，認為他給繪畫史長廊上的一系列著名面孔增添了一個全新的形象，直到突然間陶醉退了，他清醒在一個可怕的念頭中，這張臉怎麼這麼眼熟？！等到作品獲得了國家級的獎，他頓悟，並不是女主人公的面孔和五官眼熟，是她神態氣質眼熟；太熟了！他畫出的是她的皮肉形象，而皮肉下的精神形象是他的靈魂孕育分娩的，壞就壞在他的靈魂枯燥單調，幾十年如一日，耳濡目染，都是李鐵梅、方海珍、阿慶嫂、江水英、柯湘……那些臉孔之下的臉孔、五官之下的五官支配了她們表層的面目；這潛於深層的面目枯燥單調，提純成了符號。他跳不出正面形象的教育和自我審查，審查支配了米瀟的畫筆，荒疏了他作為真正創作者的能力，這能力就是發現每個個體人的唯一性。這是多麼不可或缺的特殊能力啊，賦予創作者淘洗掉芸芸眾生的千分相似、百分相同，淘出獨屬於「他（她）」的差異。多年來，正面形象不知多少次惡心了他，傷害了他對人這族類天然的好奇和欣賞，現在他發現，在他撕掉的正面人物面譜之下，並沒有任何面目，什麼也沒有，一片空白。他的畫筆只能分娩戴著面譜出娘胎的人物。假如說，他的腦是他精神的子宮，他的畫筆是產道，產道出產千篇一律的胎兒，那是怪不得產道的，得先去追究子宮是怎樣孕育的，誰的精子導致了這場孕育，孕育期進補了什麼營養。說到底也不能怪子宮，要追溯到那個裝載子宮的全身，作用於子宮和胎兒的全套臟器，全套代謝循環，全部營養攝入，假如整套生命系統加營養攝入都被淨化到如此單調、單一程度，使其只能排出同一種卵子，只能接受同一種精子，那子宮、產道又有什麼神功，分娩出不同的生命？他米瀟的整個精神生命被淨化了幾十年，淨化得如此單一純粹，只能孕育同一種胎兒，分娩出一個個精神面目雷同的胎兒，就如這個自以為驚天之作的《章懷寺起義》中的女主人公。石尼姑被分娩出來，米蘿絕望地發現，他認為可以排列在達・文西的蒙娜麗莎、林布蘭的亨德麗婭、魯本斯的搶奪柳吉伯斯的女兒等著名面孔之後的起義女領袖，跟李鐵梅、喜兒、吳清華源於同樣的父精母血，只不過借腹懷胎，在他的精神子宮裡成型，又從他畫筆的產道誕生。這是一場陰謀！他整個精神生命被偷換過，幾十年的這場偷換過程潤物細無聲！作為畫作，那幅畫無懈可擊，布局、色調都無可挑剔，什麼都好就是空缺了生命。生命，首先是一個唯一性的獨立靈魂。他聽著彭真頭漫漫地聊他的哥哥嫂子，他的妻子；一個很獨特的家庭，米蘿一半的思緒仍在那幅畫上縈繞，作為畫作，允許對原始事件進行場地調整，因此他把石尼姑母親自盡的場景，從她家裡搬到了太子岩下。這位母親為了不拖累女兒，讓女兒義無反顧地領導起義，自盡在女兒面前。母親為女兒的使命而自盡，有著虞姬為大王輕裝突圍而自刎的悲壯意味。畫面中女兒跪地，抱起奄奄一息的母親，懸在她們後上方的，是那塊著名的蘑菇形巨岩——太子岩。石尼姑的神色，在出家的超脫和揭竿而起的大義之間，炸裂出的一個純粹的女兒態：震驚、不捨、對自己將淪為孤兒現實的恐懼，這應是她剎那的還俗、被俗世的生死之痛突襲的一瞬，眼裡迸發的，是對一切教人超脫的經典的詛咒。背景中的巨岩上，肥厚的苔蘚黑綠森森，那是一個被賜死的唐朝太子多年讀書露宿的地方，是千年前另一個自盡者的精神歸宿，預示著反抗者殊途同歸的悲劇結局。被母后貶為庶人的太子李賢，得到親生母親武則天賜死詔書後，沒有逃逸，恭恭敬敬把自己祭獻在岩石上，幫助母后平息了那最後一絲不安，使母親的權力合法性歸於完整。三十一歲的太子亡靈蕩漾千年，化入山中雨雲，籠罩著反叛的女領袖。那亡靈最終是恭順的，退化為一個君要臣死臣不得不死的奴隸。原本是好的構思和構圖，因為女主角的面孔而全盤皆輸。別人不懂的慘敗，米瀟自己是懂的。梁多也是懂的。梁多在這幅畫前站了很久很久，米瀟為此得意，認為梁多終於對他這個同行加以承認了，但事後意識到，那是梁多在拖延轉過身、面對米瀟的時間。但梁多不可能對著畫一直站下去，站在那裡過年。他終究要轉過身來，面對他，褒貶會在他的面部表情和肢體動作上，那將是對老米的判決。終於梁多轉過身來，對他笑笑，說老米真是了不起哦；such a great project。了不起可以當宏大解說，宏大的項目，而不是了不起的作品。米瀟當時把它當好話聽，後來越想越難受，梁多不忍宣判他真正的判詞，耍了個好心眼的滑頭，躲在可有多種譯意的英文後面，脫了身。項目是宏大的，也可以說是了不起的，但只是項目，上級分派給你，你完美交卷，宏大地完成，而已。就在所有人認為米瀟大器晚成，終於眾望所歸的時候，米瀟幾乎自殺。他每天在那間省領導為這組繪畫專門撥款改建的畫室裡待很久，看著高三米寬兩米半的畫幅，苦尋自己接下去的活路。他找出早年當海員時畫的小品，那種生機和靈動，屬於另一個靈魂。所有人都被他蒙在鼓裡，只有梁多例外，而世界上只要有梁多這樣的識貨者，他米瀟就沒有活路。所有人，包括甄茵莉。在他的《章懷寺起義》得了兩個大獎之後，小甄對他說，立業是立下了，該考慮成家了吧？她的身體從來沒有像那一會兒那樣溫存，她身體對他身體的胃口，從未像那一會兒那麼大。他傷痛地想，自己都不想要自己了，卻還有這麼個女人，這麼飢渴地要他。當即，他對她說，明天、一早、就去、領證。第二天，五十二歲的米瀟做了新郎。這夜他在畫室裡待到腳趾頭冷得微微作痛，因為他有了個重大發現：女配角石尼姑母親的臉孔來自何處。畫母親的是米瀟的合作者，一個四十多歲的美院講師，得過若干省級繪畫獎，但他畫出的母親，深層面目跟米瀟畫出的女兒一模一樣，在差異的表層下，其實是與女兒一樣單調枯燥的正面人物面目：眼睛不近情理地聚光，嘴唇不近情理地決絕，雖然奄奄一息，這面孔完全可以放在李奶奶的身上，對孫女鐵梅唱：要挺得住，你要堅強，學你爹心紅膽壯志如鋼……米瀟站在巨幅得獎作品前面，聽到了內心悶雷般的死刑判決。本來他懷疑這判決有可能降臨，現在懷疑被移除了，終於能正眼看自己的末日了。抽完第三根菸，米瀟聽見一個人輕嘆：洗完嘍。嘆息者是彭真頭。米瀟想，自己半夜不回家，跟一個瘋子聊天，真是死得了。

他把剩下的菸連菸盒一塊給了彭真頭，告辭了。洋菸哦，彭真頭在他身後驚喜，然後提高音量對著他的背影喊，毛主席一個月洗一次澡，二天大哥又來看嘛。米瀟背著身，像領袖那樣揮揮手。一路上，彭真頭的那雙眼睛一直在他腦子裡亮著，那麼單純，那麼滿足。人畜無害的一份存在，曾經也遭受那麼長久的磨難，可他依然任性，依然做他那獨一份的自己，半夜出來看他崇拜的領袖「洗澡」。米瀟能看出，彭真頭的生活環境是有愛的，兄長嫂子應該是把他當孩子養的，老婆一邊縫補著他穿了十幾年的中山裝，一邊看著他靈巧纖細的手指掌著刻刀，在一塊雞血石上走動……不對，刻公章的人用不起雞血石，一塊油茶木就妥了。各種非公非私的產業（比如第三產業）正在流行，藝不壓身的彭真頭穩端飯碗，一個月來一次此地，看看主席洗澡，娛樂工作生活，方向條例都清晰。彭真頭比米瀟幸運。

米瀟只想這樣走下去，不用面對明天。街道非常靜，偶然幾輛架子車擦身而過。送菜的郊區農民已經進城了，鮮菜帶著微微的尿素氣味，混入清晨的風。甄茵莉會在沉睡中醒一剎，摸摸半邊空床，迷糊著想，老米還沒睡，然後再一頭栽進夢鄉。最近小甄睡眠質量提高很多，歸功半個月前領回的結婚證。米拉聽說爸爸又當新郎，沉默一下，笑笑說，爸爸有人管，我就放心了。米瀟默默地擼了一下女兒的馬尾辮。女兒的大額頭，特別適合這髮式。三天之後，米拉告訴他，孫霖露聽到米瀟做新郎的消息，大哭了一場。米瀟在過渡房裡當過渡人，過渡在兩個女人兩場婚姻之間，孫霖露總是心不死。現在米瀟結束了婚姻過渡期，她嗚嗚地哭，心死了，必須考慮玩下一盤了。米瀟在女兒二十四歲生日那天，瞞著小甄在芙蓉餐廳訂了個包間，讓曾經的一家三口重逢。孫霖露點的菜都是米拉和米瀟愛吃的，米瀟點的菜都是孫霖露愛吃的。服務員端菜進來，對米拉說，你好福氣喲，爸媽捨得花這麼多錢給你操辦生日，一看就是模範家庭訕。服務員退出去，老米一臉難為情，孫霖露拍拍他肩膀說，哎，以後我們每年辦一次模範家庭。米拉看看母親，看看父親。孫霖露笑道，你這個龜兒子啥都沒給我，就給我這件無價寶，她甜蜜的眼睛轉向米拉。米拉像所有無價寶那樣矜持。米瀟說，當年要是給你兩件三件無價寶，該多好！都怪你媽不願意帶外孫女！老米貧嘴，笑眯了。他在米拉的生日晚宴上發現年輕時追求孫霖露的原因，她身上有米拉那種清氣；消瘦下來的孫霖露，二十歲的碧清模樣又隱隱浮現。但他知道，兩份「清」很不同，米拉的「清」是濃後之淡的清。二十四歲的女兒從二十歲開始發表小說，從她小說裡，你發現她的「清」不是不諳知人間世故的清，是撇去人間世故油膩之後的清。她對人性的洞悉，是她神童天性的一部分。米瀟獲獎之後，孫霖露托米拉獎賞前夫一瓶五糧液，表示自己很樂意當大獎得主的前夫人。吳可見到酒，打開瓶塞就對著瓶口喝，老米要阻止他，吳可跟他搶酒瓶，悄聲說，原先的嫂子才捨得給我喝呢！眼睛瞟一下門外的走廊廚房，新嫂子小甄在那裡當新媳婦。老米得了獎，甄茵莉認真做起了大畫家的主婦，天天照著菜譜操練烹飪，好讓老米騰出時間精力，繼續創作得獎作品。得獎讓失去聯繫多年的地下黨組織的朋友都寫信來道賀，為有米瀟這樣的早年戰友驕傲。米瀟的成就證明瞭一個真理，不是所有參加地下黨組織的人，都是無才藝無特長光知道混政治飯的白丁。三個前地下黨戰友在重慶為他遙遙舉杯，一醉方休。所有人都因為老米得獎而改善了生活，只有米瀟過得苦不堪言，因為他知道那作品多糟粕，而自己必須為歡欣鼓舞的親朋好友作為謊言活著。梁多是不忍心拆穿他的謊言的，但他的《放鴨少女》就是梁多對老米謊言的拆穿，在謊言被撒出之前，拆穿已經等在那裡。難怪李真巧棄吳可而去，投奔了梁多。真巧和米瀟之間，祖上那根淵源流淌到他們，已經細得快斷了，但在某些事物上知好歹識貨的天資，留在他們最後一滴共同的血液裡。並不是真巧不識吳可的真貨；吳可的《排隊》重新上演，全省全國，都是他的觀眾，又成了大眾紅人，又奪回大齡女子們潛在情人的地位，真巧對他那份愛惜，之於吳可，錦上添花，可有可無，而之於梁多便是柴米油鹽。梁多被老婆孩子拋棄，被畫院除名，住地震棚，若無真巧疼愛，餓死在棚裡都無人知。有一次她問老米一個奇怪問題，三哥哥穿的短褲，是啥子尺碼？老米回答，是啥子啥子尺碼。真巧都要哭了，說三哥哥你就不胖了，比梁多還大兩號，梁多那麼大個子，咋瘦成這樣呢？！他的遠房表妹是所有落難才子的情人。他假裝無意地問過真巧，梁多背地咋個評價他的《章懷寺起義》，她笑笑，表示打死她她也不會說。

快走到筒子樓門口，一張白亮的臉從樓門的黑暗浮現出來。米瀟一路胡思亂想，對著自己的想法過份出神，此刻嚇得一軟。對面的臉出聲了，這麼早你去哪裡？是甄茵莉。從畫室剛回來。你把我嚇死了！她手指尖尖在自己小巧的胸部輕拍。米瀟想，她還被嚇死了呢！他扶住她的胳膊問：這麼早起來幹什麼？起來？！我昨天早上就起來了，到現在還沒睡過！他的待遇真是改善了，過去她是不會等他的，只要偵察到他在哪，跟誰在一塊，沒有比她年輕漂亮的女人同在，她一個人看看電視就睡了。得了國家大獎，米瀟從小名人變成了大名人，家裡就有了等門的。她小小地光火：我給你畫室打了好多次電話！米瀟賠不是：對不起對不起，我聽到鈴聲了，沒接。你為什麼不接？我在思考。她窄窄的鵝蛋臉上，上半部都在清晨晦暗中閃亮；她的眼睛不瞪就巨大，此時瞪到極限，米瀟不敢看。明顯她是質疑他夜不歸宿的說辭。你是打算出門找我？他問。我打算報警！說完她扭頭進了樓門，這個過渡樓裡的過渡人搬走了不少，剩下的都是賊，偷公共電燈泡，偷別人家泡菜，有的人家把臉盆架放在門外，架子上放了漱口杯和牙膏，結果發現牙膏夜夜被偷擠。兩人摸黑回到家，他一頭倒在床上。一會她過來，把他鞋襪脫掉，用熱毛巾給他擦腳，這也是新近提升的待遇。她手一邊在他腳趾上按摩，一邊問，思考什麼呀？他的瞌睡如山倒，但努力咬字回答：思考下面怎麼辦。什麼怎麼辦？小甄揉得他軟成一團發酵的麵。局領導要我再接再厲，畫一幅紅軍渡金沙江的大幅油畫，參加明年全國美展……小甄說，真的呀？一秒鐘之後，小甄噴香地貼上來。深秋的女人身體，真好，軟軟一個湯婆子。你已經開始了？我已經拒絕了。為什麼拒絕？！因為我畫的是一坨屎。她輕輕打他的腮幫，胡扯！不敢胡扯，是真的，真的是一坨屎。他翻了個身，拉開和小甄的距離，女人肉體在深秋好得很，溫軟的湯婆子，但會說話的湯婆子他此刻最怕。

米瀟醒來時，窗子玻璃上淚水漣漣。他一動不動，不想知道幾點了。走廊上的聲音是上午九、十點的，人們早就開始了相互麻煩的新的一天。小雨天很配他的心情，忽然他特別想念女兒。米拉是他的談伴，他沒想到，自己二十五年前，在孫霖露的子宮裡為自己造出一個理想的談伴。在米拉五六歲的時候，他就把她當談伴兒，跟她談，免得自言自語。女兒的聆聽很專注，儘管她手上可能在縫一個布娃娃，或者用方凳子當小桌，在上面擺玩具杯盤。她很少搭話，但偶然開口都在點子上，比如有一次他請了幾個客人到家裡吃飯，人走了後，孫霖露刷洗，他拎著垃圾桶出門，米拉不聲不響跟他往公共垃圾箱走。他問女兒，米拉是賈寶玉還是林黛玉？那時米拉已讀過《紅樓夢》連環畫，但她沒回答父親。父親半自語：賈寶玉喜聚，喜歡好多朋友在一塊，宴席永遠不散。林黛玉喜散，因為她知道再長的宴席都是要散的，與其最終是散，不如不聚。米拉是喜歡和好多人在一起呢，還是喜歡自己一個人待著？米拉此刻開口了，問，好多人是什麼人？米瀟說，就像剛才那些叔叔阿姨。米拉說，那我就是林黛玉。意思很明確，寧可一個人冷清著，也不跟那樣的人湊熱鬧。其實那也是米瀟的意思，他害怕冷清，一身好廚藝，就為隨時招人來驅散冷清，但熱鬧起來又覺得心裡更空。米拉說中了實質：散或聚，賈寶玉或林黛玉，取決聚的人。原先鄰居的老婆，是省歌舞團的舞蹈教員，看中米拉的身體條件，主動給米拉上舞蹈課。米拉學了一年求爸爸給她換老師。米瀟想知道原因，米拉說，她就像老來我們家吃飯的叔叔阿姨。

米瀟一下子就明白了她的意思：庸俗，攀比，別人家添一項重要購置——自行車、縫紉機、無線電，都是他們壞心情或好心情的按鈕。孫霖露給小米拉梳各種各樣的辮子，扎各色的蝴蝶結，但米拉缺乏表情的小臉怎麼也打扮不成洋娃娃，相反，她看起來很僵，也不自在。有天米瀟早上就把女兒獨攬過來，用一條淡藍手絹把她一頭過分厚重的頭髮在腦後潦草一捆，小臉兩邊漏出的碎發也隨它們漏去，小女孩的模樣一下子就屬於她自己了。米拉喜歡父親對她的形象設計，以這樣的形象去跟外部世界唱反調。文革初期街上的野蠻少年拿著大剪子，見了留長頭髮的女人、女孩，摁住就剪，卻讓米拉的頭髮漏了網。那麼好看的頭髮，不忍對其野蠻，讓那不合時宜的小姑娘形象倖存了下來。後來米瀟被貼了許多大字報，不停搬家，房子越搬越小，有一天他拉著女兒的兩隻手說，鄭伯伯、程阿姨都死了。米拉知道，他們是父親的領導。米拉，爸爸也不想活了。女兒不聲響。父親問，沒了爸爸，米拉怎麼辦？女兒還是不聲響。父親又說，因為爸爸，你媽在單位受人家氣，米拉在學校也受氣，還不如沒有爸爸。米拉此刻開口了，說，爸爸怕醜。剛一聽米瀟很懵，但不久反應過來：鄭伯伯用繩子把兩百多斤的身體吊起來，人家都說「老鄭脖子都勒黑了」，程阿姨割開手腕子，血流完了，人都流得發綠，聽著就醜。爸爸也怕疼，米拉又說。他笑出聲。女兒深知父親的德行；米瀟連打青霉素的疼都受不得，死的疼是多少倍的疼，他又如何受。明白了七歲的女兒的話，米瀟笑得不亦樂乎。他的軟弱、窩囊廢、好死不如賴活的本性，女兒看得多麼透。

從呼吸的輕重判斷，甄茵莉也是醒著的。還在想今天清晨的事？果然她翻過身，薄薄的胸脯貼在他背上，一隻手輕撫他的大臂。試探。他不動，還想冷清得長一些。小甄說，裝什麼裝？知道你早就醒了。然後她咯咯咯地笑起來，不看人，小甄是個少女。幾點了？他問。你沒聞到味道啊？都在做午飯了，小甄回答。這條走廊上永遠有人做飯，吃飯，都是過渡戶，吃飯為活著，活著為吃飯。甄茵莉說，睡著之前你說了什麼，還記得嗎？他說的「一坨屎」，成了豌豆公主小甄床墊下的那粒豌豆，硌得她一夜睡不安生。他謊稱不記得了。你說領導讓你再畫一張大作品。他說，哦。

你說你拒絕了。我是那麼說的？嗯，你就那麼說的。哦。問你為什麼拒絕，你說了一句胡話。哦。還記得你說了什麼嗎？不記得。你說你畫的是一坨狗屎，所以你對領導不太客氣，拒絕畫那張金沙江。哦。哦什麼呀？嗯？你不想回答就是「哦」、「嗯」！睏吶。睏你不回家？你肯定在思考特別嚴重的問題。嗯。你真認為你畫的是一坨狗屎，還是說的胡話？你覺得呢？甄茵莉重重地挪開了她薄薄的胸口，對著帳子頂部的印花說：我又不懂。他嘆口氣：不懂就對了，懂才痛苦。你的意思是，你畫了一件得大獎的作品……他打斷他，不是我一個人畫的。言下之意：不是我一個人造出的那坨屎，屎的最後呈現，三個人都有責任。主要是你畫的，你的選材，你的構思，你的整體設想！小甄都急了，屎的主要出產功勞，可不能多算給別人。他想，賴還賴不掉呢，米瀟是這坨屎的主要出產者，板上釘釘，人人知道，別想賴。這些年得獎的繪畫真不少，絕大多數很屎。真正的屎一泡一個樣，狀態生動迥異，具有藝術的絕不可重複性，比那些畫還原創些。就像電影裡的男女主角，開口就是詩朗誦，哪還會說人話。他們不會扮演人，只會扮演英雄。他沒學會畫人，先學會畫英雄，（以電影廠徽上那獵獵紅旗下抱著麥穗舉著大榔頭端著衝鋒槍跨著大弓箭步的工人農民士兵英雄為模版）最後想畫人都畫不了了。甄茵莉摸到他的手，無力地握住。你真的拒絕了？嗯。真的覺得一坨屎？他咬咬牙，那是胡話。我想也是胡話，暉糊塗了。他當作謊言活著，能讓小甄幸福，為什麼不？幾個人是梁多，能識破他？獎金可是硬碰硬，能給小甄買一套李真巧那樣一觸即化的睡裙，能給米拉撐腰：找什麼單位？專心寫作，爸爸養得起你！當謊言活著無恥，但為妻女謀幸福高尚，以無恥達到高尚，中間找齊了。這一想，他呼的一下睡過去，再醒來，雨停了，西窗上一片陽光。秋天的陽光好看，成熟的顏色。

重演

聽到這個人的名字，吳可的心突地一竄。似乎這些年來，他一直在尋找和伏擊這個名字。再來看這個人，窄肩膀，長脖子上頂個小圓臉，一個卡通圓鼻頭，眼鏡跨在扁平的鼻梁上，蹲卻蹲不住，不斷往圓鼻頭上降落，於是他的手就有事幹了，每隔幾秒鐘推一下眼鏡。他注意到他有一雙大手，粗大的腕關節，微微發紅，長而不直的手指，又大又方的指甲，推眼鏡用的是右手的拇指和中指，一推眼鏡，整個大手掌把他的小臉盤蓋住一剎那。也許這個蓋住是假象，是給自己一剎那，從指縫裡觀察對面的人。他說他受上面的囑託，來跟吳老師探討一下《排隊》劇本裡能調整的地方。當然，請賜教，吳老師說，平易近人，和藹可親的微笑逆著慣常滿心謾罵的下斜肌理。我看過一個縮寫的《排隊》劇本，為整人搞運動提供材料的，文筆相當不錯。我猜那是王同志你的手筆吧？對面的臉愣了一下，大手上來推眼鏡，大手下去了，笑道：吳老師別怪罪，我那是佛頭著糞，太歲頭上動土，真對不起。不過吳老師也知道，運動來了，都這樣……他年輕光滑的臉出現一絲玩世不恭。縮寫的文字相當可以哦，吳可說，你是哪個大學畢業的？王同志說，哦，我基本是自學成才，後來上了三年函大。在哪裡自學的？吳可在把他帶入埋伏圈。當時我在雲南建設兵團，自學了高三所有文科理科課本，也自己給自己測驗過。推眼鏡。哦，雲南建設兵團？哪一個師？我是三師的。吳老師對雲南建設兵團很熟？你們兵團的知青鬧事，全國都知道，成都重慶的知青野得很哦！過境幫人家緬甸解放軍解放全人類，越境越南嫁人，好傢伙，你們可沒讓黨中央領導少操心！吳可哈哈大笑，大人物的笑，不需要快樂，體現一種氣魄。王同志附和道，是的是的，鬧回城那陣，死了人的嘛，所以中央才開始考慮知青的回城問題。你沒鬧回城？我沒鬧；鬧回了城，又啷個樣？屁的本事沒得，工作都找不到。那大部分知青回城了，你留下來，一個人上山割膠，下山採茶？兵團的橡膠園遺留給農場，上級提拔我，當了農場的宣傳科長，當時我是農場最年輕的科級幹部。王同志掩飾不住得意。後來呢？吳可想知道。後來我就給調回到重慶了。在重慶學完函授，再給選拔到省委宣傳部當部長秘書。你是重慶人？他說，重慶沙坪壩。我口音重，哈？吳可接著問，那三師的成都知青，你熟不熟？王同志說，不太熟。吳可說，雲南的女知青，美人不少吧？王同志一愣，嘿嘿笑。吳可又說，我有個好朋友，也在雲南當了十年知青，跟我講過不少你們兵團的操蛋事。有個連長，現役軍人，一個連的女知青都給他辦掉了。好在她不在那個連，她是師部宣傳隊的。推眼鏡。推眼鏡的手蓋在臉上，一秒鐘過去了。這個女知青就是個大美人，家在成都，不曉得你認不認得。又是推眼鏡。吳可想自己在他指縫裡的模樣，一定是渣滓洞集中營刑訊者的。吳老師，我們還是抓緊時間談劇本，晚上我還有事。談吧。劇本裡讓上面最不舒服的幾點，一是飢荒，二是芒果，三是計劃生育。相對來說，計劃生育更讓領導惱火，因為這是正在實施的國策。吳可說，我是不會改的，你見過那個親媽給自己孩子斷胳膊切腿？親媽也不會給她兒女作整容術，因為親媽眼裡無醜孩兒。要改，你們找別人改去，話劇院有的是提二把刀的。他們改你放心？生出的孩子長大，出了家門外面人是打是罵是騙，當娘的有什麼法子？你們兵團的女知青被強姦，他們的親媽除了無奈，更疼她們，還能幹啥？王同志說，如果吳老師不介意，我們還是回到劇本討論上，談話經過咋樣，部長那兒，我是要交差的。吳可說，哦，對不起，我又去說兵團那些操蛋事兒了。吳可想，你進了我的埋伏圈，想突圍，可沒那麼輕巧。他笑眯眯地看著埋伏圈裡瞎打轉的王同志，說，縮寫本是哪個拿給我看的，你曉得不？王同志搖搖頭，他還真嫩，對每次運動都要被運動一番的吳可，太嫩了。吳可說，是我母親。推眼鏡。我母親被你們統戰，來跟我談話，讓我放明白點，現在不是文革期間，打翻在地永遠可能翻不了身。不過老太太還留了點私心，把這份縮寫的劇本搞到手，給我看了。再操蛋的兒子終究是兒子，那句爛俗話說，血濃於水，啊呸。

說著，吳可站起身，打開通往露台的那扇門，走出去。才入三月，勿忘我給一個雨夜孵化出暗藍的米米，再有一個禮拜，就會全面綻開。雨水積在收攏的遮陽篷上，向內鼓出個孕婦大腹，重量墜折了伸出去的撐桿，害得棚子能伸不能縮。吳可走過去，斥罵著某人：懶蛋一個！該修理的一直不修，孑孑都要生出來了！他知道自己在門內那雙眼鏡後面的眼睛追光中舉動。吳可朝門內叫一聲，王同志，幫個忙嘛。王同志跑出來，短而圓的臉是巴兒狗的。吳可說，我倆一塊把這個花盆搬到那一邊，自己的雙手已經抓住了盆沿。王同志跑上來，一邊說，我一個人來就行了。你細得跟個秧子似的，我只要你搭把手。王同志便來搭把手。兩人合力搬起最大的那一盆勿忘我。勿忘我嬌貴，可是吳可的勿忘我跟主人一樣命賤，好養活，分多少盆繁衍多少盆。陽台朝南，一到三月底，花期最盛時，三面水泥欄桿上都藍了。王同志細長腿，腰比一般人高兩寸不止，屁股得撅老高才能與吳可搭得上手，於是賣力巴結都在姿勢裡。王同志，你在縮寫劇本上落款怎麼只單落一個姓，名字畫了兩個叉叉呢？吳老師，我們這是幫領導速讀，弄的縮寫本，還敢落款？快要走到遮陽篷的一大兜雨水下面了。吳可心裡喊口令，準備了——他腳下絆到什麼，趔趄一步，花盆重量全落在王同志手上，讓細秧子王同志險些折腰。吳可趁他狼狽，伸手一捅遮陽篷那個孕育著壞主意的大腹，嘩啦啦，積累一春的雨水給王同志來了個通透澆灌。王同志頓時成了落水小公雞，乳毛脫光，新毛還沒完全長齊那種。李真巧的形容很準確，他確實醜乖醜乖的。吳可一疊聲地道歉，衝進房裡，拿了條毛巾。等他回到陽台上，王同志已經脫下了藍卡其學生裝，彎著腰，把學生裝浸透的水往欄桿外面擰。他身上只穿一件舊襯衫，布料洗薄了，透明地貼在一身排骨上。開始伏擊吧。吳可拿著毛巾走過去。你這孩子！要著涼了！他當起隔壁叔叔來，用毛巾劈頭蓋臉頭地給他擦，把他整個包在毛巾裡胡亂揉搓，擦到他胸口，毛巾似乎無意地往下一扽，襯衫上第二顆紐扣被扽開，揭開毛巾，小公雞被徹底拔了毛。那窄窄的胸口上是什麼？曾經加害人而反過來被加害的四道手指抓痕。吳可忽然意識到，手指短而有力的真巧，為什麼永遠蓄著長指甲，長指甲永遠修得尖尖。哪一身皮肉在這幾根指甲下能全身而退？吳可得逞了，妖魔的笑容浮現到他隔壁叔叔的表層上。我那個大美人朋友，也是雲南兵團三師的，你肯定認識，那麼美一個女娃，誰會不認識？王同志擦著自己的眼鏡，沒了眼鏡，他就光醜不乖了。你怎麼不問我他叫什麼。王同志把眼鏡架在塌鼻梁上，看著他，被伏擊打得潰不成軍。她叫李真巧。真是多餘，還用報那名字嗎？王同志深知多年前的夜裡，他犯下的是什麼罪行，用法律概念解釋，是蓄謀已久的強姦。吳可看著王同志，好稱心。王同志埋下頭，假裝扣那個被扽開的紐扣，假裝擺弄濕透衣服上的扣眼。他是否臉紅吳可看不清，但那四道傷疤的突然緋紅，吳可全看在眼裡。此刻的吳可非常殘忍，但對所有落水狗痛打、對可欺者往死裡作賤的人，都比他殘忍，吳可曾經多次做可欺者。真巧曾經一度也是可欺者，由著所有男人作踐，包括眼前這個披著醜乖的男孩皮的男人。

王同志低著頭進了門，吳可乘勝追擊。屋裡暗，王同志感到安全了些，抬起了頭，慢慢穿上藍卡其外衣，否則一身排骨對比渾身肌肉運力的吳可，太可笑了。你就是王漢鐸，我對名字的記憶最不好，好人的名字都記不住，壞人聽一次就記住。我專門問了李真巧你叫什麼。我相信我能找到你。王漢鐸厚顏地笑笑，問，她都跟你講了我啥子嘛？我倆好得很，差點談朋友的。他想偷換事件的性質。是的，她是跟我講過，一開始她挺喜歡你，在你真面目暴露之前。啥子真面目哦？你說啥子真面目？我不曉得。那我曉得。你曉得啥子？吳可猙獰地翹起一個嘴角；他在打算把對手掐死的剎那，就會這樣可怕地笑。男人之間，坦率點嘛，你看那些兵團幹部天天把她打來吃，你不吃白不吃，對不對？對呀！他突然憤怒，眼鏡懸掛在圓鼻頭上也不管了：她是啥貨色你肯定曉得，對不對？賤皮賤肉，千人騎萬人壓，她褲兒一提，照吃照睡……一個大拳頭砸在醜乖的臉上。眼鏡飛了，落在一米之外，居然沒碎。圓鼻頭還沒反應過來。但肉體的反應很快，兩行熱血噴出來，微翹的嘴唇立刻被蓋在猩紅小瀑布後面。吳可的右手完全失去了知覺。他再次出擊只能換手，左拳錘在對面兩排排骨中間的凹蕩裡。力道到底差些，披著男孩皮的男人向後退去，身子向前窩，慢慢蹲下去，鼻血滿地滴滴答答。假如是右手，他此刻一定背過氣去了。別人幹她是她默許的，你幹她是強姦，曉得不？不曉得的話，找個刑警問一下！告訴你，現在她要到你老闆（老闆這稱呼隨著個體戶、下海、第三產業等等新生事物的出現，以及港澳同胞越來頻繁的到訪大陸流行開來）那兒去告你，一告一個準，四道傷疤就在你狗日胸口上長到起，你咋個給自己辯護？吳可講起他的河北川話，王漢鐸不做聲，蹲在原地耍死狗。他走到他身邊，一腳踢上去。蹲著的身軀成了躺著的，滾在自己的血裡。日你先人，他哭起來。吳可的腳抽回，本來已經準備好再次射門，見他哭，把腳落到原地。哭，是吳可見不得的。假如真巧哭，他會愛她，答應娶她，他不知拿一個從來不哭的女人如何辦。起來吧，吳可說，他渾身發抖，但他不知他自己抖什麼。他在養母的河北鄉村學會打架，打得一手好架，打不還手的男人不是男人。他在內心騙了這個對手，再打就沒勁了。王漢鐸一隻手撐著地板，一點點往起爬，另一隻手始終捂在胃部。他就這幅德行慢慢挪，挪到眼鏡飛落的地方，撿起眼鏡，又挪到沙發邊，拿起擱在扶手上的帆布包，往樓梯口走去，背影很傷殘，很老態。吳可對著那背影不減殘忍，說：回去告訴派你來的人，是我吳可打的，讓他們帶警察來理抹我。

王漢鐸一步步下樓去，一聲不吭，任鼻血滴在木質樓梯上。吳可跑到露台上等著，等了很久不見王漢鐸從樓門裡出來。過了十多分鐘，人出來了，步態跟來時一樣，要不看他那身濕透變深的藍學生裝，一點異常也不顯。小子在一樓門洞裡止住了鼻血，擦淨了臉，很好地打整了自己一番。還是要點臉的。

從那天起，一直到滿露台勿忘我綻放，吳可沒怎麼出門。他在家寫新劇，同時等著找上門來秋後算賬的王漢鐸爪牙或王漢鐸上級。王漢鐸有心算賬的話，只要跟他老闆說吳可對修改劇本如何負隅頑抗，他的《排隊》就會停演。可是十多天過去，誰也沒來跟他算賬。《排隊》每晚上演，有時還要加日場，下午三點開演，由第一批文革後分到話劇院的戲劇學院畢業生出演。一個勿忘我盛開的下午，吳可寫得頭昏腦脹，晃悠到劇場。下午場已經開演。畢業生們的表演甚至比資深演員們更好，他們在表演中享受、遊玩。一台喜劇真正獲得了痛苦瘋狂的喜感，獲得了全新的氣質。讓他驚異的是，本來要他改動的那些敏感段落，被他拒絕之後，他原以為會被劇院內的二把刀編劇砍殺，結果他發現所有段落都保持了原樣，一個字都沒變。他對自己的每個字都認得，記得，哪個演員說錯台詞他都一肚子不樂意。他的劇全須全尾，居然沒被動手腳！他簡直欣喜若狂，靠著牆就觀起劇來。演到某處，他看得哈哈大笑，坐在最邊上的觀眾側過臉，朝他罵一聲：「有病！」他對那觀眾說，該笑的地方不笑，才有病！又到了一個可樂處，那女畢業生演絕了，用四川說的台詞有鹽有味，他又是破口大笑。此次不是一個觀眾罵人，好幾個觀眾都罵：「狗日瘋了是哦？！」他罵回去，不笑才瘋了！「狗日混票的，還鬧場子！」「打出去！」說著第一個罵他的人就上來了。吳可說，戲是我寫的，我混啥子票嘛？一面說著，他就覺得自己無恥。你寫的？！狗日老街娃，打胡亂說！那幾個罵他的人此刻組成援軍，湊上來，開始對他小推小搡。你再推一下試試？他的背死抵住牆，肌肉都成了石頭，讓推搡的人手疼。一個查票員開著電筒貓腰跑來，小聲呵斥：看戲去，吵你媽啥子吵！來的正好，把這個老街娃兒弄出去！另一個說，你們啥子工作態度，讓這種人混進來，還鬧場！查票員擋住一雙推搡的手，一面說，好不容易買的票，不好好看戲，可惜了訕。第一個罵人的說，看了好幾遍了！吳可看一眼電筒光圈裡那人的面孔，一個年輕男人，五官俊朗。此刻一個女觀眾說，他說這個劇是他寫的——騙子！查票員說，是他寫的訕！女觀眾說，他是吳可？！查票員說：是訕！女觀眾立刻不見了。兩三個男觀眾道歉：對不起，吳老師，對不起……吳可擺擺手，不存在，不存在。女觀眾重新出現，手裡拿著一個紙包。她對吳可說，坐我的位子嘛，站這兒好累哦！吳可趕緊往門口撤，女觀眾竟出手拉他：客氣啥子哦，我都看了五遍咯！吳可被拉到她座位上，第十排四十五號。吳可剛落座，紙包落在他膝蓋上：瓜子，你吃嘛！等吳可再回頭，那女觀眾代替他靠在牆上了。

散戲之後，吳可坐在原地不動。他怕再遇上那幾個觀眾，大家不好意思。等到四個清潔工入場清掃菸頭、瓜子殼，灰天土地中，他趕緊從側門出去。走到街沿上，那幾個觀眾居然等在那裡。女觀眾很年輕，一身牛仔裝，牛仔短裙下套著厚絲襪，腿長絕了。給我們說說戲嘛，吳大師。女觀眾說，太巧了，又太不巧，差點跟吳老師打起來，大水淹了龍王廟。吳可一問，才知道他們都是戲劇學院畢業生，Ｂ組演員，在台下觀摩，琢磨戲。他對年輕人一揮手，走，請你們吃飯，邊吃邊聊。劇院旁邊就是一家餐廳，不大，但全魚宴是絕活。這時五點多，十幾張方的圓的桌子，都坐滿了人，只有一張桌上坐著一個吃客。四個畢業生請那吃客到旁邊跟人拼桌。吃客倒也老實，見他們人多勢眾，端著面前的魚頭砂鍋走到一張圓桌邊，擠進那一桌誰也不認誰的吃客中。女畢業生吆喝服務員來擦桌子。服務員用一把竹刷子在桌面上糊擼幾下，把魚頭上拆出的一片片魚骨掃進一個小桶。女畢業生手指在桌面上一抹，把油黑的指尖亮給服務員：打一盆熱水，加點鹼麵來擦。服務員老油條地笑笑：西哈努克親王來了是哦？眉目俊朗的男畢業生說，西哈努克算啥子？高級叫花子。這位是吳老師！此刻來了個小年輕，問，哪個學校的老師哦？女畢業生說，吳可，吳老師，曉得不？吳老師多得很嘛……女畢業生打斷他：之有那麼孤陋寡聞——吳老師是寫話劇的，《排隊》，曉得不？小年輕馬上說，曉得曉得！轉身就給吳可鞠一大躬：多有怠慢，吳老師見諒哈。吳可一幅混江湖的笑臉：不存在，不存在。中年服務員介紹小年輕：這是我們杜老闆。另一個服務員已經把熱鹼水端來，擰出一塊漆黑的抹布，雙手把抹布在桌上一推一拉，一推一拉，一隴一隴地耙田，桌面被耙出一條條杉木原色。杜老闆笑嘻嘻給自己解圍，人太多嘍，整不贏，這桌人還沒有走，那桌人又來了。吳可說，老闆生意興隆嘛。還可以，還可以。他跟中年服務員說，帶吳老師去點魚。吳可說，啥意思？中年服務員解釋，魚養在那邊，看中哪條，自己點。吳可拉一把女畢業生，你去吧。結果四個畢業生興高采烈，一塊去判決魚的死刑去了。

吳可掏出菸盒，突然愣住。他出門時心裡沒有目的地，晃悠到劇場純屬偶然，所以一分錢沒帶。這些畢業生對他如此熱寵，他給寵暈了，腦子一熱請他們吃館子，總不見得吃完讓他們結賬吧？畢業生都是實習演員，一月三十多塊工資，這一桌全魚宴至少五六十塊要吃掉兩個人全月工資。吳可前年給關進學習班之前，他做東請客，李真巧包攬賬單，去年從學習班釋放，吳可已經記不得什麼時候自己吃飯結過賬。《排隊》重新上演，一個熱門話題縱跨政治、文化、藝術、學術、娛樂多界，他出門錢包都可以不帶，總被人拽到這兒拉到那兒，只要他到場就是對那餐飯的最大奉獻；不論誰做東，招待其他客人最名貴一道菜就是吳可的到場。他坐不住了，從椅子上站起，渾身摸，希望有幾塊遺漏在衣兜角落的鈔票。但他再次確認，渾身上下，不名一文。杜老闆回來，問吳老師哪裡不好。別人看他不是渾身長了風疹就是衣服爬滿蝨子。他陪笑一下，趕緊又坐下，說杜老闆生意太紅火了，不容易。杜老闆的思路輕易就被轉了向，說是不容易，尤其我們這種勞改釋放犯。吳可問他犯什麼事進去的。杜老闆說，說來話長嘍。以後有空，把我的故事告訴吳老師，又是一齣好戲。吳可笑道，那我倆是難兄難弟了，我也幾進幾出！中年服務員跑來，跟杜老闆嘀咕一句，杜老闆又對吳可說，有啥子不好，你千萬要跟我說哈。說著他微張著《茶館》裡王掌櫃的手，匆匆離開了。吳可看見幾個挑魚的青年人一直不歸，想著是不是自己就此逃跑。此刻餐館裡，所有桌子的吃客後面都圍著一圈人，那是下一撥吃客在等座。坐在餐桌邊的吃客一副幸運兒表情，不緊不慢地享受麻辣魚肚雜、魚頭豆腐砂鍋、怪味魚鱗……畢業生們終於回來，女畢業生告訴吳可，他們為了點魚差點打架，最後落實到兩條草魚上，一條八斤，一條九斤。按照餐館菜譜，八斤以上的魚能做出十二盤菜，那麼兩條魚加一塊，廚師的技術極限就達到了，他們今晚就可以把全魚宴吃全。吳可誇他們會點菜，心裡慌，這二十四道菜的全魚宴如何結得了賬。女畢業生坐在吳可旁邊，吳可掏出香菸，給每個人讓，除了女畢業生，都抽起菸來。吳可聽男畢業生們叫女畢業生可可。可可是甘肅人，跟小蘇談戀愛，跟學校鬧死鬧活，才跟男朋友一塊分配到四川。小蘇就是眉目俊朗、頭一個罵吳可「有病」的男畢業生。吳可說，今天的戲，每個演員都發揮得很理想，看來受過荒誕劇正統教育的年輕人更理解《排隊》。可可說，那些老傢伙們還是壓著我們，就不讓我們演夜場。吳可問，不是聽說有的省委領導對戲裡有些段落反感嗎？小蘇說，是聽說要刪改，後來不了了之了。吳可請客的真正目的達到了；他就是想探聽，那些本來要挨刀的段落和台詞，怎麼就被放生了。看來他們也不清楚到底是誰寬大了他吳可。我聽說，叫小徐的畢業生說，夜場的劇本改了一些地方。吳可說，真的？！小蘇說，我也聽說了。不過沒有仔細對比。可可說，領導看的都是夜場。大家對視一眼，突然大笑。吳可頓時喜歡上這群畢業生，今晚真想慣著他們吃個夠，吃過癮，可是身無分文，怎麼收場。他看見小杜老闆自己端著托盤上來，一碟一碟地擺在桌上，擺一碟，唱一碟：魚肉紅油抄手、爆魚肝、熗魚腸、乾煎魚籽……前菜就有八碟。中年服務員拿著一瓶五糧液過來，吳可急了，飯錢都沒有，還敢沾酒？！

尤其那麼貴的酒！但他不知道怎樣叫服務員把酒拿回去，已經開了瓶。杜老闆說，酒是我請吳老師和大家喝的。吳可一陣心鬆，幾乎偏癱。可可扶住他，咯咯咯笑。

大家乾了第一杯，吳可站起來，告訴大家他去打個電話——為了跟你們這些孩子聚會，他要去推掉另一個聚會。他從餐館跑出，跑過一個書報亭，雜誌旁邊放著一部傳呼電話，便急轉彎跑過去，一邊摘下胸口兜裡插的金星鋼筆。看店的是個十六七歲的男孩，他舉著鋼筆對他說，我打個電話，身上沒帶錢，這桿筆抵押給你，晚一點我拿錢來贖。男孩看他一眼，這麼大歲數，打電話的五分錢都沒有，什麼人？他懶洋洋接過筆，摘下筆帽，在小賬本封皮上劃拉幾下；筆是真筆。吳可說，筆尖是真金子哦。男孩說，我要問我爸。你爸呢？回家吃晚飯去了。吳可說，那咋來得及？我事情急得很。男孩看著他，你急他不急：我爸一會就來換我回家吃飯。吳可指著馬路對面劇場門口貼的《排隊》大廣告，夜場的入場觀眾，已經開始排隊。他對男孩說，小弟弟曉得吳可不？男孩搖搖頭。吳可好有名哦，就是寫那個戲的作家。男孩向馬路對面張望一眼，說，天天晚上排隊，意思是，天天晚上發生的事，有什麼稀奇？我，他指著自己鼻子，就是吳可。事關重大的聲音把他自己都嚇一跳，鋼筆賣不出去，又賣自己名字。男孩又看他一眼，並不是加深印象的意思，而是覺得他文不對題。我這麼大個作家，咋會說話不算話嘛，吳可把自己都說惡心了。鋼筆在男孩的手指頭上雜耍，從拇指和食指間轉到食指和中指間，再轉到中指和無名指間，依次轉回來，回到拇指和食指間，接著往下轉，每個手指都能耍金咕嚕棒。小弟弟，幫下忙嘛。小弟弟一失手，金星鋼筆飛到他腦後的三合板牆壁上。他稍露羞怯和歉意，咕嚕一聲對不起，撿起筆來說，還是要問下我爸。他說，算了，拿過鋼筆來就去穿馬路。馬路上這一會都是烏壓壓的自行車，自動的，手動的，車鈴震天。他硬著頭皮闖進車流，罵聲暴起，一條不知誰的腿從某一輛自行車上伸出，在他腿上踢了一下，他簡直進了瘋牛陣。闖過瘋狂的自行車陣，就是交通主流，公共汽車、轎車、卡車可是闖不得的，他一個人站成了孤島，進退不能……紅燈在他右邊的路口亮了，他總算穿過機動車行車線，來到劇場旁邊的話劇院行政區大門口。傳達室的電話免費，只要值班的人認識他就行。傳達室的窗口開著，從外面能看到擱在辦公桌上的電話。他一伸胳膊把機座拎出來，擱在窗台上。他頭一個撥的號是葛麗亞家門外的傳呼。跑來接傳呼的是兒子，他急吼吼地說，小雋，快給爸爸送一百塊錢來……什麼？！爸爸急需一百塊！兒子完全啞然，疑惑自己聽錯了。你跟你媽說，我要借一百塊錢，今晚晚些時候就還給你們！兒子說，這麼多錢，我到哪兒去弄哦？找你媽媽……我媽去川大了。意思是，葛麗亞跟外國老頭過夫妻生活去了。吳雋十七歲，狗嫌人怕的歲數，外國繼父是他的頭號敵人，親爹是他二號敵人，葛麗亞幾頭跑，幾頭受氣。他想自己是急昏了，跟前妻的金錢走向永遠是單向的，只能往那裡進，進得越多越好，進多少都被無聲無息吞沒，想從那兒摳回來哪怕一分錢，絕無可能，正如錦江裡沒有一滴逆流的水珠。曾經的葛麗亞簡直就是小兩號的米拉（她身材一米五六，背後看永遠是個抽條小女孩）現在才知道原來讓他獻出處子愛情的對象是隻貔貅，只進不出，天生沒長出口。他掛了電話，趕緊又撥一通電話。李真巧金絲籠的電話，他是爛熟於心的。接電話的正是真巧，清脆年少地「餵」了一聲。他說：「是我……」他背後的衣襟被一隻手猛力揪住，回頭一看，是個端巨大一碗紅油素麵的胖大爺。胖大爺聲氣如鐘：「這個單位不准老百姓進來，你狗日咋跑這兒來打電話呢？！」吳可說他就是這個單位的。大爺認為他公然挑釁他的記憶：「你演啥子的嘛？」他說他不是演員。大爺把吳可手裡的話筒奪回，掛在機座上，又把機座放回窗內。大爺說這個單位的他人都認得到，從來沒見過吳可。吳可說確實掙的是這單位的錢，不過從來不來上班。大爺絕對信奉不勞而不獲，看幾小時大門才掙來一碗素麵，於是一個勁把他往外推：「出去！五分錢打傳呼都捨不得，到這兒來給老子編故事！」吳可站起樁來，大爺推打不動，大爺要是捨得那一大碗紅油麵，早就連大碗一快砍過來了。吳可肌肉開始運力，但一想，大爺跟他同一單位，打不得。打自己單位的看門老頭，很糗的一件事，尤其現在他在運勢上，對基層人員態度很重要，不能落個「狂」的評價。運動一來，基層人就會大清算，所有跟他們「狂」過的人，都要利滾利償還。突然，電話鈴在傳達室裡響了，大爺衝進傳達室，不一會從傳達室伸出頭：你姓啥子？吳。編劇本的啊？是。接電話嘛。大爺退到房間的最黑暗角落去了，知道惹錯了人。在胖大爺山呼海嘯地吃麵聲中，吳可聽到真巧滴溜溜脆的嗓音：我都聽到了。曉得了吧，身上沒錢，狗都欺。吳可說，我在杜記魚莊請客，忘了帶錢。真巧說，馬上來。電話掛斷。一剎那間，吳可想死了這個女人。他暈暈的往回走，清脆嗓音把那個香艷美人嘴巴裡一向的氣味通過電話線送過來。現在他一路行走在空氣裡。那種抽薄荷菸、嚼留蘭香口香糖的口腔氣味，讓他渾身打顫。誰說精神和心靈是他愛女人的根本，肉體是解飢解渴煞饞的，可又飢又渴又饞的肉體，有他媽什麼心靈。他回到餐桌邊，這桌也被等座的下一撥吃客圍得固若金湯。包圍者裡有個中年婦女，大聲斥責自己三歲的孫輩：人家吃飯，你緊到看！不准看！吳可好不容易擠進包圍圈，坐下來。畢業生們很會照顧自己，全魚宴的每一盆都吃得半空。杜老闆在原先的小圓桌上架了一塊長方木板，總算把二十四道菜都擱下了。他高興地拍拍小蘇的頭，周正標緻的男孩滿臉油光。可可拆了兩個大魚頭，面前堆了一座魚骨頭山。還以為你走了呢，可可已是酒後的口舌。我們都開始商量，咋個湊錢會賬呢，哈哈哈。可可放肆了不少，酒的錯。小蘇說，可可。可可又是笑，口紅吃到嘴唇外，四環素牙上都有紅漬。他已經沒心吃喝，真巧隨時會到達。真巧那個高檔尤物，（近年來高級改稱高檔）一定要給這幫孩子顯擺一下。可可給吳老師斟酒，吳老師一飲而盡，再斟，又是一飲而盡。大家拍手。吳可呵呵笑道，自罰三杯，讓孩子們受驚了。

一個二十三四歲的女青年出現在大包圍之外，手裡拿著一摞十元鈔票：我姐姐叫我送來的。

她突破包圍，一頭汗，把鈔票放在他面前的桌面上；那是一塊未被魚骨頭、燒魚佐料入侵唯一的清白桌面。他仔細一看來人，是芳元啊？嗯，我姐姐走不開，接了吳老師電話就拿錢叫我送來了。他說，謝了謝了，失望得血壓都低下去。他想起了，芳元給真巧當管家。所有戲劇學院畢業生都看著他；吳老師剛才跑出去處理了一場何等危機，他們現在知道了。芳元說，那我走了，姐姐叫我快去快回。吳可從未經歷過如此慘重的失望，連他在學習班被宣布學期延長，他都沒這麼失望過。他把芳元送到餐廳門口，問道，姐姐啥子事走不開嘛？他的語氣牢騷很重。有客人在。啥子客人？芳元笑笑，不答腔。不好說的客人。崔先生回來了？崔老闆在上海，芳元趕緊伸出小小柔軟的手，擱在臉邊撓了撓：吳老師再見。吳可還未及回禮，她一溜煙逃了。

他回到餐館，直接去櫃上結賬。再回到餐桌上，悶悶地喝酒。可可看出來了，用手輕撫一下他的胳膊肘，他過火地一抽，然後對她笑笑，知道自己羞辱了女孩子。可可委屈地看著他，他用目光撫慰她一下，手在桌下找到了她的手，再給一點安撫。這些過往，只有他倆知覺。他告訴畢業生們，剛才已經付過賬，他們儘管放心大膽慢慢吃，他有急事，先走一步。

出了餐廳，全魚宴的濃厚辛辣氣味已被穿在他身上，二十四道菜的油煙成了他頭髮的髮膠，無論如何不能這麼油爆爆的去見真巧。他打了一輛出租，回到家裡，從暖壺裡倒出熱水，迅速洗頭，又擦了擦身，換上一套真巧送到學習班裡還沒來得及拆封的新襯衫。襯衫新得冰冷，激出一串冷噤。老房子吸了多少年的陰冷，四月初的夜晚絲絲釋放。新襯衫上套了一件開司米[42]，極薄極柔，也是真巧的禮物。然後他噴了點真巧的香水，穿上真巧的皮鞋，內外都是真巧的，於是成了真巧的男人。他打開抽屜，拿出一個真巧從北京友誼商店給他買的柔軟皮夾，裡面是去年真巧給他放的鈔票，說：一個大男人，出門一定要記得帶錢。一個徹頭徹尾真巧的男人出門了。走到樓下，他看見郵箱的投遞口倒栽蔥插著一個印刷品大信封。他拔出信封，戲劇雜誌社發表的《排隊》劇本，一個字沒准許修改的原版。信封裡一共三本，他拿了一本，放進屁股後面的褲兜。

在真巧家院門口，他碰到出來倒垃圾的芳元。芳元嚇一大跳，但馬上大聲說，吳大哥來啦？餐館裡的吳老師在這裡變成了吳大哥。好兆頭。他說，你姐在家？剛才出去！頭一個念頭是，誰讓你回家瞎搗持，把真巧錯過了。但他馬上否定了那個念頭。她一定在家，並且和一個男人在家。他瘋了，對著門內大喊：李真巧，你出來！芳元這回是真嚇死了，不鏽鋼垃圾桶（崔老闆從香港帶來的）咣當一聲落在地上，廚房的垃圾撒了一地。吳大哥，我姐真不在。吳可兩手攏住嘴巴：李真巧，你在不在？芳元抱住他的胳膊，那是條打人的胳膊。他更提高一個調門：李真巧！斜對門站出來一個小伙子，抱著兩條小臂，閒看好戲。隔壁也出來一個中年女人，端著茶杯，邊

42 開司米：喀什米爾羊絨。

喝邊看。芳元嚇哭了，小聲說，吳大哥，鄰居又要告警察了。他推開芳元，闖入院子。站在院子裡接著喊，更加蠻橫：李真巧，到底在不在？喊著他就推開客廳的門，李真巧正好從廚房出來，細腰上扎著白色圍裙，飛著荷葉邊。喊你媽啥子嘛，喊！他一把將她進懷裡，同時嘴唇就壓下去。真巧輕微掙扎，發出小狗撒嬌和抗議的唧噥聲。她掙扎不出去，給他一身鐵蛋肌肉箍得動彈不得。這麼個肉體，填進他空了太久的胃口。他把她推進廚房，她的背頂在冰箱門上。身後有人來了，芳元嗎？好像不是，真巧用她雲南兵團挑河泥的力道，推開了他。來的人是梁多。

李真巧站在兩個男人之間，似乎她發一句話，其中一個就在決鬥中中彈，倒斃。她說，到客廳坐嘛。吳可垂下頭，直奔大門。

他走到話劇院單身宿舍樓下，霧氣中的月光長了毛，樹影婆娑。九點多鐘，樓上還有一個男生在獨唱，高不成低不就的嗓音。

樹影裡，一個女生背朝著世界，面對樹幹自說自話，手舞足蹈。吳可輕手輕腳湊過去聽，聽出那是《排隊》裡的台詞。一個兩手拎著暖壺女孩走過來，他大聲問，可可住哪？女孩還沒來得及回答，面朝樹幹的女生轉過身說，可可在這兒！頓時就是四目相對，餐桌下間斷的戲銜接上了。他站在原地，由可可自己上來。打開水的女孩看著他們，但可可毫無畏懼，上來握住吳老師的手，腳碎步小跳：吳老師怎麼光顧我們難民營來啦！打開水的女孩自己下台階，說找到可可就對了嘛，轉身走去，在進樓門之前，又回過頭來，正見吳老師把一本雜誌遞給可可。雜誌本來是準備給真巧的。可可不可思議地看著他，翻開書，脖子、身子扭了扭，小女孩的樣子出來了：不給我們簽個名啊。吳可說，忘了。真巧的男人渾身悠香，挺括高檔，可可以為那都是衝著她來的。吳可心裡厭惡自己：你要一個二十三歲的女孩如何以為呢？這裡太暗，他說，我們找個亮的地方，給你簽名。兩人一塊往街上走，吳可稍微落後可可一點，很是騎士。不遠處有個茶館，兩人默契地往那兒走。

茶館鬧得很，坐滿五六十歲的茶客，絕大部分是男人，個個男人手裡一桿菸。談笑聲很髒，燈光都是髒的。吳可領著可可往裡走，一張空桌也沒有，菸辣得眼睛疼。一個雙手提兩把大茶壺的漢子引二人到一張竹編高几前，請他們等待，他去找椅子。吳可知道來錯了地方，但再走出去就會更錯。錯是早已出在進入話劇院單身宿舍大門、尋找可可的時候。不，錯出得更早，其實在他靠著牆壁看戲時，就已經不對了。狂妄和虛榮釀出的錯，還有久經壓抑，一旦看到自己果真躲過一宰，他的劇躲過一宰，那竊喜催化的輕狂。沒錯，就是輕狂。可田納西．威廉斯不比他更輕狂？有一次他坐在頭排看《慾望街車》，大聲喝彩，後面的人要他閉嘴，他回頭說，你們知道我是誰嗎？我是田納西！後排的人低聲斥責，田納西也沒有權力騷擾他們花大價錢看的戲。田納西說，我是這個劇的父親！惹火了更多觀眾。田納西對人性弱點瞭解夠透徹了吧，卻對自己人性中的輕狂虛華那麼無知。吳可的酒勁已經全部退去，發現自己已經錯出這麼老遠，錯得他出汗，這鬼地方煉獄似的。他解開薄羊絨衫對襟的紐扣，掏出手帕擦汗。可可說，吳老師還沒簽名呢！他一懵，看著年輕的可可。可可從他襯衫胸前的口袋抽出三小時前沒賣出去的筆，說，簽！他翻開雜誌，在扉頁上簽下三小時前沒賣出去的名字。他接著翻到劇本開始的那頁，在《排隊》的大標題下，又簽下「可可、小蘇閒翻」，再一次簽下「吳可」，潦草得幾乎不可辨認，一邊說，剛收到的刊物，這是最原裝的版本，想讓你看看，跟你們演的舞台版本差多少。可可眼睛大膽地看著他，心明眼亮，他絕不是為此專程來找她的。兩個椅子被搬過來。可可坐上去，下巴剛夠到高几邊沿，她笑起來。日子真變了，到處都是好生意。茶盞裡倒上了茶，兩人就不著高几，將茶盞端在手裡，太燙，又擱回去。一切都錯得滑稽。

等吳可帶著可可走出茶館，大鐘正敲響十點。可可跟在他身後，伸手從他羊絨衫後脖領裡抽出一個小紙牌：這是什麼？但她馬上就回答了自己：兩千三百三十六元！他想，該死的，太猴急見真巧，價碼牌沒來得及拆。可可驚呼，這麼貴呀？！是……港幣，他說。那就更貴了，對吧？我也不知道，別人送的禮物，說是名牌。什麼牌？吳可指著胸前的名牌標誌，可可湊近了看，頭髮幾乎抵到他鼻孔上，那是吃飽了全魚宴的二十四道菜的頭髮，刺鼻的辛辣濃醇。她看清了，說：是一架小馬車。在街沿上走著，習習春風，散漫著最後的楊花。可可嘆了一聲：我的媽喲——兩千三百三十六元港幣！在我們甘肅，能買一架真馬車了！他心裡想，她記得有零有整，一個數碼不差。

他把可可送到宿舍樓下，跟她握握手，感到可可的手很不甘、很不捨。在書報亭男孩那裡賣不出去的名字，在可可這裡還是有重大價值的。他頭也不回地走了，收尾收得還算體面。真巧留下的空洞由誰來填？可可是沒那質量、密度來填的。吳可心裡好笑，什麼命？非得「發配西伯利亞」（馬爾康）才配得到她羅倫托斯卡婭般的忠貞。當年二十歲的你，公爵夫人羅倫托茨卡婭，懷抱你新生的兒子，捨棄你的公館和莊園，追隨公爵夫君到西伯利亞時，怎麼會知道，你在何為愛情理想、何為高尚浪漫的認知上，為一百年後的一個中國女人李真巧立定了標桿？你更不會想到，因為那理想，一個叫吳可的中國劇作家今夜只能耍光棍。美麗高貴的羅倫托茨卡婭，你怎麼會知道，在你到達西伯利亞那座露天礦場，來到身戴重鐐開礦的公爵面前，跪吻公爵鐐銬的一瞬，注定了一百多年後我的今夜？今夜無伴，只能回家洗洗，睡我的素瞌睡。公爵夫人羅倫托茨卡婭，對我吳可而言，你帶了個很不好的頭。

暗戀你

戰友們為了這麼個可悲的主題聚集，誰都沒有料到，雖然大家似乎都沒耽誤吃水果、嗑瓜子、喝茶、聊天。米拉走進排練廳，一眼看到黃晶蘋的大幅照片掛在練功大鏡子上。按說本來是張生活照，可就有著一遺像的眼睛；對什麼都想開了，撒手了的目光。這雙眼睛看著進門來的每一個人。米拉一看到那雙美麗溫柔的眼睛，眼眶便潮熱起來。一個小伙子走上來，跟她握手，說謝謝她在晶蘋生命的最後一刻，營救晶蘋。米拉看著他，他說自己是晶蘋的男朋友。沒想到黃晶蘋生前是有男朋友的。一個十分英俊的小伙子，自己介紹是出租車司機，已經跟晶蘋秘密同居一年多，出事那天晚上他送一家人到綿陽，當夜沒能回成都。米拉很快就聽到女戰友竊竊私語：開出租車一月能掙五六百呢。黃晶蘋跟出租車車夫談朋友，也是她籍以明志：靠自己能力辛苦掙錢，錢分分釐釐都硬氣，花起來也硬氣，盡早享受財富帶來的獨立自尊，享受得也硬氣。窮人的女兒黃晶蘋性格其實是很硬氣的。假如十九歲時她接受了副司令兒子的追求，過到這一年，大概也散伙了。她多次對米拉說，到那個首長樓裡，只有老頭子對我好，兄弟姐妹都是鼻孔看人，老太太的口氣是我高攀，沾了他們高門地的光，抬高了我自己家的社會地位。

追思會開始，米拉講述她和黃晶蘋最後那一夜的經過。她眼睛始終潮熱，但已不足以釀成眼淚。因為在黃晶蘋被殺之後，米拉多次被警察叫去指認嫌疑犯，十幾遍講到這段經過。黃晶蘋只死了一次，米拉的講述讓她死了十多次，她已經習以為常。對於警察來說，黃晶蘋從來不是黃晶蘋，一開始就是死者。他們一口一個死者，米拉的心給他們叫硬了，叫木了。回到北京的阿卜杜，給米拉寫過一封信，說他對黃晶蘋的死多麼多麼內疚。送急救室的路上，他居然把車停在紅燈路口等綠燈，所有等綠燈的時間相加，大概就造成了生死擦邊而過。他痛悔，居然在人跡全無的凌晨馬路上，在分秒都會決定生死的時刻，讓紅綠燈支配他的行止，多荒唐啊，從少年時期學車時種下教條種子，在他跟死亡賽跑的時分，居然毒害了他和黃晶蘋的生命。米拉知道他自責得過分了，他們送黃晶蘋去醫院的路上，並沒有遇到多少紅燈，他最多也就停了兩次車。她把這想法寫信告訴了他。半年後，他從伊朗回信，感謝米拉好意，但他絕不為自己開脫。米拉覺得，最後那個晚上，阿卜杜愛上了黃晶蘋，那是米拉記憶中最美的晶蘋。今年初，米拉收到一張婚禮請柬。阿卜杜結婚了，婚後移民到法國。米拉拿著由金色和粉色印刷的邀請，不由黯然神傷。一個生命變成了死者，似乎死的不只是二十四歲的黃晶蘋。

排練廳的牆壁上，掛出黃晶蘋在各個舞蹈中的劇照，從她十五六歲到二十一二歲的舞姿。劇照都是戰友們從各自影集中挑出，又從集體照裡翻印出晶蘋個人的，再請電影隊廣告組做了專業放大。出租司機小伙兒從沒見過如此多姿多彩的黃晶蘋，每一張都看很久，看呆了。米拉輕輕走過去。他錯失的是一個多美的女孩，他本來可以跟這麼美的女孩白頭偕老，他看得滿臉淚水。米拉對嫌疑犯若干次指認，兇手逐步歸案，最後只剩一個亡命天涯。亡命的那個，被其他三人共同供認是行凶的刀手。但三人趕上了「嚴打」餘熱，二十一二歲的小伙子們在一個初秋的早晨被押赴刑場。開出租的小伙子看了看米拉，狠狠擦掉淚，埋頭走出排練廳。他愛人的毀滅，不是這些人歡聚的藉口。正如他愛人的美麗，不是罪犯們毀滅她的理由。沒人注意到年輕車夫的離開，他和這個集體的緣分就那麼一點。

退了休的劉團長也來了，發言追思黃晶蘋，就像多年前巡回演出完成後的總結，小黃同志一路表演優秀，一路好人好事做盡。黃晶蘋的演出完成了，那麼短，那麼美，又那麼不近情理地無價值。像春天裡枉然綻放的花，並不知道那絢爛綻放的無謂，因為並沒有那個因子，等她落花後去結成果實。

米拉又想到阿卜杜的信，也許他的自責有一點道理，假如他少停兩個紅燈，假如她提醒他此刻街上鬼都沒有一個，誰管你闖紅燈，晶蘋會被救活。他倆當時都被血淋淋的突發事件震懾傻了，行動在前，意識在後。米拉又想到槍斃三個凶犯那天早上，行刑的卡車通過鹽市口時，放慢速度。米拉央求母親孫霖露陪她去看；看，是為晶蘋吐一口冤氣，告慰二十四歲的美妙亡靈。三個小伙子站在卡車最前面，被後面的警察用手推著，所以還站得住。三張面孔灰白，像已經被斃之後的人臉。媽說，已經不是人臉了，魂已經飛走了。街兩邊擠滿人，那陣斃的人多，大家隔三差五有熱鬧看。文革結束好幾年，此類熱鬧長遠沒得看，人們過節一樣。過去父親老米和小吳叔都在此地示過眾，戴紙帽子，胸前掛白牌子。米瀟就是在給人當把戲看的時候，被他的七孃認出來，七孃身邊的少女真巧，就站在米拉現在的位置上。後來七孃想念三三了，就跑到這個街口等，手裡拿著紗線和毛衣針，要不拿著納到一半的鞋底，邊等邊做活，總會等來遊街的米瀟。米拉親眼看著三個手裡沾滿晶蘋鮮血的小伙子從她視野的一邊入畫，緩慢地移向她視野的另一邊。她緊跟了兩步，站在卡車最右邊的小伙子，就是最開始來動員晶蘋唱歌的瘦小個，此刻剃了光頭，顯得更年輕。他也看到了米拉，眼珠轉向眼眶的斜下角，定在米拉臉上，好像米拉還能為他做點什麼，好像米拉能勸勸司機，讓卡車掉頭。在刀尖插入晶蘋後背時，他在幹什麼？勸阻過刀手嗎？他看著那麼美一個姑娘背後冒出血的噴泉，恐懼了嗎？後悔了嗎？他想過要抱起美麗的姑娘，為她包紮一下嗎？米拉跟著卡車，小伙子的眼睛牽著她，她解脫不了。再過一小時，也許更快，他們就會跟黃晶蘋一樣，成為死者。好快啊，這些年人變得多快，年頭不知怎麼就飆過去，先是人們羞羞答答聽起了鄧麗君，再是懵裡懵懂地開始華爾茲，突然一夜，歌舞昇平，紅男綠女惡補那沉悶肅殺年代所有的虧欠。他們悶夠了，束縛夠了，野性反彈起來，情慾，肉慾，嗜血，生機活力大反撲，那麼大的生猛活力，一個世界都裝不下，過剩的力非得以罪過宣洩出去。正如發了過渡的電，以火災宣洩。生命活力的飽和程度，便是犯罪。他們四個人在摧殘毀滅一個美麗如晶蘋的生命時，感到罪惡是過癮的，非得罪惡才能達到那樣的滿足。血噴射而出，過渡的電量終於爆破，隨那汩汩鮮血疏導出去。然後呢，恐懼來了，悔恨來了，此刻他看著米拉，米拉感到眼淚就在眼眶裡。她怎麼可能為黃晶蘋的仇敵飽含熱淚？也許黃晶蘋的亡靈正在為小伙子含淚，透過米拉眼睛，讓淚流下來。米拉站住腳，最後一程送完了，心跳得她作嘔。小伙子回過頭，還在看米拉，媽輕輕拍一下她的肩，說，走吧。媽總是接受米拉所有的感情，接受，不求懂得。

排練廳的聚會老早已經跑題，與黃晶蘋無關。大家熱議的是某某聲樂演員全國走穴，幾天走下來，一個萬元戶。文工團式的演出，已經沒啥人看了，關起門來能看黃色錄像，誰還看兵哥哥兵妹妹歌頌老山[43]英雄？大家談論最多的是掙錢。演出越來越少，舞蹈演員給歌舞廳的歌手們伴舞，掙些零食錢。樂隊的還不錯，教孩子們樂器挺能掙。米拉正想離開聚會，被舞蹈隊副分隊長拉住，米拉這條裙子，恐怕要一兩百吧？米拉一身黑色，薄羊絨裙，袖口寬寬的一圈鏤空提花。真巧小姑穿厭了，米拉撿的狗剩兒，胸部無貨，癟踏踏的顯得過分寬鬆。這是她為晶蘋穿的喪服。副分隊長還是看出裙子的高檔，大家順著她們的女領導眼力驚艷，都伸手來摸，都嘆：好軟和喲！啥子毛嘛？米拉正給大家摸著，進來一個人，穿海軍軍服。頭一年裁軍，裁下去上百萬軍人，沒被裁下去的闊了，全部換毛料新軍裝，頭一眼米拉沒認出此人是誰。他倒是開口就說，傻看什麼呀？米拉蒂！米拉的臉頓時起火，都不知道怎麼跟他握了手。北海艦隊的女婿走向其他戰友，跟大家拍肩打背，米拉意識到自己臉上一直掛著笑，傻透了的笑。過去她一直覺得，這是個長不成男人的男孩子，結果人家不僅長成了男人，還長成了個虎背熊腰略微雙下巴的年輕爸爸；米拉聽說他結婚第二年就得了個兒子，之後從艦隊文工團調到俱樂部當幹事去了，反正他唱歌也是濫竽充數。米拉看著他肩章上的少校軍階，看著大檐帽下的鬢角漸漸在腮幫上形成的濃重陰影，沒有完全刮淨的絡腮鬍，陽剛得很，坐辦公室「一張報紙看半天」，爛幹事易軔一副嶄新的帥法，男人的帥。易軔虎虎的兩隻眼完全沒變，童稚閃爍，讓人提防他馬上會跟你搗蛋。聲樂隊的人把他抬起來，看他那人緣！米拉此刻聽聲樂隊的人歡叫：狗日易軔，計劃生育超標了訕！米拉豎起耳朵，聽出原委：易軔去年又得了個女兒，看來是司令員公主愛肉身的易軔愛得緊。易軔從跟他親熱的人群脫了身，來到黃晶蘋的大幅遺像前，摘下軍帽，深深垂下頭。廳裡頓時鴉雀無聲。這個追思會最必須的動作，居然被所有人忽略了。於是大家紛紛站在易軔身後，亂七八糟，

43　老山位於中國、越南邊境，雙方在一九八四年曾爆發一場持續四個月的激烈戰鬥。

隊不成形，但都像易軔那樣垂下頭。假如開出租的小伙子此刻在場，大概會有所慰籍，認為這群唱唱跳跳的男女是有情的，也是可以非常莊重的。米拉多年前的暗戀剎那間復燃。

易軔直起身，戴好帽子，又到那些劇照前面瀏覽，走到黃晶蘋的一張練功照前面，他略帶惆悵地笑笑，瞧那小嘴，還歪著呢。所有人於是都緬懷起來，晶蘋那與眾不同的笑，一邊嘴角高於另一邊。這讓那完美的臉破了點相，但有了個特點。米拉覺得易軔此刻對晶蘋是真情而深情的，她恨不得跟遺像中的故人對調位置。劉團長此刻大聲招呼大家，晚餐大家都到食堂吃齋。退休的團長給了司務長三十塊錢，司務長在日常晚餐上額外添了兩個菜，大家湊合吃一頓齋飯。人們情緒立刻升溫，向食堂湧去。米拉心想，就此別過吧。她走到易軔身邊：哎，易軔，見到你太好了，她心裡罵自己，這麼乾巴巴的！手還在兩個孩兒的年輕爸爸手裡，她感到那手的留戀。她看著他孩子氣的圓眼睛說，我不去吃了，晚上還有事。易軔就著握手把她往自己身邊一拉：不行，一塊去吃，吃也是祭奠小黃。米拉一下想到十幾年前，他們同在新兵連訓練，大家就這麼小黃小黃地叫晶蘋，那時的易軔是小易，搗蛋得出圈。此刻兩人已經落後於人群。易軔低聲嘆道：遺像換成我的，這幫人也就是瓜子糖果一頓飯，真沒勁。米拉吃了一驚，他竟然這麼憤世嫉俗，真是長成男人了。她慶幸自己沒走，當上了易軔心裡話的聆聽者。

齋飯是四盤豆腐菜：素麻婆豆腐，紅燒筍片，香菇豆筋，酸辣粉豆麵丸子，豆花麵。酒有三樣：紅苕酒、廣柑酒、青稞酒，青稞酒是炊事員們自釀的。米拉挨著易韌坐，他吃得虎虎生風，頭一波惡吃平息下去，跟米拉慨嘆，還是我們四川菜好吃。明明一個濟南人，跟米拉「我們四川」。米拉問，你專門回來參加小黃的追思會？我來出差，聽說了小黃的事。你們海軍到陸軍這裡出什麼差？米拉深表懷疑。易韌說，外調啊。海上走私的黃色錄像，成都有個地下批發窩點。你改行當保衛幹事了？比俱樂部幹事總好些吧？整天賣電影票，發球票，給首長家辦紅白喜事，你知道的，那些破事，娘娘腔幹的。不過以米拉的價值觀，機關裡的幹事參謀沒幾個是有出息的，俱樂部的人倒還會畫畫廣告，放放電影，紅白喜事寫幾個美術字。易韌連那些初淺才藝都不具備，可仍然不妨礙她的暗戀。

一餐齋飯吃到最後，完全失去了追思祭奠的意思，一桌一桌的划拳哄笑，劉團長自己也忘了捐獻三十塊錢為了什麼，喝酒喝出了河南話，唱起馬金鳳的穆桂英來，首席小提琴拉板胡伴奏。易韌朝米拉丟了個眼色，站起身。米拉明白了，拿了自己的包，悄悄溜出食堂。易韌在大門口站住了，下巴朝身後一挑：這幫人，離開了文工團，都活不了。米拉笑笑。易韌問，你住哪兒？米拉指了指左邊：招待所。她跟易韌向來講普通話。易韌用略帶濟南口音的普通話表示吃驚：你怎麼到現在還住招待所？米拉不免自卑，文革動亂結束好幾年了，自己還是過渡人。但她嘴硬：招待所怎麼了？現成的飯吃，現成的澡堂，還有人站崗。易韌說，那幫人說，米拉現在是作家了，從來不跟我們走動。招待所人員流動那麼大，你住裡面，安全嗎？米拉笑笑，心裡說，我又沒有艦隊副司令的首長樓住，住招待所還靠吳可的面子呢。招待所教導員很文化，喜歡吳可的戲劇，一天晚上他在招待所大門口視察板報，見米拉被一個中年男人送回來。幾天後他在食堂碰到米拉，問那天送她的是不是大劇作家吳可，米拉說正是。從此再也沒人催促米拉搬家。原先一家一家的人住在招待所裡，等待落實政策，陸陸續續都結束了過渡期，搬走了，招待所修理粉刷後，換了新傢具，床位按夜賣，房費漲上去兩倍。到處搞第三產業，招待所也把一些房子租給軍隊第三產業當辦公室，還在靠大門口的平房裡開服裝商店、體育用品商店。招待所每平方寸土地都被榨取價值，僅因為教導員崇拜吳可，吳可間接地罩住了米拉，招待所也就認了由米拉的不合理佔房造成的營業損失。

到了招待所門口，米拉末日來了；跟易軔這一別可能就是天各一方，生離死別，以後再也見不到這個長成了大男人的易軔。她看著他，鞋底抹了萬能膠水，搓不動步子。他說，還早吧？一塊走走。米拉想，早什麼，招待所的大鐘長短針明明指著九點二十一。米拉問，你住哪個招待所？我住姨媽家。你姨媽在成都啊？嗯，過去在成都。現在呢？現在不在了，去年去世了。她是我媽大姐，去世的時候七十二歲。那你姨夫呢？還好？姨夫比姨媽大二十八歲，早就去世了，現在一套房子就我一人住，比招待所舒服多了。那他們沒孩子？姨夫跟前妻有兩個孩子，現在都在國外。

米拉的腳趾頭自己認路，它們把米拉和易軔領到通往李真巧家的路途上。路邊的樹叢茂密，一對對黑影子交纏。米拉朝那些影子投去目光，易軔一條臂膀力道極大，把她拉到自己左邊，嗔道，人家搞點事不容易，擱在去年就給抓起來了！米拉笑笑，發現自己的手臂留在了他臂彎裡。幾個騎車青年從他們身邊飆過去，都回頭來看，然後打一聲呼哨，其中一個喊道，跟軍哥有啥搞頭嘛？找個博士訕！米拉和易軔對看一眼，哈哈大笑。米拉借著一分醉意說：不管怎樣，在他們眼裡，我們倆跟樹後面那些人是一樣的。不一樣，我們要搞事跑樹後面幹嘛？你有招待所，我有姨媽家。米拉做了個惡心的神情，從他身邊逃開，到底是有倆孩子的男人。他這才想起來問，我們這是去哪？吃夜宵。他開心了，在新兵連就是搶飯搶菜的小土匪，現在一聽吃又笑掉了十幾年的歲數。離真巧家的巷子口還有一百多米，易軔忽然問，你有男朋友了嗎？沒有。為什麼？米拉也二十五了吧？米拉不吱聲。再走就要進巷子了。易軔說，米拉，那時候我知道……米拉說，知道就行了。易軔說，我後來挺後悔的。米拉緊張得氣短。他說，不說了，現在說有屁用。他拉起米拉的手。米拉繼續帶路。

巷子裡暗，米拉輕聲問，你過得還好吧？他鼻子哼哼，我這麼沒本事的人，首長會看得起？老爹看不起，女兒就更驕橫，最後我也就剩了一個用項。他停了，米拉在昏黃的路燈下看著他，問，什麼用項？易軔說，二十五了，不帶這麼冒傻氣。她忽然悟出來，埋頭便走。床上伺候的用項，造孩子都超標了。一匹英俊的種馬，這就是他僅剩的用項。他追上來，看你給臊的！他用兩隻手指頭的背面，在米拉臉頰上輕輕撣了撣。兩隻愛憐的手指，捨不得弄髒她：米拉，那時候你怎麼不說呢？米拉有點悲憤。她笑笑：我一個女孩子，怎麼開得了口？易軔說，我們那時候都好傻，好老實。米拉明白，那時他不那麼愛她，愛沒炙熱到脫口即出的程度。或者，他顧慮到她父親；米瀟很長一段時間政治面貌是晦暗的，敵我之間的一種面貌。米拉，他輕輕摟住她，你跟別的女孩不太一樣，有時候我覺得你比誰都天真，有時候又覺得你城府很深。我是怕掌控不了你。米拉問，那你能掌控司令的小姐？基本能掌控，她大腦其實很簡單，優越感強的女孩，覺得人都寵她，她也不需要琢磨別人，揣摩別人的感受，有時候她那樣挺可愛，有時真讓人受不了，媽的。米拉說，兩口子之間，都有彼此受不了的時候。易軔說，你看你，這會就顯得老成得不得了。米拉笑笑，心想，那我能說什麼？縱著你多說點她的壞話？易軔說，你知道嗎？我們男生背後說你太聰明，長了兩個腦殼。米拉笑笑，問他：一個腦殼裝著多餘的聰明，是吧？他們已經到了李真巧家的門口，可正題剛被扯出。米拉輕聲說，聰明對你們男人是多餘的。他說，嗯，是有一點受挑戰受威脅的感覺。米拉覺得，這正是他的可愛之處，誠實，坦白，傻氣，哪個男人願意承認，自己被一個女孩超常的聰明挑戰和威脅呢？承認了，就等於承認，不相對應的那份聰明便是多餘，給予他便是活浪費，於是，它便等於女孩的負資產。那現在咱倆怎麼辦？他看著米拉。米拉哭的心都有。他一去五年，沒一個字的消息，回來已是兩個孩兒的爸，米拉還能怎麼辦。

米拉穿過狹窄的街道，在大黑門右邊的電鈴上摁了一下，她還愛他嗎？她不知道。心魔還在，心魔屬於更動物更本能的那部分米拉。易軔跟過來，問她這是誰家，口氣像是被做了局。李芳元開了門，說喲，是米拉！多久都不來耍了！米拉輕拽一下海軍少校的軍裝袖子，怕他一轉身跑了。芳元對裡面喊，姐姐，米拉來嘍！還帶了個人民海軍哦！易軔在米拉身後噗嗤一聲笑起來。進了門廳，米拉發現客廳的佈置變了，過去的贗品古董山水畫和贗品雞血紅插瓶都不見了，被油畫替代。一幅油畫是許多一尺見方的小格，每小格裡一張臉孔，側臉，半側臉，正面，筆觸粗重，三分人樣，七分鬼魅。另一邊，掛著梁多給真巧畫的肖像，形似，神更似，身上一襲曼妙薄紗，一簾水般落在更曼妙的女體上。客廳裡坐著幾個人，只有曹志傑是米拉認識的。躲運動風頭的人陸續歸來，小曹不知去哪裡過渡了兩年，死了一樣聲息全無，這一會兒現了身。米拉費了一點勁才認出他來，原先的小曹不再，可愛的日本男孩頭變成個很平庸的偏分頭，有利於他在平庸的芸芸眾生裡隱藏，小臉大了一圈，有點虛腫，眼神多了一分鬼祟。一個高個年輕女子迎著米拉的目光站起，芳元給介紹說她名叫可可，話劇院的演員，旁邊眉目俊朗的小伙子叫小蘇，是可可的男朋友。米拉介紹了老戰友易軔，正寒暄著，吳可從廚房冒出來，端著一個西餐館才有的大圓托盤，盤中擺了四碟冷菜。緊跟著出來的是真巧，嘴上叼一根極細的香菸，身上拖一件起居綢袍，長波浪被一個巨大髮夾夾在腦後。吳可一看易軔，就跟米拉做了個鬼臉。托盤被擱在一個木架上，湊合成一個矮腿圓桌，真巧請大家在草編的地毯上席地而坐。米拉這才發現，原先的絲毛混織地毯不見了，換成這種樸素、當代感很強的草編藝術。是否是梁多的設計，不得而知。真巧站在一邊倒酒，然後把酒杯放在茶几上，請客人們自取。海軍少校左右看看，米拉從沙發上拿了個蒲團，放在他身後的地上，拉他坐下。吳可又是一個鬼臉，說，米拉優待解放軍哦。米拉笑笑。小吳叔叔坐在她對面，笑眯眯說，米拉跟軍方又接上關係了，軍種還升級了，啊？米拉對易軔說，別理小吳叔叔，他沒正經。米拉替自己和易軔取了兩杯香檳，再次坐下。易軔對她耳朵說，小吳叔叔對你有意思吧？胡說！米拉真的挺動氣。那為什麼你一舉一動他都盯著？替我爸盯著我。不是那個盯法！你才討厭哦，米拉光火了，四川話冒出來，這個心魔之人突然好無聊。吳可在圓桌對面說，課堂上不准交頭接耳。可可看了米拉一眼，又轉向吳可，圓圓的臉簡直是一朵向陽花，吳可是太陽：吳老師，您剛才說《毛猿》的批判精神，象徵意義，在歐尼爾的劇作裡，超過所有作品，那麼《漫漫長夜路迢迢》，屬於他回歸寫實主義……米拉覺得她有些賣弄，但在海軍少校這種純粹門外漢面前，賣也白賣，她說的對易軔來說等於外語。

吳可打斷了她：這不能算回歸，是昇華之後的返璞歸真，意識流在他中期創作的戲劇裡顯得實驗性很強，甚至顯出對傳統戲劇的刻意叛逆，減低了可看性。當然，《奇異的插曲》是個例外，可看性很強。但他晚期的創作，意識流和人物潛意識活動，多自然無痕啊！在外部語言動作和內心活動之間，根本是無痕穿梭，讓人物的肉身活動和精神潛流平行流淌。《漫漫長夜路迢迢》是非常超前的，這兒我默誦一句埃德蒙的台詞：「對於生活，我永遠只是個不需要人也不被人需要的陌生人」。人類社會一直就處在這種異化中，有人能意識到，而大多數人完全沒有意識。歐尼爾臨終前請求他的經紀人，二十五年之後再公開發表這部作品，他預見了這部劇在二十五年後仍然具有當代現實感。可是他妻子在他去世之後，很快勾結經紀人，把這部偉大的作品賣出去了。正常人總是打不過癮君子，毒癮主宰的歐尼爾夫人，在劇作家最後的日子裡，沒少折磨他。哈哈，劇作家總是缺一個好妻子。

小蘇說，所以吳老師一直不娶老婆。可可笑了。海軍少校如坐針氈，一杯酒喝完，自己又站起來夠酒瓶。真巧坐在沙發上抽菸，也是局外人一個，見人民海軍伸長胳膊，趕緊拎起酒瓶，隔著好幾個腦袋給他倒酒。米拉後悔把他帶到這裡來，他和這屋裡的人毫不搭界。好在他不裝蒜，沒興趣就是沒興趣。吳可說，海軍同志怎麼跟陸軍同志成戰友了呢？易軔一愣，似乎沒想到，今晚還有人會搭理他。米拉說，他原先是我們團裡的聲樂演員，五年前調到北海艦隊去了。吳可說，男高音？易軔問，吳老師怎麼知道？你進門說了兩句話，我就聽出來了。易軔轉臉向米拉：

我進門說話了嗎？米拉搖搖頭。她不記得，也沒留神。吳可說，我在廚房聽見的，你說，喲，好漂亮的房子！誰家呀，這麼闊氣！小吳叔叔確實在看守著米拉，替真巧小姑看守，而真巧小姑是為她三哥哥米瀟看守。黃晶蘋遇害的夜裡，小姑看得太緊，米拉差點就停止走她這門親戚。真巧叫米拉跟他到廚房端湯，易軔大聲說，我去端。米拉想，他可逃脫了。米拉想到，真巧可能會盤問易軔，便追著進了廚房。在廚房門口，米拉跟易軔相撞，他端著一摞細瓷湯碗和瓷勺出來，腳步五分醉，米拉沒什麼貨色的胸口碰到他的手背，觸電似的。易軔顯然也知道剛才他的手碰到的是哪一部分的米拉，兩人羞愧對羞愧。米拉從他身邊繞進廚房，真巧的笑容似乎說，我等的就是你。米拉問，梁多呢？去上海了。幹啥子？看一處房子，做畫展用的。在上海辦畫展？他畫那麼好，不出川咋行。米拉問，崔姑父出錢？我跟狗日姓崔的脫手了。真巧淡淡的，一面攪動著剛倒進鍋裡的芡粉汁。咋脫手了呢？米拉驚訝，難怪房子陳設氣氛都變了。但小姑一隻手擺擺，表示暫不想談。我看這個海軍男娃還差不多，她對著漸漸濃稠的湯說。啥子差不多？那個美國人，差太多了嘛。阿卜杜是阿富汗人，跟你講了好多遍。除了老撾越南柬埔寨，外國人都一樣。這個男娃娃討喜得很哦，正派人我一眼就能看出來。米拉半張著嘴，但什麼也沒說。假如跟真巧小姑說，這可是北海艦隊的姑爺，小姑又會立刻重返崗哨，把米拉當賊看。老實說，他是不是你跟我說過的那個男娃娃？米拉點點頭。她忽然眼睛一熱；多年愛的是那個男娃娃易軔，她永遠不可能停止對那個男娃娃易軔的愛，此刻，她不過是苟延那時的心魔。易軔從客廳回來，一身熱情，端起細瓷湯鉢。在司令小樓裡伺候司令一家，米拉此刻略見一斑。平民家的孩子不白吃首長家的飯，態度是好的。

十二點剛過，易軔不見了。米拉在客人臥房的浴室裡發現了他，他坐在浴盆邊上，兩手搭著盆沿兒，一邊腮幫壓在兩隻手背上。一身挺括的毛料少校軍裝，一副娃娃睡相。米拉想到一九七四年的巡回演出，她和他同乘一輛卡車，他坐在她對面被包壘砌的座位上，他的睡相跟現在一模一樣。那年他十六，她十四。米拉蹲下來，細細看他，一線口水從他嘴角流到深藍毛料軍裝的袖子上，深藍上洇出更深一片藍。十六歲的憨態奶氣，回到兩個孩兒爸爸的身上。真巧出現在她身後，她剛要開口，小姑食指豎起，放在嘴唇上。她輕輕走上來，一手伸進他的胳肢窩。他蹭地一下坐直，接著蹭地一下站起來，嘴角一片濕漬。米拉的愛火復燃。他走到客廳裡，步子高一腳低一腳，拿起衣架上的大蓋帽，戴上，給所有不搭理他的人說，再見嘍。真巧說，行不行？不行就住一夜，明天早上再走訕。米拉說，末班車都收了。叫出租，一個人說，米拉一看，吳可坐在長沙發背後，面前一架小電視機在放錄像，音量壓到最低。真巧此刻抱著一條厚毛毯過來，說，這個時間，出租也不好找，睡沙發上嘛，午覺我都睡沙發，舒服得很。她手很快，幾個靠背被她抽掉，沙發加寬了。米拉，你睡客房。吳可關了電視，伸個懶腰，說，米拉跟我走，我騎車送你回去。真巧說，胡說八道，招待所十二點鎖門。米拉說，我不走了，睏死了！吳可看著她，笑笑，說，那就分男女宿舍，米拉跟小姑、小小姑睡，我睡客房。說完他晃進客人臥室，很響地關上門。

小小姑芳元累了一天，在大床下扯開一張行軍床，倒下去就打呼。真巧交代了易軔洗漱，回到自己浴室。米拉暈暈的，卻又不睏，看見真巧，發夢一樣笑，夢遊著過去，摟住小姑脖子。真巧說，跟你爸一樣，愛哪個人一副花痴樣。她找出米拉的牙刷漱口杯，在牙刷上擠了點牙膏。沒了崔姑父，她逮著誰伺候誰，現在往米拉身上浪費她的賢慧。趁著米拉嘴巴給牙膏估住，她說，跟梁多的事，我告訴老崔了。她跟米拉提過，老崔在上海養了個二十多歲的小小老婆，所以她認為大家能平賬，各過一套，聚在一起還能做一家人，但上個月房東突然上門，說姓崔的退租了。米拉問，那現在這房子……？真巧說，這幾年我總還存了點兒訕，先撐到起嘛，看啥時再找個付房租的。她坦蕩一笑，趁著我還有這個，她拍了拍雕塑般的胸，過不了多久，還會給你找個臨時姑父。米拉惡心：你非得住在這房子裡？那我住哪兒去？搬回我媽的板板房？不要說我，我妹娃兒都回不去了；翻了身的街娃兒訕！她誠實坦蕩的厚顏，讓米拉痛快。

兩人躺到床上，快兩點了。米拉說，你還愛小吳叔叔嗎？她說，好煩哦，我又不是你這個歲數。再說，他跟那個女演員已經好了。就那個可可？嗯。她今晚不是把男朋友帶來了嗎？腳踩兩隻船，你沒見過啊？我要是你這個歲數，腳踩八隻船。小吳叔叔愛她嗎？你問他去。吳可要是願意娶她，她馬上跟那個小男生脫手。吳可這種人，大災大難的時候，可愛得很，現在你看他那樣子，我看了就煩，一幫年輕女娃子男娃子崇拜他，他好受得很訕。米拉說，你怎麼知道小吳叔叔和可可的事？他倆借我這地方，好多次了。米拉問，吳可有房子，為什麼借你的地盤。真巧說，他不想帶她回自己家，怕她認了門常去找他。他說那房子他留給自己寫劇本，是他最後的退路，最後的根據地。真巧說著，舌頭就大了。不一會米拉聽見她鼻子吹出熟睡的小哨子。她輕輕起身，摸到臥室門口，耳朵貼著門縫，聽客廳的動靜。什麼聲音也沒有，整條巷子都靜極了。秋涼後的地磚冰冷，她冰冷步伐一步步延向走廊，延向客廳。她站在客廳門口，自己這是在幹什麼，她想知道。不幹什麼，她只想聽聽他的睡眠。

怎麼了？黑暗裡出來了悄語，睡不著？原來易軔也沒睡，米拉後悔了，想往回跑，但易軔說，來，坐這兒。米拉輕輕走，繞過茶几，繞過單人沙發，來到長沙發前面。他已經坐起來。米拉坐在他腳頭，也不能算坐，只是屁股尖搭在沙發邊沿上。不敢坐到這兒來？他拍拍自己身邊。米拉向他移動一點。他能夠著她了，只要他想，她就到他懷裡去了。兩人僵持會，似乎要在現有的位置上適應一下，一下子變成零距離是吃不消的。終於，那只胳膊來了，零距離了。他的懷抱有一股睡眠氣息，他的絡腮鬍在夜裡瘋長。你也沒睡著？睡著了，你開門的時候，我又醒了。那麼輕？要是你在等，多輕都能驚醒你。米拉想到，在此之前的十幾年，他們從孩子長成大人，唯一的一次身體接觸是在一九七五年的夏天。那天演出前，米拉臨時頂替一個崴了腳的男演員翻一串「後橋」[44]，開演前在舞台上走場子，舞蹈隊女分隊長叫住路過的易軔，要他跟她手拉手，給米拉後腰兜一把。米拉每翻一個跟頭，她後腰都會觸碰到兩隻拉在一塊的手上。女分隊長嫌米拉的跟頭太肉，必須提速。米拉一遍遍翻，累得氣絕，天旋地轉倒在地上，易軔手快腿快，將她抱起來，對女分隊長喊叫：有你這樣的嗎？半中間撒手？！看把米拉蒂摔死了！那年他十九，米拉十七。現在抱住米拉的胳膊比十九歲時要粗壯蠻橫多了。絡腮鬍貼上來，嘴唇分開了米拉的嘴唇。兩個孩兒的爸是接吻老手。

你在抖哎，他說。冷啊，米拉說。當然，不完全因為冷。他的手探到沙發下，抓住米拉的赤腳，把他冰得一個激靈。他把她攏進毛毯，自己坐起來，把兩隻冰凍的腳掌放進他襯衫下。滾燙的赤裸，米拉一雙腳跳了多少年的艱辛舞蹈，最識冷暖。那次我翻跟頭，你還記得嗎？當然記得，那時你是個小傻子，讓你翻多少，你就翻多少。那時，我在你眼裡，除了是個小傻子，還是什麼？嗯……小太婆。嗯？！我怎麼是小太婆？你有時說話老三老四。現在呢？現在，你是個小姑娘。絡腮鬍的耳語，也毛茸茸的。腳被寶貝著，很暖很暖，跳了萬千舞步，頭一次被如此寶貝。然後，他抱著她，躺下去。他們兩個身體只需一個身體的空間，躺得如同套剪下來的對稱剪紙，米拉的背部線條，嵌入他的胸腹，腿和腿，環環相扣。他兩手從她身後摸過來，輕輕握住她胸前小小的兩團，她抽一口冷氣，又嘆出來。怕嗎？他問。嗯，有點。我不會的，他說，你還要嫁人。她臀部感覺到他身體的變化，他不好意思，玩命躲開緊密觸碰。米拉。嗯。米拉，你第一次知道男和女之間，到底怎麼一回事，是什麼時候？米拉說，十三歲。這麼早？！他簡直要把她扔到沙發下去。她認為有立刻解釋的必要。那年春節，年初一，我們楊分隊長帶我去她家過年，還有李丹紅。李丹紅是部隊醫院調來的，幾個月後又調走了，記得不？她感覺他在搖頭。我們三個人乘公共汽車，車上擠得要死，我覺得有個人在我身後動，貼太緊了，但人那麼擠，我連頭都回不了。一直到下車，楊分隊長叫起來，說米拉屁股上給人抹了鼻涕了。李丹紅說哪是鼻涕，她一眼就看出是什麼。我扭過身往後看，看不見，正要伸手摸，李丹紅一把把我手抓住，說摸不得，髒死了，幸好米拉穿的是棉褲，死流氓，弄我們兵娃娃。她從地上撿了個香菸盒，撕開，使勁給我擦，擦完扔到垃圾桶裡去了。楊分隊長在一邊偷笑，我不知她笑什麼。晚上回宿舍，李丹紅跟我說，你這個瓜娃子，流氓咋個要了你，你曉得不？我當然不曉得。她說，那一把「鼻涕」弄到你肚裡，你就懷娃娃了。然後她就把男人女人怎樣怎樣，簡單告訴我了。她還教我一手：二

44 後橋：後軟翻。

天有人貼到你，在你身上拱蟲子，你就這樣——李丹紅往身後猛抓一把：一把就把他那根蟲捏到，給大家示眾，他來不及收回去，你就喊，耍你媽流氓耍到解放軍老娘身上來嘍！曉得不？易韌聽到這裡，抱緊米拉，笑得發抖。

米拉聽見易韌呼吸加深，加長，慢慢脫離了他的懷抱。他又醒來，說，不要走嘛。我怕在這裡睡著了。她的一雙赤腳踩在地面上，更加冰冷。

走過客人臥室，米拉看見一個人影站在門口。吳可。米拉頓了一下：小吳叔叔……他說，趕緊去睡，明天再說！

第二天早上，米拉起來時已經十一點。身邊一個人也沒有，空氣是香的，咖啡和奶精揉混，比喝在嘴裡更美味。她走進浴室，站在鏡子前發呆。一個人說話了：你朋友一早就走了。她回頭，見說話的人在大浴盆裡。小小姑芳元蹲在大浴盆裡擦洗，跟米拉打地道戰。小吳叔叔呢？他跟我姐姐出去吃酸辣粉了。米拉洗漱罷，感覺那個昨夜擁著她的身體，仍然擁著她，她又是發呆。掉進愛裡的女人，這麼無力，只能發呆。她坐到餐桌邊，芳元端著托盤過來，把咖啡器具一樣樣擺開。崔先生不在，崔先生的精緻生活留在這房子裡了，只是培根蛋換成了巷子口的酸辣粉。芳元從圍裙的口袋裡掏出一張字條：你朋友留給你的。字條上僅一個街名和門牌號，一個電話號碼。正喝咖啡，電話鈴響起來。芳元接聽後馬上叫：米拉，找你的。話筒裡傳出睏倦的聲音，你醒啦？她笑了，是易韌。我到家補了一小覺，想著跟你打電話，只好起來。你有事就打電話給我，我再回去睡一會，媽喲，那一夜！現在眼睛睜著閉著都是你。她什麼也說不出。放下電話，就站在電話機旁邊，動不了。愛了嗎？那兩個孩兒怎麼辦？她和他再到一起會幹什麼？那個「什麼」會種下後果嗎？……不管怎樣，她得馬上離開這裡，在吳可盤問她之前。

回到招待所房間裡，她拿起盆和毛巾，打算到浴室去洗澡。出了房門，見一大群穿紅色運動服的巨人從樓梯湧上來。她聽教導員說過，這個樓要進駐一批排球隊員，從軍區各部隊抽調的，在這裡集訓三個月。米拉步下樓梯，每一個台階上都站著一個或兩個巨人，給米拉讓路、行注目禮。細看巨人們都長著極其年輕的臉，十七八歲，十八九歲。米拉走到他們站立的那階樓梯，他們就趕緊垂下眼簾。米拉洗澡回來，巨人們聚在走廊抽菸談笑，一見她又沉默了，開始行注目禮。她的房門剛剛關上，走廊裡粗野的笑聲轟然暴起。她剛梳好頭髮，聽見有人輕輕敲門。米拉打開門，三個巨人站在門外，問，能不能借一支筆。米拉說她沒有多餘的筆。又說，聽說你們五十多人參訓，居然沒有一支筆？三個巨人之一說，我們沒文化。他那個二米高的同伙說，聽說你是作家，作家應該筆最多。沒有，對不起，米拉說著要關門。三個巨人就要往裡進，我們參觀一下作家的房間，看看書是怎樣被寫成的。米拉說，作家要是讓人參觀書怎樣被寫成，世界上就沒有書了。三人被擋在門外。她聽見一條走廊上所有的門都打開，大聲譏笑三個借筆失敗、藉口更失敗的同伙。

米拉鋪了稿紙，坐在桌前，幾次抬筆，筆尖一個字落不下來。翻回已完成的十幾頁閱讀，讀完還是寫不出一個字，想好的句子，沒等筆尖抓牢，就不知溜到哪裡去了。等她側臉來看鬧鐘，一個小時過去了。心裡塞的都是昨夜，擠出的字十分乾癟，昨夜是丟了魂。門又被敲響，她嘶喊：幹什麼？！門外人怯生生的回答：電話！招待所與時俱進，在每一層樓裝了個分號電話。米拉心裡笑，呸，一群巨型兒童，以為換了個藉口就能讓她上當。她扭頭向門外喊：我不在家！巨型孩子說：是真的！她喊回去：我是真的不在家！門外的巨型腳步遲疑著遠去。十分鐘之後，同一個人又來喊：你叫米拉對不對？電話是找米拉的！米拉這回乾脆不做聲。敲門聲溫柔至極，那麼大個巨型手掌，攥起巨型手指頭，敲出這樣的叩門聲，真不容易。又過了一會兒，米拉確實聽到放在一樓二樓之間的電話響起鈴聲。這次沒人接聽，鈴聲倔強地響著，在靜下來的樓中濺起回聲。終於，電話那頭的人放棄了。鈴聲再響起的時候，米拉聽見一個離電話機最近的房門咣當一聲打開，帶著氣呢。一雙巨型腳丫咚咚！咚咚！咚咚！砸著每一級木頭樓梯。米拉豎起耳朵聽，接電話的人叫喊：找誰？……等著！然後巨型腳丫便一路向米拉門口砸來：大門口門崗的電話，你接不接？！一個中午都是你的電話！我們還睡不睡午覺了？！下午還有三小時集訓呢！米拉趕緊拉開門，看見一個金剛似的巨童一臉火氣。他只穿一條運動褲叉，一件跨欄背心，因為驚人地高大而顯得露出的肌膚塊面大得驚心動魄，那一雙大腳丫果真如她聽覺判斷的那樣，赤裸裸連襪子都沒穿。米拉道了聲「對不起」，繞過鬧下床氣的巨童，向樓梯口跑去。

電話那頭也上火，說：總機都給吵死了！一中午好幾個電話找你！米拉說，對不起，對不起。你明明在家為什麼不接電話？！米拉說：對不起，對不起。現在門口有個海軍同志等你接電話，等半天了！米拉一驚，易韌找到門上來了。門崗現在的口氣，似乎是譴責米拉破壞了跟友軍的關係；四川八千萬人民都沒得眼福見到的海軍少校，她居然讓人家站在大門口喝秋風。米拉趕緊說說，那請他進來吧。人家不進，人家讓你接電話！米拉沒來得及搭腔，易韌的聲音就插進來：你怎麼了？米拉說，是你打了一中午電話呀？我打了三次，接電話的人說，你病了，爬不到電話機邊上。米拉噗嗤一樂，不知那幫巨童好心幫她找藉口呢，還是存心害她。易韌說，所以我就趕緊跑過來了。是不是凍著了？他一定想到夜間那一對如冰似雪的腳，如何在他胸口融化。你進來吧，米拉對易韌說，你把話筒給執勤排長，我讓他放你進來。我不進來了，你沒生病吧？米拉笑道，那幫打排球的傢伙胡編排我。你快把話筒給執勤。你沒生病我就回家了。為什麼？我一個人住……他說，就是因為你一個人住啊。米拉悟到他的道理，趕緊說，那好，我馬上出來，等著，啊？她放下話筒，發呆，這麼多眷顧憐愛一猛子來了，她都受不住了。她衝回房間，用暖壺裡快涼透的水洗了把臉，往臉上揉了兩把友誼檸檬霜，把頭髮紮緊，猶豫一下，又把頭髮打開。

昨天穿的黑羊絨裙完成了使命，卻一直沒脫。她打開衣櫥，橫桿上掛著一排衣服裙子，她手指飛快在上面彈音階，走過去，再走回，一件都不稱心。約會前的打扮是件麻煩事，不能太露骨地「為悅己者容」，更不能存引誘之嫌，但又要絕對獨一份，絕對過目不忘。這一件件舊衣服，都是真巧從八〇年代初到現在對香港時髦的複製，小姑還活蹦亂跳，米拉已經繼承了她的遺產。米拉最後選中一條灰色牛仔褲，一件白襯衫，黑色半高跟牛仔靴。在外套上，她費了一番琢磨：開始套了件深紅皮衣，又覺得出挑過火了，再換上粗線黑色針織衫，搭灰牛仔褲，又太粗曠，易軔是軍人，跟個女牛仔並肩不般配。最後她挑定了一件：彈力仿絲絨質料外套，《藍衣男孩》的貴族藍色，也是接的真巧小姑的下家。她真慶幸，跟小姑的身材只差一個號碼（胸部差三個號碼），所以米拉的時尚跟香港只差一兩年，最多兩三年。米拉剛拉開房門，又想到什麼，回到屋裡翻箱倒櫃。她找出了那本刊載了她小說的雜誌，又對鏡瞄了兩條極細的眼線。她剛出門就知道壞了：正是那幫巨童午睡起床時間。一個哨子在樓下吹，所有房門打開，好了，這樓成了巨人國。所有巨童飛快跑出房間，走廊裡頓時一股熱騰騰的臭腳丫味。每個人都仔細繞過米拉，井水不犯河水的，但等跑出去一兩米，又回頭一瞥。米拉明白在他們眼裡，她是美的，絕對獨一份，絕對過目不忘。

等米拉走過操場，巨童們正在排隊，先是她的一側身體、然後是她的後背，被那一百多隻眼睛幾千瓦目光照得滾燙。米拉想，是時候搬出招待所了。

易軔看見她，嘴巴一張。這個模樣的米拉他沒見過，也沒料到他此生會見到。米拉喜歡他半張著嘴的模樣。在新兵連，連長喊：某某，出列，給大家操演一個（正步，或預備用——槍，亦或突刺——刺！）！他就這樣，嘴一張，雙唇成個O；什麼都能讓他好奇成這樣。隨著他歲數增上去，令他好奇的事物遞減，嘴唇的O越來越少，漸漸罕見他對什麼好奇了。現在他O字嘴很快裂成笑，對自己的女人滿意之極，自豪之極。米拉全忘了之前的疑慮，兩隻牛仔靴踏著快步，恨不得一頭扎進他著毛料軍裝的懷裡。他先轉身往前走，米拉說，哎，等等我啊！他說，都在看我們！走到門崗看不見的距離，他才悄悄伸出手，在她手背上捏了捏。急死我了，他說，以為你給嚇病了呢。我給什麼嚇病了？他臉有點紅，害羞、慚愧：夜裡我對你那樣，你給嚇著了呀。米拉想說，你以為我那麼雛呢？我也不是那麼無人問津的嘛。阿卜杜也沒有跟我來純素的。但她什麼也不想說，高高興興跟著他在深秋的下午瞎走，不時給他悄悄捏一下手，或多情地凝視一番。要是知道你脫了軍裝能捯飭這麼美，我當年就該先下手了。下手幹嘛？打來吃了。他出來一句山東味的成都話。兩人都笑了。他嘆口氣說，那時候要像現在就好了。好什麼了。現在的人多自由，

45　《藍衣男孩》（The Blue Boy）：湯瑪斯・根茲巴羅（Thomas Gainsborough）的畫作。

什麼都敢說，什麼都敢玩兒。米拉聽出，他有點後悔了，那時太年輕，就給倒插了門，什麼也沒來得及玩兒，就當了倆孩兒的爸。聽團裡人說，易韌是讓副司令的女兒追上的。七九年他去濟南休探親假，假期快結束時祖父發腦梗，家裡一共三個人，父母加上易韌，排日夜三班倒，在病房守候。易韌被排了大小夜班，加起來十二小時。第二天上午，他出了醫院到郵局去打長途，跟團裡續假。在郵局裡，他遇到一個年輕的女空軍，也在排隊打長途。空軍女兵打聽他是哪個部隊的，他如實回答。女空軍挺能聊，說自己是山大的工農兵學員，帶著北京空軍醫院副連級薪水上大學。她排在易韌前面，主動讓易韌先打，說她的事不急。等易韌打完長途，她還在排隊，並讓易韌等她，打了電話給她帶路，領她去只有濟南本地人才知道的本地小館，由她做東請吃午餐。易韌那時已經感到女孩的主動，但吃一餐最好的濟南老字號他何樂不為。餐間女空軍貌似無意地提到父親家教太嚴，不准子女到當地部隊蹭軍線電話打長途。易韌好奇，問令尊是哪位首長，對方答道，父親也不讓子女隨便報出父親官職。那餐午飯易韌堅持由他結賬，女空軍後來承認，她提出做東是考驗他的。他在長途電話上已經得到續假一周的允許，而續出的那個禮拜成了他一生中最累的七天；夜班陪祖父，白班陪副司令的小姐。

米拉和易韌在人民公園逛到天黑，逛到兩人都想起，這天他們少吃了一頓飯。於是就往青羊宮逛。沿街擺出了各種小吃攤，霧氣暈染一條馬路。米拉建議他們一路吃過去。一個酸辣粉的攤子周圍都是人，每人端個大碗，吸溜聲震耳。他倆也排進隊伍，先排買籌子的隊，再排端粉的隊。易軔付了兩塊錢，找回幾個硬幣，兩人便端著大碗尋覓，想找個稍微清淨點的地方吃。易軔看到一片殘竹，院牆內的竹林從牆根下發到了牆外，形成稍微私密浪漫的一隅。他叫米拉跟他去那，但賣籌子的女人喊起來：解放軍同志，咋個把我們碗端起走了來？易軔扭頭用山東川話回她：解放軍未必偷你的破碗！女人一個高腔：破碗？！押金拿來，五角錢！易軔又回去，掏出五角鈔票，往她小桌上一拍，同時說，這個碗八分一個，羊市街多的是！女人不理他。他回到米拉身邊，搖著頭笑：擁軍愛民的年代過去嘍。兩人在幾棵斜竹後站定，對著碗裡冒尖的碧綠豌豆尖和苕粉，正要吸溜，天開始下小雨。易軔見碩大的一碗湯水米拉端得搖搖欲墜，一把接過來，替她端著，讓她吸溜苕粉省點力。米拉伸過頭，從易軔左手的碗裡把溜滑的粉條往嘴裡連扒拉帶吸溜，易軔也不閒著，從自己右手端的碗裡喝湯。秋夜熱辣的粉，人間美味。最沒吃相的米拉，給易軔看見了，看得他哈哈笑。等米拉的碗減掉足夠分量，易軔把碗還給她，開始吃他自己的粉，吃相更惡，紅油老醋，酸辣得活受罪，他不斷停下來吸冷氣，嘴又成了個O。吃完雨大了，沿街吃的打算只好作罷。易軔把兩個碗還回去，女人急著幫男人拉蓬，顧不上退他押金。他牢騷哄哄地等著，深藍毛料軍裝肩膀上一層晶亮的雨珠。米拉想勸他放棄押金，但看他鐵了心等，只好陪著淋雨。一個會過日子的男人，入贅豪門，不改簡樸。米拉今夜愛這樣一個易軔。

兩人乘坐機動三輪車到了一片住宅區。易軔介紹，此地乃省政協宿舍。他領著米拉穿過一院平房，進到一座老樓裡。易軔告訴米拉，姨媽家在一樓。樓道很寬，但很乾淨冷清，頂棚上的裸體燈泡在錚亮的地面上反光。一路走過去，沒見誰家搞走廊炊事。最後一扇門打開，剎時燈亮。米拉眼前一間大屋，朝外的玻璃門，透出藤蔓影子。大屋兩邊有兩間小屋，一間做臥室，另一間是廁所，堆滿雜物。大屋的水泥地裂了很寬的口子，漏出下面的泥土。沒有幾件傢具，倒是有兩個很高的書架，百分之八十的空蕩。易軔隨便指了指，坐吧。一個大太師椅，是唯一可坐的地方。米拉走過去，坐到太師椅上，腳尖剛夠著地。太師椅放在一張公家辦公桌前，莫名其妙的雜湊。易軔打開朝外的玻璃門，走出去，進來時手裡拿著幾朵喇叭花，一個電爐。他把電爐放在牆角，插上電，燈泡一閃，瓦數減低十分之一。他從一個塑料桶裡舀出水，倒進一把灰頭垢面的小鐵壺，坐到電爐上。他告訴米拉，樓裡有人查偷燒電爐的，所以電爐必須藏在外面。然後他走到米拉面前，做了個敬獻動作，喇叭花歸了米拉。易軔說，不肯死的喇叭花，開到現在。他看著她，她覺得他在　醞釀一個大動作，趕緊跳下太師椅。一進屋就搞大動作，米拉跟自己說不過去。她給自己突然逃脫的理由是「看看院子什麼樣！」院子不小，荒得驚悚，草齊腰，兩棵榆樹蛀滿了蟲，樹枝罩在蟲結的白網裡，像個巨大的繭，繭未完成，卻已破爛。這裡別說藏一個電爐，就是一個逃犯（嚴打期間的小韓和曹志傑），也能藏得住。易軔不知何時已在米拉身後，一隻手擱在米拉肩上，手指拈弄著披散在那裡的頭髮。米拉說，多好的院子，弄得跟鬧鬼似的。

易軔說，你該看看我姨夫原來的房子，也在這院子裡，是個小樓。姨夫是投誠的川軍高官，去世前是省政協委員。我姨媽是他的續弦。文革中他們原來的小樓被佔，搬到這來。易軔的嘴巴對著米拉的頭髮，米拉希望洗發精香氣沒給酸辣粉的氣味替代。易軔說，姨媽去世前，跟她小妹妹——就是我媽叮囑，千萬別放棄這間房，憑了它就能把原來的小樓要回來。這不嗎，聽說我們處長派人來成都出差，我就把機會要過來了。現在想，命裡是有安排的。米拉明知故問，什麼安排？安排了你，在這兒等我。米拉說，假如黃晶蘋沒被殺害，團裡人不心血來潮，一年之後想到給晶蘋開追思會……他插嘴說，那我可能就碰不到你。那幫人告訴我，米拉蒂現在架子可大了，當了作家，只跟美國人耍朋友。米拉蹭的一下回過頭，看著他：哪來的美國人？他們聽黃晶蘋說的。哎喲，晶蘋也搞不清他是哪兒人？！是個阿富汗人！你男朋友是阿富汗人？不是我男朋友，就是朋友，也是晶蘋的朋友，晶蘋被殺那天夜裡，他開車跟我一塊送她去急救的！他看著她，笑笑。她覺得他沒有完全信服。她講的本來也不全是實話。阿卜杜跟她是有一點纏綿行為的，兩人間是有一點依依戀戀，不清不白的。她說，一場死亡把你帶到我身邊，最無價值的死亡。易軔糁糁的看著她。她笑笑，說，雖然不至於傾城、傾國，傾的也是一條青春性命，一條性命殞落，讓一場戀愛發生。他完全不懂了，咂摸一會，笑了，拍拍她的腦袋，小太婆。

當夜米拉留下了。兩人一直醒到天明，談的都是曾經，那咫尺天涯的緊密相處，他們一塊長大，一塊發育，一塊裝著誰也沒注意到彼此的發育。多少細節啊，你記得什麼，我記得什麼，十幾年的曾經，一次次的錯過。談著，便也是一場追思。一小覺之後，她和他又醒來，隕落的一個風華絕代的生命，才成全了他們這一場幽會，他們怎麼捨得睡著。天亮了，他們開始談以後。以後米拉搬出招待所，搬進這裡。既然佔領這房才能過渡到原先的小樓裡，何不好好佔領？這樣易軔到成都，就能有個安樂窩。易軔今後會常來成都。什麼藉口呢？藉口全無，兩人沉默了。米拉說，我比你自由，我可以去看你，我反正到哪兒，帶著一支筆都能寫。他緊抱住她，她感到他在一點一點釋放出一個長嘆。

第二天米拉發現院子裡有個自來水龍頭，生著紅繡，但有把手勁兒還是能擰開它。兩人便用它洗冷水澡，凍得抱作一團。

米拉在易軔那裡待了五天。五天內兩人沒怎麼出過門，也很少起床，吃的都在電爐上煮。煮一大鍋白蘿蔔，一吃一天，煮軟的蘿蔔，蘸著易軔做的血紅的蘸料，端到床上，兩人擁著被子吃。易軔把幾點紅油滴在淡藍被子上，米拉說，哎呀好邋遢，不好洗的。易軔壞笑，說又不是他一個人在被子留下了「不好洗的」。小婦人米拉羞得臉發高燒。他們有什麼吃什麼，充飢便好，最後兩人把掛麵、粉條、奶粉都吃得精光，只剩下半袋生了蟲的米，也淘洗幾遍煮來吃了。米拉從小愛吃，這五天她發現吃最不重要。他們白天黑夜過顛倒，睏極了才睡，睡也像睡在戰壕裡，幾分鐘的沉睡，立刻驚醒，看身邊缺少了誰。一次她驚醒，發現他背對著她，用手電在看她登在雜誌上的小說。五天裡，米拉幾乎什麼也沒穿，只穿著易軔重重疊疊的吻。

五天過得像一個夢。易軔不准米拉到火車站送他。米拉知道他的班次，悄悄地去了，遠遠看著他上了車。火車動了，他的那個窗口一閃而過。這沒有歸期的走，米拉感到淚水在臉上，很涼。

老米和小米

那人開口就叫，老米！不熟的人從不這麼叫米瀟。但叫他「老米」的人百分之百是個生人。秘書叫他等新上任的副處長。老米在副處長辦公室外面踱著困獸之步，等來這個套著護袖、拎著簸箕、老三老四叫自己「老米」的人。秘書一會出來說，哎，米老師，王副處長不是剛跟你打了招呼？你怎麼還在這兒等？米瀟說，王副處長，鬼影子都沒得一個，哪個跟我打的招呼？他動作很大地抬起手腕，看了一下表。這個動作就是牢騷，是角兒脾氣。好歹米瀟現在在全省也是個角兒了，讓他在這裡來回走，一裡路都走掉了，沒等來個鬼影子。得了幾個大獎之後，米瀟在絕大部分人眼裡成了名角兒，大畫家，只有他自己（還有梁多，以及跟梁多一樣有著厲害眼光的行內人士）知道，他非但不是大畫家而且已經完蛋了。但在有些人面前，他要做大畫家，要一耍角兒脾氣。比如在這個遲到的新領導面前。剛才拎著簸箕進屋的人又出現了。他說，哎，老米，咋不進來呢？秘書說，我是說，聽見王副處長跟米老師打了招呼的嘛。米瀟看著面前這個小圓臉，大眼鏡，一共有三十歲沒有？秘書倒是五十歲的老秘書，打了大半輩子圓場，圓場打得好，說，王副處長後生相，米老師沒認得到哦。王副處長笑笑，伸出手給老米握。秘書接著說，還丁點兒架子莫得，辦公室都是他自己打掃。王副處長張開另一隻手，對老米晃：進來坐進來坐。老米灰溜溜地走進領導辦公室。坐下後，王副處長拿出一張匯款單，說是香港一家雜誌發表了老米的大作《章懷寺起義》，稿酬寄到文藝處來了，他自報奮勇替老米保管，轉交。米瀟更正，不是我的大作，是三人的合作。匯款單上的大寫數字：參參拾壹圓整，每人可得拾圓參角參分參釐參毫參，他可是一釐一毫都不想多佔，要他獨自承擔三人共同的敗筆（一坨屎！），門兒都莫得！老米嘴上說，我可以把另外兩個作者的稿酬分寄給他們。王副處長說，那幅畫我看了，大師之作，可以說，這是我們中國的《最後的晚餐》。老米想，你也就知道《最後的晚餐》？不過被無知的你們當大師供，一點兒也不難受。他微微笑著，志得意滿，還有多少過火恭維？統統笑納。王副處長又說，聽說下面的作品題材已經定了？米瀟說，有好幾個題材，我在斟酌。哪幾個題材，處裡能不能參與一下意見？米瀟認真想了想，說，處裡不能參與意見。王副處長一傻，推了推眼鏡。米瀟站起來，揚揚手裡的匯款單，謝謝王副處長，請替我們謝謝雜誌主編，好歹我們也算名聲出國，掙到點國際聲望了。

他走到走廊，秘書從老花鏡上看他一眼，點個頭，屁股在椅子上欠一欠。王副處長追到走廊上。老米，聽說你要畫四方面軍撤離巴中的題材……老米說，那是選題之一。王副處長接著追：

我看那個選題不錯。米瀟說：處長留步。王副處長還是送客送到樓梯口，看著角兒脾氣不小的米瀟下樓梯，拐彎，在他視野裡走沒了。

米瀟走到了冬日的太陽裡。此地冬天太陽出在十一二點，預兆就是大霧。現在霧氣還沒散完，街上人就在樹上牽拉起繩子，被子褥子曬了滿街。米瀟推著自行車慢慢走，不急於回家，也不急於去畫室。上個月米拉失蹤五天，誰都不知道她去哪了。冒出來之後，米瀟問她到底去了哪，她慢吞吞說，人就不能失蹤一下嗎？說得好，人有時需要失蹤一下。從所有熟人、整個社會失蹤，從自己的社會身份、家庭責任、日常生活運行軌跡、公轉自轉、地心引力失蹤。即是失蹤，就不必對任何人謊稱去了哪哪哪，幹了啥啥啥，一句話，我失蹤了。米拉有這膽子承認，就是堂堂正正的失蹤，別追問了，失蹤不懂嗎？上字典上查查吧。這種失蹤是徹底的自由，只要這期間關聯人物沒有發生凶殺，貼打倒某某領袖的標語，這失蹤不需要證人證明幾點幾分在哪，和誰在一起，在幹什麼。好個米拉，看著老爹不甘的臉，審查就此打住，我失蹤，怎麼啦？不廢話了吧。以為解放了，平反了，自由了，其實是給關進了更大的牢籠，人人都是看守，這個大牢籠裡，大家都是無期。米拉的失蹤，就是在無期中掙扎出一個口子，釋放自己幾天。回來告訴你，我就失蹤了，我有失蹤的權力。米拉不肯撒謊，讓自己的失蹤合理，撒謊的時候，人臉表皮和下面的肌肉是走向不一的，那種皮肉不和，米拉認為「醜」。所以，只宣稱「我失蹤了」。

米瀟獲大獎，多了一點自由，多了不參加每周政治學習的自由。但他發現其實他少了更多自由，首先失去了愛畫什麼就畫什麼的自由，愛怎麼畫就怎麼畫的自由。他對自己得獎作品那麼絕望，但他連表達絕望的自由都沒有。去年他企圖失蹤一夜，甄茵莉就覺得這一夜在他們短短的婚姻史中，成為了大疑團。失蹤的一夜，他評價自己得獎作品是一坨屎，不行，甄茵莉對這評價絕不答應，所有為他驕傲以他為榮拿他謀利的人都絕不答應。本來他想好，就讓《章懷寺起義》作為他告別這行當的大禮，從此收起畫筆畫盤。米瀟是大雜家，吃飯的傢伙他可不缺，可以設計傢具，還可以寫美術評論，小說也有好幾部在進行過程中。但他打開未改完的小說稿，一樣絕望，那種行文，那種似曾相識的腔調，就像他的起義女英雄，跟李鐵梅阿慶嫂吳清華柯湘一個遺傳基因，一個爹，只是借腹懷胎，借他米瀟筆的產道呱呱墜地。他面對這兩年一直為之與責編、主編抗爭的書稿，忽然笑了，抗爭什麼？你跟他們完全一路貨，精神生命的遺傳密碼來自同樣的父精母血，他的心靈子宮早就出賣了，只能給買主懷胎，寫作之筆也是被借用的產道，分娩連體兒，多胞胎，猛一看表層各異，但眼光毒的人，一眼就能看出那深層面目的雷同。遺憾的是，他自己就具備這樣一雙毒眼。獨創之作被吳可寫了，他寫不過吳可，甚至也寫不過米拉。

不過他獲獎的甜頭確實大，錢包厚起來，買下了梁多的兩幅畫。梁多羞答答開價，一幅才三百。老崔跑了，真巧那裡不再是取之不盡的金庫。儘管真巧經常說，等我找到我親爸留下的八十兩黃金，大家翻身。米瀟做了一陣自由人，畫室成了他的別宮，國家給他改建的畫室一百多平米，他除了用來畫畫，什麼都幹。他讓人搬進一個大工具台，刀、斧、鋸、刨都是最好的。他做了個巨型博古架，上面擱著他親手仿的三星堆祭器和面具，門的左側右側，立著他按比例縮小的三星堆銅像和神樹。三星堆是他的圖騰，那種無法無天的想像力，很給他的精神壯陽。他在四周擺放著民間老傢具，都是他傢具設計的靈感。要不是他急需買一批罕見的金絲楠木，他是不會應領導召喚的。領導要他再接再厲，再搞一幅巨幅油畫，仍是大巴山英雄兒女系列，但必須跟巴山紅區根據地有關。本來他已婉拒了領導們，但一看到那幾段好楠木，心又活了。這幅油畫將由他一人創作，局裡先付給他五百元，完成後先參加全國美展，之後由省展覽館作永久展品館藏。他在收藏楠木的人家轉悠，那塊極品實在讓他挪不動步。這塊木頭上大小瘿擁擠疊摞，正是行內人稱的「滿面葡萄」，切開一定是人獸山水盡有，加上金絲絢爛，鑲長榻椅背，或者櫃面，能想像有多麼華美。但價錢談不下來。他算了一下，存摺都得掏個底掉，才夠一半價錢。第一次他兩眼饞巴巴地離開了賣主的倉庫，出了門直奔吳可家。吳可閉門寫作時間，誰敲門也不開。他在院子裡等到黃昏，吳可出來放風，他才被允許進門。總是在吳可需要別人的時候，別人才能見到他。聽說老米借錢，吳可拿出幾張十元鈔票，打發了他。出了吳可的院子，他想再找個倒霉蛋借貸，這就想到了李真巧。正是晚餐時間，他肚子咕嚕得很吵，但他還是一路飛騎，到達真巧家時滿頭大汗。梁多和真巧在吃晚飯，品小酒，真巧笑道，收藏家來了，一面指著沙發邊靠著的一幅小畫。米瀟拿起那幅畫，放在沙發靠背上細覷。畫是真好，畫面就是一面老牆，苔蘚淺綠深綠，一縷斜陽照在一把小凳上，凳子下擺著一小筐鮮橙，筐邊插著一把淡紫雛菊，凳面上放著一根鈎針，彎曲白紗線是從半隻手套上拆出的，被鈎針鈎成一截花邊——賣橙子的女孩臨時離開的剎那。這是多麼獨立又多麼多情的心靈所攝取的剎那：缺席的人物，靈魂卻在場。米瀟格外堅定了自己的判斷，好畫都被梁多畫了，好作品都被吳可寫了，自己去做木匠，才是最誠實的。梁多不知什麼時候已經站在他背後，從他的角度審視自己的作品。畫得好極了，老米啞聲說。梁多就那麼站著，陪伴感動中的老米。從監獄出來後的梁多，默默的，憂傷的，難怪真巧把他收在自己翅下。這幅畫我買不起，因為它太好了。梁多一聽就知道他多麼由衷。真巧給她三哥哥拿來了筷子和碗，精緻的餐具現在裝著精緻但隨意的菜餚，真巧知道梁多其實對畫之外的東西心不在焉。真巧告訴米瀟，梁多在上海岳陽路租了個大屋，正在佈置畫展。米瀟知道梁多下個月在上海開展。他又聽真巧在說，老崔送她的鑽戒，兩萬港幣買進，賣出才一千八。接下去她又說，畫展要辦就要像樣，冷餐酒會至少要開七天。記者請了幾十個，都要塞點車馬費訕。米瀟吃了兩口菜，喝了一杯尖莊，明白他此趟白跑了，非但開不了口借錢，還應該給點支援，意思意思。他問，畫展錢夠不？真巧咯咯咯笑，說，狗日老崔莫得了，天天缺錢；姓崔的還是管點兒用的哦。米瀟掏出剛從吳可那裡得到的五十元，放在餐桌上。梁多笑笑，把錢塞回米瀟口袋：還不至於當叫花子。米瀟還想堅持支援，梁多一手按在那個口袋上說，留到買菸抽。真巧又笑，說，狗日老崔莫得了，才曉得菸是要掏錢買的。

米瀟第二次去那個楠木掮客家，掮客說已經有個北京客戶相中那塊「滿面葡萄」了，假如不是收了米瀟那點訂金，今天寶貝就給人搬走了。米瀟熟知這種推銷說辭，但心仍是有些慌，趕緊出去找傳呼電話，打給書記辦公室。書記佈置的任務，書記許諾的贊助金，別變卦了。書記一接電話，米瀟這邊馬上說，巴山兒女系列組畫，他已經想好怎麼畫了。書記高興，說，老米，你他媽的！……他感到書記真是高興啊，唾沫星都濺到他貼緊聽筒的耳朵上了。老米毫無激情，但會為他們的高興去畫。為別人的高興去幹某事，很低賤。世上有兩種人，專幹讓別人高興的事，婊子和小丑。

去局裡領贊助費又碰到了王副處長。他正要上一部舊雪佛蘭，大老遠就說，老米，聽說你擔綱領銜了？米瀟要幹的，也是讓王副處長高興的事，他也是真的高興，大眼鏡下的嘴咧得跟河蚌似的。為了他們高興，米瀟就得忍著點兒，當小丑、婊子，賣力去幹，幹來的錢可以買好木料，做出好東西，最終也讓他自己高興一下。他到了書記辦公室，書記打電話叫來會計，把贊助的五百塊交給老米。我們這個文化局，一夜之間全國都知道了，就因為有你老米。書記要老米把想好的構思講給他聽聽。老米說等小稿出來他馬上送給書記指示。其實他已經打好腹稿。他從童年的米拉照片裡挑出兩幅，以米拉做模特，畫一個跟隨大部隊撤退的紅軍小女兵。他腦子裡構圖是這樣的：一個十歲左右的小女兵，拉著一匹大黑馬的尾巴，馬鞍的腳蹬上，踏著一隻穿草鞋的大腳，以及遒勁的男人長腿，露出駁殼槍的下半節，暗示一個高大的紅軍將領騎在馬上。焦點聚於小女兵，一張朦昧的臉，一對深明大義的眼睛，過大的破軍裝，褶皺和補丁的質感將是最見工匠功夫的，但難不住米瀟，米瀟缺的僅僅是靈魂，不缺工匠技法。陪襯人是幾個巴山老鄉，正往她帶破洞軍裝衣兜裡塞雞蛋和花生。作品名字都想好了，就叫《女兒》；巴山的女兒、紅軍的女兒，中國的女兒。

老米好不容易擺脫意猶未盡的書記，走到停車處。衣兜揣著五百塊的十元鈔，疊起來厚厚一摞，本來嫌小的皮夾克都脹歪了。他突然想到，小甄在騾馬市看中一件海狸皮短大衣。小甄過去很少跟他要東西，自打他得了獎，常常貌似無意地提到哪哪賣什麼：金器店做的項鍊不像前些年那麼粗，現在細細的一根，戴在脖子上隱隱約約，看著不俗；人民商場來了真絲料，印花比前幾年好看多了。最近她提到騾馬市開的幾家私人服裝店，東西都不是大路貨，海狸皮說了三四次，他裝聾是混不過去了。他騎車到了羅馬市，找到那家店。店面很小，蘇芮在裡面大聲歌唱。他還沒進門就看見那件短大衣，樣子是還說得過去的。隔著玻璃門，他看見一個化著晚妝、穿著黑絲絨晚禮服的女店主在蘇芮的歌聲中靜默站立，嚴陣以待隨時可能進門的顧客。跨進門他發現，還有一個十幾歲的女孩在櫃台邊上做作業，聽見門響立刻抬頭，朝他射出燦然笑容。米瀟已經懊悔，感覺進了埋伏圈，但退出去又太傻。他請女店主先給蘇芮罷唱，然後請她把那件短大衣拿到櫃台上。面料是炒米色薄呢，他伸手摸了摸裡面的海狸皮裡，成色好極。一問價，五百塊。小甄簡直是預先惦記上他這筆錢的！老米的手離不開那柔軟的皮毛了；這皮毛將替代他的手去撫摸小甄苗條的腰身；小甄現在更情願這皮毛撫摸她，而非他的手。他問店主能不能便宜點。店主說，客戶寄賣的，不敢隨便改價。米瀟說，樣子有點兒土哦。他知道「土」在哪裡，土在胸前兩排有機玻璃大紐扣上，紐扣是褐色，閃著塑料光亮，換一套木頭紐扣來就會大加改善。店主強調一句：客戶是香港人哦。米瀟心想，你奶奶的香港。他砍價道：最多四百，不行就拉倒。店主說她要跟客戶通個電話，看對方答應不答應。米瀟想，甄茵莉今晚肯定高興死了。店主進到裡間打電話，職責暫由女孩頂替。女孩走過來，笑眯眯的，爺爺還想看啥子嘛？米瀟頭一次被人稱爺爺，就像給打了一棒，半天緩不過來。再一想，成了爺爺了還是一生無成，還在幹讓別人高興的事，他比挨了一棒還痛。女店主出來時，手裡拿著一張牛皮紙，把折疊起的大衣往裡包，一邊說：四百哈。老米跑也來不及了，貨已經是他的了，口袋裡還沒揣熱的票子必須數給人家了。不然他踏出這門女店主就會咒他。給她女兒叫成了爺爺，再給當媽的咒，老米死得了。在米瀟往外數票子的時候，想到自己也就是一個鈔票中轉站，票子千裡迢迢千曲百折來了，歇一歇腳，急急忙忙又上路了。他看著店主喜洋洋地給牛皮紙包上捆紮紙繩，知道她進到裡屋根本不是給客戶打電話；她需要去按耐一下狂喜的心。裡屋應該是個小工坊，縫紉機上擱著等待下一個上當者的「香港貨」。

米瀟把牛皮紙包的大衣放在自行車把上，他怕放在貨架上萬一滑落。前輪每轉一圈，就在牛皮紙上刮一下，刮得「呼哧哧、呼哧哧」地響。他就這樣呼哧哧、呼哧哧地騎著車，在馬路上漫遊，一點不想家。腦子粥似的，想不出怎麼去搞來下一筆錢，把他付了訂金的幾段楠木買到手。他在路邊停車，一腳踏在街沿上，一個念頭閃電一樣照亮了他眼前的黃昏黑暗：找米拉借錢！他立刻有了方向，在馬路上乘風破浪地調了個頭，牛皮紙包呼哧哧、呼哧哧，聲音跟偷笑一樣。

去米拉住的招待所，途徑一片建築工地。得獎後領導們獎賞米瀟一套新住房，就在這片工地上漸成胚胎。平面圖米瀟看過，分給他的頂層的大套一百二十平米，有一間二十六平米的客廳。假如他親自設計，親自監督製作的鑲有「滿面葡萄」的長榻和櫃子進入那裡，肯定精彩絕倫，巴蜀頭一份，中國也頭一份。這件事至少他是為自己高興做的。文革十年，人們都忘了怎麼建設住房，現在摸摸索索開始建造，速度慢得令他捶胸頓足。地基是夏天挖的，秋天裡面積滿雨水，蛤蟆在裡面產出蝌蚪。米瀟推著自行車走進泥濘，見一部抽水機正在抽水。就這烏龜速度，那個展示金絲楠的客廳暫時還是領導們給他畫的餅。米瀟見幾個戴柳條帽的人站在一邊抽菸，觀賞著抽水機噴出的泥湯。這個建築速度，他即便籌到錢，做好長榻和櫃子，屋頂估計都還上不了。他想到楠木掮客說，假如他買下木料，可以送他三塊零頭。他已經設計了幾個食盒。有個幫澳門藏家在內地收購的中間商說，澳門濕熱，但金絲楠木食盒能保鮮，一塊生牛肉放在盒內，三天色不變，味不變，比冰箱冷藏的肉口感好。米瀟的設計彩圖給他過目，他歡喜極了，願意付三千元收下食盒，再轉手給澳門藏家。但首先要有木料，否則老米再本事，還陷在蛋和雞的古老悖謬中。

米瀟到了女兒住的二號樓前面，見一輛三輪拖卡停在樓下，車廂上紅油漆鬼畫符的幾個字「招待所食堂」，拖斗[46]上一個紅黑格子軟箱，米瀟很眼熟，似乎是崔先生給李真巧從香港運衣服來常用的。他正在求解，聽到米拉叫他，老米爸！米拉這種奇怪獨特的叫法，最近特別暖心。似乎米拉是瞭解老米苦衷的，但不忍點穿，跟著所有慶賀他成功、分享他獎金的人們瞎起鬨的。有時候她看著老米迷失的臉，會心一笑，拍拍他的背，「老米爸」，就是這種時候喊出來的，有一種共謀感。米瀟問，你這是要去哪？搬家訕。米拉把手裡的紙板箱放進拖斗，紙箱關不嚴，露出裡面各色鞋子。他見女兒臉色粉紅，眼睛亮閃閃，嘴唇也血色充足，他不記得女兒這麼青春過。搬哪兒去？搬出去。曉得你搬出去；問你搬出去住哪兒。米拉含混地說，朋友家。你不是不願意跟人住嗎？你媽讓你去陪她住，你都不肯，說寫作怕煩。我一個人住，朋友的房子空到起的。男朋友女朋友？才囉嗦喲，問那麼多。搬家這麼大的事，也不跟爸媽說一聲，你看，你老米爸差點撲個空。兩個小當兵的搬著米拉的竹子書架出來，另一個小當兵的一手拎一捆書跟著。終於給招待所騰出房子，所長樂得差遣了半個警衛班來幫米拉搬家。米瀟覺得女兒的突然搬家其中有詐，也太閃電了嘛。他看她小跑著回到樓裡，消失了幾年的舞者輕盈乍然再現。她是戀愛了。老米頃刻間釋然，女兒有了愛情，多好啊，這麼多年父親一直為她揪著心，為父的自己戀愛談不完，女兒修女一樣清度年華，現在都好了。等米拉再出來，他拉拉她的馬尾辮，小丫頭，瞞著我這麼大的事。米拉鬼臉一下，她明白父親指的是比搬家更大的事。

老米跟駕駛員擠坐駕駛室，米拉坐在拖斗上。幾個警衛戰士騎自行車跟在車後。車陣開出少城，米瀟伸出頭朝拖斗裡喊，冷吧？米拉喊回來，不冷！當然不冷，戀愛的人跟發情的牲畜一樣，荷爾蒙燒得慌。到了地方，米瀟見米拉路線諳熟，心裡明白，一定是來這裡幽會過了。開了門，拉開燈，女兒請父親先進屋。趁米拉指揮小當兵的擺放東西，米瀟到處溜達參觀。他沒想到女兒的居住條件這麼好，大屋門窗朝南，冬天亮堂暖和，小屋和廚房沒窗，是個遺憾。他明白這原先是一大間巨大房屋隔出的三間房，全一個朝向。地上鋪了一張草編地毯，為了遮蓋龜裂

46　拖斗：拖車。

的地面。寫字桌上放了一個小鏡框，鏡框裡兩張照片，一張是個英俊卻憨態的男孩，穿老式綠軍裝，一張是米拉十二歲的新兵照。此男孩必是米拉幽會的對象。等所有人退了，只剩下米拉在擦擦抹抹，老米爸說，這個男孩我是不是見過？嗯。他是你們那兒幹嘛的？聲樂隊的。好在不是樂隊的，米瀟笑嘻嘻地說。他把米拉團裡的樂隊叫「大減價吹鼓手」，奏出的噪音只配給舊社會的商家鼓吹大減價。米瀟當海員的幾年，可是聽過真正的交響樂、協奏曲，連他們靠岸時聽到的音樂癟三賣藝，到這裡都能撐起獨奏晚會。人家的音樂在集體潛意識裡，在骨髓裡，中國人搞西洋樂，猴子學樣，只是樣兒。什麼時候帶來認親啊？米拉不說話。過一會，她走過來，看著那張照片，淡淡地說，爸，照照片那時候，我心裡已經有他了。十二歲？嗯。這次的「嗯」有勁道。父親就那麼含笑沉默。女兒頭一彈，怎麼了，林黛玉第一次見到賈寶玉，才十一歲。父親說，這麼多年他才把你追上？米拉不語。什麼時候帶給你媽看看。你媽跟我不聯繫，一聯繫就問，米拉在談朋友沒有？每次都提到李真巧，說那種給人做小的女人，別帶壞了我米拉。米拉說，什麼叫做小，多難聽！她口氣衝得嚇死人。米拉跟爸媽頂嘴，就改普通話，表示自己是國家水平。米瀟偷瞥女兒一眼，她受了多大委屈似的，兩隻眼都紅了。你小姑心是不壞，不過你能說她這種過法是正經人？三十幾了，不好好嫁個男人……米拉打斷他，怪她呀？小吳叔叔不想娶她，就是玩她！跟雲南農場那些男人，有什麼區別？米瀟笑笑，還不知誰玩誰呢。米拉說，自由大時代，先玩著唄。你後悔了？把自己玩到甄茵莉手裡，脫不到手了。米瀟笑笑。米拉可以很刻薄的。

米拉見父親手裡老抱著那個牛皮紙包，臉色緩和了，爸給我帶啥子來了？她手快，在他應答前就把紙包抓過去。一側牛皮紙給自行車輪子磨爛，炒米色毛料蹭了一點車輪上的土。米拉心疼地說，人家還沒看，就給你弄髒了。她抖開衣服就往身上套，正好一身。爸你看！她往父親面前一蹦，面若桃花。謝老米爸！米瀟想，壞了，現在解釋太遲了。女兒和年輕的繼母永遠是競爭者，誰家都一樣。米拉再大度，再脫俗，到底心難平。到了她身上的新衣，再剝下來，去孝敬她美貌的繼母，女兒口上一定不屑，內裡會痛心，老米怎麼捨得讓女兒心痛。他指指自己的眼，爸爸眼睛就是一把尺，你看，多合身。女兒把通向院子的玻璃門當鏡子照，脊梁上流淌著笑意。談戀愛的姑娘，新衣多少都不嫌多。老米想，從這裡出去，直奔那商店，讓女店主再覓一件相同的「港貨」，反正她裡屋就是這類「港貨」的發源地和集散地。米瀟把借錢的事說了，米拉一口答應，還說，老米跟小米，還說啥子借嘛。她答應第二天就去銀行取款，然後直接送到他的畫室。她的幾筆稿費都沒捨得花呢。米拉留父親吃飯，米瀟不好意思拒絕。廚房裡有個小冰箱，裡面擱著半斤切面和一把豌豆尖。米拉自己一人的時候，過得淡泊，到底是孫霖露的女兒。過去母女倆省下的錢，常常在米瀟手裡撒出去。現在不能盤剝前妻，米拉只能一個頂倆。米拉的援手，讓老米從「先有雞還是先有蛋」的迷局裡出來了。

他騎車回到騾馬市，女店主見了他就說，馬上關門了。她以為他來退貨。他說明了真實來意，女店主說，我再幫你問下嘛，港貨不是那麼好弄到手。米瀟心裡笑，三千公里之外的香港，就在你隔壁。他說，我曉得不好弄，弄到手你打個電話。他把自己的名片遞給她。自從得了獎，小甄給他印了名片，中英文對照，拼寫全是錯誤。小甄說，好歹有點名氣了，名片都沒得一張，不體面嘛。之後每天檢查他口袋，給出去幾張名片，她會續裝幾張。

三天過去，米瀟沒接到女店主的電話。「港貨」還在「長途運輸」中。米拉卻穿著新大衣來了。米瀟心裡一抽；小甄下班回來，看見她心心念念惦記的衣服，穿在了女兒身上，不知要慪多久的氣。甄茵莉慪氣的耐力極好，可以一兩個禮拜當米瀟是空氣，她迎頭走上來時，米瀟要是讓路不及時，準準的就能撞斷鼻梁。老米得獎後，局裡還獎賞他一部電話，在紡織學院總機上接了條支線。

小甄慪氣期間電話特別多，她在電話上跟所有人嬉笑怒罵，米瀟睡下她都不停歇。米拉剛收到的八十六元稿費，從郵局取了錢，直接給老米送來了。米瀟不忍叫她趁甄茵莉還沒下班趕緊走。他跟女兒說，把大衣脫了吧，我給你掛到櫥裡。米拉不脫，說房裡比外面還冷。米瀟趕緊找出一個小炭爐，是他在農場的手工，用一個炮彈殼做的。他把炭爐拎到樓頂上去生火，等他端著煙散盡的炭爐下樓，正聽見甄茵莉唱著歌上樓。小甄平時從不唱歌，一到樓梯上歌就來了，真是個好毛病，萬一米瀟在家偷情，小甄自己給他發警報。他端著火盆下到二樓，正見小甄進屋。火盆差點跌到地上。小甄半個身子還在門外，就看見米拉穿著她夢中的大衣。她像吃了一悶棍，下一秒就會倒在門與門框之間。

米瀟在走廊裡撥弄炭爐，盼望急中能生智，但腦子飛速空轉。他只好端炭爐進去，小甄狠狠瞪了他一眼。這女人這麼些年強壓下去的俗，此刻瘋狂反彈。但她一轉臉向米拉，就是另一個人，和藹可親，通達大方，笑盈盈地說，我正誇米拉這件大衣呢，她跟我說是海狸皮，海狸皮是什麼皮呀，我第一次聽到。就是水獺，米拉解釋，還想說什麼，當爸的切斷她的話，說，米拉掙了點稿費，捨不得吃，捨不得喝，都穿身上啦。他使勁看一眼米拉，要她攻守同盟，女兒皺起眉頭。米拉一定難過，難道爸爸給女兒買點好東西，還要跟老婆撒謊，這個女兒是堂堂正正的女兒，又不是偷生在外的私娃子！小甄一聽，開心起來，問米拉你在哪裡買的？米拉悶聲悶氣說，人民商場。她又皺起眉頭，看了一眼父親，意思是，你要對我的隨口撒謊負責。甄茵莉說，我也看見這件大衣了，在一個私人小店裡，老闆娘說是香港貨，人家寄賣的，看來是胡說八道，真是香港貨的話，人民商場咋會進貨？她轉臉對老米說，幸虧我沒上當，花五百塊買個假港貨，我前腳出店門，老闆娘後頭就會笑我，哪兒來的瓜娃子。她馬上意識到，自己暗示米拉「瓜娃子」，趕緊說，不是說你啊，米拉，人民商場還是值得信賴的嘛。女兒不吱聲，父親知道她心裡窩囊，父愛都要在這個屋子裡當偷情，父親送女兒一份禮，也要靠走私偷渡。此刻小甄看到櫃子上的八張十元鈔票，問丈夫，錢怎麼放這兒？米瀟說，米拉剛收到的稿費，送來支援她老米爸的。米拉，小甄笑著說，你爸又揩你油了？米拉說，爸爸要買幾塊金絲楠，手頭錢不夠，你家存的錢他不敢動。米拉這話夠狠，把父親跟女兒間的私房話給翻出來了；他跟米拉借錢那晚，談到小甄需要安全感，家裡存摺他都不知道給她藏哪兒去了。米拉說著便向門口走，米瀟趕緊挽留，說他燒了一隻大兔子，做的怪味兔丁還在冰箱裡。米拉說，不吃了，再見。米瀟知道，今晚兩股氣都要嘔他的，他遲疑一下，說，米拉我送你一下。不用送，女兒已經開了門，他忙亂地往身上套皮衣，得獎後體重增加，皮衣幾次套不上，一隻手臂在滑溜的皮面上捅了又捅，好不容易捅進袖筒。小甄斜著眼看他亂乎，送女兒至於這麼屁顛屁顛的嗎？還不是追去講幾句不讓我聽的話。反正甄茵莉這一頭的氣他注定要飽受，那麼女兒那邊，興許還能替她撒撒氣。他走到樓梯口，又想到兔丁，再折回，翻出一個鋁飯盒，把兔丁倒進去。小甄始終一個背影，跟電話上的人笑得直打挺。

追到樓下，天已經黑盡。米拉在前面急匆匆地走，米瀟在後面追。路面被樹根拱開，天一黑到處是絆子，米瀟被絆得趔趄加踉蹌，好容易跟女兒走成一並排。他把飯盒往米拉手裡塞，遇到輕微抵觸，但還是收下了。米拉跟父親相同之處是，從來不讓別人難堪，最怕傷人心。拒絕兔丁，米瀟會傷心，女兒從小不願父母傷心。父親開口了，說米拉，謝謝你哦，這次爸爸沒有你的援助，真過不了關呢。這是實話，除非他改變從小養成惡習——見心儀物事非買不可——否則女兒就得暗中幫他財政週轉。現在市面上好東西多起來了，米瀟老是入不敷出。米瀟對女兒說，假如那幾個食盒賣出好價，爸爸馬上還你錢。米拉不語。倆人默然走到公共汽車站。米拉說，結婚前她不是這個樣子。她還在小甄的表現上繞不開。老米笑笑道，婚前女人都是小白兔，結了婚都是河東母獅。米拉結婚以後會不會變成小母獅子？米拉甩出一句話，誰說我要結婚？米瀟還在嬉皮笑臉逗女兒高興，哦，你要跟你小姑學，亂愛呀？米拉垂下頭，不搭話。公共汽車來了。米瀟目送女兒尾隨等車的人上車，卓爾不群，與世無爭，最後一個把自己塞在人群和車門之間。等車開走，米瀟想到，必須馬上叫停那個女店主，別再費力尋覓「港貨」大衣了，需求不存在了。他小跑著過馬路，回到紡織學院大門口。傳達室老爹也搞起第三產業來，零售香菸。他敲了敲窗子，渾濁玻璃內冒出老爹的禿腦殼，一看是老米，玻璃馬上被拉開。老米買菸常常不要找零。老米得獎，小甄也告訴了他；小甄不愧是專業播音員。他掏出女店主的電話號碼，撥號時想好台詞：第一件買回家給老婆一頓臭罵，冒牌的港貨，扣子就是破綻，那些有機玻璃紐扣子人民商場就有賣，一模一樣……接電話的是小女孩，她說她媽提前打烊，為了去給客戶送一件大衣。什麼大衣？香港貨。該死的名片，上面的英文拼寫錯誤百出，他家地址倒是印得清清楚楚。他放下電話，買了一包菸，剩的零頭比菸錢還多。他跟老爹說，一會有個女的來給我家送衣服，千萬別讓她進。老爹說，那衣服你不要了？你說這院子裡沒這個人，地址印錯了。老爹猶豫，恐怕不得行，進進出出那麼多人，隨便找哪個問一下，就曉得你米老師住哪兒嘍。米老師現在名聲在外哦！老爹真情真意，拖出金錢板的腔。只有一個辦法，就是他米瀟自己在門口堵截。他站在門口，眼睛盯著十多米之外的公共汽車站，雖然無風，但陰冷往骨頭縫鑽。或說是從骨頭縫鑽出來的陰冷。一輛公共汽車到站，下來一群人，沒有那個女店主。他繼續等。一輛一輛公共汽車到站，開走，米瀟看看表，已經八點半了。他想這女人難道是推著獨輪車來的，怎麼一個半小時還沒到？！腳趾頭凍得刺痛，一個騎自行車的女人在他眼前騙腿下車。正是她。米瀟假裝沒認出她，往馬路對面走。女店主叫起來，米老師！米瀟再假裝眼拙，湊很近才「哦」一聲，是你啊！女人一踢自行車支架，車立住，她蹲下身，解貨架上的紙包，仰望米瀟的臉上，滿是笑容和路燈灰白的光：米老師，你運氣好哦，我找了好幾個熟人，總算又給你找到一件！她抖開紙包，取出大衣：看嘛，一模一樣的！米瀟背好的台詞怎麼也說不出口。大衣已經塞在他手裡：米老師摸一下皮子嘛，比那一件還要軟和！米瀟很聽話地就伸手去摸皮子。是這樣啊……米瀟把先前想好的理由說了一遍。女店主愣了，就像騙子把她騙得人財兩空，眼裡汪起淚光。米瀟頓時打住。女人說，米老師你不買就算了嘛，還說我們是假貨。米瀟立刻覺得自己確實很刁滑頑劣，忙說，沒說你假貨，說不定是你貨源的上家有問題，騙了你。女人說，是嘛，我一個離了婚的女人，帶個娃娃開店，騙我的人是多得很訕。米瀟頓時覺得自己也站在騙她的人群裡，位居第一。女人又是個心碎表情，說，米老師，米大哥，你是名人，未必這麼不守信用。貨假不假，這純毛面子不假嘛，海狸皮裡子不假嘛，對不對？米瀟腦子裡馬上跑畫面：夜深人靜，一個女人身後睡著個娃娃，在二十瓦燈泡下踩縫紉機，踩出第二天的切面、豌豆尖、女兒上學的午餐錢，踩出下月的店租，電費，水費……米瀟不忍心再往下想，伸出手去，你說的對，君子一言，駟馬難追。我現在身邊沒錢……女人說，不要緊，我跟你到屋頭拿。米瀟一驚，心想，就是屋頭去不得。他對她說，你先回去，我明後天帶錢去你店裡頭取貨，行不行？女人可憐巴巴地說，好嘛。米瀟說，你叫我一聲老師，我就要說話算話。女人這才想起拿出手絹擦臉上的汗。本來不曉得米老師是哪個，我侄兒也畫畫，跟我說，米老師是得頭等獎的大畫家。我就想嘛，碰到貴人嘍，你這兩筆生意做下來，半年都不愁店租了訕。女人當個體戶，好難哦。他道了別，心裡發酸。剛走進大門，女人又叫：米老師！他想，她反悔了。女人說，大衣你先拿到嘛，過兩天把錢給我送來就是咯。那不好意思，還是一手交錢一手交貨。啥不好意思嘛，未必我還怕你跑了呀？名片上單位住址都有訕。她把紙包潦草包好，交到他手裡，說，天冷了哦，米大嫂早點兒穿起，暖和。

米瀟在樓梯上就把牛皮紙包拆開，取出大衣。進了門，見「米大嫂」一人已經吃罷了飯，在水池上洗一個碗一雙筷一個盤。在婚姻裡玩單身，這氣漚得。米瀟低聲下氣說，小甄，你看我給你拿什麼來了？她似乎很給他面子地抬起眼，看到米瀟手裡拿的衣服，明知故問，什麼呀？米瀟陪她裝蒜，你不知道是什麼呀？那穿上看看吧。他很獻寶地把大衣搭到她肩上，她扭了扭說，幹嘛呀，人家在洗碗。他知道，她隔著毛衣的身子都能感到皮毛的滑軟，骨頭都酥了。米瀟抓了塊毛巾，快擦擦手，穿上照照鏡子。她說，擱床上吧，生了炭盆，屋裡這麼熱，還不捂上火了。米瀟把大衣擱在床沿上，說，我剛才欠傳達室一包菸錢，現在去還。他有意躲出去，知道他前腳一出門，她後腳就會欣喜若狂地試穿新衣，鏡子都要讓她照爆。他走到樓梯口，又踮著腳尖走回，出去時故意把門留了條縫，現在他悄悄把門縫撥弄大，看見她穿著新衣在鏡子前面，側轉後轉，腰和脖子都擰到極限，然後她拿出床下一雙半高跟矮靴（真巧叫它們「香奈兒」，崔先生買小了一碼）蹬上，朝著鏡子走過去，窄窄的胯左右橫裡扭，頭一批國內時裝模特兒出現，就邁著這種滑稽步伐。他再退回樓梯口，很響地走回來，小甄已經以備戰速度脫下了新衣，但「香奈兒」還在腳上，臉上狂喜的紅暈還未能及時退去，眼睛裡的得意之光還在繼續燃燒。他問，試了嗎？她臉上淡淡的，試什麼？新衣服啊。哦，既然是送給我的，什麼時候試不行。說著她淡淡地把大衣掛到衣架上，背影對著他說，你還沒吃飯吧？我來給你下麵，兔丁的滷水拌麵，香得很。

米瀟知道，這一晚他的日子是不會壞了。他坐在大鍋改製的羅圈轉椅裡，拿起吳可最新寫的劇本。他總是小吳的第一個讀者，意見小吳也聽得進。提意見時甄茵莉若在場，事後會說他「眼高手低」，米瀟驕傲地說，這世上真正眼高的沒幾個。他把這話學給小吳聽，吳可很同意，說查理曼大帝眼最高，但自己是個文盲，一輩子沒學會寫字。不久米瀟聞到酒香，看見甄茵莉正在往一個水晶杯裡倒人頭馬路易十三。小甄接管家庭財務是徐徐漸進的，徐徐到你感覺不到任何她漸進的進度。最早是從管酒開始。真巧跟崔先生火熱時，崔先生總是從香港給米瀟帶最好的洋酒來。即便老崔本人不來，也托付熟人朋友，把他們帶酒免稅份額給米瀟帶滿。加上崔先生懷揣各種信用卡，在上海北京兌換外匯僑匯，友誼商店、僑匯商店裡也有些夠格當貴重禮物送給米瀟的威士忌和白蘭地，因為老崔知道，討好米瀟比討好真巧還重要。崔先生送給米瀟的人頭馬路易十三，總共就有四瓶。小甄的酒管制明面上是為了他好，多喝折壽，也為了他的好酒能細水長流。她不會依著老米的性子，什麼朋友來都給予同樣的酒待遇。老米的領導來了，不用老米招呼，她會擺出水晶杯，倒上人頭馬路易十三，並以抱怨炫耀，我也喝不出什麼好來，還要一兩萬一瓶！小吳來了，米瀟大聲吆喝，小甄，好酒拿出來！甄茵莉歡天喜地答應，來啦！往桌上放的，往往就是一瓶劍南春，好一點是瀘州大曲，最了不起就是軒尼詩。米瀟用眼色斥她，逼她，她都裝看不見，笑盈盈說，別人來了，老米才捨不得拿軒尼詩呢（或者瀘州大曲），小吳來了，連我都沾光，說著她會端起老米的酒杯，自己抿一口。若是梁多來，甄茵莉就只有尖莊了。小韓或者小曹來，老米喊，拿點好酒來喝！小甄會白他一眼，然後說，哪還有酒，不都讓你喝完了嗎？從酒管制到菸管制，再到存摺管制，有一天，米瀟發現，沒被管制的就只有他赤條條的肉身。現在他能獨享路易十三，全憑她管制得好，不然早被老米的狐朋狗友喝進肚，尿出去了。不僅有麵條，小甄還拌了個折耳根，炸了一碟花生米。看看吧，一件四百塊的禮物換來了什麼！

米瀟邊吃邊喝，酒乾了小甄自會再給他續。他笑眯眯地看著自己美麗的管家婆，心裡想的，是去哪找那筆餘款。木料掮客不會一直給他留著貨，澳門藏家也不會一直容他拖延交貨期。但他所有可動產，都變成了兩件莫名其妙的大衣——明天他要守諾，把欠女店主的四百塊送給她。米拉給他的支援眨眼間沒了。裡外裡一算，女兒米拉自費享用了一件父親的貴重禮物，還蝕了兩百元的本；米拉給他的錢總數是六百元。微醺的目光裡，甄茵莉完美無缺，但是他老米要到哪裡才能湊夠買金絲楠的錢呢？

李真巧上海行

她不同意降價。絕對不行。梁多的作品你說不值那個價，你是瞎了眼。那是最後一個問價的人了，離現在已經七天過去。七天，無人問津。梁多從畫展開幕後的第三天就不來展室，盯在這裡的就只有真巧和芳元。過去她一直瞧不上家裡這個老小，嫌她醜，鈍，但醜和鈍的副產品是安分。芳元從不考慮，忠心耿耿忙姐姐的事物，可姐姐也這麼浪打浪，她將來如何過。來看展的人每一天遞減，前一天也只來了三個人，這天已經開門四小時了，一個人沒來。梁多不來是對的，他心太嬌，也驕，這種冷清讓他更嬌，更驕。那個猶太裔美國老太太說她回到美國就會跟他們聯繫，但一個多月音信全無。老太太八十多歲，拄著拐杖，身邊跟了個三十多歲的中國女人。中國女人介紹，老太太年輕時在上海猶太難民區住過幾年，此次來看她的中國朋友。兩人一共來過畫展兩次，每次來老太太都看得非常專注，一句話不說，梁多一上去用英文攀談，老太太眼裡頓生防禦。第二次她來，梁多不在，真巧讓芳元倒兩杯綠茶，用小推車推到她們面前，趕緊就離開。老太太和中國女人是展廳唯一的參觀者，她們偶然用英文交談一兩句，其餘時間都在看畫。臨走前中國女人過來問真巧，能否拍照。得到應允後，老太太來到梁多畫的《放鴨者》、《中國木匠》兩幅畫前，留了影。《中國木匠》是梁多給米瀟畫的肖像。畫中的米瀟身穿黑色高領毛衣，戴著他繪畫用的圍裙，蓬亂的頭髮上黏著鋸末，手裡拿著一塊剛刨光的椅子背，眼睛凝視著手裡的木料。木匠身後是他的木工工作台，上面擺放著木匠工具和一摞稿紙，一瓶墨水，一支蘸水鋼筆插在瓶中。畫的介紹說：「十年文革完成了一個藝術家的改造，現在他是完美的木匠」。那中國女人對真巧說，夫人明天回美國，回去之後會盡快跟你們聯繫。四川北路租下的展室兩百五十平米，後面隔出一間小室做辦公室。真巧原先長租了申江飯店的小套房，賣畫不順利，一禮拜前她退了飯店的套房。梁多搬到他在上海大學美術系教書的同學那裡暫住，等真巧租到一套合適的民房再搬回來。真巧夜裡睡小辦公室的沙發，芳元就只能打地鋪。但真巧很快發現，人類的睡眠氣味極大，跟其他動物、野獸差不多，睡一個地方，熏一個地方，第二天一上午，小辦公室聞上去就是車馬大店。這天真巧在小辦公室吃芳元從攤子上買的生煎包，忽聽芳元在展室大聲說，崔先生，你怎麼來了？真巧趕緊把生煎包連紙包帶盤子全部塞進抽屜，又對鏡理了理頭髮。下面崔先生的話她聽不清了，老崔一向蚊子哼哼。她不必急著出面，還來得及從小包裡掏出唇膏，塗塗嘴唇。她想他一定在套芳元的話，看看李真巧沒他老崔這兩年是怎麼活過來的。真巧還有點時間可以噴點香水，加工一下眼睫毛。她用鉗子夾住睫毛使勁往上卷，瞪著鏡中一隻眼睜一隻眼閉的自己，心裡飛快地想，一展室的好畫對老崔全是枉費，他只曉得什麼會保值、升值。芳元終於開始喚她：姐姐！出來看下嘛，哪個來嘍！她揚起最是脆甜的南方普通話：是梁多來了？梁多白天從來不來此地，他買了一輛舊貨自行車，到處轉悠，動物園、菜市場他可以畫一整天寫生。圖書館對他也是好地方，借幾本畫冊，泡十來個小時，展室打烊後，他會來看看姐妹倆，但一句不問展室的經營。真巧和芳元出去吃飯他安靜地跟著，姐妹倆挑什麼攤子，什麼街邊小店，吃什麼，他都跟著吃，從來沒有反對意見，也沒有多大胃口。蹲了半年冤獄的梁多，那麼寧靜，真巧疼不夠。老崔這就被芳元領了過來，還假模假樣在半開的門上輕叩兩下。真巧一轉身，看見一個跟原先一模一樣的老少爺，原樣的細皮嫩肉，連老人斑都褪了。她「哎」了一聲道：芳元兒，這是哪個？芳元老實，錯愕地說：崔老闆啊！真巧頭一擺：認不到！憋了近半年的麻辣腔，這下辣壞了老崔，笑得那麼羞。李真巧抱著雙臂走過來，下巴一挑：外頭說嘛。崔先生趕緊轉身往外走，背襯梁多一幅大畫站住。那幅畫叫《隔壁人家》，背景是火車站廣場，六個人站在空曠的廣場中央，一對老夫婦，一對中年夫婦，以及十八九歲和二十出頭的兒女。兒女頭戴草帽，腳下都放著背包。每個人都直視前方，神色非喜非悲，但也絕非木然，似乎剛想到了什麼又突然忘卻。這是梁多作品中最古怪最難解的一幅作品，令真巧想到去雲南那十年，母親和弟妹到火車站送她接她，他們的臉，那些掙扎在各種表情之間的表情，其實是表情的真空。老崔在這幅畫形成的牆壁前，顯得那麼生動，一臉白裡透粉的微笑，那被他貪污掉的兩年壽數誰都妄想搜尋出來。真真還是那麼漂亮，老崔說。真巧一步也不朝他靠近，下巴又是一挑：我說了，外頭說。芳元緊張了，看看崔先生，又看看姐姐。

兩人走到展室大門外，芳元跟到大門口，站住了。外面下雨了，幾個年輕人嘻嘻哈哈跑過來，站在屋檐下，跟老崔和真巧站成一條線。真巧說，裡頭的畫那麼好，我罵人的話弄髒了它們，你個老狗日的。崔先生寬容地笑笑。幾個年輕人發現這個門內是個展室，都跑進去。老崔說，還是進去吧，兩個人站在這裡怪怪的。進去？進去老娘要打人哦，大街上我不敢打。崔先生不自禁地往旁邊挪了一下，她是真打人的。問你，為啥子賊惑惑跑了？老崔認為是她的錯，在他的房子裡養梁多，他不撤出去成什麼體統。真巧驚異，老狗日在乎體統了！她跟他一開始就是體統之外的亂愛，大家圖的就是自己想圖的那一點。老崔說，開始是那樣想的，後來離開了，才發現沒人像她李真巧，床上灶頭廳堂，忙哪樣像哪樣。那老狗日在上海的小小老婆呢？姓崔的倒也老實，說換了好幾任小小老婆，都是不經寵，一寵就壞，害得他丟了一套房子。因為那個小小老婆給打發出去後，小小岳母領著女兒打上門，最後請老女婿賠償青春損耗費，那費用正好值一套房。後來他勾搭上的小小老婆一律養在租來的房裡，寵壞就停房租。幾個奶聲奶氣的小小老婆流水落花去也，他意識到，李真巧，天下只有一個。就她那一身哪裡都長對的肉，便是天下尤物之最，娘胎裡出來就絕了版。李真巧斜他一眼，狗日才曉得是哦？她問他如何知道她和梁多在上海。他說上海的香港人有個小圈子，高雅點的都知道哪裡看芭蕾，哪裡聽小樂隊，哪裡的畫廊值得看，那圈子裡傳看梁多畫展的小冊子。老崔早想來，但怕碰到梁多尷尬，便派了個朋友來打探。朋友發現梁多幾乎不來展室，所以老崔決定露面。真巧問老崔，他哪來的把握，來了不挨揍。老崔承認，一點把握沒有，因為她有一次差點把他手指頭咬斷，還踢下了床。她叫他廢話少講，先收藏一幅畫，讓她相信他回心轉意有幾分真。他跟她回到展室內，年輕人中的一個姑娘劈頭就問，外面雨停了吧？原來他們躲雨來了，踩了滿地泥腳印。崔先生問真巧，她認為他該收藏哪一幅畫。真巧哼哼冷笑，說，買哪一幅對你有啥區別嘛？跟菜場買菜一樣，撿最大的拿。於是老崔就來到剛才給他當牆壁的《隔壁人家》前面。真巧說，梁多正在成名，美國收藏家已經瞄準他了。她心想，這個老狗日的，回來找我，就是伸出頭挨宰，不宰他天理不容。她又說，將來成了梁大師，畫就要是按寸賣，越大升值越多。就跟你收藏那些古畫古董一樣，圖的不就是升值？老崔看了看價錢，皺起眉頭，能不能便宜點？叫你撿大的拿，你還真當是菜市場啊？不買滾蛋。她抱起雙臂。

老崔當然不想滾蛋。他當場決定，帶芳元到銀行去，開了一張現金支票。芳元回來後，老崔約真巧出去喝咖啡。他要了一輛出租，請司機開到九江路口。他先下車，從車後繞到右邊為真巧開了門，做個邀請手勢。真巧雖然身無華服，給他這一弄也就矜持高貴起來；一隻手弱弱地交給老崔，腳尖點地，再把份量移到老崔手上。他領著她步行到東亞飯店。大堂咖啡座人不多，他請她自己點東西，他去去洗手間。她想，這老狗日的，肯定到櫃上拿鑰匙去了，這麼等不及。等他回來，咖啡上來的時候，真巧問老崔，這個飯店的房間怎樣。老崔說大套間很便宜，舊是舊一點，不過當年他爹來上海就愛住此地。當年此地是華洋雜居地帶，妓院多，好吃的小館多，書店多。有多少錢他都圖便宜，原來他爹就那樣，真巧笑笑。咖啡喝完，她說她也要去去衛生間。大堂裡，她一個急轉彎，跑出了飯店。必須給老狗日的一點兒苦頭吃，不能讓他得手那麼容易。她回到展室裡，梁多還沒來。天色難看，人覺得身上髒。還沒讓老狗日的上手，就髒了。她拿了換洗衣服走到公共澡堂，泡了一小時盆浴，出浴時身心爽了。騰騰霧氣中，她見三個赤裸女人搶著同一面鏡子梳頭吹風，看看也是擠不進去的，決定就披著濕頭髮回家。老崔當然不會吃她這一記虧，很快會找回來，她是逃不掉的。她站在馬路上，淚水辣眼。是為梁多貞潔起來了嗎？不是。她甚至不愛梁多。她愛吳可嗎？回答也是「不」。她只是疼吳可；在他受足冤枉氣用才情並茂的筆去寫檢查時最疼他。對於梁多，她也只能疼一疼，一塊金子在瞎了眼的世界閃光，真巧傾其所有來疼愛。能說得上一點愛戀的，只有她的三哥哥米瀟。十六歲她替落難的三哥哥托起掛在他胸前的遊街木牌時，生出的那一點愛意，至今猶在。這三哥哥卻是愛不得的，這無法施予的愛，便轉換成另一種情愫，傾注到米拉身上。其實梁多和吳可都是可愛之人，但她卻愛不起來；她被男人辜負、錯待得太狠，被他們敗壞了。她知道，自己被敗壞得多徹底。那個貌似永遠發育不足的男體，被她厲鬼般的指甲摳出血槽來的一瞬，敗壞的毒素流遍了她全身。

第二天，芳元告急，說崔先生開的那張現金支票被取消了。老狗日的厲害。她穿上外套往外走，時間還早，老狗日的一定在飯店吃早午餐，來得及堵住他。剛叫到一輛車，路口走來一個細條條女娃：米拉！她放走了出租，覺得走攏的這個遠房姪女有點兒走樣。米拉說她前天剛到上海，是被電影製片廠調來改電影劇本的，住在永福路的編劇樓裡。米拉臉色黃白，臉瘦了顯得眼睛很大，像極了三哥哥米瀟的兩隻眼。真巧劈頭就問，咋個嘍你？！米拉笑笑：咋個咋個嘍？臉色不對訕。寫了一夜，累死了。她說她自己最不喜歡的一篇小說讓電影廠看中，要改編成電影劇本，廠裡派了個年輕編劇跟她一塊改，算是合作。合作的編劇，是一位相信大作必須熬夜熬出來的胖青年，昨夜折磨米拉一夜，還陪他吃了兩頓夜餐，喝了兩瓶啤酒。米拉見她一身出門打扮，問她去哪。她說她本來要去東亞飯店，既然米拉來了，計劃也就改了。她把細條條的女娃一摟：走，帶你吃好吃的去。米拉瘦得風擺柳，似乎是她真巧不盡責。兩人乘出租車到了衡山賓館。她告訴米拉，剛到上海的時候，她和梁多還有點錢，常來吃這個賓館的菜。現在她吃江浙菜吃順了口，要當川菜的叛徒了。此刻是白天，她選了個小廳，六人坐的圓桌坐她倆，真巧用上海話說

「老暇意」。米拉對真巧的模仿能力很服的，「暇意」的「暇」發音好嗲。兩人喝著熱茶點菜，真巧一邊點，米拉一邊抗議，說吃不下的！真巧嗔怒，你看小姑現在是窮光蛋了是吧？不是的，我是真吃不下！米拉解釋。真巧覺得，這個遠房又遠房的表姪女，哪裡不對勁。等冷盤上來，她一看，是點得有點多，便起身去給梁多打電話，假如他碰巧還在朋友家，沒出門，就叫他一塊來吃。

梁多竟然接了電話。他說昨晚跟朋友喝酒，聊到天亮，所以剛起床不久。他欣然答應來湊局。真巧回到小廳，見米拉蹲在痰盂前乾嘔。她明白了。她慢慢坐回椅子上，米拉轉過身，臉赤紅，是嘔的，也是驚的。真巧把她拉到自己旁邊的座位上。米拉說，這麼大的桌子，擠到坐幹啥子嘛？真巧說，方便我給你揀菜詘。米拉拿起餐巾擦嘴。真巧問，好久沒來了？米拉又是一驚。問你，幾個月不來了？瓜女娃子！好像……有兩個多月了。在成都咋不去找醫生呢？米拉看著她，臉上的紅色退潮，那種難看的黃白回來了。米拉照常慢條斯理：找醫生幹啥子？遠房又遠房的表哥，他那種以消極表現的固執，在這姑娘臉上身上完全復活。那你要這個娃娃？米拉笑笑：我還在考慮，人家都二十六了。我媽生我的時候，才二十二。你媽是結了婚的！她看了小姑一眼，那一眼似乎說，你是真的還是裝的？在乎起婚不婚來了。她那倔強的獨立感，文靜纖弱假象下的狂野，哪一點不是三哥哥米瀟那兒來的？小姑你也不問問，娃娃的爸爸是哪個。真巧洩氣的球一樣，人在椅子上一矮：還問個屁呀，懷的是個小海軍，他爸爸是那個大海軍！他不是海軍了。真巧冷笑，遭人民海軍開除了是哦？活該！這種事，男娃娃安逸過了，都是女娃娃吃虧。米拉笑笑，沒遭開除，跟我好了以後，他就申請轉業，部隊批准了。他這種人，離開部隊咋個過？咋養活你哦？我養活他，她做了個鬼臉。打胡亂說！嗯，是亂說的，米拉笑笑，改口說起普通話：易軔下海了。做生意？是真下海。真巧急了，搡了米拉一下：啥子意思嘛？米拉跟老米一樣，話是給人擠出來的，擠他一下，出來半句，表情好像說，你還不明白？米拉說，跟你講好累喲。過了一會，真巧聽懂了，易軔去年在山東石島承包了幾條大漁船，做漁業生意。易軔認為，這才是真海軍，不是坐在辦公室裡的假海軍。真巧想，這也是個異想天開的小子。那他曉得你懷孕嗎？米拉搖搖頭。你為什麼不跟他說？他沒離婚。真巧大驚：他有老婆？！米拉說，還有兩個娃娃。真巧挨了晴天霹靂，一動不動，看著她。米拉懶懶地說，那你呢？意思是，你不也盡是亂愛有婦之夫？梁多有家庭，只不過老婆跟他分居，老崔更是妻妾成群。米拉，你這個瓜女娃子，你跟我不一樣！就這樣莫名其妙懷著孕，遠房姪女還這麼「清」，剛從清水裡撈上來的，清凌凌的。米拉不做聲。真巧又問，那你父母知道嗎？她立刻擺脫了孕婦特有的懶惰，厲聲說，你不准告訴他們！那你想咋個嘛？！糊塗！小姑的長輩面孔拿出來，還是封建專制的長輩。我跟你說了訕，人家在想嘛！等你想好，三個月早就過去了，來不及了！來不及幹啥子？真巧盯著她。她二十六歲多了，不會不懂三個月孕期是人流[47]最後的時機吧。過了三個月，做人流有危險。你昨曉得我要做人流呢？那你要養私生子啊？你跟我說，你自己就是私生的。真巧悶了。其實她也不能斷定自己是母親私生的。兩人慢慢吃著冷菜，真巧都不知道塞到嘴裡的是什麼，也不知道給米拉揀到碟子裡的是什麼。

梁多和熱菜一塊來了。梁多見了米拉，臉上咧出一個大大的傻笑：米米來啦！他伸出一隻手。米拉一眼瞥見那食指和中指被菸薰出老黃色，握完了手，她在他手背上輕輕一打：抽那麼多菸！他嬉笑著說，戒了。真巧瞥見，他門齒尖也發黃。戒了個屁，煙鬼樣！真巧說。戒了過濾嘴，梁多抖包袱。他筷子尖上挑著一大堆金瓜海蜇絲，像挑著一個微型草垛，顫顫悠悠往嘴裡送，說，好久不吃人飯了，大學食堂裡都是學生飼料。他咽下海蜇金瓜，又說，不過好日子又要回來了，昨天有個傻瓜走眼，到展室來買走了最貴一幅畫。他指的是老崔。他轉向真巧，所以你小姑今天就帶我們過幸福生活，吃我們的衡山老食堂了。每天都是在燈光下見他，現在從窗子照進來的天光把梁多照老了，皮膚有些鬆懈，眼角無數細紋。他才三十四歲呀，真巧不疼他疼誰。梁多跟米拉有很多話說，說起老米，小曹，小韓，說到米拉的新作。然後他話鋒一轉，說曉得不，我在上大美術系都沾你老米爸的光；那些講師和學生知道我跟老米忘年交，都給我到食堂打飯打菜，堅決不收我飯菜票！說完，他露著微黃的牙尖呵呵笑，似乎真認為他沾了老米的光。真巧知道，梁多是看不起米瀟的畫和文字的，他跟真巧說過，老米的畫和文字裡充滿了他自己最討厭的腔和調，老米只剩下藝術鑒賞家和批評家的價值了。梁多還說，老米比誰都清楚他自己的無可救藥，但他還在一張張畫下去，社會上的成功，腐蝕性特大。米拉突然說，梁多，我知道，我爸的畫，你根本看不上眼。梁多嚇一跳，直眨眼，然後看一眼真巧，誰告訴她的？真巧搖搖頭。剛獲獎的《女兒》你也看不上眼，米拉進一步揭露。梁多說，我沒有啊！米拉冷笑一下。梁多說，雜誌上登在封面的那張，色彩還原有問題，畫面偏紅。我也覺得我爸應該停下來了，米拉忽然嘆口氣。他只能那麼畫，畫出的東西他自己最討厭。《女兒》他以為用我小時候的照片做小紅軍的模特，就能救他了。畫完我一看，他把完全不屬於我的東西畫在我神情裡。那種被灌輸到他靈魂裡的東西，那東西……等於是一種八股，幾十年藝術創作的八股，不知道怎麼就從他的手溜進了我的形象，樣子是我的，靈魂是那個八股的。他以為照著我的照片畫，還能畫出那種八股來？畫出來一看，哪兒是米拉，是個十歲的革命家……沒辦法。米拉眼簾低垂，又說，沒有辦法。梁多看看真巧，轉向米拉，拉了拉她的手。真巧很吃驚，米拉會這麼說自己父親，會這麼長篇大論地剖析。她說話很少長過兩個句子。米拉笑笑，老米爸給弄壞掉了。真巧聽了全身一乍，

47 人流：人工流產。

怎麼像在說她李真巧。米拉又說，自己討厭自己的作品，沒有比這更痛苦的。我爸心裡，非常痛苦。沒人懂他這種苦。甄茵莉到處跟人炫耀，我家老米是中國維梅爾。她連維梅爾的畫都沒看過幾張，懂個屁。這種女人越炫耀，老米越痛苦。米拉站起身，說去一下衛生間。梁多小聲問，你沒跟這個丫頭說，我說老米的那些話吧？真巧白他一眼，我吃多了脹飽了。她知道米拉是到廁所好好嘔吐去了。梁多大口吃菜，點了一根菸，得意舒適，說，又要戒菸了。真巧看看他。戒不帶過濾嘴的菸。他認為自己又抖了一個包袱，自己笑。那個藏家怎麼眼力那麼好，選中一張我的變法之作？真巧笑笑，不吱聲。梁多又說，跟他建立一個長久聯繫，以後我再畫這種「怪畫」，可以跟他探討。真巧又是笑笑。要想找人探討這畫，世上人死絕了也不能找老崔。真巧想跟梁多說實話，姓崔的要嫖她，買畫費用是變相嫖資。但一看梁多那麼安逸，彷彿終於安全度到彼岸，驚魂漸定，她不忍毀掉他這一刻的安全感。

米拉回來，臉色又黃一成。她在真巧身邊坐下，真巧注意到她側邊脖子上一層雞皮疙瘩。嘔得太厲害，翻腸倒胃。她起身給遠房又遠房的姪女倒一杯開水。梁多問，米拉你發燒啊？米拉不吱聲地看他一眼。梁多說，真真，你看她在發抖。真巧拉起米拉的手，把她手掌貼在滾熱的茶杯上。老鴨湯上來，真巧撇開油珠，給米拉舀了一碗清湯，再看她慢慢喝下去，女娃的臉漸漸粉紅。遠房又遠房的小姑，心落回原處。

米拉講起米瀟的領導給他辦的那場「慶功宴」。一桌人聽米瀟妙語連珠，看他妙趣橫生，逗得客人們兩分鐘一場大笑。回家是領導的車送的。下車的完全是另一個老米，清醒，痛苦，哀傷。到了家，他逼甄茵莉拿出最好的洋酒，自斟自飲，喝得淚流滿面。小甄一覺醒來，在地上發現了他，他嘴裡嘟囔著：婊子，婊子。小甄說，胡說什麼呢？他回答沒胡說，他說的是他自己，又賣一次，讓別人又高興了一次。類似場面真巧和米拉見過。前年崔先生到成都，真巧在家裡辦小型聚會，請了米瀟兩口子和吳可、米拉。那時米瀟的《章懷寺起義》參賽獲獎的消息剛得到，真巧舉杯為三哥哥慶賀。那晚米瀟喝多了，到客人衛生間吐了兩次，第二次就把自己留在衛生間裡。不久人們聽見一聲異響，除了崔先生之外，全都起身去看。衛生間的鏡子碎了，米瀟的額頭也碎了，鏡子上和地上都是血。小甄和吳可抱住他往外走，他小聲說，鏡子裡那個婊子，頭撞破了。怎麼是婊子了？吳可問他。他嘟噥，賣嘛，自己不要，還要幹，人家要，就幹，幹就是讓人家高興，婊子、小丑……

真巧請服務員送一瓶洋河大曲進來。米拉說，小姑，白天喝啥子酒嘛。梁多說，我不喝，昨晚喝太多了，酒又爛。真巧說，不喝點沒勁。其實她是心裡做了個決定。飯後真巧帶梁多去看有意租住的房子，米拉自己乘公車回永福路的編劇樓。真巧等米拉一上車，就說，這個女娃子，闖禍了。梁多問，闖啥子禍？煩得很，不想說。她帶梁多來到淮海路一個弄堂裡，中介已經等在那裡。出租的是底層一間，樓上住一個老太太和一個保姆。假如需要，保姆可以幫他們打掃，中介說。打開門，梁多和真巧剛跨進去，就見一隻大老鼠橫竄過去。梁多一聲叫喊「老鼠！」這一聲把樓上保姆給喊下來了，站在樓梯口說，我們這裡從來沒有老鼠！梁多拉起真巧就走，中介在身後「哎哎哎」，梁多說，房子我們不租了！中介還「哎」著，真巧已經給拉出了弄堂。真巧甩開他：你那個地震棚頭耗子少是哦？！梁多說，好像我是專門住老鼠窩的命？真巧說，你啥子命嘛？飯都要吃不起了！梁多看著她，悲慘地笑一下，轉身走去。真巧一直看著他消瘦的背影，背怎麼駝得那麼厲害。中介過來和稀泥，滅一下老鼠很容易的。真巧心情壞透，淡淡地說，算了，不租了。她獨自回到展室，心裡那個決定好重。芳元告訴她，今天一共來了三個參觀者。真巧沒理她，徑自進了小辦公室。她的衣櫥就是一根鐵絲和一塊塑料台布，台布算衣櫥的門，拉開後就是鐵絲上掛得整整齊齊的十幾件衣裙，她的全部家當。她挑了一條玫瑰紅緊擺低胸連衣裙。崔先生當年送給她時色眯眯的，說她穿這件裙等於給某物戴套，粗一毫一釐，都進不去。她的身體打鑽一樣進入衣裙，又在脖子上戴一根極細白金項鍊，鍊子上每隔一釐米鑲一顆極小的紅寶石，每一粒寶石色澤、形狀、大小，都不相同。當年崔先生專門關照過，此是歐洲名牌裡的名牌。她看鏡子裡的自己，脖子上像剛摘掉一圈荊棘，刺出點點血珠。這美是殘忍的，危險的，帶有絕命一搏的意味。她穿上一雙深紅香奈兒，後跟鑲著水鑽，鞋尖如刀。芳元見她這個樣，嚇一大跳。

姐姐你去哪？去殺人。芳元完全無聲，她轉臉一看，妹娃兒眼睛裡兩圈淚。她笑笑，瓜女娃子，說起耍的。她要妹妹去外頭給她叫出租；她是為路人好；穿成這樣，怕把路人嚇著。她在玫瑰紅裙裝上加了一件銀灰小腰風衣，是芳元照著崔先生早先從香港帶來的《Vogue》雜誌上的廣告做的，至少過時六年了。

晚上五點，她來到東亞飯店大堂，用內部電話打總機，請求把線接到崔先生房間。總機請她報崔先生全名。她說英文名是Jimmy。過一會總機說崔先生不在，她可以代為記下客人姓名和簡短留言。真巧說，不必了，謝謝。她走到咖啡座，脫下風衣，交給一個服務員去掛。她坐在能看見大門口的位置，點了一杯咖啡。等咖啡來了，她一喝，抬頭便喊：服務員。服務員無精打采地過來，問：做啥？真巧說：這是什麼咖啡？！服務員說，進口咖啡。真巧說，這是剩的冷咖啡，又熱熱給我喝是吧？一個女服務員走過來說，對不起，小姐，馬上給你現煮。這份穿戴，飯店裡服侍闊佬慣了的人才買賬。她坐在這裡，不怕等不來姓崔的。這副模樣的她，不怕姓崔的還逃得了，逃得動。一杯真正的咖啡來了，她被籠罩在濃香氛圍裡。一個中年男人走過來，遞上一張名片，完全是英文。她側臉看了男人一眼，男人很會鞠躬。男人說，坐在那邊的是英國的爵爺克拉克先生。順著他的手勢，真巧看到一個白髮洋人，在六十和八十歲之間。老洋人衝真巧微微一低頭。克拉克爵爺問，能不能請小姐賞光，坐到他身邊去。真巧猶豫一下，站起身，往老洋人跟前走。老洋人起身，似乎站在紅地毯那一頭迎接。她走攏，伸出手：很高興遇見您，她用英文說。老洋人說了一句金絲絨般輕柔的英文。中年男人翻譯，克拉克爵爺說，認識您是他的榮幸。吉妮，她報出自己英文名字（Janny，崔給她起的）。她一共會說三個句子，英文就清了倉。爵爺握住她的手，往他薄薄的嘴唇上湊，嘴唇一抿，深吻了她手背和他嘴唇之間的空氣。爵爺請她坐，中年男人把椅子搬動一下。真巧現在做的是吉妮的動作，把狹窄帶彈力的裙擺臀部抹平，坐在中年男人為她拉開的椅子上。老洋人又說了一句話。中年男人翻譯說：不知是否有榮幸請小姐用晚餐。真巧用吉妮的聲調姿態說，不巧，今晚有約了。您是在這裡等約您的人？老洋人通過翻譯打聽。是的。老洋人忽然一笑，又是一句輕輕的話，翻譯過來是：哪有這樣的傻瓜，讓這麼美麗高貴的女士等這麼久。看來她一進來，老頭就盯上了。真巧馬上說，這個人從不失約，今天一定有什麼急事耽擱了。高貴？她連下禮拜的飯錢都沒了。展室的租金已經欠了一個月，還好房主是個老男人，眼睛、手指略微吃吃她的豆腐，就答應她租金拖延了。女服務員把她的咖啡和老洋人剛給的名片拿過來。老洋人通過翻譯說，看來吉妮對咖啡的要求很高。吉妮笑出真巧的笑來，哈哈哈，中國人總是不好好服務中國人，我修理他！老洋人看著她的露齒大笑，一點也不掩飾地驚艷。那麼吉妮小姐，明天晚上方便嗎？真巧說，我回去問問秘書，明天的日程安排，再給您打電話吧。老頭說，OK。吉妮問翻譯，你們也在等人嗎？不，在等飯店開門。老頭非要吃福州路一家小館子，人家六點才開門，我們來早了。小姐是真美，難怪老頭坐不住了。他眼睛朝吉妮放了一道電光。跟她說中國話，他就塞了點私貨進來。老洋人還想知道，吉妮小姐是做什麼的。真巧想，大概聽說了她的「秘書」，把她當職業交際花了。吉妮回答，她是畫廊老闆，正在開一個大天才畫家的展覽。老洋人表示大大地另眼相看，然後與翻譯對視一眼，說，我知道上海出現了一些私人畫廊，但好像要秘密地圖才找得到。吉妮聽了翻譯，立刻領略到老頭的幽默，又笑出了真巧的笑來。咖啡喝了大半，她擱下杯子，跟老洋人告別。這種時候要斷然離開，不能讓他泡。老洋人笑笑說，你肯定出了門就把我的名片扔掉。翻譯翻了這句話，又添私貨，明天一定來，至少讓我們再飽一次眼福。真巧笑笑，點頭，走到門口，拿起風衣，快步向大門口走去。她一點都不敢鬆懈，老爵爺眼裡，她的背影還擔負著演出任務，還不能謝幕。

真巧離開東亞飯店，正是這一帶最熱鬧的時分。她跟一個年輕女郎交錯，女郎羨慕地撇她一眼。其實她們屬於同一種女人，無處可去又心懷目的。從上上個世紀起，這一帶就遊蕩著同樣的女人，兩百多年的狩獵，獵物要麼意志薄弱，要麼心眼太軟。這兩年福州路一帶的百年娼業傳統有所恢復。馬路對面的樹下，一個女人和一個男人成交了，兩人成對離開。對無心此道的人，這裡悄悄進行的皮肉交易都不存在，必是崔先生那樣一雙老眼，能看出這裡暗藏的香艷繁華。吉妮真巧，她是別人的獵物，老崔的，老洋人的，不知與這些單幹的女獵人相比，誰更不幸。

回到展室已經八點。她居然穿著一雙寸步難行的鞋步行了兩公里。芳元見她就說，梁哥在裡面。芳元貼心，馬上拿了她的絨布拖鞋過來給她換。她的腳跟腳側都痛木了。她叫芳元拿個小鍋去街上買雞鴨血湯，自己朝裡面走。梁多拿著個五節電池大手電，用一支小號畫筆在《隔壁人家》上修補什麼。聽到她走近，他告訴她，還想修補一兩個細節。畫賣出去了，以後不知道什麼時候還能再見到它，也許再見它的時候，人都老了，那時肯定會發現年輕時的畫不夠盡善盡美。現在只要畫還在他手裡，他就要不斷完美它。這位是個呆子。她問他晚飯吃了沒有，他「嗯」一聲。她進了辦公室就看到梁多的破箱子。她大聲問，你搬回來了？沒聲音。她想這還用問。他以為畫出手了，錢進來了，接下去就是跟她住賓館，吃館子。

第二天真巧來到米拉的作者樓。米拉見了她手上拿的淺綠皮面首飾盒就問：小姑你幹啥子。她打開盒子，裡面盛著的紅寶石白金項鍊嚇壞了米拉。表姑告訴表姪女，這可是歐洲名牌裡的名牌。米拉問：你要幹啥子嘛。抵押給你，你借點錢給我。米拉趕緊拉開寫字桌抽屜，把裡面三十多塊錢統統給了她，一面說，裝瘋迷竅的，哪個要你抵押。真巧告訴米拉，梁多昨夜跟她睡一張沙發，可那沙發睡她一人都擠，睡不著，只能make love，早起沙發要散架，她也要散架。米拉笑，不愛跟她小姑make love的肯定不是男人。真巧悲戚戚地發呆，喃喃說，梁多餓癆餓呷的，就像寄養到人家家裡的娃娃，人家米湯當奶騙他，現在回來又喝上了真娘奶，再也不肯離開我。她把老崔怎麼掛失支票的事講給米拉聽。梁多以為真賣了六萬，大轉運來了，馬上要搬回賓館了。她跺跺高跟鞋，我哪來的錢給他住賓館？死老崔！米拉說，不行你們搬到我這來。你呢？真巧問。跟我合作的那個胖子這陣子不來，等我寫出這一稿再來。意思是，她可以住胖青年房間。真巧眼裡亮起希望，說，是個辦法。轉念又說，趁我在這裡，你抓緊時間把人流做了，正好有人伺候你小月子。不做，米拉還是文縐縐的頑固。真巧說，娃娃現在一天一個樣，長得快得很，肚子馬上要出來了。一面勸著，她一面就把那簡易小書架底層的一摞信封吞進眼裡。所有信封一模一樣，排在最裡頭幾個毛了邊。米拉愛昏了頭，易軔的所有情書都帶來了。

她到郵局給信封上的地址發了個電報：明晚八點整與五三八九一——三〇五室通話——米。那個時候，她和梁多已是三〇五室暫時房主。

回到畫廊她直奔浴池。泡了澡，吹了頭髮，又到小辦公室裡化妝、更衣。她應該穿得古典，略偏保守，不能像昨天那麼交際花。她唯一一套香奈兒，是崔先生認識她那年送給她的。黑白小格套裝，腰卡到窒息，裙擺在膝蓋上一寸。她突然發現胳肢窩破了個洞，是腰部太緊的過錯。見到老洋人千萬記住，不能高抬左臂，漏出破洞。換好衣服出來，梁多還是背對世界，在精修《隔壁人家》的細節。她沒有驚動他，走到前廳，輕輕搖了搖昏昏欲睡的芳元，讓她拿一本畫展小冊子放在她最體面一個皮包裡。崔先生跑路三年，所有皮包都舊了。趁她自已還沒舊之前，她必須傾榨出自身所有價值。

芳元叫了一輛出租車到畫廊門口。真巧坐在後座上，看著自己投在窗玻璃上的側影，是美的。外面，深秋的夜上海開始得早，已是燈火奔流。

人流

米拉躺在床上，小腹深部，隱痛，隱痛。還有一種冷，是她從未經受過的，冷從她體內一個洞穴裡來，直抵雙腳，直抵她那不可視的根。易軔在外面走廊等待，小姑陪著他。她堅持說，要一個人在這裡躺一躺。人流手術室外，走廊像鬧市，所有的女人，等不及殺害自己剛成型或未成形的親骨肉。男人們陪伴著，熱熱鬧鬧地聊，把兇手的罪責忘卻得乾乾淨淨。只有這樣一個安靜角落，兩張床，供那種沒親人馬上來接的女人躺，暫時休養生息，讓血的激流湧盡，好從血泊裡站起，帶著隱痛和那股自產的冷出去。米拉沒想到易軔會同意這場謀殺。他哭了，但還是同意。在可視的未來，他還離不了婚，米拉怎麼過，怎麼做人？道理都是對的，米拉痛的是道理之外的。他說，我們將來會有個健康快樂，不是偷著養、被人戳脊梁長大的孩子。真巧在她表姪女哭得發暈的時候高呼一聲，扯淡！然後說出她的方案：娃娃生下來，我來養，我名聲還能壞到哪兒去。最終米拉跟易軔妥協了；在不可視的未來，生養那個不被人戳脊梁的健康快樂孩子。真巧小姑和梁多搬到作者樓三〇五室後幹的第一件事，就是當家長跟易軔交涉，讓他負責。那天晚上米拉搬到了作者樓二〇七號，聽見樓梯上有人喊：三〇五，電話！她跑到電話放置的一樓，卻見真巧在接聽。真巧看著從樓梯上下來的米拉，用眼神叫她回去。她退到樓梯拐彎，聽接電話的小姑說話很詭秘，並且每句話都簡短。很快，小姑上樓來，一點不意外地發現米拉偷聽。她只有一句話：你的大海軍要來了。米拉心裡明白，小姑處理得正確。胎兒已近百日，基本成型，手術會有一定困難和風險，胎兒的父系締造者必須在場，共同承擔這場謀殺的後果。謀殺失敗，也必須共同收拾殘局。所謂失敗，就是所有可能發生在米拉身上的風險的最大值。所以，在真巧向易軔出賣了她懷孕的秘密之後，米拉並沒有像自己預期的那樣，與她翻臉。甚至她油然一陣喜悅，又要見到易軔了！石島到上海路線曲裡拐彎，海上走反倒直接一些，但也是慢。怎麼走都得三天。

在等待易軔的三天中，米拉陪真巧去跟一個叫克拉克的英國爵爺約會，充當兩人親密談話的翻譯。真巧說，原先克拉克的翻譯是個男人，肯定不適合翻譯談情說愛語言。老爵爺住錦江飯店主樓的頂層大套房，跟他從英國帶來的助理瑞查同住。他們會面在二樓的咖啡廳，鋼琴為他們的甜蜜低語伴奏。克拉克說真巧是他見過的最美一位東方女人，真巧連說過獎過獎，不過得到這麼高貴英俊的男士讚揚當然榮幸。

接下去的節目是看畫廊，老先生的助理瑞查也參加。車是錦江賓館的加長禮車，克拉克和真巧坐在後排，米拉坐在中間一排座位，助手瑞查坐副駕駛位置。米拉途中無意間回頭，見老爵士一條手臂環過真巧的腰，另一隻手把真巧的手握住，擱在自己膝蓋上。老男人見了小姑都是著急上火的。在畫廊裡，克拉克始終拉著真巧的手，但對每一幅畫，他都看得極其嚴肅認真。來到《隔壁人家》大畫幅前面，老爵爺大大提起一口氣，但當他看到價簽上的紅色圓形貼標，說真遺憾，已經賣出去了。那是梁多貼的。真巧說，買這幅畫的人，就是那天我在東亞飯店等的人。聽了米拉翻譯，老爵爺點點頭，轉向一系列篇幅不大的靜物。叫做《缺席的賣橙子少女》的畫，米拉第一次見到，簡直傻了。半晌她說：多麼優美的心，才能畫出它來。老爵爺看看米拉，問道，你說什麼？米拉自己翻譯了自己的剛才的讚美。爵爺說：不帶任何功利心和目的性，才能這麼美。米拉大致聽懂了老爵爺的意思，但翻不出來。老爵爺看了一眼標價：五千元。芳元站在一邊，氣都不敢喘，下禮拜的飯就在這位爺手裡。老頭看看手裡握的這隻女人的手，垂下頭吻了一下，又輕輕拍拍：你很有趣味，很有眼光。米拉如實翻譯。真巧笑笑，很少看到潑辣皮厚的小姑這樣靦腆。這是一位可能會誕生的天才，克拉克在完成參觀後說。真巧聽了米拉的翻譯後說，還沒誕生？老爵爺說，梵谷就是沒見到自己誕生的天才，布朗庫希[48]三十多歲還在遊蕩，天才還在超期孕育中。米拉翻譯不出這樣的語言，對小姑笑笑，總結說：反正他是拿世界上的大畫家跟梁

48 康斯坦丁·布朗庫希（Constantin Brâncuși）：被譽為繼羅丹之後，二十世紀最具影響力的雕塑家。

多比較吧。

當天克拉克買下了那幅小畫《缺席的賣橙子少女》。米拉湊到真巧耳邊說，英國人都摳得要死。克拉克又說，假如買那張畫（他指《隔壁人家》）的傢伙黃牛了，讓我知道一下。晚餐過後，老爵士想跟真巧單獨散步，米拉就回作者樓了，讓他倆演啞劇。

電影廠編輯部在一座老樓裡，跟作者樓隔一個花園。米拉瞥見梁多在花園裡，和幾個男作者一塊，與五六個年輕姑娘跳舞。常有電影裡的女龍套來此，試圖打動編劇或編輯，混成女配角或女主角。第二天，真巧說她要回請克拉克，在東亞飯店吃西餐。傍晚米拉在福州路給自己買了一點文具，又給克拉克買了個莫是龍草書扇面贗品，到餐廳時已經七點過頭。真巧和克拉克已經入座，助理瑞查正在跟穿著硬梆梆白制服的廚師長交代什麼，正是講不清的時候，米拉到了。米拉告訴廚師長，爵爺不吃薑，不吃青蔥，不吃大蒜，不吃醬油，不吃味精，假如吃了以上忌口，就會發生各種過敏。她把手裡的禮物塞給真巧，輕聲說，給他準備了一份雅禮，莫是龍的扇面。真巧說，怎麼，姪女給小姑辦陪嫁？米拉看著她。他昨晚散步跟我說，他愛我，幸虧我會這句英文。米拉說，呸，老頭逢場作戲。

菜已經點好了，是四道菜的套餐，主菜牛排。剛坐下，就聽見寂靜寂寞的餐廳門口響起一聲廣東話，東道主很神秘哦！米拉回過頭，還能是誰？前臨時姑父老崔。老崔一見克拉克爵爺，先是一驚，然後驚艷，香港人對英國貴族，鼻子聞都聞得出來。老崔刮目相看地看一眼真巧，然後向爵爺自報家門，Jimmy崔。米拉補充：香港大實業家，現在中國投資工廠、酒店、鍋爐，沒什麼他不投資的。克拉克伸出手，崔先生站得挺括，接過老爵爺的手，微微垂頭，米拉以為他要去吻那老人斑密布的手，但他的頭就定在那個造型：Lord克拉克，見到您是我的巨大榮幸。爵爺拿出貴族們慣常的虛偽謙恭：榮幸屬於我。然後他眼裡閃出調皮，轉向真巧：Is this the gentleman who stood you up? 這就是放你鴿子的傢伙？米拉的翻譯有所篡改。老崔聽了爵爺的英文，臉上浮出半個傻笑。真巧說，克拉克先生要買你看中的那張畫，我說已經有主了，不過那位主呢，說到這她一笑，改口川語：自家屙了屎，自家又吃回去了。米拉笑得差點噴出嘴裡麵包渣。老崔細嫩老臉一下紅透。爵爺和助理都看出戲來，問米拉，吉妮小姐剛說了什麼。崔先生趕緊搶過話頭，吉妮愛開玩笑，也開得起玩笑。真巧急著問米拉，狗日說我啥子？米拉認真說，他給你開了支票，回家就給小小老婆打了一頓，屁股都打爛，只能去掛失。真巧這回笑得放浪之極，崔先生也跟著笑。老爵爺知道這戲他沒看懂，也沒指望懂了。

此刻的米拉，迷糊了一會，感到身上被蓋上了一件大衣。易軔的海軍呢大衣。她把臉鑽進帶著他體溫體嗅的毛料裡，大衣整個地擁抱著她。給她蓋大衣的護士用滬味普通話說：你愛人不大放心，要我問問你，感覺好不啦。米拉說她感覺還好，要「愛人」放心，她就是想多躺一會。

易翱到上海的第二天，米拉在他挎包裡發現一本俞平伯編的《宋詞精選》，扉頁上寫著「給親愛的米拉，易翱購於煙台，一九八六年十一月十五號」。就是說，書是他第二次去成都途中買的。書已經給他翻了近一年，很多頁碼卷了邊，本意是投其所好送米拉的雅禮，但在長途火車上實在無事可幹，便瞎翻瞎看，竟也翻出點興趣，並看出米拉之所以成其米拉的緣故，成其「小太婆」的緣故。她深知，易翱與她不僅存在區別，而根本就是兩種人。有一次他從煙台打長途給米拉，急火火的，說煙台路邊有賣高價《金瓶梅》，攤主聲稱一個字沒刪，不過書被封了塑料套，不讓拆開看，所以他想跟米拉討個意見。米拉問他，那麼激動幹嘛。他說好不容易碰到沒被刪字的，想買下又怕上當，一百四十七一套呢。米拉沒好氣地說，一百四十七，你就買刪掉的那些字？他笑了，咯咯咯的，說還不知道刪沒刪呢，要是被刪過的就白花一百四十七了。米拉說她在忙，再見。掛下電話她不敢相信，自己從十二歲愛的，就這麼個人，花一筆長途電話費，專門討論刪不刪節的「金瓶梅」。那個長途之後，她覺得自己對他冷了些，甚至想到，她可以為他省些事，斷掉這個不清不楚的關係。但此刻她躺在他的大衣裡，想到他千差萬錯地想懂得她，心生一股溫柔，她不曾對任何一個男人生出過同樣的溫柔。她對他的愛，容錯性特別大，他的文學盲、戲劇盲，都不耽誤她愛他。

在等待易翱到達上海的日子裡，梁多幹了件要緊事。真巧小姑說她到各種大小醫院都打聽過，任何人做人工流產都需要在登記時出示結婚證。梁多到上大美術系的朋友那裡，借來一個結婚證，但把照片換成米拉和易軔之後，發現卡在真伉儷胸口的鋼印也被搬走了。他找來個一坨鉛，花半天時間把「人事部」三個字刻上去，又按著小半個玻璃杯沿刻下圓形印章的底邊。這樣蓋在假伉儷照片上，滾圓的鋼印就完整了：「上海大學人事部」。梁多比完成了哪一幅畫都得意，嘴角斜叼菸頭，眯著眼打量結婚證上的假夫妻，笑道：個狗日的，便宜他了，紙上娶我們米拉都不配。梁多公開看不起百分之九十九點九的人類，把易軔之流缺乏看家本領的男人叫「狗屎做的鞭子，聞也（文）不得，舞也（武）不得。」米拉卻愛這條「狗屎鞭子」；她的愛不僅瞎眼，而且鼻塞。她想到十四歲那年，她用玻璃絲編小金魚，被十六歲的易軔搶走，他把小金魚放在手心，逗她去抓，他卻一把反抓住她的手，久久不放開。十六歲男孩的手心，熱哄哄，因不潔而微微發黏，至今還令她心悸。為了那手心留在她手上的熱和黏，她沉默謝絕了另一個人的沉默追求，謝絕了他那把小鑰匙，謝絕了鑰匙能打開的箱子裡，為她貯藏的一季季甜橙。平行於她對易軔的默然表白，是那份長長的追求和長長的謝絕。

護士又回來了，端著一個大茶缸：你的小孃孃讓你喝下去。真巧本事大，不知在哪裡弄到一碗紅糖醪糟。米拉背靠著牆壁坐起來，接過茶缸，覺得自己所剩的氣力只夠端這只茶缸。真巧小姑讓老爵爺陷入不可自拔的迷戀，人在上海，天天約會，卻還要寫信表白。米拉翻譯這位老花痴的信，翻得真是吃力，那古老的手寫體，古老的行文，她查了中英對照字典又去查牛津英文字典，最後也不敢說自己百分之百懂得了意義。倒是通過翻譯克拉克的信，米拉收穫了好幾百個新詞彙。她想到多年前對老米爸的斥責：「你還提愛情呢？愛情是我的事了！」看看老爵爺，戀愛是可以玩到棺材裡的。從信裡，米拉瞭解到，克拉克已經七十四歲，夫人去年去世後，他得了輕度抑鬱症，醫生建議他到人口密集的地方住一陣，他選擇了香港。在香港住了幾個月，他到上海旅行，發現上海更適合他養病，因為不僅人多，而且人人都愛管閒事。過去他根本不容忍管別人閒事的人，但他現在認為管別人閒事，至少是一種粗俗的關注，雖是毛病卻也不無人情味。比如打掃衛生的兩個女工每早在走廊碰到他便問：先生去吃早飯啊？當助理瑞查把一大袋需要洗滌的衣服交給她們時，她們會有意見，說昨天剛洗過，今天又要洗？衣服不能老洗的，要洗壞掉的！機器洗衣服多少結棍？要洗我們幫你用手洗好了。於是她們每天增加一項服務，為克拉克手洗換洗內衣。老先生難為情，每次讓瑞查給她們塞十元鈔小費。克拉克的名貴衣服標有很嚴格的洗滌方法，瑞查就一句句交代，女工們笑道，太講究了，這樣洗一次的錢夠我們買幾件衣服啦！再處得熟一點，女工們問洗衣費都這麼昂貴的衣服，到底花多少錢買來的。瑞查只是笑，不回答，女工們便去問老爵爺。老爵爺說，都是我親愛的太太在專門的裁縫那裡定製的，自從她去世，我一件新襯衫都還沒有做過，因為我從來不知道怎麼跟裁縫講價錢。女工們說，上海的裁縫全世界第一，我們幫你去講價錢。兩個女工還真把一位蘇州裁縫領到爵爺的套房。老爵爺很配合地讓蘇州裁縫給他渾身量尺寸，但後來做出襯衫爵爺並不滿意，卻感到花了很少的布料錢和手工費，深入中國人的民間玩兒了一趟。老爵爺把這些都寫在給真巧的信裡，感嘆川流過往的管閒事之人給予他的人情溫暖。他在英國莊園裡，有幾十個人伺候，卻沒一個人管他的閒事，有時他覺得自己的孤獨是固體的，堅固冰冷，自己出不去，別人進不來。老爵爺信裡還交代了他在倫敦和鄉下的房產，鄉下有座幾十平方英裡的莊園，莊園裡靜悄悄穿梭著四十多個工作人員，他恐懼回到那裡；夫人留下的空缺太大，簡直無垠。他的心和肉體都懼怕的空缺，吉妮或許可填補。真巧讀了米拉的翻譯，嘆口氣，用普通話說，不是愛，是填補。她微仰起臉，眼神迷茫。米拉想她大概在心裡說：我去給他填補了，梁多這裡，誰來填補我？小姑跟米拉多次講到她的情感絕症：愛冷感。性亢奮，而愛冷感，你看你小姑活得，她會這樣頹然一笑。

米拉喝完紅糖醪糟，渾身熱起來，也有點醉，還想再躺一會。米拉懷孕後最貪戀的是睡眠。編劇樓的人都是夜貓子，夜裡聽音樂，跳舞，放錄像，各種聲音進入米拉的睡夢，因此睡著的只是半個米拉，另外半個米拉被迫過著那個樓裡的夜生活。那座五層的編劇樓等於臨時和尚廟，全部住戶都是男性。米拉第一次出現在一樓開水房裡，三個聊得熱火朝天的男作者頓時啞掉，只聽見開水進入米拉的暖壺瓶口哨聲。其中一個四十多歲的東北人問，你是誰家的？米拉抬起頭反問：嗯？另一個年輕男作者笑，說別嚇唬人家小姑娘，啊。第三個男作者說，待會兒人家回去找爸爸來罵你。米拉笑笑，不語，拎著暖壺走了。當晚在食堂吃晚餐，廠裡派來跟米拉合作的胖青年小鄭跟所有作者介紹：這是編輯部請來的米拉蒂，編劇樓自建造以來，迄今為止最年輕一個作者。男作者們都認識胖青年，管他叫小胖修理師，常被電影廠編輯部派來幫著作者們找劇本裡的毛病，找出來修理。據說全世界的電影他都看過，所有劇本拆開就那麼幾個零件，竅門在於怎麼安裝。那天晚餐後米拉回不了屋，因為鑰匙落在屋裡了。米拉從小就有丟鑰匙的毛病，童年家門鑰匙給穿在銀鏈條上當項鍊戴。東北作者自報奮勇，從米拉隔壁的陽台飛躍天險，捨命取鑰匙。所有男作者站在樓下，仰頭看東北人撕開東北大漢的長腿長臂，在三〇五陽台和三〇七陽台間形成一隻巨大壁虎，飛渡過去，替米拉打開了通向室內的門。那個在開水房與米拉有過一面之交的年輕男作者湊過來說，我排第二。米拉問他什麼「第二」，他要預訂下次為米小姐爬陽台的機會。另一個男作者說，假如米拉每天都把鑰匙忘在屋裡，這樓的樓梯可以廢了，大家都爬陽台。還有一個男作者說，回頭爬成熟門熟路，夜裡夢遊就爬過去了。接下去的日子，只要來電話找三〇五，所有男作者都爭當傳呼，每次都不遠萬裡跑到米拉房門口呼叫。直到易軔拖著旅行車出現在傳達室門口，打聽去米拉蒂的房間怎麼走。一個男作者正和門房老丁聊天，盤問易軔是米拉什麼人，易軔說是男朋友。一小時不到，全樓都知道米拉名花有主。當夜易軔去住海運局招待所，給米拉打來電話，一個男作者接聽之後就大聲抱怨，有的人電話也太多了，十點之後還要給她叫電話！米拉知道，她最好長記性，別再犯「鑰匙落屋裡」那種錯誤，從此再也沒人為她冒死取鑰匙了。

易軔的形象，固然也是編劇樓跟米拉集體反目的原因之一。易軔披著深藍毛料海軍大衣，原先白皙的皮膚現在微黑，海風吹紅的腮幫上，一層鉛灰絡腮鬍茬，再往上，漆黑的眼睛和眉毛，濃厚黑髮就像頂了一塊長絨毛黑地毯，但還保持行伍男性的式樣。上海缺的就是如此男人氣的男人。米拉都吃驚，他下海幾個月，成了這麼個虎虎生威的漁老大。她上前輕喚：哎，魚王。四個月前與他成都一別，他還帶那麼點機關幹事的慵懶、閒散，而現在的易軔，實足的武將。米拉往他跟前一扎，他雙臂一展，團團圓圓一個擁抱。他們抱得那麼結實，編劇樓所有在陽台上觀禮的男作者都起鬨：嘔！在編劇樓所有男作者眼前，米拉久久偎在魚王懷裡，嗅著似有若無的海水腥氣。米拉輓著他的手臂往樓裡走；他沒有編劇樓裡男人們的本事，但米拉愛他，此一刻完全擁有他，這就足夠她向陽台上的人們炫示。

三個月前易軔到成都辦理房子的事，（其實是藉口，尤其是給他妻子的藉口）只住了四天。米拉從所有親人熟人的視野裡，消失了四天。老米現在識時局了，只要米拉形影全無，音信全無，他就告訴所有找她的人，她消失到完全徹底的自由中去了。老米把這句話學給米拉聽，用搞怪的腔調，米拉只會默然一笑，擁有那麼多自由幸福的她，不跟父親一般見識，不跟世上一切人一般見識。她還心懷一點憐憫：你們一輩子不知道那樣的自由，以及在那樣的自由裡發生的愛的活動，多可憐。那樣飽和的自由，飽和的愛，否定日和夜，否定主體客體，否定肌膚與肌膚的界限，連道德、榮辱都是空缺。米拉身體中最開始的拘謹不存在了，最初的傷痛褪去了，她才知道，這件事是這麼好，好到她可以為之一死。事後易軔汗津津地躺在她身邊，做夢一樣說：那時看你跳舞的身體，那麼好看，沒想到會有一天，它全是我的，這裡、這裡、這裡……都是我的。你在舞台上，穿著綢子服裝，燈光照上去，透出那麼一點裸體的意思，從來沒想到，沒有衣服，會這麼美。米拉知道，她的身體只適合去跳舞，裸露著，可圈可點處很少。易軔如此為之銷魂，顯然是愛她的。每到這時，米拉總會黯然神傷：他早幹嘛去了。

易軔把米拉背起來，走出醫院，安放在出租車後座上。他那麼小心翼翼，捧著的是薄瓷米拉，蛋殼米拉。他放好她，替她關上門，自己繞到另一邊上車。真巧小姑坐在司機身邊，看到易軔的舉動，眼裡露出艷羨；從沒人這樣捧著她。車啟動的時候，易軔把米拉的腦袋放在自己大腿上，過一會，米拉感到熱乎乎的液體滴在她太陽穴上。魚王的流淚，為米拉，為他們被謀殺的沒名分的孩子。米拉被易軔背上樓梯時，正遇上所有男作者們下樓吃晚飯。所有眼睛都在這兩人身上，想看透劇情。年輕男作者吆喝一聲：哎，米拉這是怎麼了？跟在旁邊的真巧說，生病了。生的什麼病？他旁邊的大個子東北人說，女人的病，你管那麼多。

當天晚上易軔決定留下陪米拉。這天夜裡很靜，看錄像的，聽音樂的，蹦迪的，喝酒神聊的，都改善了作息習慣，按時就寢了。到了十點半，傳達室老丁在樓下叫喊，這樓上有訪客沒有啊，訪客請離開了啊！米拉推推躺在他身邊的易軔說，快走吧，有人打小報告了。易軔不動，一伸腿，用腳摁下牆上開關，燈熄了。米拉說，你幹嘛？他抱住她，輕聲說，睡覺。半小時過去，樓梯上有了腳步聲。一會兒，樓道裡響起腳步聲，直響到米拉門口。易軔把米拉抱得格外緊。開始敲門了。易軔嗓門很大：誰呀？！外面人嗓門更大：這個房間誰住？易軔大聲回答：一個叫米拉蒂的女生住在這。不是鄭文濤的房嗎？易軔跳起來，打開門。門外站著傳達室老丁。走廊上所有門都打開了，人們開著門聽壁腳。易軔披著海軍呢大衣，說，小鄭的房間讓給米拉蒂住了。老丁說，那你呢？易軔說，我？我今晚在這值夜班，看護米拉蒂養病。老丁說，門口貼的規定你沒看嘛？什麼規定？不准訪客留宿的規定。易軔笑笑，誰說我要宿啊？我只不過留下來照顧病人，規定上有沒有說，樓裡住戶生重病，不准人陪夜看護？老丁不說話了。易軔大聲說，別把人盡往那不乾淨的地方想，想要幹點啥還非得在你們眼皮子下？他掏出一個帶木牌的鑰匙往地上一扔：這是我的住處，遠洋航運公司招待所。老丁說，我是聽到這樓上住戶的反應……讓他們上我這兒來反映，我今天一夜就坐在這屋裡等人來反映。說完他進屋，甩上門。米拉咯咯笑，什麼魚王？

簡直是海盜，這麼凶。易韌從單人床下拖出米拉的箱子，從鐵絲上抽下晾在上面的洗臉巾，還有床頭那條帶血跡的內褲，統統扔進她箱子裡。米拉問他幹什麼，他說，搬我那兒去。米拉愣著，看他把她的小箱子往胳膊下一夾，說，你穿暖點，我先出去叫車。米拉發了好一陣呆，換了老米都不敢這麼當她的家。十多分鐘後，易韌回來，米拉正要穿鞋，他說，鞋就不用穿了。他兩個胳膊往米拉腰和腿下一插，把她妥妥抱在懷裡。米拉全由著他，閉上眼睛，做海盜搶來的女人，感覺好得很。

坐到了出租車上，米拉把手伸進他的懷，摸著他又燙又光潤的皮肉，那顆心在下面突突地跳。那顆心不是才子的，不是學者的，不是梁多和父親看得上的那類男人的，但是一個地道男人的。是米拉的男人的。

夜裡兩人一直輕輕說話，說他們那十幾年的曾經。你還記得那天，我在門診部走廊上碰到你，你說，又騙假條逃避練功，我說，還笑呢，牙齒上粑了塊海椒皮皮……我怎麼不記得了？你怎麼忘了呢？後來你用自行車帶我回去的。騎車帶你我記得，我就帶過你那麼一次。你還記得路上出什麼事了？嘿嘿，我作弄你；門診部在院子裡栓了好多根鐵絲，晾病床被單，有一根鐵絲栓得特別低，我叫你低頭，抱緊！……對呀，你身體都趴在車把上，我不知道你要幹嘛，抱是抱緊你了，但身體沒趴那麼低，結果你騎車從鐵絲下鑽過去，我給刮下來了。你都要哭了，我使勁抽自己嘴巴子。你假抽。那還能真抽？把我摔那麼慘，還不該打？他拿起米拉的手，拍打他的臉：現在補！那年我十五歲，你十七。你心裡已經有我了？嗯。那時侯，我天天盼著早上出操，能看見你，要是下雨不出操，就盼著吃早飯，食堂裡你老喊「餓瘋啦！」嗯，你還給過我肥肉片。那時候我想，他樣樣好，就是吃女兵的肥肉片不好。他笑起來，何止肥肉片，連豬奶頭都吃，那些帶奶頭的肉片，我們男兵都搶來吃了！米拉把臉擱在他胸口：你哭過一次，你還記得嗎？他笑道，我何止哭一次？我看見的就一次。是七四年冬天野營拉練吧？嗯，那時我們四十多人住一間教室，男兵住一邊，女兵住一邊，中間隔著課桌椅子，對吧？嗯。樂隊的人趁你睡覺把水潑你鋪上，你醒了以為自己尿床，不敢起來。後來有人跟你揭發了他們，你大哭。她嘆口氣說，我是看著你長大的。少來，我是看著你長大的！真的，我眼看你在出操的隊伍裡越長越高。我眼看你胸口一點一點鼓起來。

他們的歲月似乎對折回去，容他們與曾經的一年年，一天天平行，賞析曾經。他們十幾年後用十幾年前發生的瑣屑細節戀愛，加固和深化那愛。發生在彼時的一樁樁小事，都是為現在埋的扣。他們倆就是一場長劇，在前場出現的每一句不起眼的台詞，每一個無心的動作，每一件佈景、道具，都會在終場點題，揭示全劇暗中的連貫，以及全盤的終極的設計。

他們唯獨不談將來。將來包括是否離婚，是否結婚，是否生下健康快樂有名分的獨屬於他們的孩子。那孩子將填充她腹中被掏出的洞穴，那洞穴曾經住著一個沒有名分因而可能不快樂不健康的孩子。那樣的將來好不好，她不知道，不過是要穿過無比現實的無數俗物去抵達。那個「穿過」是可怕的，是沒有自由的。

上午十一點，米拉醒來，見易軔靠著床頭看報。她這一側的床頭櫃上，一個玻璃杯裡放了小半杯煉乳。他們從不談論的將來，她看到了：陽光鋪灑的臥室，身邊一個讀報的男人。對了，昨夜陷入睡眠之前，她是有一個清晰記憶的：他摘下手錶，上了上弦，放在床頭櫃上。這也是一掠而過的將來，他要重複一生的動作，入睡前解開時間的束縛。

易軔意識到她醒了，附下臉親吻她，一句話沒有地起身，拿起兩個扶手椅之間的暖壺，走過來，只是眼睛在跟她笑，一直笑。她聞到一股乳香，煉乳變成了稠稠的奶。他們從來不談的，還包括易軔的妻子和孩子。那個錢包裡放著的男孩女孩照片，她瞥過一眼，兩個健康快樂有名分的孩子的標準形象。米拉喝著牛奶，為易軔想遍全天下的藉口，如何向兩個孩子的母親合理化他的此行，以及此刻的失蹤。現在沒人知道他們在這裡，連真巧小姑都不知道。她和梁多會在早晨發現米拉沒了，行李隨著她沒了，去處沒人知道，何時結束失蹤也沒人知道，在失蹤的時日裡幹些什麼，全然的謎團。失蹤是真好，給人間與他倆的關係上開了個天窗。兩個脫離了自己身份和責任的人，只剩下一件事，就是相愛。

易軔那麼會幹活，顯然是當了司令女婿後的進步。一會兒功夫他替米拉把所有染血的內衣洗乾淨了。曾經他每次洗了衣服，都會站在院子裡大喊，哪位行行好幫我縫被子。總是那些有家室的老女兵幫他，她們只能通過這特有的方式愛他。她那時多嫉妒那些老女兵，有那麼一個地下通道，走私夾帶她們對他的喜愛。此刻的他，動作夾帶一股風，把洗出的衣服拿到水房去清，回來時給米拉帶了兩個滾熱的茶葉蛋。街上有個老太太在賣，說是祖傳秘方。現在所有東西都是祖傳秘方，米拉說。他看著米拉剝蛋殼，用微濕的手摸摸她的頭。有了兩個孩子的易軔，自己還是孩子，而殺死他一個孩子，他剎那間成了男人。

她離開床，坐到扶手椅上，拿起電話。他正要鋪被，回頭問，給誰打電話？我小姑。不打，他說。找不到我，她會急的。她不會；因為我也跟著一塊找不見。他笑笑。米拉放下電話。好，這樣的失蹤才圓滿。他做事手腳很快，床理得像軍營。她想像他怎樣給他的孩子們換尿布，怎樣給孩子刮蘋果泥，怎樣拿著一根拖把，在獨屬於他們自己一小角落的司令樓裡，把地板抹成台面，又怎樣讓拖把繞過妻子悠閒晃蕩的雙腳，以免打攪她看日本連續劇。你在家是不是老幹活？嗯。他笑笑，無奈，但誠實：不然怎麼過？米拉也笑笑，有點問多了。他也會給她洗染血的內衣嗎？想著，她心裡飄來一片烏雲，本以為自己對俗情是免疫的呢。他嗅到她情緒裡的酸苦，來到她跟前。霎時，他的臉跟她一般高，相對，無言，他半跪半蹲。米拉，這些日子，你不能不高興，我只告訴你，什麼都不是你想像的那樣。她點點頭，眼淚要咬緊。你小時候，我不敢招惹你，就因為你太懂事，其實比那些歲數大的人都懂得多。可現在看看，你好小，小得我再也不放心你回到那個男人的樓上。拿你怎麼辦？一半那麼小，一半那麼老。

倆人從世界失蹤的第五天，米拉身體硬扎了，易軔提出和她逛大世界[49]。逛大世界的都是沒見過世面的外地人，上海人看他們把眼皮耷拉得很低，只露一線眼光驗收門票。他們這天也做上海人一線目光中的外地人，並是合格的外地人，少見多怪，大聲吆喝，高興得一頭汗。他們倆還是孩子的時候就生活在一起，可從來沒像孩子一樣，一同盡興玩耍過。就如易軔說的米拉，一半老一半小，小的那一半米拉現在活了，什麼傻氣的把戲都能把她笑死。晚上他們逛南京路，到南京東路上的一個小麵攤吃麵，吃完進入黃浦江邊上海戀人的傳統節目，蕩馬路。他和她話少了，米拉知道，他這是在慢慢離開她。每次他離開她之前的兩天，越來越靜，給她以淡出漸弱的感覺。她當然知道，他是很不捨很不捨的，怕話多了表露出來，大家收不了場。十二月的天，月色可憐，江水粥一樣。江上的風很不新鮮，一對對戀人連體嬰似的，茫茫地走，像已經越過了死亡尚未安息的幽靈。多少人像他們這樣，失蹤到這裡來了，逃遁既定身份和責任。明天我們去哪？米拉問，她的臉被他海軍大衣的毛呢略微磨礪，微微刺癢刺痛，這一刻的質感多麼實在。你說呢？我是第一次來上海。我也是。那次你讓我幫你抄五線譜，譜紙最下面印著「上海歌劇舞劇院」。你說，上海什麼都好，看這譜紙多高級。嗯，我記得。你為什麼會找到我抄譜呢？是誰告訴我的，你會抄。你怎麼學會抄五線譜的？我小時候抄過，學了一年提琴，對學琴沒興趣，但喜歡上了抄譜。我爸爸不知從哪裡弄來的破爛譜本，都是些小提琴名曲，薩拉沙泰的《流浪者之歌》，馬斯奈的《沉思》。爸爸很傷心地跟我說，米拉，文革這樣革下去，這些曲譜都要失傳了。我就幫爸爸抄，讓他保存起來。你爸爸不會喜歡我的；我懂的東西太少了。米拉沉默了。易軔也沉默了。兩人走成了連體嬰。易軔。嗯。我們錯過的十幾年，白糟蹋了。不說那。嗯。米拉。嗯。冷嗎？有點。大衣換了肩。

她知道他們現在的自由在漸弱、淡出，已經到了尾聲。自由短暫，而它的存在卻是純的，絕對的，質感那麼立體，可觸。她寧願一生就這麼幾個段落，絕對提純的相屬，心和身體貼緊得針也插不進來。如此排外的契合，她可以不看見他不盡如她意的方面：生意場上的狡詐，入贅姑爺的可憐相，無一技之長的後半生，僅僅他們在一起的片段，這些片段的質感足以讓她感到完美，感到至死無悔。從她搬到遠洋招待所之後的第三天，她恢復了寫作。每天她很早起身，在床對面的寫字桌上，鋪開稿紙。台燈蒙上她的藍白花絲巾，橢圓的光在稿紙上如一泊水，身後，愛人輕

49 大世界：上海歷史悠久的遊樂場，建於一九一七年。

鼾。她從來沒有感到過，自身如此強大和勇敢。

在易軔離開上海那天，先送米拉回到編劇樓。近景：老丁坐在傳達室門口曬太陽，挖耳朵，遠景：一群男作者在圍繞一個女明星獻殷情。米拉知道此刻她是不被看見的，順利地潛越進了她的住房。還像以往一樣，他走，她背對著門。她來到陽台上，看著他孤零零拖著鐵製鍍鉻行李車，走出大門，連老丁都沒被驚動。他現在在沿著圍牆走，一曲會行走的流浪者之歌。她看不見他了；他直走到上海也看不見他。為了她，他從自己完滿的家庭流亡，為她吃苦。他們一同吃苦，一種相思，兩處閒愁。她剛擱好行李，用腳把小行李箱踢到床下，就有人來敲門。打開門，梁多一臉秋風，頭髮冒出連日抽的菸。聽人說你回來了。還是有人注意到她的歸來。嗯，回來了，你怎麼了？梁多走進門，眼色示意米拉關門。門關上，他已經坐在寫字檯上了。背對窗外來的光，他看上去灰暗。你小姑被公安局帶走了。米拉傻了。什麼原因也不知道，你爸明天到上海。什麼時候的事？大前天夜裡。我們在等美國的長途，所以都沒睡。米拉接著傻。公安局來了三個警察，一個守在樓下，兩個來破門。其實有什麼可破的？我們的燈都開著呢。故意要弄出破門的動靜。樓上樓下都驚動了，一會功夫全都站在三〇五門外，擠得跟電影散場似的。警察什麼都沒說？傻了的米拉在幾分鐘之後問。警察只說，你幹了什麼，自己清楚。真巧說，我當然清楚，我什麼犯法的事情都沒幹。警察說，你犯不犯法，要我們說了算。後來呢？後來一個警察說，你要給我們的工作行方便，不然事體會得老難看的。梁多混上海一年多，川味上海話會說兩句，現在說出了上海人的陰狠。再後來呢？再後來，真巧看見我拿起凳子，跟我說，不要做傻事，不值得。梁多沉默了，垂下頭，一頭微卷的頭髮像個翻毛雞做的撣子。後來呢？米拉還是「後來」，存僥倖心理，「後來」也許有轉機。警察說，跟我們走一趟吧，到時候你就明白犯沒犯法。米拉心想，她失蹤的七天，世界翻個了。那我們怎麼辦？米拉問。等吧，梁多的「等」在整個形象上。沒睡，沒吃，沒洗，刻畫出這個「等」。等老米來吧，他認識一些上層的人，梁多說，眼睛有了點活人的光。你說等美國電話，跟這件事有莫得關係？米拉漸漸從「傻」裡出來，腦子邏輯起來。梁多說，有一點關係；幾個月前，有個猶太裔美國老太太，來畫廊看我的畫，電話就是這個老太太打來的。克拉克爵士你知道吧？米拉知道，但有點心虛地轉開目光；真巧小姑跟老爵親密到什麼程度，梁多是不知道的。梁多接著說，克拉克和那個姓哈默的老太太認識，兩人一通氣，覺得梁多的畫可以收藏一些，賭他的將來。於是哈默老太太給梁多打來電話，問他要不要去美國開一個畫展，假如效果好，她進一步為他申請講學簽證。那麼，米拉想知道，真巧小姑知道老太太的電話內容嗎？不知道，那個時候她已經被警察帶走了。事情順序是這樣，晚上十點，看守畫廊的芳元打電話來，說有個講古怪中文的人從美國打電話來，找梁多，她請那人把電話打到編劇樓。真巧預感好事來了，跟梁多開了一瓶櫻桃白蘭地。米拉知道這種國產白蘭地，老米叫它咳嗽糖漿。他們喝到夜裡十二點半，沒等來電話，等來了警察。

米拉和梁多一坐一站，都沒了話。梁多跳下寫字桌，推開門，到了陽台上。米拉看著他瘦高的背影，背駝得更難看了。除了畫畫，他是個很無能的人，真巧疼他，也為此。多年前在崔先生為真巧租的宅院裡，他那麼瘋，以為他的時代來了，到手的自由再也不會脫手。坐牢近一年，他丟了公職，又在此地看到，真巧那麼個美人這世界都容不得，他的脊背彎了，扛著無形的壓迫。米拉也開始疼他，一無所長的易軔，跟此刻的梁多比，比出那驚人的強悍。米拉曾經心裡是喜歡梁多的，似乎是有一點愛的，但現在你看他這個人，拿什麼支撐起他的脊梁？她走出去，與他並肩，身體依靠在陽台的扶手上。難道她怕他跳下去？她側臉看看他色敗的容貌，那根鼻梁，多俊俏，略微往裡窩的小嘴，使得下巴的線條更佳。還有那下巴正中的一道豎紋，把本來小巧的下巴一劈為二，成了米拉最愛看的一個局部的梁多。誰說女人不可以色呢？米拉看男人的時候，那種主體感，可以跟男人一樣色。梁多讓她想起父親的年輕版本，老米在不老的時候，應該跟梁多有那麼一點相像。她說不出安慰他的話，應該是他來安慰她，回到一座沒了熱乎乎的小姑的樓裡，除了嫉恨易軔的男人們，這樓等於空的。梁多終於開口：不早不晚，偏偏是現在；我現在這麼需要她……原來他的垂死之相是為了他自己；他出國或不出，大量事物要辦理，沒有真巧張羅，他渾身充滿無能。米拉說，你不愛我小姑。梁多一抖，轉過身，這事好像他第一次面對。他愛嗎？

他眨著眼迅速反省。你愛她嗎？嗯……他含糊答覆。米拉現在知道什麼是真的愛，知道愛不是梁多魂飛魄散的眼睛。愛是易韌定定的雙瞳，那麼深，你可以信賴地一直往裡走，在最深處，拋下你性命的錨鏈。對了對了，愛是啞的，易韌和米拉都嘴上無字，嘴不用來說「愛」的。梁多又轉向陽台外：真巧不在，好多事我都不曉得咋個往下接。米拉提醒他，芳元應該知道。她也不完全清楚。米拉想，芳元知道的半個真巧，和米拉知道的半個真巧，加一塊，才是完整的真巧。梁多面前的真巧，是單面的。到了錦江賓館，米拉見瑞查在院子裡看一張英文報紙。瑞查是老爵爺為了來中國專門從幾十個家庭傭工裡挑選的，挑選條件是略懂中文，然後又給老爵爺送到一個中文教授那裡，強化訓練半年。她上去打招呼，瑞查摘下老花鏡，說，我的上帝，你可來了。米拉說她剛知道真巧的情況。瑞查緊張地笑笑，說老爵爺逼他去找米拉，他找不到，也不敢在他身邊待著，老頭一刻不讓他安寧。為什麼吉妮突然就中斷和老爵爺的聯繫，畫廊裡她的秘書也不肯說。跑了幾次畫廊，秘書乾脆躲起來不見了。老爵爺一生驕傲，沒受過女人這樣的折磨。米拉反應過來，克拉克並不知道真巧涉案，中斷聯繫是迫不得已。有關真巧被抓的實情，芳元完全瞞著老爵爺。但是芳元知道梁多住哪兒，應該告訴梁多，克拉克急得要出老命。接著一個念頭在她腦子裡閃過；只有一個可能，梁多自始至終是知道真巧跟老爵爺的親密關係的！再進一步猜測，梁多是用真巧當糖衣炮彈，放手真巧跟老男人曖昧，男女間的曖昧期，能開展多少事情，能達到多少目的啊。這一想，米拉可憐自己的小姑，愛的是所有才人的才，從不明白才人們自私起來都是兩歲孩子：我的糖是我的，你的糖也是我的，你再累也要抱著我，寶貝我，你為我犧牲了？活該。

在樓上見到克拉克時，米拉真給嚇著了。他比梁多變得還厲害，一身豎條睡衣，白色駝色相間，頭髮鬍子長成一團，像一堆白茅草。聽瑞查說，老頭穿著睡衣睡，穿著睡衣吃，整整三天了。米拉奇怪，是否是頭一個設計睡衣的人也同時設計了囚服，讓世世代代的西方男人上床就入了牢房。房間拉著厚窗簾，隔夜氣味熏鼻。再看看眼前這位老人家，自己囚禁自己，膚色已經是囚徒的，死白無光。房間到處開酒吧，酒杯處處，酒瓶東倒西歪，襪子和餐巾並排扔在茶几上。瑞查說，老爵爺的房間已經有三四天沒人來打掃了，他日夜在門上掛著免打擾牌子。老爵爺上來就拉著米拉的手，嘴裡喃喃：我的小姑娘，這是個玩笑嗎？一點都不好玩！米拉一個勁「sorry」，把老頭髮燒的手反握住。聽我說，吉妮很好，四川家裡出了點急事，趕回去之前，她要我來跟你打招呼，可是我不巧也出了一趟門，嗯……為我寫的劇本收集資料去了，米拉且編且說，編到哪是哪。老人的臉看著鬆弛了，嘴角鬆馳地掛耷下來，出來了真切的老相。是真的嗎？他的眼睛淡藍，似乎在說，即便是假的，你就騙騙我吧。是真的。米拉把他扶到沙發上，安置他坐下。我再也經不起這些了，老頭喃喃的。她突然就不見了，你知道嗎，她最開始的出現，就是為了現在來殺我。我感到我的抑鬱症像雨雲一樣，烏黑的，大片大片往這裡趕。馬上要到達我頭頂了，他翻起眼睛，看看他的上空。賓館的豪華套間天花板上，飄來黑色雨雲。他也是怕自己復發病症，而不是怕真巧發生了什麼災難。

到了吃晚飯的時候，他情緒穩定了，告訴瑞查他要洗澡，在他洗澡的同時，房間最好打掃清爽，餐飲也被送達。他在浴室門口轉身指著米拉，不要逃，陪這位可憐的老王（old king）進餐。他看穿了米拉要趁他洗澡逃走的打算。米拉在斟酌，是不是要在老頭洗澡出來之後告訴他實情。這麼沉的實情不應該只由米拉、芳元承擔。梁多是沒有真正承擔的，他一副比真巧本人受難更重的模樣，把噩耗告訴米拉，就是轉嫁重量。瑞查請來的清潔女工們很快給套房換了人間，打開了門窗，把關在裡面好幾個夜晚的氣味放出去。浴室門開了，老爵爺帶一股蒸汽出來，白髮向腦後吹乾，露出老王者的額頭。實情上了米拉的舌尖，又被她咬住，還是等老頭吃完晚餐再說吧。你看他鬍子刮的精光的臉，又是平素粉紅氣色。此一刻，他也把心頭的重量拋給了米拉。送餐的車來了，瑞查為克拉克點了炸魚配薯條，很對他的胃口，他一看便樂了。瑞查跟米拉說，人在壞情緒中，小時候吃慣的食品最安慰。老爵爺自己坐下，一邊給餐品做廣告：這是難吃的英國食品裡唯一可口的東西，其實是勞動者的街邊餐。瑞查為米拉點的是一份上海炒麵，他自己吃一碗蝦仁餛飩。剛才飄來的烏黑雨雲被一陣風刮跑，老爵爺從抑鬱症邊緣康復。看著他盤子裡的炸魚漸漸消失，酒瓶裡的白葡萄酒一點點淺下去，米拉催促自己，說吧。老爵爺問：吉妮家裡出了什麼急事？不太清楚。米拉眼睛看著麵條。她母親好吧？米拉說，好。那我想像不出還會有什麼事把她從我身邊帶走，帶走得那麼突然。老頭說著，叉起一塊魚，木木地咀嚼。米拉對自己說，再等等，等他和瑞查把這瓶酒喝下去，再說。敗興的話總可以晚一點說，老爵爺總可以晚一點驚恐沮喪。老爵爺看著米拉：會是什麼事呢？她的弟弟大概出了事。米拉發現新的謊言已從自己嘴裡出去。老爵爺說，是出了車禍嗎？米拉搖搖頭。她想，又不是在英國，年輕人性命大禍都跟車有關。我不知道她還有個弟弟，她告訴我她是個私生女，父親非常富有，留給她八十兩黃金之後，流亡國外。啊，老故事，新聽眾，米拉心裡苦笑。瑞查拿來一個長形塑料盒，一共分七個小格，每小格上印有數字。克拉克打開一個印有三的小格，取出幾粒藥片和膠囊，喃喃道，也不能不管這個可憐的心臟啊。哦，老爵爺有心臟病。米拉慶幸沒告訴他實情，實情萬一導致他心臟鬧事，可就是國際問題了。

走出賓館，米拉突然想念易軔，想念他那種安安靜靜的強悍。她在路邊攔下一輛出租車，叫司機開往遠洋公司招待所。招待所門房看她眼熟，沒有攔她。她來到那間房間門口，看著白色的門上，標有紅色房號。門內，那個她跟易軔短暫的家，七天，比一輩子還要好。易軔進出這個門，為她到水房清洗染血的內衣，為她打來早餐，她寫作，他一聲不響地在她身後做這做那。走廊上一個房門開了，她扭頭便走，似乎最激情的一刻被人窺見，心咚咚跳。易軔現在在哪？在路上，離她越來越遠。跑下一段樓梯，突然感到一股熱流從她體內湧出。她站住了。不僅熱流，似乎有潰壩夾帶的泥石砂土，湧流不暢，相互擠壓抵擋。她一步步挨，總算到了女廁。褲子內側全濕透，她哪來的這麼多血？！她一點措施也沒有，可總不能在廁所裡過夜啊。一直站到她身體冷透，血流得緩了，才提起冰涼發硬的褲子。她不知道該去哪；急診室，還是編劇樓。她一路滴血，上了公車，下車步行，回到五十二號院內。小樓已入夜，音樂聲、談笑聲、麻將聲，正是風花雪夜好時候，米拉一步一停，撐上樓梯。這樓裡已經沒了時時護著她的小姑，米拉再次意識到。

小胖修理師的字條在門裡等她。字條說：上級指示，請你立刻搬回三〇五房間，並請現在住在那裡的人立刻搬出此樓。冥冥之中，她覺得這事和真巧小姑有關。她脫下褲子一看，簡直像是從戰場下來的遺物，吃透她的血。沒人告訴她手術痊癒後會流血，如此可怕地流血。她往襯褲裡墊了一塊毛巾，下腹結冰一樣。也沒有一個小姑跟她解釋，或者擔保她死不了。她平躺在床上，看著低低的天花板，不知道死神和胖青年哪個會先到。

樓梯上有條不耐煩的嗓門在喊：二〇七電話！她現在是二〇七，但她起不動床，接不動電話。她一動不動，聽那嗓門發脾氣，二〇七，有人沒人啊？！大概打斷他的麻將了，或者他等的是他情人的電話，卻為二〇七跑了一趟腿。隔壁房間門開了，一個男人嗓音說，二〇七，到底在不在？吵死人了，還要不要人家寫了？！對過一個門也開了，跟隔壁那位說，估計也讓警察抓走了。不會吧，燈還亮著。警察抓得急，沒來得及關燈。抖了個大包袱似的，一個走廊的笑聲。三〇五那個，今天晚上搬走了，大概就是怕警察再來。又是笑聲。整個樓的男人（包括胖青年小鄭）與米拉翻了臉。一隻手敲起二〇七的門，嘿，有人沒人？電話！米拉死了一樣瞪著慘白的天花板。對門住的男作者說，算了，告訴打電話的人她英勇被俘。米拉一骨碌爬起，披上大衣，拉開門。剛敲門的男作者一點都不難為情，笑笑：嘿嘿，就知道你在家，所以大伙說笑話呢。米拉知道自己死白一張臉，表情都隨著血流出去了。她衝下樓梯，抓起擱在高凳子上的話筒。竟然是易軔！米拉哇的一聲哭起來。不哭，他輕輕地說，似乎知道她哭的理由。米拉委屈悲痛恐懼的第一個浪潮被易軔的幾個輕輕的「不哭」壓了下去，她又在他寬寬的懷裡了，臉蹭著他海軍呢大衣的細微毛糙，那懷抱和靠山的質感。他那麼有耐心，等著她完全平靜，開口說，他現在在濟南。這麼快？米拉說。他說，走前他改變了行程，退掉了船票，改乘飛機直飛濟南，再轉乘火車去石島。這樣快，但路費很貴，米拉知道。他認為跟米拉相守的日子最貴，多花了錢，但多了兩天的相互陪伴。她聽著，感到血色回到了自己臉上。他打電話是想證實自己的預感是錯的。他預感到什麼了，米拉想知道。預感到米拉病了。米拉嘿嘿一笑，瓜娃子。那麼真的是他嚇唬自己？你這個瓜娃子，米拉的眼淚又流出來。她讓他停止胡思亂想，這樣又是飛機票，又是長途電話費，剛獨立下海幾個月，架不住他那麼敗家。掛下電話，米拉上樓梯時哼起了歌。難怪男人們脾氣大，聽出了聲音屬於誰；屬於那個背著米拉上樓，又抱著她離去的齊魯漢子。

一夜酣睡，米拉是被胖青年叫醒的。她披上大衣，紮起頭髮，又給自己倒了幾乎冰冷的開水，喝了一杯，又洗了把臉，這才打開門。小胖修理師拎著人造革旅行袋和人造革公文包，一副接管此地的來勢。米拉說，我馬上搬回三〇五，梁多昨天已經自覺搬走，我們不用你們攆。雖然米拉笑嘻嘻，對方胖胖的臉露出些輕微尷尬，說他沒有攆她的意思，攆人的是老喬。老喬是他們劇本的責任編輯。米拉拎著小旅行箱正要出門，胖青年說，三〇五已經住上新來的作者了。米拉愣了。小胖修理師告訴她，編輯部認為這個樓的風化出了問題，與米拉蒂有關，所以必須請米拉蒂住出去。米拉知道自己此刻半張嘴，一副傻相。你的小姑涉了大案，據說上至英國貴族，一流名作家，名畫家，美國富孀，香港富豪，下至古董走私犯，盜墓賊。米拉對他的話漸漸失去聽覺。你不會不知道吧，你小姑是個上流娼妓。放你的屁！先於米拉的知覺，話已經如同一口痰，被淬出。

老米滬上行

米瀟乘飛機時就在心裡開出名單，找哪些人幫李真巧。同在重慶地下黨學生組織裡的人，有兩個在上海任職，一個任糧食部門的職，一個在交通大學當副書記。吳可有幾個熟人可幫忙，有一個是他的鐵桿戲迷，在司法廳當宣傳幹事。吳可的新劇又被停演，全國上千家報刊，找不到一塊巴掌大的版面刊登他的喊冤或辯解文章。十九歲就當上老棗樹的吳可，最近被打棗打得有點變態，說話說半句，以嘿嘿冷笑結束句子。米瀟又是得獎，又是受提拔，弄得他見了吳可就心虛，偷了他的好運和名望似的。跟他鬧結婚的可可，忽然就不鬧了，有一天早晨醒來，吳可發現可可不見了，滿滿一櫥她的衣服也不見了。男人背時與否，看看他身邊的女人就知道了。米瀟記得三年前吳可被學習班拘禁，自己想到背井離鄉，去投奔澳洲的姐姐或美國的妹妹。現在這股悲情又在心裡拱，一不當心它就冒出來，尤其在甄茵莉跟樓下鋪路的小工們發脾氣的時候。中國建築常常反著來，先起樓，後鋪路：所有的人家歡天喜地踏著散沙稀泥搬進新宅，建築者才想起該鋪一條像樣的路，接著又發現，一條路不夠，於是樓房周圍開來了鋪路局的卡車。每天中午，老米吃了午飯總是在他寶貝金絲楠榻上眯盹，甄茵莉會拿一條毛毯給他蓋上，嘴裡還要念叨，這麼大個人，不知道冷暖，（老米存心把扮演賢妻的機會給她）。有時賢妻扮演完，她還會到陽台上去對樓下鋪路小工們叫喊：你們就不能停一會嗎？他在休息！這個他，她認為人家該知道是誰，是米主席，美協的主席（剛提拔的民間組織閒職，不領工資獎金，沒一張辦公桌，多餘的就像一個手上的第六根手指頭。並且是副的）。就像那些年說到的「他老人家」，沒人那麼孤陋寡聞地問，「哪個老人家？」，自然是「主席他老人家」。米瀟又一次閉著眯盹的眼大喊，你給我先閉嘴；你就不能停一會嗎？當然，他很快為他真悲情的爆發付出了沉重代價：小甄把臥室的門關了一天一夜，不吃不喝，上廁所用痰盂，直到他買了一籃子鮮花，在緊閉的門前登上小板凳，把花籃舉上去，讓甄茵莉透過門框頂上的玻璃窗看見滿滿一籃子爭妍鬥麗的米瀟的悔改誠意。

自從他跟居住美國和澳洲的姐妹們書信來往趨於熱絡，姐姐妹妹們常問米瀟，能吃得飽飯嗎？還強制吃紅薯嗎？她們還處在對於那三年祖國大陸餓死人消息的震驚中。米瀟一一回答她們，買大米要搭配一些雜糧，不過吃雜糧身體棒。大姐問，聽說買肉要肉票，喝奶要奶票，需要托人帶奶粉肉幹嗎？至於她們要不要回祖國來親眼看看，她們都說，再等等看吧，回來萬一又碰上鬥地主，她們現在可都是有超過兩處房產的地主。米瀟替祖國做公關，勸她們說，祖國在越變越好，吃的越來越豐富，雖然吃肉還不能敞開肚皮吃，但每一年的供肉量都在往上漲，她們回來就眼見為實。對此姐姐妹妹都不反應，好像米瀟在放誘餌，往太平洋上放長線釣她們回來。米瀟還告訴姐妹們，即便肉和油不夠吃，現在有自由市場，就是過去叫黑市的地方。所以他讓姐妹們放心，他的工資顧得上吃，稿費獎金罩得住他的敗家嗜好，什麼也不缺。自從米瀟的新家安裝了電話，兩個妹妹開始往米瀟家打電話。她倆住得近，每次打電話都湊到一起。大妹說幾句，流淚了，小妹接著說，小妹說哭了，再輪回大妹。兩個妹妹追問，三哥哥的寶貝女兒米拉蒂肯定需要東西，米瀟隨口說，女孩子嗎，也就是稀罕幾件新衣裳。不久兩個妹妹托人帶來了一箱裙子，裙裾拖到腳面，粉紅淡綠雪白，都像是剛興起的婚紗照裡新娘穿的，米拉這輩子結五次婚都穿不重樣。小甄見到長榻上紗裙堆的小山，一件件拿起比劃，然後就逼著老米跟她補照婚紗照。他怯生生地糾錯，你這個歲數，這些顏色樣式合適嗎？這都是我妹妹買給米拉的。小甄面無表情地把裙子往地上一扔。米瀟知道犯錯了，趕緊說，你和米拉一人一半。老米寫信給妹妹，變相埋冤，穿扮成那樣是門都出不了的，上了大街人家還不把眼珠子瞪出來。妹妹們回電說，誰說要穿出門上大街？穿了就要坐進車裡，開到大party去呀；年輕姑娘總有人邀請了去跳舞啊，聽音樂會、看歌劇芭蕾啊。米拉心裡哀嘆，姐妹們對祖國的認識存在嚴重障礙，把飢荒、鬥地主、吃不上肉喝不上奶跟豪華大party，以及交響樂歌劇芭蕾夯不浪蕩統統焊接一塊。

有關婚紗照，老米抗爭到最後，達成了妥協：「新娘」小甄一人入畫，「新郎」太老，入畫太滑稽，就在畫外陪伴。抗爭的第二點，是新娘小甄的穿戴。老米不贊成她穿那件白裙，說小甄雖然看上去依然二十九，但給白裙一襯，臉就顯黃，還是粉紅色喜慶，也給她氣色加分。其實老米的實話不敢說，他想把白裙留給米拉，讓她成為真正新娘那天穿。四十好幾並二婚的甄茵莉，穿得處女一樣，比較無恥。到了預約那天，他陪甄茵莉到婚紗照相館。一進門看到一大幫年輕新娘新郎在排隊，老米心想，幸虧自己對做畫中新郎進行了拚死抵抗。小甄讓化妝師給化了抹殺皺紋、抹煞曬斑卻也抹煞真相的大白臉妝，穿上粉紅紗裙，站到了她少女時就夢想的位置——塑料玫瑰花拱門下的一條紙剪的白蕾絲「地毯」上。照相師誇她的裙子美，說不記得本店有這件衣裙。甄茵莉真成了少女，莞爾一笑，說這就是她自己的婚紗裙，不是租用店裡的，而是剛從美國寄來的。

老米坐在飛機上還想，自己幫甄茵莉盜竊了妹妹們送給米拉的禮物，將來妹妹們真回來了，跟米拉一核對，為父的老臉只能擱兜裡。米瀟近兩年常常覺得老臉要擱兜裡。在人們祝賀他的繪畫得獎的時候，在接到美協通知他被選舉為副主席的時候，在吳可說他「狗日老米，你現在，啊……」的時候。這種時候吳可只說半句，下面不說了，嘿嘿嘿，笑得不懷好意。他知道自己此生假如只有一個人能稱哥們兒，就是吳可，吳可的「嘿嘿嘿」是沒有嫉妒的，也沒有任何惡意，有一點類似「老哥們兒你怎麼誤打誤撞，歪打正著了呢？」的潛語，還有類似「老哥們兒你閉著眼撞了大運，可別言聲，偷著樂吧」的意味。但越是看吳可磨難，他就越是覺得老臉掛不住。他認為，世上英才比比皆是，而世上好東西卻極其有限，好東西進了他口袋，自然有的人就沒得進，甚至本該進吳可口袋的，卻被一隻無形的手給偷了過來，裝進了他老米的口袋。這就是為什麼，吳可來跟他訴苦，他總要先灌自己兩杯，需五分醉才能使臉皮增厚，面對磨難中的吳可。

搬到新房子裡，甄茵莉就像佔領了總統府，頒布新政：進門脫鞋，也要脫外衣外褲，杜絕外面的灰塵細菌進家。老米每天只能穿著軟塌塌的秋衣秋褲在家裡進行各種活動，包括接見崇拜者。秋衣突出他小炒鍋的肚子和兩個不知怎麼就微突起來的乳房，秋褲鼓起一對大膝蓋，看上去老米總是騎馬蹲襠。連得兩屆美展大獎的米瀟，現在崇拜者多得很，美術系老師和學生常來，都穿著帶破洞和腳臭的襪子坐在甄茵莉的家裡，（自從搬到新房裡，老米基本不認這個家）聆聽老米講喬托和喬凡尼·皮薩諾和但丁。能講一口粗坯子海員英文的米瀟，經常用洋涇浜意大利發音，拽出幾百年前的現代寫實主義繪畫鼻祖的名字「Giotto和Giovanni Pisano」有時候他會突然住嘴，因為他意識到自己在「拽」，他非常討厭一個愛「拽」的自己。小甄新政還包括，不許吃炒菜，只能吃燉菜和蒸菜，一定要炒的菜，也不能把炒菜鍋燒到火候，因為火候太好會把整個房子的氣味變成廚房。新政殘酷啊，連進入鋪著假羊毛地毯的臥室，都必須把拖鞋留在門外。有次老米坐在蓋著假緞面床罩的床沿上穿襪子，被小甄一把扯將起來：屁股在上頭亂揉，一下就揉皺了訕！米拉來甄茵莉的家做過一次客，進門脫下鞋，小甄馬上把她的鞋靠牆擺整齊；米拉用完廁所後，前腳剛出來，小甄後腳就進去擦洗臉台上的水跡。吃飯時米拉有意見了，說爸爸你過去做菜不是這樣做，這菜是悶熟的。

老米有天給孫霖露打了個電話，說他需要見她。孫霖露問他有事嗎？他說有大事。兩人約好下午五點在孫霖露單位的大門口見。米瀟買了一斤豬肉，一把水芹，兩斤田螺，外加青蒜、海椒、五個雞蛋。孫霖露見了他一臉緊張，問他出了什麼大事。他說最大的事莫過於吃，他要撒開了炒幾個菜。孫霖露說，你專門跑一趟給我炒菜？米瀟說，我給我自己炒菜。在孫霖露的廚房裡，他戴上孫霖露鑲荷葉邊的圓角小兜肚，惡狠狠地顛炒鍋，翻炒勺，弄得孫霖露家狼煙動地。那晚上他跟孫霖露一塊吃了晚飯，席間他說他吃了幾個月悶熟的菜，窩囊死了。孫霖露趁機說，二天想炒菜了，又到這兒來嘛。

吳可有天約他出去吃飯，米瀟說他新近發現了個絕好的吃飯去處。吳可問，西餐中餐？米瀟說，你想吃什麼餐就有什麼餐。吳可說他想吃火鍋。米瀟說，那就火鍋。兩人商定涮食由吳可準備，鍋底和蘸料由米瀟配。米瀟馬上給孫霖露打電話，前妻說熱烈歡迎。晚上六點，吳可現身，帶的所有涮食都是黃喉毛肚羊腰血旺腦花之類，重口味並致老年病的東西，似乎也是憋得慌，要惡狠狠涮一場。自從搬進了小甄的家，米瀟常常希望給人約出去吃飯，說話不受小甄台面上眼色，台面下腳踢，也可以盡興抽菸。他在小甄家抽菸是配額制，一天五根，來客人若抽菸，小甄就假裝咳嗽，咳得捶胸頓足，表示她是讓客人給加害的。米瀟跟孫霖露秘密復交後，他每星期至少兩次在前妻家給米拉做菜，至少兩個晚上，他們成了地下一家人。吃飽回到小甄的家，被問到晚上又在哪裡應酬，誰的東道，他就隨口謅一個餐館和一個人名。不由得小甄不懷疑，終於打探起來，說她碰到某某了，替米瀟答謝他做東請客，某某一頭霧水。米瀟說，哦，那就是我張冠李戴了，可能掏腰包的是另一個人。他知道甄茵莉根本不信，她停止揭露，是為了留時間給她自己；她的偵破需要進一步蒐集證據。

那晚孫霖露化了個淡妝，在家門口迎米瀟和吳可。似乎地下組織又恢復活動了，米瀟再度體驗了學生時代的刺激，老態蕩然無存。兩人來到孫霖露的小家碧玉客廳，孫霖露把一個銅火鍋端到餐桌上，又在桌子上放了兩瓶冰鎮啤酒，並招呼酒不夠說一聲，她到對門子小店去買。說罷她笑微微退出去，還像過去一樣懂得，什麼時候她的在場是不被需要的。牛油紅湯沸騰的時候，吳可跟他說起一個叫王漢鐸的人。吳可不情願娶米瀟的表妹，是因為他承認老米最開始的警告是英明的，她確實有點給搞壞了。老米問，恨那個時代吧。不是，吳可說，我恨那個最開始愛她、後來作踐她的人。那人叫王漢鐸。老米一激靈，想起來了，文化局王副處長是有個名字的，好像就叫王什麼鐸。真正毀了李真巧的，就是此人。那小吳你想幹嘛？我已經幹了；幾年前就幹了。幹了什麼？老米讓火鍋熏的大噴嚏連發，正在擤鼻涕的時候，聽吳可說，我差點把他的屎揍出來，差點把他的塌鼻梁捶成無鼻梁。老米以為聽錯了。吳可說，你沒聽錯，我這身肌肉沒當成脫星，終於還是派上了正經用場；在我家雜物間揍得他滿地爬。老米知道這個寫戲的哥們兒記憶都是戲劇誇張的，王副處長雖然看著細弱，但個頭不矮，趴地上老長一條，吳可家的雜物間他進去過，可是不夠王副處長滿地爬的。你幹嘛要到雜物間揍他，地方那麼小，他爬不開，老米叼著菸，打趣小吳。雜物間沒窗子，他喊救命樓下的人聽不見，萬一揍死了，就讓收破爛的直接拉走。吳可也笑。兩人悶頭吃了一會，茶杯裡漂滿了菸頭。還是你好啊，小吳，想怎麼活就怎麼活。不過，沒人給我洗衣服燙衣服哦，老米自從娶了「真陰險」，人都長個了。老米問，好幾十歲的人怎麼會長個？因為她把過去那個皺巴巴的老米熨平了。媽的小吳，我現在連皺巴巴的自由都沒了，我寧可皺巴巴，但是很自由。可可給你洗衣服嗎？她？我給她洗！老米說，那還是應該歡送她走。孫霖露進來給火鍋添湯，吳可隨口請「嫂子」坐下一塊吃。孫霖露嗔他一句：哪個是你嫂子哦？你嫂子在他（下巴朝老米一抬）屋頭。老米說，那屋頭不姓米，姓甄。等孫霖露出去，吳可說，我看老米你還是在她跟前舒服，像個當爺的。老米說，不准說出去，傳到小甄耳朵裡我就沒命了。兩人埋頭在鍋裡撈，讓辣得合不攏的嘴閒一會，進幾口涼氣。接下去，吳可把約老米出來談話的關鍵說了出來。這個姓王的，還陰得很，懂得小人報仇十年不晚。剛被我打，他讓話劇院的畢業生班底演出日場，按原劇本演，夜場被刪掉的台詞，日場都添回去。他這樣做為什麼你知道嗎？老米搖搖頭，從嘴裡扯出一根嚼不動的黃喉。為了麻痹我，讓我相信，他沒有因為挨我的揍而報復到我作品上。現在好幾年過去，他報復可以不沾報復嫌疑了。不過在我眼裡，他永遠是第一大嫌疑。老米拿起啤酒瓶，直接對著瓶嘴喝；他在報復甄茵莉在新家裡設的斯文新家規。劇團不歸他管吧，老米強壓住一個啤酒嗝說。他可以拉攏管劇團的人啊；他是局長、書記的紅人，局長寶座的儲君！老米說，日他先人，儲君個錘子。你咋曉得錘子儲君害你？吳可說，我看到了對我調查的文件。誰給你看的文件？別忘了，我老媽曾經蟬聯文化局黨書記二十年，她還能沒幾個爪牙？文件上說什麼了？說我協助國外走私犯走私古董古畫，跟地下倒騰國寶的人勾結。這次停演我的新劇，找出的由頭不是政治的。嘿，有史以來第一次，吳可成了走私犯合伙人了。米瀟腦子一閃，看出吳可的禍事跟真巧的被捕有所關聯。幾年前，老崔托真巧在重慶、成都搜尋古字畫，常常找米瀟鑒別，吳可也常常湊熱鬧，其實他並不內行。當時老崔告訴真巧，他要在上海北京買老房子改造，這些古字畫將來就是那些老洋房老四合院的裝飾。米瀟當時想，按說這個案他涉入遠比吳可深，卻至今沒有發生麻煩。

老米很快就想明白了，沒人找他的麻煩，是因為他米瀟沒有王漢鐸這個伺機偷襲的仇家。吳可在雜物間把人家屎都揍出來了，人家的復仇心就像火鍋涮了兩小時的湯，黏稠厚實，陰陰地冒泡，一層肥油下溫度驚人。

米灊坐在飛機上，有充分的時間和孤獨思考。吳可不願娶真巧，但他是真愛真巧的。他那麼愛，也許自己都不知道。也許知道，不好意思對自己承認。

飛機開始下降，女乘務員開始發巧克力口香糖。米灊瞥見女乘務員年輕的臉，那臉上的笑容比紙還薄。甄茵莉把他愛年少女的病治好了。今年一月，一場運動又悄悄來了。每次運動自上而下，在它下行的途中，每一層級的執行者都往裡添加自己的私心和惡意，添加愚蠢、狹隘、嫉恨，每一個執行者都會動一點手腳，最終完成的都是公報私仇。

飛機在虹橋機場降落，米灊向窗外看去：黑透的天空，雲飄得如同疾逃。剛才廣播員說，上海今晚下小雨，會有些顛簸。那麼這飛跑的就該是烏雲，只是天太黑，它們看上去竟是白的。飛機幾乎被駕駛員扔在了跑道上，米灊嚼口香糖險些咬到舌頭。據說這幾年民航生意多起來，開飛機的都是轉業空軍，意識不到滿艙裝的不再是救災物資。

幾乎變了個人的米拉等在艙口。他邊走近她邊想，是什麼改變了她那麼多。她臉色白得可怕，嘴唇發灰，原先的烏黑頭髮也失去了光澤。他心疼地跺腳，叫你別來接！米拉慢慢走上來，伸手要替他拿包，他憤憤把包換到另一隻手。米拉和父親往外走，父親存心落後幾步，看著她的身影。她腰裡缺一口中氣頂住，上身是塌著的，幾乎老了。真巧的事把她折磨成這樣？老米問，你小姑被抓走那天晚上，你在哪裡？梁多說他到處找你。米拉不吭氣。他明白了，那個姓易的小子追到上海來了，兩人又搞了一場失蹤。到了米瀟預定的東湖賓館，父女倆穿過花園，進了三號樓。三號樓都是套房，米瀟的房在二樓。套房客廳巨大，米瀟叫前台拉來一張折疊床，放在客廳裡，給米拉睡。前台拉床來的車上，放著米拉的小行李箱。父親問，你什麼時候把行李拿過來的？米拉說，上午。你知道我住東湖？梁多跟我說的。米拉見了老米爸，怎麼這麼無精打采？米瀟看著女兒。女兒笑笑，很勉強。那你把電影廠編劇樓的房間退掉了？米拉猶豫一會說，是編輯部叫我搬出來的。劇本改完了？父親聽出蹊蹺來。沒有。那為什麼要你搬出來？米拉又沉默了。女兒沉默的本事很大，並且她沉默的時候，誰都妄想撬出她嘴裡的話。

沉默的米拉走進浴室，一會兒，老米聽見淋浴嘩啦啦地噴水。女兒有了說心裡話的人，對父親的話就少了。老米心有些酸，但轉念一想，若不是這樣，反而不正常。孫霖露聽說米拉談了男朋友，手拍拍胸脯：米瀟啊，我們女兒總算正常訕。接下去聽見吹風機轟轟響，米拉的一頭頭髮很難吹乾。米瀟還記得那頭髮五歲時在自己手裡的感覺，世界上最好的絲。米拉走出來氣色好了些，對父親笑一下。輪到老米用浴室了。老米看到地上有幾滴血跡，馬上放心了，女兒鬧得是週期性脾氣。但眼睛又瞥到馬桶邊的廁紙簍，心又提起來：裡面扔了一條完全被血泡透的毛巾，隱約可見電影廠編劇樓字跡。她是緊急中扯下了編劇樓的枕巾。他疑惑著洗了澡，出來看見米拉已經睡下。她平躺著，白枕頭上一個白白的鼓額，黑髮環繞奇白的小臉，身體那麼削薄，棉被幾乎沒有任何起伏，他忽然覺得躺著的是個女烈士。她都獻出了什麼？讓她那削薄清秀的身體流失了那麼多血。他把臥室的門留了條縫；他甚至有點害怕，這個隨著血流走一部分固體感的女兒會睡著睡著死了。

夜裡米瀟聽見女兒起來好幾次，去廁所。早晨他看見廁紙簍裡又多一大團染血的藥棉，滴在瓷磚上的血，留下被匆匆擦拭的痕跡。他站在浴室裡發呆，發冷，感到一定是某種可怕的事正發生在女兒身上。他想直接問她，但又想到米拉十三歲那年，來了例假，從部隊回家找媽媽。孫霖露把消息喜洋洋地告訴了米瀟。老米拍拍小米的頭，說米拉真的長大了，一個月要做一回大姑娘了。米拉羞得掉下眼淚，指控母親出賣了她。他怕直接去問，又要羞得女兒流淚。趁米拉去餐廳拿早餐，他給孫霖露單位打電話。孫霖露剛上班，聽說後馬上說，你去看看有沒有血塊。老米飛奔進廁所，撿起早晨被米拉丟進廁紙簍的藥棉。然後顧不上洗手，飛奔到電話邊：有！孫霖露啞了一秒鐘，說，那就對了。什麼對了？他一手捂在太陽穴上，一著急那裡的血管直跳。孫霖露說，你記得我二十八歲那年懷孕，你不想要。老米急了，打斷她，這不是你控訴我的時候！聽我說完，孫霖露怒吼，你帶我去醫院做了手術，術後一直流血，三四個月都不好，你記得不？米瀟說他不記得了。孫霖露的聲音摻入哭腔，你個龜兒子，王八蛋，我受的苦你都記不得！那是娃娃沒有刮乾淨，所以流血訕！龜兒子，我現在要是多一個娃娃，也不得這麼孤單！米瀟想把話筒掛了，但又想到沒有米拉的母親，女兒真的病重了，誰來照料，因此還是咬著牙聽。孫霖露稍微平復，說，我們女兒要是大出血，出了人命，我非殺了你！米瀟一聽，人軟了。

米拉端著一盤包子進來，見父親呆頭呆腦拿著電話，說，爸爸咋個嘍？米瀟指著話筒，你媽。米拉接過話筒，很累地說，婚都離了，吵啥子嘛吵。見慣父母吵鬧的米拉一看父親的臉，就知道剛才發生了長途吵架。米瀟跨進臥室，拿起臥室電話，聽孫霖露在那頭說，你這樣流血要流死的，曉得不？米拉比石頭還靜。那個男娃娃咋這麼不負責任呢？！米拉繼續靜。這種人，二天他肯定跟你爸爸一樣，不會疼你的。媽，米拉插話，他一直陪到我的。那你現在出血這麼凶，他咋個不在呢？昨天才開始的。米瀟替女兒補充：開始流血的。他聽出女兒的消沉。母親說，那你還不趕緊到醫院去！女兒又靜了。你要是不回來，我就去了哦！母親威脅要追到上海來。米拉說，媽你不要鬧了……你爸那個死人，身邊都是些妖精，李真巧頭一個妖精……米拉奄奄一息地說，媽，我掛了。米瀟腦子是個空鉢子，臉上涼涼的，一看，話筒貼在腮上，面皮和話筒間，走過一道淚。抬起頭，見米拉站在門口，吃驚地看著他。她似乎剛知道父親會為她痛，痛出老淚。

原來的日程計劃都打亂，父女倆放著滿盤包子來不及吃，就要了賓館的車送米拉去醫院。急診室的護士做登記，問米拉在哪個醫院做的人流。米拉說在華山醫院。那你還是回華山醫院吧。

老米搶白一句，你們見死不救是吧？！護士看一眼半老老頭，眼珠在口罩上白他一眼。人流在這個我們醫院，要單位介紹信，要不然就要結婚證書，你們有嗎？米拉低著頭，在找地縫鑽進去；這個二五眼護士，把小米當成老米的忘年情人。你先救我女兒，我這就去開介紹信，行不行？護士把這對男女迅速一打量，發現他們的父女關係確實掛相，接下去的態度就有所改善。她請他們稍等，她去請示一下。過了一會兒，護士出來說，你去開介紹信吧。然後小聲嘟噥，人流出血算什麼大事情……

米拉讓父親趕緊去找梁多，他知道怎麼辦。米瀟在上大一個美術系講師家裡找到了梁多。梁多穿著滿是油彩的大褂，在一個壁櫥改建的「畫室」裡畫畫。有沒有李真巧，梁多過的是自己的老日子。壁櫥裡點一個一百支光燈泡，勉強是能畫的。牆壁上端，有一圈木架，上面放著梁多的雜物和準備繃畫框的木條。梁多聽明白老米此行的訴求後，驚呼，哎呀，結婚證已經還給人家了。老米聽出他是懶得伸出援手的。那趕緊再去借啊，老米提高嗓音，不由分說。梁多有點懼怕一向隨和但突然厲害起來的老米，弓腰退出最多四平米的「畫室」，在客廳跟房主小聲嘀咕。老米看到牆角堆著一卷舊被褥，看來四平米還是多用，到晚上是「臥室」，此刻是「客廳」。這麼個狗窩地方，畫架上剛起始的畫，卻是大手筆。此刻他聽到外面客廳裡，房主揚起嗓門：哦，這位就是米瀟啊？那你不早說！顯然梁多把米瀟的大獎得主身份給供了。老米沒心情到外面客廳接受房主的致敬，就坐在梁多的鋪蓋卷上，跟菸癮搏鬥。四平米裡抽菸，自己會被熏成臘肉。梁多回來了，說房主聽說是米瀟的女兒需要幫忙，積極性沖天，立刻出門去借結婚證。老米沒好氣地說，這下都要曉得米拉的醜聞了。梁多笑笑，這種事當今還算醜聞？大學的下水道有一次給堵了，原來是扔的避孕套太多！要是同學裡傳哪個女娃還是處女，那才是醜聞。二十幾的處女，不是有病，就是太醜。還有，弄大了肚子找哪幾家借結婚證，大家都有數，因為不是每一家的結婚證都好篡改，比如房主這兩口子，他們結婚證上的照片，就很難調換，因為鋼印整整蓋在兩人臉上，換照片就要偽造整個鋼印，工程浩大，而易篡改的結婚證，是鑽鋼印的空子，專找那種鋼印蓋得偏頗，只有小小一個邊沿卡在新人合影上的那種。

房主很快拿著借來的結婚證回來了。接下去的工作還不少，因為米拉的男朋友缺席，只能暫借梁多當米拉的「新郎」。老米這方面比梁多更有才藝，借用美術系暗室，把梁多和米拉的兩張單人照洗印成了一張「結婚證標準合影」。偽造鋼印更是老米拿手戲，跟彭真頭結交上，知道了很多偽造印章的妙招。僅用一小時，米拉就跟梁多結成「紙上伉儷」。

為了偽造更加逼真，米瀟拖著梁多來到急診室。米拉的診斷已經出來：不徹底的人流造成的大量出血，先服用止血藥，假如止不住，就要重複一次手術。護士看看梁多，看看米拉，對同事用上海話小聲嘀咕，這個女小人長得蠻好看，啥人不好嫁，嫁這隻癟三。梁多聽懂了，哧哧直樂。他的破洞百出的牛仔褲，上面色斑點點，頭髮髒得打縷，皮鞋側邊開線。梁多的生活質量生活方式以李真巧分為史前、史後，現在他又復辟到了史前。

老米把米拉帶回賓館，看著她把雲南白藥喝下去。下午他哪裡也不敢去，什麼都沒心思做，一直守在米拉床邊，看著女烈士的雪花石臉漸漸還原了活人血色。下午六點多，米瀟正打算去餐廳給米拉點個湯菜，前台打來電話，說有人找。不速之客被接到線上，孫霖露的聲音出來了；早上她擱下電話就直奔機場，趕上了當天唯一一班直達上海的班機，現在已經在賓館前台。米瀟不知悲喜；讓自己活生生拆散的一家三口，到幾千裡外來團圓，要是甄茵莉知道了，老米不給她鬧死也脫層皮。

當晚，米拉開心得像個小朋友，坐在被窩裡跟父母吃「團圓飯」。孫霖露很沉悶，一直微皺眉頭。米拉乖巧，說媽媽不生氣了，米拉認錯，還不行嗎？母親輕輕嘆息。米拉抱住媽媽的肩膀，撒嬌求饒地搖動。母親哭起來，說，你這個瓜女娃子，以後跟你媽一樣瓜；男人專門欺負你這種瓜女娃子。她伸手指著旁邊的米瀟，看他怎麼欺負你媽的？你媽當時愛他，跟你現在一樣，瓜兮兮的，又輕信，又忘我，完全不顧自己。米瀟不敢說話。讓女兒的母親出出氣，忍就忍一會兒吧。米拉看了父親一眼，對媽說，易軔才不像老米爸呢；老米爸有才，缺一點仁慈。愛，是有仁慈在裡頭的。米瀟一驚，女兒真是深明大義的。媽你放心，易軔對我特別好，假如曉得我現在這個情況，再忙都會丟下手頭事情跑來。所以，我不許你們說他。米拉對於父母有一種權威，從小她就會適時拿出來行使。這種時候，父母都明白，女兒已經做了結論，沒有探討餘地。有孫霖露照顧米拉，米瀟出門去張羅李真巧的案子。老米沒想到，一個散了的家，現在反而能和平寧靜地相處，因為他們在一起是自由的，各自的意志都不受委屈。他哀傷地想，當時跟甄茵莉戀愛，味道多好，怎麼就一點點失去了自由，一點點失去了領土完整；那個他老鳥銜草般建起的家，就那麼被曾經的依人小鳥給佔領了。難怪吳可在嘗到自由之後，那麼懼怕失去。難怪真巧從來就不信賴婚姻，米瀟簡直欽佩這個遠房表妹的先見之明。在找人、請客、送禮的幾天裡，他心裡大致描摹出一張網。案子始發在老崔身上。老崔跟所有人謊說，收藏古董字畫，是為裝幀他在北京和上海的宅子，但在他把真品假冒成贗品帶出國這類事幹多之後，被他收買的人物一個個敗露，最終咬出老崔來。老崔接著咬出李真巧和吳可，（當然，他對吳可和真巧的私情瞭解之後，妒火中燒，這也是報復的時機）。於是上海方面的緝私部門跟成都聯了手，然後收網。米瀟還知道，這張網並非漏掉了自己，對於他很可能是延緩收網，因為米瀟這幾年連著得獎，名聲飛竄，攢下了點老本，還夠他花銷一陣。但老本有蝕盡的一天。老米送的禮越來越厚，他自己管轄內的所有錢財已經耗盡。米拉建議去找梁多。

梁多在畫廊點查打包的用料。絕大部分作品他要打包海運，目的地是美國紐約。米瀟看到梁多在上海創作的那部分新作，震撼之餘，心如遭蟲咬，刺疼刺癢。眼高是很痛苦的，老米意識到。他的手並不低，但手服務於那個乾巴的靈魂。他深知自己作品《女兒》為什麼又得大獎，因為評委們有著與他一樣乾巴的靈魂。記得米拉看了那幅以童年的她為模特的巨幅油畫後輕輕一笑，說老米爸有點八股哦。他從來沒想到這個形容，但難道它不是最準確的形容嗎？八股，八個樣板戲，工農商學兵。米拉十歲的那張照片是畫報社記者抓拍的，捕捉的是她從葵花上捏取一顆瓜子抬起臉的剎那，那小臉多天真渾然，不知自己進入了鏡頭。天真是因為那小臉的無意識無目的，而在《女兒》中的小紅軍，相似的五官是有目的有意識的，可以想像她成長的目的戀愛的目的仇恨的目的奮鬥的目的，長大變老，最終的目的是個馬列主義老太太。八股，兩個字帶鋒利的刃，有這樣的女兒幸運，可也痛苦。他幾乎忘了來此地幹嘛，全身心都充滿由梁多的畫引起的苦澀詩意。那幅《隔壁人家》多好啊，只有孩子才有梁多這樣天真敏感的觀察角度，這麼不拘一格的構圖，這麼大膽的光影運用，充滿性情，自由恣意，卻又絲毫不放縱。在這些作品中，能看到所有大師的影響，但看不到任何影響的痕跡。他感覺到女兒在和梁多交換眼色或神情，兩人默契地緘默，都小心翼翼不觸碰老米的軟肋。最後米瀟停留在以他為模特的《中國木匠》前面，轉過身輕描淡寫地說，這一幅，我不管你在美國能賣多好的價錢，都不准賣，必須送給我妹妹。梁多和米拉明顯鬆了一口氣；老米自找台階下，他們不需直面一個被後浪徹底打翻在沙灘的前浪。

芳元端了四碗餛飩過來，大家坐在打包的海綿木條上吃。米拉貌似無心地告訴大家，芳元平時就用小煤油爐在辦公室裡煮面，一天兩餐素麵。芳元笑笑，說她從小就愛吃麵。老米沒有想到，真巧這個不起眼的妹妹，能把自己省下的所有錢都拿出來，支撐著畫廊。直到昨天，畫廊才關門，因為打包材料運到，到處堆。米拉事先跟父親說，崔先生付了買畫的六萬塊錢，但沒來得及把畫取走，就被抓起來了。米拉的意思是，梁多有責任有義務也有財力為營救李真巧貢獻一些錢財。

老米端著餛飩大碗，眼睛離不開牆上的畫。他忽然問，梁多，哪幾幅畫你不打算運到美國去？梁多指了幾張小畫。老米笑笑，說那好，我全包了，給個批發價吧。米拉立刻搶白：爸你哪還有錢？！老米轉向梁多，你怕不怕我賴賬？梁多臉紅了，說，這咋行呢？老米說，會看行市的，是看潛力。他假裝看不見女兒跟他瞪眼；現在救真巧最需要現金，誰會剛吃飽飯就撐得難受去買畫？米拉自己那點儲蓄，都奉獻出來，讓老米去買進口香菸和洋酒做禮物，活動真巧小姑的事。女兒還知道，為了湊錢，米瀟預售了自己：美術電影廠的副廠長找到他，想請他設計一個動畫片裡主角們的形象，因為老米這幾年在全國贏得的名望有助於那部動畫片的發行宣傳。米瀟已經讓副廠長先預支他一半設計稿酬。米拉看父親不理睬她左一眼、右一眼地瞪他，開口道，梁多，你莫聽老米的，他沒錢。老米最怕人揭他「沒錢」的短，對女兒發脾氣地說，我有沒有錢，你怎麼知道？才怪了！米拉不示弱：好嘛，你有錢，那你先把我給你的兩百塊還給我，你有錢幹啥子要預支美影廠的稿費？你自己都曉得，動畫跟繪畫是兩回事，萬一你設計搞不出來，錢不是還要退給人家？寅吃卯糧，還充財主！梁多看著父女倆吵，很難為情似的：老米，畫你不急著買吧，我又不死，他微弱地呵呵。米拉說，我爸把錢都糟蹋完了，我小姑就要把牢底坐穿了。米瀟覺得這句話音量不大的話，讓空氣抖了一下。梁多似乎這才意識到，米拉道破了極可能發生的未來。米拉又說，老崔買畫的六萬塊，梁多你不能拿出一點來嗎？梁多似乎頭一次意識到李真巧的援救隊伍，也該包括他。你們落難，都是我真巧小姑在救援，她那時有一點錢，都花在你們身上……梁多插嘴：我們？對，就是你們，你、吳可、小韓和曹志傑，你們誰沒有得過我小姑的好，你們誰念她好？！米拉成了憤怒天使，近來養圓潤的臉蛋，又是白得嚇人，只有眼眶兩圈紅，讓眼淚燒的。梁多看看老米，意思是，原來你們父女打上門是來要錢的。老米輕聲說，米拉。米拉的回答，是站起身往遠處邁了一大步。梁多近乎自語，那六萬怎麼動？我到美國就那點錢，異國他鄉，生死兩茫茫，混不下去的話，我至少還有張回程票的錢。米拉說，事情總有輕重緩急吧？你的回程票錢，大家可以再想辦法週轉，先救人要緊啊！我爸說，熟人打聽到，這幾天就要開審，我小姑也就這幾天的希望了，梁多！米瀟很吃驚，與世無爭，漫不經意的米拉，護衛真巧時這麼強硬。他知道真巧從十六歲就隱約寄情於他，她從雲南身心破碎地回來，眼淚嘩嘩的跟他說，三哥哥，你救我太晚了，要是十六歲那年，我就上了你的遊街卡車，跟你走了，那我就真得救了。她十六歲可能燃爆的愛，不能給老米，便給了小米，米拉能感覺到。梁多說，就是李真巧在這兒，她也不會允許任何人動那六萬塊的。你廢話，米拉說，李真巧現在要是在這兒，我還跟你討論救李真巧的事？你就這麼打算的？屁股拍拍去美國了，把我小姑扔在牢裡把牢底坐穿？！梁多乾瞪著眼。沒有我小姑，你早就做癟三了。米拉的臉惡毒起來。米瀟又輕輕說，米拉。他從來沒見到米拉這麼猛烈惡毒過。梁多垂著頭走開了。米拉怨怒的眼睛給梁多的駝背打追光。芳元動作盡量小盡量輕，收拾著地上的碗筷，用抹布擦去地板上點滴湯水。她在米拉腳邊抬起頭，低聲說，不說了吧，哦，小小姑替我姐謝你。她本來就有點紅的鼻頭大紅，嘴唇哆嗦著站起，走了。米拉給芳元那忠犬般的神色軟化了。一拖父親，爸，我們走。

五天之後，熟人打電話到賓館，說「判了」。老米趕緊放下電話，撇了一眼正在看電視劇的前妻，從壁櫥裡拿了條萬寶路，跑到樓下院子裡。熟人等在那兒，跺腳取暖。他告訴老米，李真巧被判了十八個月勞教。米瀟不甘心地看著來人，他送了那麼多禮呢。熟人知道他沒說出口的話，笑笑道，這是最好的結果了，走私文物是重罪哦。米瀟說，李真巧是被騙的，她不知道姓崔的走私啊。熟人說，要不是人托人幫忙活動，又送了禮，可能會判十年八年。米瀟把剛才塞在袖筒裡的最後一條「萬寶路」抽出來，交給來人，垂著頭踱到一顆禿樹下算賬。太陽光蠻好，透過精瘦的枝條灑在他身上。可能是十年八年的刑期。就算八年。他托人和自己親手送出去的「萬寶路」有二十條，「登喜路」十六條，雀巢咖啡和咖啡伴侶三十六瓶，人頭馬白蘭地十一瓶，人頭馬XO二十三瓶。假如說，每四條菸、四瓶酒、四罐咖啡（回回都用僑匯商店的紙袋包成禮包），減掉真巧刑期一年，不能說吃虧，還是划得來的。一年半的勞教基本是爭取來的，贏得的。一年半，也就是老米畫兩幅大畫的時間。只是，老米落得個一貧如洗的身家。不算甄茵莉納入她管家婆手心的家庭財產，老米身上只有幾個坐公車的硬幣。他忽然想起，他不只是一貧如洗；他還有兩大筆負資產：首先，他拿了美影廠預支的昂貴的設計費，而設計還不知在哪，其次，他隨口說的包圓梁多畫展殘餘的畫，梁多很認真，第三天就全部運到他賓館來了。米拉搖頭笑笑，笑天下可笑之人的寬泛笑容；梁多可笑，老米更可笑。

美影廠來個編輯催稿，順便幫米瀟家分擔一些家務，以求米瀟能全副精力投入畫稿創作。編輯姓魏，四十多歲一個早期謝頂的斯文男人，美術中專學歷，老婆病逝，自己帶兩個孩子，所以女人男人的事他都做得來。他一兩天來賓館一趟，問孫霖露有沒有需要他幫忙處理的事，比如出門購物，洗衣熨燙，或者跑郵局投寄包裹掛號信之類的雜事，他都能做。有一次孫霖露把毛線圈盤在自己兩個膝蓋上繞，他居然接過去就繞，活兒麻利輕巧。孫霖露說不好意思，這種婆婆媽媽的事讓大編輯做，他笑笑，說能讓米老師專心設計，幫著做點活應該的。一家三口其實是賒賬在賓館吃住，只要他們不退房，賬就可以不清算，就一直可以賒賬吃住下去。老米到賓館的小賣部買菸買酒買瓶裝雀巢咖啡，都是氣派很大地說，結到我房賬上吧。然後他大筆一揮，帥氣地簽名，具體款數都不敢看，只知道糊塗賬日日激增。魏編輯來了，孫霖露沒事給他做，老米就請他喝咖啡，一邊讓他看畫台上的老米如何繁忙。兩張寫字檯拼成的畫台，上面擺幾十瓶顏料，老米戴著老花鏡，說你們讓我設計出飽滿獨特的動畫人物形象，可你這劇本的人物形象就不獨特並且太單薄。魏編輯說，那也請米老師在劇本上順手斧正。老米說，好的，劇本修改費呢，你們不用付了，最後把我賓館的房賬結了就行。魏編輯一走，老米就去麻煩小米，讓女兒幫著改台詞，改細節。他畫了一串人物，又不斷推翻，但新起的畫稿更讓他討厭。孫霖露專業花布設計，順手替老米修改了幾筆，動畫人物立刻開始傳神。老米從老花鏡上，覷他曾經的糟糠，這點內秀和靈氣當年他怎麼瞎了眼沒看見？於是設計動畫人物就此分了工，米瀟出名字，孫霖露當槍手。美影廠副廠長居然很欣賞新出的人物設計稿，同時認為劇本也得到了強化。他讓魏編輯到會計科拿一張支票，押到賓館，退房時該多少房賬，就填多大額數。然後副廠長跟老米說，不才幾個月的房錢嘛，我們付得起！米老師想住多久住多久，現在住避寒，到了夏天，歡迎來避暑！一月底，小學校開始放寒假，魏編輯每天來，還帶著他十四歲的兒子和十歲的女兒一塊來。就像上班打工卡，魏編輯老小三人每天九點準時到房間，自己動手衝咖啡。有天米拉悄悄跟那小姑娘說，你爸爸每天帶你們來，路上換幾趟車？小姑娘說，三趟。米拉說，哎呀，好辛苦。小姑娘說，家裡太冷了。米拉告訴父親，爸你別著急了，他們不是來催稿的，是拿這裡當避寒勝地的。孫霖露也跟米瀟嘀咕，剛買的一大罐雀巢咖啡和伴侶，怎麼幾天就見底。她留了個心眼，看電視時目光漏一點在魏編輯身上，只見他往玻璃杯裡惡狠狠舀上三大勺咖啡，開水一衝，液體黑的簡直成了一杯墨汁！全中國人民都還在稀罕進口飲料，魏編輯到老米這兒好好奢侈。魏編輯一家不僅來避寒，喝進口飲品，還必須解決午飯問題。米家三口人吃午飯，不能餓著編輯的一大二小三個人，於是米瀟就要賓館餐廳每天多發三份餐券，反正是賒賬，到時掏美影廠的腰包。

米瀟跟收發室打了招呼，凡是落款「甄緘」的信，一律不要送到樓上他的房間，等他自己來取。小甄的信就這樣被堵在破鏡重圓的一家之外。老米這天從收發室路過，收發員告訴他，昨天夜裡來了封電報，他沒敢送上去。電報是甄茵莉發來的，說她春節放一周假，要來陪米家父女倆過節，並讓米瀟明天接XX次航班。米瀟遭突襲一般，天旋地轉地站在那裡。他知道小甄一千個心眼子，至少有六百個心眼已猜到他在搞婚外情。荒唐的是，自己「婚外情」的對象是前妻。一個多月來，他和孫霖露連手都不曾碰一下，是多麼素淨純潔的「情」。回房間的路上，他逼自己在兩個方案裡選一個。方案一，在附近找一家廉價旅店，讓小甄住，自己兩頭跑；方案二，乾脆玩燈下黑，就在同一個賓館另租一間房，兩頭跑也跑得贏。方案二最吸引人的地方是，反正老米所有的賬最後由美影廠結，一個房是結，兩個房也是結。兩個方案的優劣馬上呈現，方案二入選。他趕緊掉頭，跑到訂房部，說是一套房不夠住，因為他們一家三口都在房裡各自做自己的活兒，相互干擾，所以他需要再租一個套房。燈下黑就黑到底，三號樓三樓一套，二樓一套，只要他腿還不老，上下跑兩頭都能瞞嚴實。杜月笙當年造這座大宅樓，也是為養女人。現在老米內室外室同住一幢樓，算是一種和睦興旺吧？他回到房間裡，外室孫霖露在浴室裡聽立體聲播放張學友的歌，一邊替老米洗內褲、襪子。要是小甄知道外室是四十九歲的孫霖露，都會為老米抱屈，浪費了一個養外室的名額。這套房目前的就寢格局是這樣：米拉和孫霖露住臥室大床，母女合用一個臥室的衛生間，米瀟睡客廳的折疊床，用客人衛生間。他內室外室兩不誤，也憑借母女倆的作息習慣；母女倆都愛開夜車，夜裡一個寫一個畫，替老米掙美影廠的錢，早晨母女倆貪睡，常常是編輯一家點卯很久了，才聽見臥室裡有動靜。往往在老米帶著編輯一家去吃午飯的時候，母女倆才洗漱完畢。試想他夜裡在棉被裡塞上填充物，用浴衣或大衣塑出一個臥姿的老米，再關上燈，即便母親或女兒誰到客廳來倒水或拿冰箱裡的牛奶水果之類，也不會發現老米的空城計。但燈下黑不是沒有弊端，萬一兩個女人碰上，老米一定是活不了的。

孫霖露把清洗乾淨的內衣搭在暖氣管上，一面說，米拉身上還沒乾淨。意思是，出血還在繼續。老米愁苦，問那怎麼辦？孫霖露說，娃娃氣色又不對了，還要熬夜幫你改劇本。米瀟聽出前妻嗓子眼發堵，看她一眼，親媽具備絕對唯一性，是裝不出來的。小甄常常說，你見過哪個女人跟我一樣，對她前夫的孩子像我對米拉這麼好？態度悲壯，暗示她是米拉的後媽，不是米家童養媳。孫霖露說，哩哩啦啦的，血就是不斷，都兩個半月了，好急人哦。米瀟說，那再帶她去醫院看一下。去看說不定又做一次手術，娃娃咋受得了嘛。親媽眼淚掉下來，老米心作痛，為女兒和女兒的親媽痛，不知怎的，女兒的親媽已經在自己懷裡。他的手臂怎樣伸出去，把前妻攬進懷裡，他想不起來，似乎是肌肉筋骨自己的事，它們有自己記憶和本能。跟一個女人生了個孩子，跟她一塊養大她，這孩子就是藕斷絲連之絲，一生撕扯不斷。慢說他和孫霖露生養的，是米拉這樣的孩子，從小就勝任掌上明珠。老米覺得現在的三口之家，在賓館房間臨時過渡的日子像個夢，不錯的夢。

米拉總坐在臥室床上寫著什麼，靠著床頭，膝蓋上一條毛毯和一個硬殼大本子，沉默而充實，心思相當遼遠。他從熟人那裡瞭解到，米拉是被編輯部從電影廠編劇樓趕出來的，因為那樓上的男作者告了惡狀。她走後，惡毒的編劇樓住戶們說，那個上流娼妓和她的姪女都被掃地出門了。米拉一句抱怨也沒有，不屑而淡遠笑笑，怎麼可能跟他們一般見識，這就是她笑的意味。她是從小看迫害看大的，慣了。

傍晚孫霖露從外面回來就問米瀟，為什麼在這個賓館訂了兩個套房。米瀟嚇得靈魂出竅，但嘴還是老辣，說他又不瘋，訂兩個套房幹嘛，就算揩美影廠的油，也不可以窮凶極惡地揩油嘛。人家明明把兩個有米瀟簽名的訂房單給她看了；她當時的想法跟米瀟一模一樣：揩點油可以但不能活搶。所以一定是會計出錯啦。孫霖露拉他去會計科改正，不改的話，就成了賓館跟老米一塊活搶美影廠；即便賓館生意清淡，空房率百分之八十，那也不能這麼做土匪。米瀟木頭人一樣被孫霖露拉出門，在走廊上他問，孫霖露好端端跑到會計科查賬幹嘛？孫霖露把經過告訴米瀟：因為魏編輯的咖啡消耗量驚人，她看茶几上那罐又不夠他一頓了，所以去小賣部買。她學前夫的樣要單子簽，「把錢記到房賬」上，營業員說，她的上級打了招呼，不能繼續接受米瀟的簽單，因為累積的賒賬太高，小賣部拖不起。營業員叫孫霖露先去會計科，把累計的購買賬單先結清，再開始下一階段的簽單。孫霖露跑到會計科，跟會計要米瀟在小賣部採買的賬單。會計問她，是三號樓三一〇房間還是二一〇。她不明白。會計說，米老師有兩個套房啊。聽到此，米瀟人矮了一截，把前妻拉回房間，嘴裡說，你聽我慢慢給你解釋啊。

此刻米拉從房間出來，米瀟看看女兒說，這裡住三個人還可以，但編輯一家天天來避寒，我腦子都給塞住了，什麼思考都做不了。米拉看著他，看出其中有詐。孫霖露指控，明明是米瀟說的，笨蛋會計出的錯。米瀟說，他怕儉省慣了的她阻撓他。孫霖露拔高一個調，那你就騙我？！你還跟過去一樣，芝麻大的事也要騙我？！米瀟想，實際的騙局遠比這大，大多了，揭穿了的話，兩個女人合起伙來跟他掐……米拉說，爸爸，你到底有什麼難處嘛。米瀟看看女兒，那個該死的輕蹙眉頭的笑容又出來了；就是嫌他「醜」的笑容。在女兒眼裡，米瀟在撒謊抵賴時，有一種獨特的「醜」。

晚飯時，米瀟要了三兩洋河大曲。在喝酒等級上，老米跟他在政治生涯上一樣，起伏跌宕慣了，能上能下能伸能縮，沒了崔先生，加上小甄在菸酒上給他搞限額制，要想多喝就必須以數量勝質量，他很快就恢復了農場的口味，暢飲板車夫的紅苕酒。半醉多好，他膽子奇大，誠實度上升，另外，在餐廳這種公共場合，孫霖露聽了實話也不好鬧。他向孫霖露轉過臉，舌頭有點大，說，你聽好啊，剛才我跟你說的不是真話。孫霖露哼哼一下，問他哪一句是實話。看起來她是要「陰鬧」，以低調冷調的尖酸刻薄為主。訂另一個房，不是他想躲清淨，而是因為甄茵莉要來了。孫霖露看他一下，擱下餐巾，起身走了。米拉說，我就知道。他想酒可真好，居然他毫不畏懼。他一生最怕的事，不是世界大戰，不是被貶到農場；他最怕女人的鬧。現在他不挺好？明鬧也好，陰鬧也好，你們有本事都給我鬧來。他向女兒擠擠眼。女兒笑了。隔著酒精的迷霧，女兒嫌他「醜」的笑，也是霧裡看花。爸，其實你心特別好，事情才給你弄糟的。這時女兒不笑了，深徹的憐憫，就在她白得不近情理的臉上。

回到房間，他一點不意外地發現，孫霖露在收拾行李。一切都礙她的事，她必須摔打踢蹬，才能過往於兩間房之間、椅子和桌子之間、落地燈和紙簍之間、父親和女兒之間。米拉不出聲，看著母親飆去飆來。米瀟很為前妻難過，委屈，她大半輩子受了混賬的他多少欺騙，多少傷害？他終於啞聲勸阻，霖露，不走了嘛。孫霖露沒聽見一樣，拿兩隻鞋面對面拍打，用的是抽他板子的力氣和火氣。她來了這裡，哪裡都沒逛，一手照顧女兒，一手幫他設計。為了米拉，你也不能走，米拉是吧？孫霖露搶白，米拉跟我走！我娃娃在這兒，病死都沒人照顧；那個女人會照顧她？米拉不語。米瀟說，那你也說過頭了。孫霖露一下轉過身，眼睛血紅，腮幫抖動，米瀟看到她兩腮鬆懈得比較明顯。啥子過頭？！她根本容不得米拉！你給米拉買件大衣，還嚇得要死，趕緊給她買件同樣的。這是他閒聊時告訴她的，拿自己糗事逗她開心的，活該呀活該。我一聽娃娃病了，馬上查航班，到儲蓄所拿錢，多貴的機票我都不在乎，大不了吃幾個月泡菜稀飯……你至於吃泡菜稀飯嗎？別又搞苦肉計那一套！這是孫霖露比較煩人的地方，一鬧氣就偏頭痛，心口痛，胃氣痛，肝區痛，膽囊痛，五臟六腑，沒一處沒痛過，苦肉計從年輕時上演到現在，他每次戳穿，她絲毫不學得高明點。她曾經說，米瀟氣她一次，她就死一回，死到現在還超重。米拉你自己收拾行李，還是媽幫你收拾？米拉還是不說話，回到臥室去了。在那裡，她翻開大筆記本，拿起筆。只要有筆和紙，米拉是世界上最寧靜一個人。米瀟聽著前妻的控訴，自從你搬進新房子，你老朋友裡頭，有幾個上門的？甄茵莉又是要人家脫鞋，又是不准炒菜……米瀟想，孫霖露也不簡單，誘他帶米拉吳可去她家惡補被甄茵莉禁止的炒菜，背著當任妻子到前任妻子家裡，跟女兒和朋友聚會，表現出超常的賢良懂事，原來深入敵後，悄悄策反，為的是她此刻的殺手鐧。現在她鬧著離開，其實是為了更穩固的駐紮。果然，等她的東西都入了旅行箱，拉鍊拉上，只差叫車去飛機場了。米瀟聽見「哧啦」一聲，拉鍊又給拉開。她往沙發上一坐，說，哼，莫得那麼便宜——憑啥子是我走嘛？你給我出去，這兒我跟女兒住，你跟那個女人滾到樓下去。米瀟笑嘻嘻地說，哎，君子一言，駟馬難追哦，說好了走，咋能不走呢？你一天到晚跟女兒說，爸爸說話不算數，媽媽更要給女兒做榜樣哦。說著他上去替她拉旅行箱。爪爪縮回去，不准碰我東西！米瀟就當聽不見，拉好拉鍊，拎起箱子說，你拎不動，我給你拎到樓下去，順便叫賓館車子送你去機場。孫霖露撲上來，跟前夫奪箱子，年輕時的悍勁兒出來了。也不管我有莫得機票，有莫得航班就把我往外頭攆是哦？你說要去機場的。外頭那麼黑，那麼冷，都要結冰了，你攆我出去，狼心狗肺，良心屙屎屙出去了……你不講道理了吧？是你自己要走，勸不到，米拉，來給你爸作證。米拉一聲不吭。我女兒跟著你，病成那樣，我才把她將息好點兒，又幫你改狗屁的劇本，現在累倒了，你攆走了我，她死活哪個管？！說著，她眼淚鼻涕一塊下來了。過了一會，她眼睛下兩個黑圈圈。米瀟想，什麼意思？眼睛會融化？原來她是偷偷塗了眼睫毛膏的。米瀟的心軟了。她是在晚飯前悄悄化了淡妝，穿了新毛衣，因為她聽米瀟說，西方人很注重晚餐，都要專門更衣化妝，然後跟鮮花蠟燭一塊出現在晚餐桌上。四十九歲的前妻，是下了功夫，讓自己在前夫面前好看一些，隨歲月敗色的眉目能清晰一些。可憐啊。她見他沉默了，但自己還沒鬧盡興，跳起來打開門，你攆我啊！攆啊！她把旅行箱推到門口，推到走廊上，箱子倒地的聲音，在生意清淡的賓館走廊上顯得很吵。她弓著腰推箱子的時候，新毛衣縮到腰上部，露出一圈多餘的皮肉，他馬上調開目光。她那麼精心小心，想讓她在他面前漂亮一點，現在前功盡棄，他對她的同情到了極點，簡直要為她落淚。他傷害別人時，往往為被他傷害人暗自心碎，甚至落淚。跟孫霖露的馬拉松離婚從開始到結束，他為她暗自心碎了多少次，數都數不清。他把她往回拉，她一個勁往外掙扎，他聽到臥室有輕微聲響，回過頭，米拉白森森站在臥室門口，白毛衣上一張白臉，手裡拿著那個大筆記本。前妻前夫都覺得女兒一向很白的臉，現在白得令人毛骨悚然，一時間都靜下來。女兒說，你們不曉得醜啊？米瀟想，又是「醜」。以為走廊沒住人，沒人看見你們醜；我不是人？！你們這麼「醜」，我看不下去！一些被撕爛的紙從她懷裡的大本子裡飄落下來。米瀟覺得壞了，她別是把劇本草稿撕了吧？他問，米拉你把什麼撕了？米拉打開大本子的硬殼封面，所有被撕爛的稿紙落在地上。我管不了你們，我只能懲罰我自己。米拉直著眼睛，走到門口，走了出去。

孫霖露這才醒了，拿起自己的大衣和米拉的大衣，發瘋一樣喊，米拉！同時追蹤而去。米灕看著孫霖露的背影，難怪米拉嫌「醜」。米灕撿起地上的爛紙，她幫他修改的動畫片劇本，狗屁劇本，統統被撕爛了。這種自毀的脾氣，米拉從小到大只發過三次，都發在父母吵鬧互害的時候。外面人的欺負迫害，她想得通，也想得開，冷淡傲慢地沉默以對，但一家人關起門來自相殘殺，她對其無力也無奈，她只能以內傷發作。也許米拉奇怪的審美原則和奇怪的是非裁判機制都認為，自相殘殺最為不齒，也就最為醜陋，自己最好不參與，即便以斥責和勸阻形式的參與，也進入了「醜」，而她已恨透這世上太多的「醜」。

米灕想到多年前的夏天，米拉放暑假，孫霖露事先不通知米灕，就帶著女兒到他勞動改造的地方。那天下午，母女倆從公路上下來，正遇上監督改造的軍代表在訓斥勞動改造分子。米灕站在被訓斥者的隊伍裡，手裡捧著地裡偷摘的紅苕嫩葉，低頭認罪。當時偷摘蔬菜瓜果的勞動改造分子很多，那天被抓的就十五個，全部捧著「贓物」，站在烈日下示眾，聽訓斥。米灕因為自己最不堪的形象給女兒看見，而懷恨孫霖露，怨怪她不該不事先通報他，就帶米拉下鄉。那次孫霖露給他帶了七孃送來的香菸和酒，還有她自己做的臘肉和鹹蛋。為了一家三口能背著人吃點私食，他們在山包後面的林子裡席地開晚餐。米灕抱怨地問她，這樣帶著女兒突然襲擊，是啥意思？未必要捉雙？！幾十個男人睡大通鋪，捉到了吧？孫霖露說給他背這麼多吃的喝的，幾十斤重她一副肩膀，路途幾百裡，他還一句好話沒有。他脫口而出，誰讓你背的？！誰讓你跑幾百裡？！孫霖露一聽，把一籃子蒸好的臘肉鹹蛋全倒在地上，鹹蛋順著下坡滾，米瀟跟著鹹蛋攆。孫霖露追上去，用腳踢鹹蛋，喊著幾百裡路來餵豬，豬都曉得哼兩聲。兩人鬧到最激烈時，米拉一聲不吭，用手背捂著自己的嘴，直咬到血順著她下巴流出來，父母才發現她在默默自殘。

此刻他看著爛紙上一行行雋永的行書，女兒近兩個月的心血。他跪在地毯上，一張張撿起爛紙。自己太不像樣，米拉配有一對更好的父母。

孫霖露摟著女兒的肩膀進來，用眼色示意前夫什麼也別說，把女兒摟進了臥室。過一會孫霖露出來，悄悄對他說，女兒本來準備離開賓館，到文工團轉業的一個女戰友家去借宿，是被母親哄回來的。娃娃身體那麼差，還鬧她，唉，孫霖露的神色，也是內疚的，也是自愧不配做米拉母親的。米瀟說，怪還是怪我，都怪我。孫霖露看著他，不知道他是泛指，還是特指。明天小甄來，我跟她解釋一下。孫霖露說，怎麼解釋得清楚，越抹越黑。米拉答應跟我一塊走，回去看中醫。你們什麼時候走？還沒定，反正不是後天，就是大後天。明天一天，我和米拉要把那些撕爛的稿紙拼起來，用膠水黏起。不然，你還想讓美影廠給你結房賬？她笑一下，退進臥室。米瀟也悄悄走進臥室，見蒼白的枕頭上，擱著米拉蒼白的小臉，已經睡著，讓她父母的「醜」給累的。

米瀟回到客廳，想到他帶米拉到交通大學那次。大學副書記跟米瀟是很老的關係，學生時代地下黨組織的戰友。副書記後來走的是另一條路，一直當官員，米瀟跟他便漸疏漸冷。進了副書記家，老米便大聲渲染，老戰友、老戰友地叫，一口一個弟妹地稱書記夫人，火焰高而缺熱度的哈哈大笑不時爆發。他看見米拉對他側目而視，明白自己戲過了。副書記兩口子留他們父女用便飯，米拉輕輕拉了父親一把，米瀟只好說既然跟老戰友又聯繫上，吃飯的機會有的是，把一瓶「人頭馬」，兩條「萬寶路」，一對「雀巢咖啡」放在茶几上，跟著米拉告辭。副書記親自送到樓梯口，輕聲交代有什麼難處，儘管打電話來。禮物的效應顯然大過米瀟外熱內空的套近乎；老戰友曉得米瀟和女兒不是因為想念他而登門的。從那次之後，他再求米拉跟他登某人的門，米拉都皺眉笑笑，拒絕。他從她消極的笑和堅決的拒絕裡，讀出那個「醜」字。大概把她換到真巧位置，她寧願把牢底坐穿，也不要父親那麼「醜」地四處奔走。

梁多出國

只有兩個人來給他送行，老米和小米。小米不大開心，也不大開口，自然還是因為上次，讓他貢獻錢救贖李真巧，遭到了他的拒絕。機票是哈默老太太從紐約寄來的。行程分兩段，先飛香港，再飛紐約。收到機票後，芳元給了他一隻氣味奇特的羊皮口袋，說她姐姐早就為梁多出國做準備了。打開口袋，發現裡面裝了一百個麝香。曾經他是無意中提到，麝香能在香港黑市賣很好的價錢。真賣出好價錢的話，能湊到他的盤纏裡，窮家富路，芳元轉達真巧的意思。他問芳元，真巧到哪裡收集到這麼多麝香。芳元笑笑，說他就別打聽了。梁多知道真巧一隻腳登入上三流，一隻腳踏進下九流，在成都少城是李半城，來打麻將的都是地頭蛇，滾地龍，黑白兩道的人，都能面對面坐在她牌桌上。她燒的一手好菜，加上那時崔先生存的好酒，滾地龍、地頭蛇養肥，現在是他們賣力的時候。芳元只說，麝香是慢慢收集積攢的，在梁多拿到了美領館簽證後，她才讓人專門從成都送過來。

米瀟在機場餐廳為梁多送別，點了四個菜，兩瓶啤酒。父女倆和梁多坐下來，老米倒了兩杯酒，不無傷感：此一別不曉得哪天再見面。梁多笑笑，說，假如到了香港，發現銅臭撲鼻，立馬打道回來。米拉看著他，想說什麼，又改了主意。他想，米拉也許想說，誰都不想念的話，總會想念真巧的吧？梁多意識到，有真巧的疼愛和缺失那疼愛，是完全不同的兩個世界。他寄居在上大美術講師家，住壁櫥，也沒少受講師夫人的白眼。老米喝下一瓶啤酒，從口袋裡掏出一個信封，放在桌上說，裝好，已經都給你換成美元了。他問，什麼錢？米拉臉上掠過一絲笑，大概是笑他裝蒜，心裡肯定愁死急瘋；老米買的畫，早就給他送到賓館前台了，怎麼一直不見他把錢送來。雖然老米電話上說，在他走之前，畫錢一定會籌齊；梁多遠行糧草不足，老米也於心不安。老米玩笑，梁多好歹做了幾年老米的表妹夫，哪能讓親戚出國當癟三。梁多眼睛一熱，說，等真巧出來，我會回來看她的。米拉又是一笑。誰都有一兩個那樣朋友：夫妻中一個為出國的另一個守候國內的家，但守著守著，就聽說出了國的那個，不再需要這份守候了。慢說梁多和真巧連家都沒有建立，一直在過渡，很難說朝什麼方向過渡，聚合還是離散。米拉也許笑的是這個。米瀟給梁多寫下幾個電話號碼，他米家在香港有些闊親戚，表示願意贊助天才，讓梁多畫幾張肖像，他們付高價。米瀟最後拿出一張畫，是《女兒》的小稿，已經事先拆掉了畫框，僅用塑料薄膜包住。他笑笑說，我知道你看不上眼……見梁多臉紅，否認，米拉又是一笑。米瀟接著說，不管怎樣，這是我一生畫的最好的一張畫，而且你看到這張畫，就看到了我們父女倆。米瀟在這張小稿裡，把他自己塞進了為紅軍送別的大巴山農民群像中。梁多打開裝得肥肥的大箱子，把畫放進去，可是再也關不上箱蓋。鎖鬆動了。老米跟米拉要來髮卡，把螺絲擰緊。金屬行李車是米瀟的，是他在外逃婚和各處過渡的最重要器具，現在換了主人。

米瀟和梁多把箱子在行李車上綁牢，廣播響了，去香港的飛機在召集旅客。

進海關之前，老米、小米站在送行的人群裡。梁多後悔，沒給米拉畫張肖像，他多年前就發現，米拉的臉和神情都很獨特。他掏出護照，正要邁進海關，卻突然又向米家父女跑回來，鬆開拉行李車的手，握在米拉手上：米拉，你要好好保護自己哦！老米嘿嘿一樂，放心走吧，米拉的母親到上海了，老母雞張開了翅膀，別說米拉，連我都給她護在翅膀下呢。梁多感到鼻腔抽搐，知道一定是個紅鼻頭，趕緊轉身往關口走去。

托運行李的時候，梁多想到李真巧。每次旅行，她風似的輕而快，到他身邊輕輕一擠，行李就到了她手裡。她做所有事，都那麼不露痕跡，包括愛他，疼他，照料他。真巧被捕後，梁多有次去錦江賓館，看望老爵爺克拉克，自我介紹他就是畫廊裡所有作品的創作者。克拉克問他是不是吉妮的哥哥，梁多笑著反問「Why」，老爵爺開玩笑說，因為我不希望你是吉妮的男朋友；我絕對不希望吉妮有一個才華橫溢並且不難看的男朋友！梁多英文剛夠他跟老頭逗哏，說，我只是不難看嗎？老頭說，因為你知道自己絕不止不難看，我才不說真話的；我要幫助你限制自我膨脹。克拉克的心情好轉，跟米拉假冒的「吉妮來信」大有關係。米拉拿著易軔給她的情書，配上幾段她的手寫譯文，拿到那間大套房裡，給老爵爺朗讀。後來「原文」也免了，米拉直接編撰「吉妮來信」的英譯，說到吉妮的弟弟病情不穩定，母親歲數太大，只能由姐姐床邊照應。老爵爺也根據「吉妮來信」的內容，進行回覆，說他打算追求美人到成都。米拉在下一封「吉妮來信」中，婉拒爵爺造訪，說其實弟弟不在成都，在老家；老家是個山村，挨著一個軍事重地，外國人慢說造訪，靠近一點都會抓起來。老爵爺對「軍事重地」望而生畏，被嬌生慣養到七十四歲的他，住賓館的豪華套間都天天抱怨「primitive（原始）」。米拉在養病期間兩頭忙，一頭幫父親改劇本，另一頭忙著偽造「吉妮來信」。被偽造的信先被她送到賓館前台，由梁多去取，然後再送給克拉克。克拉克終於從抑鬱症邊緣回歸，在回英國之前，請米拉和梁多到錦江飯店的中餐廳吃飯。他誠摯地感謝米拉，在吉妮和他的書信往來間當翻譯，並求她好人做到底，繼續把這項艱苦的「活兒」（這裡他用的是Job）幹下去。老頭在兩杯香檳之後，指著瑞查說，他瞭解我；我在認識吉妮前後的變化，他都見證了。吉妮那麼溫暖！真的，美人分為兩種，一種是溫暖的，一種是冰冷的。再進一杯酒，老頭坐著就做起夢來：有吉妮的人生和沒有她，完全兩回事。哪怕就是她的一封信來了，也都讓我的生活溫暖許多。梁多在桌下踢踢米拉。米拉轉過臉，看他一眼。米拉在易軔的信上蓋上口紅唇印，老頭當著梁多的面，就把自己嘴唇貼上去。易軔的信落款總是，你的韌。老頭問，這是吉妮的簽名？梁多說是的，她說她是屬於你的。他當時費了很大勁，才把自己眼睛定在老爵爺那雙淡藍的眼睛上。飯局結束前，老爵爺摘下自己右手上一個戒指，請米拉轉送給吉妮。戒指碩大，深藍法郎上，幾粒大小不一的鑽石。老爵爺跟米拉交代，讓吉妮把這個戒指穿在一根項鍊上，戴到胸口，當護身符。米拉推脫，這任務過分重大，還是老爵爺自己見到吉妮的時候，親手交給她。克拉克又轉過來求梁多，說，你知道，它是代替我守護她。梁多接過來，覺得米拉的目光涼涼地在他臉上掃一下。果然一出賓館門，米拉就說，這是上海灘的老把戲。梁多問什麼把戲。米拉說，仙人跳。你跟我小姑，把老頭的老命玩掉，看怎麼收場。他急了，說怎麼談得上仙人跳，只不過沒向老頭承認，真巧和他梁多的真實關係，因為沒必要承認。米拉不說話了，只是笑笑。梁多把米拉送到車站，車來的時候，米拉伸出巴掌，給我吧。他問給她什麼。戒指。梁多掏出戒指，放在她手心。她又是那樣，涼涼的目光一掃。梁多心裡抖了抖，她看穿他了；給自己前途茫茫的出國集資，他什麼都幹得出來，包括貪污爵爺的戒指，再去變賣。

飛機突然兜了個很陡的圈，他的心忽悠一下。也許再也落不了地了，他在暈眩中想著。父母和真巧都在地上，也許再見不到他們。每一個起飛，都會把一些人和物永遠丟在地上。他想到真巧到監獄看他的樣兒，暖色的皮膚和肉體，隔著一張桌子，烘烤他冷了的心。是個顛倒眾生的女人，卻只是用皮肉愛他。他明白多要一點點，她都是給不出的。他也並非愛她，只是他的情慾愛她。兩人最親的時候，也都保留著自己的心。他的心給了妻子和女兒，儘管她們都不想要，沒有他的日子，她們過得有多好；總算沒他了。還有還有，他將見不到的，還有米瀟、米拉，這是兩個他略感不捨的人。不，不是不捨，而是遺憾：故國故鄉最好的一部分，不能攜帶隨行的遺憾。整日笑呵呵的老米，是世上最痛苦的人，因為他知道什麼是好，人的好，文章的好，畫作的好，但他好不了。米瀟太識好，對任何好的東西都病一般的敏感。還有一種人，懂得好，也能夠好，就是統一和諧，比如他梁多，不好的那部分梁多，是他不在意的，無所謂的。無論誰都知道梁多做人不夠好，他自己也知道，但他無所謂，他可以做大多數人眼裡的壞人，但大多數人對天才都是帶一點忍受的，給他們留有很大的容壞的餘地。米拉的不幸，在於她看出一個痛苦的真米瀟和一個樂呵呵的假米瀟，不和諧地合在一起，相互撕扯，她卻愛莫能助。飛機兜圈子的終點竟然是降落，一個藏在山和海中的機場，璀璨浮現，他的知覺裡，地殼突變了一次，浮出了這個珠寶般的機場。

老遠看見一個穿黑套裝裙的女人，手舉接人的牌子。牌子上的名字他都看清了，「Mr. Wentao Liu」（劉文濤先生）。他醒悟：這是個說不同語言的地方。方塊字變成了字母。誰是這個幸運的劉先生，讓摩登女郎翹首以待。他走在旅客最後面。沒有必要向所有人那樣爭先恐後往前趕，因為沒有人為他翹首以待。被芳元清理修飾過的梁多，帶著芳元的手藝和趣味，走在來討此地生活的「大陸表叔」群落裡。他索性再走慢些，當人群的尾巴尖，就會有幸看到，幸運的Mr. Liu進入摩登女郎望穿秋水的視野。他身後已經沒人了，前面還有一家子，穿著禮服的夫婦拉著他們洋娃娃打扮的兒女。香港同胞一定看慣了錯亂穿衣的大陸同胞，這一家把晚會服裝錯穿到了飛機上。他假裝蹲下繫鞋帶，眼睛偷窺摩登女郎，她長得可真夠難看，上半段身材還不錯，腿卻是秧田裡的，帶著苦力肌肉。他站起身，跟女郎僅隔一米距離。女郎的唇膏艷紅欲滴，眼睛充滿期待。他可以是幸運的劉先生，被接到城裡再說清。女郎笑臉花一樣盛開，問了句粵語。他微笑聳肩作，動作是從老爵爺身上照搬，希望夠正宗、洋派。女郎改用英文。

Are you Mr. Liu ?

I'm one of Mr. Lius. Glad to meet you.

And so am I.

Do you have any checked luggage? Yes.

Let's go get them then. Please lead the way.

他跟著免費嚮導往前走，無問西東，眼睛都可以閉上。女郎步子很急，香港人都這樣搶路。

等她意識到把他丟得太遠，回頭歉意一笑，慢下來，再說幾句小話。

How was the flight?

Fine.

How is the weather in Shanghai? Ok.

他落後一步，在看她絲襪上進行時的脫線。一會兒會有免費女郎不漂亮，但免費的東西不能太挑剔。他的壞在陌生的土地上迅速恣意橫流，因為他是陌生人劉先生。女郎又說起話來。他懶得搜腸刮肚講英文，便用一句「understand very little」打發了。行李已經到了，香港效率。他拎起自己肥壯的大箱子和行李車。女郎的苦力腿果然好用，用膝蓋一頂，幫他把箱子放到折疊小車上。他拖著箱子，跟在女郎身後，看著她苦力的小腿肚，兩坨過分鼓脹的腱子肉，絲襪上一指寬的脫線，形成一道細密的「雲梯」，從裙子深處延伸出來。女人最狼狽莫過於絲襪上掛雲梯。不過順著雲梯爬上去，久違的好事就等在那裡。真巧缺席，素淨多日的梁多腦筋很葷，這不能怪他。

在停車場，女郎用廣東國語說，Sorry啦，我叫Wendy。Wendy開一輛老舊豐田皇冠，車廂一股熱臭，前面一個乘客是狗。Wendy說她也來自大陸，老家在廣東。她普通話一塌糊塗，梁多一邊聽，一邊在心裡給自己翻譯。你養的什麼狗？梁多問。狗？對，狗。她懵了一會說，哦，我給別人接送一條狗，很大的，上狗狗學校。她笑起來，略帶雷公嘴的唇部夠搶眼，還要用鮮紅唇膏強調。你什麼時候來香港的？梁多話出口又後悔，逃過來的「大陸表嬸」，一目瞭然，而且九個「表嬸」中，十個沒實話。還有，攀談熟了，到時候想免費，比較麻纏。Wendy倒是話不斷，說自己的哥哥多年前到香港做工，搬出貧民窟後就把她們一家弄過來了。哥哥還是情哥哥，梁多心裡笑。梁多還想問，怎麼「弄」過來的，也是撬開船底板躺到夾層裡？

進入鬧市，車在車燈的河流裡緩慢地漂。到了一個公寓門前，Wendy說「到了」。他想，從這裡再搭計程車，到他預定的廉價旅店，一定不會很貴了。十點多的夜香港，橫七豎八的廣告，燈光摞燈光，滿馬路的人，也許能問出一路公車去旅店，就最實惠。Wendy附身在駕駛盤上寫著什麼，然後把寫好的那頁從小本上撕下來。三百八十元，Wendy說。他一急，脫口道，我不是劉先生！Wendy愣了，說她收到的訂車單說客人姓劉。梁多說，那你接錯人了！Wendy不高興了，說，丟，是你上錯車了！他說，剛發現我上錯車了，那我這就下車！他轉身開門，門卻打不開。丟，鎖啦！Wendy說。你打開鎖呀！梁多叫喚。打開鎖你就跑了！給錢我，我就開鎖。將近四百元港幣？四百元港幣在黑市等於五六百元人民幣，夠他吃半年飯了，就因為他在上大講師家吃不花錢的一口飯才遭講師夫人白眼。後面來了一輛高貴的黑車，喇叭催這輛狗臭破車快讓開，它好停到大堂門口。Wendy把車往前移動一點，一面喊，快給錢我！不然我叫那個公寓裡的守門了！梁多想，不給錢她不行，公寓守門人會幫她把剛登陸的「大陸表叔」送給警察的。你以為我一個女人混，容易嗎？梁多想，當然不容易。她絲襪上那一道手指頭寬的「雲梯」，從腳後跟直上豐臀，在肌肉飽脹的小腿肚上被撐出個窟窿，露出她插秧能手光滑黝黑的皮肉。她拿到他這筆錢，該首先去買雙絲襪。五六百塊人民幣呀，剛降落資本主義土地的他想討個大便宜，卻被資本主義咬了一大口。他磨蹭著往外掏皮夾子，磨蹭著從厚厚一摞港幣裡往外抽……難道就沒有轉機了？這一摞鈔票就不可逆轉地要薄下去了？梁多活到三十六歲都不知道錢好，與真巧過活的幾年最不知道錢好，現在才知道，錢是真好。梁多想，此時那個真劉先生不知在哪，他梁多在此替他挨坑。

他站在人行道上，突然意識到車都是反著開的。他也剛從反向行駛的車上下來。空氣發黏，濕冷的空氣被很多女人的光腿攪動，好看的，難看的，都被允許光著，這是一塊允許很多事物的土地，允許坑人，允許被坑。他反向朝前走，香港一副不歡迎他的樣子，又來了個大陸「表叔」。朝前和朝後有什麼區別？反正他不知宿處在哪裡。在機場他順手拿了一張地圖，還揣在兜裡。他掏出地圖，摳門的地圖上，所有街道要用顯微鏡看。他拖著行李車來到一個櫥窗邊，借櫥窗裡的燈光看地圖。街道紛亂如麻，離開了真巧，才發現真巧的萬能。若是真巧在身邊，攝魂一笑，方向便打聽出來了。最終他還是向資本主義香港投降，在路邊招了一輛出租車。皮夾裡那摞鈔票在不可逆轉地薄下去。

旅店簡直是資本主義香港第二個坑人之坑。房間不比講師家的壁櫥大多少，同樣沒有窗。廁所在走廊裡，門口掛個木牌，一面寫「男」，另一面是「女」，兩性是可以隨時變換的。他在前台拿鑰匙的時候，掌櫃的就跟他說明瞭雙性廁所。他內急已經很久，在飛機上他坐在靠窗位置，要去廁所必須從兩個男人膝蓋前擠過，他懶得擠。下了飛機又碰上女拆白黨[50] Wendy，再次憋回。此刻木牌「女」面朝上，他覺得自己的膀胱此刻脹得明晃晃，硬邦邦，即刻會炸。他扭著兩腿回到房間，瞥見門後有個塑料桶，想必是供客人在同樣情勢下應急的。他站在門後，回腸蕩氣地釋放自己，極大的水壓使得噴射嗟嗟嗟乍響，欲將桶底打成篩子。昏暗中，有人說起話來：那是給你沖涼用的，不是馬桶！牆原來菲薄如紙，他機關槍掃射般的小解聲居然穿透牆壁，讓隔壁聽去了！有人哈哈大笑。隔壁住著好幾個男人。他輕輕擱下半滿的塑料桶，男人們的鼾聲也穿透了牆壁。跟一伙男人住在同一個聽覺空間內，分享所有不雅聲響，今夜別想入眠。

他來到樓下，掏出米瀟給他留的電話號碼。第一個電話打通，他就鬆下一口氣。米瀟的堂伯接了電話就告訴他，已經準備好了他的房間，歡迎他隨時入住。他厚起臉皮問，此刻入住是否方便。堂伯說，歡迎。堂伯問了旅店地址，他要派車來接，讓他帶上行李在大堂等候。幸好他行李還原封未動，不一會他就收拾妥當從崎嶇的樓梯上下來，站在雜貨鋪般的「大堂」裡等候。「大堂」左邊一個小櫃台，後面站著接待員，接待員身後，玻璃櫃裡擺著香菸和酒；右邊一個條幾，上面放著咖啡壺、茶壺和一托盤茶杯。正中放著一尊關老爺，金光閃閃，身前擺滿貢品水果。快要熟爛而釀成酒的菠蘿[51]氣味，熏得那個接待員昏昏欲睡，甚至不過問剛住進店的梁多，怎麼又大包小包下來了。反正店家押金已到手，虧由梁多吃。坐進堂伯的大奔馳，他才想到，塑料桶裡還盛著他的尿液，像犬類一樣留下「到此一遊」的證明。

米藹的堂伯跟米藹五官身材都非常相似，就是按比例縮小了兩號。最不同的是風貌，老頭的頭髮梳得跟上漆一樣，不苟言笑，這點使得堂伯和米藹看起來一點血緣關係都沒有。堂伯母慈眉善目，臉上皮膚雪糕似的，只是開始融化的雪糕，五官線條虛掉了。堂伯家房子很大，建在半山腰。前廳供奉一個巨大的彌勒佛，四個大花盆裡的發財樹油汪汪地綠。老少兩個保姆同樣地瘦小精幹，比影子還安靜，無聲無息地布上水果，茶水。剛才開車接他來的男人是外勤，也兼作司機，三個人都罕見的靜悄悄，瘦小幹練，動作腳步賊快，像三隻人形老鼠。堂伯的四個孩子全在照片上，堂伯母一一介紹，律師、醫生、會計師，最差一個，也是投資公司職員。他們求學世界各地，也就職在世界各地，只有聖誕節或舊曆年回來。

第二天上午，堂伯和伯母帶梁多飲茶，同請的還有兩對中年夫婦，女人的手腕上，手指上，

50　拆白黨：上海俚語，騙人財物的騙子。
51　菠蘿：鳳梨。

都是碧綠翡翠。堂伯母指著左邊一對：張生張太；又指右邊：胡生胡太。堂伯說，他們都想請你畫像。梁多趕緊欠身行禮，這可是怠慢不得，都是他未來的印鈔機。梁多從帆布大包裡拿出畫冊，呈給堂伯。堂伯像翻舊八卦雜誌那樣隨意翻過，然後遞給張生。張生翻過，轉給胡生。胡太和張太一直在小聲聊她們自己的。胡生翻完畫冊，往桌面上輕輕一扔。堂伯指著封面那張《放鴨少女》，對兩對男女說，這一幅，是得了獎的。張生和胡生點點頭。梁多翻到《中國木匠》，把畫面對著堂伯堂伯母：這是我畫的您們的堂侄。堂伯說，他本人跟這張畫像不像？梁多想，問得文不對題呀。然後他把展開的畫在兩對中年夫婦眼前緩緩移動，感覺此刻的他是個上門示範某種工具的推銷員，銷路如何，還有待於他示範的工具功能。堂伯母笑嘻嘻地說，價錢呢，都好說的，不過你要先給我們老兩口畫哦。梁多笑笑，對自己說，你看，來了吧？老兩口豁出去拿自身給梁多做功能示範。他突然有點怨老米，不知道他跟他堂伯怎麼猴急地推銷他，以至於鬧出這麼個展銷場面來。胡太說，過去有人給我們畫過全家福的，畫完一看，不大像的，不過我們還是按照先講好的價錢付的。梁多又笑笑，對於繪畫，他們的好壞評價，就是像與不像。他翻到真巧那張肖像，畫展上他沒有展出，但它屬於他比較滿意的作品。大家都問這個女人是誰，好靚啊。他們才不管畫是怎樣的畫，構圖意境用光色調，統統不管，只管畫中人靚與否。米瀟對這幅畫的評價是，在人體質感和織物質感的呈現上，細膩和詩意，都可與考特的名畫《暴風雨》中的克洛伊相比，但對比考特的刻意和戲劇感，梁多手筆卻自由鬆弛得多，用心全在於看上去無心。胡太說，要是能給她畫一張一樣的，胡生一定要吃醋了。胡生說，我吃什麼醋，掛在臥房裡，我自己看。張太說，掛在你們浴室的天花板上，你們的浴室大。張生說，洋人的天花板上都是有畫的。胡太說，掛這樣一幅畫在天花板上，胡生會賴在浴盆裡不起來的，說著她笑起來，露出白得可疑的牙齒。大家的情緒都加了點辣料，得到了刺激，最初的倦意消失了。張太又說，胡太那麼靚，畫出來一定會讓胡生癱在浴盆裡起不來。梁多看了一眼胡太，臉蛋還算好看，身材卻過早垮塌，穿上薄紗一定看不得。

梁多覺得崔先生和這些香港男女有相似之處，就是他們皮膚的特有質感，他一直捉摸不出，直到第二天在胡太的餐桌上看到花膠。胡太回請堂伯老兩口，由張家兩口子作陪。梁多似乎是不便單獨留在家的一隻寵物，也就被帶來了。胡家的陽台能看到海，在香港已經看膩了近距離人與物的梁多，一人站在陽台上極目。過一會，胡太出來問，凍不凍啊？梁多搖搖頭。你給我畫，我背後就要海，什麼也不要。梁多不吭聲，心在猛力反抗。構圖取景都替他決定了，非狠敲他們一大筆不可。胡家比堂伯更闊綽，房子裡掛了不少有名的中國字畫，徐悲鴻的馬，李可染的牛，黃胄的驢，都有。有太陽的時候，海水蠻藍的，胡太太說，對了，一定給我加上兩隻海鷗！她頭髮被風吹亂，樣子生動了一點。梁多懶得開口，他與胡太，好比海鷗和魚，是兩種動物。聽堂伯母說，胡太是從內地嫁到香港來的。她七五年從湖南電影廠給一個香港導演選來跑龍套，給導演做了一陣無名分的小妾，認識了胡生。他又瞥了她一眼，沒錯，花膠般的皮膚；被完美泡發，又經過透徹清洗，再被某種秘方漂白，小火細燉，最後成就這種凝膏凍脂的感覺。吃什麼像什麼，久吃花膠，也就吃成了這種肥魚般的胡太。胡太，你的側面很美哦，梁多說，好聽話又不要錢。胡太說，叫我艾米好啦。這裡放個貴妃榻，我可以半躺，背後就是海和兩隻海鷗。假如梁多不愁將來在美國的生存大計，他肯定拔腿走人。命題作文，梁多窮死不沾；他在這方面比米瀟硬氣。第一晚就被資本主義香港坑走五百元，他服軟了。朝著大海嘆口氣，他想，就把身邊這個半老徐娘當銀行吧，你來是為取錢，跟銀行置什麼氣。依照老米的故事，沒有銀行家麥地奇就沒有喬托，沒有喬托就沒有繪畫的透視手法，就沒有吉奧凡尼、喬久內、達·文西、米開朗基羅、提香、就沒有文藝復興。要是七百年前的喬托反抗了麥地奇的命題作文，現在還在藝術的中世紀。

當晚，他請示堂伯母，能否用他家電話打個美國長途，堂伯母稍微遲疑，做了個請便的手勢。紐約的哈默太太接通電話，梁多告訴她，海運畫作需要一個半月之後才能到紐約港，因此他想延長在香港的逗留，將於一個月後啟程去紐約。老太太希望他能有足夠的時間調整時差，佈置展廳，預熱媒體。他給她打保票，半個月時間肯定夠了。老太太被他說服。假如他一天畫十二小時，應該能完成三幅大尺寸肖像。接下去，他用了兩周時間，完成了堂伯夫婦的肖像。每天是十四小時的工作。第一張畫等於撬開第一個銀行，一點失誤都不能有，百分之百讓胡太、張太信服，她們都將成法蘭索瓦．布雪筆下的龐巴度夫人那樣永垂不朽的畫中人。堂伯母看了畫之後，問堂伯，我有這麼老啊？堂伯看了一會，說為什麼皮膚這麼黃？梁多解釋，他有意選擇淺茶、暗金作為畫的色調，營造一種古典氣韻，使被畫的人物介於寫實和寫意之間。可是，看起來我們不大健康啊，堂伯母說，你看這張照片，她指著全家福，香港頂好的照相師照的，我面色是這樣的。他又解釋，照片是再現，繪畫是表現；表現，是昇華，昇華後的形象更加神似，更加體現總體格調，假如攝影式的再現人物，大可不必花那麼多錢，那麼多時間，那麼多創作力來表現了。堂伯說，小梁就再改改吧，否則，他笑著指自己太太，她要不開心的。他苦笑，回到他自己房間。先是直著眼睛站在門口，突然衝過去，抓起床上的枕頭往牆上扔，枕頭砸不出聲響，窩窩囊囊落在地毯上。他感到自己滿心屈辱就像這隻窩囊的枕頭。於是他又抓起床頭櫃上的台燈，舉過頭，又感到無力，連砸的力氣都沒了。他栽到床上，不知怎麼睡著了。他醒來已是午後，慢慢抹掉嘴邊口水，來到地下室。他的畫架支在乒乓球桌旁邊，下午的陽光照進來，有一種手術麻醉醒來後的祥和。按照堂伯和堂伯母的要求，他開始給人物的膚色刷白，等於塗脂抹粉。化好妝的畫在下午四點出現在客廳，老兩口勉強表示了滿意。他原先的設想遭到徹底破壞，但「銀行」向他敞開了大門。老堂伯不聲響地進了客廳旁邊的書房，一會功夫出來，把先前講好的費用放在茶几上。美鈔舊舊的綠，是銅鏽顏色，百元面值，一共二十張。他在自己臥室裡點了三遍。十四天，每天工作十四小時，畫到奄奄一息，他一百九十六個小時的生命賣出的價錢。床頭櫃上放著堂伯家另一個時期的全家福，堂伯和伯母大約四十歲左右，兩個兒子應該在十四五歲，女兒一個十八九，一個十一二。四個兒女中，或許有一個喜愛上了繪畫，但被告知，功課之餘玩玩是可以的，不能耽誤正經事，不然將來你就會像紐約、巴黎街上的癟三，靠拉路邊客人畫像掙三明治。梁多眼裡汪起淚，這些年真巧用她妖嬈的身體為他築起象牙塔，他儘管任性去畫，去脫俗去純粹，人間煙火由她一面獨擋。他也不能想像，米瀟和這一對老人，居然源自同一血統。再一想，他冷冷一笑，孟德爾頌家族大多都開錢莊。正如孟德爾頌[52]和她的姐姐，米瀟也是米家基因的偶然變異。

張家夫婦、胡家夫婦都來參加米家的掛畫儀式。梁多冷嗖嗖站在一邊，手揣在褲兜裡，「此事與我何干」的消極微笑鋪在臉上。胡太說，給我和胡生畫一張，再單獨給我畫一張，可以吧？Why not? 他回覆一句英文。對著「銀行們」都是「Why not?」胡生笑笑說，我免了，給艾米畫一張就好了。張太說，畫一張大大的仕女圖，將來梁生國際上出名，行情漲了，畫可以按尺寸升值。「銀行們」張口閉口，自然都是行情。他想，其實大可不必像為堂伯和伯母畫像那樣認真，山豬吃不來細糠，我居然包餃子飼養，活該。現在看來，畫得像不像都不重要，美化就好，把他們的真相大膽朝美的方向篡改。主意定了，他覺得前一陣的憋屈真是憋得冤枉。給堂伯老兩口改畫時，他覺得自己剝了衣服給人強姦，有一剎那簡直想輕生。怎麼會那麼想不開？把什麼構思、原始衝動、創作激情之類的概念拋乾淨，剩一手技巧完全夠了。技巧，他在十幾歲就玩似的過了關。

緊接著畫的是胡太。她一再請他更正，叫她艾米。他覺得她是典型的某太，艾米像借來的名字，號碼不對，擱在她身上嫌太小。艾米真的在陽台上放了張貴妃榻，穿著淺黃紗裙，一層薄紗下，鬆泡泡的肉體一動就顫。別有一番令人作嘔的性感。艾米一隻手支撐著一側腦袋，讓幾縷頭髮耷拉在手臂上。他看了一會，覺得令人作嘔的性感也很勾胃口。人家就是胖一點，鬆垮一點，不代表不騷。他手中的筆，閃電般落在畫布上，女人的形狀大致勾勒出來。再定睛，發現艾米開始搔首弄姿，他笑笑說，放鬆點，不然我們倆都要累死。艾米乾脆坐直，嬌聲說，已經累死了。他說那就請傭人把相機拿來，拍下照片，他只需按照片畫，大家省力。艾米叫了一聲「阿葵」（或者阿桂），沒人應聲。她光著腳跑進門裡，又叫兩聲，仍然沒人應聲。「死人，跑哪去了！」她嘟噥著往樓梯口跑，伸脖子朝樓下大叫，仍無果，罵罵咧咧回來，走到陽台門口，不知

52　孟德爾頌（Jakob Ludwig Felix Mendelssohn Bartholdy）：德國早期浪漫主義時期的音樂家，出身自猶太裔銀行家族，其姊姊范妮．孟德爾頌（Fanny Mendelssohn）亦是傑出的音樂家。

怎麼一來，裙擺和腰部斷開，正面咧了個大口，一段白生生的裸肉乍現在梁多眼前。跟她臉比，那段肉更是完美的凍脂凝膏，他眼睛裡簡直伸出舌頭，舔上去了。要死了，裙子給我撕壞了！那一步她跨得過大，踩在長裙裾底邊上，加上小跑的慣性和身體可觀的重量，裙子上下兩半被她踩得幾乎分家。她兩手提著裙擺，問梁多怎麼辦；傭人都不知跑到哪去了。梁多叫她原樣擺姿勢，不去畫裙子上的裂口便是。她坐回去，梁多摁耐住狂跳的心，重拾畫筆，發現手指微抖。她告訴他，為了這張畫，她特地到圖書館找來畫冊，看到考特的《暴風雨》和《春光》，兩幅畫裡的女主角裸露得那麼含蓄，清雅，她想像自己的身體，就該在畫面中那樣呈現。梁多心裡茅草瘋長，剛才看到的肥嫩身體太驚心動魄，作嘔也是一種宣洩，也是一份病態快感。他說，姿勢還是有點彆扭，她蠕動幾下以做調整。他說，我可以幫你嗎？她沒說話，羞澀地點點頭。他走過去，把她擱在裙腰上的手拿開，那一段裸肉又暴露了。她把他的臉按在凍膏凝脂上。真是解饞；他害了那麼久的饞癆。

後來艾米告訴他，她看到他的頭一眼，就知道跟他乾淨不了，一定出事。所以她那天做了專門的安排，給家裡兩個傭人都派了差，所有差事完成，他們的預熱試水就應該完成了。當然是不能在胡家胡來的。第二天，艾米把梁多約到中環的文華酒店，一前一後進了電梯，當著幾個同乘電梯的人，兩人狠狠對視。一進房間，兩人狠勁大爆發，各自喉嚨裡發出獸吼。他感到意外，以為曾經過真巧的身體，便是「除卻巫山不是雲」，現在他身體下的女人就是一大團棉花，居然也能滿足胃口。

那天之後，他們隔一兩天就約一次。他夜裡趕工，照著艾米的像片畫，筆經過所有他觸摸過的地方時，就感到不可思議，那麼愛人體美的他，居然對這樣無形無狀的肉體也著迷；那身體上醜的、脫形的段落，勾起他變態癖病的著迷。他對這身體的佔有是破壞，要她痛，他的每一個攻擊都使那醜陋毀滅一霎。他的猛攻也是報復，讓你給我命題作文！讓你給我設計構圖！讓你背靠大海，兩隻海鷗！讓你有錢，收買我的對藝術的貞潔！讓你有錢！讓你有錢！讓你有錢！……她就是不求饒，任憑他怎樣衝撞，力度都被她的無限彈力吸收。

在他的畫布上漸漸誕生的艾米，事與願違地美。他以為報復和怨恨會讓他畫出庸俗市儈的人像來，但他吃驚地發現，這可能會是另一幅傑作。無論他內心怎樣抵御，艾米在剎那間流露的痴情，被他的筆捉住，她浪蕩人生中殘存的最後一星真性情，被他放大了。他惱怒自己，對這樣一個女人，也會付諸真情，哪怕真情稀薄得可憐。他是有病的，病在他無法不愛被他描摹的對象。那愛帶著淺淺的惡心，如同對霉臭豆腐的惡癖；其他千般鮮香美味無法替代的那一口，給於他的罪惡滿足。他跟艾米說，這幅畫將開啟我另一個繪畫紀元。她不懂地看著他。他不想草草完成；他要把它帶到紐約去，慢慢琢磨，讓它的審美效果達到飽和。艾米還是不懂，但現在他對她有著鞭子般的驅策力，也就懵懂答應了。在床上被征服的女人，都像牲口一樣好驅使，艾米的眼睛神采渙散，就像飽受發情之苦而正被交配的母馬。艾米請求看一眼未完成的畫。他輕蔑地搖搖頭。她現在只有性奴的忍氣吞聲。他說費用必須先付一半。對此艾米認為極其公道。第二天在酒店房間，她把厚厚一個信封交到他手裡。

他先畫的是張太的肖像。他捏著鼻子，閉著眼，給她在畫面上整容。等肖像完成之時，張太便有了放大了的眼睛，縮小的鼻頭，加長的眉毛，豐隆的嘴唇和胸，抽了脂的腰和臂膀，削細的手指。張太一廂情願地相信，畫中人就是自己，自己在畫家梁多眼裡和所有人眼裡，都否決了世上所有鏡子的功效。張太付了費用之後，還以小動作塞給梁多一小卷鈔票：小費，別讓張生看見。艾米看了張太的肖像，放心了，動情地對梁多說，真是天才呀。他推掉了為張生張太畫合影的大生意，說他近來夜車太多，身體嚴重虧欠，實在畫不動了。艾米悄悄看他一眼，淫蕩地一笑，表示他的虧欠如何造成，唯有她知情。

他到機場後，發現艾米等在航空公司櫃台邊。他可不想搞一場十八相送。他皺著眉說，你怎麼來了？艾米嗔道，下了床就不認人了？這個時候的胡太，有點下作。他托運了行李，生著悶氣。艾米說，一夜沒睡，在想是不是跟你私奔。這正是他最害怕的。看看她一夜的胡思亂想最終歸結為胡思亂想，最終妥協於安安穩穩做她的胡太，他冷冷一笑，摸摸她的頭髮。她腦袋順勢就黏在了他的掌心上，他撤開手，那個全身唯一可稱道的部位——鵝蛋形的臉便貼在他肩上。說不定哦，她喃喃地說。他懶得問「說不定什麼」。你也不問問，我想說什麼。她那麼大個身軀，小女兒家的扭捏。你想說什麼，梁多敷衍，表示給她面子。說不定我哪天想通了，就去紐約找你。他想，可別，我會喊救命的。但嘴上，他笑笑說，不會的，幾圈麻將一打，你就回去做胡太了。她狠狠瞪他一眼，因為未來的現實被他一語道破。她說不管怎樣，她會在自己肖像完成的時候去紐約，他沒有權利拒絕她。他說歡迎，假如她帶著另一半費用來，那就更歡迎了。

《X夫人肖像》展出的時候，米灡正好到紐約。米灡是八〇年代的最後一個冬天到美國的。他最終接受了兩個妹妹的邀請，到新澤西她們的家裡續手足情。她們的三哥哥是在她們少女時代離家出走的。她們的印象中，還是那個多才多藝、滿腦子世界大事的十七歲米灡。到了妹妹家，他跟梁多通了電話，得知梁多本週末個展開幕，說他死了也不能錯過。從新澤西到紐約，老米乘錯了火車，到達畫廊，開幕式早已結束，參加開幕式酒會的客人已經散了。梁多給米灡的大妹家打電話，她說她下午三點多就送她三哥哥到了火車站，眼看著他進站的。梁多不敢離開畫廊，幾番到門口抽菸張望。快九點的時候，見一個縮頭縮肩的亞洲小老頭在馬路對面問路，他大喊一聲：老米！小老頭轉身：狗日梁多！老米夾帶著寒風穿過馬路，惹得幾輛出租車一起尖叫。這就是畫廊？老米指著那不大的門臉，一臉狐疑。能在上城有這麼個小畫廊肯為你辦畫展，已經非常幸運，梁多想，老米不久就會明白這一點。梁多把老米請進門，為他倒了一杯氣泡酒。老米像幾年前一樣，認真肅穆地看著每一幅畫。他來到以胡太艾米為模特的《Madame X》前面，梁多看出他深吸一口氣，又是一次對畫家的新發現。這幅畫一米五乘一米，是展出作品中偏大幅的。老米看後一直在沉思中，梁多問他，是不是不喜歡《Madame X》？他說不是不喜歡，他吃驚梁多畫出了這女人的複雜性，更吃驚他走出了局限，畫出他不喜歡的人物。梁多笑笑，誰說他不喜歡這個女人？老米也笑笑，說，你喜歡的那些，就是你厭惡的；有多喜歡，就有多厭惡。那種腐敗的氣息，你畫的……讓我沒得話說。老米冒出重慶腔。冷餐火腿已經發硬，老米不知肉味地大咀大嚼。酒全喝完，老米凍青的臉恢復了人色。

梁多和老米在路邊截出租。十點多的曼哈頓，所有劇院都在散場，出租司機最好掙錢的時候。梁多在馬路邊空張手，出租車呼嘯過去，都是滿載。米瀟說，算了，還是走走吧。梁多說，今晚不是省錢的日子。出租終於被招下，梁多把老米塞進車門，自己跟進去，同時把地址告訴了司機。老米說，真巧被提前釋放，早出來半年，因為在監獄裡表現好，當牆報主編，還帶領女獄友搞演出隊。她在哪兒都能活，活得還都挺好……梁多打斷他，說今晚住我那，話我們慢慢說。老米問，你那兒有地方睡？梁多笑笑，睡啥子哦，那麼多話要說。出租車沉默地行駛，梁多問老米，在他妹妹家是否住得慣。今天剛把大妹的爐子弄壞。梁多笑，能工巧匠如老米，怎麼可能弄壞東西，壞了的東西老米都能折騰好。老米說那種爐子別說用過，連見都沒見過，表面像大理石桌面，關了火之後，以為它恢復成桌面了，就把塑料盆放上去，結果塑料融化成一灘塑料粥！老米拿油畫刮刀去刮冷卻的塑料，在彷彿大理石的爐面上留下了刮痕。他大妹心疼，一千多美金的爐子呀！祖國的窮親戚三哥哥，這才是剛到美國第一周，就糟蹋掉一千多。大妹小妹到機場去接米瀟，都哭暈了，說三哥哥老得可以給她們做爸爸，可見飢荒日子多毀人。米瀟笑道，她們把我當逃荒的。

一個小公寓，一月一千八，米瀟聽說後，嘖一下嘴。梁多說這還是賣畫生意不錯呢。哈默老太太這兩年處處幫忙，十月份帶他參加了一個大收藏家的生日晚宴，磨破了老太太的嘴皮，勸他收藏梁多的《Madame X》。梁多說，老米，你也拿幾張畫給老太太看看，說不定她會收藏。老米笑笑。梁多看出自己的建議對老米是耳邊風，已經刮過去。老米對那個畫上的Madame有興趣，問梁多是不是他堂伯介紹的闊太太。梁多點頭，起身去放音樂。一支查特·貝克（Chet Baker）的歌貼著你的耳膜，擦著你的心邊，吐出來。梁多把客廳的燈光調暗。他問米瀟會不會在這裡實行音樂管制，因為他知道老米音樂的胃口極古典。米瀟笑笑。現在說說真巧吧，梁多說。米瀟說，聽說公安局也跟你調查她了。嗯。說她是國際上流娼妓？嗯。你覺得呢？梁多聳聳肩。很無奈。兩人沉默，讓貝克淒婉訴說。梁多一口飲盡杯裡的紅酒，站起身去倒酒，突然轉身說，就算真巧是娼妓，那也乾淨得多。米灡看著他。這句話是有對比參照的，米灡等著他完成對比。梁多說，那個Madame X，雖然嫁了闊佬，身家億萬，人人看她是貴夫人。跟她比，我寧可要娼妓。梁多斬釘截鐵地結論，把紅酒都倒到杯子外。誰不是娼妓？米灡悲慘地笑笑，我畫那些畫，得了獎，也不是自由戀愛，沒得好幸福的。梁多說，男人就不能給人嫖嗎？我給你堂伯畫肖像，就是給他嫖。米灡笑笑，太懂得了。居然告訴我，背景要什麼，臉色要多白。Madame的背景要大海，道具要海鷗，日他先人，他們有錢，該人家嫖你。她還要到紐約來參加畫展開幕式，錘子，還嫖上癮了？給多少錢，老子都不給嫖了！梁多有點醉，眼睛瞪著面前兩尺之外，似乎那裡是Madame X。米灡似乎沒了談興，簡單地說，真巧出獄後，開了家服裝店，解決溫飽。然後他話鋒一轉，說米拉明年春天也會來美國，得到了洛杉磯一所大學的邀請，開文學會議。米拉會來紐約嗎？梁多問。米灡認為她會的，因為她知道，不到紐約，何為到美國。梁多醉話道，Madame X是米灡堂伯好友胡生的太太，要跟我私奔，打算批發價嫖我。米灡一條眉毛挑了一下，表示男女間就那麼幾個故事。收到你的信，能看出你怨氣大，所以我就取道多倫多，不走香港。梁多笑笑，說，我可以很髒，偶然為之，Why not?但不能老髒，他打了個酒嗝，隨後是自我厭惡的笑。老米喝著酒，腳尖輕打節拍，查特．貝克的節拍真自由，老米的內心能跟得上那節奏。梁多想知道，老米會在他妹妹家住到什麼時候。米灡回答，住到明天。梁多吃了一驚，心想，他不會以為他這個小公寓是他久留之地吧。米瀟看出了他的擔心，笑笑，說他剛到新澤西第一天，就開始在中文報紙上找房，已經看過房了，本來準備下禮拜搬過去，先定定神，過渡一下，再看往哪裡去。

真巧出獄

在火車站月台上看，車窗裡的真巧小姑沒怎麼變。也就是瘦了幾斤，也就是稍微蒼白一點。從車門下來，真巧身後跟著一個白淨女子，細看身材和走路姿勢，認出此女竟然是李芳元。米拉跑過去，不敢細看芳元的臉，整容術把熟人變成了生人。真巧說，咋個嘍，認不到了是哦？介紹一下，李芳元，你小小姑。真巧壞笑。米拉缺乏思想準備，對芳元傻笑一下，自己臉紅了呢。真巧又說，到監獄門口來接人，我一看，人好多喲，咋就莫得我妹娃兒呢，一看，人家鼻子尖兒都撞上來嘍。那陣比較嚇人，眼皮腫那麼厚。她手指頭一比。她出獄後，頭等大事就是把尖尖十指打整出來。芳元給姐姐說得要哭，米拉拽拽小姑的袖子。我坐牢，她跑到蘇州，在香港人開的車衣廠做了一年工，工錢全部到鼻子上眼皮上去了，你說她瓜不瓜？芳元眼圈紅了，老實的小小姑。不過話說回來呢，真巧把窘出淚的妹妹拉到懷裡，我們妹娃兒是好看了訕。米拉也承認，用不知情的人視角看芳元，確實有點唬人，高鼻大眼的，又描眼線又塗睫毛膏，難怪變成了陌生人。真巧反而比入獄前還開朗，抱住妹妹大聲笑：哭啥子嘛哭，爹媽能給張臉，醫生就給不得啊？芳元那由圓改尖、由寬變窄的鼻子噗的一聲，噴出個大鼻涕泡來。米拉把姐妹倆送到她們最早的出處——板板房老家。米瀟的「七孃」，是米拉的七婆婆，在胸前抱起粗壯的胳膊，對小女兒斜著眼：你是哪個？咋沒見過呢？芳元扭扭肩，人家給你寄了照片的。母親說，作怪喲！然後眼睛往真巧方向斜：我們家有一個作怪的了，又來一個，咋招得住。說完她轉身進門。米拉只來過此地一次，有點拘束，把老爵爺留下的那個戒指往八仙桌上一放，說，完璧歸趙了啊，我走了。七婆婆此刻人已經走到通院子的後門口，大喊一聲，敢走！米拉給她喊得一傻。真巧衝她擠眼，輕聲說，板板房的婆娘。七婆婆朝後門外喊，凱元，凱元，快當點兒！院子裡一根男生的細嗓門應道：來了。門從外面給踢開，真巧弟弟凱元端著兩大盤菜進來：媽一早就出去買菜！說著凱元把菜擺到八仙桌上，一盤紅艷艷的涼拌耳絲，一盤雪白的珍珠肉圓。凱元是個羞怯的人，據真巧說，他小時候看馬戲，一個小丑把坐在第一排的凱元抱起來，嚇破了他膽子。真巧在端詳那只大戒指，七婆婆把一個長板凳放在米拉屁股下，按按她的肩，坐到吃！然後轉臉向真巧叫：未必還要我餵是哦？真巧很習慣母親這種態度，不理她，跑到對著街的門口，把鑽石放在眼前細看。她母親又叫，還不死過來？圓子要冷了！真巧走過來，坐下，把套著戒指的大拇指伸到母親面前，笑嘻嘻問，咋樣嘛？母親說，拿起走，我這輩子沒見過好東西，見了眼要冒血。凱元此刻又擺上來兩個盤子，一個盤子裡高高摞起七八個小蒸籠，另一盤子裡是魚頭蒸菜頭。凱元一邊擺菜，一邊說，媽做的都是蒸菜，早起就忙嘍，怕你們火車誤點，蒸菜熱起容易詘。

七婆婆把連鍋湯端上來，真巧突然襲擊，把戒指往母親一墩，說，媽，借點錢來，母親愣住。真巧說，這個押給你。母親反應過來，向她伸出巴掌，你借點錢給我喲。你老娘我啥都不缺，就缺錢。真巧說，拿去估一下價嘛，估價多少，借多少。姐姐借錢做啥子？凱元問。錢多了是哦？母親搶白兒子，夜班費嫌多，拿來給我嘛。我給了你飯錢的，凱元嘀咕。房錢呢？母親厲聲。凱元更小聲：大不了搬到廠裡頭住集體宿舍。你敢！凱元不吭聲了，你那兩根雞腳桿都給你打斷！翅膀硬了是哦？都跟她學，母親指真巧，飛出去到處野，野到牢房頭去了！三十歲的凱元，立刻像十歲男孩一樣乖。真巧說，不借就算了，話那麼多，弟娃兒吃飯！母親反而安靜了。米拉看出，這個姐姐在弟弟妹妹心裡很有地位。吃了一會，七婆婆說，真當我沒見過好東西是哦，拿個屁玩意兒來惑我。米拉，真巧叫道，退伍解放軍說，是不是屁玩意兒？米拉後悔在這個板板房裡出席家宴。板板房的菜地道，話語是另一個系統。米拉慢條斯理說，戒指是一個英國貴族老爺給小姑的。七婆婆看了米拉一眼，又看了戒指一眼。她對米拉和米瀟有幾分怕，保持著敬畏的距離。他咋會給你呢？欠你的啊？真巧笑笑，眼睛神秘。米拉說，他想娶小姑。七婆婆這一驚吃的，桌上盤子碗都感覺得到。大家都沉默了，瓷勺子和瓷碗輕輕切磋。那你咋個打算？七婆婆說，側轉頭看大女兒，有一點看娘娘的眼神了。是個老頭兒，好老喲，芳元補充，頸項下頭的皮皮，一拽多長的。你拽它做啥子？！不拽也長，就像頸項小兩號，皮皮大兩號。米拉給芳元的說法逗樂了。母親說，不行也找你那個醫生嘛。哪個醫生？就是那個把你娘胎頭帶出來的臉整成這個屁樣子的醫生訕，給他割一刀，頸項上多餘的皮皮就割下去了嘛。凱元茅塞頓開，就像割包皮！真巧大笑，母親用筷子狠敲兩下碗邊：在吃飯哈，褲襠頭的事情拿來說！她拿著戒指走了，上了閣樓，所有人聽見樓板在頭頂咯吱吱響。等咯吱吱響的腳步回來，七婆婆眼睛橫掃所有兒女，你們作證哈，我幫她收起那個戒指了，錢不是借給她的，是給她用的。她先用抹布把自己面前的桌面抹乾淨，然後把一沓鈔票放在上面：三百，多了冇得。為啥子你們曉得不？不管她多作怪，這個家她一直顧到在。弟娃兒你以為冇得姐姐走門路，你能到儀表廠上班是哦？她有錢的時候，每個月都拿一百兩百回來給我。妹娃兒幫襯她，一個月也拿兩三百工資，還管吃管穿的，她要不是急狠了，不得把這麼貴重的東西拿來抵押。大家都看著母親，把鈔票一張張數給大女兒。

第二天米拉還在寫作，真巧來了。她心事重，在院子裡抽了好幾根菸，一邊幫米拉栽種玫瑰。米拉把易韌家的過渡房打整一新，牆刷成米色，書架填滿她自己的書，添置了兩個樸素的布面沙發。院子的死樹都被她鋸了，除了荒草之後，居然發現一棵玫瑰還活著，隱秘地開著極小的花朵。老米來看女兒時，剪了些玫瑰枝椏，養在玻璃瓶裡，等枝椏在瓶裡發出小根須，又移栽到土裡。頭一年種活六棵，這是第二年的移栽。一個小花園已經看到了雛形。易韌第一次看見，說何必浪費力氣，也就是在這裡過渡，說不定很快就搬走。米拉笑笑，不理他。她心想，小姑和父親都特別愛花，街上買的鮮花，幾天就敗了，但不能因為它們短命就不讓它們美。後來易韌再來，玫瑰開得好，他就跟米拉在院子裡吃飯，自稱為庭院小餐。米拉結束了寫作，問真巧有什麼心事。真巧說錢不夠，租店面還差一千。米拉說，這麼貴？小姑說，要租就租好的。米拉說，我這篇小說的稿費，還沒收到……真巧摟了摟她的肩，你有錢我也不能要，看你樣子，人都要寫乾了，我捨得？米拉笑笑。真巧說，你幫我去問問吳可。米拉想，吳可有個戲要被電影廠拍成電影，大概是得了些錢的。真巧又說，我的生意做起來，錢一週轉過來，馬上還他。米拉答應，好，我幫你開這個口。

兩人商量，第二天請吳可來，真巧做菜，米拉買酒。吳可接到米拉的邀請很開心，說，丫頭的小說常常引起熱議，是香港人形容的當紅炸子雞，還以為把小吳叔叔忘了呢。米拉嘴裡說，哪兒敢呀，其實暗笑，那是因為她有了易韌，內心飽足，看看庭院玫瑰開了落了，兩地書你來我往，她不知自己還缺什麼。易韌一年能來成都三四次，這房子是最有力的藉口；誰想要回房產不跑斷腿？米拉若有開會出差機會，兩人也會異地小聚。真過上了夫妻日子，滋味會有這麼好？米拉懷疑。

吳可是拿著一把百合花來的。四月底傍晚，庭院兩隻鳥對歌，一張小圓桌放在竹架子下。

竹架子是等紫羅蘭攀爬的。目前藤蘿才種下，還太小，爬不動架子，針細的藤給米拉用細鐵絲固定住，才攀到人腿高。玫瑰粉的紅的白的，被矮小的枝幹頂著。吳可大叫，丫頭藏了仙境在此！米拉笑笑。聽見廚房哧拉作響，香氣攻破小院，侵略到鄰家。鄰家的牆頭上，跳上來一隻貓。貓咪仰著下巴，鼻子聳動。吳可說，老米在燒菜。米拉笑笑，不做聲。吳可在藤椅上坐下，看著米拉笑。米拉也笑，她現在不是小姑娘了，做了女人，小吳叔叔都明白。但她做的是有婦之夫的女人，像曾經的甄茵莉那樣被私藏的女人，做的是拾人夫妻生活邊角料的女人，他是不知道的。你怎麼想到請小吳叔叔來吃飯了？這還用問？米拉說，當然是有事求你啊。我就知道，吳可靠回到藤椅背上，臉朝天。他頭髮基本全白，磨難磨白的，因此他堅決不染，控訴他磨難的世界。他的新劇去年解禁，允許上演，不過多處給改了，刪了。他在被迫改劇時白了的頭髮，黑不回來了。他閉著眼，不看一九八八年暮春傍晚的天。什麼事？他在天問。借錢，回答如此世俗。他轉過臉，剛才聽到的語言，想在米拉臉上看到一遍。米拉說，是借錢，我小姑想開服裝店，高檔的……吳可擋住她繼續的解釋，問，借多少？兩千。他一下子坐直，然後站起來。丫頭，你咋知道我剛得到兩千？米拉說，你得到兩千，哪兒得到的？一個導演跟我買《紅繩》（他那著名的被停演的劇）的電影版權，媽的電影都快拍完了，錢還沒付完，我追了大半年賬，剛付齊！米拉說，我小姑現在困難……吳可爆破出一句：她活該！米拉被抽了一巴掌似的：小吳叔叔，你怎麼這麼說話？我怎麼說話？她作啊，作到監獄裡去了吧？還連累了我！我差點陪著她坐監！米拉看著他，沒話了。是她叫你來跟我借錢的？米拉還沒話。把我們一圈兒人都拖進去了，你爸也差點倒霉，要不是他近兩年得獎多，成了省裡的寶貝，省裡有領導保他，他說不定也進去了！說我是走私嫌疑，幫著國際古字畫走私犯收集國家文物。要不是頂著這些指控，我會寫檢討，改劇本？改我的命都行，但不能改我的劇！警察他媽的，訓我跟訓孫子似的！米拉問，那是什麼時候？前年啊。幾月？十月初。米拉徹底沒了話。案子開始得比真巧被捕時間早了兩個月。吳可在那之前已經提供了證詞。米拉也站起來，看著吳可，小吳叔叔，沒想到你是這樣的人。吳可呆了，什麼意思啊，丫頭？你出賣了我小姑。她連累了我，人家公安來打聽情況，我能不照實說？！

吳可見米拉轉過臉，冷著他，拿起桌上的草帽，但一轉身，看見扭著小蠻腰的真巧端著兩盤冷菜出來，僵住了。米拉看著小姑，她什麼都聽見了。真巧看一眼吳可，笑笑：太陽下山了，戴啥帽子嘛？真巧有兩年沒見吳可了，一頭白髮那麼扎眼，她眼圈立刻通紅。然後她側轉身，撩起圍裙的荷葉邊擦了一下眼睛。吳可腮幫搓動，戲劇高潮自己出現了，突破了他的劇情設計。米拉看看他倆，走進門，此刻是雙人戲，她連觀眾都不想當。她站在廚房裡，空氣都是蒸牛肉的濃香。真巧的蒸牛肉破了傳統，她用牛裡脊，拿刀背拍幾輪，精鹽鮮辣椒末醃兩個鐘點，小米大米花椒預先炒黃，舂成粗粉，再把肉放上去滾。她對米拉說，這麼好的肉，放一堆重口味佐料，糟踢了。

上次易軔回來，米拉央他在廚房牆壁上打個洞，再把洞擴展成一孔小窗，小蒲扇那麼大，但通風和採光都解決了。院子裡那對男女說話，小窗裡聽就是嗡嗡嗡。兩人一定是抱頭親一場，灑幾滴淚在對方身上的。米拉清理著白瓷洗池，她喜歡保持它潔白如新。這是去年易軔買來安裝的。米拉常把熱水倒進去，用水瓢舀水洗淋浴。易軔在的時候，兩人成了一對孩子，用水瓢舀水相互潑水，相互搓洗，洗著，便纏作一處。易軔總是納不過悶來，那時在舞台側面看，那細條條的身體，裹在綢子裡，薄紗裡，跟仙人似的，現在怎麼就在手裡、懷裡。每一次他納悶，便把細條條米拉抱到水池邊上，那麼站立著，端詳她，要她，眼裡還是納悶。

真巧進來，看著白色蒸汽中，米拉一臉羞紅。真巧說，你不要說他，曉得不？米拉點點頭。他也可憐訕。至美的小姑，全身上下，淘洗掉女性無關緊要的質料，提純所有的精華，多少人裡，才堪提純出這樣一個真巧？真巧揭下籠屜蓋子，蒸汽升成蘑菇雲。她用筷子尖觸碰蒸籠裡的肉，說，熟了。她取了一隻大盤，把五個疊摞的籠屜放在盤上，臉上細密絨毛落了一層細小露珠。一縷光洞穿小窗，光如柱，蒸汽灌進光裡，白色雲霧般的翻卷。小姑端著盤走出去，頭不回地走向滿頭白髮的男人。人間有多少對要不夠、聚不攏的冤家？

三人圍小圓桌坐，看真巧變戲法。每一籠屜揭開，都是一個菜。她從母親那裡得到了啟發，蒸菜便於保溫，一桌菜一鍋蒸，可以同時上桌，魚肉蔬菜齊全，個個滾熱。清蒸牛蛙腿，配藤椒蒜汁，原味鮮美，蘸料只做強調，不像一般川菜，佐料掩埋了原食材的特色滋味。在上海住的時間，真巧得到粵菜和淮揚菜的啟迪，現在另闢一路。米拉為三個人斟酒。她發現吳可一隻手按在真巧腿上，看來表面氣氛沒完全解凍，冰層下面已是陽春。真巧那肉體之美是放射性的，任何男人與她近距離，便被那肉體引力吸過去，小吳叔叔是頭一個抵御不住那引力的。客廳裡電話鈴響，米拉跳起來。晚上至少有十分鐘獨屬易軔和米拉。易軔問：你怎麼這麼喘？米拉出聲地笑。幹嘛呢？他還是想知道。沒幹嘛。院子裡那對男女，院子外的所有人，此刻都不相干了，世界就兩個人，給一根電話線繫在這頭與那頭。那頭說，想念啦，這頭說，嗯，Me too. 那頭笑了，他現在被逼無奈，也學會用英文做暗語。那頭說，等一會兒再打給你，剛進來一個電話，公司業務。這麼晚還業務呢？這頭不滿了。那頭說，保證五分鐘給你打回來，不准跑遠！

米拉回到圓桌邊，臉上特有的笑抹不去。很快感覺另外兩個人瞪著她，她抬起頭，小吳叔叔怎麼了？眼睛那麼凶狠。吳可說，鬧半天那人沒離婚呀？你怎麼跟有家的男人混呢？一個大姑娘給他佔便宜？！米拉不說話，看著真巧。叛賣時時處處發生。真巧說，我以為他知道……吳可還沒從心碎的震怒中平復，你這丫頭，你爸你媽要知道，還不氣死，傷心死？！你是他們的心頭肉，你也是小吳叔叔……米拉看著他，沒說出口的「心頭肉」？你從小，我就那麼看重你，你現在事業、名聲都有了，好男人多的是，你自己倒不看重自己……真巧握了一下他擱在她大腿上的手。米拉笑笑，笑出「不跟你一般見識」來。她一心在等那個電話，其他愛誰誰，愛說什麼說什麼。吳可說，你還罵我出賣？！小丫頭你簡直太辜負我了！米拉吊兒郎當地抬起頭，眼睛裡的「至於嗎？」帶拖腔，油腔滑調。吳可蹭地站起，走出去了。米拉在身後說，帽子！

她看著小姑。小姑說，怪我；我咋曉得你瞞到你爸你媽，瞞到現在？你也太要不得了，瞞兩年。米拉不語。她不瞞怎麼辦，日子還得安生？一個人，做得出，就要說得出，說不出的事情，都是下賤事。這是李真巧的原則。愛上一個有家的男人，做都做了，有啥子不敢承認嘛？這是李真巧以厚顏為基礎的膽識。她接著說，審問我的幾個年輕警察，我一看，太嫩了。我問他們，你們哪個沒有結婚的，請出去，換結了婚的來審。換了人，問我啥子，我說啥子。是嘛，是跟老崔同時又跟吳可，吳可還沒脫手，又跟了梁多，做得，就說得。走私文物，那沒有，我都不曉得啥子是文物。跟男人好，犯法呀？我有這個需要，男人也有這個需要，需要對需要，公平，平等。我需要哪個，自己貼錢養哪個。我又不做生意，惹到哪個嘍？米拉看著她，替她難為情。我這方面需要大得很，哪個不准我有需要？米拉吃驚，她在這麼個不得當的時間，說出了她如此厚顏的呈堂證供。米拉等的電話一直等不來。吳可倒是又回來了，心事重重，不看任何人，悶頭喝酒，吃菜。米拉開始慌。易軔的強悍堅定和他的守時守信，就像他無特殊才華、無獨特情趣一樣，是他最突出的特點。這晚怎麼了？五分鐘成了五十分鐘，而又是多難熬的五十分鐘；曾經的小吳叔叔，面目如此可憎。

門外有人用鑰匙開門。這房的鑰匙只有三個人有，易軔和米拉以及米瀟。米拉經過易軔的同意，給老米配了一把鑰匙。因為米拉丟鑰匙的本事很大，老米那把可以救急。進來的果然是老米。老米的臉跟吳可一模一樣，陰得讓米拉心裡返潮。米拉叫了一聲「爸」，他哼了一聲，呻吟似的，忍著哪兒的疼。吳可真是負責的叔叔，看著丫頭長大，就有這天職。米拉說，做啥子？三堂會審是哦？！她的成都話可以非常潑。米瀟說，你怎麼這麼自輕自賤？！你就這麼不值當？！話是抽著冷氣說出的，吐出的字，一半被他往裡吸。老米是真疼。米拉被爸爸疼哭了。還瞞著我和你媽，整整兩年。老米見小米掉淚，自己也哽咽。此刻電話鈴響了。米拉的救命稻草飄過來了。她衝進已經是夜晚的客廳，哭著奔向電纜那一頭的懷抱。完全的黑暗，她和這部電話能精準相遇。電纜那一頭聽見米拉的哭，急問，摔壞了吧？他每次來電話，都說，要是你在走廊裡聽見電話鈴，千萬別跑，（他知道走廊的燈泡常壞）我會讓電話鈴多響一陣，要不跑摔了，磕壞了，我不急死嗎？他知道她不僅會把自己鎖在家門外，還會在爛熟的行動路線上迷途，磕碰在親手布局的傢具上。她忍了一陣，讓喘急的抽泣稍微平息，簡單告訴他，兩個長輩對她的指控。他靜靜地聽完，然後靜靜地告訴她，指控不成立；他已經離婚了。米拉噎了一口氣。上個月離的，他補充。電纜這頭出來一個「為什麼呀」？電纜那頭苦笑：怎麼問出這麼傻的話來了？我一步一步走，都是為了最後這一步。他的一步、一步：先轉業，再到外地承包漁業公司，地理距離先拉開，然後拉開法律距離。你明白了嗎？米拉搖搖頭。就是為了最後這一步；我不要任何人對你說三道四。電話這一頭表示，她才不在乎說三道四。我在乎，電話那一頭說。他說，這個消息太突然，你去消化一下吧，再見。

米拉兩手抱著電話筒，消化著剛才的驚天消息。那麼他就要整天整夜和她在一起了，她喜歡那種「在一起」嗎？消息太難消化了。她蹚過黑暗，反而被茶几絆得一個大趔趄，失聲「呃」了一聲。燈亮了，米瀟站在門口，手指還沒離開開關繩。沒碰疼吧？世上有兩個男人把她當貴重瓷器，怕磕怕碰。過去還有個小吳叔叔。現在小吳叔叔心死了，他一直擔心的碎裂終於發生，現在就是法國畫家葛瑞茲的名作《破壺》。多年前，他送他的「丫頭」回招待所，空蕩蕩的車廂裡他說了那麼多話。米拉重新回到餐桌上，已是一桌冷菜。四月的月亮小小的，清冷的光周圍，一圈水汽。這是個霧從來散不盡的盆地。米拉站在桌前，所有人似乎都期待聽到什麼。她開口了，聲音暗啞：他說，以後誰都不會再對我說三道四；他離婚了。三個坐著的長輩，都像龐貝廢墟裡挖出的人形。

真巧第一個開口，我頭一回就沒看錯他，小伙子是對米拉有真感情的。說著她站起來，把桌上的蒸籠一個個疊摞，端著進屋，行動裊裊，猶如妖風。米拉聽見小吳叔叔對著月亮嘆了一口氣，遺憾，亦或釋然。米瀟端了杯中殘酒，一口灌下，叫一聲，好，有種！她知道父親從來看不起易軔，他寧可米拉嫁給才藝出眾但人狼般自私的才子，比如梁多。他存在嚴重的人等歧視，才藝全無的易軔，遭受他深刻的歧視。但那是說服不了米拉的；米拉會頂撞他：要才華幹嘛？我自己就有。後來她又如是回嘴：人家生意做得好，你以為就不要才華？再後來，她說，別老跟我說什麼才華，你有才華，看你活得！這一句可以讓老米閉嘴很久。他醉酒後總說自己「賣」，畫的是一坨屎，但有人買就賣，跟娼妓有什麼區別？人叫脫就脫，你不快活？有什麼關係嗎？為的是人家快活，你掙的就是讓人家快活的錢。他不是個心高的人，但為著女兒，他心特高。本來今天趕過來，借「有婦之夫」罪名，徹底清算他認為欠缺重要素質（才華、品味）的準女婿，卻撲了空，「罪名」突然不成立。

真巧端著一大盆湯水，駕著蒸汽到來。她告訴大家，湯叫真巧魚片湯，酸辣椒麻口味。她輕輕捏一下米拉的手，喜悅那麼深。放下盆，她又進屋，再出來，一手一個蠟燭。她給了吳可一根蠟燭，要他點，自己點著另一根。怕你們喝湯燙到，她輕描淡寫解釋她點蠟燭的用意。其實用意很美，米拉和易軔，終要成眷屬。

這晚他們散得晚，後來局搬到了室內。米拉去睡了，但十二點鐘又被真巧叫醒。易軔又來電話。他問她，沒事吧？他感覺到上一通電話中，她的錯愕和懵懂。米拉接電話時，三個長輩都豎著耳朵，他們一定在她進臥室後開會討論她和易韌的未來。她簡短地說，沒事，你快睡吧。公司的賬有點亂，還要弄一陣，他說，話語穿過一個長長的哈欠。她回到臥室，聽見大門響，走了誰？假如走的是老米，那麼吳可渴盼的好時光就到來了。

早晨她發現睡在沙發上的真巧。小姑迷蒙地半睜眼，一笑，翻過身。昨夜客人離去的秩序是怎樣的，她想問，又作罷。她梳洗之後，熱了昨晚剩的湯做早餐，然後坐在寫字檯前。她喜歡這種感覺，她在寫字檯前築起屏障，給安睡在身後的人（易韌、老米、母親、此刻的真巧）以保護，以守望。十點了，真巧還在睡。她和吳可是最後留下的兩位？他們延長了四月最後一個夜晚，直延長到今晨？她換下睡衣浴袍，穿上一件短袖薄毛衣，一條白色牛仔褲。米拉跟母親一樣，什麼都省，衣服省著穿，錢省著花，早年小姑打發給她的舊衣服，她都當寶，梅雨天前後掛出去吹風，收回來後仔細包好樟腦丸紙包，收放到衣櫥裡。自從她消瘦，大部分衣服尺寸不對了，她就把衣服拿回母親家，讓媽幫著改小。打開衣櫥，那股藥味的樟腦香，讓她舒爽，她覺得這點衣服夠打扮她一輩子。出門的時候，真巧小姑面朝沙發背，側身躺得曲線畢露。她想到小姑的「需要」，以及對這「需要」的坦蕩和磊落，難道她自己細弱的身體裡沒有「需要」嗎？可她那麼勇敢地正視過「需要」嗎？像小姑那樣坦蕩磊落地宣布過「需要」的正當合法權利嗎？對這個遠房、遠房的表姑，米拉心裡從來沒有多少褒獎和讚美之詞，但她喜歡她，現在她知道為什麼了，小姑是最不虛偽的人。她是一股來自自然的力，對自己本性從不感到羞臊，這股力是作踐她糟蹋她的那伙男人開發出來的，他們閹掉了她愛的能力，開發了她的「需要」。從此，她從男人佔有女人還是女人佔有男人的古老圈套裡解放出來，讓她的「需要」去決定，要誰，不要誰。昨晚不知道她的「需要」是否發生，是否與吳可的「需要」相遇，二人各取所需，平等公道。

個人問題

米拉走在五一節日的人群裡，槐樹上一串串花苞，小風清香撲面。她不知道要去哪裡。陽光在十一點時加溫，薄毛衣開始刺撓。她喜愛它淺淺的杏紅，記得當年它在小姑身上煥發的春色。小姑跟易軔有相似之處，都缺乏具體才情，專職就是顯示他們強烈的性別。真巧的專業難道不就是做女人嗎？包括她燒菜，伺候人，弄花司草，織毛線，都像她一顰一笑，舉手投足，溫柔潑辣妖嬈歹毒，都為強調她那絕美的女性。而次一等的女人，才非得會個什麼，比如米拉，會一個獨當一面的行當，要一份與男人相爭的才情，其實已經給女性減分了。

她右邊出現一條小街，原先在少城城根下。鬼使神差，她拐過彎去。小街長一華裡多一點，快到街那端的口頭，有個朝南的院門，進去，就是吳可住的小樓。小樓原先屬於吳可父親母親。一九六八年，原來的主人被轟出去，樓裡辦了個幼兒園。七〇年代初，幼兒園搬走，又被七八家人瓜分。吳可從勞教地回來，重新佔領樓上空間。樓下的三戶人家十六七口子，把房屋分割得亂七八糟，原先的牆被鑿穿，原先的門給堵上，並借著外牆到處搭棚子，想在哪裡打洞接水管就在哪裡打洞。下水道也隨意改道，所以污水橫流。吳可告訴老米，那些人簡直就是在挖整個樓的牆角，說不定哪天睡著覺樓就塌了。米拉不清楚自己怎麼走到了這個樓下。門上有好幾個門鈴，每個門鈴貼著髒極了的字條，上面住戶名字被無數手指摁得污穢不堪。只有「吳」字稍微乾淨；找吳可的人從來不多。吳可公然跟所有人說，來找他若未經事先同意，他在家也會請不速之客吃閉門羹。米拉摁了一下貼有「吳」字的門鈴。等了兩分鐘，一點響動也沒有。那輛摩托車明明停靠在門口。米拉繞到樓後，此地正是吳可書房窗下。污水瘟疫般泛濫，流域途經之處，長出漆黑的長絨，這污水已經活了，黑色長絨是污穢形成的藻類。就像米拉曾經去過的毛兒蓋草地，看到的沼澤發酵口，當地知情叫它們地眼，也長著這種陰森的黑絨，無論人畜，落進去就給大地消化了。她想像大名鼎鼎的劇作家吳可，住在發臭的沼澤之上，冒著被大地消化的危險，本身就是一部完美的荒誕劇。米拉叫了一聲「吳可！」她小時找父親回家吃飯，就到老米愛下棋的幾個點，揚起嗓子叫一聲：「米瀟！」所有人都笑她沒大沒小，直呼父親大名。六七歲的她不理不睬，繼續呼叫「米瀟」，因為她懂得，恰是爸爸經不起別人打趣，很快就能給叫出來。叫到第二聲，吳可的頭從兩片窗簾間冒出來，滿臉驚訝。窗戶開了，他說，你這丫頭怎麼回事？我在寫作！米拉說，我曉得。曉得你不打招呼就來？開門訕。米拉扭頭便走，再次來到門口時，聽見木頭樓梯上撲通通的腳步聲。兩三年沒來，樓梯給白蟻蛀得更空了。吳可打開門，鼻孔當了一上午煙囪，青煙不散。你幹嘛？他寫作被打斷，也會冒青煙。請你出去吃飯，米拉說。他看著米拉，看她是否正經。米拉一臉正經，真的，我不能請小吳叔叔吃飯呀？他說，你先上來，我換身衣服。米拉進門。樓下住戶起了一堵牆，把樓梯間隔出來，但牆薄，滿樓梯是他們的熗鍋炒菜的氣味。吃不到他們飯食的吳可，頓頓吃氣味。

她在客廳裡等，四顧這個近乎清教的空間。任何享樂痕跡都沒有。吳可跟老米在這一點上天差地別。米瀟有一顆痛苦的靈魂，但從不放棄外部世界的樂子，也從不停止對周遭環境的美化。吳可是個寫劇本的修士，寫作是他的修行，寫得好或寫不好，他都不放自己出門，也不放人進來。他唯一的享樂，就是女人，但女人若撞到他寫得好或寫不好的槍口上，他寧可放棄最後這一項享樂。因此他沒人緣。太平時期人們任由他清高傲慢，不理睬的人在他心裡有長長一個名單。每回運動來了，他無不被清算。清算過去，大家想，這狗日的該領教點大眾的厲害了吧？從不，每次運動過後，又是一條好漢的吳可會把不加理睬之人的名單大大加長。通往陽台的玻璃門緊閉，外面一片藍，勿忘我開得好啊。她背後的臥室門開了，吳可的一頭白髮從昏暗裡浮出。走吧，丫頭？吳可拉起她的手。剛才在臥室，不僅衣服換過，情緒也換過了。

吳可穿一件淺灰襯衫，藍牛仔褲，遮去白髮，只有三十五歲。他拉著米拉走下樓梯，樓梯更昏暗，不知他是怕米拉摔，還是怕自己摔從而拿米拉當拐杖。到了院子裡，他瞇著眼，寫一早上，給太陽一照，頭暈目眩，因此還得拉著米拉的手。米拉好不彆扭，從小被他拉著手，進劇院，去後台，他有了兒子，再去劇院，一手拉兒子，一手還是拉米拉。米拉從五歲看他的戲，就一聲不吭從頭看到尾，這是他為什麼愛她的原因，也是他今天沒請她吃閉門羹的原因。這愛複雜，兩人都不想看清，叔叔的愛為主調，其他就難說了。所以在米拉大起來之後，他仍然拉她的手，米拉就覺得累。捧著大碗吃午飯的鄰居們對白髮男人拉著個年輕姑娘感到憤憤，但吳可活著就為了讓一些人憤憤。吳可給摩托開了鎖，示意米拉坐到後座上。米拉說，是我小姑給你買的車吧？他說，嗯。上次被學習釋放，真巧買了一輛八成新的摩托做禮送給他。摩托後座坐過多少女人，只有摩托車知道。小姑的可笑理論：世界上最好的吃的用的穿的，駿馬美女寶刀，都該吳可梁多這樣的天才擁有。梵谷生前該擁有的財富美色，給多少又笨又有錢的人置後享用？她真巧活著，就不能看這樣的悲劇在她身邊發生。他問，哪一家；意思是哪一家餐館。米拉一愣，她在吳可樓下都不知道自己跑來幹什麼。隨便。你這丫頭，你請我，你隨便？那就去人民公園吧。湖邊水色好，吃什麼就都好了。他們很快就坐在了水邊，茶館裡的老客還沒到，談生意的（注意，這兩年這件新事物開始普及）談戀愛的也都沒到。茶倒上來，米拉請小吳叔叔點東西吃。吳可笑笑，你這擺的什麼鴻門宴？米拉笑笑。吳可說，是不是要我跟你爸求情，同意你跟那個小伙子，叫什麼來著？米拉提醒：易韌。對，小易。要我說服你爸？我爸不用說服。真的？小吳叔叔嚴重懷疑。你也不小了，二十幾了？二十七。對，二十七，我個人問題早解決了。我的個人不成問題。二十七歲，還不解決，就成問題了。吳可審視她，米拉想起他小時候，那張突然俯衝下來的男人臉。小時的米拉，不知道自己喜不喜歡那個俯衝；俯衝丟下一個吻，像丟下一個炸彈，事後她狠搓腮上被吻上的帶菸味的唾沫。米拉看著多年前曾向她俯衝的臉：我想和你談我小姑。吳可說，哦，昨天晚上我跟真巧都談開了，肯定是搞偵破的人兩邊詐。米拉笑笑，說，所以，你確實揭發了我小姑。走私這種事，太低下，太惡心了，我怎麼可能被扯到那種勾當裡去？！米拉笑笑。狡辯使對面這張成熟的男人臉醜了一剎那。米拉說，小姑在監獄蹲了一年，出來啥子都冇得了。她全部錢開了個畫廊，梁多出頭了，去了美國，給她留下一堆債。吳可不吱聲，沒表情。服務員端來兩碗鐘水餃。吳可得了救；可有東西佔住嘴，不用說話了。米拉改說普通話，小吳叔叔，你瞭解李真巧，牆縫裡都能開出花來，只要有一點資本，她會把生意做起來的。米拉感到，有一種「醜」慢慢爬上她的臉。逼人家掏錢，笑容極醜。小吳叔叔，我的稿費下月就會寄到，保證還給你。吳可做了個「跟那不相干」的手勢。就算我求小吳叔叔哦。米拉想，此刻的她是醜死了。我考慮考慮吧，吳可說。這是他一口氣吃了五個水餃、點上一根菸之後說的第一句話。他不看她，大概也嫌此刻的她醜。逼人只能逼到此，米拉埋下頭，默默地吃。湖面不乾淨，近岸邊的水面，一堆骯髒泡沫，漂浮著幾個花花綠綠的塑料袋，野鴨們游在塑料袋周圍，大概袋子裡還剩一點食物殘渣。隔壁一個大桌被八九個歡天喜地喧鬧無比的人佔據，口音鄉土之極，多日不洗澡的人體氣味撲過來。這幾年節假，鄉下來城裡旅行結婚的人越來越多，有時新人把兩邊老輩都帶來逛都市。一大桌鄉下遊客把他們的故事成功切換。吳可問，你知道真巧在兵團所有的事？嗯。那個姓王的男孩……？

我知道，叫王漢鐸。米拉看著自己拿筷子的手，不急於抬起頭，與對面的眼睛對上。那可真是一件醜得可怖的事；此曲只應陰間有，人間怎堪偶爾聞。其實他沒有大錯，是吧？我說那個姓王的男知青。當時他應該只有二十出頭一點。他會想，人人能幹的事，我為什麼不能？她已經被糟蹋成破爛了，不在乎我這一點糟蹋，對不對？我一直想把它寫成戲，拷問所有男人，在那種極致境遇中，自己和姓王的男孩換位，會發生什麼。假如王漢鐸沒有走出最後那一步，真巧的命運會不同嗎？我想，可能會不同的。我相信，一個人有或沒有愛的能力，會導致她的感知力、主觀世界、潛意識的改變，我們的幸與不幸，不就是這幾種精神層面決定的？吳可看著米拉，其實是看著他未來舞台上所有的角色，挑釁他們，有沒有敢反駁他的。他吃了最後一個水餃，掏出手帕，擦了擦嘴角上的紅油，然後說：她只能給予，不能愛。我感覺到了。所以她身邊圍著的，被她吸引的，都是索取者。她甘心樂意被人索取，給予是她生存的需要，她可以超飽和地滿足我的需要，因為我的需要倒過去滿足她的需要，但她沒有愛。我以為我可以跟她長久平等地維持這種雙需關係，不過後來我發現，我不滿足，我需要愛她；她這樣一個女人，不愛都難。問題在於，她覺得多餘，麻煩。米拉問，她這麼告訴你的？我這種老花公，吳可笑笑，還要她紅口白牙來告訴我？米拉側臉向窗外。下午的太陽在湖面上，成都要陰多少日子，才能掙出這樣一個好太陽。怪你自己吧？一直不肯娶她。問題不在這，你小姑很奇怪。比如她說，假如我流放西伯利亞，一定就跟我去了。

她這是病態，許身給落難的男人，只因為落難的男人多倍需要她。還是個需要。我老是想，假如王漢鐸沒在被所有男人撕爛的身體上，又狠撕了一下，她會不同的。王漢鐸的功效，就是最後一粒沙子，最後一根稻草，把樓壓垮，把駱駝壓趴。所以我差點把那狗日的屎都打出來。吳可揍王漢鐸，米瀟跟米拉說過；米瀟還能跟誰說這種事呢？吳可說，王漢鐸是在這世界上，最後一個把真巧當人的男人，她也依仗他，面對整個污濁的男人世界，可是最後這個依仗，比任何一個男人對她糟蹋得都更狠，更徹底。

米拉藉口上廁所，去把帳結了。回來她對吳可說，我想起來了，跟我媽約好去春熙路買東西，我走了，賬結過了。吳可的談話讓她累，他一人擔任控方和辯方，她呢，是陪練。父親有時也把她放在談話陪練位置上，但她從小習慣那位置。她看到吳可的不捨；此刻他對任何一個坐在對面的陪練，都會不捨。她拿起皮包，笑笑，走啦，小吳叔叔慢慢吃哦，點了好幾種點心呢。他的眼睛越來越不捨，談話發揮得正到好處，嘎然被截斷。但他的手擺了擺，表示，要走快走吧。米拉走了兩步回頭，說，別忘了，你說要考慮考慮的！趕緊考慮哦。吳可臉空白一下，然後含混地點頭。米拉逃一樣走得極快。今天當真巧的討債人，只能當到這。

她散漫地走在人群裡，留心一張張男人臉，想著吳可的話，在每一張臉上尋找那個潛伏在他們本性最底層的可能——變成王漢鐸的可能。吳可為王漢鐸辯護：其實他也沒大錯；她已經被糟蹋成破爛了，不在乎添上他那點糟蹋。人人能對她幹的事，為什麼他不能？公園門口人真多。一個年輕父親抱著兩三歲的兒子從她身邊超過，她撇了一眼他的側影，平平的鼻梁，一層汗的太陽穴，再平常不過的男人；他也可能的。在父親懷抱裡的男孩臉衝著她，漸漸遠去，他長大之後，也可能嗎？吳可和王漢鐸換位，當然可能同樣在一夜變醜，醜到猙獰。他要以這麼醜的一群人物去寫一個戲，讓他自身需要合理化、正義化的那部分本性，在那些男主角、配角身上合理，正義。她忽然好想易軔，他本性裡不具備那種可怕醜惡的可能，哪怕具備也會被他的勇敢和強悍鎮壓，人人都醜的時刻，要想不醜，必須勇敢強大。易軔會是真巧依仗的男人中，唯一的、最後的依仗。

她來到母親的樓下，見母親站在垃圾箱旁邊，一個身材精緻的男人在清理垃圾桶。那個男人直起身來，成了周叔叔。周叔叔幫母親打雜，並且母親陪伴他的打雜，有苗頭了。米拉掉轉頭走開，媽媽的今天，是另一個內容。米拉看出母親對周叔叔半心半意，為了虛榮心（單位裡和鄰居看，她是有人追的），把周叔叔維繫住，說起來老周怎麼了？不比米瀟差，大學副教授呢。

可她不知道下一個目標是哪裡。她喜歡這麼一個人胡走，喜歡在人群裡偷窺面孔們毫不設防的剎那，偷聽半句一句講給家裡人的私語。回到家，太陽已經落了，她在走廊裡聽見真巧跟一個男人說話。家裡來了個男人？她在門口站住，嗓子裡大聲哼哼，表示她不想破門而入。真巧嘹亮地叫起來：回來啦！門開了，真巧眼睛斜看門後，嘴巴朝她遠房的表姪女擺一個甜蜜的形狀。米拉心跳提速，門後會是誰？跳出的竟然是易軔，米拉已經被他懸空抱起。真巧說，拜拜啦，我走啦，她在外把門輕輕關緊。

米拉喘著，看著他發紅的眼珠；熬夜喝酒都過度。他說昨晚她哭那麼傷心，不來是不行的。米拉眼圈又脹，他都成小老頭了。她被他直接抱進臥室，真巧躲的就是這一幕。他乘飛機回來，也是趕著做這個。兩人最終在床上躺穩，誰也不願碰對方汗濕的身體。他說他不能讓人欺負她。她說誰會欺負她，她老米爸在呢。他說包括她老米爸，也不能欺負她。她扭頭盯著他，連著絡腮鬍的鬢角真好看，亮晶晶的一層汗珠。這個人跟父親誰也沒見過誰，暗中就槓上了。一下午易軔都在睡覺，米拉輕輕摸著他腮幫，絡腮鬍長得真快，剛見到他時還沒那麼刺撓，一下午就雨後春筍似的飛速拔節。米拉起身，到外屋，給老米打電話。甄茵莉接的，正要寒暄，米拉說，我有急事找我爸。她已經有一年多沒見這位繼母，由於她到達上海，自己親媽必須被藏嬌，最後灰溜溜回了成都。那件事給米拉留了心傷。那頭老米拿起話筒，問女兒，什麼急事。米拉說，易韌來了。老米靜了半秒鐘，問怎麼這麼突然？米拉說，電話裡聽我在哭，怕你們欺負我，說著，米拉又哽咽起來。有一個可依仗的男人，女人就變得嬌滴滴。老米說，那……晚上爸爸請你們吃飯吧。米拉說，他一夜沒睡，趕了一架朋友開的軍用飛機到天津，又搭火車到北京，再飛成都，累死了，兩眼跟兔子一樣紅。老米說，哦，真當我們欺負你吶？米拉說，明天晚上吧。父女倆商量餐廳，各是各的主意，最後米拉說，讓易韌定，他難得來。好哇，我米拉現在偏心啦，還不是正式姑爺呢，心就往他那邊偏，說著，米瀟哈哈大笑。假如非正式姑爺是梁多，他一定不犯這種酸，梁多做人的缺陷再多，老米都偏袒他。

四個人在錦江賓館的中餐廳坐下後，易韌從尼龍包裡拿出兩袋乾對蝦，送給甄茵莉。他還不知道，米家主廚是老米。他又拿出兩條雲菸和一塊手錶送給老米；他也不知道，米夫人覺得送她丈夫好菸的人都很萬惡。米瀟從盒子裡拿出手錶，當場戴上，黑面金框的男式浪琴防水錶，易韌解釋，那是熟人轉賣給他的走私貨。米拉覺得易韌這些客套舉動有點土，皺起眉頭，笑了笑。她也覺得收與受的這些人，表情都是淡淡的醜。不過「醜」一閃而逝，大家很快恢復了此種場合必有的拘謹、鄭重。米瀟問，這兩天你們都到哪兒玩了？年輕戀人迅速對視，一笑，米拉說，他在成都待了十幾年，哪兒都玩兒過了。其實他倆這兩天就相互黏著。黏著，也說了不少正事：易軔的生意，米拉的小說，易軔大姨夫的房子退還情況。還說到了他的兒子女兒。前丈人家不讓他見孩子，他只能到學校去看看孩子，等孩子下課，跟他們過一個課間的十分鐘假期，接下去再等，四十五分鐘後，父子父女再過一個十分鐘假期。孩子們都不知道父母離婚，都求父親等到他們放學。可這個父親是不能等到他們放學的，丈人家的轎車每天準時開到校門口接孩子們。他說等他生意做大了，錢多了，就找律師幫他爭取，讓孩子們寒暑兩假期，至少給他做一個假期的父親。他說到孩子的時候，眼睛看著天花板，米拉枕著他的胸大肌。他說著，一行眼淚流到米拉頭頂。那麼大的淚珠，她厚厚的頭髮都讓它涔透。他說，以後你會對我孩子好嗎？還是對著天花板，他感覺到米拉肯切地點頭。米拉看到那個剎那的他，真美。可能等我們倆有了孩子，心就不會那麼疼了。他嘆息著說。既然那麼疼，為什麼要離婚？這是米拉的提問。他說，因為他離開上海永福路編劇樓的時候，心更疼。後來聽說那些人怎麼欺負她，把她攆出去，劇本都沒寫完就攆人，他後悔，為什麼不帶她一塊走，或者陪她留下來。他拉著行李車走出那個大門的時候，特別衝動，想跑回去，他知道她在陽台上看著，眼睛盯在他背上，沒移開過。他的臉頰貼著她的手背，可我還是狠心走了。你留在那樓裡，孤零零的，給他們欺。兩痛捨其輕，米拉，這是我沒辦法的選擇。米拉點頭，她明白。我們都是受過欺負的人。他又起一個頭：你小時被人欺，我注意到了。

你總是練得比別人苦，有一次，冬天的清早，我到廚房打開水，那才幾點呀？六點？天黑得跟夜裡似的，我聽見練功房裡叮鈴咣鐺的，跑過去一看，一個女孩在翻跟頭，點一個最小的燈。你看清是誰嗎？是你。那你怎麼不進來找我？我要摸黑進去，咱倆還講得清？他笑笑，她也笑。可是，主角總輪不上你演，老是B角，你是A角的陪練，陪練一點力氣也省不下，但上台輪不上，除非A角生病，要不就是A角施捨給你一個機會。我那時看出來，你上台跳獨舞的時候，跳得那麼賣力，命都往裡搭，因為你就那麼一個機會。私下裡，大家都知道，因為你爸爸當時的問題，不能讓你到第一線，出風頭。米拉有點吃驚，他們青梅竹馬，小時的他渾頭渾腦，調皮搗蛋，心倒是帶針鼻兒的，有眼兒呢。他換了個姿勢，下巴抵在米拉耳朵上。我呢，雖然開始是被她追求的熱乎勁兒感動，但結婚以後，我發現咱這種人家的孩子，在那種家裡就是被使喚，也就是受欺。好像是我攀他們的高門檻兒。米拉又是吃驚，她對他在司令小樓裡日子，想像得居然與實際那麼近似。他又說，可是那麼快就有了兒子……要不是在黃晶蘋的追思會上碰到你，我不知道會不會下決心。

米拉看老米打量易軔的目光，那笑，都帶著外氣，都不是他對自己人的樣子。他把吳可和梁多，甚至曹志傑、小韓都看成自己人，那種自在，那種恣意，怎麼打胡亂說，他認為聽的人都是懂的。老米現在甚至拘謹，跟米拉一向沒大沒小的打趣，都收起來了。當然，這也是他一生中第一次當未來丈人出席首次見面會，裝也要裝得莊重點。莊重起來的老米，十分無趣，米拉都不敢相認。他旁邊坐著的甄茵莉，五四頭改成了《羅馬假期》的公主髮式，一排小劉海，蓋住第一批爬上額的皺紋。她比過去更楚楚動人，增添的那一點「老」，使她真實了。老米和小米同看一份菜單，商量點菜，小甄陪易軔聊著小話：今年熱得早，四月份有幾天都二十八九度了；賓館裡好像已經開空調了。聽說石島夏天涼快；在海上，夜裡冷著呢，得穿棉大衣；我看見菜單上有對蝦、魷魚、扇貝，最近兩年，四川人開始吃海鮮了；不過海鮮也麻辣，因為海鮮運到這就不鮮了；跟印度香料作用一樣，印度熱，肉一兩天就出異味，發明上百種香料，就為了蓋住異味；嗯，要不是為了到印度去買香料，就不會有哥倫布和麥哲倫的航海，麥哲倫也不會發現，兩大洋是能走通的……

他們進來時，米拉就注意到斜對面的桌。那裡坐了一家人；一對白胖的年輕夫婦，帶一個白胖小男娃；男娃雪白粉嫩，大概一歲多一點，胖成了個小肉墩，兩條裸露的腿上，肉乎乎的膝蓋，好幾個酒窩。他們這一桌點完菜，服務員給胖胖的幸福一家端來三碗麵，兩碗擔擔麵，一碗西紅柿蛋花麵，顯然為小胖子點的。兩個大人先吃起來，易軔胳膊肘碰一下，說，瞧這倆人，先顧自己，孩子哪有大人經餓？胖夫婦吃得山響，這桌都能聽見，壞吃相的人一般都有超常的好胃口。米拉側頭，見服務員又給他們端上來兩盤菜。他們倆頭也不抬，只見兩雙筷子，快速地出出進進。空間裡忽然爆發一聲高昂的啼哭，這桌人都向白胖一家看去，原來小男娃餓了，自己扒拉那碗西紅柿雞蛋麵，碗翻了，滾燙的湯麵全扣在帶酒窩的小胖腿上。易軔憤怒地低聲罵道，這倆豬！白胖夫婦慌了，女人抱起孩子，用手把孩子腿上的麵條往下扒拉。易軔大聲說，麵湯黏貼著孩子的肉燙！孩子的爸向易軔轉過全無主意的臉。易軔跑過去，抱過孩子，用餐巾擦掉那裸露的兩條小胖腿上的麵湯，一面叫喊服務員，趕快拿冰塊來。冰塊很快來了，易軔抓起兩塊冰，摁在孩子腿上最紅的傷處。這對夫婦傻著，被辭退了父母似的。這一桌的三個人也傻著，被易軔忘卻在意識之外。孩子在易軔手中，哭聲漸漸減弱。等米家這桌冷菜上完，那女的才醒來，歉意十分、滿口感謝地接過孩子。這桌仨人就像迎接出征歸來的戰士，看著易軔坐回到椅子上。老米說，看來小易是個行動派啊。易軔出不了戲，嘴裡輕罵，這他媽什麼人，也能當父母！米拉偷窺到他紅了的鼻頭。他抬起頭說，孩子的皮都燙破了；嬰兒跟大人不一樣，皮肉多嫩啊，七十度就能燙壞。說著，他淚聚在眼眶裡。米拉從側面看他，濃睫毛上沾有細小淚珠；他美得她心顫。她的手在桌下找到了他的，緊緊握住。她知道，那一刻他心裡兒子的空缺被這個陌生孩子填上，一下子，陌生煙消雲散。他跟她說過，他兒子是他帶著睡覺，抱著餵飯，背著去溜冰場溜冰的。後來得了個閨女，司令夫人統一雇了三個小保姆，統一保育樓裡的五個孫輩兒。那一晚都談了什麼，似乎不打緊了，易軔和米拉的心談一直持續，終於，我知道你多愛孩子了，我也知道你離開你的孩子們，走到我身邊的代價；米拉你被我丟在那座編劇樓裡；你就是個孩子；那座樓裡一幫裝模作樣的編劇，沒一個是成年人、男人；真正成熟的男人，在什麼情況下都不欺負女人、孩子、弱勢的人。他們的心談，兩天前就開始了，在他問她「以後你會對我孩子好嗎」的時候，就開始了。米拉愛的，不僅是個男人，也是個父親。芙蓉雞茸上來的時候，老米用勺子舀了一勺，放在易軔碗裡，易軔剛道謝，褲兜裡「滴滴」叫起來。老米和小甄緊張，似乎附近有人在啟定時炸彈引信。米拉說，是易軔的Call機[53]。老米說，我們點烤雞了嗎？米拉咯咯咯笑，易軔臉血紅，手伸進褲兜，拿出一個小裝備，摁鍵，滴滴聲啞了。米拉對老米和米太太說，這就是「烤雞」。易軔皺著眉，讀著小顯示屏上的小字。他站起，對大家淺淺一躬，說他去一下就來，以早年出操的小跑，很快不見了。米瀟問，這「烤雞」是個什麼玩意兒？

米拉笑笑說，就是隨時隨地能打攪你的玩意兒。這次易軔身上多了個這個新裝備，經常滴滴叫，打攪他們倆的好時光。易軔把它放在床頭櫃上，它一「滴滴」，即便在最銷魂的時刻，也會瞥它一眼。事後，他總會急匆匆去客廳打電話。他一回到成都，就申請了長途電話賬戶，並告訴米拉，他人在這裡，只能遙控公司總部。有一次電話鈴響，是米拉接聽到，那邊一口膠東

53　Call機：台灣稱作呼叫器或BB. Call，是一種具有接收簡易文字信息功能的通訊工具。中國於八〇年代開始通行。

話：「餵，我襲（石）島海易公司啊，易總在不？」米拉知道，全國剛流行的「某總」新尊稱，易韌也落得一個。第二天米拉在院子裡晾洗淨的窗簾、被單，想讓易韌幫一把，朝屋裡喊：餵，易總！他不理她。她進屋說，叫你呢，怎麼不理人？他笑嘻嘻說，你叫的是易總，接著叫，看誰答應。米拉說，那你是誰？他摟著她說，我是易韌，在你身邊，沒有易總。米拉兩隻手上都是涼水，她把水抹在他襯衫背上，涼得他一哆嗦，笑道，你就這麼對待易總？米拉也笑，說，感覺易總是個屎巴肚、禿頂、兩個金魚眼袋——那種惡心男人。他說，你當心點兒哈，把我叫成那麼個禿頂大肚皮的易總，倒霉的你哦。怎麼會我倒霉？米拉笑問。那樣的「總」都在外面搞女人，他警告，外面有的是女人，只要是「總」，她們才不在乎禿頂屎巴肚呢。米拉嘻嘻笑，那我就跑啦。他摟緊她，我怕的就是這個。他還真怕，一聲不吭，往死裡摟她，她細條條一個人都要給他摟斷了。你不會走的，半晌他說。你要是成了一個名副其實的「總」，我就走。米拉，我有時候覺得你不屬於我，可能到最後，你不會屬於我。又來了。他時不時會如此地莫名其妙。米拉拍拍他在每天五點左右變得毛刺刺的臉頰，她最愛手心的質感和他腮幫的質感相碰，性感、誘惑、撩撥。

甄茵莉還在跟老米討論「烤雞」。她說電視台好多人都用「烤雞」。米瀟問她怎麼不用？小甄笑笑，說她在台裡沒那麼重要。米瀟指著易韌消失的方向，不懷好意地說：就是說，他很重要。米拉建議老米爸也買一個，不然他就該變得不重要了。老米問易韌出去幹嘛。米拉說大概給公司回電話去了。米瀟說，難不成用了「烤雞」，連晚飯都吃不囫圇。周公吃一口飯，吐出來三次，為下達指令，小易快趕上周公了。甄茵莉問，他跑哪兒打長途，不會跑到電話局吧？米拉現在的雜貨小店，傳呼電話就能打長途，給錢唄。小甄總結性發言，現在只要有錢，想幹什麼都行。米瀟說，想照本演戲就不行，不信問問小吳；今天吳可又接到指示，讓他改戲。米拉問是誰讓他改的。這個「誰」一般是省略的，老米笑笑，很疲憊。米拉知道被省略的主語，某書不讓出了，某事不讓提了，某人不讓繼續就職了。「誰」不讓？人們是不必問的，「誰」大得遮天蔽地，包羅萬象，不屑於任何具體名字，具體形象。

又吃了一會兒，米拉不斷把頸子伸得跟鶴似的，去望易韌跑去的方向。小甄問，老米，你覺得這個男孩子咋樣？老米說，我說怎麼樣有用嗎？要米拉說怎麼樣。小甄說，我覺得他挺好，這門親事我認了。米拉白她一眼。老米看見了，陰笑。甄茵莉看了老米的笑，推他一下，不是親媽，就不能認了？米拉，你也不小了，我看就嫁他吧。米拉不作聲，笑。有嫁人緊迫感的是她小甄，又不是米拉。小伙子看人家孩子燙傷，眼淚都出來了。老米眼睛一層感傷，心軟呀，他說，心軟的男人最容易欠風流債，碰到愛他的女人，他就投降。米拉笑了，想到老米畢竟風月老手。她偷瞥小甄，見她剛要對老米，又咽回去，在米拉面前，她總是個豁達溫柔的繼母。但她的

「懟」的詞兒，米拉能猜到：哦，我小甄過去就是你的一筆風流債，跟我結婚，不過是還債。老米說，任何事，任何人，米拉喜歡的，老米爸就喜歡，沒話說。然後，他鄭重拉起小甄的手，看著女兒，兩人重大結盟，坐米拉的靠山。湯上來了，易韌還沒回來。父親看出女兒的不安，說，要不去叫他？他都沒吃幾口菜，再不來吃，湯也該涼了。

米拉在餐廳門口碰上易韌。他正在結賬。老米的東道主權利，被他偷襲篡奪。米拉笑笑，說，你做東可以，把一桌客人丟下不對頭吧？易韌一回頭，笑容如閃電，亮了一剎又暗。米拉問，公司沒事吧？他說，沒事我會講那麼久電話？出了點事兒。什麼事？沒什麼，走吧，頭一次吃飯就晾著丈人丈母娘，不合適。他右手搭在米拉右肩上，半摟半推她行進。

飯後老米向服務員要賬單，米拉和易韌相對一笑。服務員很快回來，告訴老米，有人結過了。老米揚起眉毛，喲，這麼好的事——早知道我點對蝦、海參！易韌笑了，說，我是想給您補點來著。米拉說，這餐廳的海參對蝦是易韌公司供的貨。真的？小甄一張驚喜的臉，朝易韌刮目相看。

再見到老米，是五天之後。早晨米拉剛鋪開稿紙，老米突然造訪。一開門，見他一張憂愁臉，比平常更打皺。米拉問，爸你咋個了？有點兒嚇人哦。米瀟沒回答，易韌從臥室出來，穿著白色短褲，一見客廳站著老米，趕緊縮回去。等易韌穿上長褲、襯衫出來，米瀟已經坐在沙發上，擰開了電視。米拉覺得父親今天太怪；他是知道米拉早上「戒嚴」寫作，火警匪警都不得打擾。她笑道，爸你專門跑幾裡路，到這兒來看早間新聞？米瀟點起菸，衝著電視抽菸，眨眼睛。米拉知道一個畫面都沒進入他眼睛。你跟小甄阿姨吵架了？他說，沒有，不過會大吵。易軔覺得未來丈人下面要講的，大概是父女間的私房話，自己最好不在場，便進了廚房。他在廚房給米瀟沏了一杯茶，端出來，放在茶几上，輕輕說，叔叔喝茶，然後開了門去院子裡。米瀟對女兒說，你寫你的，我看電視不打攪吧？米拉說，當然打攪。電視被關了。這樣不打攪了，你寫吧。更打攪，你那一肚子心事，我都能聽見吵鬧。父親笑笑，也看不出他在跟誰笑。米拉看著父親抽菸喝茶，臉皺做一團，說，你說會跟小甄阿姨大吵一架……米瀟打斷她，不是我跟她大吵，是她會跟我大吵，假如她發現了的話。發現什麼呀？米瀟不說話，眼皮眨得更快。易軔做完啞鈴操，一頭一脖子汗，靜悄悄繞著父女倆走，到了臥室門口，米瀟叫道，小易，你這房子裡的傢具好難看，叔叔給你設計兩件好傢具。米拉看著易軔，他掉進了十裡雲霧，傻笑。米拉說，爸，過渡房要什麼好傢具？湊合住吧，說不定明天就搬了。你記得爸在筒子樓裡過渡，在招待所過渡，哪一件傢具湊合過？一個人活多少日子，有定數的，其實也都是過渡，每一天都不能湊合。米拉和易軔在雲霧裡越墜越深。易軔從米拉口中瞭解到的米瀟，是帶點怪異的，他給這個多才多藝的準丈人預留出理解上的寬限。易軔笑笑說，好啊，叔叔給我們設計，將來搬到永久住處，又不耽誤咱把好傢具帶走。米瀟又擰開了電視機，下文沒了。易韌離開後，他對著電視機屏幕說，小甄要是發現了，我就不得過了。米拉說，發現什麼？存摺。你把她藏的存摺找出來了？女兒對父親和繼母那個家的經濟管制權有所瞭解，爸爸的小金庫常常被迫充公。米拉催問，到底咋個嘍？米瀟不語。其實不必問，一定是他虎口奪肉，取了小甄存摺上的錢。米拉直接問，你取了多少？一千。買啥子用了一千？一千只是個零頭，我私藏的一萬都花進去了。米拉等著他石破天驚的自我揭露。你曉得吧，父親說，碰到了好木料，等於撿到寶物，機不可失，時不再來。難怪他剛才要給易韌設計傢具，米拉疑惑父親打著什麼可怕的主意。

一般米拉在上午十一點完成一天的寫作。易韌在十點半開始為兩人準備早午餐。他今天準備了三人份兒的早午餐，三碗小米粥，配青菜豆乾素包子，一碟菜葉豆腐乳，包在豆腐乳外面的菜葉鮮紅，滾滿辣椒。三人靜靜地吃飯，米拉看出，進到父親口中的每一口食物都是蠟。米瀟把裹在腐乳外面的菜葉用筷子剝下來，摁進粥裡，喝了一口，給辣呆了，兩眼直直地看著桌面，嘴巴張開吸氣。爸的臉開始醜，他心裡亂七八糟的主意在扭攪他。米拉不知該怎麼辦。老米吸溜著嘴說，小易啊，你幫叔叔週轉一下行嗎？易韌微笑著等待，等準丈人說週轉什麼。米拉已經明白了「週轉」的具體意義，該來的來了。易韌的微笑表明他別無選擇，只能無條件地答應。借我一千塊，我急用，下周就能還你。易韌略微遲疑，眼睛瞥一下米拉，然後說，沒問題。老米的臉頓時光生舒展，但更是醜得米拉不願相認。我有一筆稿費下周匯到，一到我馬上取了給你送過來，就差這一個禮拜，真是的……老米理屈地解釋，嘴裡的粥咽下去了，可仍是唏哩呼嚕的。易軔沒有說什麼，去了臥室，一會兒，他把一沓鈔票靜靜地擱在桌上。米拉眼角的餘光，看見父親把鈔票快速拿起，裝入他進屋時帶來的黑皮包。專門帶了包來的，沒打算空手回去。易軔說，正好我昨天收到八百塊的貨款，加上我帶來的錢，本來打算跟米拉去峨眉山玩一趟的費用。米拉看看他。他隨意自在，把大家從囧裡帶了出來。醜在父親的臉上漸漸淡去。米拉沒有送父親出門，直接回到寫字檯前去了。一下午，朝著易軔的，就是她的整個脊梁。她沒有臉朝他。他的「烤雞」不斷地滴滴叫，他不斷地回電話。米拉聽見他在電話上說著簡短句子：「你說。」「先偵查唄。」「這兩天不行，我這兒事沒完。」「有消息馬上告訴我。」「明白。」「掛了啊。」他說出了點兒事，那「一點兒」是多大一點兒，米拉問了幾次，他都笑笑。易軔很經得起事，總說「那也叫事」，或者「多大個事兒」。

晚上，米拉建議出去吃小吃。回來的路上，米拉說，你要帶我玩峨眉山？易軔不吱聲。米拉又說，你怎麼沒告訴我呢？他還是不吱聲。她又說，那時候我們常在峨眉山下的陸軍醫院和軍分區演出，峨眉山爬了幾次，現在爬山的人那麼多，有什麼玩兒頭。路上，易軔一啞到底。進了房間，易軔又去打電話，只是「嗯，嗯」地答應著，話都是對方在講。十點左右，他到院子裡站著，夏蟲開始鳴叫了。米拉走到他身邊，下巴擱在他肩膀上。那個肩膀，擔著她看不見的分量，電話傳來的消息讓他糟心。她說，你根本沒有帶我去峨眉山的計劃。他不語。你那麼說是為了讓我爸爸知道，你做了犧牲把錢借給他。易韌轉過臉，看著她。她背後是燈光，沙發旁那個落地燈亮著。他的話成了一口嘆息。米拉又說，而且另外那筆錢，也不是你要來的貨款，對吧？這次他從鼻子裡發出一個長嘆聲。都讓她猜對了。未來的女婿就是要讓未來的丈人難為情。米拉說，我爸已經很難為情了。易韌終於開口：是嗎？你不瞭解我爸爸。他在門外已經想好，一進門見了你，就開宗明義，說明來由。但他見了你，那句話沒有一鼓作氣說出來，下面，他越來越洩氣，越拖延越說不出那句話，到了吃午飯的時候，再不說就白來一趟了。所以他鼓起勇氣，咋咋呼呼把「週轉」那句話說出來。一旦他這麼咋咋呼呼，我就知道他內心慚愧到了極點。她眼裡湧起淚來，轉身進屋。你哭什麼呀？易韌的口氣不太好聽。米拉扭頭，看著他。他的臉一側被打上了光，是很好的角度，這個角度和光都讓他更加俊氣。我不能哭嗎？米拉說。錢都借給他了，你還哭什麼？他是這麼想的。他沒法理解她對父親性格的憐憫。她的父親，在一場婚姻裡，總是以放權給女人開始，放慣了，他基本失去了自由，又開始小偷小摸地暗地造反，直到有一天他受夠，徹底起義。母親過去也錯看了他，以為他的忍讓和隨和就是他的本質，直到他徹底逃之夭夭。父親留戀他在各處過渡的日子，因為他是自由的。但米拉怎麼可能向易韌講清這樣一個父親，一身才藝，內心懦弱敏感，因而常常毫無自主權，並且他最怕的就是與人正面衝突，要他正面去跟小甄較量，他寧可去死。易軔說，我錯待你爸了嗎？你到底哭什麼呀？她覺得他問之有理，可她還是為今早那個走投無路的父親難過。這是個性格上有重大缺陷的父親，從小是家裡唯一的男孩，慢說父母和祖父母，僅僅姐姐的寵，就夠他把缺陷完好保存下來。老米跟女兒說過，兩個姐姐自己捨不得花錢，全攢下來給弟弟，弟弟喜愛上搞學生運動，姐姐去父母那裡把錢哄騙來，讓弟弟拿去做組織活動經費。妹妹長大後，四個姐妹一塊偷偷幫米瀟，養活一個地下黨活動小組。米拉的眼淚易軔最憐惜，而今天她的淚是火上澆油。他光火了，說，我不能說那是我們度假用的錢嗎？現在我們這個關係，他就來借錢……米拉的眼淚乾了，問，我們現在什麼關係？沒結婚呢，就開始借錢……米拉發現最好的光也無助了，在易軔說這句話的時候，他臉上有一些陌生的線條出現了。易軔不知道他在米拉眼前迅速變醜，還在繼續責難：以後我們成了家，他再偷用了媳婦兒的錢，我們都得擔著？他以為做生意容易？得舔著臉給多少人送禮送錢，請多少烏龜王八蛋喝酒吃飯，才幹了不到三年，我肝功能都不正常了！米拉說，既然是你的血汗錢，捨不得，那你幹嘛要借給他呢？！她被自己如此大的嗓門嚇壞了。她還感到，此刻自己的姿態、聲音、臉都是醜的。不借行嗎？他都堵到門上來了！他說下周就能還，鬼才信！他的嗓門也大得恐怖，但他毫無察覺。米拉恐懼地發現，他嚷嚷的時候，是真醜起來了，臉紅得發暗，眼睛圓睜，五點的鬍茬使他下半個臉都在陰影中。他告訴過米拉，過去文工團晚上有演出任務，他都要在化妝前再刮一次臉。米拉說，小聲點好嗎？他剛要說什麼，突然下巴往回一掖，打了個響嗝。米拉驚呆了。在小吃攤子上，他在附近小店裡買了一瓶啤酒，用牙咬掉蓋子，幾乎一飲而盡。那時的嗝憋到現在打出來，集中力量出自己的醜。米拉怕的，就是男女兩人的此刻，比著賽地醜。真巧小姑和吳可，也有過醜得她不敢看的時候。也許所有的錯，都錯在緊密相處；沒有距離，醜都被推成大近景大特寫，讓人臉鼻子附近的汗毛孔多粗大都寫真，以達到觸目驚心的醜！她聽自己說，你既然捨不得，幹嘛還要買那麼貴的錶送給他？何必擺闊？讓他認為你真闊！天吶，她準備得好好的，要輕輕地說，好好地擺正臉，不要獰笑，可是她現在臉上的，不是獰笑又是什麼？哪一張好看的臉，經得住這樣的獰笑？這獰笑在易軔眼前被猛然推成大特寫，她看見對面的黑而大的瞳仁顫抖，一定是被米拉面孔上一系列細節的大特寫給嚇著了，但願她鼻子周圍的汗毛孔不像他的那樣，粗大噴油，簡直是一個個袖珍油井！誰經得住這種零距離的大特寫臉部寫真？他避開目光，說，第一次見面，手面總要闊綽一點，不對嗎？她說，哦，原來這樣啊，你可以擺闊，但別拿擺出的闊當慷慨！他大喊，你怎麼能這麼說！米拉說，因為這是本質，擺闊。偷襲付賬單，也為了擺闊！你以為這在我眼裡是很有面子的壯舉？其實我看，這是庸俗！

米拉調轉過自己醜得無可附加的臉，衝入臥室，打開衣櫥，開始從橫桿上摘衣架。易軔跟進來，大聲問，你還想幹什麼？米拉此刻用最刺痛的語氣說，衣架是我帶來的，不是你的，不可以帶走嗎？他被刺疼，僵立在門口。他眼睜睜看著她的衣服被亂扔進一個箱子，又把衣架稀裡嘩啦放進一個塑料袋。他再僵下去，她就沒了；從這裡走出去，可能會是一生的錯過。在她拎著箱子，走過他身邊時，他抱住了她。放開我！米拉感覺某個陌生人通過她的聲帶發出這樣難聽的聲音，惡醜的聲音。他被她嗓子眼裡的陌生人喝退，乖乖站到一邊，看著她離去。

她拎著箱子，整個人斜著，蹣跚到大門口。去哪兒呢？她知道，他跟在後面，自行車鏈條輕輕地響。一輛出租三輪摩的過來，見了這個夜間拎箱子的女人，知道好生意來了，急剎停車。米拉急拉車門，把箱子往裡一扔，沒等它完全著落，她已經擠上車去。她所有的動作都撒著潑，孫霖露那樣的潑。後座上，她和箱子塑料袋們撕扭一陣，最後落定在座位上，回頭看，他已經追不上了。後窗如畫，路燈如月，一個騎車的人漸漸放棄，停下來，急喘，人都喘老了。米拉再次痛不欲生，想到人的無救，自己的無救，孫霖露在女兒身上的一半基因投資，此刻兌現。在上海東湖賓館走廊上，她見證了母親如何醜行發作，父親也被激發出早年他們互害的醜惡力量，那一場醜劇以女兒撕毀劇本草稿而終止。她事後一次次想到這個家庭醜劇，人真是賤啊，之間距離一旦縮減為零，就開始肢體衝撞，惡形惡狀地相互麻纏，你中有我我中有你地醜做一團。她以為她那麼愛的男孩子，從小就留心到她的與眾不同，緣於她與生俱來的怕醜而養成的恬淡，那樣一個叫米拉的姑娘斷然不會自剝畫皮，把真容竭盡展示給他。對此她毫無辦法，剛發生的一切是鬼使神差。不，畫皮不是她自己剝掉的，是他捅破的。他太不給她的老米爸留體面，她是被株連的臉面盡失，被連帶的尊嚴掃地。尊嚴之痛，是人生痛之極致，她是痛而反撲，醜也認了。老米爸，她內心最深的痛，她從小因他嘗過多少自尊之痛？連易軔都留心到，因為父親的政治軟肋，米拉在軍隊團體裡苦死練死，也只能是B角，舞台上偶然替代A角，那是人家施捨。剛才就那麼醜陋不堪的一張臉，留在他記憶裡，留給將來，一次次震驚他。

三輪摩的開得很慢，一再催問，她要去哪裡。父親那裡是不能去的。母親家呢，萬一周叔叔在，讓一對老情人多麼尷尬。她把真巧的地址告訴了司機。今晚在板板房裡落一下腳，明天再說。但車經過吳可那條小街口的時候，她脫口而出，拐進去。車急促拐彎，又按照米拉指令停在院門口。米拉付錢，下車，看見傳達室裡有燈光。她又是斜著身拎起箱子，推開大門上開的一扇小門，跨進門檻。她敲了敲傳達室的窗玻璃，站在箱子邊等待。玻璃窗被拉開，裡面的老頭問，找哪個？米拉說，請大爺給吳可老師打個電話。大爺馬上照辦，吳可常常塞小錢給這個大爺。電話通了，接聽的居然是真巧。米拉愣了一下，告訴小姑，她就在樓下。三四分鐘的等待，米拉面前出現了一個穿絲綢起居袍的真巧。她二話不說，拎起箱子就走，繡花拖鞋帶兩個酒盅形的半高跟，在箱子重壓下危險地擰著扭著。她也不問遠房表姪女，大半夜拎著行李跑到吳可家來幹什麼，也不問易軔哪去了；過分諳熟兒女把戲的小姑，心裡自有謎底。上了樓，米拉見吳可穿的是老崔的起居袍。多年前，年輕的米拉對「物是人非」的感嘆全在眼前。兩張扶手椅之間，一個小桌上擺著小菜和酒，空氣裡是薩克斯管的吹奏。真巧不懂吳可的磨難，但隨時陪伴他消磨任何磨難。米拉知道吳可的劇本遭遇非難，看他站在屋子中央，一臉狠勁，就像他剛斃了別人的作品。這時候的吳可，根本顧不上米拉渺小的個人心傷。真巧把箱子拎進書房，米拉跟進去說，跟他吵翻了。還用你告訴我，真巧說。她把箱子放在寫字檯和書架之間的空隙裡，從書架下拖出一個捲起的體操墊子，吳可練腹肌、背肌用的。真巧的半高跟敲木魚敲出去，又敲進來，把一床褥子抖開，鋪在體操墊上，用手摁了摁，說還是有點硬哦。米拉無心緒地說，湊合吧。真巧一邊鋪床單一邊說，肯定後悔了，把招待所的房子退掉了。男的女的在一塊多好，都要自己留個窩。小姑漫不經意地說，沒了窩，女人就是冇得殼殼的螺螄。米拉不吱聲，跟真巧一塊抻直床單，掖好邊角。吳可伸頭往裡面張望一眼，說，丫頭流落到小吳叔叔這來了？真巧看看米拉，笑笑：小夫妻不吵架，五月天都不得下雨。吳可問，那個小兔崽子欺負你了？嗯，丫頭？米拉還是沒話。真巧代為答覆，人家小易公司裡的事兒多，心頭煩，兩句話衝撞了我們小姑奶奶。米拉突然想，對呀，易軔公司裡一定出了事。

第二天早晨米拉醒來，第一個念頭就是，海易公司出了什麼事？她知道她的小吳叔叔上午是要寫作的，她必須及時騰出地盤來。收拾了褥墊，開窗子透氣，外面是明媚的五月，樓下人家刷牙聲很響。那長了黑毛的污水，形成它曲折複雜的流域，最後也還是通行，流往城市下水道，最後奔流到海。出了書房，看見吳可在客廳的沙發前仰臥起坐，兩個赤足蹬在沙發底邊上，赤脊梁貼在硬邦邦的木地板上。米拉問她小姑哪去了。吳可一張臉紅得發紫，迸出一句「回家了！」米拉到衛生間草草洗漱完畢，出來時，吳可已經穿上了汗衫。他說，有人盯著我呢，真巧不敢在這裡過夜。米拉問誰盯著他。吳可說誰都可能盯，隨便就能在樓下佔房者裡徵召密探。米拉說一個孤男一個寡女，盯上了又怎樣。吳可笑笑，是一個寡女；剛從監獄裡放出來的寡女。米拉進了廚房。冰箱裡有兩個雞蛋，半袋切片麵包，小筐裡放著兩個蘋果。沒辦法，只能代替小姑伺候她的小吳叔叔一頓早餐。她把蘋果削皮切塊，雞蛋也剛好煮得嫩熟。她把麵包片放到烘烤器裡，站在旁邊等。從客廳飄來菸味，吳可在考慮今早要寫的段落了。無論如何，易軔應該打電話到老米那了。老米會急死。也許易軔不會先打電話給老米，因為他懷恨老米，整個事端都是由他而發。就是他不懷恨老米，老米問起來，為了什麼無聊的緣故，他女兒半夜出走，還是會歸咎到事端源頭。烘烤的麵包發出焦糊味，她湊上去審視，什麼原因使烘烤器沒有把烤好的麵包彈出。手指剛碰到壓閥，帶小火星的硬物被發射出來，命中她的眉心。吳可叫著跑進來：怎麼了丫頭？！顯然她慘叫了一聲。焯燙她的硬物早已不是麵包片；是一塊焦黑的碳。哎呀，那東西好久沒用了！小吳叔叔想掰開她捂在額頭上的手，米拉不讓掰，眼淚嘩嘩流。一天到晚健美的小吳叔叔，米拉是彈不過的，兩手被吳可一隻手抓住，另一隻手的食指輕輕觸碰她眉心，倒是給砸破了一點兒皮，沒事。他笑道，要是給燙出個大泡來，咱這丫頭就破相了，還得給鑲塊紅寶石在這兒，學印度姑娘。他意在逗她樂，卻越發勾出她眼淚。吳可說，還哭呢？小吳叔叔等著你弄早飯給他吃呢！米拉擦擦眼淚，把雞蛋和蘋果端到客廳小桌上。女人沒窩，就是冇得殼殼的螺螄。

米拉告辭吳可，來到馬路上。沒殼殼的螺螄在人行道上爬，上班人的自行車激流在馬路的河床裡湧動，從她身邊奔流而過。她意識到自己在朝母親家走。公共汽車站的人也是陣陣湧動，靠站的車不停，減速向前開，所有人跟著跑半站路，才陸續爬進車門，司機總在此刻折磨上班的大眾。人人汗氣蒸騰，米拉被雜燴的體味蒸騰，一天還沒開始，就已經敗壞。

她滿身是別人的氣味，來到母親家門口。被提升為設計室副主任後，孫霖露工作積極，啃著一個夾著榨菜的饅頭就踏上了上班征途。媽問女兒，你不曉得我八點半必須到辦公室？米拉不說話，伸出一個手掌。孫霖露知道那是跟她討鑰匙；小時米拉丟了鑰匙，去母親單位，第一個動作就是伸出手掌。出啥子事嘍？母親咽下榨菜饅頭，覺出蹊蹺，但女兒已經走成了背影。米拉打開母親的家門，好一股香氣；風乾的薰衣草一大把，插在一個青花大瓶裡。多年前，老米對環境美的追求，現在在孫霖露家還能看到痕跡。而老米自己的家，除了珍貴木料傢具是隨老米心願佈置的，其他都是甄茵莉的甜酸口味，蕾絲窗簾、台布，蕾絲電視機套，茶几上的陶娃娃、瓷卡通動物。連老米自己畫的畫，也要經過小甄篩選，調子太傷感抑鬱的，太灰暗的，都不能入選。只有兩幅水果花卉靜物，被榮耀選中，佔據最為顯赫的牆面。

媽是有殼殼的螺螄，現在在男人面前做人，透著硬氣。比爸還硬氣。爸隔三差五買些小甄的禁忌食品，來媽家矯枉過正地大炒大炸。現在社會上傳說，萬元戶們在外包小老婆，老米包大老婆，可謂荒誕絕倫。媽跟爸的關係若即若離，因此自由坦誠，爸還給媽的準男友老周打分。米拉倒在母親床上補覺，昨夜是喪家犬，人家屋檐苟睡一夜，現在乏極了。她睡得好沉，醒來時聽見雨打玻璃窗。一扇窗小半掩，飄進五月雨霧，好不舒爽。這是一個生命空白，原來談戀愛也是爭鬥，現在覺出累來。連那麼愛她、她那麼愛的人，得來都那麼不容易，都是拿命換。這個空白過去，怎麼辦？哪個街角藏著轉折？還能原路找回原先的愛人嗎？易軔之後，她不會再像現在這樣愛了。她是淡性子，濃烈起來只夠愛一個人。門輕輕響了，她翻個身，傻了，易軔進來，手裡端個碗。事情好像就該這樣，一覺醒來，一切如初。她問他，什麼時候來的？他笑笑，不說話，到她床邊坐下。他一定是去了母親單位，母親帶他來，為他開了門，又回去上班了。米拉帶易軔來媽家做了兩次客，都是易軔主廚，媽打下手；未來丈母娘總要出些試題，給未來女婿。媽一直是喜愛易軔的，因為他和老米爸那麼不同，因為媽對爸那樣的男人愛不動，愛怕了。媽的話：小易有一種忠勇氣質，會為你擋風雨擋子彈。易軔溫熱的手放在她臉頰上。失而復得的撫摸，雨天來得及時。她坐起來，看見他碗裡吃了一半的麵。是媽給你煮的？我自己煮的，昨晚到現在沒吃東西，餓昏了。床頭櫃上的小鬧鐘說，已經是下午三點四十幾分。她掀開薄被，一身昨晚的衣服，昨晚的褶皺，昨晚的醜。他們都不說昨晚，只是輕輕擁抱，輕輕地吻，剛長好的傷，還太嫩，重一點都會觸痛。

他居然借了鄰居的趴耳朵車[54]，接米拉回家。司馬相如接卓文君的八乘馬車，也沒有這輛車動人。他說，借車是怕你要把箱子帶回去。不過，暫時不帶箱子回去也行。她看看他，他笑笑，雙方都是小心翼翼。她沒說箱子在吳可家。一切如初，好像暫時不盡然。到了家一看，窗明几淨，小院也剪了草。雨後，草閃亮，個個雨珠裡都是夕陽。鄰家貓咪又跳上了圍牆，當著貓面，易軔把米拉放在自己膝蓋上，抱著他的孩子那樣。米拉說，對不起……他「噓」了一聲，說，都不說了。她換了一件乾淨衣服，是他的一件舊T恤，被摟坐在他腿上，領子鬆垮到肩膀下，一個肩頭沐浴雨後的清風。此刻他說，米拉，是我不對，這幾天公司出的事，把我心裡攪得亂七八糟，我跟你道歉，嗯？公司出了什麼事？本來不想告訴你，怕影響你寫作的心情。現在告訴你

54　趴耳朵，形容男人懼內。趴耳朵車，為一種丈夫伺候老婆的車；丈夫一人在前面騎，老婆抱孩子坐在簡易車斗裡。

吧：新進口的冷凍設備，沒到貨就被倒賣出去了。米拉聽他說過，島上漁業昌盛，外匯難批，設備一倒手能賣出兩三倍價錢。易軔又說，倒賣的人已經逃跑，警方說，他們跑到日本去打黑工了，什麼都是預謀好的，偷走一筆錢，打黑工同時還能跟國內做走私貿易。米拉問，損失很大嗎？易軔說，嗯，還是貸款。米拉看著他，他笑笑。他真能扛，她什麼也沒看出來，這幾天他除了電話上陰沉的簡短問答，除了夜裡翻身次數多，一切照常地跟米拉過活。那你怎麼辦呢？只能再想法貸款；只要能貸到款，做得苦一點，總會緩過來。我才二十九歲，輸得起。米拉說，我陪你苦。他心不在焉地在她裸露的肩上吻了一下。

晚飯趁易軔出去倒垃圾，米拉給吳可打了個電話。她有一筆稿費，希望能寄到小吳叔叔家。丫頭又搞什麼鬼？以後再跟小吳叔叔從實招供。第二天她去郵局，給北京一個文學季刊打長途，請求主編盡快預支她稿酬。這刊物定於第三期發表她的中篇小說。電話那一頭是副主編，勉強答應，但條件是米拉的下一部作品必須先給他過目，他保留預先選擇權。米拉痛快答應，但她強調稿費一定走電匯。現在沒有比籌措資金更緊急的事物。她知道父親肯定來不及在下周籌足款項，償清易軔債務，但她這次絕不能再讓父親丟醜，在易軔面前失信，再一次傷害她老米爸的自尊，連帶傷害米拉的自尊。那一場爭吵太醜，不堪發生第二次。比爭吵可怕的，是不爭吵，是易軔一聲不響地看低老米，因此也就看低米拉。她打算一取到稿費就還給易軔，假說是老米還的。過了兩天，米拉打電話到吳可家，只是簡短地問，到了沒得？吳可說，沒有。又過一天，她再打電話，還是一樣的簡短問句，吳可有點不耐煩，說她這丫頭難道不信任小吳叔叔，到了會不通知，自己把錢花了？！米拉笑道，對，就怕你花了。易軔正拖地板，來回走，米拉捕捉到一瞥他的目光。目光不太好，窺視的，狐疑的。這兩天她都穿著易軔的運動短褲、體恤，細瘦的身體像是被罩在小型帳篷裡。易軔似乎很愛她這種時尚，忍不住過來抱一抱她，然後上下看，憐愛地笑。第三天，米拉憋不住了，一早就跑到吳可家，坐在客廳裡等。電匯三天怎麼也該到了。等了四個多小時，吳可上午的寫作都完成了，什麼也沒等來。吳可請傳達室大爺的兒子幫忙，騎三輪車把米拉和箱子送回去。米拉讓大爺的兒子把車停在院門口，自己提箱子進去。易軔一看她和箱子一塊回來，隨口問，從你媽那拿回來的？她隨口應道，嗯。易軔說，這麼重，你怎麼不叫我幫你拿呢？她含混地說，拿得動。

到了第四天，掛在牆上的溫度計紅線升至三十二。成都的三十二度，空氣就是蒸汽。米拉吃完早午餐的小米粥，渾身汗透，正衝著澡，聽見電話鈴響。她立刻關了水管，停住動作，聽易軔問來電者，請問您貴姓，然後又聽他重複，哦，口天吳。米拉聽到此處，馬上衝出去，濕淋淋的光腳板在地板上溜旱冰，幾乎摔倒。她拿起話筒：小吳叔叔嗎？吳可說，到了，你什麼時候來拿？米拉說，兩點。吳可說，好，等你。米拉掛上電話，才發現自己一絲不掛，只掛滿水珠。易軔扔過來一條浴巾，嘟噥一句，當心著涼。離兩點還有四十幾分鐘，米拉匆忙換下易軔的T恤和短褲，換上一條淺綠吊帶連衣裙，最早期的港貨，那天夜裡走時，它還在盆裡泡著。她感到易軔的探照燈目光不斷掃到自己身上。她把濕頭髮用易軔的黑鞋帶紮成兩把，使其快乾。不管她往哪個方向轉，都發現易軔在看她。走到大院門口，她看手錶，一點半。一群飛不起來的蜻蜓在她腿上亂撞，雨又要來了，空氣渾稠，濕熱成了一層塑料布，黏著皮膚，撕扯不掉。易軔竟然不問她去哪，她編好的藉口都省了。她的藉口是，去街口書報亭翻翻這月的文藝刊物，看有沒有值得買的。

吳可搖著蒲扇在樓下等她。接過匯款單，吳可說，就不請你上去坐了，知道你著急去郵局。米拉笑道，小吳叔叔有貴客，怕我上去。吳可小聲說，那個貴客赤身裸體，不過她認識你，你也認識她。米拉知道，真巧小姑對自己的裸體是願意炫美的。小吳叔叔，你們都多大歲數了？不害臊。這麼熱，赤身裸體犯法？說你犯法你就犯法。吳可一頓，說，那倒也是。快走吧，天憋著壞，別走在路上遭遇雷鳴電閃。她剛出院門，發現易軔拿著一件雨披、推著自行車站在門外。米拉給嚇得一躥：你怎麼在這？易軔說，你怎麼在這？我……來拿東西。他看著她。她說，走吧。去哪呀？回家。你還把我那當家？啥意思嘛你？米拉吵嘴必還原成成都姑娘。那天晚上，你以為我放心你一人走？你上了三輪車，我騎車一直跟在後面，一直看你進了這個院子。那又咋個了嘛？我們不在這兒說。易軔推著自行車往街口走，米拉不情願地跟在三步之外。走出街口，把角是個修自行車的鋪子，支出帆布蓬，遮陽也擋雨。一個師傅出來問，修啥子？車閘不好用，師傅給看看吧。雨下來了，雨點掃射在帆布蓬上。易軔把米拉往後拉了一把。誰也不說話，雨聲太大。兩人各看馬路一頭，各伸出一條腿稍息。兩道閃電接一個炸雷，雨威猛酣暢，馬路邊的水流成湍急山溪。米拉想，要把話說清楚，就必定牽扯出老米爸。可她寧願自己被嫌疑，也不願出賣老米。父親的自尊就是她的自尊，從小就守護著父親的自尊，現在長大成人，還有什麼不能承受？師傅出來說，進來坐會兒嘛，雨一時半會兒過不去。易軔脫下自己的襯衫，要往她身上搭，她閃開了。他拉住她的手，那就到裡面去，衣服穿那麼少，手冰涼的。米拉不反抗也不配合，手在他那大手裡麻痺著。師傅拿出兩個帆布折疊凳，請他們坐。多年前他們坐著類似的帆布折疊凳，看露天電影，米拉想方設法坐到易軔近旁。她總是挑他斜前方的位置，便於回頭看銀幕照亮他傻笑的臉。《列寧在十月》他們至少看了二十遍，銀幕上的人物們一說到大家會背誦的那些台詞，他就傻笑。那時她怎麼會想到這一刻會發生。雨聲弱了，店內漆黑，一盞十瓦的灰藍日光燈下，擺弄車子的師傅如鬼火裡的鬼影。易軔說，你為什麼不跟我說實話呢？你在吳可家過夜，箱子也留在他家，跟我說實話有什麼呢？米拉想哭，真沒希望扯清了。這幾天，我看你心神不寧，給吳可打電話，怕我聽，說半句，跟打暗號似的，為什麼呀？米拉不吱聲，看著自己的淺綠裙擺，還是第一次真巧小姑帶崔先生到招待所借宿時送她的，洗多了，棉布無比柔順。他又說，頭一次在你小姑家，那天夜裡，你偷偷到我睡的沙發邊……後來你回去，往你小姑臥房走，他就站在走廊上，說的什麼我都聽見了。米拉以為他一直是粗枝大葉的男孩子，竟那麼多心眼，也難怪呀，他拆了一個家來愛她。她感到他的愛加溫的過程，他無回頭路可走的決絕。你那個叔叔，他對你有什麼歹意？還是你跟他有什麼我不知道的事？要不就是文藝界真像我們老百姓說的，亂七八糟？米拉給他逼得退無可退。假如我不這麼愛你……我就走了，什麼也不問，惹不起，躲得起，躲開你們這些名人才子算了。我一看就知道你那個小吳叔叔，你爸爸，根本看不起我這樣的……一般人。米拉看他一眼，那自卑和傷感極為真切。米拉眼裡燒灼著淚，仍然看著膝蓋上那片淺綠，舊東西真可人，舊人也一樣。他那麼傷心，她為他的傷心而傷心。她聽自己在低聲說話。讓她聽聽，自己在說什麼：從十二歲，我心裡就沒有過別的男孩，要是你走了，我以後再也不會像愛你一樣，愛別的男人。他提高嗓音：可你為什麼要對我撒謊？你取回箱子，那也是一次機會，跟我說實話，可是你又錯過了機會，又撒一次謊，謊套著謊，我都替你急，還有指望講清楚嗎你？米拉說，求求你，現在別問我，將來我一定跟你講實話的。不行！他喊起來，修車師傅回過頭，看著他們。易軔把聲音調低，但氣息更加爆破：你必須現在就跟我講！在這裡？米拉說。她掃一眼周圍，黑漆漆的修車鋪子裡，腳邊兩團蘸滿油泥的棉紗；她就配在這裡懺悔，在這裡接受坦白從寬的待遇？易韌又說，我一分鐘都等不了。這幾天我一直在等，過的是什麼日子？！公司那邊，我必須馬上回去收拾爛攤子，可我不甘心啊，一句真話聽不到就走？這麼走了，我還會回來嗎？米拉聽得一個寒噤。我等了一天又一天……米拉把手伸出去，拉住他放在膝蓋上的大手。這回，大手在小手裡癱瘓了。都是因為我爸爸。這個又黑又髒充滿機油味的小鋪，是她一生頭一次懺悔的地方。她要懺悔自己撒的彌天大謊；懺悔她從小就為了護衛父親而撒謊。那次她六歲？五歲？當遊街的父親被人用磚頭砸傷了腿，回到家裡，母親讓五歲的米拉去跟隔壁人家借紅汞，米拉跟鄰居奶奶說，媽媽切菜菜，切到手手了。爸爸在家發牢騷，說自己當年該跟父母姐妹乘上出國的船，不該獨自跳船回來。米拉在外面碰到工宣隊叔叔，叔叔要她當「可以改造好的小朋友」，揭發爸爸在家的言論，米拉說，爸爸在家教我背主席詩詞。後來爸爸住進了牛棚，每天跟「牛友」們站在主席像前「請罪」，幼兒園小朋友們排隊路過，指著問，哪一頭「牛」，是米拉的爸爸。隊伍裡的米拉說，我爸爸在家生煤爐呢，要燒掉資產階級的書。她並不想抵賴自己是「牛」之女，只是怕小朋友看見爸爸「請罪」的臉；爸爸在念叨「我有罪，我該死，我對不起人民，對不起革命群眾」時的樣子，好像長了個木頭臉，很醜很醜，她最怕的是小朋友們看見米拉的醜爸爸。

回去的路，米拉和易韌慢慢溜達。雨後的清涼，慢慢享受。易韌一手推著自行車，一手拉著米拉。自行車貨架上，放著剛買的一盆吊蘭，是還要把日子長期過下去的樣子。兩人沉默地走了五六百米，米拉的頭略蹭著他的肩，輕聲說，實話你聽見了，不該把我想那麼髒吧？易軔慚愧地笑笑。你給我編排故事，也該給我找個年輕點的，帥氣點的，把我跟個小老頭編排到一起。好多比你小的姑娘，都不在乎名人才子的歲數。我在乎。為什麼你在乎呢？因為我小時候就生活在名人才子圈裡，膩了。易軔沒被說服：那你在乎男人什麼？美，我像男人在乎女人的漂亮一樣，在乎男人的美。你在乎男人的長相？美跟長相有時有關，有時無關；男人的美是勇敢，嗯，還有擔當；你當著那麼多男人，把我從編劇樓裡帶走，又當著那麼多人，把我抱上樓梯的時候，我覺得你美。這回他似乎懂了，摟了摟她。

真時尚

「真時尚」開張那天，克拉克老爵爺正好到成都。這是一九八八年年末，真巧的上三流、下九流朋友都準備到「真時尚」店裡辭歲。吳可到達的時候，見店門兩邊擺了上百個花籃花環。這個店是兩層樓，離鹽市口不遠，朝街的一面幾乎是透明的，玻璃門窗一瀉到地。二樓落地窗掛兩片薄如蟬翼的乳白紗簾，之間立著個假人模特，奇絕地高挑，完全是背影，向上張開雙臂，仰著頭，一襲桃紅長裙，令人驚艷也驚恐，似乎美人背著身就要從玻璃內栽下樓來。路過的人，都停下張望，不知店內上演哪一齣戲劇。吳可心服，真巧這女子是有奇招的。這時他想起真巧的身世，或許真是她自己聲稱的「私生女」，跟米瀟那個流散在世界各隅的家族血緣相關。就看她設計這個店的鬼主意，也就是米瀟想得出來。

剪彩時間在下午五點半。記者們早就等在橫欄在玻璃門外的綢帶兩邊。「李半城」真巧的三教九流熟人朋友，把一整個城的記者都哄來了。拿什麼哄的，只有記者們自己知道。吳可擠進人群，真巧的妹妹芳元一身大紅套裝，頭髮梳成高髻，加上高跟，人被拉長一大截。不知道她給自己原本面貌動了手腳的人，真當她何方仙女。芳元拿著一把繫著紅蝴蝶結的大剪子擠到吳可身邊，低聲說，吳老師，受累了。吳可問，你姐姐呢？芳元抿嘴笑笑：你一會兒就見到她了。吳可想，要是米瀟沒去美國，剪彩的差事就不會派給他了。客人都到齊，缺席的是真巧本人。鞭炮炸響，真巧還不出現，芳元只是微笑，極是心裡有數的樣子。鞭炮炸得空氣都熱了，火藥味刺鼻，人群上蓋著一層彩色紙屑。芳元拿著唱歌的麥克，對大家說，請我們全國著名的大劇作家吳可先生，為「真時尚」旗艦店剪彩。三教九流的客人們拍巴掌吆喝，看熱鬧的陌生人起鬨呼哨，記者們鎂光燈亂閃，吳可歪著一邊嘴笑：剪了啊！他是笑自己頭一次為他人做嫁衣。剛要落剪刀，門內燈暗了，音樂響起，一束追光打在樓梯上。老爵爺克拉克穿著黑色燕尾服，胳膊上挎著手杖和真巧，從樓梯上緩緩下來。吳可幾乎不認識這一位真巧，一身閃光，整個墜地裙裝像剛鍍了銀。這身長裙是彈力面料，緊裹真巧的腰身，低胸到體面和色情的臨界點，非常考驗身材的服飾，少一分胸圍、多一分贅肉都會大大減分。吳可不得不承認，真巧貴氣起來，也做得公爵夫人的。他突然有些不適，這貴氣的真巧自己就沒有得到過。客人們進了店堂，燈光恢復了先前的亮度，一隊十六七歲的模特姑娘，穿著長裙短裙，翩翩下樓。她們在人群裡目中無人地繞了一圈，盡閃光燈對她們閃夠，又掉頭往回，一個個屁股在裙子下滾動，尚未發育完整，像十四的月亮。這一隊姑娘再次下樓，已換了行頭，一款款春裝，多是桃柳杏色，人群裡又是一陣騷動。這次每個姑娘都手拿托盤，裡面盛著糕點，袖珍三明治，扎著牙簽的切塊水果。每個托盤裡一摞紙碟子，一把塑料刀叉，姑娘們走到客人和記者面前，微笑致禮，下凡了人間似的。吳可此時靠近真巧，跟她咬耳朵：哪裡蒐羅來的小妖精？真巧的回答是一個倩笑。

米拉在夏裝表演開場之後才到場。芳元拉著她的手進來，說外面人太多，只好關了大門。米拉穿著紅色羽絨服，一鼻子汗珠來不及擦，就站到老爵爺和真巧之間，幹起翻譯的活來。她把記者們的提問翻譯給克拉克，再把克拉克風雅風趣的答覆轉達給記者們。吳可見她向左側身聽，又向右轉臉說，用手絹急促地給自己扇風，不亦樂乎地忙。小時的米拉臉蛋的質感，還留在他的指尖上。那種細膩，那種微濕微澀，他指尖是有記憶的。小時的丫頭總是頂不動那一頭頭髮似的，老米似乎放縱頭髮的凌亂，再給沉重的頭髮綁一塊藍白格子、或紅白格子手絹，像賣火柴的小女孩。那就是他的丫頭，撩開她額頭兩邊垂吊的髮縷，就是那個飽滿光潔的額，他總忍不住把嘴唇貼上去。他的劇首演，他的小貴賓四歲，坐在他膝蓋上靜靜地看戲，看到慘烈處，把小臉藏進他懷裡。演完戲，她會長嘆一聲，偶然問幾個老三老四的問題。一九七三年夏天，他在勞教農場收到電報，母親病重，回到家裡，發現母親其他病沒有，僅得了話癆，從早到晚教育他數落他。母親家門口也貼著大字報、白對聯，她口氣卻還是老領導。他忍無可忍，找到孫霖露。孫霖露讓他住她的半個單元，自己睡單位的單身宿舍。一個禮拜日，十二歲的小女兵米拉回來，看見他親得跟什麼一樣，衝上來抱緊她的小吳叔叔，眼圈都紅了，問，小吳叔叔解放啦？當吳可告訴她，只是回來探親一周，她紅了的眼圈才釀出淚。那晚她的小吳叔叔跟她到馬路上散步，跟她談了一些她該再長十歲才能聽的話。他記得自己跟她談到了死，那年農場自殺的人多，他親手從樹上放下的屍體就有兩具，都是兩小時前還一根菸掰兩半抽的朋友。米拉一點也不驚訝，說，爸爸也這麼說過。第二天清早，米拉到火車站送他，說解放軍阿姨送小吳叔叔，不用排大隊。他擠在兩節車廂之間，捨不得離開這個穿軍裝的小姑娘，又從車上跳下來。她說，小吳叔叔，不想那個字，還有我呢。那個字是「死」。回到農場，米拉給他寫信來，寫得不多，淡然幾句，但他能感到她的不安，還是那個意思：還有我呢。他一直保留著那些信，心有靈犀的忘年知己，難得的。看著此刻的丫頭，雖已做了他人婦，看去還是清流一股，難得的。

當晚老爵爺請親近朋友到錦江賓館的西餐廳吃飯。長方餐桌，老爵爺左邊坐芳元，右邊坐真巧，真巧對面是吳可。米拉坐在吳可身邊，小聲跟他說，我給我小姑仿造了兩年情書，老頭回信管小姑叫「我的火」，剛才在店裡說，真巧兩年的書信，是他生命中的火。說到此，她擠眼睛：真巧小姑這團火，是治病的，治好了克拉克的抑鬱症。吳可笑笑，從米拉現在的五官中找他親吻的那個小姑娘，也找那個撲上來抱緊他的小女兵，都找到了。小時候的她安靜得驚人，像現在這樣的調皮眼神，從來都是一閃即逝。老爵爺席間談笑，芳元學的那點英文湊合夠用，給大家口頭翻譯，有時她會請老頭重複一遍。老頭問真巧，你那個助理哪裡去了？經翻譯過來，真巧一傻，芳元窘壞。哪個助理？真巧問老爵爺。就是上海畫廊裡的助理，真巧向芳元轉臉，芳元對大家趕緊說，我做了手術，老頭現在不認識我了，你們不准告訴他哈！吳可爆出大笑，桌上人都東倒西歪地笑。真巧笑著，手伸過來，在吳可大腿上擰了一把。老頭給大家笑得莫名其妙，認真問芳元，他們笑什麼？芳元臉更紅，幾乎要恢復幾年前的赤紅臉了，使勁搖頭。老頭問米拉，他們到底笑什麼？米拉還沒回答，芳元又叫：不准說！米拉於是對老人聳聳肩。吳可指著芳元對老爵爺說，這位是真巧的妹妹，漂亮吧？老爵爺說，漂亮死啦！吳可問他，姐姐和妹妹，誰更漂亮？老爵爺認真鄭重地給了真巧好一番端詳，又去端詳芳元，說：兩種不同的漂亮，姐姐的漂亮主要在於性感和魅力，但到底長妹妹好幾歲。吳可說，看來隔著種族談戀愛，是有便利的，真假難辨。老爵爺要芳元給他翻譯吳可的話，芳元赤紅臉被整容醫生治好，但現在復發，一直赤紅，她說她沒聽見吳可在說什麼。老爵爺又來求米拉。米拉也說沒聽見。真巧鬼笑：看來老傢伙要老馬吃嫩草了。吳可說，姐妹易嫁，傳統劇目。嫁呢，他是看不上的，真巧說，他要的是陪伴。老爵爺說，姐姐和妹妹都跟我去英國，我就是世界上最幸運的男人。真巧大聲說，放他的屁！人們又爆出大笑來。老頭東張西望，不能加入大笑行列，很不安全似的。他拉住芳元的手，問他們笑什麼？芳元臉又紅，用英文說，你可不想知道。老爵爺拉著芳元的手不放，對大家說，現在世界上還能找到一講話臉就紅的女孩子嗎？我在這裡找到了！真巧說，你個老花痴，碰到的當然是不會臉紅的女人，比如本姑娘。老爵爺望著米拉，我知道她說什麼；姐姐一定在吃妹妹的醋。吳可在桌下捏住真巧的手，她轉臉看他，他給了她一個很色的眼神。

吳可來到走廊裡，回頭看，真巧出來了。他往樓梯間走，聽著身後的高跟鞋得得得相跟，清脆，爽利。樓梯拐彎，燈照不過來，她身體卻還銀亮亮的，渾身長了鱗片，剛躍出水面的美人魚。他抱住她銀魚般的身體，問她：老頭給你買的衣服？她說是的。他說，他出錢，我享用，憑什麼你最高貴的樣子歸他？真巧舌尖舔著他耳垂，口齒不清地說，不歸他。對，歸我。也不，我是我自己的。他往死裡吻，抬頭換口氣，又一頭扎進吻裡。老頭說你是他的火。真巧說那是米拉幫她寫的情書，英文，她看都看不懂。吳可說，你是我的火，我一個人的。真巧緊抱住他，你到西伯利亞，火好重要哦，馬爾康得火也活不成。他吻著她的脖子，說他可不跟任何人分享同一盆火，他的吐字癢癢著她，她的魚身抖動，鱗光閃閃，退到一邊，笑著指控他打翻了醋罈子。他說是真男人，心裡都有一大罈子陳醋，不過輕易不打翻，一生也就打翻那麼幾次。她問，現在翻了沒有？他反問，你說呢？說著一把將她的低領口扯到肩膀下，牙齒輕輕咬上去。她推他，說他把菸味留在上面，老爵爺聞得出。這一說，他更不放她。她要他放心，她才不會到古堡裡陪伴棺材瓤子，除非老爵爺起來革命，被發配西伯利亞。樓梯上響起腳步聲，兩人分開，真巧迅速拉起褪到肩膀下的領口。一個穿白制服的女人上樓來，不知避諱地盯著兩人看。等白衣女人過去，吳可小聲但狠狠地說，巧巧，你真是個奇怪的女人。真巧先走一步，怕老爵爺疑心，她讓吳可在樓梯上抽兩根菸才回到餐廳。吳可點上菸，看著真巧一閃一閃地上樓梯，剛才他說她「奇怪」，其實是褒義，含有「珍奇」、「稀罕」之意。吳可自知，自己對人不寬容，對女人也刻薄，在誇獎女人的用詞上，十分吝嗇，心裡的讚美，舌頭都會摳下一道，出了口便大打折扣，於是「珍奇」成了「奇怪」。真巧確實各色另類。初夏時，米拉指控吳可「背叛了我小姑」，真巧不會不知道，儘管他後來跟米拉和真巧都分頭澄清了所謂「背叛」。兩年前，調查人員突然出現在吳可門外，告訴吳可，李真巧在上海因為跟一個英國貴族的不正當關係受到調查，並說，她供出的同案有一大串名人，吳可居首。當時他的劇目在北京、上海、成都等大城市遭到停演，報紙上連篇累牘的批判文章，也有個別刊物登出他的辯駁文章，以及別人擁護他的辯駁文章，本來是一場思想藝術的辯論，但上海案發，把他牽扯到犯罪嫌疑層面，敢於刊登他辯駁文章的報刊，馬上轉了風向。真巧表示完全理解吳可當時的自我保護，但米拉只是淡淡一句，你們文人都是運動老油條。吳可知道，文革中背叛米瀟的人，後來又到米瀟家下棋喝酒，米拉都見慣了。

吳可熄了菸頭，慢慢往回走。進到餐廳裡，見克拉克老爺子兩條胳膊搭在倆姐妹肩上，此刻世界上最幸福的老男人，非他莫屬。他坐回座位，米拉笑眯眯看他一眼，他輕聲說，丫頭知道的太多。米拉說，我什麼也不知道。吳可說，小易同志最近怎樣？米拉比劃一隻手到太陽穴，貸款快沒頂了。吳可說，說做生意能貸來款，就是第一個成功。米拉又笑：放心，小吳叔叔，我不會跟你借錢。吳可說，你借，小吳叔叔得有啊。兒子去美國留學，葛麗亞搜刮得我，他媽快破產了！米拉問，葛麗婭還跟那個法國教授過嗎？早不過了，所以她能全副精力折磨我。米拉說，假如那時你在農場碰到十七歲的葛麗婭，致命地愛上她之後，她突然消失了，你會怎樣？我會永遠愛她。就像畢卡索最愛的伊娃，因為芳齡夭折，沒有機會長成一個老婆。現在能找到的伊娃的照片，也就一兩張，病容的清秀，楚楚動人，好像已經在死亡的過程中，稍縱即逝的美。假如葛麗婭在我出院之後，永遠找不到了，那她就會是我一生的相思病。米拉嘆了一口氣，完全同意：無救的浪漫者，都需要生一場終生不渝的相思病。

吳可看著老貴族站到芳元背後，握著姑娘兩隻玉手，教她擺弄刀叉，切一塊牛肉。芳元的髮髻蹭著老頭刮得精光的腮幫，老爺子太幸福，烤得老牛皮一樣的牛肉越難切，他跟芳元越能膩得長久。文革前，吳可父母的廚師也學過西廚，會做一些簡單西菜，比如英國烤牛肉、德國炸豬排、法國煎鴨胸，假如他看到牛肉烤成這樣，一定會說，吃不得了。那個廚師常說，廚師好不好，看他掌握的火候。吳可聽說，真巧開店的錢是她三教九流朋友們湊的。有人打通了銀行關節，幫她貸到一筆款項，買下一家縫紉廠，一百多台機器，兩百工人和技術員。果然像米拉說的，她小姑是栽到水泥裡都能開放的花，那是什麼生命力。米拉碰了碰吳可的胳膊肘，說，小吳叔叔，我爸給你寫信了嗎？有三個月沒收到他信了。

米灊到美國之後，給吳可寫過兩封信。第一封是他搬出了大妹家之前，告訴他出國前留給吳可地址不作數了，新地址在紐約皇后區。老米還說，他跟梁多聚了一次，那小子把出國前的承諾忘得乾乾淨淨。本來梁多承諾，辦完第一個畫展，就把以米灊做模特的那幅《中國木匠》送給米灊妹妹，但畫展上有人收藏，出價不錯，他就賣出去了。等米灊提起這事，梁多拍著腦袋想，到底是否有過那樣的承諾，那懵懂一點不像裝出來的。才子們容易昧良心，不守諾，米灊說，他都諒解。吳可覺得他跟老米這麼多年情同手足，多半也因為老米大度。唯有一次，老米差點跟他翻臉。那時他在等著佔房戶騰出樓上的房間，有兩個月在老米過渡的招待所暫居。有一次米拉來看爸爸，老米不在，丫頭在吳可房裡等待，跟吳可談起史特林堡的戲劇和他後來的煉金術，又談到安東·契訶夫的戲劇生涯和醫學生涯。他一直記得她的話：契科夫人格中有聖人的元素，史特林堡有神秘主義元素，小吳叔叔，要取得最大成功，你必須二者兼有。那晚上跟老米喝酒，半醉，吳可問，老兄，米拉出生的時候，你二十六對吧？米灊回答，沒錯。吳可說，那還來得及啊。米灊問他，來得及幹嘛。吳可說，來得及多生兩個像米拉這樣的女兒。米灊說，經過反右，我連米拉差點都沒想要，孫霖露堅持，才把她生下來。我們這種人都會給孩子帶來厄運。你問問米拉，她小時候為我受過多少委屈。吳可問，丫頭小時候那麼可愛，你和孫霖露都沒想再生一個？流產過兩個孩子。你們是兇手，殺死了兩個米拉。老米笑道，要是米拉出生前我們能跟她商量，說不定她不同意被生出來。兩人又喝一陣，吳可說，太可惜了，老兄要是有三個像米拉這樣的丫頭，我就能娶一個了。米藩的酒似乎全醒了，大吼，你個龜兒子！混賬王八蛋！你敢打米拉的主意，我親手殺了你！米藩那是真脾氣，嚇著了吳可，趕緊嬉皮笑臉，假打自己嘴巴，說：渾話渾話，怪只能怪酒。米藩又說，你在米拉眼裡，百分之四十五是壞人，百分之七十五，是才子，其中百分之三十的壞人和百分之三十的才子長在了一塊，撕不開，她只能全部接受，忍受。吳可吃驚，問：那你呢？米拉怎麼拆你這個人的公式？老米說，不樂觀，百分之三十的才子，百分之八十的壞人，壞人和才子的重疊部分只有百分之十，但我不一樣啊，我百分之百是她的親老子！她惡心這老子也好，可憐這老子也好，血濃於水，她沒辦法。所以小吳你啊，有真巧陪你混混，就不錯了，對米拉，你給老子死了這條心，不然老子親手掐死你。你別以為我幹不出來。那一刻招待所地處的城區突然停電，光明後的黑暗非常純，伸手不見五指。吳可怕老米趁醉趁黑撲過來，掐自己脖子，兩隻手在前面推擋著。門被敲響，老米坐在門邊沙發上，一伸手把門打開，但接下去兩人就愣了。進來的是一個拎暖壺的女人，嘟噥著，太黑了嘛，廁所不敢上哦。她的到來，使屋裡的濃黑變成淺黑，能看到一些傢具的輪廓。當然，這是因為人的眼睛已經在適應黑暗。她摸到放暖壺地方，在倆沙發間放著一個痰盂，她撩起裙子便坐在痰盂上。吳可記得他和老米當時傻了，完全鴉雀無聲，聽女人坐在痰盂上，尿如暴雨驟降。老米先開的口，問她住幾號房。女人還沒尿完，「啊？！」了一聲，嗓音頗嫩。吳可說，進錯房間了吧？女人聽到吳可的北方口音。徹底醒了，此刻總算尿完，站起身，問，這不是二一五嗎？一股熱尿氣息蒸騰起來，此女白天吃了太多蒜苗。吳可說，這是三一五，我的房間。吳可知道二樓住了一幫拍電影的年輕男女。女人說，對不起對不起，我多上了一層樓！她正要狼狽逃脫，吳可說，對不起就行了？你給我們留著一大盆尿算怎麼回事？女人說，天那麼黑的嘛。你這是文不對題的扯淡，天黑不黑的，你讓誰給你倒尿盆？！吳可從不寬恕的性格彰顯力道。女人只好回身端起痰盂。老米說，記得給我們送回來。女人端著尿出了門，黑暗已大大褪色，可見女人一副好身材，一頭好頭髮。吳可在灰黑的光線裡說，幸虧走錯的房間住的是我們，要是誤闖到進城伸冤的勞改釋放犯房間裡，順手就給她辦了。怪誰？她送上門來，撩裙子脫褲子都是她自己，還糟蹋得一屋子臊氣，放她全身退出，太便宜了。老米笑道，我剛才低估了你的壞人比例，你應該是七成的壞人，七成半的才子，你這樣的傢伙，米拉心裡會沒數？吳可聽見門外一聲歌唱：痰盂給你們擱這兒了！然後聽見搪瓷和地板相碰的聲音。那嗓音可以去民歌比賽。兩個醉男人哈哈笑起來。老米說，斷電有意思，上天用這個機會，抽查一下，看人類在突至的至暗時分會幹出什麼來。接下去，他說起農場的一件事。

一九七三年夏天，一次雙搶收工晚，回營時二十多人列成隊伍，一字排開，走在田埂上。田埂上的泥濘總是不乾，很滑，只有押隊的人拎一盞馬燈。押隊的傢伙走在隊伍中間，個子比隊伍裡的人都高，平時凶狠無情，罰飯罰站罰重活，是個人人恨的主。走到水田中央，那人腳下一滑，馬燈給摔進水田裡，滅了。一剎那伸手不見五指，只聽他叫了一聲，接著是水田「撲通」一響。一字排開的人們什麼也看不見，等到有人從營房打著手電趕來，發現押隊者已經淹死，而水田裡的水，深度未達膝蓋。站在田邊的二十多個人，全是兩腿泥，兩手泥水，看起來全部抹黑下水田，參與救生，但那人還是溺了水。第二天農場幹部把這二十多個人全部拘禁起來，讓他們揭發，隊伍裡誰緊挨著押隊者，但誰也不記得一字排開的隊伍，誰先誰後的次序。事後老米推測，馬燈熄滅的一剎那，集體殺心即起。押隊者後面或前面的一位推了他一把，他掉進水田之後，幾個人跟著跳下去，把他腦袋摁在水裡，活活在一尺深的水裡讓他溺水而亡。為了將來沒人能脫干係，所有人一塊跳進水田，造成人人沾手人人有份的局面。二十多個人被拘禁了三天，躲過了農忙最殘酷的時間，集體口供依舊：他自己掉進水田，眾人救生失敗。吳可問，老米，你在這個小隊裡嗎？老米說，你說呢？吳可說，你肯定在。米瀟笑而不答。吳可說，你說不定就是排在那傢伙身後或者身前。老米說，隔著一個人。不過你是首批跳進水田的人之一，也就是把那顆裝著罰飯罰站罰重活點子和名單的腦瓜摁進泥水的人之一。米瀟又沉默了，黑暗裡都是他神秘微笑的波紋。

過了一會，老米說，你現在相信我會掐死你了吧？只要你敢動我女兒。吳可說，其實這是個很好的切入點，人突然淪陷到徹底的黑暗裡，眼前便出現各種機遇，有的男女，在短暫停電後，變成了戀人，或懷上了身孕，有人復了仇，有人奪得了長久惦記的寶物。他想到當年真巧的悲劇，也跟雲南農場每晚十點後的停電有關。

此刻他看著餐桌上的真巧，那每一劫都在她身上留下了痕跡，讓她更加楚楚動人。他的手又越界，在被熨燙得僵硬的桌布下，碰到真巧的膝蓋，銀色裙裾，非人的涼滑。他的手失望了，縮回來。

她感覺到了，在桌面上對他暖暖一笑。老牛皮般難以消受的晚餐終於結束。真巧和芳元把醉雲裡的洋老爺子送回房間，回來已經換了家常衣裳，對大家說，走，好時光還沒開始呢！一群人回到「真時尚」，三教九流們打開了店堂的後門，展露出一小片天井，擺了四張方桌，大家背靠背擠著坐下。每個桌上放置一個銅火鍋，有人端出各種涮料，魚肉水族肥嫩，菜蔬滴翠，火升起，湯沸騰，眨眼間，天井已是煙火人間。真巧從湯裡夾起一塊半透明的甲魚裙邊，大聲笑，這才是真肉訕！吳可坐在她身邊，她把第一塊裙邊餵到他嘴裡。一陣粗俗大笑。吳可不能相信，剛才的銀色美人魚和眼前的壓寨夫人，是同一個真巧。吃了兩口，米拉輕輕拽了拽他衣服，小吳叔叔，我走了哦。

吳可一看表，子夜了。他又胡亂塞兩口肉在嘴裡，灌一大口白酒，跟著他的丫頭來到店堂，拿起大衣圍巾。米拉說，不用送！吳可笑笑：當然不用送，路上壞人全躲著你這前丘八[55]。新年夜路上還算清淨，偶然見吵吵鬧鬧的年輕人，三五一伙，動作還帶著迪廳節奏，嗓音是迪廳裡喊啞的。吳可的摩托開得慢，怕風大米拉會冷。到了大院門口，米拉下車，一邊說，謝謝小吳叔叔。吳可看不遠有油燈，說他今天餓了一晚，烤牛肉嚼不動，都讓他悄悄吐在餐巾裡，米拉必須陪小吳叔叔吃碗麵。卻是個賣酸辣粉的，人家正在收攤。還有粉沒有？吳可問。粉有，不好了訕，攤主挺老實。豌豆巔兒多給點兒嘛！吳可的北方川語讓攤主樂了：師傅這個四川話好椒鹽[56]哦。已經折起的桌椅又打開，攤主三十多歲一個瘸腿，但利索精幹，踮著瘸著兩腳已忙了一天，渾身還是勁頭。吳可問，生意還可以？可以！一天能賣多少錢？八九十塊掙得到，禮拜天一百多不成問題！吳可說，萬元戶嘍！攤主自負，早就是嘍！不一會，兩個熱騰騰的大碗放在桌上。吳可和米拉稀裡嘩啦吃一陣，米拉說，小吳叔叔，我爸爸走，跟你有關係。吳可說，我知道；從我戲劇改編的電影，不讓我的名字上銀幕。你爸聽了這消息，就答應了你姑姑赴美探親的邀請。我爸在兩個姑姑家也不開心，沒住多久，就搬出去了，現在住在地下室裡，每天坐地鐵，到中央公園給人畫素描肖像。因為他畫得好，今年一夏天就掙了一萬多，冬天他畫手繪絲巾在街上擺攤賣，一條絲巾賺十塊錢，日子是有上頓沒下頓，但他很開心，說從來沒這麼自由過，也沒小甄和我媽管著。吳可忽然想起阿富汗美男子阿卜杜，問米拉與他還有否聯繫。米拉告訴他，每年她的生日和新年，都能收到阿卜杜親手做的賀卡。阿卜杜回到伊朗不久，就跟著父母移民法國了。到法國之後，阿卜杜娶了個同胞姑娘。吳可感嘆說，流亡異國的人，唯一回鄉之途，就是回到一個跟同種族愛人共有的家。所以美男子要是現在在法國碰到米拉，絕對不會像當年那樣死追了。

一陣風吹熄了桌上的油燈，街燈的光顯得微弱多了。吳可說，要是停電就好了。米拉問，好什麼。吳可不講話，笑笑，掏出錢付給攤主，又放了額外兩塊錢在一邊，作為答謝攤主的報償。他在大院門口點上一根菸，要透過鐵柵欄看著他的丫頭，穿越昏暗的前院。他想到她小時說的「好醜哦」。一九六五年夏天，他把米瀟招到家裡下棋，強調他必須把女兒帶來。那時米拉五歲，跟他走路還不穩的兒子很玩得來。棋局剛開，來了個訪客。訪客是個縣級文化官員，也是業餘劇作家。他來求吳可指教他寫劇本，但吳可一直以下棋打掩護，支吾幾句褒獎，再咕噥兩個建議，這些話適用於每一個登門求教的業餘劇作家，適用於每一個恭請他指正而他從來不看的作品。那個官員兼業餘劇作家若有所得地告辭了，吳可卻在他剛坐過的凳子下發現了一個油紙包，打開一看，是一大塊煙燻臘肉。他跟當時的保姆說，追出去，把肉還給他！米拉忽然出來一

55 丘八：「兵」的隱語。
56 椒鹽：四川方言，形容口音不純正。

句「好醜哦」。吳可問她「誰好醜」，她說，他剛才坐在那兒……米瀟馬上為女兒翻譯：米拉的意思是，剛才人家那麼可憐，那麼低三下四，難為情到「醜」的地步，再去追他，拿禮物打人家臉，他不是要「醜」得活不成了嘛。說完，米瀟問女兒，爸爸說的對不對。米拉沒說話。現在吳可想，小女孩也許是覺得整個場面都醜，以下棋搪塞，以謊言敷衍誠惶誠恐、以臘肉賄賂以及賄賂者的至窘至賤，整個一場戲，都是醜的。也許她直覺到這種人物關係、尊卑地位，會　釀更大的「醜」：一九六六年，這個業餘劇作家跟縣裡造反隊伍殺到省城，讓吳可乘著他自己胳膊架起的「飛機」，從他家一直「飛」到批鬥草台子上。業餘劇作家在草台子上又喊又叫，胳膊腿無一不忙，宣讀了吳可的「十大罪狀」，其中一條罪狀，就是壓迫基層群眾的創作劇目，以保障他在劇作界的王者身份不被挑戰。他從「飛機」上斗胆側目仰視，曾被壓迫者那揚眉吐氣的容顏，那橫飛的唾沫，那舞動的短胳膊，之「醜」，不堪之極。一九六五年夏天，被米拉揭示的「醜」，是微小的，小如一粒種子，一年後，長成龐大的「醜」，遮天蔽日，無處不在，草台子上下，每一張無端仇恨的臉孔，無端豎起、捶打空氣的拳頭，都是由米拉最終發現的渺小如草籽的「醜」長起來的。「醜」的一粒小籽，最後成全了「醜」的大豐收。因為他們在一九六五年夏天，對於那一場戲中每一個角色的小「醜」的無意識，不怕「醜」，最終才被大「醜」而醜，在幾千人眾目睽睽之下，乘駕自己胳膊的「飛機」，屁股比腦袋仰得高，還有什麼醜過此「醜」？！

他為何從丫頭那麼小的時候，就喜愛她，就因為她懂「醜」，盡量不去「醜」，效果就是她做事為人透著的那股清氣，有清高，也有精神的清潔。用孫霖露的常話，就是「那丫頭多有數」，用常識說，就是做人有度。一九七三年他從農場回城探母親的病，借居孫霖露的半個單元，米拉告訴小吳叔叔和母親，部隊食堂裡，女兵們跟炊事班互以粗話套近乎，就為了多打點菜，多撈到點瘦肉。十二歲的小女兵當時感嘆，小吳叔叔，她們不怕醜哦。幾年後她又跟他說，我在食堂打到的菜，老是最少的，最差的，因為我老跟他們客客氣氣，好禮貌的，老說「麻煩你哈」，人家反而覺得我外道，拒他們於千裡之外。吳可想，丫頭寧可少一口菜吃，也不屈服於「醜」。吳可有一次問她，你覺得你沒「醜」過嗎？她說，當然「醜」過，但事後都很後悔，有時一邊「醜」一邊後悔，就是控制不住地要「醜」，人性就是這樣，明知「醜」，但剎不住。他那次還問，她認為她自己在什麼樣的時候，是「醜「的。她認真地想了一會，舉了個例子：有一個文學雜誌的副主編，是個中年男人，大概正在遭受中年危機，跟她在一次會議上相遇，提到一個跟她年紀相仿的女性作家最近竄紅，因為人長的漂亮。然後副主編跟米拉說，他不認為那個女性作家比米拉漂亮。米拉說漂亮與否不重要，重要的是她寫得並不好。副主編接下去約她散步，她立刻答應。在路上，副主編摟了摟米拉，米拉假裝不領風情，麻木被動受之，一臉傻笑。隨之副主編一把將她拽入了路邊的冬青樹叢。最後這一拽，米拉反抗了，使勁推開他，狼狽逃走。米拉說她記得那一晚上，都感覺著自己的「醜」，但控制不了，一直讓最後那個劇烈的「醜」發生了，傻笑和狼狽逃跑的她，真真是「醜」死了，可以丟掉不要了。

吳可也問過米拉，那你覺得你小姑「醜」嗎？她回答說，小姑偶爾也「醜」，在她跟三教九流狐朋狗友瞎咋呼的時候，滿嘴「狗日的」，因為那是她為了滿足他們的重口味，扮演的另一個女人。但她不經常「醜」，因為她坦蕩磊落，做好事壞事，都和諧，不擰不裝。

他騎車回到家，在大門口，聽見傳達室裡嘩啦嘩啦的推麻將聲音。辭舊歲什麼形式都有。他敲敲窗戶，玻璃拉開，他看見大爺是拆了自己的床板當麻將桌的。他從大爺手裡接過郵件，互道了新年好，走進大門。樓下的佔房戶們也都在打麻將，這個城市的人假一切名目進行這項半娛半賭的遊戲；是一個沒什麼高品位大志向的城市。去年一個市級川劇團上演了一個古裝劇，叫《曾家壩的寡婦》。劇演到省城，王漢鐸在報上和雜誌上發表劇評，讚美這個劇是希臘古典史詩級的劇目，深刻的人性剖析和哲學思考，難得一見。接著，此團又鬧哄哄地拉出了省，到北京上海演出。鬧得吳可心也癢了，想看看他的劇被禁之後，什麼人靈驗地掌握劇審尺度。但他看完第一場，就確信此劇是偷竊了他的現代話劇《暗戀著》炮製而成的，而他那個劇本送到一家雜誌社去發表，被退了稿。《暗戀著》是根據真巧在雲南兵團的經歷寫成，他讓每個佔有女主角的男人在舞台上展示自己的內心掙扎，公開辯白他們佔有她的自我正義化混賬邏輯。男主角是女主角的一位年輕的暗戀者，也是她最後的施暴者。他給這個男主角大段的莎翁式獨白，道出他和其他男人的人性敗壞邏輯和過程，極像一套幽微複雜的司法推演。吳可在兩個禮拜內就拉出劇本草稿，寫得如幻如仙，簡直像有股力道操控他的筆，不竭地湧出妙句，完全超越了他才能的局限。這個叫「集體」的作者把時代回推了幾百年，故事的發生時間在明朝萬曆年間，地點是四川一個山村，女主角是個年輕寡婦，鄰居小伙子是她的暗戀者。序幕為一個清早，早起拾糞的一個男村民在寡婦家門口發現了一隻男人的鞋，於是村人懷疑寡婦與人通姦。村裡長老秘密開會，要將寡婦沉潭。正劇開始，寡婦為自己求情，被她求助的每一個男人，都在夜裡偷偷摸上她的家門，摸上她的床。年輕的暗戀者發現她的困境，表白了自己自小就愛她，企圖說服她與他一塊私奔。但山高水險，寡婦一雙三寸金蓮難於跋涉，而且，她發現自己被村丁暗中監視。這是個被封閉在大山裡的村落，連行牛車的道路都沒有，村丁一旦追捕，逃出去幾乎不可能。於是寡婦選擇留下，她認為男人們總有滿足和良心發現的一天，而免於她沉潭的冤獄。最後，她發現，最後一個摸上她床的居然是鄰居小伙子，她對愛情和男人的最後理想被毀滅了。她抓花了小伙子的臉，並在天亮時敲起鑼，告訴全村「我有罪，請把我沉潭」。吳可觀劇後的第二天，就托兩個崇拜者打入那個川劇團，探聽橫空出世的編劇是誰。打聽到的結果是，編劇叫「集體創作」。他問集體有哪幾人，密探告訴他，除了團裡五個有名有姓的人，還有一個化名的人。化名人叫「多寒」。他找到米瀟，把事件告訴了他。米瀟趿拉著鞋，跟他來到街上，狠狠連抽三根菸，說出的第一句話是：多寒者，漢鐸也。小甄在家裡徹底實施虎門禁菸之後，發現老米藏在犄角旮旯的菸即扔進垃圾桶，嗅出空氣裡的菸味，就斷絕和老米對話。老米只能把思考都搬到馬路上，邊抽菸邊漫步，一個口袋裝著速寫本，思考出頭緒，就站住腳，掏出速寫本和筆，頂著爆日或冒著苦寒，在馬路上速記。他點燃第四根菸時，吳可說，他的奸細在劇團裡打探到消息，說是「多寒」先生從來沒有露過面。老米鼻子噴煙地說，他不用露面，即便非要露也可以找個替身。接下去，是老米自己找關係，通過一位當了重慶市委書記秘書長的地下黨戰友，聯繫到劇團領導。劇團領導說，團裡五個編劇主要負責寫唱詞，編曲調，劇情都是那個「多寒」先生寫的。「多寒」先生最開始把打印劇本寄到團裡，那陣團裡正揭不開鍋，收到這個劇本後，市文化局馬上批了一筆錢，整個團起死回生。領導的言下之意，「多寒」先生救了劇團婦孺幾十條命。吳可在得知老米的情報後，給真巧打了個電話，約她中午十二點在芙蓉餐廳見。然後他騎摩托直闖文化局。王漢鐸自從挨了吳可那一頓揍，兩人沒有再見過面，因此吳可突然閃入文藝處處長的辦公室，王處長頭一個反應是要跑。吳可說，我是來請你吃飯的，你一定要賞臉。完全成了丈二和尚的王處長任由眼鏡滑落到鼻尖，就那麼一瞬，他額上和鼻子上出的汗，就夠潤滑那個塌鼻梁了。王處長要了局裡的車，跟吳可一塊到了芙蓉餐廳。

到餐廳時，吳可看錶，十一點四十五。他埋頭給王處長領路，帶他往自己一貫用餐的小包間走。一路碰到所有跑堂，都哈腰招呼「吳老師來了啊」。王漢鐸打著哈哈，吳老師人緣好哦。進了小包間，裡面陰暗濕冷，吳可搓搓手說，坐嘛。然後伸頭到門口喊：上茶！兩分鐘之後，噴香的熱茶就上來了。小茶童退下，吳可說，你曉得那個劇嗎？王漢鐸一推眼鏡：哪個劇？吳可一看就知道，他在裝懵。就是那個《曾家壩寡婦》。聽到點兒消息，都說戲不錯。你沒有看戲？看了兩場，兩套班子演的，確實還可以。你的劇評我看了，有點兒意思。王漢鐸再推眼鏡：吳老師多指導。你看了我劇本沒有？哪個劇本？《暗戀著》。沒有啊，寫啥子的哦？寫的是發生在雲南建設兵團的故事，大概是我剽竊了人家萬曆年間的故事，要不就是雲南兵團的那幫肇事男人和那個暗戀者以現實剽竊了歷史。眼鏡對於那個塌鼻梁太過超負荷，一次次被推上去，又一次次滑下來：不幸我沒有拜讀過吳老師的劇本，無從說起。四個涼菜上來了。這家餐廳不用吳可點菜，每次他一個人來吃飯，餐廳給他配一個涼菜，帶一個人來吃，餐廳配兩個涼菜，今天他訂的是三人餐，餐廳做主，上四個涼菜。菜點多了，吳老師破費。難得請到王處長，再說，我們今天還有一位客人。哪一個？一會兒就到。王處長給吳可斟茶，長腿細腰，撅著屁股。門被推開，茶童報告，一位女士找吳老師。隨著一陣香風，一個穿墨綠絲絨緊腰小襖的美人進得門來。王漢鐸眼鏡掉在鼻尖上，屁股和椅子之間差著半尺，就那麼看呆了。倒是美人兒像見了鬼，扭頭就要走。吳可叫道，李真巧！她在門口駐步，寬肩細腰長脖子上都是恐懼。怎麼走了呢？都是熟人哈，老相識了嘛！吳可上前拉真巧，後者垂著頭，彷彿犯罪的是她自己。就在吳可拉真巧，真巧輕微掙扎的當口，王漢鐸已經調整好了姿態、心態。是巧姐啊，好久不見，風韻勝似當年啊！他居然朝垂頭藏臉的真巧伸出手。真巧看他一眼，坐下，痛木了似的。手都不握是哦？還為那時候的荒唐事生我氣呢。吳可吃驚，此人皮厚的程度，自我脫罪的本領，都超過他的想像一百倍。事件可以被偷換性質，偷換成「荒唐」；荒唐年齡遇到了荒唐年代，於是發生了荒唐事情，大題小作，小事化了，不了了之。當年多少人的罪責，都是這麼被「化」掉的，被「了」了的。真巧的心病似乎被王漢鐸剛才的話治癒，是啊，不都是荒唐年代造的孽？孽債巨大沉重，任何個體的人都背負不動，也不該背負，不是嗎？她抬起眼睛，看著他。吳可氣死了：多少年來，幾乎所有孽債血債命債，都被王漢鐸這樣的債主們偷換概念之後，讓債權人稀裡糊塗勾銷了。吳可說，不過，在《曾家孀的寡婦》那個戲裡，作者「多寒」先生對事情的性質和概念，顯然是看清了的。所以，這個戲的原始編劇，那位「多寒」先生，並不認為這只是一件荒唐事，他拷問的是人心人性。他雙眼直視王漢鐸：多寒者，漢鐸也。王處長哈哈地笑起來，打的哈哈很有首長派頭。吳老師，我巴心不得有這份兒才氣喲，要是有這份兒才氣，我就來搶吳老師飯碗了，還當你媽啥子處長哦！是不是，巧姐？真巧莫名其妙，兩面扭頭看熱鬧。你是在搶我飯碗，吳可盯著他短小的娃娃臉。熱菜上來了，三兩五糧液也送到。吳可平素在這裡吃飯，只給自己點一兩五糧液，今天餐廳以此類推，上了三兩酒。真巧給兩個男人斟酒，吳可說，你也來一點吧。真巧說，下午要跟人談生意，不敢喝。她撇了王漢鐸一眼，目光中悲憤恐懼的張力，消失了。看來國人就是這樣，一次次從血泊裡站起，擦乾淨身上的血跡，又把他們賴唧唧的日子過下去了。哀其不幸；魯迅哀之，後人吳可繼續哀之，而怒其不爭，現在為悲哀之人衝冠一怒的人，都沒有了。吳可認為自己在多方面合乎米拉的「醜」的標準，但他的憤怒尚存，憤怒是火，是熱和光。他原本想像這場餐會的結局：有人摔碗，有人鏟耳光，有人掀桌子，結果是，六個熱菜統統被吃光，李真巧和王漢鐸談起了兵團戰友下落。吳可晃著腦袋，笑自己憤怒之可笑；人是可以容納很多的「醜」，很多的髒，賴唧唧把日子過下去。甜品是三大炮，王漢鐸還吃得動。吳可惡狠狠地看著這個潛藏下來的強姦者，世故官場，再借真巧們的見識短淺、憤怒缺乏，永久地潛藏下去。只有在他的劇中，在剽竊他精神實質的那個古裝戲裡，王漢鐸才能看到對於他自己的終極審判。他剽竊了《暗戀著》，成就了《曾家壩的寡婦》，也可以看成是他在劇中對自己和同類，拉起的道義鍘刀。真巧說她下午忙，必須先走一步。王漢鐸也想趁機溜號，被吳可叫住。王處長，我請你調查化名多寒的人是誰。王處長笑笑，我不開私家偵探所。那就別怪我不客氣了。吳老師請便。

回到家，吳可給老米打了個電話，說他剛從一個重要飯局回來，飯局上有李真巧、王漢鐸。

老米一聽，午覺的瞌睡跑得精光。二十多分鐘之後，老米就騎車趕至吳家。一進門，老米說，先等一下，讓我抽根菸。點上菸，他貪婪無比地深吸一口，菸捲驟短三分之一。吳可講完席間三人的「他說、我說」，米瀟抽著菸，兩隻眼珠東轉西轉。吳可知道，老小子在想點子了。米瀟把半寸長的菸蒂摁扁在菸灰缸裡，看著他說，不承認他就是剽竊者「多寒」？好辦。吳可笑笑，叫他把「好辦」的辦法說來聽。老米說，你明天晚上到成都劇場門口看吧。《曾家壩的寡婦》被川劇學校學下來，在成都劇場上演，此戲捧紅幾個演主角的學生，一夜間新星升空。第二天晚上，吳可還沒走到劇場門口，就聽見人群吵鬧。走近，看見十幾個年輕人舉著木牌抗議，木牌上的白紙黑字為「剽竊可恥！」「吳可老師的心血不容偷盜！」「還吳可老師精神資產！」……有一塊很大的木牌上，貼著一張《暗戀著》劇本梗概，作者：吳可。他發現扛這塊大木牌的人側臉很眼熟，仔細看，原來是曹志傑。曹志傑的流竄犯形象被日本演員三浦友和的形象設計替代，濃密的三浦式頭髮，三普式鬢角。小韓也在抗議隊列裡，拿個電喇叭，人群裡不時爆出他的吼喊：「是騾子是馬，牽出來遛一下嘛；剽竊毛，你敢不敢自己站到這兒，公開辯論一下？！」或者「大家看嘛，這個就是著名劇作家吳可的原創劇本梗概！有眼的都能辨認出來，這個剽竊毛賊該不該送他上法庭？！吳老師為啥子被雜誌社退稿，因為有人已經剽竊了原創作品！」抗議隊列的面孔都不陌生，都是常到米瀟家聆聽老米說「世界藝術口述史」的年輕人。小曹在大木牌後面看見吳可，偷偷跟他笑，做鬼臉。那場抗議持續了四天，直到劇場決定停演。老米臨出國前，吳可接到美國外百老匯一個小劇場的信，說他們收到一個大學戲劇系翻譯的《暗戀著》劇本，簡直天降驚喜，假如能說服投資人，他們願意排練此劇，希望能得到吳可的版權授予簽字。吳可把載有自己簽名的英文版權授予書交給老米，請他帶給紐約那位小劇場經理。老米第二封信說，他已跟經理進行了第二次會談，得知經理的第一筆投資已經融到。

他發現腳趾凍得痛木，已經在前院抽了四支菸。老米走了兩年了，這個新年凌晨，出奇地冷。他慢慢走到自己家門口，一個寒噤從內心最深的底部打出來，震得他整個人狂抖，極似淋透寒雨的狗，欲抖掉毛上的水珠。

MILA

這天最重大的消息，是美軍和聯盟軍出征波斯灣。米拉的一個同事主動參軍，上戰場去了。美國熱血青年。米拉在這座中部城市不見經傳的大學教中文和中國文學經典，那位熱血青年同事教美國南部文學和偵探小說寫作。一個二十八歲的新兵，血得超熱才能在這個歲數扛槍。米拉到美國後，美國人沒有任何困難發音她的名字，連名帶姓：Mila，英文叫起來，兩個音節，高音的Mi，低音的La，更接近父親當年為她取名的三個音符，Mi_La_Ti。一個奏鳴曲的開頭，或一個詠嘆調的轉折。暑期的課，米拉都婉拒了，她要乘火車去紐約，一路看美國中西部的田園風光，到達紐約後，跟父親共度一個長假。

八九年初夏在天安門廣場發生的學生運動，以及後來的部隊開坦克進城清場，米拉都親歷了。那年初她得到一個進修名額，在北京第二外國語學院的英文強化班進修口語，課程五個月。課上到第三個月，翹課的人比上課的人多。米拉不久也加入了翹課群體。他們各說各的翹課原因，但米拉在天安門廣場的學生示威隊伍裡，「巧遇」了好幾個「請病假」同班同學。米拉在絕食的大學生方陣邊上，碰到了成都的朋友小韓和謝連副。謝副連長轉業後，因為會玩三四種球類，也能畫兩筆畫，在一個銀行總分行當上了工會主席。一年前他又升任為北京總行的工會主席。謝主席背了個雙肩背，裡面裝著工會招待費購買的糖果。他走到絕食的學生陣營邊，抓起糖果向學生們的上空拋灑。他一面撒糖，一面對學生們說：撿著糖不吃，那就真是傻孩子了！咱們是絕食對吧，沒說要絕糖！六月四號上午，米拉接到小韓的電話。小韓說謝主席肚子上挨了一顆子彈，被他用自行車拖到醫院，從肝昏迷直接進入了死亡。米拉想到小個子小韓拖大個子謝主席，人急了真能創造奇跡。第二天，米拉和小韓在二外大門口見面。小韓眼神還是散的，頭髮被雨澆過，又捂乾，餿味刺鼻。他敘述謝主席的犧牲過程，不停地抽菸。米拉聽出小韓對謝主席有點怨氣，說他自作，對那些軍人叫喊：你們是你媽啥子解放軍哦？！朝學生娃娃開搶？！來嘛，有種你朝老子開搶！老山前線的炮彈皮皮都沒傷老子一根毫毛！謝主席最終真喊來一梭子彈。小韓走後，米拉在學院的花圃裡，偷了兩朵白薔薇，叫了一輛出租車來到西長安街上的鐵道醫院。醫院停放了許多屍體，認屍的人們呼吸揮發在空氣中的消毒水和防腐劑，嗆出的淚匯入哭出的淚。米拉在屍體中尋找那個曾經寬大處理了她小姑的謝連副，但她沒有找到。也許謝連副的家人已經把他認走了。她把兩朵白薔薇放在一個十六七歲的男孩身上，匆匆離開了。走出醫院的大門，她臉上全是淚，不知是被防腐劑嗆出來的，還是為不幸的謝連副亦或為那十六七歲的男孩流淌的。她回到二外，老遠就看到大門口站著的易軔。兩人都奔跑了幾步，扎入對方懷抱。易軔抱緊她，對她耳朵說：我今天一清早開車從濟南過來。她被他摟著，摟進一輛小卡車。她坐在副駕駛座上。易軔從北京一個朋友口中得知軍隊進城的消息後，一直給她宿舍門口的分機打電話，始終沒找到她。易軔把她帶到西郊的一個小招待所，是山東某水產局在北京設立的據點。兩人在招待所住了五天。五天中米拉沒有說過一句話。易軔問她什麼，她都以點頭搖頭作答。天氣熱起來，易軔問米拉，要不要她開車去學校宿舍，給她拿換洗衣服？米拉點頭。易軔來到米拉宿舍，在她床上看到一封緊急通知，要強化班所有同學立刻停課，學習整頓，沒有醫生證明，任何人不得請假。通知下達的日期是六月五日，也就是說，米拉無故缺席學習整頓已經整整四天。易軔寫了一張便箋，說米拉重病，病假條隨後送到。易軔離開學院，馬上找了個郵局打長途電話。電話那端是他北海艦隊機關交好的朋友。此朋友常在科裡訂閱的文學雜誌上見到米拉蒂的名字，便一口答應讓老婆給大作家開假條。易軔在北京一直待到米拉「病癒」回校。米拉回到強化班，發現全班已經是軍事化管理，上課吃飯都排隊，三十八個進修生分成四個小組。小組每天在減員，同學們相互間悄語，減員的那個被警察帶走了，或者自己知趣，得了風聲提前跑了。一天在食堂排隊打飯，兩個男同學悶頭打架，據說先動手的那個確信他打的是個告密者。不久，米拉被告知，有人揭發了她，她被列入了校方的調查名單。當天晚上，米拉悄悄把兩個筆記本放進挎包，混在全班同學進軍食堂的隊伍往裡，途中她向帶隊的執勤小組長告假：她要去趟廁所。她不動聲色地拐彎，從學校側門溜了出去。沒人懷疑她多日的逃跑預謀，因為她把被褥和所有衣物都留在了身後，包括那個美國姑姑送她的鑲滿假珠寶迷你鬧鐘。

她知道一場巨大的「醜」正在全國瀰漫，揭發、告密、互害、對毆，這才剛剛開始，還不知道它終極的規模有多大。米拉回到成都，給洛杉磯一所大學寫了封信，表示自己願意自費出席他們在第二年春天舉辦的中美文學研討會。她一直沒有答覆這封邀請函，首先是捨不得離開易軔，其次是捨不得上千美元的機票錢。米拉以黑市價兌換了買機票所需的七百元，開始構思參加會議上必備的論文。

出國前，母親把自己所有積蓄取出，托關係換成八百塊多元美金，周叔叔也貢獻了兩百元美金，湊齊一千整數。媽拆開米拉的一條牛仔褲腰部，把十張鈔票折疊成條狀，一張張都用塑料紙包好，再用燒熱的鐵絲融化塑料，以此封口，然後把封在塑料袋裡的鈔票，縫在褲腰裡。媽說，就算你忘了，把褲兒拿去洗，錢都不得打濕。不過米拉不會忘的。那是媽媽和老周叔叔給她準備的回程機票，媽囑咐過許多遍，實在受不得苦，就回到媽身邊來，不要學你爸爸，住不起房子，住地下室，也不死回來。米拉不在意地笑笑：爸說了，他在過渡。那之前，易軔的公司付不起貸款利息，米拉把自己所有存款都給他湊進去了。米拉是用她被退稿的小說，考取這所名不見經傳的大學的。她到洛杉磯開完會後，白天到一個中國餐館打黑工，夜裡把自己那篇叫做《槍傷》的小說翻譯成了英文，打印了一百多份，投遞給七十五家文學代理公司，剩下的投給設有小說寫作系的大學，花費驚人，幾乎要動用媽縫進牛仔褲腰裡的鈔票了。等了三個月，沒有一家代理公司接受她的小說，但一個文學雜志表示願意刊載這篇作品。她當即跑到附近藥店，查看所有藥店代銷的雜誌，但沒查到這個雜誌。她問了幾個在藥店購物的顧客，是否知曉這個文學雜誌。無人知曉。她想，難怪雜誌就當沒稿費這回事，絕口不提。但她把雜誌的刊載通知複印後，寄到她申請的所有大學之後，反應來了：這個雜誌圈內人都認賬。一所大學甚至告訴她，她可以一面在小說寫作系做大齡學生，一面開課講自己的小說和中國文學經典。這就是她跟上前線的美國熱血青年直接做了同事的緣故。

《槍傷》是寫老山前線的一個士兵，在一場戰鬥中腹部受到槍傷的故事。士兵被送到後方醫院手術後，血始終從被縫合傷口裡流出，怎麼都止不住。他在病床上就被任命為特等戰鬥英雄稱號，照片在國家級和省級的大報上登載。出院後他的生活完全改變，升官發財（部隊發了他獎金），成了年輕女性的偶像，被姑娘們追得躲進男廁所，老家的土特產不斷寄到，進餐館吃飯主家也謝絕他掏錢。最後他在女追求者裡選擇了一個大學剛畢業的校花，結婚生子，像庸俗愛情故事的結局一樣「從此過上了幸福生活」，一切美好，就是他的傷口一直長不好，並且像剛受傷時那樣，不斷流出鮮血。他到處求醫，但沒有一個醫生能解釋這永不愈合的槍傷。他表面上過著優越的日子，私下裡的生活卻麻煩百出危機頻現，不論他在什麼重要場合進行英雄演講，或接見崇拜者，稍不留心或情緒過於高昂，就會發生嚴重出血，必須緊急更換繃帶，甚至接受輸血。孩子一天天長大，對父親流血不斷的傷口開始好奇。有天他趁父親醉酒，把繃帶解開，卻見血止住了，傷口就像一張緊抿的嘴。父親在此刻醒來，兒子問爸爸是否在衝鋒的時候受傷的。爸說是突襲的時候，他衝在最前面。正說著，傷口湧出一股鮮血。兒子又問他，媽媽在家，你敢喝酒嗎？爸笑了，說當然不敢啦，我天不怕地不怕，就怕你媽不說話；你媽一生氣就不說話，搞冷暴力。兒子發現，傷口又成了緊抿的嘴，沒有一點血流出。此刻妻子意外回家，問丈夫是不是又喝酒了，丈夫說沒有，兒子驚異地發現，傷口大股流血！也就是說，只要爸爸撒謊，傷口就流血。等兒子長成少年，他爸的傷口還在流血。時間飛躍到二〇〇一年，中國參加了聯合國維和部隊，到某國參戰，兒子報名參軍，也成了英雄。他懂得了戰場的恐怖，也理解了十幾年前父親何故自傷；父親的英勇無畏是一場巨大謊言，以及謊言英雄不斷被傷口戳穿謊言的寓言。

米拉把小說給易韌看。易韌看完後笑著說，好哇你，就這麼寫我們人民子弟兵的英雄，難怪不給你發表，再說，現在才一九九〇年，你怎麼寫到二〇〇〇年之後去了？米拉只是笑笑。易韌帶著兒子來送米拉出國。兒子叫易海，十歲，白皙的面皮，襯得他那雙又圓又小的眼睛特別黑，米拉知道眼睛的出處。男孩唯有一頭過分濃密的毛髮是易軔的，那頭髮延伸到鬢角，將來會從那裡發源絡腮鬍。易軔的前丈人離休，變成了前副司令，權威縮水，因此前妻的霸氣也有所弱化，終於鬆口，准許孩子們每年跟爸過一個假期。有一天清早，米拉發現男孩在她的寫字檯前，數稿紙上的格子，米拉竊笑著退回到臥室，讓易軔去看。早飯間，易軔問，兒子，你早上數什麼呢？兒子說，一張紙，五百個格兒，米阿姨每天寫那麼多格兒！易軔說，老師讓你寫一百字兒的作文，你都寫不出來，人家米阿姨一天要寫兩千多格兒。從此兒子對米拉敬畏有加，只要米拉坐在寫字檯前，他都躡手躡腳過往，父親講電話，他也會豎起食指放到嘴唇上。有次米拉和易海乘坐耙耳朵車，由易軔蹬著去百花潭動物園，易海睡著了，米拉把他的小腦袋放在自己膝蓋上。熟睡的孩子是最美的生物。米拉看著他濃黑奇長的睫毛拉開兩把小折扇，想到這孩子跟那個一百天壽命的胎兒，一半的骨血是相同的。為了這一半相同的血緣，她低下頭，深深吻了一下孩子的眼睛。孩子鼻子皺起，轉了轉臉，但仍在睡眠深處。易軔曾經流著淚問她，會不會愛他的兒子，她現在知道，會的，一定。

米拉乘了三天火車，到達紐約中央火車站。父親說好來接她，但站台上不見老米的身影。她不敢離開，等在約定地點。又一趟火車進站，還是不見老米。紐約盛夏的夜晚，開始得晚，但正在開始。米拉有些慌了。她拖著行李車，到一個賣快餐的攤位上，買了個羊角麵包，圖的是找換硬幣。剛剛投下一把硬幣，就見老米跑過來。米拉視線被淚水模糊，趕緊在肩頭蹭一下。是老米的模樣讓她心酸。老米真成了個老頭，乾瘦的身體裹著黑色T恤，黑黢黢的臉，頭髮黑少白多，也掉了一小半，髮質變得如同敗絮，無風也亂飄。米拉叫了一聲「爸爸」。老米抬頭，笑了，笑得像個孩子。他嘿嘿嘿地說，你說你這個爸爸，掙錢掙瘋了，接女兒都誤點了。女兒說沒事，火車早了十分鐘到站。她看見爸爸兩手黏著炭筆的黑灰，想起這是他一年掙錢的旺季，十二個月衣食住行的花銷，主要靠一個夏天掙出來。她跟著老米走到車站大廳，忽然想起，剛才投在公用電話裡的那一把硬幣。老米一聽，轉身就逆人流往回跑。米拉想，美國總算治了老米的敗家子毛病，四個兩毛五硬幣都值得他跑步。她跟到那台電話機跟前，見老米在電話機上又拍又打。米拉問他在幹什麼，老米說，旋鈕失靈，退不出硬幣，打幾下能打下一個來，現在還剩最後一個。米拉說算了，走吧，老米不情願地停下手，笑著說，可惜了，兩毛五給電話局貪污了。走了幾步，他又說，你爸爸現在可會過日子了，折扣超市裡，兩毛五能買一個大麵包。他拉起米拉的行李車，飛快往前走，米拉抗議，哪有這麼倒置的老輩兒和小輩兒。老米回頭，笑嘻嘻的：你媽就這麼疼你的，她不來，我替代她。近看老米，米拉發現他眼睛很亮，一種內向的喜悅和輕鬆是他精神的主調。而且，他的步態也強健許多，黑T恤下露出的胳膊充滿肌肉，原先鬆泡泡的肚皮不見了。白髮、皺紋、消瘦，表層的蒼老，原來都是假象。

老米的車像是一堆能移動的廢鐵，好幾個地方鏽穿了車幫。米拉說，你說我姑姑送你的聖誕禮物是一輛車，就是這個呀？老米笑呵呵的，怎麼會是這個呢？你倆姑姑合伙送了我一輛嶄新的「現代」，讓我給賣了，花五百塊買了它，其餘錢都裝兜裡了。米拉說，那姑姑不生氣？生氣。她們把我邀請到這，已經快被我氣死了。爸你是可氣，好好的車賣掉，開這種破爛。你到了我住的地方，就知道，新車為什麼開不得。

老米的家在紐約鬧事最多的地方。樓下就有兩撥少年在相互推搡，一盞路燈下站著個警察，等兩撥孩子推得難解難分的時候，他就插足進去，分開他們。好比橄欖球比賽，兩隊球員纏鬥成團了，只有裁判上去拆分他們。米拉等老米在一個大背兜裡找鑰匙，順便當兩撥少年的觀賽人。路邊停了幾輛車，都像老米的車一樣破爛的車。老米終於找到了鑰匙，跟米拉說，新車在這裡停一個小時，就可能被偷走。他的鑰匙一大串，第一把開大鐵柵欄門，第二把開柵欄裡的鐵門，第三把，開金屬信箱。他一邊開啟信箱，一邊問女兒，怕不怕這樣的生活環境。米拉笑笑。她的土包子小城永遠祥和，似乎全城人都是朋友或鄰居。父女倆進了鐵柵欄電梯。電梯被大鐵鍊子起吊，叮噹叮噹地上行，父女倆所在的位置，十年前大概擱著兩垛水泥。米拉問父親，他不是在信中說，他在地下室裡過渡嗎？老米解釋道，這是一個畫家朋友的loft，工作生活兩兼容，朋友拿到歐洲一個基金會一年的基金，去法國一年，他當二房東把loft租給了老米，只收六成房租，算下來比地下室還便宜。所謂loft，就是廢棄倉庫改成的藝術家貧民窟，住的都是甘心清貧但永不放棄藝術追求的年輕人。除了我，全都很年輕。別小看哦，未來的大師可能就潛伏在這樓裡。說到這，老米臉上泛起米拉熟識的自嘲微笑。老米朋友的loft在三層，也安裝了粗大的鐵柵欄門。進了門，米拉感到震撼，巨大的空間，赤裸的牆壁，可以用來停車或直升飛機。兩個裸體燈泡亮著，但光太無力，滲不透黑暗，黑暗的面積和深度，反而把光吃進去，僅吐出兩個暈黃小火團。老米似乎閱讀了米拉腦中迅速走過的評論和感慨，解釋說，這裡白天光線特別好。他把米拉領到一個野外露營的小帳篷前：這是你的臥室，爸爸昨天從跳蚤市場給你買的。他鑽進去，帳篷亮了，米拉發現帳篷裡的燈光顯得又亮又暖，照著一個單人床墊鋪成的小床，一個矮矮的三抽櫃。米拉半弓腰進入「臥室」，把旅行包打開，拿出換洗衣服分門別類放進三抽櫃，又照了照櫃上的鏡子。爸爸是能工巧匠，什麼都安排得完美。外穿的衣服老米也為她想到了，在帳篷裡支起一個單槓式的掛衣桿，供米拉把長些的裙子掛上去。她在床墊上躺下，看著帳篷橘紅色的頂，朝空中踢了踢腿，又回到了童年。米拉小時候跟父母到野外寫生，父親總是給她搭一頂紅色的小帳篷，是老米用一頂紅色降落傘自製的。

米拉在帳篷裡聞到飯菜的香味，才感到飢餓。她跟著香味，找到廚房——一個用塑料簾子隔斷的角落，外牆上帶一扇敞開的玻璃窗。老米告訴米拉，他早上出門前就把食材準備好，放在冰箱裡，現在只需燒熟。米拉見爸爸在把一塊煮熟的牛肉切成薄片，然後用紙抹布包起一把烘焙過的花生米，在擀麵杖下擀碎，倒在牛肉上，醬汁也現成，從冰箱裡取出來，澆在肉和碎花生上。父親夾起一塊，讓女兒嘗。米拉感到一股奇香的異國滋味，老米說，醬汁是他受到泰國菜啟發，自己調製的。然後父親解釋，朋友的很多作品都存放在此地，雖然蓋了帆布，但不能可著勁烹炸煎炒，否則油煙透過帆布，也會毀東西的。他現在盡量用烤箱烤，用鍋蒸煮。烤箱像個魔術箱，老米從裡面端出烤茄子、烤豆腐、烤雞肝，這幾樣東西雜拌，澆上老米特製的酒香滷汁，米拉忍不住，用手指夾起一塊茄子，美味醉人。老米最後從烤箱裡端出一個瓦罐，說是受印度影響的黃燜雞。一隻肥雞在陶罐裡用低溫燜了一天，揭開罐子蓋，香氣爆炸。米拉吸溜著口水，告訴父親，火車上吃的飯比牢飯還難吃。老米說他碰到的一個美國男孩，跟家人乘了一次從西部到東部的火車，發誓一輩子不再乘火車，因為那是「移動監牢」。

父女倆在巨大空間裡唯一一張小桌邊坐下來。父親問，夠吃了吧？女兒說太豐盛了。父親說，小易來都夠吃了。女兒明白，父親在把話題往易軔那兒引。她告訴老米，易軔和兒子易海一塊兒把她送到北京，又把她送上北京飛往紐約的飛機。老米嘆了一口氣，沒話了。米拉又告訴他，易軔太老實，做生意吃虧，不過他很頑強，今年已經把貸款都還了，還有盈餘。老米還是悶頭吃，悶頭喝冰啤酒。這個樓也就是個水泥殼子，白天吸收足夠的光熱，晚上對內釋放。米拉又說，他說等他賺了足夠的錢，就到這裡來陪我，還要買一座帶院子的小房子。老米炸了一樣：什麼叫賺夠？！梁多在紐約賺了一套公寓，又在新澤西海邊賺了一個villa，還沒覺得夠呢！忙得連我都不見，畫畫剩下的時間，只夠見他全世界各地畫廊策展人，富豪，潛在收藏家！米拉笑笑：爸，你不是想要一個梁多那樣人當你女婿嗎？老米也笑：梁多這種人的存在，對世界文明有利，對女人是災害。米拉連她自己都不知道，她是否也像梁多一樣自私，只是五十步和一百步的區別。那種自私是無辜的，因為那是孩子式的自私，兩三歲的孩子都是無辜無邪地自私，因為他們認為，他們天經地義就是世界的中心。梁多忘記了把老米肖像送給姑姑的承諾，以那肖像賺了一大筆，對此米拉深表懷疑。她認為梁多不是忘記了，是故意毀諾，因為在他眼裡，生為天才，所有人都要讓著他；天才不欠任何人情分，反過來是整個世界都欠著他情分。易軔在爭吵中脫口而出：你以為你無私？！你從來都是為你自己考慮。那次爭吵是因為米拉不同意結婚。易軔帶著兒子到成都，當晚就跟米拉說，希望在她赴美開會之前，去登記結婚。米拉表示，還是該等雙方更安頓一些再說。易軔覺得，這是本末倒置；雙方長途奔波，怎麼可能安頓？米拉還是覺得倉促，赴美前必須完成一萬字左右的英文論文。易軔打斷她，逛一趟動物園的時間，都比登記結婚耗時更長。米拉理屈，嘟噥說她不知道寫一篇英文論文會那麼艱難。易軔說她就是想把所有的主動權都留給她自己，到了美國，假如她有機會留下來，她手裡掌握所有主動權。米拉問他指的主動權是什麼。他說包括你再選擇結婚對象的主動權。米拉感到他戳中的正是她的痛點。她也被他點醒，原來她黑暗的潛意識裡，沉潛著這一項選擇，原來她是想保留所有選擇，包括跟易軔分手的選擇！她強詞奪理，說他不懂第一次在外國學術會議上用英文發言有多難，她心裡有多緊張。這就是他指出她「自私」的當口。「我自私？」她慘叫著反問。其實她明白自己虛張聲勢，而虛張聲勢在她身上臉上形成了一種「醜」。後來，她一想到此時的自己，就趕緊調換念頭，她不得不逃避回放那時刻極「醜」的自己。在首都機場，進海關之前，她被自己的哭泣搖撼，把十歲的易海都哭羞了，垂下頭，跟爸爸說他要去買可樂。易軔把錢給他，囑咐他記住路線，別走丟了。易軔轉過身，催促她，時間不早了，該進去了。她還是哭。他輕輕拉起她的手，把她往關口引。她掙脫開，說，別攆我呀！易軔把她抱進懷裡，流下眼淚，輕聲對著她耳朵說，要是你不回來了，我就想法去找你，啊？米拉一驚，說：我為什麼不回來？！他聲音更輕，幾乎是以一股股氣流噴吐出句子：去年六月在北京，你五天沒說一句話，我就知道你會遠走高飛。米拉的淚水再次湧出來。不愧是兩小無猜的愛人，他看出她自己不敢去看的動機。然後他聲音大起來，說：勇敢，啊？去吧。你想想，那時你多勇敢啊，愛我，不管我是否愛你，不管我有家庭，不管別人怎麼看，怎麼說。你還要勇敢起來，別管人家怎麼看，怎麼說。我相信你的選擇，也會接受你的選擇。米拉一路哭進海關，回過頭，已經看不見易軔了。但她知道他還沒走，一直會等到她起飛。

萬一她會回心轉意，不去參加那個「狗屁會議」了，他可以喜出望外地幫她把兩個大箱子拖回去。臨近離別的日子，夜裡易軔常常會醒來，坐在床上抽菸。他愁人的生意讓他抽起菸來。菸味讓米拉醒來，默默鑽進他胳肢窩下。他會說，咱不去參加那個狗屁會議了，啊？有時她點點頭，同意他的「狗屁會議」的稱呼。但他問「真的？」她會真的醒來，睜大眼瞪著黑暗。他馬上說，還是去吧，我可捨不得為難你。到達機場後，他說，我會等你的飛機起飛再走，萬一你在最後一分鐘回心轉意呢，一個人得拖那麼大兩個箱子，我可不落忍。飛機起飛了，他徹底失落了。

現在，她坐在父親身邊，想到那次機場送別，一生中她從沒哭得那麼痛，比七歲時頭髮被人抹了漿糊又撒了垃圾哭得更痛。她是為易軔哭，為易軔將來會承受她的背叛而哭，為易軔最終受到米拉的傷害而痛斷肝腸而哭。她明白自己有背叛的潛力，有背叛需要的那股狠勁。跟她一生最愛的男人度完平順幸福的一生，不是她所要的全部，那個「全部」在茫茫的未知中，是千萬種可能性，她想要的，是盡可能多地打開那些可能性。她的外表有多恬靜，內心就有多狂野。雖然一年多以來，她每周都給易軔寫一封長信，也會收到易軔一封更長的信，但她知道，離別已經開始了。其實離別在一年多前就開始了，就開始在那些夜談中。在機場，難道他說「我相信你的選擇，也會接受你的選擇」，不是他的永訣別語嗎？他知道她無數選擇裡，包含一個傷害他的選擇。他把自己袒露給她，由她傷害。他說「別管人家怎麼看，怎麼說」，這個「人家」，包括他自己。易軔在信裡告訴他，他的公司終於越過埋過頭頂的債務，在去年底盈利五十多萬，等他能帶上一筆錢到她身邊，在新澤西的海邊，給她買一座小房子，能看海，帶個小院，院裡還種玫瑰和牽牛花。他還說，你走了，家裡空了，但小院還是滿滿的花。討回他姑父房子的官司還在打，假如贏了，讓他搬走他都不搬了，因為米拉走了，米拉的花園還在那，無法搬走。

第二天，米拉在橘紅的小帳篷裡醒來，不想起床，夢還沒散。夢裡的易軔，十六歲的樣子，卻說著三十二歲的話：「這是鑰匙，我給你買了個小房子，能看到海，帶個小院，讓你種玫瑰和牽牛花。」

人物們的下落

米拉在母親的葬禮上見到了真巧小姑。現居香港的真巧美麗依舊，腰身依舊。四十多歲的美人，穿著黑蕾絲毛衣黑色寬腿褲，腰還像黃蜂般細。多年前她吞併的服裝廠是個圈套，跟她簽買賣合同的人根本不擁有產權。或者說，沒產權的簽字人跟有產權的後台合謀，狠狠地坑害了她。由於貸款到期還不上，她被法庭傳喚，但她的黑白兩道三教九流朋友出手相助，幫她及時逃出了國。第二年，給她貸款的銀行行長捲款跑路，加上她白道朋友的遊說，法院把真巧貸的一百多萬全判到被行長竊走的十個億裡，對真巧的提訴於是被撤銷。但那時她已經通過妹妹芳元和老爵爺的關係，移民到了香港，在那裡開了一家服飾店，一面寫時評。米拉大大吃驚：你寫時評？！你對時事什麼時候有過興趣？！她笑笑：生活逼的。

孫霖露被檢查出腸癌，手術三個月不到，就走了。米拉連母親的最後一面都沒見到。周叔叔告訴她，母親逼他瞞住米拉和米瀟。米拉是在追悼會前一天趕到的，周叔叔把母親所有鑰匙交到米拉手裡，說他絕不會碰霖露的東西。米拉打開母親鎖住的櫃子，從裡面拿出一個鎖住的木箱。

一道道的鎖，鎖住的也就是她一輩子愛她的人寫的信。米拉十二歲、十三歲每隨部隊巡回演出，每次野營拉練，寫的長長短短的信，母親都鎖著。還有米瀟的信；從給她的第一封情書，到最後一張從美國寄來的明信片。米拉靜靜地看那些磨破邊角的信封，眼淚成了泉，與母親的遺體告別時感到的悲傷，不如此刻更深。她還看到一個陌生人給母親寫的信，有十多封，更是封存得嚴實，捆紮在塑料袋裡，封口貼了小紙片，蓋著母親的私章。這人是誰？米拉此刻無心無力解密，她把木箱子鎖起，放進一個大紙板箱，跟母親的骨灰、生前最愛的衣物，一塊托運到她在美國中西部小城的家裡。第二天，她來到母親嚥氣的病床前。病床上現在躺著另一個垂危病人，一個年輕的乳腺癌患者，床邊陪伴的是她年輕的丈夫和三歲的女兒。八月，病房蒸籠一樣。她想到母親最後的時刻是高燒的，內外同時蒸騰她，米拉心裡哀嚎一聲，苦命的媽媽！眼淚再次潰壩。她走出醫院，盲目地沿著林蔭道往前走。一個賣電器的小鋪，播放著搖滾樂，她無意間側目，見鋪子門口甩賣電風扇，最小一號才二十幾元。不知怎的，她買下一個小電扇，拎著它重新回到住院大樓腫瘤科。躺在母親位置上的那個年輕母親呼吸著火燙的空氣。幼小的女兒還不懂得，母親正在離開她，而對她的一生，這離開將意味著什麼。她把小電扇交給那位已經木了[57]的丈夫。話說的很婉轉，這是我給母親買的，沒趕上……給小姑娘的母親用吧。男人說，這怎麼好意思。米拉說，我媽最後幾天發高燒……讓她舒服一點，她眼睛轉向床上的年輕母親。男人連站立的氣力都沒有，坐著道了謝，小女兒依偎著床欄，手指含在嘴裡，看著米拉。也是一家三口，父母和小女兒。米拉的母親當年做流產手術，父親帶著米拉看望住院的母親，也是這個造型吧？

米拉獨自來到易軔原來的房子前。那裡已經住進了陌生人，晾衣繩上晾曬著醜陋的衣服。院子的花木野生一般，一個陌生男人在花枝上搭曬洗過的尿布。幾年前易軔信中說，姑父的老房子終於被討回，延期的公道終於得以實現。可惜他無法把花園搬走，因為姑父老房子裡的花園已被水泥覆蓋。那些佔房戶在動亂年代倉皇度日，連種花的閒暇都沒有，連看花的心緒都缺失。對了，那些年，人們不敢「美」，「美」毫無褒義，正如「醜」並非貶義。易軔在她離開的第四年，給她寫信，說他愛上了一個姑娘，年紀很輕，二十歲。他給她寄了張照片，他倆在威海海邊的合影。米拉愣了，他到哪裡又找到一個當年的米拉？細條條的，奇清無比，不愛笑，臉上沒有多餘表情，比如媚、嗲、總之一切女孩用來討人喜的神情。米拉簡直懷疑父親或母親偷偷給米拉生了個妹妹。她沒有在回信裡點穿這一點。苦頭是她自己討來吃的。她給他寫信，讓他別等了，她已經回不去了。她一邊修博士一邊寫作，進入了一道無法脫離的自轉軌跡，假如把他容納進來，他會被這種排他的自轉甩出去。她認識的中國博士生裡，有兩個女生帶了她們的陪讀丈夫

57　木了：表情呆滯。

來，出門就像聾啞，美國人好意問候一兩句，他們都是驚慌傻笑。米拉參加學校教職員聚會，那倆中國男人自己都嫌自己多餘，自己都克制不了由衷的自卑，本不難看的模樣，面容之下卻有了種「醜」。米拉還看到那些陪讀先生卑極反驕的時刻，當他身懷六甲的博士妻子要丈夫幫她繫鞋帶時，丈夫挨了燙似的跳開：你他媽自己不能穿鞋？！「醜」立刻外化到他容貌表層，內虛外悍，太醜了。米拉當時想，我就是死，也不願易軔被同樣的身份、處境變醜。男人，失去雄威，米拉是會厭棄的，最終會跟米瀟和孫霖露那樣互害，自相殘殺，把「醜」進行下去，不離異，便是一「醜」到底。米拉接到易軔那封信之後，有過衝動，想立刻買張機票飛去他身邊。母親縫在她褲腰裡的一千元，還好好的封存在那裡。她需要母親給她的最後保障；它可保障她永遠走不到絕路，永遠不會成赤字，也保障她可以一不高興就任性地跳上回程的飛機。現在母親走了，世上再也沒有容她任性的人。老米自己就很任性，獨自去了法國，他的藝術朝拜漫漫長旅，就是他一生最任性也最自由的壯舉。

米拉幾乎每分鐘都在衝動，要不要給易軔打電話。縱容這衝動，後果會是毀壞性的。米拉會毀了易軔，易軔假如不被毀，反過來會毀米拉，或者兩人都倖存，被毀掉的只能是隨他們抽條發育、長在心裡和身上的愛。她這輩子就愛這麼一個人，或說她那樣去愛人，只愛得起一次，就像她的生命，不可複製；她太怕毀了它。聽戰友們玩笑：易軔現在是成功人士咯；人越成功，老婆就越小。她知道不是那麼回事。一兩個戰友看出真相，說易軔找了個小米拉。在她回學校之前，真巧小姑邀請她去香港走一趟，她自認為還肩負為米拉治裝的義務。米拉第一次到香港，父親囑咐她一定要拜訪一下堂伯公，因為伯公在香港雜誌上幾次看到米拉的文章，一直想見這個米家後人。米拉來到堂伯公家，看到梁多為老夫婦倆畫的肖像，伯公驕傲地告訴她，這張相是他當年買的績優股，不久前請一個嘉德拍賣會的人來看過，說至少二十萬美金起叫。伯公說，我怎麼會賣呢，老伴去世後，這張像我是天天要看的，等我也走了，孩子們繼承這幅畫，他們的晚輩再繼承，這幅畫就是天價了。可米拉的疑惑是，怎麼不太像梁多的作品呢？但她只在心裡疑惑罷了。那天傍晚，伯公家來了兩對夫婦打牌，伯公說，他們跟著我買績優股，當年才花幾千上萬美金就得到一副梁多的肖像，可惜艾米那一幅大篇幅的，畫家毀約，艾米沒有拿到手，給畫家賣給了紐約的藏家。本來胡先生要打官司，艾米不肯。艾米是個奶白色的富態中年女人，三個下巴，當年的她風情萬種，有梁多的畫為證。米拉在父親那裡看到梁多一九八九年畫展的畫冊，艾米的肖像是傑作。艾米的丈夫胡先生，頭髮禿光，只在耳根下有一圈軟毛。他一面摸牌一面對米拉說，艾米心太軟，依了我就跟他打官司把那幅畫要回來，我們付了訂金的。艾米白他一眼，一口湖南普通話：你好煩哦，將來我在世界上到處展覽，就是蒙娜麗莎。蒙娜麗莎應該屬於全世界，不該藏在我們自己家，你格局有嗎？所有牌友都用廣東普通話說，還是艾米格局大。胡先生說，我們自已就不能拿到全世界去展覽嗎？私人藏畫常常被借出去展覽的。他的食指在艾米乳白的鼻子上一刮：小傻瓜！米拉當夜住在伯公家裡，第二天搬去真巧小姑家。

真巧住中環附近，一間小公寓佈置得十分靜雅，情調也好，梁多當年為她畫的肖像，以及梁多隨手畫的靜物和寫生大大幫了忙。真巧親手做飯，米拉在一邊打雜，兩人聊起過去的朋友。五年前吳可到了紐約之後，米拉去看過兩場《Fatal Infatuation》（《暗戀著》英文版），小劇場的觀眾不多，一百人不到，很多票是贈送的。一見米拉，吳可便說，我可活過來了！他還是恨天恨地的樣子，說紐約不是人待的地方，說美國演員把他的戲演傻了，說美國飯是山豬吃的。當晚演出結束，米瀟開車過來，請吳大劇作家和米拉吃飯。老米的車升級了，從五百塊的豐田升到八百塊的富豪，並且車殼上沒有破洞，簇新閃亮。老米自我揭發，是他自己動手噴的漆。三人乘坐著老富豪來到下城，在唐人街找到一家夜宵店，因為吳可念叨一路，他想死了中國的粥。夜宵店很熱鬧，噪音裡包含喝粥聲。等飯菜的時候，老米說起他的旅歐計劃，並拿出一張地圖，上面圈了紅的藍的黃的地點，紅圈代表他非去不可，藍圈表明，在經濟條件允許的情況下必去，黃圈是他必須住一陣的地方。吳可說，巴黎有一家小劇院也要上演他的戲《排隊》。米瀟讓他一同去巴黎，吳可那種笑了大半輩子的獰笑又出來了：指望這種小劇院？肚子都混不飽。米瀟說，有他老米在，還能讓小吳飽不了肚子。到了歐洲，他可以領著吳可見證一切他曾經口述的偉大文明史。

真巧讓米拉住她的臥室，梳妝台可以兼作書桌，供米拉讀讀寫寫。真巧自己睡客廳的長沙發。第二天下午，米拉聽見有個男人在客廳裡說話，嗓音有些耳熟。她推開臥室門，打算去廚房續茶，發現說話的男人背身坐在單人沙發上，而坐在他側邊長沙發上的真巧，把兩隻光腳擱在此男人大腿上。只是一瞥，米拉就看見男人頭髮禿光，只有耳根下有一圈軟毛。米拉趕緊退回臥室。難怪男人的話音耳熟，米拉再聽，便聽出個胡先生來。艾米三個下巴，自然不能集胡先生寵幸於一身。剛才米拉欲出又退，真巧是看見了的。她進到臥室裡，問米拉需要什麼。米拉說，這個胡先生我認識。真巧笑笑，對米拉耳語：胡先生是這公寓真正的主人。不是崔先生，就是胡先生，反正世界上有的是男人為真巧築造金絲籠。真巧跟米拉又來了句耳語，更加秘密：今晚胡先生會留下來吃晚飯，記到哦，吉妮今年三十四。米拉在那一剎那，看到小姑的「醜」。當晚的餐桌上，米拉裝著不認識胡先生，胡先生亦然。三個人吃得多，說得少，飯後米拉說要出去逛逛書店。沒人留她，她換下拖鞋便走出門。在電梯門口，真巧追出來，跟她說，銅鑼灣有家畫廊，她可以順便看看。她塞給米拉一張畫廊名片。乘車到了銅鑼灣，天下起雨來，她看到小姑給她的名片上，畫廊的門牌號碼，正是她躲雨的這條街。再一抬頭，見對面的舊樓上打出搶眼的霓虹招牌，正是名片上的地址「方圓畫廊」。燈光招牌上，有畫廊的營業時間，夜裡十點才打烊。反正躲雨，不如看幾張畫。香港的堂伯公及同類們拿畫不當畫，當錢，這拿畫當錢的都市，畫廊裡會有什麼貨色，米拉好奇。畫廊在三樓，裡面一個人都沒有，很像當年真巧給梁多在上海開畫廊的局勢。所謂畫廊，三間大屋而已，明顯由民房改建。牆上畫掛得嫌滿，但畫似乎出自同一人之手。色調偏灰，灰藍或灰綠，或景或人或物，非常主觀內向，那種不求理解和贊賞的寧靜與自在，使得每幅畫面都呈現一種禪意。米拉這才湊近去看畫旁的小紙牌，畫家名字讓她大吃一驚：曹志傑！難道是多年前認識的那個小曹？第一次見小曹，米拉二十歲，曹志傑只有十九歲，大學二年級。她四顧畫廊，希望有一個人來介紹。身後傳來腳步聲，她一扭頭，果真是多年前就認識的小曹，不過不再小了。黑而瘦的曹志傑，抬頭紋深深，黑框眼鏡，頭髮像鼎盛期的三浦友和。他們最後一次見面，是一九八五年，小曹避禍流亡兩年後。現在他氣質神色完全變了，寧靜而超然。他點頭笑笑，說知道米拉要來。怎麼知道的呢？真巧打電話預先通報了。米拉問他什麼時候來香港的，小曹回答，他已經在香港待了四五年了。怎麼來的，米拉就不問了，最好別問香港的大陸人這個問題。他在香港當過搬運工，給雜誌報紙畫過漫畫，也畫過兩本兒童連環畫。後來，他從老米那裡知道，李真巧也在香港。曹志傑聽說，老米的親戚都是闊佬，希望老米引薦，讓他也能像當年梁多那樣，以畫闊佬肖像踢開剛出國最難踢的幾腳。老米回信中，把真巧的電話告訴了他。第二天他就找到了李真巧，後者說，畫傻子肖像？！拉倒吧！畫你自己的畫，飯有你吃的。她告訴小曹，老米說的「給人嫖」的感覺，梁多也體會過，就在他給闊佬畫肖像的時候。

米拉回到真巧公寓，胡先生已經走了。真巧問她，對小曹作品的感受，米拉只說一個字「好」。米拉不懂畫，見到畫只有兩個評價，「好」，或「不好」。米拉問小姑，曹志傑跟你是情人關係吧？真巧一呆，說，你怎麼知道的？他說到你的時候，眼神我看得出來訕。再說，很早的時候，他看你的眼光就不一樣，我注意到了。他那時暗戀你，但輪不上他愛，你當時給什麼人愛？老崔，小吳叔叔，梁多，怎麼也輪不上他那麼個小鬼。比我小十歲，荒唐不荒唐？真巧說著，自己直搖頭。那時真巧剛搬進中環的公寓，被胡先生供養。胡先生買通樓下門房，小曹不敢進來，真巧就出去會他。香港雨多，碰到雨，小曹膩著不願離開，兩人就乘公車，起點到終點，終點到起點，反正月票。米拉笑，小姑這歲數了，跟小曹談高中生戀愛。真巧糾正，是他愛我，我讓他愛而已。將來他站起來了，成名了，我也老了，自己走開就是了。銅鑼灣的房，是準公爵夫人李芳元出的首付，她自己典賣幾件梁多的小品，貸款供房。她就是中意房的面積大，一大半當畫廊，一小半當小曹的居所。

又過一天，米拉接到堂伯公的電話，請她吃晚飯。米拉說，她已經答應了遠房小姑，跟她一同晚餐。是米家人？米拉也講不清，只說大概是米家爺爺輩的一個不肖子弟，在外胡留情，生下了個女娃。因為家規，都避諱講真相，年代久了，越來越難溯源。伯公說，帶來帶來，我開通得很，什麼私生公生？米家血緣，都錯不了的！原本真巧約了曹志傑和米拉，用胡先生給她辦的會員證，去馬會會所吃晚飯，現在改計劃，大家去伯公家。伯公的意思：吃過米家菜，外頭的菜還吃得嗎？他老伴是一覺睡過世的，過世前半年，老太太似乎有預感，到大陸招了一名做淮揚菜的廚師，人年輕，到香港跟老太太學了三個月，粵菜也做得一流。米家發源江蘇，胃口給餵嬌了，平素還是淮揚菜為主，粵菜點綴。老太太教出徒弟，一天晚上打麻將贏了一大把錢，睡下去就安詳西歸了。

真巧聽說米家堂伯認親，表面淡淡的，但從她著裝的用心，米拉知道她重視的程度。她穿一條極濃郁的酒紅色衣裙，開胸不高不低，絕不給人艷情感，配一根細細的珍珠項鍊，家常而淡雅，她偏深的膚色被一濃一淡襯托得如同貴金屬。衣裙七分袖，肩膀袖子都緊窄，裙擺噴灑而下，直抵腳踝，底邊沉重，每邁一步，就被她鑲水鑽的鞋踢起，有一點宮廷味。她走進伯公的大門時，伯公眼睛就定住了。老人想演掩飾驚艷，但真巧脆甜的一聲「伯伯」，老人情不自禁張開雙臂。真巧在老頭臂膀停留了一瞬，退身出來，眼圈紅了：謝謝伯伯！米家老輩，伯伯是第一位認真巧的。此刻幾位客人跟到門廳，頭一位是胡生，米拉見他臉色先紅後白，白得發灰，末日的氣色。好在大家注意力都在真巧身上，沒人留心胡生的臉。胡太艾米嬌聲說，米阿叔，你不乖哦，在哪裡藏了這麼個美人親戚？藏得真緊，米阿嬸在世的時候，一面都沒露過喲。艾米為了遮肉，一身黑，在真巧如雕如刻的身材對比下，簡直是一個發酵過頭的大黑麵包。假如問米拉，胡生移情真巧，是否情有可原，米拉百分百同意。米拉身邊站著曹志傑，大家也就想當然，把他歸為米拉帶來的男客。米拉看到過梁多畫的《X夫人肖像》，一幅大師傑作，現實中的胡太比肖像中的「X夫人」，大了至少兩個尺碼。現在再讓梁多到她面前，那種略帶惡心的審美感，估計只剩了惡心，無美可審。

餐桌上，真巧反賓為主，為伯公佈菜，酒倒得真真一點點。艾米又說，來了個護米阿叔的米家人了，你看阿叔給護得多舒服。真巧一笑，瞥胡生一眼。胡生可以作證，真巧是為男人生的，照顧、伺候、呵護，男人到她手裡，身心都給盤弄化了。所以胡生不得不隔天擠點時間，找上門，到真巧身邊化一化，再凝聚成人，好去生意場行厚黑手段，好回到家對應河東母獅。人人都需要一個秘密休養所，秘密避難所，把自己的社會身份、家庭地位暫時融化掉，化作一灘純人性之汁，那麼幾小時，亦或幾十分鐘，再裝回人這皮肉器皿，十分必要。這個避難所休養所便是天工雕刻的李真巧。

米拉跟曹志傑單聊，大半時間都在聊他的畫。小曹告訴米拉，小韓現在澳洲，出名得很，畫一種概念畫，巨大的白底板上，畫巨大的黑色灰色圖案。或者巨大的黑底板上，畫白色抽象人物，所有人都看不懂，但很多人買賬，因此掙了不少錢。大家都認為，又一個類似Oskar Schlemmer（奧斯卡・施萊默）級別的大師要出現了。米拉看著略微不屑又稍稍失落的小曹說，你的畫風也變了，不過是往好處變。小曹說，我畫一張畫，出多少小稿啊！最後完成的時候，就像大病一場。坐在曹志傑另一側的艾米，聽見了兩人的談話，說我以為米小姐帶來的是個港星誒，沒想到是畫家。曹志傑笑笑，我是通過梁多認識米拉的。艾米臉色一變，被扎了一刀似的：你也認識梁多？上大學之前，我跟他學過畫。小曹反問，胡太認識梁多？伯公插嘴道，那是個壞人，把我的信譽都毀壞了。米拉小聲把梁多收了胡太訂金，但肖像不交貨的事，簡單告訴了曹志傑。伯公的氣還沒平息，聲音越發大起來：胡太胡生不同他計較，我沒有那麼好的度量，米拉你到美國見到他，告訴他，這輩子別想來香港開畫展，來了讓他一張畫都拿不出香港。艾米嗲溜溜地說，文人無形嘛，阿叔看艾米面子上，不跟他動氣。艾米拿出細長的香菸，自己起身往外走，對曹志傑招招手：小曹陪大姐到外面抽一支。真巧的目光在小曹臉上炸開一道閃電。胡生說，小伙子，你就陪我老婆抽一支吧。米拉心想，自稱小曹的大姐，明明可以做人家阿姨。胡生向真巧睇過來，一層會心笑意。伯公裝沒看見。米拉發現每人的神色都「醜」了一瞬。曹志傑一副尊命的樣子，跟在大黑麵包後面，消失在餐廳門外。也許艾米要向小曹打聽梁多的近況，米拉跟自己笑笑。梁多和艾米的艷情，她是知道的。梁多自己一點不避諱，指著那幅X夫人肖像對米拉說，我給她「嫖」慘了，好在還畫出一幅像樣的作品來。

胡生跟米拉攀談：我們請你父親給我們畫肖像，你父親說他不是畫肖像的畫家，請教米小姐，令尊大人主要畫山水、花鳥，還是動物？米拉笑笑，他什麼都畫，就是肖像畫不來。說的時候，她心裡的話是，就是為了逃避給人「嫖」的境地，我爸才選擇到處雲遊。用老米的話說，還在過渡。梁多品行差，不過畫是好的，胡生評價道，價錢漲得很快，會一年比一年值錢。還是錢，米拉笑笑。米拉跟老米見到梁多，是去年聖誕，梁多沒人請去共度節日，被老米請到家裡來。他長起一個小肚子，兩個腮幫也顯出地心引力的牽拽。老米做了個浙江老鴨煲替代火雞，又做了四川辣菜，梁多眼神疲憊地喝酒，喝湯，話都說不動。米拉終於問出他疲憊的原因：沒有題材可畫，簽約的畫又多，只能畫些靜物、美女。喝到他徹底誠實，說出完全的真話：我都不曉得我在畫啥子，得一點激情，硬不起來，非要搞，也是給「嫖」了的感覺，不過給誰「嫖」了呢？

米拉完全明白他的痛苦在哪裡。喝多了，他哭哭啼啼，說他有時都不想活下去了，一個男人，老二硬不起來，作為男人的生命，也就結束了，但男人還有藥吃，我作為畫畫的，精神上陽痿，世上又沒有藥給我吃，我是好不起來了，活到做啥子？！米拉當時想，他脫離了生活，不，應該說，他停止了生活。他被畫掮客、策展人、收藏家整天包圍，都看不到多少天色，也沒有早晨，因為他已經過慣朋友、熟人、女伴泡他的日子，每日不泡到凌晨三四點，不甘心睡去。沒有早晨，看不到天色的梁多，生活只能停止。聖誕節，陪他泡的人們歸家了，他連人們關起門來一家子怎樣過節的生活都無法體驗，他的生活斷在了活人門外。陪他泡的人，都不是他們真人，是梁多希望他們做的人，他們的表達自然也就不是真情。想想看，梁多連真情的表達都看不到，還能用畫筆在畫布上畫出有真情實感的人嗎？梁多那晚留在父親家，一覺睡醒，又是一副忙碌有為的樣子，煞有介事，事關重大，匆匆告辭。做了一晚誠實軟弱的梁多，又還原成了個名畫家梁多，拿起他的名牌大衣，名牌帽子，跟老米說，忘了一個重要約會。老米笑笑，向大門擺擺手，都理解。米拉追到門外，他忘了名牌圍巾。米拉逗他，現在很想活下去了吧？他一愣，窘了，就這時他還像多年前的梁多。米拉又來一句，想清楚哦，反正總是可以晚一點自殺的。他笑了，米拉的刻薄幽默，他懂的。

此刻艾米和小曹回到餐桌邊。艾米大咧咧往椅子上一坐，手拍拍曹志傑的頭，說，好小伙子，說好他要為我畫張肖像，梁多缺德賴賬，這小伙子不會。她轉向小曹，你不會，對吧？胡生說，又能賭一把，看小曹會不會像梁多一樣，成當紅炸子雞。還子雞呢？艾米說，老雞了！大家的骯髒敏感神經被彈撥，都不安生了，一起髒笑。裡外裡的故事，大概只有米拉一人知曉。她一點也笑不出，盼他們髒過了癮，安生下來。

老米去了歐洲之後，米拉的英文小說出版，國際筆會為她在紐約組織了一場舞台上的朗讀會。四十二街的小劇場裡坐滿了觀眾，一個提問人站起來，米拉一看就笑了，是梁多。散場後，梁多給米拉獻了一大把花，又請米拉共進晚餐。晚餐安排在他的公寓裡，同時邀請的還有一些中美男女，米拉猜，一定是陪他泡日泡夜的人。公寓面積很大，畫架上放著未完成的作品，一個中國美人。類似的畫還掛滿客廳和餐廳，各種角度的巨大美人，東方的，西方的，手筆細膩至極，爐火純青的技法，每個美人似乎都有體溫，眼波頻閃，你懷疑伸手摸上去，她們會咯咯笑著躲癢。但米拉看不出這世上有再增添如此一個巨幅美人的必要。她們有皮有肉，只是沒有念頭，感情，沒有心靈。沒有心靈的美人們價錢一直上漲，誰需要她們的心靈？跟老米曾經繪畫擺脫不了的「八股」相比，米拉不知道哪個更糟。但老米是有自覺性的，他看到自己的無救，便逃開了無救下去的前途。老米掙斷了梁多身上的鎖鏈；他在國內也可以很得意，可以做梁多這樣的成功人士，受追捧，大群的人陪著他泡日子。老米選擇有上頓沒下頓的自由日子，那種日子避免了人終日的神形不和，神形互毆；人的神形互毆時，「醜」得要不得。自己都不想要自己，就是意識到了「醜」，這種心靈的清醒，只發生在梁多爛醉時分。她抬頭看去，餐桌對面的真巧，兩腮醉紅，美艷絕倫。小姑做人外妾，更換一只金絲籠，應該是不堪的，而她神形一致，從不互毆，自嘲替天行道，劫富濟貧，財富由她這身皮肉奪來，再由她的手分散出去，想分散給誰都由著她。比如她劫了餐桌左邊的胡生，分散給餐桌右邊的曹志傑，實際上實施了財產再分配。胡生知道實情，拿她也無奈。餐桌上現在都在討論畫肖像的事，都要扶持小曹一把，讓他給他們畫像。聽他們口氣，似乎他們是給竹槓讓小曹敲，以此行善樂施。席散了之後，司機開車送客人們回家。一輛七座奔馳商務車，胡生兩口子坐在前面，中間坐張生夫婦，最後是米拉、真巧、小曹。真巧用川語小聲威脅：狗日你敢給他們畫像！小曹無聲。胡家住得最遠，真巧要求司機把車停在銅鑼灣，她和米拉、小曹都在此下車。

車還沒開遠，真巧便惡聲對小曹說，你要敢給他們畫，就當不認識我這個人。曹志傑說他不會給他們畫的，飯局上誰不逢場作戲？今晚別過，大家就又是陌路人。真巧惡勁還是下不去，一個人踩著高蹺般的高跟向前快走。米拉推推小曹，讓他速去哄人。只聽前面暗影裡，真巧叫了一聲，高跟被踢斷在路沿上。曹志傑追著向下坡滾動的高跟。真巧說，你追它做啥子？假名牌！看來真巧在「財產再分配」時，對自己是苛刻的，只是騙胡生那一雙眼睛；本小姐一身名牌，陳生只能富養。曹志傑把真巧背起來，真巧的裙擺在夜風裡飄成一面酒紅的旗。米拉告別了他們，獨自去中環真巧的金絲籠。

在米拉即將要離開香港的一天夜裡，曹志傑打了個電話到真巧的公寓，與真巧剛講兩句，真巧便開始罵人。米拉在旁邊聽出因由：小曹經不住金錢誘惑，偷偷開始給胡太胡生畫肖像了。風聲是伯公走漏的。真巧幾次打電話到畫廊，小曹都沒接，她於是把電話打到伯公家。老頭兒腦子不那麼靈活，三兩句就被她套出了實話。當晚她到畫廊伏擊，小曹仍然不在，她留了張條，叫他一到家就給她回話。真巧在電話上罵小曹混賬王八蛋，不曉得好歹，給他們「嫖」一個就夠虧了，為的就是不讓你也搭進去。掛斷電話，真巧換衣穿鞋，米拉見她一副要衝出去殺人的樣子，不敢勸她。等她出門後，米拉悄悄下樓，攔下一輛出租，也趕去銅鑼灣。到的正是時候，真巧剛進門，小曹嚇得躲在臥室，門閂倒插。真巧聽見米拉在外叫門，放人進來，對著臥室緊閉的門就喊，有種你給老娘出來！米拉兩隻手摁住小姑的肩頭，把她固定在牆角，說：他害羞膽小，你這樣是要逼他從三樓往下跳啊。她從來沒見過這麼個青面獠牙的小姑。然後米拉對著門裡說，她殺不了你，快出來吧，要逃也要先出來！小曹知道拉架的來了，蔫蔫地打開門。也許真巧被米拉提醒，曹志傑萬一狗急跳樓，身子在米拉的摁耐下軟了，神情也軟了。

三個人把和談地點放在畫廊。米拉坐在中間，看著兩頭，防止有一頭說著就動手。曹志傑當著米拉的面，要男子漢的面子，便也凶起來，說一句話在凳子上竄一竄：我哪個都不靠，照樣餓不死。

真巧說，你還歪得很呢，提你媽虛勁兒！說著站起來，被米拉及時擋住，送回她的凳子。曹志傑說他吃夠了軟飯，自己愛的女人，要讓人家「嫖」。真巧反而勁頭過去了，她指著牆上的一張張畫說，小王八蛋你看看，畫得這麼好，去給那些人畫什麼屁肖像，我給人家「嫖」，是我除了這一個肉身，啥子屁本事得，你跟我比啥子？你是「天生我材必有用」！我就曉得你去了一趟伯伯家，眼就紅了，眼皮子太淺很了嘛。香港人相信，有錢啥都能買，啥都能賭，他們不是把你當個能畫出這種畫（她指著一張離得最近的畫）的人來買，是把你當一坨貨，當跑馬地一匹賽馬！說著，真巧動起感情，眼睛一紅，頭一垂。三人都寂靜，只聽　裡啪啦響，真巧面前的地板上，掉滿淚珠。小曹成了一段木頭。大家都木頭了一陣，曹志傑說，那我底稿都打好了，總不見得白幹吧。當然要收底稿的錢。人家不會答應，誰花錢買底稿啊？你放心，有我在，不得讓你白幹。

戲於是就延伸到了第二天。曹志傑打電話給胡府，告訴傭人，他接到美國大學的通知，必須馬上報到，很遺憾不能把肖像畫下去了。不久胡生火急火燎地打電話來，曹志傑請胡生跟真巧談。米拉正在臥室收拾行李，聽見門急開，進來的是胡生。真巧低聲說了幾句話，胡生也低聲回話，雖是低聲，但氣流極衝，都在行使語言暴力。過了一陣，沒聲了。又過一陣，還沒聲。米拉記得，二十分鐘之前，最後一句話的話語權落在她小姑這邊。她輕輕敲敲門，客廳沒人應，她打開門，頓時傻了。胡生坐在沙發上，臉灰白，身上搭著一條浴巾，真巧跪在地上，為他露在外的一條腿包紮。地上扔著兩團血污棉球。好歹這個胡生現在是米拉臨時姑父，不管不問說不過去：小姑，胡生怎麼了？胡生臉上一陣哆嗦：丟老母，一條母狗！真巧轉過臉，笑笑，他曉得是母狗，就是捨不得離開，怪哪個？我要是打電話給他太太，說了實話，他不就可以離開這條母狗了嗎？他上來攔，跟我打，搶電話，母狗能不咬他？！胡生難為情地笑笑。看來米拉錯過了兩人最醜的場面，胡生還是怕醜，腿上肉在真巧嘴裡，疼成那樣，都一聲沒出。現在他指著真巧，跟米拉說，你們米家怎麼出了這一貼藥，早就想戒，戒不掉，現在養虎為患了，活該。他拍了一下自己細膩的老白臉。真巧笑道，養狗為患。胡生還是跟米拉說話：那個小曹，急著去美國大學報到，考上了碩博連讀，是真話？真巧莞爾一笑：當然不是真話，真話你們又聽不懂。包紮完成了，真巧把裸露的腿輕輕掖到浴巾下，從地毯上站起來，擼了擼胡生肉蛋般的禿頭，每個動作都妖嬈。她走到小酒吧後面，倒了兩杯酒，放在托盤上，又放上洗熨平整的雪白餐巾，端到沙發前，遞一杯酒給胡生，順手把餐巾鋪在他膝蓋的浴巾上，所有招式都耐看。金絲籠也不是那麼好住的，不比米拉小時的舞蹈訓練少吃苦。發出美麗招式和動作的女人身體後面，是一個安全港口，庇護過也正在庇護包括米拉在內的人，何時何地庇護何人，這個女人有她神秘的選擇。這一輪伺候完畢，她在他面前攤開一隻手掌：錢。胡生條件反射地往後一撤：什麼錢？每禮拜一千五，還不夠？！畫錢。什麼畫錢？！又是往後一撤，撤得太急，被腿傷蜇了一下，等於又挨母狗一口，疼得臉歪。真巧說，小曹底稿都打好了，白幹了？拿來！胡生說，艾米那張相他才出個影子，浪費了好大的畫框，還浪費了艾米五天時間，還要錢？！你老婆的時間，從生下來就是浪費，跟我一樣；人家小曹五天時間才值錢，說不定一個大作品的構思死在胎裡。再說，他花五天畫出的底稿，你隨便找個畫匠就能填色，反正你們又看不出區別。她的手掌很好看，攤開來指尖向後翹，蘭瓣怒放；這個手勢在他們之間也是永久性的，不落鈔票不合攏。胡生看看那手掌，又看看她的臉，都是難以拒絕的，於是從沙發旁邊的皮包裡取出支票本，寫下一串數字，牢裡牢騷地簽名。他簽名的時候，真巧轉過臉對米拉擠眼，得意微笑，表示數字令她滿意。胡生大概是怕她真要打上胡府，親自跟艾米討要。也許伯公對真巧的認親，提拔了真巧的地位；真巧有米家這樣的娘家人，胡生不敢任意對待。

回到學校後，米拉收到老米的信，說吳可終於堅持不住，回到國內去了。連梁多都要回去了。國內人都在發財，梁多的話，Why not? 他的大幅美人畫在國內價格，數倍於國外。再說，國內人發財的腦子好用，一張畫就像一塊好火腿，可以三吃五吃，開發無數衍生品，一個概念可烹出無數份小鮮，Why not?

唯有米灕享受吃了上頓不想下頓的自由日子。他享受獨自駕車在歐陸各國藝術聖地的漫遊，走到哪裡，支起畫架來，就能掙飯錢房錢。他的功底實在好，歐洲人是識貨的，從他掛在畫攤頭上的幾幅素描或寫生，馬上能把這中國老頭跟其他街頭藝人區別開。他的畫攤邊總有人排著小隊伍，寧可多付十塊二十塊，拿到手是個好東西，肖像可打扮環境，也可流傳後人。他跟當地小畫廊也都混熟，有時來了感覺，信手一幅小品，畫廊幾百塊收去，夠他吃半個月好飯。冬天他也有室內生計，做一兩件胡桃木玫瑰木的另類傢具，給個性小店慢悠悠寄賣，或寫一段藝術史散文，在中文報紙上刊登，賺取一份菲薄謙卑但絕對誠實的酬勞。他的知識之豐沛，在老米文字中，已不像是知識，信手拈來，自由隨意，以其感懷映照他本人的存在。他形成了一個忠實的小讀者群，但他不斷換用筆名，有時用一個筆名跟另一個筆名對話，唱和，亦或爭論。他不願讀者愛他；愛，對於他是一種制約，對於他的自由，是一種干涉。包括甄茵莉的愛。

小甄在老米到達紐約的第六個年頭，終於動心去到老米身邊。她頭一次跟老米到街頭擺攤畫人像，就羞死了，覺得「跟高級乞丐」一樣。她吃驚老米這樣「計件」畫像掙來的錢，怎麼還有盈餘，每月匯給她。老米給一個個路人、遊客認真畫相，識貨者會帶著情人家人回來請他畫，畫完，還會額外付十元八元的小費。甄茵莉見老米那麼老實巴交地點數一把硬幣湊成的小費，羞得跑開了。老米帶她去過一次梁多的豪華公寓，她也羞死了，為自己丈夫與之不可同日而語的存在而羞愧。梁多像再次投胎的李奧納多．達．文西，那種出名出累了、掙錢掙乏了的動作話語，談著他的一個個展覽，一次次的被收藏，買下的一幢幢豪華房產。甄茵莉受不了梁多和米瀟地位的高低顛倒，出了梁多家的門，在馬路上就哭了。米瀟說，但我是自由的，他不自由，我屬於自己，他不屬於。小甄悲聲大放：你就這麼自私？！還有我呢！你就不能讓我體面點？

甄茵莉沉思了兩天，從沉思裡浮上來，勸老米跟梁多的經紀人聯繫，由她出面請客，請客的由頭，是老米的電視主播太太來紐約了。老米一看，喲，枷鎖又回來了。老米拒絕動用梁多的人情關係，對甄茵莉說，你不覺得那才是有失體面嗎？小甄住了三個月，每天就是逼迫老米，走現成的門路，利用現成的關係。她背著老米，跟梁多見了一面，暗示他，沒有米瀟當年捧他的畫評，就不會有今天的梁多。梁多告訴她，早就為米瀟聯繫過經紀人，但老米軟頂牛，找所有藉口不見。小甄叫梁多儘管安排，這邊她會讓老米就範。日子時間定好了，老米見小甄打扮完了自己又來打扮他，問什麼重要會見，小甄不說，只是逼他穿上中式布衫，戴上貝雷帽，老米任由她把自己扮成一隻怪物，心裡明白了大半。他把車開到路邊，說車出了毛病，他必須打公用電話，叫人來拖車。小甄留在車裡等待，他打電話給梁多，讓他取消他們背著他搞的會見。打了電話，他回到車裡，和盤托出了實情。甄茵莉問他為什麼自甘墮落。老米不認為這是自甘墮落，這麼活他從裡到外舒服，比梁多那樣活，舒服得多。他已經這把歲數，有權力怎麼舒服怎麼活。甄茵莉表示，她不能繼續見證他墮落下去，抽身回國了。反正有老米每月寄錢給她，她回去可以繼續高人一等地活著。對於小甄，自己比同事鄰居手頭闊綽些，都是快活的理由。這就是老米動念搬到歐洲的節點。

老米到了巴黎，接應他的是阿卜杜。當年的帥小伙現在已初入中年。五官還是經典的五官，稍微加厚而已。他在巴黎開出租車，收到米拉的信之後，主動提出去機場接應老米。阿卜杜在自己的鄰裡為老米找好最價廉物美的公寓，連冰箱都給他塞滿阿拉伯超市裡買的生鮮蔬果。阿卜杜當夜把老米請到家裡，把他介紹給自己的夫人和三個孩子。老米信中告訴米拉，阿卜杜一提到自己的祖國，就無比傷感。他的祖國一時是好不起來的，他和夫人以及孩子只能做沒有祖國的流亡人。老米勸他們，愛爾蘭人說，哪裡有麵包，哪裡就是祖國；愛因斯坦說，哪裡有自由，哪裡就是祖國；米瀟說，哪裡有真藝術，哪裡就是祖國。

餘音……

收到易軔的婚禮請柬後，米拉連信封都沒有拆，就撕碎了它。紙質韌性極強，很不容易撕，就像把她自己的生命從他生命裡撕開。她望著地上的大小碎片出神了很久。她也有男友，同居幾年了，但只要沒有這張請柬，似乎米拉和易軔都還在過渡，無論過渡期多長，它的盡頭一定會在一個小房子裡；小房子能看海，帶個小花園，開滿玫瑰和牽牛花。無論這小房子在哪，都是他們最終的家。她跟命運要的不多吧？他們都等了那麼久，過渡了那麼久，急這一會兒嗎？他們從十二歲、十四歲就開始過渡，等待對方一點點長大，一點點發育，那麼久都過渡過來了，有什麼阻礙他們抵達那個小房子？

她任那些碎片白花花撒一地，開車出門，到了密西根湖邊，把浩淼的湖水當海看。她知道什麼都是阻礙，她和他不僅隔著太平洋，隔著那個酷似小米拉的姑娘。最阻礙米拉和易軔走進那個海邊小房子的，正是米拉。米瀟設置了她的生命，年紀越大，她越是發現那設置的不可更改。她和父親一樣，無救地嚮往未知，寧願過渡，也不要一個湊合的終點。一個人生活最誠實，多一個親密伴侶，都免不了違心和謊言，違心和謊言多了，心會「醜」，會「醜」到樣貌上，起初是一閃即逝的，慢慢會固化。我們這族人聚在一塊，是習慣違心的，謊言是善意，漸漸成為做人的藝術，因此她逃離開。風涼起來，她似乎輕鬆了，從似雪的沙上站起。開車到家，天已黑盡。燈光照在請柬的殘片上。還是把它們拼接起來吧，看看易韌那筆醜巴巴但她看不夠的字：你的韌。還是同樣的落款，她的淚流下來，融化了她的「韌」。往回走吧，走到青梅竹馬的他倆，那幢小房子，隨處都是，心裡有海，就能看潮，心田有沃土有雨露，照樣種花。

米拉這些年忙出十多本書，忙著過自己喜歡的日子：每年暑假寫作，教一門夏季班的課，寒假都給了父親。賴在歐洲不走的父親，一副閒漢樣子，常常叼著一個古董市場上買來的菸斗，跟一兩百年前菸斗的前主人同一根管子出氣。每次米拉到歐洲看望米瀟，父親就帶著女兒逛歐洲。一輛破車，父女倆輪流當司機。車上裝著行李和繪畫工具，到了有好景或有好氣候的小城小鎮，父女倆就停下來，在物美價廉的私家旅店住下來，足吃一頓房租附帶的早餐後，父女倆出門。太陽下支起攤子，老米畫肖像，小米坐在一邊寫遊記，順便替爸爸收錢。

這年女兒先來到巴黎跟父親集合，然後父親帶著女兒來到巴黎附近的聖丹尼修道院。著名的丹尼教堂是父親最喜歡遊覽的地方。米瀟在大學時，是修建築設計的，但頭一年他就忙起了學生運動，讓校方給開除了。米拉在美國聽兩個姑姑說過，阿魯（米瀟暱稱）連一座房子都沒來得及畫，就畫了幾個月摩托車；一年級頭幾個月，課程是設計摩托車，畫了幾十輛摩托車和商標，系主任就通知阿魯「滾出」學校。米拉看著教堂禮拜堂中心聳入藍天的拱尖，想到她小時候，父親跟她講的故事。路易六世時，丹尼修道院的院長蘇傑（Abbot Suger）在這裡創造了一種著名的建築「哥德式」。爸爸似乎忘了他在女兒少年時，不止一次地講過叫蘇傑的高盧人，此刻又絮叨起那個小矮子。此刻米瀟眼睛裡，亮起早該熄滅的好奇，說那小矮子之所以矮小，因為本該用於催化他身高和體量的熱能，都轉化成他過人的精力和激情。蘇傑的異想天開，假如不賴於他的激情，假如他的激情沒有他的犟驢性格做依託，那麼世界建築史會缺少最精彩的一頁，「哥德式」。米拉仰著脖子，天光從陡峭的尖拱投進來，撒在她臉上。看久了，這拱尖令她眩暈。她想到父親多年前告訴她的軼事：蘇傑召集了最好的工匠，但工匠們一看他的設計草圖，都勸他打消這個荒唐念頭：那簡直是一座空中玻璃塔，必須採用完整的木桿做骨架，而森林裡根本不存在那麼高的樹幹。老米在此地重複：這就是蘇傑的犟驢個性派用場的時候；他就不信。他親自帶了幾個伐木者，鑽進森林，一天就找到了十五根長度足夠的大樹。Abbott Suger 如果不那麼「驢」，像我們現在人說的，他當時尊重了內行人的發言，那就遺憾了，世界上最偉大的建築——哥德式就不會出現。蘇傑是「哥德式」建築之父。米瀟說到此，對女兒笑笑，你爸是個庸人，就因為太隨和。他又指著玫瑰窗對米拉說，那些彩色玻璃，在蘇傑的時代，也是個大挑戰。玻璃彩畫，也是蘇傑的創建，那得多倔一個人，才能平息工匠們一次次大聲質疑。你爸我，連你小甄阿姨的質疑都平息不了。他嘿嘿地笑，拍拍女兒的肩膀，米拉比爸爸強，米拉對自己認的死理，很有驢勁兒。米拉看父親一眼，不知父親對於她的人生小結，是否包含她在感情上對易韌的堅守。

從那個聖丹尼教堂出門，父親開著車，帶女兒直奔夏特小鎮。夏特教堂的拱頂，在三十多公里之外就能看見。站在教堂裡，米拉的神志飄了一下。假如此刻易韌站在同一座尖拱下，臉上也是玻璃聖經畫卷的五彩投影，跟蘇傑也就隔著八百多年，那她此生應該無憾……爸爸說對了，她是犟的，甚至不為自己「犟」的悲哀後果後悔。她常常夢見易韌，夢裡有他的體味兒。坐在他騎的自行車後座，臉頰感覺他剛發育的身體從一層草綠軍裝內放射的熱度；大男孩總是弄得一身汗，體味兒微酸發甜。

有一次暑假，米拉辭去了夏季的教課，到歐洲繼續她和父親的雲遊。父親帶著女兒，雲遊到蘇格蘭的愛奧那島。這個冷僻的小島，在六世紀是基督教傳播的起源地。面對藍得發紫的海水，粉紅色花崗岩山體，雪白的海灘，如茵綠草似乎從山坡上向人腳下滾動而來。父女倆都被這神性的靜謐威懾了，一動不動地聆聽天地間似有若無的嘆息。海和風的一聲聲長嘆，讓老米想到沉入海底的一百六十座巨型岩石築造的十字架，在它們被沉海前，如何在此地矗立了十多個世紀，怎樣把凱爾特人從蠻族歸化為基督徒。基督教從此地蔓延開來，教化了歐洲陸地上所有蠻族：凱爾特族，日耳曼族，以及斯拉夫族。米拉終於輕聲提問，為什麼要把那些岩石十字架沉海呢？米瀟輕聲回答：因為馬丁路德在他九十五條論綱的第七十九條裡，質疑十字架的形式主義。父女倆輕聲問答，生怕打攪這裡的靜謐，打攪綠草裡散漫的白羊。父親輕聲說，那時候，羅馬教皇出售「贖罪券」。花錢越多，買的贖罪券越多，就得到越多的免罪。因為贖罪券推銷員們到處樹十字架，號稱所有十字架和耶穌赴難的十字架有同樣法力，馬丁路德認為這是褻瀆，十字架在沒有十字架的人心裡，才會發生神聖效力。米拉笑了，爸爸怎麼什麼都懂？這個島，我來過兩次了，老米說，我每次都後怕，假如基督教沒有從愛爾蘭傳到此地，在此地存活四五百年，又傳向歐洲，那就不會有文藝復興了。文藝復興，才是人類精神的「大躍進」，從拜神躍進到拜人。

米瀟告訴女兒，夏天的德國，是最美的。父女倆從愛丁堡乘機，飛到杜勒的家鄉紐倫堡。在機場租了一輛車，由米拉開著，去看杜勒故居的老樓房。天氣實在熱得出奇，從故居出來，米拉建議，在故居附近的樹下涼快一會兒。米瀟放下隨身背的帆布折疊凳，父女倆像流浪漢一樣，盡享餘下的無所事事的一天。一個參觀者把自己的德國牧羊犬拴在杜勒故居門外的自行車停車架上，米瀟拿出寫生薄，開始給狗畫肖像。狗似乎知道自己正在入畫，臉上出現一種超脫神色。米拉悄聲跟爸爸說，這個長毛的模特比不長毛的，更懂模特之道，表情都是永垂不朽的。狗肖像尚未完成，一個中年男人從故居裡出來，解開狗繩，但狗卻不肯起來。中年男人順著狗的目光，看到樹蔭下的米家父女。他端詳著米瀟的手鬆快地走筆，低聲說，這位中國先生，畫得跟杜勒差不多好啊，又問他可否為「曼弗里德」把肖像購買回去。米拉玩笑道，曼弗里德知道它的像還沒完成呢。過了二十分鐘，牧羊犬曼弗里德的肖像完成，中年男人握住老米漆黑的手，用英文說，這雙手也該被畫下來，跟杜勒名作中「祈禱的手」並陳媲美。

米瀟把曼弗里德的肖像贈送給了曼弗里德的人類父親，摸了摸曼弗里德的腦袋，帶著米拉向停車場走。等他們的車上了路，曼弗里德的主人開車追上來，請求畫家簽名。米瀟停下車，打開車窗，曼弗里德腦袋伸出來，一臉狗笑容。米瀟簽了名，曼弗里德嘴裡出現了一個紙包，中年男人說，這是曼弗里德的意思。米拉接過紙包，打開來，裡面包著三百馬克。中年男人揮手，喊道，中國的杜勒，杜勒故鄉歡迎你！

米拉在車裡問父親，你覺得狗主人誇你誇得在行嗎？米瀟答非所問，說，阿爾布雷希特．杜勒要是沒碰上杜勒的時代，也就沒有杜勒了。時代造人，人造時代；先有蛋，還是先有雞，永遠沒結論。你想得通嗎？為什麼公元三千年前，突然出現了埃及文明嗎？還有公元八百年前，突然出現的古希臘文明？最後一次，就是杜勒的時代。沒有文藝復興，就沒有那一批巨人：馬薩喬，喬凡尼・貝利尼，丁托列托，達・文西，米開朗基羅、拉斐爾和提香。可是，假如沒有教廷出售贖罪券致富，最後奢靡無度，花那麼多金幣去雇用達・文西、米開朗基羅、拉斐爾，又怎麼會發生文藝復興？功罪總是相輔相成。三個偉大時代，跟人類發展進程是脫節的，是突然躍出進展軌跡的，誰能解釋這種突兀的、不合邏輯、破了進程的「大躍進」？這就是我為什麼來歐洲，為什麼住下不走了。我是怎樣也成不了杜勒的。我心裡，沒有他心裡的那種自由。我不知道怎麼就把自由交出去了。可能在你和你媽到農場裡看我，我和十五個同犯捧著從瓜田菜地偷摘的瓜果示眾的時候，可能就是那時候，心裡的自由就讓我給交出去了。很可能更早，我就交出去了。米拉小心地說，爸爸，你說得有點嚇人哦。米瀟不說話，眼睛直視前方，似乎剛想起，開車需要專注。米拉，父親在十分鐘之後又開口，我捧著偷來的紅苕秧子低頭認罪的時候，覺得自己實在醜死了。一個人知道自己那麼「醜」過，深知自己可以更醜，多醜都會活下去，這種「醜」過的人，是飛翔不起來的。阿爾布雷希特・杜勒是飛翔的，我永遠戴著鐐銬走路。梁多呢？米拉想知道。米梁多沒有經過我經過的那些運動，開始是自由的，但是後來他也把自由交出去了，交給了錢。米拉說，他在紐約的大公寓裡，被那些掮客、偽畫評家、富家子弟，所有有利可圖的人泡，侃侃而談，滔滔不絕，講他畫的美人圖蘊含的「意義」，我就看出那種「醜」來。不管怎樣，爸爸，你還是跟杜勒有很多相像之處。父親笑笑說，缺一個為弟弟阿爾布萊希特做礦工的哥哥阿爾伯特。

米拉知道有關杜勒兄弟的傳說。阿爾布萊希特．杜勒有個哥哥，叫阿爾伯特．杜勒，兩個男孩相差一歲，（杜勒的母親生育了十八個兒女，年年肚皮不空）。弟兄倆天資相仿，都痴迷繪畫，但父親要養活一大群孩子，拿不出錢送兩兄弟進紐倫堡藝術學院。哥哥和弟弟約定，先送弟弟阿爾布萊希特進去藝術學院，哥哥去礦場做工，給弟弟掙學費。那時採礦是高危作業，只要能撐過苦作，躲過礦難，收入是不壞的。弟弟承諾，四年畢業後，跟哥哥對調位置：弟弟打工掙錢，供奉哥哥求學藝術學院。弟弟阿爾布萊希特學成歸鄉，卻發現哥哥曾經纖細敏感的手，已被礦場苦力生活所毀，手指扭曲變形，剩下的只有抖顫和疼痛，拿餐具都勉為其難，何談捉筆，去繪描萬物微妙至精的細節？哥哥杜勒犧牲了自己，成全了弟弟杜勒。老米說：要是我有個雙胞胎哥哥，願意付出阿爾伯特那樣的犧牲，那些年我遊街、認罪的時候，他肯跟我合伙，搞一出「狸貓換太子」，頂替我戴高帽子、撅屁股坐「噴氣式」，每天早晨頂替我，跟同類反動派們站隊，朝著毛澤東畫像低頭請罪，嘴裡還要念經一樣念叨「我有罪，罪該萬死……」，頂替我站在大太陽下，捧著偷來的幾根紅苕藤，當著自己老婆和女兒示眾，你想後來會是什麼結局？恐怕你現在的爸爸就完全不一樣了。你想啊，那麼一調包，扭歪一張醜臉、擺出各種醜態的，其實不是我，是雙胞胎哥哥，他犧牲自己，把我這個弟弟雪藏起來了，雪藏了我的自尊，體面，美感……老米在此嘿嘿一笑：人失去自尊、體面、美感，就沒法子不自我嫌惡，自我認醜。一度自我認醜的人，精神的傷殘，可是比阿爾伯特傷殘的手，要嚴重得多。

米拉看著父親凝視前方的側影，知道他看到的不是前面車子的背影，也不是空中飄舞的毛毛雨，而是他想像的荒誕「雙簧」。米拉說，沒那麼嚴重吧？你的藝術散文和評論也寫得像杜勒一樣好，而且你像他一樣愛到處跑，興趣廣泛，還有，你也愛發明東西，你發明的那些玫瑰木和非洲巴賓卡木頭傢具……父親說，人家發明的可是印刷術，之後聖經印刷才量化起來的。還有木版畫和銅版畫，那些發明是改變世界的，你爸爸是庸人，搞搞雕蟲小技而已。米拉想，父親終於停止了自己跟自己打架的痛苦，承認「庸人」，是獲得了自由的表現。

晚上，米拉和父親在紐倫堡城外的小鎮上吃晚餐。老米喝了一大杯啤酒，T恤領口又袒露出米拉熟悉的紅胸脯。她眼睛濕了，很想念梁多、真巧小姑、小吳叔叔，還有老米，只不過，想的是那個時代的他們。

父親看看女兒，看到她濕漉漉的睫毛，也不問什麼，似乎還在繼續下午的白日夢。他說：其實為了吳可，我是情願做那個哥哥的。他停頓下來，深深的意味延續著。米拉大致明白他沒說出口的話。那些非「醜」才能倖存的年月，假如他頂替了吳可去「醜」，吳可的成就也許比現在更大。憑啥子是你頂替他呢？米拉想知道，為啥子不能是小吳叔叔頂替你？米拉說起童年的語言，四川話讓她潑辣同時又嗲：在你捧到紅苕藤，頂到太陽示眾的時候，他頂替你，後來你就不會出大成就？老米非常認真地評估了一下，搖搖頭。為什麼？因為我性格不行。吳可剛強，不怕得罪人，不怕孤立。他也比我惡。要成為偉大的什麼家，都要有足夠的惡。阿克頓男爵（Lord Acton）就是這麼認為的，偉大的男人都是壞人。小吳文革中打過人，我是打不出手的。小吳叔叔打過人？！嗯。打了哪個？話劇院院長。文革中，院長是頭一批給揪出來的，吳可當時的身份叫「靠邊站」，他打了院長一個大嘴巴。他自己說，是因為院長常跟他過不去，他是公報私仇。不過我覺得，在他潛意識裡，是想用那一巴掌改善自己的社會地位；「靠邊站」是灰色人物，一個突變，就「靠」上敵人陣營的「邊」了。也可能出現另一種突變，「靠」到人民群眾的「邊」，就看是怎樣的突變。吳可打院長一巴掌，是主動催化突變，潛意識裡是讓群眾看到，他是敵人的敵人，那麼就該給他騰個落腳之地，讓他到人民內部來「靠邊站」。

米拉笑笑。老米又說，打那一巴掌，我能想像吳可當時的猙獰，那絕對是醜行，更醜的「醜」。你小吳叔叔的剛強和惡，讓他有力氣把那醜行自我正義化；他事後強詞奪理，跟我說，他媽的他欠揍！當著我母親面，他做孫子，背地裡改我的劇本，還想把名字加在我名字後面。跟好幾個女演員搞腐化，其中有一個，我還想發展成自己的情婦呢！那時候葛麗亞跟我過夠了，我也把她看透了。米拉對此毫不意外，又說，要是爸爸當時真能頂替小吳叔叔，你會替他打那一巴掌嗎？你剛才說，那是更醜的醜行哦。老米笑笑，想了一會兒，說，我會在醜行被彈發出去的一剎那，慫了。米拉笑得咯咯咯的。她知道爸爸慫，那慫跟他的善良是連體嬰，跟他那個自省——犯錯——自責——再犯錯的永恆循環也分不開。

其實何處不見「醜」呢？米拉多少次在電視上觀看政客選舉，看著競選者們的套路表演：在孩子群落裡隨手撈起一個二個，胡親亂抱一通，無辜無邪的孩子們連嚇帶懵，卻已經成了免費配角，陪襯領導們表演慈愛長者、和平使者、未來和希望護衛使者。那種醜，醜得連米拉都不好意思，替他們臊得發燒，渾身雞皮疙瘩熱一陣、冷一陣。

此刻天邊萬頃紅霞。雨後晚涼，必得多麼幸運，才能在晚間九點半看如此瑰麗的日落？沁了雨露的街道花壇，吐納的都是微腥氣的香，是花草們活著的體徵氣味。腥香的小風摸著父女倆每一絲存在感，多一句話都多餘。

回旅店的路，米拉是司機。醉了一半的老米坐在她邊上，很乖的老孩子。

第二天早餐時，老米用勺子一下一下敲著嫩煮蛋的殼兒，說道，你知道嗎，米拉？你小吳叔叔跟我最大的不同，是什麼？米拉看看父親，這一夜，他腦子裡的主題沒換過。是我在領袖像前請罪的時候，真認為自己壞，很多的罪過沒有實施，不過是有賊心無賊膽而已。面對領袖像，我半輩子的罪惡一閃念，都被我供認了。可是吳可在認罪的時候，從來沒覺得自己有罪，他委屈、憤怒，發毒誓要翻過身來，活個好樣兒的給那幫人看看。我常常想，真誠認為自己是壞人，是罪犯，時間長了會是什麼後果？自己跟自己長期鬧不和，一個人格分裂為二，頭一個自我剛發生行為或者言語，後頭那個自我就挑刺，嫌惡，譏笑，長期嫌惡自己，惡心自己，這人還能好起來嗎？現在我知道，是好不起來的。文革十年，不少人都跟我一樣，認為自己有罪，壞，行為也就鬼祟起來，猥瑣起來，這就把外界強加在你身上的醜，內化了。這麼、這麼地「醜」，醜過，誰還能像人一樣活下去？還會恢復這一生名分下應得的全部自由？好比那些被人打怕的狗，見了人就縮頭夾尾，自己認定自己是討打的。所以，儘管打人的人比被打的更醜，但你小吳叔叔有頑強的自我正義化能力，所以他是我倆中的倖存者。我們倆沒有傳說裡杜勒兄弟之約，可實際上呢，我就是那個犧牲了的哥哥。像我這樣的一批人，替吳可那樣的一批人，犧牲了，再也無法原樣還原。米拉的心沉沉的，想，什麼人有這樣的本事，讓她的爸爸這輩子就認下了永恆的「醜」？她說，爸爸，雞蛋要冷了。父女倆沉默地吃喝一陣，等米拉再來看老米，見他深深的皺紋裡，是孩子般好奇的眼睛。他說：文革當中，多少人打人啊？蔫兒了半輩子的人，眨眼都成了打手，打老師，打領導，打自己親人，打親近的朋友，尤其是打素不相識的陌生人；奇怪吧？有人在街上看著省市領導挨鬥挨打，他也湊上去出拳，不打就是有便宜不佔！假如那時候就發明了錄像機，像現在的體育賽事，關鍵鏡頭一次次回放，動作可以多倍放慢，一絲誤差都別想混，大概很多人會不安，會「認醜」。被打的父親，被打的教授，把這種畫面放成慢鏡頭，回放給兒子、學生看，也許那之後父親和教授的寬容，才有價值，對吧，米拉？假如你小姑把她在農場受的欺凌，錄下像來，一次次給王漢鐸回放，看到姓王的認醜，恨不得天雷劈條地縫，把他就此漏下去。然後，真巧對他的寬恕，才是負責任的，才是有分量的。

米拉問，爸爸，你真不知道李真巧去哪了？米瀟搖搖頭，笑笑。米拉不完全信服。真巧小姑和曹志傑都從香港消失了。消失到世人無知的一隅，暢享自由。二〇一〇年，李真巧拿著一塊據說是某佛教大師開光的勞力士手錶，送給了伯公。伯公戴上那塊表，禿了的頭上長出不少黑髮。伯公覺得可以開發出一門好生意，動員自己四個孩子投資，胡生、張生和其他一串「生」入股，開了間公司，李真巧成了李總。投資達到三千多萬港幣，請了兩個明星做廣告，三家專賣店的門面也租了下來。一開張生意就不錯，香港生意人都迷信，都希望自己缺德坑人的勾當得到佛的諒解，所以一百多塊錶很快都賣出去。但有天早上，公司職員上班，發現李總經理遲遲不到。一天不到，兩天還不到，伯公派人到胡生給真巧租的公寓去找，發現人去樓空，除了搬不走的大件傢具，一切皆空。胡生奔到銅鑼灣，那個燈光廣告還在，畫廊卻已經被售出一個月了。除了一堆手錶，公司賬上的錢，也被清空。九十多歲的伯公氣得險些一口氣上不來，在醫院搶救兩天才脫離危險。之後他被大兒子帶到溫哥華去生活了，留在香港他沒臉了。他要臉九十多年，現在他在胡生、張生這樣有錢有地位的朋友裡，再也沒了老臉。對胡生來說，湊股份的那幾百萬港幣不是什麼錢，真巧消失，他也消失了一份麻纏[58]，所以他懶得追究。張生提起此事，麻將桌上搖頭笑笑，跟他笑所有「大陸表叔」一樣，有什麼說頭呢？先是梁多，然後真巧和小曹，爛都爛得一樣，花式也不翻新。她得到這消息，心裡笑，真巧小姑又是替天行道，大大劫掠了一筆，和愛她的人隱身了。

吳可回到了國內，兩年後，梁多也回國了。在國外梁多還不時看到一些對他畫作的差評，但在中國，全是馬屁頌歌。聽慣頌歌和馬屁，誰跟自己過不去找差評聽？梁多的美人畫在香港澳門以及國內的拍賣會上，都是以千萬計。他停止了痛苦、困惑，爛醉時也不再清醒，找自己彆扭了。有那麼多人欣賞他的巨幅美人，那麼多人沒完地給他漲價，那麼多人啊，幾乎整個香港和澳門加大半個中國，那是個什麼人口基數，還能都錯了？人的眼睛可能錯，他們花的錢不會錯，錢確定價值，不值那錢，憑中國人幾千年的精明，他們一分也不會花。

而吳可不同，多年漂流國外，回到祖國，人們已經跟他生疏，觀眾群已經散了；觀眾自古最薄情。有一部戲被一個私人經營的話劇院排練演出，反響很大，但劇評說，此劇屬於過分小眾的偏愛。他還住在那幢搖搖欲墜的老樓裡，樓下佔房戶早搬進新樓，但他們也把樓下蛀毀了，現在

58　麻纏：糾纏。

堆放吳可母親遺留的傢具。他仍然每天寫，仍然跟讓他改劇本的人吵罵，堅持不改，但現在他不改人家就不再上門，這年頭誰離了誰活不成？

她記得二〇〇九年，在到葡萄牙簽名售書期間，里斯本的一個朋友請她到位於喀什卡耶海邊的家裡吃飯。在朋友家，她意外地看到一幅好畫，也是畫的美人，但與梁多的價值萬金的美人是質的區別。畫面是女人跪在自己一雙赤腳上，裸身，下體穿一條濕透的長裙，臉側回，五官一半在光線裡，對面是海，回頭是岸，海風裡飄著她的長髮，風裡還有薄霧和陽光。女人顯得過分豐腴，原始人的大臂如同篤實牢固的底座，整個形象有些變形，但力量和激情，在這些年的畫作裡實在罕見。那種灰調，她很眼熟。湊近，她看到簽名是「Jeff Cao」。曹志傑，對，就是曹式灰調。一個看上去還是孩子的人，內心苦澀灰暗，內外衝撞，搏鬥，是他火一般激情的燃料。

那麼這個女人，就應該是真巧小姑了。可以看出他多愛真巧，跟梁多曾經畫的那幅美艷的真巧完全不同，小曹的真巧是紅塵邊緣的，絕望中，回頭是岸，但岸上飛揚紅塵。她問朋友這幅畫的由來。朋友回答，是她丈夫從倫敦一個商業畫廊買的，不貴，不到一千鎊。她想，尋找的線又斷了。朋友又介紹，聽丈夫說，這位畫家近年在歐洲已經小有名氣，這是他十年前的作品。十年前，她算了算，那是他們從香港消失之後。看來他們也漂在歐洲，不定哪天跟老米漂到一個海灘上，爭起生意來。她求那個朋友幫忙，找到倫敦那家畫廊的聯絡信息。幾天後，她收到這位朋友的電子郵件，說找到了畫廊的名片。米拉按照名片上的電話號碼撥號，電話接通了。畫廊經理告訴米拉，這位畫家目前正在倫敦，她可以把米拉的聯繫方式轉告畫家。回音直到冬天才來。一個低啞的「哈羅」，米拉認出了聲音。米拉稱贊了他的畫，曹志傑聽了，謝了她，下一句話就是，真巧跟他分開了。他知道她找他，是為了找真巧。也為了找你，小曹，因為你活過來了，你的畫也活過來了。米拉笑笑，鼻子有些酸。他笑了，說剛活過來，真巧就走了。為什麼？不知道。年齡？年齡從最初就不是障礙，再說，你見了她就知道了，她不得老的。你知道她去哪了嗎？去美國了。哦。她想，茫茫的美國。

米拉五十歲生日那天，正發燒，接到三封郵件，一封來自父親。老米年年都會想到初生的米拉，小身體沒多重，五磅半，卻有一頭胡生亂長的濃密黑髮，啼哭的聲音像音符。另一封郵件來自易軔；他還暗暗地每年為她慶生，一九六〇年三月十號這一天，假如世上沒有誕生出一個五磅半的女嬰，也就沒有那個以致命之愛給他致命之傷的女人。第三封郵件，來自一個叫珍妮的人。她也祝米拉生日快樂。米拉的直覺告訴她，這個珍妮是誰。她馬上回郵件，說她正在生病，接到陌生人的生日祝賀，真好。十分鐘後，珍妮就回信了，問她生的什麼病。流感。你男朋友在身邊照顧你嗎？他出差去了。再說她生病時特狼狽，從來拒絕男朋友造訪。珍妮回覆：都相處八年了，還在乎狼狽？米拉樂了，珍妮什麼都知道。那你自己要照顧自己啊，多睡覺，少吃飯，不停地喝水。這方子是李真巧的。既然真巧躲在珍妮這名字後面，她也沒辦法。過了一天，珍妮又來郵件，問她好些沒。她說好些了。珍妮馬上回覆，說，好些也不要起床，再睡幾天。水更要多喝，弄個大瓶，插根軟管，躺著就能喝，不用坐起身。曾經真巧小姑為發燒的梁多養病，手裡捧個杯子，讓躺著的梁多用一根粗粗的膠皮軟管喝水，喝帶顆粒的橙汁，帶碎蛋花的牛奶。其實米拉燒得更高了，不過她犯不上讓一個陌生人勞神，既然她更名改姓叫珍妮。美國的醫生都說，發燒是好事，抵抗力強的人才發燒，高燒三天，身上癌細胞就給燒死得差不多了。隨著渾身癌細胞的大面積死亡，米拉也差不多燒死了，她弱弱地等著珍妮的郵件，等她自我揭露，露出她小姑的真面目。但珍妮再也沒來郵件。

接到阿卜杜電話，是二〇一二年五月十一號中午十一點半。這個時日米拉一輩子都不會忘。阿卜杜告訴她，他剛從米灋家回到家裡，米灋在教他兒子做木工，突然咳嗽吐血，呼吸困難，阿卜杜開車送他去急診室，這才得知，一個月前醫生就給老米做出了診斷：晚期肺癌。老米自己決定不做任何治療，好好過他最後的好日子。米拉早已辭掉了教職，專職著書。她立刻在網上找票，眼淚把電腦鍵盤都泡了。第二天傍晚她登上從芝加哥飛往紐約的飛機。在紐約甘迺迪機場中轉時，手機收到一則短信，點開，竟然是易軔發來的。他賣掉了國內的公司，剛到洛杉磯，以後會跟老婆孩子定居橙縣。最後四個字依舊：「想你的軔」。米拉的眼淚又湧流出來。也許幾個月後，她就被父親剩在這個世界上，橫向豎向的血緣都斷絕了，可將來不管怎樣，她還有個「想你的韌」。她的韌來到同一塊大陸上，來的正是時候。她回覆道：「也想你」，愣了一下，又抹去。手指懸在空中，良久，再寫：「在候機。去巴黎看父親。」馬上覺得那些字好乾，跟易韌的熱度和情緒對不上號。都這樣了，自己還拿捏什麼呢？廣播開始召喚去巴黎的旅客登機了。每個從她身邊走向登機口的人，都假裝沒看見她的淚，除了一個被母親拉著的孩子。孩子已經走入登機口，卻一直從慢行的隊伍裡擰過腦袋，膠皮奶頭銜在嘴裡，毫不掩飾對她的興趣——這麼大的人，也會這樣不害臊地哭？

剛摁響門鈴，門就開了。門像父親一樣等她等得心焦。開門的竟是甄茵莉，一雙大眼馬上紅了。米拉覺得該抱抱她，便伸出手臂。小甄阿姨真瘦啊。走進門廳，聽見提琴聲。老米在某間房裡拉馬斯內的「沉思」。甄茵莉啞聲說，最近老愛拉琴。心情怎樣？米拉問。好著呢。真的？真的。接下去甄茵莉簡短講了一下米瀟的近況，拉琴，讀書，下棋，（他跟樓裡兩個法國老頭學會國際象棋）。老米的這場病裡，人人局內，唯有老米局外，好像有個人在替他生病，他抽身出來幹多年沒空幹的事，拉琴，下棋。

米瀟住在巴黎七區，是在一座巴黎典型的奧斯曼式建築的頂層增搭出來的公寓，大概只有客廳的層高是合法的，三間小屋以及廚房的邊緣極矮，人得半蹲才能接近窗子。老米坐在凳子上拉琴，背馱得厲害，臉朝低低的窗，稀疏的假黑髮帶著小甄的美髮設計。老米寫信告訴女兒，小提琴是如何一番來歷：他在跳蚤市場看到兩把三百歲老琴，一把琴身不錯，但琴把是後配的，於是他拆了另一把音箱開裂的老琴，合二為一。米拉記得在香港時，看到李真巧仍穿著老崔時代的絲綢起居袍，小姑告訴她，雌雄兩件袍子都磨損了一些局部，只有拆開互補，湊成一件，面料好訕！如今找不到第二個崔老闆，捨得買那麼貴的名牌袍子給她了。看來犧牲兩個，成全一個，物事也是相同道理。琴的音色不錯，但高音有一點「破」。米拉在爸爸身後站著，等他把曲子拉完。米拉從兩個美國姑姑那裡瞭解到米家一些陳事：阿魯（米瀟）因為是五個孩子裡唯一的男孩，遭受祖父的過度培養，五歲學琴，開始是極愛的，但他十二歲愛上繪畫，對琴就淡了。矮屋裡餘音不散，老米已經回過頭。他從來都能知覺到米拉的到場，曲子下半段是為女兒演奏的專場。米拉叫了聲「爸」，笑笑。父親也笑笑，說：把大作家驚動了。米拉差點又哭，低下頭。父親慢慢站起身，頭頂跟傾斜的天花板差一寸。是他將就屋勢背脊馱出了新角度，還是反正馱得嚴重，正好順應矮檐的角度，買下這處房產？每年夏天，米拉跟父親約好，只逛一個歐洲國度，用國內遊客的流行詞，叫深度遊。這還是她第一次來到父親自己的房子裡。甄茵莉一直施壓，逼他買房，說她不會跟他住在紐約那種租來的貧民窟地下室裡，於是老米買了離地下室最遠的房。老米的精品傢具在歐洲承蒙一小眾人看上眼，加上近年來搞電子產業富起來的壯年洋人，都流行點兒東方時髦，一兩件東方味傢具代表主人的開明、遊歷之遠、審美趣味之不拘一格，米瀟終於積累了第一小桶金，初步實現以工養藝。每年暮春，最美時節的巴黎總是迎來甄茵莉。小甄總是在巴黎住一兩個月，購物、休假、刷夫妻關係卡。每次來，她都給老米做一冰箱水餃、抄手，堅持給老米用她自製的自然染料染髮，以至於燃料褪色後，老米的頭髮無法色彩還原，不得不頂著一頭非紅似黃的頭髮過沒有小甄的日子。小甄每次巴黎行總要給老米的牆壁上或傢具上，添置一兩件她品味的掛件、擺設。她前腳剛走，老米後腳就把那些小資女生的擺設摘下，直到她下次到達巴黎前，再突擊擺放。這次她剛回到成都，就接到老米癌症確診的消息，時差沒倒過來又回到巴黎，所以老米沒來得及復原她那十幾件品味標誌物。

晚上米拉睡得早，半夜被老米的咳嗽驚醒，再也無法入睡。甄茵莉的軟底拖鞋「擦拉擦拉」地走到客廳，然後是倒水聲，藥瓶子開關聲，再「擦拉擦拉」走回臥室。這個頂層房屋是饒出來的，隔音很差，爸爸微帶哨音的氣喘，以及一場劇咳和下一場劇咳之間的呻吟，米拉都能聽得見。快天亮時，米拉又被米瀟的咳嗽驚醒，此刻米瀟哮喘，夾雜的嘯音可怕起來，像是人狼之間的一種聲音。頭一天晚餐時，大家都沒事人一樣，吃喝談笑，父親也只咳了一次，還是被紅酒激的。米拉窺到的一瞥，是父親在咳嗽時由口袋裡掏出厚厚一疊紙巾，朝裡面吐了一口痰，又細看一眼，是在看裡面的血絲濃淡。夜色裡病人不裝了，病的痛苦和恐懼，就抖動在空氣裡。第二天早晨，米拉見父親躺在沙發上讀書。一本英文書，叫*Awakenings*[59]。父親把腳縮了縮，意思是邀請女兒坐到長沙發另一邊。他掂掂手裡的書，說這本書很好看，米拉不妨也看看。米拉知道，父親一開始就領著她跑題，從夜裡病痛的正題跑偏。米拉說她在一九九〇年同名電影剛出來時，就看了電影，兩個美國男明星是她最喜歡的演員。確實是難得的演員，父親認同道，尤其諧星羅賓．威廉斯，一生演的正劇不多，但每部都演得那麼好。可惜羅賓自殺了，米拉脫口道，同時就後悔，父親想營造無病無痛無死亡陰影的白天，又讓她劃出裂隙。老米說，羅賓．威廉斯最終的結局，就像他扮演的薩克斯醫生救治的主要病人Leonard，最終選擇放棄。米拉翻看著書中的照片，其中一幅，是一個年老病人彎腰至九十度，下巴幾乎緊貼胸口，圖像的解說為：「他定格在這個姿態裡若干小時」。老米說，他就像在這個活受罪的姿勢裡睡著了。米拉問，書跟電影很不同嗎？當然，這是一本關於病理的書，電影把它詩化了。書的作者奧利佛．薩克斯醫生記錄的真實人物們，在"Sleepy Disease"中沉睡了幾十年，沒有語言，沒有動作，等於準死亡。一九六九年春天，一種奇蹟藥物被研發，薩克斯醫生用超大劑量，使這些準死屍們復活過來。這本書像是科學寓言：病人的藥物生命持續了兩三個月，發現活過來無非還是圍繞那麼幾樁事：食色性也；他們所受的折磨困擾的，也仍舊那幾樁事：食色性也。尤其隨著藥物副作用的顯現，使他們對這幾樁事的慾望數倍誇張，折磨和困擾數倍加大，於是一部分醒來者，尤其狄尼洛扮演的男主角

Leonard，放棄了藥物生命，又睡回去了。爸爸說到這裡，長舒一口氣，然後說，我和你小吳叔叔，我們那一幫子傢伙，八〇年代初，也像醒過來的。米拉想到住在各種過渡房裡叔叔伯伯們，那時他們比她還年輕得多，但精神氣，亢奮度，躁動感，簡直就是發育中的少年人，讓荷爾蒙鬧騰得不得安生。是的，真像一次蘇醒。或者，驚醒？對的，驚醒。

甄茵莉從廚房出來，臉黃黃的，身上的嫩藕荷夾粉藍條的毛巾睡袍更強調那臉色的陳和舊。她問父女倆是到廚房吃早飯，還是她把早餐給他們端到客廳來。老米說，端來端去多麻煩，我們去廚房吧。米拉給爸爸套上拖鞋。米瀟的兩支胳膊暗暗發力，不想讓在場的妻子、女兒看到這個起身動作對於他是如何的高難度。第一個起身失敗，老沙發像一灘沼澤，吸噬了老米。米拉趕緊站起，兩手插進老米腋下，以此做爸爸的雙拐，但老米掙開了。他看看女兒，笑一下，哪能從此就交出行動自由？他一手抓住沙發扶手，另一手再次撐住座下的沙發墊，墊子一點反彈力都沒有，第二次起身還是失敗。老米陷回到沙發裡，壓抑著劇喘，順手拿起那本擺餐具，我給你們把麥片粥盛上。又轉向米瀟，溫柔地笑著：麥片粥你想吃甜的，還是淡的？米瀟說，隨便。隨便最難伺候，小甄嗔了一句，走開。

---

59 *Awakenings*：台灣翻作《睡人》，是知名醫師兼作家奧立佛·薩克斯（Oliver Sacks）的代表作，曾在一九九〇年翻拍成同名電影。

兩個女人先後進了廚房。小甄小聲說，病成這樣了，在老婆孩子面前，還是要面子。米拉知道爸爸不僅僅為面子，他要的是盡量延長他獨立自理的生活方式，這是他對自尊、體面、美感的最後守護。一旦失守，一切將不可逆轉。兩個女人聽著老米劇咳，都一動不動，剛才他那番守護自尊、體面的拚搏，此刻在顯現惡果。

小甄貼著門縫往客廳裡看，低聲說，又在看紙巾呢。只要沒咳出多少血，他的心情就會好。米拉小聲說，夜裡他咳得那麼厲害，有沒有什麼止咳藥？止咳藥？對他現在的狀況，不是小兒科嗎？總比什麼藥都不用要好啊，晚期癌症都要用鎮痛鎮靜藥物的嘛。醫生說還不到用嗎啡的時候。聽爸爸這麼咳，就像要把一塊肺咳下來！可不是嗎？咳的那一口口血，等於是他的肺，爛了的肺。小甄阿姨，別說得那麼恐怖好不好？是的嘛。你在隔壁就覺得恐怖了？我睡在他身邊，給他拍背，一拍一手汗。裡頭流血，外頭出汗，人還不乾了？！你不覺得你爸爸一天比一天縮巴？米拉打了個寒戰。母親孫霖露臨終前的日子，她沒有見證。母親一直讓周叔叔瞞著米拉，等孫霖露想見女兒最後一面時，她過高估計了自己的生命力。米拉還在跨太平洋的飛機上，母親就嚥氣了。其實米拉挺感激母親對她的體恤，疼愛；母親不捨得米拉看她化療放療之痛苦，之毀容。米拉深知自己有多軟弱自私，若有選擇，她是不情願見證這種痛苦的消亡過程的。對於痛苦的見證，比受苦的父親本身，更痛苦。她看著小甄把打好的雞蛋倒入小鍋，鍋裡的牛奶和暗色的燕麥片已煮過頭，如同一鍋回收的報紙泡成的稠厚紙漿。似乎一鍋「紙漿」還不夠敗胃，還要倒入黃色黏膩的蛋液，一個人得多飢餓，才能把這麼惡心的東西填進嘴裡。小甄叫米拉給三人擺餐紙、勺子，把冰箱裡的橙汁拿出來。米拉一驚，自己怎麼木成這樣？眼裡一點兒活兒都沒有。甄茵莉還在小聲說話：米拉，這些年你在他身邊的時間比我多，他抽菸你也不管……米拉不說話，人還活著，歸咎指責就要開始了。難道老米選擇遊蕩歐洲，當高級難民，她甄茵莉不需要負一點責任？

米瀟出現在廚房門口，駝背的角度改善了一些，雖然有點故作挺拔。他笑容暖洋洋的。剛才他如何跟沼澤沙發搏鬥掙扎，最終站起，無人見證，他的獨立自由又延續一天，他的笑因此略顯得意。也許是他剛才咳嗽沒見紅，心情好轉。他認真地邁步，爭取每一步都不打晃，來到桌邊，仔細把自己擱在椅子上，抬頭巡視老婆女兒一眼，儼然一個完成了重大舉措的勝利者。

早餐後老米回到床上補覺，甄茵莉和米拉躡手躡腳地收拾房子。米拉能看出來，她倆人都對臥室門內的動靜豎著耳朵。一上午什麼動靜也沒有，小甄不時踮腳走到門邊，耳朵貼在門縫上，聽個五六秒鐘，神情稍許釋然，毫無必要地朝米拉做一個噤聲手勢，在緊抿的嘴唇上豎起食指。接近中午，米拉坐在父親製作的胡桃木中式椅子上寫郵件，瞥見小甄失魂落魄站在客廳中央。等米拉關上筆記型電腦，臥室門仍然關閉，小甄的臉打起了皺。米拉知道，老米如此安靜令她不解，此刻滿心都是胡思亂想。

她受不了這種定時炸彈走針般的氣氛，打算下樓到街上走走。電梯在五樓停下，進來一個四十多歲的法國男人，小個子，絡腮鬍，眉毛上貼了一小塊創可貼。電梯門剛關上，他就誇米拉的上衣美，米拉謝了他，心想傷了臉的法國男人照樣給女人獻殷勤。你這裡怎麼了？米拉對自己脫口而出的管閒事大吃一驚。男人照了一下電梯牆壁上的鏡子，笑笑，文不對題地說，已經快好了。出電梯時男人說，我跟你父親很熟，你很像你父親。米拉心想，他很快會成為父親的生前友好。分手時，男人請米拉代問「瀟」好。幸虧是電梯式外交，不然米拉那點法語早就見底了。

街上太陽亮得晃眼，米拉走入的是另一個季節。幾乎隔兩三個鋪面就是一個花店。巴黎的花比別處好看，花鋪主人對花的色彩搭配非常講究，陳列也都很用心。街面被人擠窄了，米拉想起，這是上班族放午餐假的時分。這個熱鬧人間，把她可憐病弱的父親撇下了。女孩們等不及地穿上露體裙子，白的腿，白的肩膀，陽光下白得閃亮，法語和笑聲，都是唱一樣。露天咖啡店坐得滿滿，絡腮鬍子的法國男人肯定也坐在某個類似所在，都在消費陽光和過往的吊帶裙姑娘們。米拉無目的地走著，等街上的午餐人群稀薄了，來到一個快餐館，買了三份蔬菜湯和兩份牛肉卷餅。

回到頂層公寓時，臥室門開了，意味著小甄一上午的不祥瞎猜都是瞎猜。米拉把午餐擺在茶几上，推開落地窗。窗外是個假陽台，二尺寬，帶一米高的鏤花鐵護欄，只能栽花，不能站人。月季正紅，都長成小樹了。小甄在臥室裡嘮叨著什麼，米拉不想知道。人死前，很多難以啟齒的話都必須啟齒，比如遺產，比如何方入土。很快小甄的聲音大起來，米拉知道了她嘮叨的原因。她在米瀟的抽屜裡看到一些電匯單據，收款人是吳可。去年秋天到今年初，老米在按月份匯款給吳可。小甄奇怪，老米何故要養活吳可。老米的回答是，吳可在小劇場排新戲，缺資金。小甄悲憤，她作為米瀟明媒正娶的太太，缺資金都忍著不說。米瀟想知道，她用於什麼的資金出現了缺口。你以為你拿五百塊歐元現在在國內還叫錢嗎？國內吃的穿的用的一年一個價，就不去說了，總能少吃點，少穿點……老米此刻不禁要打斷她，至於少吃點嗎？再說，你穿的不都是巴黎貨嗎？哪次到巴黎，你小甄不是一個箱子來，三個箱子走？好多都是二手貨！小甄冤屈大喊。五百歐一個月，你自己回到成都住住看，夠不夠花？！你自己不是還有退休金嗎？老米的嗓音異常，帶著裂紋，裂紋裡漏出類似哨音的哮聲。就像在夜裡，咳狠了，發出的人狼之間的聲音。小甄說，就想換一套大點的房子，都換不起；不等存夠錢，房價就又漲了！老米認為換大房子是非分之想；一個退休女人，住一百二十多平米，已經比他的巴黎寓所寬裕了。你也不看那房子多舊！設備那麼差，格局那麼土，現在條件好點的人，誰還住八幾年蓋的房子裡？！再過幾年，那就是危樓！你未必放心我住在危樓裡？父親靜下來。米拉的心也鬆活一點。此刻她聽爸爸靜靜地說：

你放心，就算那個房子明年就成危樓，你也來得及搬出去；成都現代化高層大房，肯定有你一套。什麼意思？小甄問。等都等一個月了，也等不了多久了，老米說。更靜了。小甄也靜下來，一會兒開始抽嗒……你、你什麼意思嘛？我來好像是等遺產的？你個沒良心的老頭兒！老米不說什麼了。淚汪汪的小甄，就又成米瀟的愛妻了；他最吃小甄這一套。

米拉站在臥室門外，聽老兩口吵嘴，心提到喉嚨口。老米這要是咳起來，可是要送老命的。她輕輕進了廚房，把兩份卷餅和蔬菜湯放在盤子裡，用托盤端著，走到臥室門口，食指碰了碰開著的門。小甄一見米拉就起身走出去。米瀟臉色暗淡，躺在疲憊不堪的被子下，靠著一疊皺紋累累的枕頭，閉眼養神。床邊一個紙簍，裡面裝著幾個紙巾團子，兩團紙巾透出淺紅。米拉默默拆開卷餅外包著的錫箔紙，用餐刀把卷餅切成小段小段。父親用叉子叉起一段，放進嘴裡，嚼蠟一般。他是為女兒吃的，吃了一口，完成了任務，推開盤子，又閉上眼睛。米拉想到爸爸對*Awakenings*書中主人公Leonard的評說：他沉睡幾十年，醒來兩三個月，發現人世間還是那幾樁事，食色性也，就又睡回去了。這是一個很不快樂的白天，米拉不該出門那麼久。她用湯勺舀起一勺湯，送到爸爸嘴邊。爸爸睜開眼，自己接過勺子，湯卻撒了不少在被子上。父親把一紙杯湯都喝乾，拿起餐巾擦嘴，大喘一口氣，艱巨的任務總算完成了。

等米拉自己喝湯時，她發現湯幾乎是冷的。爸爸喝冷湯，一點異議也沒有，跟女兒合作，實現她的孝道。

在廚房裡，小甄仍然沉默垂淚。聽見米拉進來，她說，我跟吳可，在他眼裡，好像沒區別；恐怕我還不如小吳——就跟偷養外室似的，這些年常給他匯錢。不是給小吳叔叔匯錢，是給他的戲劇匯錢。那還有底啊？！小甄此刻的語調跟真巧母親七孃很像，米拉擔心她缺席那兩個小時，米瀟聽到的就是這副嗓音。小甄阿姨，爸爸留下的房產和存款，我都不會要的，都歸你。米拉坐在繼母對面，看著她。繼母成了老女人，但是個美麗的老女人。那怎麼行？我不同意！你不同意，我也不要；我什麼都不缺，寫書的版權費，足夠了。米拉的與世無爭是真實的，誰都能一眼看出。米拉說到此笑笑：比足夠還夠，我還資助了兩個貧困山區的大學生呢。她原先教書的大學裡，三年前來了兩個甘肅和青海的留學生，米拉每年各贊助他們五千美元。小甄疑惑地、害怕地看著僅比她小十多歲的繼女。她害怕的是，這別是米拉的一時衝動，真到履行法律手續時，就不算數了。在米拉的口袋裡，有一張法國出版社的版稅支票，她把它掏出來。你看，小甄阿姨，我不騙你，每隔幾個月，我就能收到各國的版稅。雖然票面款剛夠四位數，但小甄可以設想，全世界的「各國」有多少啊。現在有三十多個國家翻譯了我的作品。小甄看著支票：一千零八十歐乘以三十，迅速心算出一個驚人的（至少對於小甄很驚人）的數字，並且是每年數次……

米拉把繼續心算的小甄留在廚房，來到客廳。父親穿一件深紅毛衣，卡其色褲子筆挺，從臥室出來。米拉，我想出去走走。嗯，我正好也想出去。父親坐下來換鞋，米拉蹲下身，幫他繫鞋帶。父親又說，天太好了，在家窩著，浪費了這麼好的太陽。一陣酸楚湧到米拉心裡：父親就要把這樣的好太陽留給活著的世界，留給女兒了。街上的女孩都光膀子了呢！父親嗔怪地笑了。女兒明白，他的意思是，光膀子女孩已經與他文不對題了。

父親扶著牆，手和膝蓋微微發抖。米拉看著眼神堅定、神情專注父親，只能心裡幫著使勁。父親終於站直，平定了喘息，衝廚房叫道，小甄，你也跟我們出去走走吧？米拉想，都這時候了，還怕老婆多心呢。甄茵莉歡聲回道：你們去吧，我還想追劇呢。她專門從廚房出來，想讓老米看到，她對父女倆出去散步這事一點都沒多心。她又加上一句，帶上你的文明棍哦。老米「哦」了一聲，從門後拿起一根拐杖。

父女倆在一個溫室般的玻璃咖啡店坐下。米瀟點了一杯野菊茶，米拉點了一杯越南冰咖啡。米瀟很滿足地沉默著，手輕輕地拍著女兒的手背。爸爸是最不擔心你了。米拉笑笑。你要對小甄阿姨好，她沒什麼親人，也不會交朋友。米拉點頭。她善待繼母的誠意，在老米交代前就已經提前昭告了，老米會因此有個平靜的離世前過渡。你小吳叔叔的戲，很快到巴黎來上演，大概我趕不上了……那個戲已經在「歐洲劇場獎」的終選名單上，我覺得小吳有這個命。他的命讓他吃了很多苦，讓他失去很多善良，讓他以惡為善，最終在作品上，實現的反而是大善。對了，爸，那個住在五樓的人，叫我代問你好。哦，米歇爾。是個文學教授，吳可的戲劇，翻譯成法文，我就是請他潤色的。他人不錯，在法國人裡算不自私的。爸爸你這是什麼標準？父女倆笑起來。他眉毛上貼了塊膠布，大概受了傷。他前一陣跟老婆分居，分居之後呢，酒喝得厲害了，磕著絆著的事，難免發生。法國人都是多談戀愛，少結婚，就算結了婚的，也少有過到頭的。還是我米拉好。父親看著女兒，我的米拉明智，戀愛一輩子。女兒用微笑制止了父親。她這戀愛的一輩子，有多苦，只有易軔和她自己知道。

米瀟的病情是在十幾天後加重的。六月十號，他跟米拉、小甄出去吃法國菜，晚上他們在路邊等出租時，天惡變，起碼五六級的大風，雨點橫來，三人的衣服瞬間濕透。出租車一輛輛從他們跟前飆過，似乎都想躲過這個濕淋淋的老齡化中國家庭。米拉把兩個長輩送回餐館，打算她一個人在雨中截車。回到餐館門內的父親臉色像水泥，體力早已透支，垂掛在小甄和米拉兩人的胳膊上。米瀟那天夜裡咳得翻江倒海，一頓法餐吐得全然不剩。米瀟在床上度過兩天，自己提出要去醫院。入院第五天早上，米拉失去了她一生最好的朋友，米瀟。父親是在她跟甄茵莉換休的那幾個小時悄然離去的，時間是清晨四點多。甄茵莉歪在折疊躺椅上睡著了，被輸液管停止冒泡的寂靜吵醒。

米拉在父親的枕頭下，發現了一個藥房的紙袋，空的。也許老米積攢了足夠安眠藥，好幾瓶安眠藥被集中倒入這紙袋裡，趁妻子和女兒在走廊裡交班，把藥吞服下去，打算睡個長長遠遠的好覺。據說服用過量安眠藥是會有痛苦掙扎的，也許老米的心肺功能太弱，藥物讓它們直接進入停止。爸爸還是偏心女兒，把最驚悚的時刻留給了那個心已相遠的名分上的妻子。米拉把紙袋團掉，悄悄塞進口袋。這是父親和她之間的秘密，父親在跟她談*Awakenings*就在暗示，就在鋪墊這個結局。在小甄阿姨為了吳可跟他鬧的時候，他就開始攢藥，秘密計劃實被他施得十分完美，米拉被動地被他拉入了密謀。現在這個被動共謀者知道，父親只不過是「睡回去了」。

父親的葬禮很冷清，除了阿卜杜全家，就只有米歇爾。用在葬禮上的遺照是老米在八十年代照的，米拉挑選它，是因為它一點兒也不像遺照，那是典型的老米神色，笑中有一點逗哏，還有一點自我嫌惡。

葬禮結束後，米拉跟甄茵莉回到老米的公寓，兩人都出奇地平靜。米瀟最後的二十多年，完全按他自己的意願活，也按他自己的意願死，米拉覺得他是滿足的，沒留什麼遺憾。歐洲被他逛遍了，還有一處沒逛夠，就是意大利。他囑咐米拉一定要替他在意大利深度遊，尤其北部，那個烏爾比諾城堡，那低調奢華的建築，他只是匆匆一遊。米拉答應，她一定會去Urbino Castle，替他享受那低調奢華。至於甄茵莉，米拉猜想，也許繼母覺得米瀟和米拉還算對得起她，晚景比她原先的同事、熟人都優越，肯定是十倍地優越於孫霖露，她心定了，因此平靜。也可能她對米瀟的愛正好跟米瀟的生命一道耗盡，一個重病人，狼狽、邋遢、難看，有多少愛能化為憐？而憐與嫌是時常互換的，嫌又和棄一步之遙，老米看出她的嫌，就先下手為強，先棄她而去。

米歇爾請米拉有空去他家「喝一杯」。米拉在離開巴黎前，想到這個邀請，給米歇爾打了個電話。米歇爾說他正在家受「作家瓶頸」之苦，米拉應該救救他。米歇爾的公寓比米瀟的大一倍，佈置得很漂亮，有一點存心的頹唐。老米為他畫的肖像，掛在壁爐上方。米歇爾的英文很好，但帶嚴重的法國口音，就像江南人講北方話，啾啾嘴碎的感覺。於是本來不太陽剛的米歇爾，更加地溫婉。據說他和妻子分居，就是因為他被一個男人追上了手。他在寫一篇書評，一共兩千字，還受「瓶頸」折磨。米拉跟他打趣：巴黎的作家好嬌氣！米歇爾告訴她，通過「瀟」，他與吳可的劇作熟了，常跟劇院圈內的人推介吳可的作品。瀟告訴他，《停電》的靈感，是一九八〇年夏天吳可與瀟聊出來的。瀟跟他不止一次地說，那個年代是該出好作品的，因為他們那一幫子傢伙就像死而復蘇，眼前望不盡的可能性。米拉笑笑說，那幾年他們都跟鬧荷爾蒙似的，又發育了一次。米歇爾哈哈大笑，酒精作用的陽剛，說他絕對看得出，Libido[60]在這個劇裡燃燒；沒有Libido的作品，絕對不是好作品。米拉想起老米去世前的那天。那個傍晚，他嗓音已

60　原欲（Libido）：最初由佛洛伊德所提出，意指一種與社會文明約定相牴觸的原始衝動。其概念後來擴大到包括愛、快樂和自我保護的原始能量。

經相當弱，把米拉招到他枕邊，幾乎像說悄悄話：好消息來了——「歐洲劇場獎」終審意見已經出來，小吳的劇本《停電》獲獎了。父親的聲音雖然缺元氣，但眼睛年輕極了，汪汪的水靈，大概有淚。米歇爾此刻證實，好消息是他帶給「瀟」的，在他去醫院探望「瀟」的那天。米拉心裡一算，也就是說，父親收到了好消息第三天，就「睡回去了」。爸爸「入睡」時是稱心的，因為他覺得自己完成了哥哥杜勒的使命，成全了弟弟杜勒。

……梟梟

又是兩年過去，突然收到她的小吳叔叔的電郵。他又到了美國，這次欲將他鄉作故鄉。他落腳西海岸，約米拉去玩，正好聖誕將至，她把男朋友留給了他的女兒，自己抽身去西海岸。男朋友知道，小吳叔叔對於米拉，等於半個父親，今年就讓她去陪叔叔過聖誕。正是全美國歸家團聚的時節，臨時買機票幾乎不可能。她終於買到一張昂貴的機票。看望久違的小吳叔叔，值這個價。西海岸還有她想念的易軔。先是他妻子陪小留學生女兒來美國，幾年後他賣掉了公司，跟妻子女兒團聚來了。他們在洛杉磯附近的聖塔莫尼卡買下房子，不久他愛上了釣魚和組裝古董車。易軔用好看的古董汽車殼子裝上當代芯子。他把裝好的車拍成視頻，發給她看，顏色噴成深紅、寶藍、燦黃，漂亮極了，像大型玩具。她先飛到舊金山，小吳叔叔的家，坐落在華人聚集的城區，在城市最西邊。房子是兩層樓，躋身在式樣相仿，比肩而立的小樓間。摁了門鈴，她才意識到，這地方離太平洋不遠，跟祖國的岸也不過就隔著這個太平洋。太平洋的霧正撲過來，路燈最亮處，可看見霧的迅疾動作，從西往東撲。門開了，小吳叔叔老了。

進到門廳，她嗅到廚房的香氣，好熟悉。等她走進客廳，一個小蠻腰上扎著花邊圍裙的女人進來。她吃驚，卻又是落實了預感，早就知道珍妮是她。真巧小姑也老了，但形如舊，神如舊。兩個女人抱在一起，小吳叔叔抱住她們倆。小姑你不是說，除非他流放西伯利亞（或者馬爾康）你才跟他嗎？小姑說，這裡不就是他的西伯利亞？

三人坐下來吃永遠的真巧美食。小姑不斷起身，上菜，倒酒，兩隻酒窩的倩笑也如舊。談話有一搭無一搭：他在小劇場的劇被勒令停演後，秘密地把劇轉移到更小的劇場去，繼續演，幸虧米瀟老哥當沉默投資人。小劇場演出每場爆滿，黑市票價驚人，可賣到兩三千。於是再被罰款。米瀟認為，是戲總要演的，此處不讓演，去別處繼續，他替吳可通過米歇爾聯繫了法國和比利時的小劇場。米拉想把父親臨終前得到的虛假喜訊告訴吳可，但一猶豫，沒說。父親去世後，米拉回到了美國，收到米歇爾的電郵，說吳可得獎的消息是誤傳。米拉苦笑，誤傳讓老米如願以償地「睡回去了」，可能「睡」早了一兩個月，不過把最痛苦的一兩個月給隔了過去，不無荒誕，也不無美好。

二〇一五年，吳可收到珍妮的郵件，召喚他，勸解他，他便來了。真巧說，我跟他說，就把這裡當西伯利亞，多浪漫，你還有我。三人笑。她知道，小吳叔叔一直是愛真巧的，但他不承認；真巧也一直是愛小吳叔叔的，只是她不認識那愛。

第二天晚餐時，她問吳可，你被禁演的戲是叫《停電》嗎？

是的。我爸很喜歡那個劇本。那個戲有你爸爸一半的貢獻。吳可說起八〇年代初，他跟老米在省委招待所過渡的時候，碰到的事。他從那次停電中發生的奇事得到靈感，發展成了後來這個一幕七場的荒誕喜劇。那晚上他和老米一直在黑暗裡談，仗著黑，看不見對方的反應，談話更加大膽。此刻真巧熄滅了燈，問他有什麼燈下不敢說的話，趁黑說出來。他說那天晚上在黑暗裡，他問老米，為什麼不多生幾個米拉。真巧問，多幾個米拉咋個嘛？吳可沉默了，過一會，他說，我剛要回答，電來了。真巧摁亮燈，看著他，神秘地微笑。吳可看著地板，微笑也一樣神秘。米拉覺得多年前吳可的答案肯定不同。

聖誕節過後，她告別了小姑和吳姑父，開車沿著海岸線往西。易軔和她約了，兩人各走一半路，在十七英裡黃金海岸上的美麗小城卡梅爾碰頭。地點卡梅爾是米拉的提議，因為被張大千稱為「最可居」的小城，僅有四千居民，並且，卡梅爾以懷舊、守舊為特色，全城沒有廣告和霓虹燈，沒有硬幣停車器，也沒有快餐店，更沒有連鎖購物中心，是全國城市裡，唯一把舊日生活方式封存起來的精美琥珀。難道他們相見，不就是折回到舊日？她在電話上玩笑，問她是不是需要高舉寫著「米拉」二字的牌子，以防他認不出她現在的樣子。他嘿嘿樂了。兩人約見的地點，是海洋大道最西端的卡梅爾海灘。米拉停下車，剛鑽出車門，一個嗓門在身後的遠處響起：「米拉！」她向身後的海洋大道望去。天好極了，大道兩邊滿是遊客。又是一聲「米拉！」嗓門真熟極。她看了半天，也沒找見嗓門的主人。她鎖上車門，站在那裡。人群裡終於出現了她熟悉的身影，邁著幾十年前出早操的步子，向她挺近。一陣暈眩，太陽實在太亮了。他笑容依舊，站在五米之外不動了。我早就到了，他說，剛才看到你開車過去。她在車內的側影，一閃而過，他就辨識出來了。最後的五步，由她來走，走過去，走進他的懷裡。久違的體味兒；那個十四歲的男孩，就在這入暮的身軀裡。

他們沿著海灘漫步，來到一座能看到海的小餐廳。餐廳前面有小花園，後面臨海。可惜沒有牽牛花，玫瑰熱烈怒放，略微彌補那份缺席。冬天，這麼多姹紫嫣紅的玫瑰，難得了。不是他們倆的小房子，也是他們倆的小房子。易軔說，你沒變。米拉笑笑：怎麼可能？他說，要不，我怎麼會隔著車窗就認出了？她心想，剛才開車心急，車速很快，他在街邊走，她的側影也就是他眼角邊過的一陣風。你就是一陣風，我也能認出來。他讀出她心裡的字句，就像過去。她問，段薇知道你來見我嗎？只是在撕爛的結婚請柬上，掃了一眼新娘名字，那名字便在她心裡落地生根。當然知道，我什麼都不瞞她。她放心？放心；她知道我很愛她。她笑笑，無話。他也笑笑，眼睛轉去看海。她告訴他，接到他的婚禮請柬，她開車到大湖邊，沒有海，她把湖當海看。他說，他也一樣；沒有米拉，他把薇薇當米拉愛。看了一陣海，他對著海說，都怪八十年代，我們愛得那麼瘋，那麼死活不顧，回想起來，我當時怎麼敢呢？敢什麼？為了你，撕破了那個婚姻。她的手伸過去，摸摸他的腮幫。清早刮淨的絡腮鬍，現在已經刺手，並且，青少白多。

你還是一個人？嗯。

打算一個人到底？

她笑笑：男朋友總可以有吧？說著，她的頭就靠在了他肩上。她二十九歲那年離開他，就為了患上一生不渝的相思病？矯情的年齡啊。現在她後悔嗎？

他們一直坐到天暗，風起，才離開看海的小餐廳。他從車的後備箱裡，拿出一件舊大衣，給她披上。她的手伸進右邊口袋，那裡有個破洞，幾十年前那個洞就在那裡。在黃浦江邊，她的手指，曾漏進那個洞。那時她想替他補起來，現在看來，還是不補的好，手指都認識它。

晚上九點，他和她告別。似乎是臨時起興，他讓她把那輛老殼裝新芯的燦黃色車開走，就算給她補的一份聖誕禮物。他開她租賃的車回家，第二天去租車行替她還掉。

她開著燦黃色的禮物夜行，回到小姑家正值子夜。她這才看到後座上一個紙包，隔著紙包摸上去，裡面是個小盒。小盒裡放著一枚戒指，鑲嵌的小鑽像顆米粒。小盒上有北京一家首飾店的名字，鑲工老氣。很多年前，他那麼想跟她去領結婚證，實際上，他口袋裡就擱著這個小盒。她找各種藉口推脫了，他於是羞於拿出這個小盒。再看，紙包裡還有兩個小包，裡面包著種籽，一張便條寫著：「你的小花園裡採來的牽牛花和玫瑰種籽，花園搬不走，但願花籽能異國發芽。」她下車，在路燈下，燦黃色的車身是子夜的陽光。她的小吳叔叔是二〇一八年冬天去世的。米拉永遠的小吳叔叔。

第二年開春，真巧小姑帶著兩個大箱子來米拉這裡走親戚，散心。怎麼帶這麼多行李呀，小姑？不都是我的。真巧打開一個箱子，裡面是一摞摞發黃的稿紙。米拉拿起一摞，看到小吳叔叔十八歲的字跡；《家宴》，作者：吳可。那時世界上還沒有一個將要命名為「米拉蒂」的生命。吳可讓我把這些都交給你。米拉不語，接著往下翻，小吳叔叔的另一個生命，就在這一摞摞紙張裡。小姑到底也老了，扶著箱子蓋，坐在地毯上。小吳叔叔怎麼突然就走了呢？就是，頭天晚上還跟我出去散步，還講到你。早晨六點多，他下樓倒水喝，我聽見樓下一聲悶響，叫了他幾聲，沒聽見應聲……我趕緊起來，鞋都沒穿，跑到在樓梯拐彎，就看見他倒在地上……一瓶水還在往外流，人已經沒了。小姑說著說著，眼淚掉了一地毯。其實吳可好像是有預感的。他去世前一個月的一個週四，一早就完成了一篇文章，於是破了自己午前不見人的規矩，要真巧跟他出去飲早茶。真巧把車開到唐人街附近，一家中國人在舉行盛大出殯。吳可一本正經對真巧說，我死了，你就當我在書房寫作，我寫作的時候，誰都不見，所以你一個人都別給我請。真巧當時心裡一怕，不是他的語言嚇人，是他一臉正色嚇人。然後吳可又說，他一生的手稿，都送給米拉。真巧說，我看得出來，吳可那一會兒，不是在打胡亂說。

晚上，米拉從一個網上租了個電影，請小姑看。電影叫Awakenings。爸爸去世前，剛讀完這本書，她向小姑解釋。盛年的勞勃・狄尼洛和羅賓・威廉斯演得出神入化。不知為什麼，真巧在影片結尾哭起來。曾經不哭的小姑，曾經讓別人哭的小姑。

真巧在米拉家住了五天，臨走時抱怨，米拉故意把男朋友瑞奇藏起來，不給小姑她看。米拉說她的瑞奇知趣，不願打攪她們難得的相聚。米拉把小姑送到機場，真巧說，米拉，結婚吧，你小吳叔叔走了之後，我最後悔的，就是沒跟他結婚。米拉笑笑。你那個人民海軍跟你，像你們那麼愛，是結不得婚的。不怎麼愛，過得去，就該結婚。小姑的哲學還那麼古怪。

米拉把小吳叔叔的手稿和爸爸的畫稿，以及母親和易軔的信札都放進了閣樓。閣樓有兩扇天窗，還裝著古典壁燈，壁紙淺綠，帶白色細格，白色的書桌、書櫃，這裡是米拉家中的家。男友來了，她便搬到閣樓上寫作，讀書，遐想，她自己也奇怪，哪有這麼需要獨處的一個人？吳可留給她的劇本手稿有三十五部，有一些從未被出版或演出，頁碼中還夾著某審閱者的意見。其中一個叫《散戲》的劇本，是個獨幕四場短劇，初稿於一九八一年四月三十日，修訂於一九八一年九月三十日。小吳叔叔總是這樣，先定下作品完成日，拖延一天竣工，他都會生自己氣，還會罰自己，不出門，不會客，不吃葷。米拉翻開《散戲》，鑽進頭一頁就出不來了。劇中的兒子在散戲時偶遇自己的母親，全劇就是兒子送母親回家一路上的經歷。母親是個高幹，因為座駕臨時出故障，司機正在修理，兒子提議母親坐他的自行車後座，由他送回家。這是一對早已疏遠的母子。在戰爭年代，母親把兒子寄養在一個農村老鄉家裡，兒子十歲時，母親才把他接到身邊。那時正是全國解放，革命者佔領城市，母親因為她的首長身份和繁忙的工作，幾乎從未跟兒子發生過肢體接觸，對話從未超過三句，甚至沒有過問過他，在農村的寄養的十年是如何度過的。就在「散戲」之後，兒子用破舊的自行車護送母親回家的路上，他說起農村的養母、姐姐，暗示那時他獲得的愛，讓他一生受用。按劇本的舞台指示，假如實施了舞台設計，在當時也該是最前衛的：一個舞台套著若干小舞台，時空可以任意穿越，回憶和幻想，可同時出現，不同時代的人物可以對話、接觸，甚至擁抱親吻。在幾個平行的小舞台上，童年的兒子，少年的兒子，成年的兒子，可以同時登場，相互間隨時對話，也同時跟母親和養母、農村姐姐對話。人物們還能與劇作者對話，向他懇求，改寫劇情裡的母親行為，把她從異化中還原，還她母親的本性。放下手稿，米拉傻了。吳可的才華在他一生中的展現，原來是打了折扣的，只有父親米瀟對他的評估，才是適度的。她反過來細讀那些審閱意見，更傻了，審閱者原來就是吳可的親生母親，一個女首長。再回來看劇中的兒子和母親，米拉的理解就透徹了。兒子不控訴的控訴，母親非辯駁的辯駁，使全劇充滿對峙與和解，又從和解中一次次叛離。戲中的劇作者最後接受了兒子的一條懇求，改寫了母親的言行。比如：母親退休後，跟兒子講媳婦、女婿的壞話，說他們啃老，她怎樣向他們收伙食費，催他們買廁所紙，禁止他們摘鄰居院子長過來的檸檬。兒子覺得劇作者改寫的，並不是自己想要的母親，於是他抱怨：這個母親怎麼像衚衕小街上的家庭婦女？劇作者說，衚衕小街上充滿這樣的老年母親。兒子認為，這種平民化的母親讓他煩惱、疲勞，劇作者說，那只能再把她改回去，改成過去那個女首長。兒子最後妥協，平民化母親儘管愛嘮叨，但嘮叨畢竟體現了人情味。這個才華橫溢的劇本運氣很壞，遭到作者自己的母親壓制。米拉認為，吳可最具想像力的作品就是《散戲》，因為那時他剛從農場回城不久，蓄積了近十年的創造力，能量核爆炸。

那時米瀟也剛回到省城，成了招待所的借居者、過渡客。米拉總是在爸爸房間裡碰上他長聊不散的朋友們，米瀟管那些朋友叫「我們那幫子傢伙」，其中跟他最親的，也是「那幫子」裡最年輕的，就是吳可。吳可是他們中最後一個「睡回去」的。

米拉在母親去世二十五週年那天，翻出周叔叔交給她的信札。一直沒有準備就緒，來認真替母親梳理她那不長的一生的愛。那個被母親封存的牛皮紙包，還從來沒有被拆開過。她仔細地剪開封口，看著裡面被白色緞帶捆扎的信封。她心跳快了，什麼樣的信值得母親這樣寶貝？打開一個信封，輕輕抽出信箋。信箋上的字跡無比俊美，堪稱奇絕。出自誰的手呢？落款為：魏清。她突然記起，多年前的一張面容，平直的額髮下，一張南方男子的面孔，四十來歲，算得上清秀；那個到東湖賓館來催父親稿子的美影廠編輯，狂喝咖啡，振作他單身帶兩個孩子的疲倦之身。米拉打開一封封信，按時間早晚排列，找到最早一封。寫於一九八六年二月二十三號。她記得那是母親帶她從上海回到成都之後。那次春節前，甄茵莉趕到上海陪老米過節，母親跟父親大吵之後，跟米拉回到了成都。也因為人流術之後她出血不斷，母親聯繫了一位成都的著名中醫教授，所以離開上海像緊急撤退。魏清稱孫霖露為「親愛的霖露姐姐」，他表示對霖露姐姐的不辭而別感到「失落」。沒想到那個常常帶著孩子來坐鎮催稿，給自己沏一大杯墨汁般黑的濃咖啡的編輯會那麼感情充沛！當他偵探到那些動畫人物竟然誕生於他的「霖露姐姐」筆下，油然而生出敬佩和仰慕，隨著更近的觀察，他發現了霖露姐姐的內在美，賢慧在當代中國女人中，已經不再是了不起的美德，但他有一顆只會為賢良女人而融化的心。他近距離觀察霖露姐姐的一舉一動，仰慕漸漸變成了愛慕。他認為霖露姐姐這樣女人，一定是非常會愛人的。他從小就渴望被母親姐姐愛，但母親早逝，又沒有姐姐。第二封信，顯然是他的陳情遭到了霖露姐姐的婉拒，更加熱烈堅決地表達，他感情的真實，也暗示了一點：他的兒女都尚未成年，怕自己給孩子們找的繼母會虐待他們，而他堅信，只有霖露姐姐會對他的孩子們好。接下去的信，能看出母親被感動了，接受了他的求愛，他的信變成了真正的情書。在他們互通情書的中期，魏清談到和霖露姐姐一塊兒在復興公園的一次傍晚散步，他對讓霖露姐姐流淚的那個人不解，並且懷恨。米拉想，那是哪一天的傍晚，媽媽居然甩下老米和小米，跟比她一個年輕許多的男人在寒冷蕭條的公園散步？那一定是媽受夠了老米，委屈心碎的瞬間，讓魏清看見了，自然而然地拉了她一把，她也就順勢跟他出去了。魏清的最後一封信，是向母親表示，永遠等待霖露姐姐的最終決定。按次序再看那之前的一封信，距離最後一封相差一年。在那封信裡，他說他等不及了，必須立刻到成都，來當面對母親表白。這或許是讓母親驚醒的一封信，母親也許採取了某種決絕方式，中斷了和他的聯繫。信都是寄到母親單位的。她不知道，他是否真的到了成都，是否與母親見了面，見面之後，還發生了什麼。在媽跟魏清書信傳情時，媽媽對老周說了什麼？完全隱瞞？瞞住了嗎？……她真想不到，被父親拋棄的母親，居然是一個比她年少多歲的男人的熱追對象。她想到易軔對著海說的話，八十年代怎麼了？都怪它！讓他們愛得那麼瘋，那麼死活不顧。她親愛的媽媽，竟然在八十年代一段不短的日子裡，腳踏兩隻船。也好，終於扳平了跟她親愛的爸爸的那一局。

米拉蒂 / 嚴歌苓著 . -- 初版 . -- 新北市 : 惑星文化 , 遠足文化事業股份有限公司 , 2024.05
面 ;　公分

ISBN 978-626-97752-8-6(平裝)

857.7　　113005519

米拉蒂

作　　者　嚴歌苓
副總編輯　黃少璋
特約行銷　黃冠寧
封面設計　蕭旭芳
排　　版　宸遠彩藝工作室

出　　版　惑星文化／遠足文化事業股份有限公司
發　　行　遠足文化事業股份有限公司（讀書共和國出版集團）
地　　址　231 新北市新店區民權路 108 之 2 號 9 樓
郵撥帳號　19504465　遠足文化事業股份有限公司
電　　話　(02)2218-1417
信　　箱　service@bookrep.com.tw

法律顧問　華洋法律事務所 蘇文生律師
印　　製　成陽印刷股份有限公司

出版日期　2024 年 5 月初版一刷
定　　價　600 元
I S B N　9786269775286